김이석문학전집 3
장편소설

난세비화

김이석 지음

동서문화사

난세비화
차례

나그네

1

서흥(瑞興)서 황주(黃州)로 가는데는 두 길이 있다. 하나는 여계산 (如界山) 허구리를 넘어 곧장 빠지는 길이요, 또 하나는 봉산(鳳山) 으로 둘러가는 길이다. 여계산을 넘으면 오십 리나 길을 지르지만 관속이나 도부꾼들은 좀처럼 이 길을 걸으려고 하지 않는다. 재를 몇 개나 넘는 험한 길이기 때문이다. 길이 험하면 으레 길목지기가 나타나게 마련이니 누가 그 길을 좋아하랴. 금년 가을에 들어서 만도 패지어 가던 도부꾼 다섯이 나귀까지 떼었다는 이야기이고, 평양 감사가 팔월 추석에 올려 보내던 봉물(奉物) 짐까지 털리었다는 소 문이다. 그리고 보면 길목지기 뿐만 아니라, 이 부근엔 큰 산적의 소 굴이 있는지도 모른다.

그런 길을 해도 얼마 남지 않은 저녁 무렵에 혼자서 걸어가는 나 그네가 있었다. 나이는 아직 삼십 미만이지만 이마가 시원스럽게 넓 은데다 눈이 움푹 팬 풍치있는 얼굴이다. 몸도 뼈대가 있는 늘씬한 키. 키가 큰 때문인지 걸음걸이도 시원스럽다. 그렇다고 그는 별로 길을 서두는 것 같지도 않았다. 지금 나그네가 걷고 있는 골짝길에 는 단풍이 한창이다. 그는 가끔 단풍으로 물든 산들을 쳐다봤다. 봉 우리 위로 넘어가는 햇빛을 받아, 더 한층 붉어진 단풍은 그야말로 불이 붙는 것만 같다. 그 정경에 무슨 시흥(詩興)이라도 떠오른 모양 인지. 하여튼 산 전체가 불로 변한 그것을 보고서는 그대로 지날 수가 없는 모양이다.

　그가 여계산 밑에 이르렀을 때는 이미 해는 저물어 땅거미가 지기 시작했다. 그는 잠시 길을 살피다 솔밭 앞에 서낭당이 보이는 오솔길로 들어섰다. 심원사(深源寺)라는 절로 가는 길이다. 그것을 보면 역시 밤길을 꺼려 그곳으로 가서 하룻밤 묵고 갈 생각을 한 모양이다.

　한적한 절안으로 들어선 나그네는 법당(法堂) 댓돌에 앉아서 행각을 풀고 있는데 마침 동승 하나가 나왔다. 술병을 든 것을 보니 술 심부름 가던 모양이다.

　"청담(淸潭) 스님 계시니?"

　나그네는 행각을 푸는 손을 멈추는 일 없이 물었다. 동승은 고개짓을 하며

　"이 절에는 그런 스님 없습니다."

　눈이 똥그래진 품이 약간 겁에 질린 얼굴이다. 나그네는 그러한 동승의 얼굴을 보고 웃음을 띠워

　"없기는 왜 없겠니, 이 절의 원주 스님이실텐데."

　"그럼 대사님 말씀이신가요, 손님은 어디서 오셨는데요?"

　"일오대사(一吾大師)가 왔다면 알게다."

　여전히 능청대는 웃음이었다. 그러나 동승은 그 말에 더욱 눈이 동그래져 나그네를 훑어보다가 안으로 들어갔다.

　상투를 튼 나그네 행색으로 스님의 이름을 대니 알 수 없기도 한 노릇이라, 실상은 나그네가 자기 아호에 대사를 붙여 장난친 노릇이니─.

　잠시 후 동승은 다시 뛰쳐나와

　"아까는 제가 너무 무례했습니다. 대사님이 기다리오니 어서 들어가세요."

하고 옆에 벗어 논 행각과 배낭을 챙겨 들었다.

2

동승이 안내하는 대로 나그네는 중문 안으로 들어섰다. 손을 맞으러 대청마루에 나와 섰던 원주는 급기야 파안의 웃음을 터쳐

"네 녀석이 올 줄은 생각도 못했던 일, 정말 무슨 바람에 여까지 왔냐?"

나그네도 따라 웃으며

"대사님의 이름이 하도 높길래 찾아 왔소이다. 뵈옵고 보니 과시 명승의 풍채시군요."

"이 사람아, 십년 상봉에 농담은 그만하고 어서 방으로 들어갑세."

원주의 거실은 서재로 꾸민 아담한 방이다. 서가에는 몇 권의 경서(經書)가 눈에 뜨이고, 방 한복판에는 화롯불이 타고 있다. 이곳은 산골이라, 벌써 화롯불을 담아야 하는 모양이다.

원주는 손을 위하여 화롯불을 헤쳐주며

"서울과 달라 이곳은 벌써 겨울이라네."

"그래도 단풍은 지금이 한창이더구만……."

"이 고장의 단풍은 정말 자랑할만 하지. 오면서 칙유령(勅踰岺)의 단풍도 보았겠지?"

"봤지 봤어. 산이 온통 불바다니 내 몸이 활활 타서 견딜 수가 있더라구."

"하하, 자네는 예전이나 지금이나 조금도 달라진 것이 없어."

"그래, 산속에서 목탁치는 재미는 어떤가?"

"사찰이 마굿간으로 변하는 세상, 무슨 재미겠나."

"그래두 원각사(圓覺寺)가 아가씨 꽃동산인데, 대사찰이 그렇다면 여기도 재미있는 일이 없을리 없겠지."

손이 의미 있는 웃음으로 원주를 조롱대자

"하기는 나도 연산군을 본받아 불경은 노경에나 들어가서 할 노릇이라고 생각했어. 그러나 이곳은 워낙 산골이라 품안에 넣을 아가씨가 있어야 말이지."

"그래두 자네 얼굴은 그렇지가 않은 걸. 금년 들어선 몇 회나 희롱했나?"

"천만에 천만에, 계집을 희롱하는 기량(器量)도 오복의 하나야. 나는 그런 복을 타고 나지 못한 것이 천추의 한이지."

둘이서는 허물없이 이야기를 주고받았다. 그것을 보면 어렸을 때부터의 죽마지우인 듯싶다. 그뿐만 아니라 서로 의사가 상통하는 데도 있는 모양이다.

동승이 저녁상을 들고 들어왔다. 절밥이니 찬이라고는 산채밖에 없다. 원주는 먼저 손에게 술을 권하여

"이 고장은 방문주(方文酒)가 유명하지만 마침 떨어졌네. 시장할텐데 탁주나마 위선 한잔 들게."

"마십세나."

사발잔이 오고 가면서

"내가 서울 홍덕사(興德寺)에서 이곳에 온지도 그럭저럭 십년 아닌가. 그 후로 자네는 그 곳을 나왔다는 이야길 들었는데."

"나온 것이 아니라 도망쳤지."

"도망쳤다구?"

"말동무마저 없어졌으니 견뎌낼 도리가 있더라구?"

"그보다두 절밥이 싫어졌겠지. 자넨 명문가의 서방님이라……."

"아니 아니, 그건 자네가 몰라서 하는 소리."

손님은 급기야 들었던 잔을 놓으며 정색했다.

3

"모른다면 유학자(儒學者) 김종직(金宗直) 어른이 바루 자네 백부님
이라는 걸 나한테까지 숨기려는 셈인가?"

원주의 노여운 듯한 얼굴에 나그네는 대조되는 웃음을 웃어

"자네가 모르는 건 내가 첩의 자식이라는 것, 천비서자에 무슨 문
벌이 있어 명문을 찾겠나."

"……."

"그래두 내 부친은 그런 자식이 불쌍했던 모양이지, 날 억지로 끌
고 가서 절에 처박았으니 말야. 그래서 손해본 거야 없지. 읽는둥 마
는둥 하는 글이면서두 하여튼 글은 붙여 읽게 됐으니……."

"어디 읽는둥 마는둥하는 글이었나, 야삼경에도 책을 펴든 것을 보
곤 저 녀석은 기필 대성할 녀석이라고 생각했네."

"그것이 기껏 이 나그네 행색일세."

"이 사람아, 그런 소린 말구 어서 이야기나 계속 해. 그래 절을 도
망쳐 갖구선?"

"석수쟁이 제자로 들어갔지. 마음으론 부처님을 쪼아보겠다는 생각
으로……."

"부처님을?"

"그때 어린 생각으로 부처님보다 부처님을 만드는 사람이 더 훌륭
한 것 같더구만."

"하하……. 그렇지, 확실히 더 훌륭한 일이지."

"그러나 어디 석수쟁이가 하루 이틀에 되던가. 한종일 앉아서 장
기 벼르는 풀무질 아니면 비석돌만 갈구 있으라니 내 성미론 못할
짓이야. 그래서 이번엔 농사군이 될 생각으로 어느 농가의 머슴으로
들어갔네."

"농사라면 자네도 못할 일이야 아니지."

"그런데 그건 또 아전이니 뭐니 관속 등쌀에 해 먹을 수 있던가. 피땀 흘려 지은 농사를 자기 낟알처럼 능큼능큼 져가니 말야."

"그래서 이번엔 세상을 바로 잡아보겠다는 생각으로 산속에 들어가서 병술(兵術)을 배웠다는 것인가?"

"하하, 말하자면 그런 것이지. 나도 세상에 태어나고 보니 아니꼬운 놈에게 굴하는 성미가 못되는 걸. 그건 자네도 나나 마찬가지지."

"하여튼 자넨 절에 있을 그때도 경서(經書)니 시전(詩傳)같은 건 제쳐놓고 병서(兵書)만을 읽었겠다."

"그렇다고 오늘은 천하를 논하자고 자넬 찾아온 것은 아닐세. 당장에 불을 꺼야하는 탄실이 때문에……."

"탄실이—"

원주는 급기야 놀라는 얼굴이 되었다. 그러나 나그네는 여전히 태연스럽게

"연산(燕山)이 지금 장안을 발칵 뒤집어 탄실이를 찾고 있네."

"탄실일?"

"그의 제물로 바칠 순 없지 않은가?"

"으음."

어느덧 원주의 얼굴에는 증오의 불길이 탔다. 그럴 수밖에 없는 일. 그는 누구보다도 왕실을 미워하는 생육신 남효온(南孝溫)의 후손인 남식(南植)이니, 그리고 문제의 탄실이는 바로 그의 사촌 되는 아리따운 처녀였다.

4

무오사화(戊午士禍)가 있은 것은 연산군 사년이다. 세조가 단종을 죽인 것을 비방한 김종직의 조의제문(弔義帝文)이란 글을 사초(史草)에 올렸기 때문에 일어난 일이다. 그로 인하여 사림파(士林派)의 많

은 선비들은 죽임을 당했고 귀양을 가게 됐다. 그 결과 사림파는 전멸된 셈이었지만 그렇다고 조정은 조용해진 것은 아니었다. 당파 싸움은 여전히 계속됐고 연산군의 사치 방종한 생활은 날이 갈수록 더해갔다.

연산군은 임금의 잘못을 책하는 사간원(司諫院)은 없이 하고 말았다. 선비들이 학문을 닦는 성균관(成均館)은 뜯어고쳐 놀이터로 만들었다. 기녀들은 자꾸만 늘었다. 대궐 안의 사제(私第)들은 모두 빼앗아 기녀들의 숙소로 쓰고 말았다.

궁 뒤뜰에는 응준방(鷹隼房)이라는 것을 두어 사냥에 쓰는 매와 개를 길렀다. 전국에서 가지각색의 짐승을 모아다 기르기도 했다. 말도 수백 필 길렀다. 그 부비만 해도 한 달에 몇 천냥이 됐다. 그는 계집질에 못지않게 사냥도 즐겼다.

"무엇이나 할 수 있는 것이 임금이다."

연산군은 이 말을 무슨 주문(呪文)처럼 외었다. 그는 서울을 중심으로 한 몇 십리 주변을 사냥 지역으로 삼고 그곳에 있는 민가를 모두 내쫓았다. 그리고는 그 곳에다 낟알을 풀어 노루 꿩 멧돼지 같은 짐승을 길렀다. 물론 그 낟알은 농사를 짓는 백성들이 뿌려줘야 했다. 굶어도 그것만은 해야 했다. 어째서?

백성이 됐기 때문에.

어느 늦가을 연산은 몇 신하와 주엽산(注葉山)에 사냥을 갔다 오던 길에 예조판서 유자광(柳子光)의 집에 들렀던 일이 있었다. 그때 연산은 그 집 사랑방에 걸려 있는 한 폭의 그림을 보고 혀를 찼다. 승무(僧舞)를 추는 처녀의 그림이다.

그는 왕실에서 그림을 늘 대해 왔으므로 어느 정도의 안목은 있었다. 그러나 그가

"아하" 하고 놀란 것은 그림이 훌륭해서가 아니었다. 그 그림을 본

순간 무의식 속에서 떠오른 환상의 여인이 눈앞에 나타난 듯한 충격을 받았기 때문이다.

"이것이 바로 내가 찾고 있던 여자다."

이렇게 생각하고 나자 벌써 그의 가슴은 서물거려 그 그림을 정시할 수조차 없었다.

"참으로 아름다운 여자로다."

그때에 입을 연 것은 유자광이다.

"네. 그것은 생육신 남효온의 손녀 탄실이라는 처녀의 상이옵니다."

물론 그 그림은 탄실이를 그린 그림일 리는 없었다. 유자광이 자신도 그런 말이 나오리라고는 생각지도 못했던 말이다. 그러나 탄실이의 아름다운 얼굴을 알고 있던 그는 아첨의 근성으로 그런 말이 나오게 된 것이다. 그 말에 연산군은 더한층 가슴이 끓어댔다.

한삼(汗衫) 속에 가리운 손을 높이 든 채 하늘을 쳐다보는 맑은 눈. 가을같은 우수가 담뿍 스며있는 채 사나이의 가슴을 파고드는 듯한 눈.

"이 계집은 내 것이다. 어떻게 해서든지 내 것으로 만들 테다."

연산군이 탄실이를 찾게 된 것은 그때부터였다.

5

다음 날 아침, 나그네가 잠을 깨보니 옆에서 같이 잔 원주가 보이지를 않았다.

아침 불공을 드리러 나갔나 하고 법당으로 나가봤으나 거기도 역시 보이지가 않았다.

"대사님 어디 가셨니?"

뜰을 쓰는 동승에게 묻자

"어디 잠깐 다녀온다면서 손님에게 먼저 조반을 드시라며 나갔어

요."

그러나 조반을 먹고 나도 원주는 돌아오지를 않았다.

(아침으로 떠나자던 사람이 어떻게 된 판이야) 어젯밤 이야기론 우선 평양부터 나가 보기로 했다.

"탄실이 부친이 무오사화로 돌아간 건 알지만 그 집이 어떻게 된 건 모르지. 하여튼 평양을 나가 보세. 거긴 그 집에 늘 드나들던 허굉(許宏)이란 의술영감이 살고 있으니 무슨 이야기가 있을 걸세."

원주도 결국 이런 이야기이므로 탄실이를 찾는 데는 그 길밖에 없었기 때문이다.

나그네는 기다리다 못해 그곳에 있는 책을 뒤적이었다. 그 당시엔 대단한 진본인 송판(宋版)의 경서를 비롯해 손자(孫子)의 병서(兵書)며 세종이 지은 치평요람(治平要覽) 농사직설(農事直說) 등 중이 읽을 책들이 아니었다.

원주는 오시(十二時)가 거의 돼서야 돌아왔다.

"어딜 갔었어?"

"길을 떠나자면 노자두 좀 있어야겠기에 아무리 봐두 자넨 준비 있구서 떠난 것 같지 않으니."

"중이 노자 갖구서 길 떠나는 법은 어디 있나."

"점잖은 주지스님은 시주질하면서 다니는 게 아냐."

하기는 노자가 있어 나쁠 것은 없었다.

그들은 곧 길을 떠났다. 여계산에서 황주까지는 칠십 리. 둘이가 다 보통걸음이 아니었으나 늦가을 해는 부난없이 짧다. 그 길도 채 걷지 못한 황주앞 장림(長林)에 이르렀을 때 벌써 날이 저물었다.

"어떻게 하자나, 이 근처 어느 절을 찾아가서 자구 가는 것이 좋을 것 같구만."

아까부터 무엇을 생각하는 모양으로 걷던 나그네가 입을 열었다.

"황주까지 다 와서 절에 가 자재나?"

"그런게 아니구 난 딴 생각이 있어서……."

"무슨 생각?"

"평양엔 자네 혼자 가게. 서울 일이 아무래두 걱정이 되는구만. 그동안에 무슨 일이 있을지 알겠나?"

"으음."

하기는 탄실이가 평양에 꼭 있다고도 생각할 수 없는 길을 둘이서 갈 필요는 없었다.

"자네 생각이 옳네. 그래두 오늘 밤은 황주에 들어가서 자세."

"왜?"

"술이나 마시구 헤지자는 거지."

동생을 찾는 급한 일은 잊은 듯이 이런 말을 하는 스님이었다.

6

그들은 북문 안의 조용한 객점(客店)에 여장을 풀었다. 사랑채에다 방을 잡아주는 객점 아낙네는 사십쯤 났을까, 그래도 해사한 웃음을 띄우는 품이 이야기 마다나 받을만한 여인이다.

저녁 전에 둘이서 술을 기울이고 있는데 객점 아낙네가 안주를 끓여갖고 나왔다.

"아주머니두 같이 한잔 합시다."

원주는 중이란 의식을 완전히 잊어버린 듯이 이런 농을 건넸다.

"늙은 나같은 것 하구야 무슨 술맛이에요."

"그러지 말구 어서 앉아요."

"내 나가서 술 불 앨 하나 들여 보내지요."

잠시 후에 십육칠 세 계집애가 들어왔다. 볼이 통통한 것이 아주 귀여운 계집애다.

"자네와는 헤어질 운명인 모양일세."

"나두 며칠은 같이 지낼 줄만 알았는데."

"하여튼 오늘 밤은 천천히 밤을 새워 마셔보세."

"그래두 자네 술이야 당할 수 있어야지."

"이 사람아 그런 말 말게나. 오늘은 술 마시러 여까지 칠십 리 길을 걸어 온 셈인데다 이런 예쁜 아가씨가 부어 주는 술, 두서너 되야 못 마실 것 없잖아."

스님이 칭찬해 주는 말에 계집애가 얼굴이 빨개지자

"자 아가씨두 한잔 받아요."

술을 권했다.

"저는 술 마실 줄 몰라요."

"모르는 술이 더 맛있는 거야."

"정말 못 먹어요."

얼굴이 더욱 붉어진 채 어쩔 줄 모르다가

"그럼 제 대신 술먹는 앨 불러 드릴까요?"

일어서려고 했다. 스님은 분주히 치마를 잡아

"아니 아니, 그럴 필요는 없어."

나그네도 가슴이 수물거리는 모양으로 계집애의 얼굴을 유심히 들여다보다가

"아가씨 몇 살이야?"

계집애는 소곳이 고개를 숙인 채

"열여섯 살이에요."

"열여섯 살, 이 집엔 언제부터 왔어?"

"아니에요. 일가되는 집이에요."

이 집의 딸이라는 것을 숨기고 이렇게 말했다.

"오, 그러면 이 집엔 놀러온 것이, 그만—."

“네.”

이번엔 스님이 입을 열어

“집은 어딘데?”

“집은······.”

대답을 못하고 있자 나그네가 대신 대답해 주듯이

“이 사람아, 오늘 밤으로 헤어질 사이에 그건 알아서 무엇하겠나.”

“그래두 하룻밤 정은 정이 아닌가.”

계집애는 처음으로 빨쭉 웃어

“스님두 그런 말씀하세요?”

“스님두 머리 깎은 것이 다르지 마음 다를 건 없어.”

이번엔 나그네가 또

“하여튼 이 집엔 며칠 있겠지?”

“네.”

눈을 슬쩍 흡떠 나그네를 쳐다봤다.

7

객점(客店)이 조용해지는 것은 옛날이나 지금이나 자시(子時：十二時)가 넘어서다. 그제야 술 손님도 끊어져 부엌의 반빛도 상 심부름하는 중노미도 겨우 자리에 들 수 있기 때문이다. 그때는 모두 불을 꺼 버리니 칠흑같은 어둠의 세상이 될 수밖에 없었다.

건넌방에는 반빛 노파와 젊은 중노미가 잤고 큰 방에는 혼자 자는 객점 아낙네와 딸이 자리를 나란히 펴고 잤다. 그 방에 어떤 녀석이 야삼경의 어둠을 타고 들어온 것이다.

반빛도 중노미도 그리고 주인 아낙네도 낮에는 손님 시중으로 한종일 서서 돌아가는 판이라 잠만 한 번 들면 다음 날 아침에야 눈이 뜨게 마련이다. 어제는 연옥이도 마찬가지였다.

"보매 양가(良家)의 선비님과 스님이더라. 연옥아, 너 나가서 술이나 한번 뷔보렴."

어머니가 웃으면서 하는 말에 연옥이도 호기심에 끌려 처음으로 손님 자리에 나가 앉았던 것이다. 그 긴장으로 혼곤히 깊은 잠에 떨어졌다.

그렇다고 문 간수를 못했던 것도 아니다. 과부를 자루에 넣어 업어다 살던 그때라, 혼자 사는 아낙네로서는 어느 시에 그런 변을 당할지도 모르는 노릇이다. 더욱이 객점은 가지 각색의 잡놈이 드나드는 곳이다. 성숙한 딸을 가진 어머니는 잠시도 마음을 놓을 수가 없었다. 잘 때는 방문 아래 위로 자물쇠를 채우는 일만은 잊지를 않았다. 그 쇠를 뜯고 들어왔으니 웬간히 대담한 녀석이 아니다.

연옥이의 자리로 겨들어간 그 녀석은 야단을 치지 못하게 그녀의 몸을 껴안고 입을 막았다. 그리고는 귀에 대고 속삭여

"사랑채의 손님이야, 아무리 잊으려도 잊을 수 없어 왔어."

연옥이는 질겁을 하며 눈을 떴다. 그 순간 몸을 일으키려고 했으나 꼼짝할 수가 없었다. 위는 팔이 감겨 있고 아래는 육중한 다리에 짓눌려 있기 때문이다. 입도 막혔으니 물론 고함칠 수도 없었다. 아니 그보다도 놀라움과 두려움에 그저 전신이 떨릴 뿐, 소리도 칠 수가 없었다.

"내 말을 들어줘. 절대로 절대로 장난이 아니야."

사나이도 극도로 흥분된 갈린 소리였다. 게다가 가쁜 숨소리까지 섞인 목소리였다. 누구의 목소리인지 분간할 수 없는 일이었다.

그러나 연옥이는 그것이 나그네라고 생각했다. 이상스럽게도 그렇게 생각되었다. 그러자 지금까지 악을 쓰던 긴장이 탁 풀렸다.

그것은 선비님을 대하는 서민의 계급의식에서 오는 것인가, 그렇지 않으면 몇 잔의 술을 부어준 정 때문인가. 그녀는 어느덧 자기도

타는 숨소리가 된 채 사나이가 하는 대로 몸을 내맡기고 말았다.

바위 같은 무거운 몸이 억눌려도 무거움이 느껴지지 않던 그 순간,

"앗!" 하고 하마터면 소리를 칠 뻔했다. 무거운 아픔을 느꼈다. 그것은 벌에 쏘인 그런 아픔과는 확실히 달랐다.

8

새벽에 눈을 뜬 연옥이는 머리가 어지러웠다. 얼굴이 홧홧 달기도 했다. 그렇다고 몸이 아픈 것은 아니었다. 그저 섬쩍지근한 마음이면서 아직도 몸 일부분엔 뻐근한 무엇이 묻어 있는 것만 같았다. 울고 싶기도 하고 그 반대로 지금까지 모르던 어떤 딴 세계가 가슴속에서 펼쳐지는 것 같기도 하였다. 하여튼 연옥이의 몸은 하룻밤 사이로 어떤 변화가 생긴 것만은 사실이다.

연옥이는 사랑채 손님의 조반상을 들고 나갈 용기도 없었다. 얼굴을 들 수 없이 부끄러웠다.

그렇다고 아무 일도 없는 듯이 그들을 그대로 보낼 수도 없는 일이 아닌가. 그러기엔 너무나 허전하고 아니, 억울한 일이다.

평양으로 가는 스님은 북문으로 빠지고 서울로 다시 올라가는 나그네는 어제 그들이 들어온 남문으로 빠지게 마련이다. 객점 앞은 돌이 많은 언덕길, 그 길을 내려와 한길로 나서는 길목에는 큰 느티나무가 있다. 그 느티나무도 지금은 단풍이 한창이다. 그 밑에서 두 손이 헤어지면서

"평양은 예쁜 기녀가 많은 색향, 스님이 체신없는 짓을 할 것 같아 걱정이네."

나그네가 조롱대며 웃자

"하하하, 서울도 다방골엔 기녀가 수천이라네, 내 걱정은 말구 자

네나 딴 생각 말게."

"하여튼 자네가 곧 서울로 올라온다니 기다리겠네."

"염려 말게."

이런 말로 길을 갈라섰다.

남문에서 나루터까지는 일마장쯤 되는 인가가 없는 벌판이다.

나그네가 남문을 나서다 문득 보니 그곳에 연옥이가 눈을 말똥거리며 서 있었다. 나그네는 이상한대로

"여긴 어떻게 된 일로 나와 있어?"

"손님들 가는 것 볼라고요."

연옥이는 고개를 숙인 채 귀밑이 빨개졌다.

"그렇다면 정말 고맙구만. 그래두 이렇게 일부러 나와주지 않아도 좋은걸."

연옥이는 여전히 고개를 숙인 채 힐끔힐끔 나그네의 동정을 살피면서

"스님은 동행이 아닌가요?"

"지금까지는 동행이었지만 이젠 헤어지게 됐어. 그 사람은 평양으로 가고 나는 서울로 가고……."

"그래요?"

연옥이는 또 나그네의 동정을 살폈다. 그러나 나그네는 이렇다할 반응이 없이

"언제구 또 이 앞을 지날 때가 있겠지. 그땐 연옥일 잊지 않구 찾을 테니 다시 만나."

기껏 이 한마디로 길이 바쁜 듯이 나루터로 향하였다.

그러나 연옥이는 그대로 돌아설 수는 없었다. 그렇다고 따라가 나그네에게 매달릴 용기도 없었다. 그저 멍청하니 서서 점점 멀어져가는 나그네의 뒷모양을 바라보며

(나를 그렇게 하고서 저렇게도 시침을 뗄 수가 어디 있어)

그 순간에 문득 머리에 번개치는 것이 있었다.

(그렇다면 저 선비님이 아니고 스님이었던가?)

9

(그 중 녀석이?)

연옥이는 급기야 눈앞이 아득해졌다. 가슴속에서 더러운 무엇이 마구 수물거렸다.

(그 흉측한 중녀석이 내 몸을……)

그리고 보면 그 중녀석이 틀림없다는 것이 한두 가지가 아니다. 어제 술자리에서 머리 깎은 것만 다르지 마음이야 다를 것 없다는 그런 수작을 태연히 하던 것도 그렇고, 억지로 술을 먹인다고 부득부득 손을 잡던 것도 수상한 것이었다. 아니, 그보다도 어젯밤의 그 사나이가 젊은 선비였다면 지금 헤어지면서 그렇게도 태연할 수가 없는 일이고, 시침을 뗀다고 해도 어딘가 드러나기 마련이다. 또한 그 선비라면 자기가 한 일에 그렇게까지 비겁할 것 같지도 않았다.

(틀림없는 그 중녀석이야)

연옥이는 다시 중얼거리며 몸을 부르르 떨어댔다. 자기가 여태까지 아끼던 것을 그 중녀석에 어이없게도 잃은 생각을 하니 엉엉 울고만 싶었다. 볼품 없는 중의 머리가 떠오르며 그의 두터운 입술로 물어뜯던 촉감이 되살아 왔다.

연옥이는 분주히 침을 배얕고, 팔소매로 입술을 뿍 씻었다. 그러나 그 촉감은 더욱 분명해지는 것만 같았다. 촉감뿐만 아니라, 그 녀석의 술냄새가 아직도 입에 젖어 있는 것만 같았다.

지금의 그 냄새는 생각만 해도 구역이 막 나는 것이지만 어젯밤은 그렇지도 않은 것 같았다. 어째서 그랬을까. 아니 그보다도 더 이상한 것은 사랑채 손님이란 말에 자리에 들어온 사람이 젊은 선비라고만 생각한 일이다. 어째서 그렇게만 생각했을까. 그 방엔 중녀석과 둘이 들어 있다는 것을 알면서도 그 생각을 했다면 아무리 컴컴한 어둠 속에서도 그것이 누구라는 것은 대번에 알아 낼 수 있는 일이 아닌가.

그 녀석의 머리만 한번 쓸어 봤어두……

연옥이는 그 생각을 못한 것이 분했다. 그 생각만 했다면 무슨 악을 써서라도 이런 억울한 욕을 당했을 리는 없다고 생각했기 때문이다.

그러나 다시 생각해 보면 어젯밤의 사나이는 상투가 있은 것 같기도 했다. 어젯밤은 극도로 흥분하여 일일이 기억되지는 않았으나 자기의 입술을 찾으며 사나이의 상투가 얼굴에 스친 것 같기도 하다. 그 때문에 그것이 선비님이라고 생각한 듯 싶기도 하다. 그러나 지금에 와서 다시 생각해 보면 상투가 있는 사나이라고 반드시 선비님이라고는 할 수 없는 노릇이었다. 그것은 선비님도 아니고 스님도 아닌 딴 사나이 일는지도 모르기 때문이다.

"그렇다면?"

연옥이의 눈앞에는 다시금 객점에 드나드는 어중이 떠중이의 잡놈들이 떠올랐다. 미욱한 놈, 흉악한 놈, 간악한 놈, 주정뱅이, 노름쟁이—.

그것은 스님한테 그렇게 된 것보다도 더 아득한 일이다.

연옥이가 그만이야 눈물이 쏟아질 듯한 얼굴이 되었을 때 누가 뒤에서

"너 왜 거기서 그리구 서 있니?"

놀라 돌아다보니 황주골의 형방(刑房)의 아들 덕일이었다.

"어마, 너 언제 와 있었니?"

눈물이 그렁했던 연옥이는 그만 얼굴이 빨개졌다. 덕일이는 장차 자기의 신랑될 사람이다. 부모들 사이에 그런 약속이 되어 있는 것이다. 그러니 가슴이 더 한층 두근거리지 않을 수가 없었다.

"왜 울멍한 얼굴이야?"

덕일이는 당돌하게 연옥이를 처다보며 물었다.

"내가 뭐 울멍한 얼굴이야."

연옥이도 마주 쳐다보며 덕일이에게 대들듯이 말했다. 스멀거리는 마음을 감추기 위해서다.

"아무래두 수상하다. 네가 아까 우리 집 앞을 지나가기에 아침부터 어딜 가나 하구 따라와 보니 여기 와서 누굴 기다리고 있지 않아. 너희 집에서 잔 그 선비님 보러온거지?"

덕일이는 처음부터 쭉 보고 있은 모양이다. 연옥이는 숨길 수도 없었다.

"그렇다면 왜?"

"네 얼굴을 보니 그 나그네하구 무슨 정이라두 통한 것 같으니 말야."

"저 봐, 못하는 소리 없어."

"그럼 왜 여까지 나온 거야?"

연옥이는 말이 막혀 더듬거리다가

"그 선비님 서울가는 분이랜다. 오는 길에 옥비녀 하나 부탁한 것도 내 잘못이야?"

생각지도 못한 그런 말을 꺼내봤다.

"그럼 울긴 왜 울었어?"

"울긴 내가 왜 울어. 티가 들어가서 눈을 비빈 거지."

"……."

덕일이는 반신반의로 연옥의 얼굴을 쳐다보고 있다가

"그런 물건이라면 나두 얼마든지 구할 길이 있어. 왜 그런 사나이에게 부탁하는 거야?"

"그렇다면 말하기 전에 구해다 주지는 못하나."

연옥이는 뾰로통한 얼굴을 할 여유도 생겼다. 덕일이는 연옥이가 화를 낸 것 같은 것이 겁이 나는 모양으로

"나왔던 김에 저까지 걸어가 볼까."

둑 있는 쪽으로 끌었다.

"집에 가봐야 해요. 아침부터 어디 갔나 하구 찾으면 어떡해?"

"여까지 나그네를 바라다 주려 나온 사람이 나한텐 왜 이렇게도 쌀쌀해."

덕일이는 그런 말로 연옥이의 손을 잡고 볏날가리가 있는 곳으로 끌었다.

"난 연옥이가 자꾸만 예뻐지는 것이 걱정이야. 너의 집은 뭇놈이 드나드는 곳인 걸."

"그런 집의 딸을 왜 너의 집 같은 행세하는 집에서 데리구 간다구 야단이야."

"그야 네가 좋으니까 그런 거지."

"난 그런 수모 받고 너의 집 가고 싶지 않아."

"또 샐쭉했구나. 그러지 말구 내 말 좀 들어줘."

덕일이는 연옥이의 허리를 끌어안으려고 했다. 그러나 연옥이는 그 팔을 꼬집고 일어섰다. 그러면서 어젯밤의 순순히 몸을 맡긴 그 일이 더없이 화가 났다.

성문(城門)

1

서울을 향한 나그네는 그날로 평산(平山)까지 가서 자고 다음 날인 오늘도 새벽길을 떠났다.

황주서 평산까지도 이백리요, 평산서 서울까지도 같은 이백리다. 어제 푼수로 걷는다면 오늘로 서울에 들어감직도 하지만 실상 그렇지는 못했다.

예성강과 섬진강의 나루가 두 개나 있어 시간을 잡아 먹기 때문이다.

그러나 하여튼 길은 부지런히 걷고 볼 일. 나그네가 한포(汗浦)에 이르러 예성강 나루를 건너고 나니 아침해는 벌써 꽤 퍼졌다.

큰 나루터에는 으레 주막집이 두세 개는 있는 법이다. 나그네가 그 앞을 지나 금산(金山)으로 가는 한 길로 들어서려고 하는데

"저 좀 봐요, 선비님 선비님!"

뒤에서 여자 목소리가 났다. 돌아다보니 나들이 차림인 시골여자가 숨을 할딱이며 따라왔다.

"나 말이오?"

나그네가 천천히 길을 멈추자 그제야 겨우 따라온 여인은

"그렇게 부르는데두 들리지 않으세요? 자꾸 가시기만 하니."

노상 나무라는 듯한 얼굴이면서도 눈엔 웃음이 담겨 있다. 그 애교 있는 눈매를 봐도 단순한 시골여인은 아니다. 나이도 기껏 스물

한두 살.

"무슨 일로 날 불렀소?"

"무슨 일이긴요. 길벗이 돼 주십사구요."

얼굴을 붉히며 먼저 걸음을 옮기기 시작했다. 그러니 나그네도 끌리듯 어깨를 같이하는 수밖에 없으면서

"길벗을 싫다겠소만 그래두……."

"제가 귀찮다는 건가요?"

"그렇게 말하니 할 말이 없습니다만, 난 실상 오늘로 서울까지 들어갈 생각이었는데."

"저같은 것 하구 걸어선 가망이 없다는 거죠?"

"남정들두 웬만한 걸음 가지군 좀 무리스러운 길이니……."

"저두 그만한 길은 걸을 수 있어요."

급작스럽게 빠른 걸음이 됐다. 나그네도 그 걸음에 보조를 맞추며

"대단한 걸음이군요. 내가 따라갈 판입니다."

하고 능청거렸다. 이래 가지곤 오늘로 서울 들어가긴 글렀다는 얼굴이다. 그러면서도 예쁜 아가씨와의 동행이 싫지는 않은 모양이다.

금산을 지나 여현(礪峴)까지는 경복산(慶福山) 산턱을 넘어야 하고 도둑 소굴로 유명한 청석골 앞을 지나야 하니 젊은 아가씨 혼자서 걸을 길은 못된다. 이윽고 언덕을 오르게 되자 아가씨는 그만 걸음을 늦추며

"사실은 전 한포 나루터에서 자고 새벽부터 서울까지 동행할 사람을 찾고 있었답니다."

"그래서 바루 내가 걸렸군요."

"그래요. 마침 선비님이 지나가기에……."

"하여튼 눈에 들었다니 고맙소."

"그러니 귀찮아 마시구 동행이 돼 달라는 거예요."

사정을 하다시피 하는 아가씨였다.

2

"이미 동행이 된 일인데 도중에 떼어버릴 수야 있겠소."

"고마워요. 저두 이젠 안심이 돼요."

"그래두 난 안심이 되지 않는구만요."

아무리 봐도 시골 아가씨라고는 생각되지 않으므로 나그네는 그런 말로 슬쩍 떠볼 생각을 했다.

"제가 길을 못 걸어서요?"

"그런 것이 아니구 예쁜 아가씨와 동행이라, 내가 내 마음을 믿을 수가 없으니 말요."

"믿을 수가 없다니?"

"물론 이런 인가 근처에서야 무슨 걱정이겠소만, 으슥한 산모퉁이를 돌 땐 나도 모르게 나쁜 버릇이……."

"그만두세요. 그러지 못하는 사람은 공연히 입만 앞서는 걸요."

침을 주는 솜씨가 이만 저만이 아니다.

"그래두 좋다면야 하는 수 없지요."

"그렇지만 나쁜 버릇이라니 어떤 버릇이에요?"

"그야 경우에 따라 다르겠지요. 비호처럼 달려들 때도 있고 무턱대고 조를 때도 있고……."

"어디 한번 그래 봐요."

어느덧 말꼬리를 돌려 공격태세로 나온다.

"그럴 장소가 있다지 않았소. 혼자 길 떠난 아가씨라 주먹두 만만치가 않을 텐데 아무데서나 함부로 그러면 눈통이나 불 노릇 아니오."

"그런 말 하는 걸 보니 선비님은 정말 쑥배기네요. 장소 가리구 눈통쯤 붓는 걸 겁내서야 여잘 손에나 넣어본 일 있겠어요."

그말에 나그네는 그만 밑천도 찾지 못하게 된 꼴이었다. 그럴수록 나그네도 그만 입을 다물 수는 없었다.

"확실히 나보다 한 수 위입니다. 그걸 보면 그런 일을 여러 번 당해 본 모양이군요?"

"그야 물론 한두 번이야 없을라구요. 나이두 나이려니와 세상이 그런 세상인 걸요. 임금이란 것부터가 여자라면 창녀구 여염집 부녀구 종년이구 여승이구 닥치는 대로 손을 대니 그 밑의 벼슬아치들두 갈데 있어요."

"그렇지, 웃물이 맑아야 아랫물이 맑다구."

나그네는 사뭇 감심하고 나서

"그 말을 들으니 아가씨가 쫓기는 몸이라는 것도 알 수가 있구만 요."

"누구에게 쫓기는 것 같아요?"

수수께끼를 묻는 듯이 물었다.

"골 원님이 아가씰 탐낸 건 아니오?"

"그래 봬요?"

"하여튼 아가씨만한 인물이라면 남자로서 탐나지 않을 녀석이 없 겠으니."

"됐어요, 그만하면 훌륭해요."

"뭐가?"

"여자란 남자가 칭찬해 주면 자기도 모르게 마음이 들뜨는 거랍니 다. 그 틈을 이용해서 후려요. 제 아무리 꼿꼿하다는 계집두 넘어가 게 마련이니."

생글생글 웃는 품이 여간내기가 아니다.

—도대체 어떤 아가씰까.

3

"그러니 아가씨 유인할 생각은 아예 단념하란 말이군요."

나그네는 고개를 끄덕여 보인다.

"아니에요. 제발 유인을 좀 해달라는 거예요."

"그렇지만 아무리 유인해 봤댔자 넘어가지도 않을 아가씰 뭣하자 고……"

"그래서 선비님은 글렀다는 거예요. 열 번 찍어 안 넘어가는 나무 가 있어요?"

"그래두 아가씨한텐 미리 단념하는 것이 현명한 것 같수"

"제가 너무 아는 척하구 까불어 그만 재수가 없어졌다는 거죠?"

"천만에. 그 반대로 너무나 매력이 있기 때문에 나 같은 것은 감 히……"

"놀리지 마세요."

"아니, 절대루. 아가씨 뒤쫓는 게 시골 원님이 아니라, 평양 감사쯤 된다는 것도 알았소."

"뭘 보고 그런 말이세요?"

"그야 말하는 품을 보고도 알 수 있지요. 나두 그만한 분별은 있 답니다."

"하여튼 고마워요. 그런 말로나마 한층 올려주니."

"그러나 지금 같은 세상엔 아가씨처럼 예쁘고 영리한 것도 큰 우 환이 아니오?"

"어마, 저한테 금시 들은 그 방법을 벌써 써 먹자는 셈이었군요."

"아니 아니, 아가씨 설득은 단념했다지 않았소. 사실이 그러니 그 렇다는 것이지."

"그래 감사가 뒤쫓는데두 선비님이 동행이 돼 주겠어요?"

"그야 하는 수 없지요. 사나이라구 상투 튼 녀석이 두말이야 하겠소.”

“역시 틀림이 없네요.”

“뭐가 틀림이 없단 말요?”

“절대루 선비님은 여잘 억지로 눕힐 그런 비겁한 짓은 못한다는 것.”

“그래두 좀 전엔 그런 것 다 생각하구선 여잘 눕혀 보지 못한다지 않았소.”

“그거야 세상에 못난 녀석들이나 하는 짓이죠. 선비님은 그러지도 못하려니와 그럴 필요도 없어요.”

“그러면?”

“정공법을 쓰세요.”

“정공법이라니 그것도 좀 알아 둡시다.”

“솔직하라는 거죠.”

“솔직하라……”

“선비님도 까마귀와 학이 다르다는 건 아시겠죠?”

“그래서?”

“까마귀가 학의 흉내를 못 피우듯 학도 까마귀의 흉낸 못 피우는 거예요.”

“으음.”

“훌륭한 분은 훌륭한대로 솔직하면 그뿐예요. 왜 자꾸만. 수다를 부리셔.”

“그러나 난 훌륭한 것도 없는 떠돌아 다니는 나그네, 숨기려야 숨길 것도 없지요.”

“또 저런 소리.”

아가씨는 눈을 흘겼다. 그러고 보니 어느 틈에 선비님이 먼저 신분을 밝혀야 할 판이 되었다.

4

"그러면 이제부터 정직하게 말합시다."

나그네는 정색하며 말했다.

"그래요. 전 솔직한 것이 무엇보다도 좋아요."

아가씨도 갑자기 굳은 얼굴이 되었다.

"그렇다면 우선 통성부터 해야겠지요."

"정말 그렇구만요. 제 이름은 이일지(李一枝)랍니다."

"전 김일오라고 합니다."

일오는 자기의 호지만 이름은 대 줄 수 없는 사정이 있으므로 그렇게 말했다.

"김일오라면 한일자 나오자인가요?"

"그렇지요."

"김일오. 참 좋은 이름이에요. 세상엔 나 하나밖에 믿을 사람이 없다는 거죠?"

"그야 해석할 탓이겠지요. 내겐 돈이 제일이란 것도 되니까요."

"어마 그렇게도 되는가요. 그래두 전 믿을 수 있는 사람이 선비님 뿐이라는 그 뜻으로 생각하고 싶군요."

"뭘로써?"

"첫째로 옷차림이 단정한 것을 보고서는 마음이 곧은 분이라고 생각했고, 시원시원히 걷는 걸음걸이를 보고서는 용기는 있는 분이라고 생각했고, 그리고 맑은 눈을 보고서는 정의에 불타는 분이라고 생각했고, 부드러운 웃음을 보고는 인자하고도 마음이 넓은 분이라고 생각했고……."

일지가 말을 더 계속하려고 하자

"그만하시오. 그만해도 과분한 칭찬이니……."

정면으로 그런 말을 듣고 나니 일오도 얼굴이 붉어지지 않을 수

가 없었다. 면구스러운 얼굴인 채

"그런데 나두 한 가지 묻기로 합시다. 남자가 여자를 칭찬해 주는 것은 여잘 꾀이는 수단이라고 하지 않았소. 그 반대루 여자가 남자를 칭찬하는 경우는 어떻게 되는 겁니까?"

"어마, 여잘 그렇게 설득하는 법도 있구만요. 그러나 전 공연한 소리를 하는 건 아니에요. 솔직이 이야기하자기에 솔직이 이야기한 것뿐이지."

"그래두 지나친 찬사를 들으니 어쩨 바보 노릇을 하는 것만 같군요."

"그러면 선비님이 어떤 분이라는 것을 한 마디로 대 볼까요?"

"……."

일오가 그만 뚱해지는 얼굴이 되자

"거 보세요. 선비님이 무슨 중요한 일로 서울가시는 걸 저도 짐작은 하고 있어요. 저 역시 마찬가지 일로 서울을 간답니다. 그 일은 우리가 서로 알 필요가 없겠지요. 그러나 선비님에게 청이 하나 있어요."

"무슨 청?"

"개성 성문에서 여자 혼자 가는 사람을 모두 잡아 낸다는 걸요. 임금님이 어떤 계집을 찾아내기 위해서라나요."

"그게 언제부터래요?"

일오는 그 말을 그대로 들어 넘길 수가 없었다.

"저두 한포 나루터에서 들었는데 그제부터래요."

"……."

"그래서…… 이런 말 드리기 미안하지만 서울까지 제 신랑이 되어 줍시사고……."

"신랑이 돼 달라……"

"네."

일지는 눈 하나 까닥없이 대답했다.

"그 말은 그럴싸하면서도 실상은 아무 실속이 없는 말이군요."

"선비란 실속을 찾는 사람이 아니에요. 헐벗은 사람에겐 자기 옷도 벗어주는 게 선비랍니다. 여자에게 그런 친절쯤……"

"그러나 난 아직 입장(장가)두 못한 녀석입니다. 그런 사람에게 가짜 신랑노릇부터 하라니."

"그러세요?"

일지는 의외란 듯 힐끔 쳐다보고 나서

"저두 가마 타구 시집 가보진 못했답니다. 선비님 그렇게 억울해 할 것 없어요."

"그러니 피장파장, 연습삼아 한번 해 보는 일도 밑질 것 없다는 말이군요. 그럽시다."

일오는 선선히 승낙을 했다. 아가씨의 가슴속에 어떤 비밀이 있는지는 알 수 없으나 그만큼 영리한 여자라면 부부로 성문을 통과한대도 그것이 드러날 것 같지는 않았다.

그들이 부부 약속을 하고 나니 갑자기 어색해져서 할 말이 없어졌다. 게다가 가파로운 언덕길을 오르는 참이라, 숨도 차서 자연 말이 끊어지게 됐다.

이런 이상한 기분으로 한참이나 걷다가 언덕을 다 올라서게 되자, 그제야 일오가 다시 입을 열었다.

"그런데 부부가 돼두 걱정이 한 가지 있소."

"뭐가요?"

"오늘로 서울 들어가긴 이미 글렀으니 말요. 잘 가야 임진강 나루나 건너 문산포(汶山浦)나 가서 자게 되겠지요."

"그래요. 거기 가서만 자두 내일 서울 들어가긴 헐하지요."

"그러니 주막엔 들어야 할 판인데 부부행세를 하자면 뭇 나그네들과 끼워자는 봉롯방에서는 잘 수 없는 노릇이고 그렇다고 안방을 내어달래 둘이서만 잘 수도 없는 노릇이니……."

진정 걱정이나 되는 듯한 얼굴을 하자 일지는 또 저런 소리라는 얼굴로

"선비님은 점잖은 얼굴을 하고서도 입은 정말 나빠요."

흘기던 눈에 그만 웃음을 지었다.

"그렇다구 아가씨 마음두 곱다고는 할 수 없습니다. 모로 가도 서울만 가면 된다고 남 속탈 생각은 전혀 안하니."

"그건 제가 서울 장안으로 들어서서두 선비님을 붙잡고 울고 불면서 놔주지 않을 것 같아 미리 예방선을 치는 건가요?"

"내가 아가씨를 못 놀 것 같아서 하는 말입니다."

"그런 괜한 소린 말구 아가씨란 말두 제발 그만둬요. 누가 자기 여편넬 아가씨래요."

"참 그렇구만……."

일오가 실소를 하는데 누가 뒤에서

"선비님 같이 가요."

소리치면서 따라왔다.

6

뒤에서 따라온 사나이는 등짐을 진 젊은 도부꾼이었다. 그러나 눈이 만만치 않은 것이 단순한 도부꾼 같지는 않다.

그렇다면 아가씨를 뒤따르는 순교(巡校)라도 되는가. 그렇지도 않으면 주머니를 노리는 소매치기—.

그러나 그 친구는 남이 그런 생각을 하거나 말거나 태연스럽게 일오와 어깨를 같이 하며

"나두 보통 걸음은 아닌데 이렇게까지 멀리 와서 만날 줄은 몰랐어요."

하고 한걸음 뒤에선 일지를 돌아다봤다.

그러고 보니 어젯밤 평산 주막에서 같이 자며 코를 몹시 골던 친구다.

"무슨 일로 날 이렇게 분주히 따라 왔나?"

"저두 선비님과 동행이 되자고 따라왔지요. 그러나 따라와 보니 방해가 되는 것 같군요."

"그렇다구 사양할 건 없네. 자넨 어디 가나?"

"우리 도부꾼이 가는 곳이 어디라고 따로 있어요? 가다가 장 보는 곳이 가는 곳이지요. 그러나 이번엔 선비님따라 서울까지 갈 생각입니다."

"왜 하필 나를 따라서?"

"선비님을 따라가면 뭣 좀 배울 수 있을 것 같아서지요. 선비님 같은 훌륭한 분은 이렇게 동행이라도 하지 않고서는 대할 기회가 있어야지요."

그럴싸한 말을 했다.

"그게 아니라 딴 이유가 있겠지. 내 허리에 띤 산호니 비옥(翡玉) 같은 패물을 노린다는……."

"선비님에게 무슨 패물이오. 모시 한필 건사한 것밖에 더 있어요."

일오는 그만 놀라는 눈이 됐다. 그의 말대로 청담스님한테 노자로 얻은 모시 한필이 있었기 때문이다.

"자네 그건 어떻게 아나?"

"등짐 장사꾼이 그것도 몰라서야 어떻게 해요."

희죽 웃는 풍이 아주 마음이 꾄 녀석은 아니다.

"아무리 봐두 자넨 도붓장사보다도 딴 짓이 더 훌륭한 모양일세."

"선비님 너무 그렇게 사람을 나쁘게만 보지 마세요."

그러나 어깨를 같이 하고 걷는 도부꾼의 걸음걸이는 보통 걸음이 아니었다. 사뿐사뿐 걷는 것이 틀림없는 도둑의 걸음이다.

"이 사람아, 내 앞에선 속일 수 없는 거야. 자네 걸음을 보니 벌써……."

"그렇다면 선비님두 역시?"

"내가 묻는 거나 대답해"

"네, 실상 전 도둑은 도둑이라두 도둑은 아니랍니다."

"그런 말이 어디 있어?"

"기는 놈 위엔 나는 놈 있다구 나는 도둑놈의 물건 만을 훔친단 말요. 다시 말하면 골 원님이나 아전들이 애매한 백성들의 등을 쳐서 빼앗은 물건을 도루 빼앗는데 그게 뭐 도둑입니까. 그렇다구 그걸 자랑하는 것은 아닙니다만……."

"그렇지, 그거야 도둑이랄 수 없지."

일오도 웃음이 비어지면서 수긍해버리고 말았다.

7

"자네 이름이 뭔가?"

일오는 감심한 나머지 그의 이름을 물었다.

"저희들이야 이름이나 변변한 게 있어요. 성은 황간데 남들이 돌쇠, 돌쇠하고 부르니 그게 내 이름이 됐죠."

"하여튼 자넨 좋은 장사하네. 물건은 거저 갖다 파는 장사라, 팔면 파는 대로 남는 장사라."

"그래두 거저만이랄 수야 없지요. 거기두 그만한 공이 드는 것이니까요."

태연스럽게 말했다. 그 말에 뒤에서 따라오던 일지가 웃고 나서

"그렇다면 댁의 등짐엔 귀한 물건이 많겠구만요?"

"물론 보통 도부꾼의 짐과는 다르지요."

"여인의 패물 같은 것두······."

"있다 뿐이겠어요. 비취가락지, 호박단추, 칠보 단장에 차는 노리개까지 있습니다."

"비취 가락지는 붉은 점이 있는 것일수록 더 값이 나간다지요?"

"그걸 아는 걸 보니 아가씬 역시 시골 아가씨가 아니군요."

"시골 여자면 그런 것두 모를라구요. 그러면 꽁무니에 차는 패물두 있겠구만요?"

"꽁무니에 차는 거라니?"

"순교들이 차고 다니는 패부(牌符)같은 거 말예요."

일지는 역시 돌쇠의 말을 그대로만 믿을 수는 없다고 생각한 모양이다.

"이 아가씨가 나를 놀리자는 셈인가?"

돌쇠는 눈을 부릅뜨고 서서, 일지를 노려보다 대여섯 발자국 앞선 일오에게 뛰어가서

"저 아가씬 어디서부터 동행입니까?"

"한포 나루터에서."

"아, 알겠어요. 그 목을 지켰구만."

혼자말처럼 뇌고 나서

"그렇다면 저 여자가 뭐라면서 동행을 청했다는 것두 알만해요. 서울 가신 부친이 객병이 나서 올라간다는 이야기지요?"

"그게 아니라, 감사에게 쫓기는 몸이래나. 그러면서 아내를 삼아 달라더구만."

"네, 아내로? 그건 대단한 수법인데 그래서요?"

"해롭지 않게 생겼기에 그러기로 했지."

"벌써요? 그렇게두 여자 보는 눈이 어두워요?"

"그래?"

"그야 알 수 있지 않습니까. 처음 만난 사나이 보구 아낼 삼아달라는 계집이 틀림없이 선비님의 허리에 찬 모시를 노리는 계집이라는 것쯤."

"하긴 자네 말이 그럴싸두 하네."

일오는 고개를 끄덕이고 나서 뒤떨어진 일지를 기다려

"이 사람이 당신은 내 모시를 노리는 계집이라고 하니 그게 사실이오?"

정색한 얼굴로 물었다.

"그야 그런 사람에겐 남들도 그렇게 보이겠지요."

일지는 예사로운 대답이다.

"아가씨 말을 조심해요. 이래 뵈두 난 고려때 양반의 자손이랍니다. 내가 행세하는 녀석들의 집만 쑤시는 것두―"

"그렇다면 양반다운 행실을 해야죠. 남의 귀띔이나 해주는 사람이 무슨 양반이에요."

입을 못 열게 쏘아댔다.

돌쇠는 알 수 없다는 얼굴로 그들의 뒤를 따라오는 동안에 어느덧 여현에 이르게 됐다. 이제는 문제의 개성도 지척이다.

8

지방 고을의 성문들은 대체로 해가 지고 뜨는 것을 표준삼아 열고 닫았다. 그 시각을 북 또는 소라, 날나리로 알렸다. 그러나 서울에서는 통행금지 시각을 인정(人定, 늦은 아홉 시)이라 하고 통금 해

제시각을 파루(罷漏, 새벽 네 시)라 하여 종로 종각의 인경으로 알려 주었으며, 성문도 그 시각에 닫고 열었다.

대처인 평양이나 개성 같은 곳도 역시 마찬가지였다.

개성은 고려의 서울이었던만큼 큰 문만 해도 남대문, 동대문, 오정문(午正門) 그리고 나무바리가 드나들던 북성문(北城門)이 있었고 이밖에 중소문이 이십 개나 되었다.

이러한 대처의 성문에서는 무슨 사건이 있을 땐 융복(戎服)을 갖추고 칼을 뽑아든 수문장(守門將)과 군교(軍校)들이 지켜서서, 오가는 사람들을 조사했다.

남대문에서는 서울에서 오는 사람의 조사가 매우 대단했으나 올라가는 사람의 조사는 별로 그렇지도 않았다.

일오는 일지와 돌쇠를 데리고 이편에서 먼저 수문장 앞으로 갔다.

"평양 벽수머리에서 의술노릇을 하는 김일오요. 구리개에서 약방을 하는 이재봉 영감 환갑에 아내를 데리고 올라가는 길입니다."

"그 영감과는 어떻게 되는데?"

"저희와 오랫동안 거래해온 집입니다."

이재봉이는 서울에서도 이름난 약방이라 수문장은 별로 의심되지가 않는 모양이다.

그러면서도 그대로 보내기가 싫은지

"안사람이 아주 젊으셨군."

"네, 팔자가 사나워서 재취를 하게 됐습니다."

"뭐 팔자가 사나운 것도 아니구만."

수문장은 벌쭉 웃으면서 가라고 했다.

소곳이 고개를 숙이고 있던 일지도 눈인사를 하고 분주히 일오의 뒤를 따랐다.

돌쇠도 그 뒤를 따랐지만 수문장은 일지의 뒷모습에 끌려 도부꾼

같은 것은 눈에 보이지도 않는 모양이었다.

성문을 무사히 통과하고 나자 일오는 뒤에서 따라오는 돌쇠를 돌아다보며

"자낸 여기서 떨어지는 것이 좋을 것 같은데."

"네? 갑자기 무슨 말씀입니까?"

"우리 따라 성문을 무사히 통과하자는 것이 목적이 아닌가. 그랬으면 안타깝게 따라올 것두 없다는 거지."

돌쇠는 자기의 내심이 짚인 모양으로 헤헤 웃어

"실상 등짐을 지고 혼자 성문을 지나려면 군교 놈들의 등쌀에 못 견디지요. 짐을 풀어 값가는 물건은 죄다……."

"그래두 그런 물건이야 사타구니 밑에 찼을 텐데 무슨 걱정인가."

"그러면 선비님두 저와 마찬가지로?"

"글쎄, 같다면 같다고도 할 수 있겠지."

"뭐가 장깁니까. 길목 지키기, 담넘기……."

"난 그런 쇠쇠한 것은 안 하네."

"그럼 역시 봉물털기?"

"이 나라 팔도강산을 한번 털어볼 생각이네."

"네, 그래요?"

돌쇠가 눈이 막 둥그레지는 판에 뒤에서

"너희놈들, 거기 잠깐 섰거라!"

하고 성문을 지키던 군교 서너 명이 달려왔다.

9

"거기 서지 못해!"

앞장서서 검을 뽑아 들고 따라오는 젊은 녀석이 연방 소리를 쳤다.

"어떡해요?"

일지는 새파랗게 질린 얼굴이다. 돌쇠도 마찬가지다.

"딴 생각 말고 빨리 길이나 걸어."

일오는 일지의 옷자락을 잡아끌어 분주히 걸었다.

얼마 안가서 길은 좌로 꺾어지며 조그마한 개울을 건너는 다리가 나섰다. 그들이 그 다리로 들어서는데

"섰으라는데 왜 자꾸 가는 거야!"

뒤따라온 젊은 군교가 벼락같이 소리쳤다.

일오는 그제야 천천히 고개를 돌려

"우릴 불렀나?"

"부르는데 왜 자꾸 가냐 말야."

"그럴 수밖에 없지. 행색은 이래뵈두 자네한테 이래라 저래라 하대 받을 처진 아니니 우릴 찾는 줄야 알았나?"

"뭐 어째, 감초나 삶아 먹는다는 녀석이."

"여보게, 말은 그렇게 마구 하는 것 아냐. 감초를 삶아먹어두 전의감정(典醫監正)은 정삼품(正三品)이라네."

점잖게 타이르고 나서

"그래 무슨 일로 불렀나?"

"능청을 부리지 말어. 너희놈들이 이제 뭐라구 하구서 성문을 빠져나왔어?"

"그건 자네 상전한테 가서 묻게나. 우린 자네 상전이 가래서 간 것뿐이네."

일오는 상대도 하고 싶지 않다는 듯이 가던 길을 다시 걸으려고 하자, 그제야 뒤따라 온 철퇴(鐵槌)를 쥔 군교가 일오의 어깨를 탁 붙잡아

"어딜 가, 앞에 가는 너희 놈들두 거기 서 있어!"

하고 일지와 돌쇠에게도 소리쳤다.

"왜 이러슈."

일오는 다시 돌아서서

"난 뛸 사람은 아니니 어깨는 놓고 이야기합시다."

그러나 군교는 어깨를 끌어잡은 그대로

"너희놈들이 뭐 이재봉의 환갑에 간다구?"

"네, 그렇습니다."

"이 녀석아, 그 영감의 환갑은 벌써 지난 달에 있었어. 속을 줄 알어?"

"아, 그래서 씨걱거리며 달려와 눈을 부릅뜨구 야단이군요."

"그래두 할 말이 있다는 건가?"

"그런 말이라면 어깨를 놓고 이야기합세."

군교의 손을 털게 하고

"자네들두 생각해 보게나. 오백 리나 떨어진 평양 사는 사람이 무슨 한가로 서울 사는 남의 환갑잔치까지 날 맞춰 다니겠나. 서울간 길에 한번 찾아뵙겠다는 말야. 성문지기가 기만한 눈치도 없어 가지구서⋯⋯."

이 말엔 그들도 할 말이 없는 모양으로 서로 얼굴을 쳐다보다가 철퇴 든 군교가

"그 말은 수문장님한테 가서 말해. 하여튼 자네들을 끌구 오랬으니."

"우릴 끌구 오라?"

"자네 말 듣구 수문장님이 뭐래나 우리두 한번 들어 봄세."

"당치않은 소리 말어. 우린 서울 가는 사람이야. 온 길을 왜 움쳐 되돌아 가겠나."

"못가겠다는 수작인가?"

"그래. 못가겠으니 내게 필요한 일이 있으면 수문장이 이리로 오라

게."

낯빛 하나 구기지 않고 분명히 말하는 일오였다.

10

"수문장 어른을 데려오라니 저 녀석 돌지 않았어?"

검을 든 젊은 군교 녀석이 어처구니가 없다는 얼굴이다.

"정신은 내가 자네들 보다 몇 곱절 바를걸세."

군교가 화를 벌떡 내어 둘러칠 듯이 검을 번쩍 들자

"저것 봐, 정신이 바른 사람이라면 그런 말에 저렇게 시퍼런 칼을 휘두르며 저러지야 않겠지. 제발 그러질 말구 이야길 합세."

일오는 조금도 상대를 겁내는 기색은 없이 조롱대듯이 웃고만 있다.

그 패기에 군교들도 기가 질린 모양으로 섣불리 달려들 생각을 못했다.

"이 사람아, 그런 억지를 부리지 말구 성문까지 갑세. 상전의 명령이니 우린 거역할 수 없는 것 아닌가?"

지금까지 말없던 군교가 빌붙듯이 말했다.

"우린 뒤가 흐린데 없는 사람이니 가두 좋지만 그래두 갈 필요가 없는 거야. 아까는 가래더니 이젠 또 오라는 그런 사람이면 자네들과 마찬가지로 정신이 온전한 사람이 못된다는 건 분명하지 않아. 그런 사람 앞에 가서 무슨 말을 하구 있겠나?"

"입을 닥쳐. 너희 셋은 모두 성문을 빠져나갈 수 없는 놈이야. 네 녀석은 산적의 두목쯤 되는 녀석이구, 저 도부꾼 녀석의 등짐엔 뭐가 들었을런지 알 수 없어. 그리구 계집년은 모두 잡아내는 판이야. 칼바람 내기 전에 썩썩 따라와."

젊은 군교가 눈을 부릅뜨며 다시 칼을 들었다.

"이 사람은 왜 사흘 굶은 늑대처럼 으렁거릴 줄밖에 몰라."

"뭐!"

"그렇게 으렁거리는 것으로 우쭐해지는 것이 아직 자넨 사람이 덜 됐다는 거야. 그러니 잠자코 내 말을 좀 들어봐. 그래서 자네두 귀가 있는 것 아닌가. 그런데 도대체 자넨 나와 무슨 원심이 있어서 칼부림을 하며 야단인가. 나와 자네는 아까 성문에서 잠깐 본 것뿐인데. 그렇다면 설혹 내가 나쁜 짓을 한 일이 있대도 자네가 알 리가 없는 일 아닌가. 으렁대는 그 이유나 좀 암세."

그곳은 성문에서 그리 멀지 않은 곳이라, 지나가던 사람들이 모두 눈이 뚱해져서 보고 있었다.

거기서 구경하는 사람들은 모두 입을 다물고 있으나 그 이유는 너무도 잘 알고 있었다. 없는 구실을 만들어 남자는 옥에 넣은 후 갖고 나가던 짐을 빼앗고 같이 가는 여자를 희롱하자는 것이었다. 그러나 아무리 살가죽이 두터운 녀석이라고 해도 내어놓고 이야기할 수는 없었다.

"예끼 이 녀석, 개성의 홍두꺼비의 칼이 무서운 줄도 모르고 아가리질이야."

홍두꺼비는 할 말이 없으니 성이 머리끝까지 오르는 대로 검을 더욱 번쩍 추켜올렸다. 그 검이 내려치기만 하면 일오는 찍 소리도 못하고 지부황천을 가게 될 판이다.

11

"자넨 정말 모르는 녀석이네. 내가 그렇게 알려줘두 못알아 들으니."

검을 추켜든 앞에서도 일오는 태연스럽게 이런 말만 하고 있었다.

그래도 홍두꺼비는 검을 내리치지 못했다. 가쁜 숨만 씩씩거리며 이마에는 땀방울이 쭈르르 흘렀다. 검을 내려칠 틈을 주지 않았기 때문이다.

"두꺼비, 생각할 것도 없어. 빨리 빨리 해치우구 말어."

뒤에서 키다리는 남의 사정도 모르고 소리쳤다.

"칼을 받아야 알 녀석이야."

다부지게 생긴 땅딸보도 한 마디 했다.

"칼부림 해야 피 흘릴 건 너희놈들밖에 없는 일이야."

"저놈이 정말 못하는 수작이 없어. 두꺼비 빨리 해치우라는데 왜 그러구 있어?"

"염려 말어."

홍두꺼비는 극도로 얼굴이 붉어진 채

"이놈 아가리 닥치고 칼이나 받아라!"

그 순간 재빨리 몸을 피한 일오는 앞으로 쏟아지는 두꺼비의 배를 올려챘다.

"어이쿠!"

두꺼비는 땅에 검을 꽂으면서 보기좋게 살판을 넘으며 다리 밑으로 떨어졌다.

"저놈 봐라!"

"이 철퇴로 골사발을 내야겠다!"

철퇴를 두르며 좌우 양쪽에서 달려들려는 두 녀석은 어느덧 손에 검을 집어든 일오를 보고 기겁을 하고 서 버렸다.

"이놈들, 내가 어떻다는 걸 알구두 달려들 셈이냐. 그래 달려들 테면 달려들어."

일오는 앞가슴을 내밀어 호령을 치며 그들 앞으로 겁신겁신 걸어갔다. 그러자 그들은 당황해서 비슬비슬 뒤로 움쳤다.

"난 너희놈들처럼 싸움을 좋아하는 사람은 아냐. 달려들지 못하겠으면 뒷걸음칠 것 없이 이 검도 갖고 곱게 돌아가."

일오는 들었던 검을 그들 앞에 획 던져 줬다. 그리고는 유유히 돌아서는데

"지부황천 가기 전에 어딜 가, 에따 받아라!"

두 놈이 거의 한꺼번에 소리치면서 일오에게 달려들어 철퇴를 내려쳤다.

"악!"

그 순간에 앞에서 소리친 것은 돌쇠였다, 철퇴에 맞아 일오가 쓰러지는 줄만 알았기 때문이다. 그러나 다음 순간 다시 보니 쓰러진 것은 그들 두 녀석이었다.

"그러기 내가 뭐래. 곱게 돌아가라고 하지 않았어."

일오는 그들을 돌아다보고 그 한마디를 하고는 비뚤어진 갓을 바로 잡고 나서

"우린 가던 길이나 갑세."

아직도 겁에 떨고 있는 일지의 손을 잡고 걷기 시작했다.

구경꾼들은 손뼉이라도 치리만큼 통쾌한 모양이었다. 그러면서도 그저 무표정한 얼굴로 그들이 가는 쪽을 향하여 지켜보고 있었다.

12

"성문지기가 모두 그 모양이니 백성들이 살 수가 있어."

"그러기 말이예요. 길이나 마음대로 다닐 수가 있어요."

일지는 생각할수록 화가 나는 모양이었다.

"그런데 선비님!"

일지가 일오의 옆에 바싹 붙어 가므로 하는 수 없이 한걸음 뒤떨어진 돌쇠가 등 뒤에서 입을 열었다.

"다리에서 떨어진 두꺼비란 놈이 달아났으니 말요. 그 놈이 자기

패들을 끌고 올 것은 분명하지 않아요?"

"그럴지도 모르지."

"그러면 또 큰일이군요."

돌쇠는 다시금 가슴이 설레대는 모양이다.

"그때야 돌쇠도 보구만 있지 않을 텐데 무슨 걱정이야."

"물론이죠. 지금도 선비님 혼자서 넉넉하다구 생각했기에 말이지."

돌쇠는 얼굴을 붉히면서도 이런 말을 안 할 수 없는 듯 한마디 하고서

"그래두 말입니다, 그것이 두 녀석이 아니구 그놈들이 떼거지로 밀려온다면 어떻게 해요?"

"당해낼 수가 없으면 도망쳐야지."

"곰 창날 받듯 싸울 필요는 없다는 거군요."

"그런데 그 때가 돼서 자네가 꽤 달아날 수 있을지가 걱정이네."

"그런 걱정은 마세요. 여태까지 먹구 살아온 게 도망치는 그거 하나라구두 할 수 있는데요."

"그렇지, 자넨 참 배운 것이 그거겠다ㅡ"

"그러니 역시 걱정되는 것은 거위걸음 하는 아가씨지요."

"그래두 거위한테 잡히는 건 도둑이라네. 나 역시 자네가 걱정일세."

의젓하게 침을 주자 돌쇠는 불안스러운 모양으로

"그렇다면 날 여기서 떼어버리겠다는 인정사정없는 그런 이야기는 아니겠지요?"

"자네두 이젠 우리와 동행해야 불리할 것밖에 없지 않는가."

"그게 문제가 아닙니다. 전 마음속으로 벌써 굳게 결심했어요."

"뭘?"

"선비님의 하인이 되겠다구요."

의외에도 정색한 얼굴로 그런 말을 했다.

"실상 전 알아서는 안될 것은 무엇이나 알고 있고, 알아야 할 것은 아직도 없기 때문에 여태까지 바른 길을 걷지 못했지요. 그런데 선비님을 보고 나서는 내가 찾고 있던 사람이 바로 선비님이라고 생각했어요."

"진심인가?"

"네. 틀림없는 진심입니다. 저를 써 줘요."

"그렇다면 하여튼 의논해 봅세."

"누구한테 의논해요?"

"물론 내 아내한테 의논하지."

"선비님은 정말 그 아가씰 아내로 삼을 생각입니까. 아랫사람으로 충고합니다만 다시 한 번 잘 생각해 봐요."

"생각할 것도 없어. 이미 부부로 약속한 일인 걸."

무시하듯이 말하고 나서는 일지에게 의논하듯이

"저 사람이 하인으로 써 달라는데 당신 생각은 어떻소?"

"글쎄, 손버릇만 고치겠다면 써두 괜찮을 것 같구만요."

제법 마나님 같은 어조였다.

13

"자넨 손버릇만 고친다면 하인으로 써두 좋다네."

일오는 웃지도 않는 정색한 얼굴로 말했다.

"고맙습니다."

돌쇠가 머리를 숙여 꾸뻑 일오에게 절을 하자

"인사는 나보다 마님한테 드려야지."

"마님이오?"

돌쇠는 어이가 없는 얼굴이면서 하는 수가 없는 양으로

"아가씨 고맙습니다. 그런데 아가씨두 이런 선비님 같은 좋은 분을 모셨으면 말버릇을 고치세요."

하고 싶던 말을 하고야 말았다.

"돌쇠 넌 말버릇두 고쳐야겠다. 마님한테 그게 무슨 말버릇인가."

일지는 눈을 흡떠 꾸짖었다. 역시 마님다운 품이었다.

"네네, 그렇다면 앞으로 마님의 말버릇만 배우지요."

가시 있는 말을 하고 나서

"그런데 선비님, 이렇게 큰길로 자꾸만 가시면 어떻게 해요. 그놈들은 반드시 떼거리로 뒤따라옵니다."

"그래두 하는 수 없지. 서울 가는 길은 장단(長湍)을 거쳐 파주(坡州)로 들어가는 길이 제일 빠른 길이니."

"왜 하는 수가 없어요. 이제라두 고두산(高頭山)을 넘어 영정포(領井浦)로 가서 나루를 건너면 되잖아요."

"그런 험한 산길루야 어떻게 새색실 데리구 가겠나. 난 가마를 못 태운 것만도 마음에 걸리는데."

일오는 희죽 웃으면서 이런 말만 했다.

"선비님은 여자한텐 너무 무른 것이 흠이에요."

"그건 자네두 장갈 들어보구서 할 말이야."

"그래두 난 그렇지 않아요. 지금은 죽구 사는 목숨이 달린 판인데 그런 한가한 소리만 하니."

"사람이란 죽으려면 공연히 섰다가두 죽는 법이라네. 자네가 그렇게 덤빈다구 사는 것두 아냐."

"그렇다면 이렇게 가다가 죽어두 하는 수 없다는 말인가요?"

"돌쇠는 왜 지금부터 그런 죽는 일만 생각하는 거야. 하인은 하인답게 잠자코 주인을 따라가면 되는 거예요."

일지가 따끔하게 침을 줬다.

"하긴 그렇지요. 앞의 일이란 귀신이나 알 일이니. 그렇다면 어디서 점심이나 먹구 가요. 죽어두 배까지 곯구 죽으면 억울하지 않아요."

"좀더 가면 청교(靑郊)가 되니 거기 가서 먹기로 하지."

"청교요?"

돌쇠는 다시금 깜짝 놀랐다. 그곳은 파발(擺撥)이 있는 곳이니 역졸들이 들끓을 뿐만 아니라 개성 성문지기가 파발을 놔서 그곳까지 따라올지도 모르기 때문이다.

"난 선비님 하는 노릇은 알 수가 없구만요."

"모르면 모른 대로 하여든 따라나오게."

길옆의 단풍을 쳐다보며 일오는 태연스럽게 이런 말을 하고 있는데

"이제야 여길 오셨구만요."

뒤따라온 선비 하나가 이마의 땀을 씻으며 그들과 어깨를 같이하였다.

14

뒤따라 온 선비는 확실히 그들 뒤에서 성문을 통과한 사나이다.

나이는 일오보다 한두 살 더 나보이며 때가 낀 도포에 얼굴이 거멓게 탄 것을 보니 길 떠난지도 오래된 모양이다.

"아까는 난생 처음으로 통쾌한 구경을 했소."

물론 성문지기들이 변을 당한 것을 말함이다.

"그 이야긴 그만 둡시다. 나는 싸움에 능한 사람이 아니고 좋아하는 사람도 아닙니다."

일오가 말을 돌리려고 하자 행객은 희죽 웃어

"행색은 이래도 존형의 칼쓰는 법이 어느 경지라는 거야 알지요."

이 사나이는 무슨 목적이 있어서 따라온 것만은 사실이다.

"댁에서는 왜 이렇게도 걸음이 늦었소?"

일오는 우선 이런 말로 기수를 떠 보았다. 이편에서는 여자를 데리고 왔으므로 그가 벌써 뒤따라 왔어야 할 일이라고 생각했기 때문이다.

"쓰러진 그놈들을 한참이나 서서 보구 왔으니 자연 늦게 마련이었지요."

"그놈들이 어떻게 됐어요? 우리두 그 이야길 하면서 오던 길이랍니다."

돌쇠가 옆에서 분주히 입을 열었다.

"처음에야 쓰러진 채 꿈쩍을 못하기에 죽은 줄만 알았는데 죽지는 않았더군요."

"달아난 두꺼비는요?"

"그놈이 그래두 의린 있는 모양이라, 혼자 달아날 수는 없다구 다시 와서 친구들을 부축해 가는 걸 보니 말야."

"그 놈들이 다시 뒤쫓아올 생각을 하는 것 같진 않던가요?"

"마음이야 그런 생각이 없겠소만 그럴 수 없는 노릇이지. 그 놈들두 자기 또래 두서넛 갖고서는 안 된다는 것을 알았으니 말야. 그렇다구 수문군이라는 얼굴 들구 형방(刑房)에 가서 포교를 풀어 달랄 수도 없는 노릇이니."

"아 그래서 선비님은 무사태평으로 큰 길을 걷구 있었구만요."

돌쇠는 그제야 알았다는 듯이 희죽 웃자

"그렇다구 마음을 놀 건 아냐."

"왜요?"

"이제 잘 걸어야 문산포나 가서 잘 것 아냐. 그건 그 놈들두 알구 있으니 말요."

"그렇다면 우리가 주막에서 자는 틈을 타서 습격할지도 모른다는 건가요?"

"그렇지."

"그게 무슨 걱정이오. 우리 편에서두 기다리고 있다가 녀석들의 목을 비틀어주면 그뿐 아니오."

"아니지. 이젠 놈들도 선비님이 어떻다는 것을 알고 있으니 소란스럽게 들어올 린 만무하지. 녀석들이 미리 주막에 들어 있다가 귀신 모르게 달려드는 술책도 있으니까."

"그러구선 내 등짐부터 먼저 빼 돌린다는 거군요?"

"그렇다구 너무 걱정하진 말게. 이런 일도 있을 수 있다는 것뿐이니까."

이런 농담을 하고 있는 이 선비도 역시 보통 선비는 아니다.

이심(二心)

1

연옥이네 객점에서 일오와 청담스님이 묵고 간 것도 십여 일이 지났다.

그러한 어느 날 저녁, 연옥이는 점을 치고 돌아오는데 자기 집 앞에서 젊은 패들이 싸움을 하고 있었다.

벙거지를 쓴 것을 보니 형방 나졸들인 모양으로 두 녀석이 삿갓을 쓴 중을 사정없이 발로 차고 밟았다. 중은 길바닥에 넘어진 채 얼굴을 양손으로 감싸쥐고서는 해볼 생각도 없이 맞고만 있었다.

(아무리 중녀석이라도 사나이로 태어나고서야 저렇게 맞구만 있을 바보가 어디 있어)

남한테 지기를 싫어하는 연옥인만큼 그런 못난 중을 동정할 리는 없었지만 그래도 그대로 내버려두면 채워서 죽을 것만 같았다. 연옥이는 구경하는 사람 틈을 헤치고 들어가

"사람이 죽어두 말릴 생각없이 보구만 있는 것들이 어디 있니?"

구경꾼을 꾸짖으면서 싸움을 말렸다. 연옥이는 배나무 술집 딸이므로 그들이 모를 리는 없었다. 그러나 요즘에 와선 그녀가 자기 상전의 며느리가 된다는 것을 알게 된 후로는 전처럼 함부로 대하지는 못했다.

"연옥이 아가씨가 말리는데 그만 하게나."

누가 소리쳤다.

"연옥이 아가씨, 이런 놈은 죽여 없이해야 합니다."

"그래두 상대자는 해볼 생각두 못하지 않아. 무슨 죄를 잘못했는지는 모르지만 그만큼 때렸으면 용서해요."

"이녀석은 처음부터 이꼴입니다. 굼벵이처럼 몸을 도사려 갖고서."

"그럼 처음부터 넘어진 사람을 때리기 시작한 거야?"

"자빠졌다구 쓸데없는 아가리질을 하지 않는데야 공연히 매질하겠소. 되지 않은 수작을 지껄이고 있으니 화가 나서 그런 거지."

왁새라는 별명을 가진 키가 커다란 나졸은 아직도 성이 가라지지 않는 모양으로 숨을 씩씩거리며 말했다.

"무슨 말을 했는데요?"

"이 중녀석이 지나가면서 한다는 소리가, 아주 딱한 얼굴이라고 하지 않아요? 그래서 뭐가 딱하냐고 물었더니, 내일 모레 죽을 상이라는 것 아니오? 사람보구 할 이야기가 따로 있지 얼굴을 맞대놓고 그런 말을 하니."

듣고 보니 화도 날 일이다. 연옥이도 그만 어이가 없어 무슨 말을 할지 모르고 있다가

"여보, 중이라고 목에 염주를 걸고 다니는 사람이 남의 복을 못 빌망정 어쩌면 그런 말을 해요. 그런 말 하고서야 백번 맞을 노릇이지요."

"그래두 난 할 말을 한 것뿐이오."

죽었소, 하고 있던 중이 고개를 번듯 들면서 말했다. 그 순간에

"어마!"

하고 깜짝 놀란 것은 연옥이었다.

2

발밑에 넘어진 중은 바로 며칠 전에 자고 간 그 중녀석이다.

연옥이는 그동안 이 중녀석을 얼마나 원망한지 모른다.

그 녀석을 만나기만 하면 뻘겋게 단 인두로 상판을 지져주고야 말겠다고 생각했던 그 중녀석—.

독한 술로 잠을 재워놓고 송곳으로 눈을 푹 찔러 주리라고 생각했던 그 중녀석—.

죽어서 유령이 되어 그 녀석의 목을 비틀어 줄 생각까지 했던 그 중녀석—.

그러나 막상 대하고 나니 연옥이는 그저 가슴만 떨릴 뿐 뭐라고 할 말이 없었다. 아니 할 말은 너무나 많았다. 많으면서도 그 말을 입밖에 낼 수가 없었다.

"스님, 어떻게 된 일이세요?"

연옥이는 찔린 얼굴을 감춰가며 겨우 입을 열었다.

"오늘 신수가 사나워 저런 사람을 만났으니 하는 수 없는 일이야."

"뭐 어째 이 녀석, 신수가 사나워 나를 만났어?"

왁새가 다시 달려들려고 하자

"나를 봐서 참구 돌아가요. 그 은혜 잊지 않을 테니."

"아는 녀석이우?"

"돌아가신 아버지 재를 올려준 중이랍니다."

연옥이는 생각지 못했던 이런 말을 주워댔다.

"이런 녀석이?"

하고 왁새는 잠시 중을 노려보다가

"그렇게 말하는 데는 하는 수 없구만. 그만 가세."

"이런 놈을 그냥 두고 가요? 이 녀석아, 아가씨 덕으로 산 줄이나 알어."

왁새의 부하인 보돌이도 한 마디 하고서는 깨끗이 돌아갔다.

그 이상 더 중을 볶아대야 쓴 술 한잔 나올 리 없다는 것을 생각한 때문인지도 모른다.

"스님, 어서 일어나 집으로 들어가요."

"정말 오늘은 아가씨 덕에 산 것 같소."

옷을 털고 일어난 그는 지금까지의 일을 벌써 잊은 듯한 태연한 얼굴이다.

"험상궂은 그런 사람들에게 뭐라구 원망을 살 이야길 했어요?"

"원망을 사려구 한 것이 아니라, 죽을 상이기에 도와주려고 한 말인데 내 말을 듣기도 전에 치구 받구 차기부터 하니……."

"그럼 그 사람에겐 정말 죽을 상이 있다는 건가요?"

"물론 그렇지 않고서야 뭐라고 내가 그런 말을 하겠어. 그 사람은 잘 살아야 기껏 사흘이겠지."

"스님은 언제부터 관상을 보는데요?"

"장난삼아 좀씩 보기 시작했는데 놀랍게두 그것이 꼭꼭 들어가 맞으니 이상하단 말야."

"스님, 점하구 관상하군 그래두 다르지요?"

연옥이는 불쑥 이런 말을 하고서 얼굴을 붉혔다.

3

"관상이나 점이 모두 음양 오행설에서 풀어진 것이니 다를 것이 없지."

청담스님은 아주 자신이 있는 가라앉은 목소리로 말했다.

"그럼 점두 잘 치겠네요?"

"놀음삼아 치는 점인데 잘 친다구야 할 수 있겠나. 그래두 내가 친 점이 맞지 않는다는 사람은 여태까지 없었지."

"그렇다면 아주 잘 치는 점이 아니에요."

하기는 그러고 보면 그렇기도 했다.

"왜 점 이야긴 자꾸 물어? 점 칠 일이라두 있어서?"

"아니에요."

연옥이는 당황해서 고개를 숙였다.

"그래두 걱정이 있어 보이는데?"

"……."

"무슨 일인지 말해봐!"

"저……."

가슴이 뛰고 얼굴이 화끈거릴 뿐으로 입이 떨어지질 않았다.

"나는 믿을만한 사람이 못되는 모양이야. 말하지 않는 것을 보니."

"그런 건 아니에요."

고개를 들다 미소를 짓고 있는 스님과 눈이 부딪혔다. 결코 인두로 지져주고 싶은 징그러운 얼굴도 아니고 송곳으로 찔러주고 싶은 얄미운 눈도 아니다. 부처님처럼 부드러운 웃음이 흐르는 그 얼굴로는 벌레 하나도 죽일 수 없을 것 같고, 좀전에 뭇매를 맞으면서도 꿈쩍 안하고 참고 견디던 심정도 알 수 있는 것만 같았다. 아니 이마가 환한 그 머리에 갓만 올려 놓으면 세상엔 그런 호남자가 없을 것 같기도 했다.

(절대로 이 스님은 아니야, 이렇게도 어진 사람이 어떻게 과부와 처녀가 자는 방을 들어갈 수가 있어. 그런 흉악스러운 짓은 생각조차 못할 사람이 야. 그런 사람을……)

지금까지 스님을 의심한 것이 미안스러웠다. 미안스러운 생각 끝에

"정말 스님이 아니에요."

거듭 마음속에서 중얼거려 본다는 것이 그만 입 밖에 새어 나오고 말았다.

"내가 아니라니?"

스님은 무슨 말인지 알 수 없다는 얼굴이다.

"아니에요, 나 혼자 말이에요."

연옥이는 자기가 한 말에 부끄러움을 머금고 어쩔 줄 모르다가 급기야 중문 안으로 뛰어 들어갔다.

스님은 멍청하니 서서 고개를 몇 번인가 끼웃거리다가 중노미의 안내로 전날 선비님과 같이 들었던 사랑채로 갔다.

연옥이는 대청마루 기둥에 기대어 확 타오른 얼굴을 양손으로 쓱쓱 쓰담고 나서

(스님두 아니라면 누구야? 정말 누구란 말야)

안타까운 마음에 입술을 잘근잘근 깨물고 있는데 어머니가 부엌에서 나오다가 보고

"너 어디 갔었니?"

"왜요?"

"덕일이가 와서 여태까지 기다리다가 부어서 갔어요."

"붓긴 왜 뭐."

"너 정말 저녁이면 어딜 가는 거가? 어제 저녁두 찾으니 없더라."

"아무데 가면 왜? 계집앤 밤낮 집구석에 있어야 하나."

4

연옥이는 어머니에게 그런 말도 듣게 되었다. 벌써 며칠을 두고 저녁이면 가는 곳이 있었기 때문이다. 그 곳은 남문을 나가서도 한참이나 가는 나루터였다. 선비님을 행여나 만날까 하는 마음에서였다. 그러나 선비님은 오지를 않았다. 약속도 없는 선비님이 올 리는 만무한 일이었다. 그러한 선비님을 기다리고 있는 자신이 우스울 뿐이다. 그러면서도 그러지 않고서는 견딜 수 없으니 나가보는 것이었다.

나룻배에서 내리는 사람은 많았다. 등짐을 진 도부꾼도 있었고,

나들이 갔다오는 새색시도 있었고, 소를 사갖고 오는 농사꾼도 있었고, 갓쓴 선비님도 있었다. 갓쓴 선비님이 있을 때는 가슴이 더욱 울렁거렸다. 그러나 막상 배에서 내리는 사람을 보면 연옥이가 기다리는 선비님은 아니었다.

강물을 빨갛게 물들였던 해가 없어지고 어둠이 젖어들어 나루가 끊어져도 기다리는 선비님은 오지를 않았다.

연옥이는 울고 싶은 허전한 마음으로 돌아오는 수밖에 없었다. 그러면서도 또 한편 그 선비님이 오지 않는 것이 다행이라고도 생각했다. 자기는 선비님을 대할 몸이 못된다고 생각됐기 때문이다.

이런 생각이 떠오를 때면 석류알처럼 그 예쁜이가 빠득 갈리며 그날 밤의 사나이가 어느 녀석인가를 다시 생각하게 되는 것이었다.

(도대체 어느 녀석이야, 선비님이 아니라면 혹시 덕일이 녀석이 아냐?)

그러나 덕일이도 아니라고 생각됐다. 선비님이 떠나던 아침에 자기의 허리를 쓸어안던 생각을 하면 전날 밤 그 짓을 하고서는 그러지 않았으리라고 생각됐기 때문이다. 역시 그날 밤의 사나이는 스님이 아니면 도부꾼의 어느 한 놈이라고 생각됐지만, 그것도 딱히 그렇다고 단정 지을 수는 없는 일이었다. 연옥이는 답답한 마음에 윷을 눌러 점도 쳐봤다. 잘 나오는 개를 선비님이라고 생각하고 걸을 덕일이라고 생각하고 윷은 스님이라고 생각했다. 그러나 평소엔 잘나오던 개도 점을 친다면 뚱딴지의 모가 나오고 윷이 나왔다. 연옥이는 화가 나서 개가 나올 때까지 연거푸 윷을 눌렀지만 그렇게 친 점은 연옥이 자신도 믿어지지가 않았다.

이렇게도 자기의 마음을 걷잡을 수 없이 지내던 연옥이는 남문 안에 용한 점쟁이가 있다는 말을 듣고 오늘은 그곳을 찾아갔던 것이다. 그러나 무슨 점을 치러 왔느냐고 묻자 대답할 말이 없어 얼굴만 빨개가지고 앉아 있다가 그대로 돌아오던 길에 뜻밖에도 봉변을 당하는 청담스님을 만났다.

그러나 그 스님두 아니라니 도대체 누구란 말야. 스님은 남의 죽을 상도 안다니 그런 일쯤 문제없이 알 것 아냐. 연옥이는 그런 생각을 하게 되었다.

"어머니, 사랑방 스님의 저녁상은 내가 내다줄래."

"왜 갑자기?"

"점을 잘 친대요. 점 좀 쳐달래."

"무슨 점?"

"어머닌 모를 점."

"너 벌써 덕일이와 그렇게 돼 가지고 태점 치겠다는 거 아니니?"

"어머니 미쳤어."

                                  5

스님이 든 사랑방에 연옥이가 저녁상을 들고 나가자, 스님은 밥술을 천천히 뜨면서 무엇을 열심히 생각하고 있었다.

먼 길을 걷고 시장할 때는 밥을 잘 씹어 먹어야지 그러지 않으면 배탈이 나기 쉽다고 한다. 그렇다고 해도 너무나 생각에 취해 있으므로

"스님, 뭘 그렇게 생각하세요. 나졸한테 채운 것이 분해서요?"

조롱대는 얼굴이 되자

"그것들하군 처음부터 싸울 생각이 없었어. 그것들 콧등이 터져도 창피하고 내 콧등이 터져두 창피한 노릇이니."

하고 웃고 나서

"형방에 있는 것들인가?"

"네."

"이 술청엔 잘 드나드나?"

"전엔 잘 왔지만 요즘엔 못와요."

"왜?"

"그들 상전의 집과 우리가 사돈이 되게 된 걸요."

"그러면 연옥이가 그 집에 시집가는 거구만."

"몰라요."

톡 쏘아주고는 귀밑이 빨개지는 것을 감추기 위해서

"사실 난 스님이 하두 점을 잘 친다기에 나두 점을 쳐달라구 나온 거에요."

"내 점이 그렇게 눅거린 줄 알어?"

"또 뽐내시네."

"뽐낼만두 한 일이지. 그러나 연옥이 청인데야 안 들어줄 수 없지."

"그렇다구 죽을 상이 있다는 그런 말하면 싫어요."

"그런 건 없으니 안심해. 그래두 늙으면 쪼록쪼록한 할머니가 될 상은 있는 것 같은데."

"그런 점이라면 나두 칠 수 있어요. 스님두 늙으면 할아버지 될 상인걸요."

술막집 딸이라, 농담엔 남에게 지는 법이 없다.

"됐어. 그만하면 점에 훌륭한 소질이 있는데 내 제자가 될 생각 없어?"

"그런 말 마시구 어서 진지 들구 점이나 쳐 줘요."

"밥은 다 먹었어."

스님은 상을 물려놓고 숭늉을 마셨다.

"그러면 시작해볼까."

자세를 바로 하고 의외에도 심각한 눈이 되어 연옥이의 얼굴을 가만히 들여다보고 있었다. 타고난 연옥이의 숙명과 마음의 비밀을 하나하나 꿰뚫어 보는 듯한 그런 눈결이었다.

"싫어요 스님. 그런 심각한 얼굴을 하고 있으니 무서워져요."

연옥이는 솔직히 말하면서도 장난같이 웃어 보려고 하자 그것을 무시하듯이

"역시 틀림이 없어. 내가 처음 본 그대로야."

"네?"

"말하자면 연옥인 무슨 걱정이 있어."

"제 얼굴에 그것이 나타나 있다는 건가요?"

"으음, 걱정이 있어두 이만저만한 걱정이 아니야."

스님은 조용히 그러나 자신있게 말했다.

6

"물론 걱정이 있기에 점을 쳐달랄 것 아니에요. 그건 누구나 다 알 수 있는 일이에요."

연옥이는 얼렁뚱땅한 수단엔 넘어가지 않는다는 당돌한 얼굴이었다.

"그러니 무슨 걱정인지를 이야기해 보란 말이지?"

"그래요. 그렇지 않구선 스님의 점이 맞는지 안맞는지 알 수가 없는 걸요."

"그렇다면 시원스럽게 이야기 하지. 연옥이는 아주 드문 미인이야. 옛날부터 미인박명(美人薄命)이란 말이 있지만 그건 명이 짧다는 뜻이 아니라, 기박한 운명, 즉 팔자가 순탄치 못하다는 뜻이지, 그야 그럴 수밖에 없잖아. 얼굴이 밴밴하면 뭇녀석들이 탐내니 말야."

"그래서요?"

연옥이는 자기도 모르는 사이에 어느덧 반짝이는 눈이 되었다.

"그러니만큼 연옥이를 탐내는 사나이도 한두 녀석이 아니란 말야,

그건 틀림 없지?"

"그렇다구 하구서 어서 하려는 이야기나 해요."

"그런데 연옥이는 이미 부모, 아니 어머니가 정해 준 배필이 있는데 그 사나이보다 딴 남자를 생각하는 데서 무슨 걱정이 생긴 것 같구만. 어때, 맞지 않았어?"

"안 맞은 건 아니지만 그 정도는 누구나 다 알 수 있는 일이에요."

"그래?"

"그렇잖구요. 우리 같은 계집애들의 걱정이란 그런 종류라는 건 누구나 짐작하는 일인걸요."

"역시 연옥이는 관상장이의 소질이 대단해. 관상장이루 둘이서 떠나볼 생각 없어?"

"뚱딴지같은 소린 그만 하시구 어서 내 걱정이 뭔가를 맞혀나 봐요."

"그렇다면 이제부터 진짜로 관상을 보기로 하지."

스님은 손끝으로 연옥이의 턱을 약간 받들고서 열심히 들여다 본다. 신을 부르는 듯한 아주 엄숙한 얼굴이다.

"역시 연옥이에는 피치 못할 숙명의 상이 있어."

"무슨 말이에요."

"요즘에 와서 불우의 봉변을 당한 일은 혹시 없나?"

"네?"

놀라지 않을 수가 없었다. 예쁜 눈에는 당황한 빛이 그대로 드러나고 말았다.

"있다든지 없다든지 내가 묻는 그것만은 분명히 대답해 줘야 해. 틀림없이 있지?"

"네, 네—"

"무슨 봉변이야, 나처럼 나졸들한테 발길로 채울 그런 봉변도 없을 일이고…… 그러면 혹시 어머니의 가락지를 끼고 나갔다가 도난을 당한 그런 일이 있었나?"

"아니에요."

"그러면?"

"그런 건 아니구."

얼굴이 빨개서 여전히 입을 못떼는 연옥이었다.

7

"부끄러워 이야길 못하나?"

스님은 태연스럽게 물었다.

"네."

"그래두 사정을 이야기해 줘야지. 그렇지 않구선 관상이나 점만 갖고서는 말할 수 없으이."

"그럼 제가 하는 이야길 다른 사람에게 하지 않는다는 약속 하겠어요?"

연옥이는 빨개진 얼굴로 따집었다.

"관상에 대한 것은 무슨 일이건 절대로 이야기하는 일이 없으니 그건 안심해요."

"그렇다면 믿구 이야기하겠어요. 그게 바루 얼마 전에 스님과 선비님이 이 방에서 자구 간 그날 밤이었어요. 재밤중에 어떤 녀석이 어머니와 제가 자는 방에 들어오지 않았어요. 그리고는 저를……."

겨우 여기까지 이야기하고서는 고개를 숙여버렸다. 그러나 스님은 그것만으로서도 충분히 안 모양으로

"세상에 그런 봉변이 어디 있어?"

"처음엔 죽고만 싶었어요."

"그런데 그게 누군지 알 수가 없단 말이지?"

"네."

"그래두 그렇게 모를 수가 있을까, 아무리 어두운 밤에 된 일이라두……."

"정말 저두 어떻게 된 일인지 알 수가 없어요."

"옆에서 어머니가 자구 있었다면 소리도 칠 수가 있지 않았어?"

"무섭구 떨려서 소리칠 수도 없었어요."

"그 보다두 마음에 있던 사나이라고 생각한 때문이겠지."

"……."

그것이 사실이니 연옥이는 얼굴만 더욱 빨개지는 수밖에 없었다.

"내 말이 틀림 없으면 사모한 사나이가 누구라는 것도 알 수 있어. 나와 같이 왔던 선비 그 녀석이지?"

"그걸 어떻게 아세요?"

"그 녀석은 염복이 있는 놈이라 어딜 가나 계집들이 따르니 말야."

"그러면 그날 밤의 사나이도 그 선비님일까요?"

달뜬 눈으로 물었다.

"아니야, 여자들은 따르지만 그 녀석은 여자엔 별로 흥미를 갖지 않는 녀석이라."

"그래요?"

연옥이는 가만히 한숨을 쉬고 나서

"그러면 누구예요?"

"그야 뻔한 것 아냐, 연옥이가 선비에게 달뜬 기맥을 알구 있는 녀석이라는 것이."

"그게 누굴까?"

"이 집에 있는 사나이지."

거침없는 대답이다.

"그래두 우리 집엔 사나이라곤 중노미로 있는 칠성이 뿐인걸요."

"그 녀석은 몇살인가?"

이 말에 연옥이는 앞이 아찔했다. 칠성이는 자기보다도 삼년이나 위인 열아홉이 아닌가, 여태까지 그를 한 번두 의심해 보지 않은 것이 자기로서도 이상한 일이다.

"그 애가 틀림 없을까요?"

"하여튼 잠자코 기다려봐, 물본 기러기나 꽃본 나비는 다시 찾아오게 마련이야."

8

그날 밤 연옥이는 밤이 깊어서도 잠을 이룰 수가 없었다.

그것이 칠성이라고 알고 나니 소한테 물린 것 같은 어이없는 마음이었기 때문이다.

(그 녀석이 그런 엉뚱한 짓을 했어. 그건 그저 일밖에는 아무것도 모르는 줄만 알았는데)

그러나 지금에 와서 생각해 보면 역시 그도 자기를 보는 눈이 다른 것이 한두 가지가 아니었다.

바로 며칠 전의 일만해도 그랬다. 그날은 어머니와 칠성이가 찬거리를 사러 장에 간 틈을 타서 연옥이는 몸을 씻고 양지바른 툇마루에서 발톱을 깎고 있었다. 어머니보다 먼저 찬거리를 사갖고 돌아온 칠성이가

"너 요즘 좀 이상하더라."

앞에 와 서며 부릅뜬 눈을 했다. 정신을 차리고 보니 아무도 보는 사람이 없다고 방심하여 옷고름도 매지 않은 채였다. 연옥이는 얼굴이 빨개지면서 분주히 옷고름을 맸으나, 마음에 받는 충격이 컸던 만큼 건방지다는 생각이 앞서

"너, 그 눈짓은 뭐야. 날 계집애라구 깔보는 모양이구나."

하고 자기도 모르게 몸을 도사리고 앉았다.

몸은 비록 연옥이보다도 두배나 크지만 어렸을 때부터 싫은 일은 모두 시켜 오기만 한 하인이라 오빠처럼 믿어온 일은 있어도 사나이로 생각한 일은 한 번도 없었다. 그러한 사나이에게 뜻하지 않은 말을 듣게 됐으니 연옥이도 화가 날 만한 일이었다.

"깔보는 건 아니지만 그래두 시집두 가지 않은 계집애가 뭐야, 개차반같게."

여전히 어른같은 이야기를 했다. 네 행색이 그러니까 사나이들도 야밤중에 너를 겁탈하려 들어간다는 그런 어투같기도 했다. 그런 생각에 연옥이는 뒤가 감기는 대로

"그래서 내가 언제 남에게 손가락질 받을 일을 했단 말야. 봤으면 어서 말해봐."

"그런 게 아니구 네가 너무나도 예쁘니 하는 소리지."

"그만둬. 네 속 모를 줄 알구. 저런 계집이니까 못난 덕일이한테나 시집가게 됐다구 비웃는 거지 뭐야."

하고 대들자

"자기두 싫다는 서방한테 왜 시집간다면서 나보구 앙탈이야."

칠성이도 그만 화가 난듯이 한마디 하고서는 앞마당으로 사라졌던 것이다.

그땐 칠성이의 그런 무례한 짓이 밉기만 했지만 지금 와서 다시 생각해 보면 그것도 속셈이 있어서 한 말이었다.

(그 눈치를 왜 여태 못챘을까. 그 때만 해도 그 선비님만을 생각한 때문일까. 아니 주인과 하인이란 간격을 생각한 때문일까. 술막집의 딸이라면 그가 하인이라고 천대도 못할 처지인데)

이런 생각을 하는 동안에 밤은 자꾸만 깊어졌다.

9

　연옥이는 잠을 못자고 생각하던 끝에 결국 칠성이와 사는 수밖에 없다고 생각했다.

　이왕 이렇게 된 바에는 마음에 없는 덕일이한테 시집가는 것보다는 그 편이 훨씬 행복하리라고 생각됐기 때문이다.

　그렇게 생각하고 보니 칠성이도 결코 못생긴 사나이는 아니었다. 키가 크고 눈이 어글어글한 것이 사나이다왔으며 힘도 세어 남의 하는 일을 두 배 세 배나 했다. 그저 흠이 있다면 너무나 우직하고 순진해서 남에게 잘 속는 일이지만 그것도 생각할 탓으로 흉이라고만 볼 수도 없는 일이다. 더욱이 그런 엉뚱한 짓을 한 것을 생각하면 남이 생각 못하는 결단력도 있는 것 같았다.

　이렇게 생각하면 생각할수록 연옥이는 자꾸만 칠성이에게 마음이 기울어지는 반면에 새로운 걱정이 또 하나 생겼다.

　자기들의 부부를 어머니가 승낙해 줄 리가 없었기 때문이다. 뿐만 아니라 덕일네 집에서도 보고만 있을 것 같지가 않았다.

　(그러면 어떻게 한다? 어떻게 하긴, 둘이서 도망치는 수밖에 없지)

　혼자서 중얼거리고 나서는

　(칠성이가 그 말을 들어줄까? 그야 들어줄 일이지. 제가 그렇게 하고 싫다구야 할 수 있어)

　또 혼자서 화를 낸 얼굴을 지어 보고서는

　(뭐라면서 도망치자구 해야 하나? 너하구라면 무슨 고생을 해두 좋다구 하지 뭐)

　이번엔 얼굴을 붉히고 나서

　(그러면 칠성이는 어떤 얼굴을 할까? 그 커다란 눈이 더욱 둥그레질까? 아니, 그보다도 소뿔은 단 김에 뽑아야 한다며 오늘 밤이라도 달아나자고 서둘러댈지 몰라. 그러니 내가 갖고 갈 물건도 미리 생각해

뒤야겠어)

이런 생각도 하고 나서는

(도망을 친다면 어디로 가야 하나. 두메 산골로 가서 땅이나 파 먹구 살까. 그건 너무나 서글픈 일이야. 이왕 도망치는 바에야 서울 같은 대처로 가지. 칠성이는 힘이 센데 무슨 걱정이야. 그만한 힘 갖고서 밥이야 못 먹을라구)

결코 즐겁달 수는 없는 연옥이의 불안스럽고도 허전하기만한 공상은 꼬리에 꼬리를 이어 끝이 없었지만, 그 때 문득 방문의 고리쇠를 여는 소리가 났다.

"찰칵 찰칵"

문 여는 소리는 한참이나 계속되었으나 어머니는 그 소리도 모르고 옆에서 잠만 자고 있었다. 그래도 연옥이는 깨우지를 못했다. 꽃 본 나비는 다시 온다는 스님의 말 그대로 그것이 틀림없는 칠성이라고 생각했기 때문이다. 그렇다고 문을 열어줄 용기도 없었다. 그저 숨을 죽이고 빨리 열어지기를 기다릴 뿐이었다.

드디어 문이 열려졌다.

그러나 그것은 칠성이는 아니었다. 그렇다면 스님. 스님도 아니었다. 달빛을 받으며 불쑥 들어선 사나이는 수건으로 얼굴을 가린 키가 구척같은 사나이였다.

10

"누구야?"

연옥이는 겁결에 벌떡 일어나 앉았다.

"떠들어대면 죽일 테다."

사나이는 변성한 목소리로 비수를 내댔다.

"남이 자는 방에 신을 신구서 뭐야."

"계집년이 대담한데……탐나는 것이 있어 들어온 거야."

"우린 가난해서 아무것도 없어요."

"그렇지도 않겠지. 금붙이같은 패물은 의롱이나 쌀독에 넣어 뒀을 텐데."

"있으면 뒤져가요."

"탐난다는 건 그렇게 아니야. 연옥이의 부드러운 살결 흐흐……."

"아니 네놈 아니야?"

어디서 본 것 같은 사나이라고 생각했는데 이제 보니 틀림없는 왁새였다.

"흐흐…… 이제야 안 모양이구나. 바보 같은 덕일이에게 네 몸을 그대로 내어 주기엔 너무나 미련이 남아 들어왔어. 잠자코 말을 들어줘."

"저번에두 네 놈이었구나?"

"저번이라구?"

"시침을 떼면 모를 줄 알어?"

"나보다 먼저 온 녀석이 있단 말야?"

"네 놈이 아냐?"

연옥이는 아차 하는 마음이었다. 그러나 배앝은 말은 다시 담을 수가 없었다.

"하하, 알겠다. 전에두 이런 일이 있었단 말이지? 그렇다면 비싸게 굴 몸도 못되는구만."

비수를 내댄 채 달려들려고 했다.

(안된다. 죽는 한이 있어도, 너같은 것 한텐……)

연옥이는 사나이를 노려보면서 뒤로 움쳤다. 그러나 뒤는 곧 바람벽이니 움칠 수도 없었다. 어머니는 세상 모르고 아랫목에서 잠만 자고 있다. 건너방의 칠성이 역시 마찬가지다. 그렇다고 고함치면 비수가 가슴에 푹 박힐 것만 같다.

"네가 이제는 내 말을 안 들어 줄 수도 없는 노릇이지, 네 비밀을 알았으니 말이다. 그런 일이 세상에 퍼지면 네가 어떻게 된다는 것은 알겠지."

"……."

달빛에 드러난 연옥이의 얼굴은 양미간을 찌푸린 채 그만 고정되고 말았다. 증오와 공포가 얽혀진 그 얼굴이 사나이에게는 더욱 정욕을 타게 하는 모양이다.

"흐흐, 내가 원망스러워? 그건 마음대로 해. 나도 하고 싶은 것은 마음대로 할 테니."

금시에 달려들 듯하던 사나이가 갑자기 몸을 돌렸다. 밖에서 발소리가 났기 때문이다.

"누굴까, 칠성일까?"

발소리는 점점 가까와 왔다. 왁새는 어느덧 문 옆으로 달려가 비수를 쳐들고 있었다.

"아, 위험해요!"

연옥이가 소리치기 전에 벌써 왁새는 비수를 내려 꽂았다. 그러나 바깥 사람은 이런 일을 미리 알았던 모양이다. 피했던 손이 왁새의 상투를 잡아당기는 바람에 녀석은 보기좋게 코밀이를 하며 쓰러졌다. 방문을 연 것은 청담스님이었다.

11

"어이구 어이구!"

댓돌 위에서 굴러떨어진 왁새는 목이라도 부러진 모양인지 도망칠 생각도 못하고 비명을 쳤다.

"이 녀석아, 손님들 자는데 시끄럽게 뭘 끙끙거려."

청담스님은 꾸짖고 나서

"이 놈한테 잃은 건 없나?"

연옥이에게 물었다.

연옥이는 겁에 질려 말도 못하고 고개만 흔들었다.

"그렇다면 너 이놈, 딴마음을 품고 들어왔던 모양이구나?"

"……."

"네 소행을 봐서는 밟아 죽이고 싶다만 나이가 아까워 살려주니 곱게 돌아가!"

"뭐 어째 이 녀석!"

얼음판에 넘어진 소처럼 눈알만 번득이고 있던 왁새도 그 말엔 견딜 수가 없는 모양으로 벌떡 일어서서 달려들려고 했다. 그러나 손에 쥐었던 비수가 없는 것을 알고서는 움직이지 못했다.

"칼을 찾는가? 이건 너같은 녀석이 가지면 위험해서 내가 건사했다."

어느 결에 빼앗았는지 청담스님은 그가 들었던 비수를 뵈어줬다.

"으음, 나를 봐 준다는 거야?"

"자네같이 사람 잡는 나졸이 아니니 말야."

스님은 조롱대며 웃었다.

"그렇다구 고맙다구 할 줄 알어."

"그건 자네 뱃심대로 생각하게나."

"두구 봐, 다시 만날 기회가 있겠지."

"글쎄, 다시 만날 기회가 있을는지도 모르겠네. 어젯 저녁에 말해 준 자네의 죽을 상이 없어진 건 아니니."

"마음대로 지껄여. 죽을 상은 네 얼굴에 있다는 거나 알아두구."

이 한 마디를 하고 나서 왁새는 중문 밖으로 사라지고 말았다.

"그놈이 왁새가 아닌가?"

어머니는 겨우 눈을 뜬 모양으로 몸을 떨어대며 물었다.

"어머닌 그것두 모르구 잠만 자고서……."

연옥이는 어머니한테 안기면서 급기야 울음을 터쳤다. 지금까지 혼자서 애타던 일을 죽 털어놓고 싶은 마음이었다. 그러면서도 말을 못하고 그저 어깨만 들먹거리며 흐느껴 울었다.

"울지말구, 어떻게 된지 이야기나 좀 해라."

"스님 아니면 큰 욕을 볼 뻔 했어요."

"그러면 왁새 그 놈이."

"응."

연옥이는 흐느끼면서 고개를 끄덕이었다.

"세상에 이런 변이 어디 있어."

대번에 안색이 달라진 어머니는 연옥이를 떠밀고 일어나서 치마를 찾아 입었다.

"어딜 가려는 거야?"

"그 놈을 그대로 두려고? 네 시아버질 찾아가서 이야기 해야지."

"가지 말아요, 어머니."

연옥이는 분주히 어머니의 치마를 잡았다. 왁새가 자기의 비밀을 알고 있다고 생각하니 그럴 수밖에 없었다.

"그 놈을 내버려 둬?"

"하여튼 그만둬요."

그러자 보고 있던 스님이

"사흘 안으로 죽을 상을 가진 놈입니다. 내버려 둬요."

그 말이 연옥이에겐 말할 수 없이 고마운 말이었다.

12

다음 날 아침—.

연옥이는 경대를 마주 안고 머리를 빗고 있었으나 불안스러워 제대로 빗질도 할 수 없었다.

자기의 비밀을 알고 간 왁새가 그 꼴을 당했으니 잠자코 있을 리가 없다고 생각됐기 때문이다.

(그 녀석은 양심이란 털끝만큼도 없는 놈인 걸. 무슨 흉계를 못 꾸밀라구)

스님에 대한 원한이 있는만큼 자기를 겁탈한 사나이가 스님이라는 말도 예사롭게 꾸며댈 것만 같았다.

(그렇게 되면 어떻게 되나. 죽을 상은 그 녀석이 아니라 스님이 되는 판이 아닌가)

연옥이는 낯색이 달라지지 않을 수가 없었다. 입술도 바르르 떨렸다.

거울 속에 담아진 그러한 자기의 얼굴을 연옥이는 얼빠진 사람처럼 보고 있었다. 백짓장처럼 질린 얼굴이면서도 역시 귀엽다고밖에 볼 수 없는 얼굴이다. 그 얼굴이 지금엔 원망스럽고 밉살스럽기만 했다. 그렇게 귀엽지만 않았더라도 이런 걱정은 없었을 것이 아닌가.

(내가 죽는 한이 있어도 애매한 스님을 욕보게 해서는 안된다)

연옥이는 분주히 빗던 머리를 마저 빗고 나서 일어섰다.

자기 걱정을 알아줄 사람은 지금엔 역시 스님밖에 없으므로 사랑방으로 나가서 의논할 생각을 한 것이다.

스님은 벌써 일어나 단정히 앉아서 책을 읽고 있었다. 그렇게도 의젓이 앉아 있는 스님을 보니 연옥이는 금시에 눈물이 쏟아져 나올 것만 같았다. 그러나 스님은 그런 마음도 알아주려고 하지 않고

"오늘두 수심이 가득찬 예쁜 아가씨가 첫 손님이야."

희죽거려 조롱댔다.

"싫어요, 지금 그런 농담이나 하고 있을 때가 못 돼요."

하고 연옥이는 원망스럽다는 듯이 눈을 들었다.

"그래서 오늘 걱정은 대체 뭐야. 사랑 걱정, 재물 걱정, 병 걱정, 명예 걱정, 걱정도 세자면 끝이 없는데."

"그런 것두 첫 눈으로 못 알아 내면서 무슨 관상을 본다는 거예요."

걱정이 태산 같으므로 공연히 화도 내고 싶어지는 연옥이었다.

"콧김이 센 것을 보니 대단한 걱정인 모양이야. 그렇다구 내가 모를 리야 없지. 청담스님은 보통 관상이 아니라 불도에 통한 관상이라……."

"어서 맞춰봐요. 난 어떻게 하면 좋아요."

"나비라고 생각했던 녀석은 코만 골고 그 대신 난데없는 늑대가 나타났다는 것이지?"

"그래요. 내 정신이 아니었어요."

"그렇지, 우악스러운 늑대가 나타났으니 제 정신일 수 있어. 그 바람에 해서는 안될 말을, 말하자면 전번에 들어온 것두 네 녀석이라고 대들었기 때문에 하지 않아도 될 걱정이 또 생겼다는 그런 이야기구만."

"어떻게두 그렇게 아세요. 보구 있은 것 아니에요?"

너무나도 알아 맞히니 그런 말이 나오지 않을 수 없었다.

13

"어지간히 맞은 모양이구만. 그렇다면 걱정도 할 만한 일이지. 마음이 곱지 못한 녀석이라 연옥이의 그런 약점을 가지고서 무슨 협박을 할는지도 모르니."

그러나 스님은 별로 걱정하는 얼굴도 아니다.

"그것이 저뿐만이 아니에요. 전 아무래도 좋지만 저 때문에 스님까지 누명을 쓰게 될지 모르니 말예요. 그것이 걱정이에요.”

“내 걱정은 할 것 없어. 난 지금 당장이라도 훌 떠나버리면 그 뿐이니 말야.”

“네?”

연옥이는 가슴이 탁 막히는 것 같았다. 지금에 스님마저 떠난다면 자기는 어떻게 해야할지 몰랐기 때문이다. 그러나 스님은 언제까지 사랑채에 머물러 있을 사람도 아니다.

믿고 있던 태산이 무너지는 것 같은 마음에 연옥이는 그만 눈물을 흘리고야 말았다.

“갑자기 울긴 왜 울어?”

“스님마저 떠나면 전 어떻게 해요.”

“걱정말어. 그 녀석은 내일 안으로 죽을 녀석이야. 그걸 내가 보구 떠난다면 연옥이두 안심되겠지?”

“정말 그 녀석의 얼굴엔 죽을 상이 있는가요?”

“내가 본 관상엔 틀림없어.”

따끔히 잡아떼서 말했다.

스님의 말대로 그것이 사실이라면 만사는 해결되는 일이다. 그러나 어제도 믿어지지 않았던 말이 오늘이라고 꼭 믿어질 리도 없었다.

“그걸 어떻게 아세요?”

“얼굴에 나타났으니 알지. 그것두 아주 두껍게. 눈이라도 내릴 듯한 날씨에 구름이 찌푸듯 끼어 있듯이…….”

“그래두 내일 죽지 않으면 어떻게 해요?”

“그렇게두 내 말이 못 미더우면 둘이서 내기라두 해.”

“내기요?”

“만일 그 녀석이 죽지 않으면 어떻게 한다. 연옥이가 내 목을 필요로 할 리도 없으니 중의 옷을 벗고 환속해서 일생동안 이집의 중노미 노릇을 하지. 그리고 내말대로 그 녀석이 죽는다면?"

얼굴을 들어 연옥이의 대답을 기다렸다.

(제가 진다면 일생동안 스님의 아내가 돼도 좋아요)

그러나 이 말은 생각뿐으로 입에서 떨어지질 않았다. 자기의 허물을 알고 있는 스님에게 무슨 염치로 그런 말을 할 수 있느냐는 생각이 앞섰기 때문이다.

스님은 연옥이의 대답을 기다리다 못해

"그런 내기를 좋아하지 않는 모양이구만."

"그런 건 아니에요."

"그러면 어떻게 한다는 조건을 말해야지."

"절 아무렇게나 해요."

"연옥일 업어다 어떤 녀석에 팔아먹어두!"

"네."

"그래두 예쁜 아가씰 그렇게 할 수야 있나. 그 보다두 연옥이가 지면 서울간 선비의 생각을 아주 잊어버린다는 약속을 해줬으면 좋겠어."

"네?"

연옥이의 가슴에는 문득 오는 것이 있었다.

(그날 밤의 사나이는 역시 그 선비였던가)

14

"저보구 선비님을 잊으라는 이유는 어디 있어요?"

연옥이는 스님의 기수를 살피며 물었다. 그날 밤의 사나이가 선비님인지 아닌지를 분명히 알고 싶었기 때문이다.

"첫째론 정녀(貞女)가 되라는 것이고, 둘째론 연분에 없는 사나이를 생각해야 쓸데없다는 것이지.”

“그럼 그날 밤의 사나이도 선비님은 아니란 거지요?”

“섭섭하겠지만 아니야.”

스님은 희죽 웃었다.

“그럼 누구예요?”

“이 집에 있는 사나이라고 말하지 않았어.”

“그렇다면 스님의 관상이 틀렸거나 잘못됐어요.”

“왜?”

“아무리 생각해 봐두 칠성인 아닌 걸요.”

“그렇지. 연옥일 생각하는 놈이라면 어젯밤의 그런 일에 코만 골구 있을 수야 없겠지.”

“그러니까 스님의 관상이 틀렸다는 거예요.”

“그렇지만 어젯밤에 이 집에서 잔 사나이는 칠성이 혼자뿐이 아닌 것 아니야.”

“그럼 우리 집에 든 손님 중에 있다는 건가요?”

“그렇겠지.”

“그것이 누구예요? 스님이 명인이라면 제 관상을 보구 알아 맞혀요.”

“관상을 보구 알아 맞혀라.”

“네, 제 얼굴을 잘 보구 전처럼 틀림이 없게요.”

“잘 보면 볼수록 연옥인 틀림없는 미인상이야.”

“싫어요, 그런 농담은.”

연옥이는 화가 나는 양으로 샐쭉했다. 스님은 여전히 싱글싱글 웃기만 하면서

“공연히 샐쭉두 잘하구, 알지 않아두 좋은 일을 기어이 알아내야만 하구, 그러면서두 정엔 아주 헤프기두 하구…….”

"알 수 없으니까 그런 딴소리만 하고 있는 것이지요?"

"그것이 사실 아닌가?"

"하여튼 그런 말이라면 왁새가 죽을 상이라는 것두 믿을 것이 못 돼요."

"천만에. 내 관상만은 틀림이 없어."

"그럼 애만 태우지를 말구 한 마디로 따끔히 맞혀 줘요."

"그날 밤의 그 사나이를 맞히면 되는 거지?"

"여태까지 무슨 말을 듣구 있었어요?"

"그 사나이는 틀림없이 연옥이의 남편이 될 사람이야."

"그럼 저와 덕일이라는 거예요?"

"아니, 어젯밤도 꽃을 보러 갔던 나비."

"역시 왁새 그 녀석이란 말인가요?"

"아니 아니, 그 보다도 한걸음 늦게 간 나비."

"그러면?"

연옥이는 그만 놀라는 얼굴로 스님을 쳐다보지 않을 수가 없었다.

                                    15

"그렇다면 어젯밤부터 분명 이집에 있는 사람이군요."

연옥이는 가슴이 수물거려 말도 잘 나오지가 않았다.

"청담스님은 없는 말을 하는 사람은 아니야."

"그럼 왜 여태까지 숨기고서 남의 가슴을 타게 했어요. 스님을 원망하고 싶어요."

"그야 매일 저녁 나루터에 가서 선비님을 기다리는 사람보고 어떻게 이야기할 수가 있어."

스님은 연옥이의 얼굴을 쳐다보며 싱글싱글 웃었다.

"어마, 그런 것두 관상에 나타나 있어요?"

"그걸 모르구서야 불도에 통한 관상이라구 할 수 있어?"

"그럼 지금은 제가 어떤 생각을 하구 있는지 맞혀 봐요."

"선비님과 중의 생각이 반반 아닐까. 아니 아무래두 선비님의 생각이 몇 돈중이나마 더 많은 것 같아."

"틀렸어요."

연옥이는 흘기는 눈이 되었다.

"그렇다면?"

"그렇게 얼렁뚱땅 넘길라고 하지 말아요. 날 이렇게 만들고서."

"그러면 연옥이는 나만을 생각한다는 거야?"

"묻지 않아도 알 수 있는 일 아니에요. 나를 범한 사나이가 중놈이라면 중놈하구두 살 생각이었다는 건 스님두 알면서⋯⋯."

"그렇다면 역시 애정은 선비님에게 있다는 말 아닌가?"

"그런 말은 날 또 장난치구 달아날 생각이었다는 말밖에 되지 않는 거예요."

"그런 건 절대루 아니야."

"아니긴 뭐가 아니에요. 스님은 관상을 보는 사람인데 첫눈으로 제마음이 이렇게 움직이고 있다는 걸 모를 리 없잖아요."

연옥이는 견딜 수 없어 그만 눈물을 흘렸다.

"눈물을 닦구 침착해."

"이런 일 당하구 어떻게 침착하라는 거예요. 싫으면 싫다구 분명히 이야기해요. 난 지금 산 것 같은 마음이 아닌 걸요."

"알겠어, 그렇다면 나두 이야기하겠으니 이제부터 잘 들어."

스님은 갑자기 엄숙한 얼굴이 됐으므로 연옥이는 가슴이 뚱해졌다.

"이야긴 얼마든지 들을 테예요. 그 말이 무슨 말인지두 알구 있어요. 내가 죽을 상이라는 그런 말이지요?"

"아니야."

"다시 잘 봐요. 없을 리가 없는 걸요. 스님이 싫다면 난 죽는 수밖에 없는데 왜 없겠어요."

물불을 못가리 듯 몸부림을 치며 대들자

"제발 그렇게 야단치지 말아요. 연옥이에게 반한 나두 마음이 변할지 모르겠으니."

스님은 시침을 뗀 눈으로 웃었다. 연옥이는 다시금 가슴이 뜻해지지 않을 수가 없었다. 그렇게 되면 자기는 정말 죽어야 하는 판이기 때문이었다.

"그래요. 침착하겠으니 어서 말해요."

"내가 연옥일 좋아하는 것은 틀림없어."

"그러면 오늘부터 절 아내로 삼는다는 건가요?"

"그렇게까지 말하는데 싫다고 하겠나. 그러면 내가 있던 절에 다녀올게."

"거긴 왜요."

"중의 옷을 벗으려면 그래야 할 것 아냐."

16

가을비는 처마 끝에서 긋는다고 한다. 그러나 그날은 스님이 나가고 나서부터 오기 시작한 비가 밤이 되어도 그칠 줄을 몰랐다.

그래도 연옥이네 술청엔 단골손님이 몇패 있었으나 그들마저 돌아가 버리자 아주 손님이 끊어져 여느 날과도 달리 술청은 텅 비고 말았다.

"그만 불 끄구 일찍 들어가 자자."

어머니가 하품을 켜며 먼저 일어섰다.

"그래요. 이제는 손님두 없을 것 같아요."

말은 그렇게 하면서도 연옥이는 일어나려고 하지 않았다. 무슨 일이 있어도 오늘로 돌아오겠다던 스님이 여태까지 나타나지를 않기 때문이다.

(나를 속이고 아주 또 달아난 것 아냐)

자기를 맡는다고 굳게 약속하고 간 사람이 날이 어두워서도 오지 않는다면 그렇게 생각할 수밖에 없는 일이다. 더욱이 스님은 오늘밤에 왁새가 무슨 행패를 부릴지 모른다는 것을 모를 리 없는데 오지 않으니 속이 타지 않을 수가 없었다.

그것들이 떼거리로 와서 나를 정말 업어라도 가면 그때 어떻게 할 생각이야. 아니 스님은 나같은 것은 조금도 생각하는 마음이 아니에요. 그걸 나혼자 달떠갖고서, 그렇지 않구서야 내가 이렇게 기다리고 있다는 걸 알면서 안 올 리가 있어. 역시 속은 거야.

스님은 처음부터 나를 장난치자는 생각밖에 없은 거야. 남이 자는 방을 야밤중에 들어왔던 것도 그 때문이 아니야.

연옥이는 생각할수록 분해 견딜 수가 없었다. 얼굴 하나 할퀴어주지 못하고 곱게 보낸 것이 억울해 견딜 수가 없었다. 그러면서도 또 한편 그렇게 생각하기엔 너무나 마음이 허전했다.

안 올 리는 없어요. 자기는 거짓말 하는 일은 없다고 하지 않았어. 점도 잘 치는 스님이라 오늘밤은 무사하리라는 것을 벌써 다 알고 비도 오니 오지 않는지도 모르지.

그러고 보니 바깥의 비는 더욱 세차게 내리는 모양이었다.

연옥이는 덧없는 마음이면서도 너무나도 훌륭한 스님에게 반했기 때문에 이런 걱정도 하게 된다고 생각하며 그만 술청 문을 걸려고 일어섰다. 그 순간에 술청 문이 벌컥 열렸다.

(아, 스님이 오는가)

분주히 얼굴을 든 연옥이의 눈에는 동저고리 바람에 방망이를 든

두 녀석이 흠뻑 젖은 모양으로 들어서는 것이 띄었다.

"어마!"

겁에 질린 얼굴이 되는 서슬에 한 놈은 목로 앞으로 가서 부엌과 통하는 문을 지키고 또 한 놈은 출입문을 지켰다. 그 뒤로 왁새가 젖은 장폭을 천천히 돌치고 들어서 연옥이와 마주섰다.

"무엇하러 온 사람이야?"

이제는 도망칠 수도 없는 노릇이라 연옥이도 배짱을 부려 마주 쳐다봤다.

"무엇하러 온 사람이라니, 아침에 왔던 나를 벌써 잊었나."

왁새는 짐승같은 눈을 번득거리며 웃어댔다.

17

"얼굴을 가리고 다니던 왁새가 그대로 왔으니 알아볼 수가 있어."

연옥이는 몸을 도사리고 있으면서도 조롱대는 말은 늦추지를 않았다.

"얼굴을 가리고서야 예쁜 연옥일 볼 수 있어야 말이지."

"능글맞은 소린 그만 두고 어서 돌아가요."

"술청에 온 사람을 술두 한잔 부어주지 않구 그대루 돌아가라니 말이 돼?"

"술두 다 떨어졌어."

"그래두 나한테 부어줄 술이야 있겠지?"

목로상의 사발을 들어 넌지시 내댄다.

"없다는데 왜 이렇게 야단이야."

연옥이는 독살스러운 메밀 눈을 해 보인다. 그러나 왁새는 그 눈이 예뻐 견딜 수 없는 듯이 목을 움츠려 웃어대며

"사실은 술이 아니야, 같이 가자구 온 거야."

"어딜?"

"난 황주 같이 좁은 곳에선 살 수 없다구 생각했어. 그렇다구 연옥일 두고 갈 수 있어야 말이지. 정말 난 연옥이한테 반한 모양이야."

"미친 수작 말구 어서 돌아가요. 스님이 돌아오기 전에."

"뭐 스님?"

왁새는 급기야 얼굴빛이 달라지며

"그 중녀석은 어디로 도망쳤어? 그놈을 죽일라구 한종일 찾았는데 어디 있어야 말이지."

아주 분한 얼굴이었다.

"찾지 못했기에 다행이지, 스님을 만났더라면 네 목이 이번엔 정작 떨어져 나갔을는지도 몰라요."

"주둥아리 놀리는 것을 보니 알겠다. 네가 좋아하는 녀석이 역시 그 중녀석이구나"

"……."

"네년이 그런 생각이라면 하는 수 없다. 묶어서 데리구 가는 수밖에."

왁새는 드디어 흰 눈자위를 드러냈다.

"내 몸에 손만 대 봐라."

하면서도 연옥이는 뒤로 움치는 수밖에 없었다.

"싫어두 별 수 없는 거야."

왁새는 비호처럼 와락 달려들었다.

"짐승같은 네 녀석한테."

연옥이는 있는 힘을 다 내어 떠밀어 댔으나 반대로 손이 잡힌 채 왁새가 뒤집어 씌우는 치마를 쓰고 쓰러졌다.

"아, 어머니!"

"어린 계집애두 아닌데 어머닌 왜 찾아."

목을 팔에 끼고 졸라댔다.

"놔라, 이 짐승같은 거!"

미친 듯이 악을 썼으나 왁새의 힘을 당할 수는 없는 노릇이다. 왁새는 박승을 꺼내어 연옥이의 발부터 묶을 차비를 했다. 문에는 사람이 지키고 있으므로 서두를 필요도 없는 모양이다.

"사람…… 사람 살려요."

아무리 소리를 치려고 해도 숨도 쉴 수 없게시리 목을 끼고 있으니 소리도 칠 수가 없었다.

"이 녀석, 이 짐승 같은 녀석!"

숨만 몰아쉬는 동안에 발목이 묶이고 손마저 묶여 이제는 요동치던 기운도 진한 그 때 문앞에서 펄썩, 하고 사람이 쓰러지는 소리가 났다.

"스님인가?"

그러나 치마를 둘러쓰고 있는 연옥이니 보일 리도 없었다.

18

"누구야!"

왁새는 묶고 있던 연옥이를 버리고 벌떡 일어섰다.

문을 지키던 놈이 넘어진 옆에서 역시 비에 흠뻑 젖은 젊은 선비가 웃고 있었다. 그 순간

"아니 네놈이."

왁새가 놀라는 것도 무리는 아니었다. 그 젊은이는 아침에 중의 도포를 걸쳤던 틀림없는 청담스님이니—.

"네 놈 잘 만났다."

그래도 큰소리는 못 치면서 증오의 눈을 번득거렸다.

"여기는 무엇하러 왔어."

쏘아붙이는 청담스님의 목소리는 칼날처럼 날카롭다.

"알 수 있는 일 아냐. 연옥인 내가 데리구 가야겠기에 왔지."

왁새도 각오는 충분히 한 모양이다.

"그것이 아니겠지. 죽을 상이 어떤 것이라는 것을 뵈어주러 왔겠지."

"뭐 어째 이 녀석."

"그렇지 않구서야 네놈이 남문 안의 싸전 주인을 죽이고 패물을 훔쳤으면 달아날 생각을 했을 텐데 이곳에 들른 것을 보니."

"내 뒤를 밟았구나."

"난 너희들처럼 남의 뒤나 밟는 사람이 아니다. 지금 오다가 그 말을 듣고 그게 네놈 짓이라는 것을 알았을 뿐이지."

"아는 척 하지 마."

왁새가 가슴에 품었던 비수를 어느덧 뽑아들고 달려들었지만 스님은 덤비는 일도 없이 몸을 피하여

"왜 이 지랄이야."

꽁무니를 차는 바람에 왁새는 앞으로 비틀거리며 기어나가다가 목로판을 쓸어안고 넘어졌다. 그와 거의 동시에 앞문에서

"왁새 잡아라."

싸전의 일꾼들이 밀려 들어왔다. 스님은 그제야 연옥이를 돌아다볼 틈이 생겼다. 연옥이는 아직도 치마를 둘러쓰고 묶인 채 버둥거리고 있었다. 그것을 풀어주며

"연옥이가 이 꼴이 될 줄이야 누가 알았어."

"싫어요. 빨리 풀어 줘요."

"이제는 폭풍도 지나갔으니 그렇게 야단칠 것 없어."

스님은 그런 말만 하면서 덮어씌운 치마를 내려주려고 하지 않았다. 연옥이는 그것이 지금엔 무엇보다도 부끄러운 노릇이었다.

"빨리 치마를 내려줘요."

"묶은 손두 풀어야지."

"싫어요, 약속도 지키지 않는 스님 같은 사람, 정말 싫어요."

"그래두 이전 스님이 아니니 내가 싫다는 말이야 안 되지."

스님이 손을 풀어주는 대로 연옥이는 자기 손으로 겨우 치마를 내리고 보니 청담스님은 스님 아닌 갓을 쓴 선비차림으로 싱글싱글 웃고 있으니 놀라지 않을 수 없었다.

"어마 어떻게 된 일이에요."

"어떻게 되긴, 왁새가 죽을 상이라던 내말이 맞은 것이니 이젠 나두 연옥이에게 장가들 생각이지."

"나를 그렇게 혼을 내게 한 사람한테 누가 시집간대요."

그러나 다음 날 아침, 싸전꾼들에 끌려간 왁새의 시체가 뒷산 밑에 구르고 있다는 이야기를 들었으므로 스님의 말은 맞은 것이고 따라서 스님과 내기를 걸었던 연옥이는 스님의 말을 들을 수밖에 없었다.

파문(波紋)

1

　창덕궁(昌德宮)은 본시 태종(太宗) 때 별궁으로 지었던 건물이다. 그것이 성종(成宗) 이후로는 본궁(本宮)과 다름이 없게 되었다.

　그러나 연산군에 이르러서는 백성을 다스리는 임금이 사는 곳이라느니보다도 한갓 연락장(宴樂場)에 지나지 않았다.

　대궐 안에는 광희(廣熙)라고 부르던 악공(樂工)과 흥청(興靑) 혹은 운평(運平)이라고 부르던 기녀(妓女)가 천여 명이나 되었다.

　연산군은 이들과 더불어 매일 술과 춤이요, 그것이 물리면 사냥이었다.

　춤 중에서도 연산군이 즐기던 춤은 처용무(處容舞)였다. 신라(新羅) 헌강왕(憲康王) 때부터 있었다는 이 춤은 궁중에 경사나 혹은 구나(驅儺) 뒤에 추는 춤이다. 청황적백흑(靑黃赤白黑)의 옷을 입은 다섯 무녀(舞女)가 처용의 탈을 쓰고 오방(五方)으로 벌려서서 주악을 따라 장면을 바꾸는 화려하고도 우아한 일종의 탈춤이다.

　그러나 연산군의 처용무는 그런 춤이 아니었다. 처용의 탈을 쓴 무녀들이 옷을 벗은 발가숭이로 돌아가는 난무였다. 말하자면 지금의 스트립과 같은 것이다.

　펄럭이는 촛불 속에 허연 살을 그대로 드러낸 수십 명의 계집들이 춤을 추며 돌아간다면 눈에 보이지 않는 공기마저 흥분되어 허덕이지 않을 수가 없는 일이다.

춤과 술에 달뜨고 나면 계집들은 연산의 명령대로 어린 악공들을 잡아 바지를 벗기는 술레잡기를 했다. 열두세 살밖에 나지 않은 어린 악공이 허연 살을 드러낸 계집들에게 깔리어 바지를 벗기우지 않겠다고 발버둥을 쳐가며 악을 쓰는 꼴을 보면 연산은 무엇이라 말할 수 없는 쾌감이 느껴지는 모양이었다. 옆에 있는 계집에게

"어때 어때?"

하고 극히 만족한 얼굴이었다.

언제나 연산군 옆에 붙어 다니는 전식(田植)이는 연산의 잔인한 향락이 날로 새로워져 가는 것을 보고 어명을 수행하고 있다는 만족감에서 미소를 지었다. 연산군은 낮이 되면 햇볕 밑에서 어젯밤의 남녀들에게 가벼운 질투를 느껴보면서 다시 밤이 올 것을 생각했다.

자기가 귀여워하는 계집과 악공이 그러한 장난에서 정말 그런 관계를 갖게 될지도 모른다는 생각이 없지 않아 있었기 때문이다.

(지금은 얌전히 앉아 있지만 저 얼굴로 무슨 생각을 하고 있는지도 몰라)

하고 자기도 모르게 질투심이 폭발됐다. 그런 때면

"이년들 물러가라!"

고함을 치는 것이지만 그러나 밤이 되면 자기는 왜 고함쳤는지 모르겠다고 계집들의 진한 머리기름 냄새와 분냄새가 얽혀진 흥분된 혼란 속에 미쳐버리고 마는 것이었다.

전식이는 자기의 출세를 위하여 새로운 유희를 계속해서 생각했다. 그러기 위해서 그는 별로 잠도 자지를 않았다.

2

황음무도(荒淫無道)한 연산군을 싸고도는 자들은 많았다. 무오사화(戊午士禍)를 일으켜 많은 선비를 죽인 유자광이를 비롯해 좌참

찬(左參贊) 임사홍(任土洪), 연산의 처남되는 신수근(愼守勤) 등 모두가 연산군의 신임이 대단했다. 그러나 전식에 비할 바는 못되었다.

그의 직위는 보잘 것 없는 장악원(掌樂院)의 한갓 낭관(郎官)에 지나지 않았지만 그는 언제나 임금의 그림자처럼 붙어다녔다. 매일 벌어지는 잔치도 그가 맡아 했고 임금이 의논하는 상대역도 그가 되었을 뿐만 아니라, 고관대신들의 인사행정도 맡고 있었으므로 그의 뜻에 거슬리면 무엇이나 되는 일이 없었다. 그러니 조신백관들이 그를 두려워할 수밖에 없는 일이다.

그는 본디 광대 아들이다. 어렸을 때 가야금에 능하여 대가 잔칫집에 불려 다녔고 드디어 그의 이름은 궁안에까지 알려지게 되어 성종의 귀여움을 받게 되었다.

그의 가야금소리는 가려운 곳을 시원스럽게 긁어 주는 것처럼 상쾌한 맛이 있었다고 하니 그의 솜씨가 어떠했으리라는 것은 가히 짐작할 수 있는 일이다.

그는 가야금에만 능숙했을 뿐아니라 영리하기가 이를데 없었고 또한 남자들이 현혹하리만큼 미남이었다.

그때 궁안에서 일하는 내시원(內侍員)들은 모두 불알이 없는 사나이들이었다. 그래서 고자를 내시라고 일컫는 말도 생겼다.

연산 육년에는 남녀 음란을 금하는 법이 생겨 젊은 낭관들 사이에서는 그들을 상대로 하는 남색이 유행했다. 그 때문에 칼쌈이 벌어지는 일도 없지 않아 있었다.

연산군과 전식이도 말하자면 그런 사이였다. 연산군은 부왕인 성종(成宗)이 계실 때는 전식이를 아무리 사랑하려고 해도 생각대로 되지 않았다. 그러나 왕위에 오르고 나서는 모든 시중을 그에게 맡겼다.

영리한 전식이는 이 기회를 충분히 이용할 줄 알았다. 어느덧 그는 나는 새라도 떨어뜨릴 수 있는 세력을 일신에 차지하게 되었다.

전식이와 대등되는 지위를 갖고 있는 것은 장녹수(張綠水)였다. 궁 안에는 천에 가까운 궁녀가 있었고 그 중엔 연산이 총애하는 기녀도 많았지만 장녹수를 알고 나서는 조신백관을 모아놓고 국사를 논해야 할 조회시간도 잊어버렸다.

장녹수는 예종대왕의 둘째 아들인 제안대군(齊安大君) 집의 종년이었다.

연산군이 그녀를 처음 안 것은 나이가 연산군보다도 다섯이나 위인 스물여덟 살이었지만 아직도 스물두세 살밖에 보이지 않는 귀엽고도 예쁜 얼굴이었다. 장녹수는 노래도 잘 불렀고 춤도 잘 췄다. 살결이 내비치는 갑사 비단에 싸여 오색 한삼에 감춰진 손을 쳐들며 돌아가는 그의 춤을 보면 입에서는 익은 과일을 깨무는 듯한 단물이 돌았다.

그녀는 전식이와 사이가 좋았다. 미남 미녀라는 관계라느니보다도 서로 신변이 상통하는 데가 있었기 때문이다.

광대와 종년이라는 신분도 임금의 총애를 받아 출세가 빠른 것도, 또한 그 때문에 많은 질투를 받는 것도 모두가 같았다.

3

전식이는 임금님이 자는 침전에 방을 얻어갖고 있었다.

그는 하는 일이 많았으므로 밤까지 임금에게 매여 살아야 했다. 그것은 견디어낼 수 없게끔 피곤한 일이었다. 그러나 연산군은 야밤중이라도 그를 부를 수가 없으면 마음이 놓이지를 않는 모양이었다.

장녹수와 한 이불에 들 때도 연산은 전식이를 침실에 부를 때가 있었다.

"오늘은 여기서 자오."

"네?"

"전식이 없으면 잠을 이룰 수 없으니 무슨 일이오."

"……."

"허허, 전식이는 내가 누구보다도 좋아하는 사나이. 비록 남녀의 차는 있다고 해도 녹수와 다를 바가 없소. 셋이서 다정하게 단꿈에 들어보는 것도 무방할 거요."

연산은 본디 남보다 변태적인 성품을 타고난 데다 수많은 궁녀를 농간해 왔으므로 보통일로써는 만족을 채울 수가 없었다. 그는 욕정을 채우기 위해서는 임금의 체면도 잊어버리고 갖은 추악한 짓을 다 했다.

연산의 처용무도 그런 것의 하나겠지만 그보다도 더 추잡한 놀음은 말놀이였다. 사냥을 하고 돌아오는 길에서 말 헐레를 보고 그 흉내를 피운 놀음이다. 그는 이 놀음을 하기 위해서 경희루 기둥에 꿀을 담을 말구유를 달아 놓고 옷을 벗은 궁녀들로 하여금 그것을 핥아먹게 했다. 그리고는 자기도 벌거숭이가 된 몸으로 숫말처럼 홍홍거리고 다니며 갖은 추잡한 짓을 다했다.

이러한 연산군이니 침방에 여러 계집들을 끌어들이는 것쯤은 극히 예사로운 일이요, 따라서 자기가 좋아하는 계집을 끼고 자는 방에 자기가 좋아하는 사나이를 불러들이는 일은 결코 대단한 것은 아니었다.

이러한 일이 번번이 계속되자 전식이와 장녹수도 자연 익숙하게 되어 나중에는 아무렇지도 않게 되었다.

아니, 오히려 셋이서만 즐길 수 있는 비밀의 쾌락을 제각기 느낄 수가 있었다.

녹수는 전식이가 거실로 쓰고 있는 방을 찾아가서 자기의 고민을 이야기할 때도 있었다.

"낭관님, 나도 빨리 중전마마와 같이 세자를 낳고 싶어요."

"후궁처럼 아리따운 옥동자를 낳고 싶다는 건가요?"

전식이가 웃으며 묻자

"상감마마의 사랑은 오늘저녁이라도 식을지 모르는 사랑이에요. 아기를 낳기 전엔 불안해 견딜 수가 없어요."

"그래두 후궁마마엔 그런 일이 있을 수 없겠지요."

"그렇게 조롱댈 생각 말고 나를 좀 도와줘요."

"후궁마마의 명을 거역한 일이 없는 낭관이오나 그 일만은 인위로 할 수 없는 일인즉 어찌 하오?"

"그런 매정스러운 말은 말고 그것을 어떻게……."

녹수는 고달픈 눈으로 숨을 몰아쉬면서 말했다.

4

어떤 권력에 아부하는 자들이라면 대체로 타성이나 교활성이 얼굴에 드러나 보이게 마련이다. 그러나 전식이는 그와 반대로 호남의 인상을 주는 탄력 있는 얼굴이다. 크지도 작지도 않은 키에 정력적인 눈을 가진 사나이다. 지위가 높아지면서 관록이 붙어 턱살도 부드러워졌다.

녹수는 꽃에 비하면 지자꽃처럼 청초하고도 부드러운 얼굴이다. 안으면 품안에 드는 알맞은 몸으로 눈부터 웃음이 담아지는 그녀의 웃음을 보면 누구나가 미칠 것만 같았다.

전식이는 녹수보다도 두 살 아래였다. 둘이 나란히 서면 그 때의 풍속으로서는 나이도 알맞은 어느 대가집의 한쌍의 원앙같이도 어울렸다. 전식이는 녹수의 말을 웃음으로 받아

"하하하. 그것만은 무리한 청이오. 제게 별을 따는 재주가 있다고 해도 할 수 있는 일이 있고 없는 일이 있답니다. 후궁마마가 그런 생

각이라면 어느 대사에게 기도나 부탁해 볼까요?"

"기도같은 건 싫어요. 그런 일로 아기가 생길 리도 없는 일, 상감마마나 아시면 공연히 노염만 사실 일이니."

"하긴 그렇군요."

"그렇지만 낭관님은 좋은 약도 갖고 있는가 본데요."

녹수는 고개를 숙인 채 연분홍으로 빨개지며 말했다.

"그런 농담은 마시오. 아내도 없는 제가 그런 약을 무엇하자고."

"농담이 아닙니다. 중국에서 온 비약(秘藥)을 갖고 있으시다면서요?"

전식이는 계집을 하루에도 몇씩이나 희롱하는 연산을 위하여 색을 돋우는 약을 바친 일이 있었다.

그 효력이 대단했던 모양으로 연산은 잠자리에서 녹수에게 그런 말을 한 것 같다. 그 말에 녹수는 그런 영약을 구할 수 있는 전식이라면 아이를 가질 수 있는 약도 구할지 모른다고 생각한 모양이다.

전식이가 어린 악공으로 성종의 총애를 받고 있을 때 전의감(典醫監)에 약 심부름을 다니면서 약재에 대한 것을 배운 일이 있었다. 앞으로 써먹을 데가 있으리라는 생각에서다. 그는 약재의 본초학(本草學) 뿐만 아니라 유생문관(儒生文官)들에게 주자학(朱子學)도 배웠고 창을 쓰고 칼을 쓰는 흉내쯤도 배울 수 있게 알아 두었다. 무엇이나 배울 수 있는 기회가 있으면 그 기회를 놓치지 않고 배웠던 것이다.

그는 외모가 아름다웠던 덕으로 비천한 몸이면서도 그런 기회도 쉽게 얻을 수가 있었다.

그것은 그로서의 생각이 있었기 때문이었다. 양반 앞에서 머리를 못드는 광대의 아들로 태어난 그는 자기의 노력과 재능으로 비천한 신분을 벗어보겠다는 생각을 언제나 잊지를 않았다.

그가 궁에 들어간 성종 십팔년부터 연산이 즉위(卽位)할 때까지 칠년을 그는 남의 몇배의 노력으로 수양을 싸올렸다. 그것이 오늘의 결실을 맺게 한 것이다.

전식이는 녹수의 말을 되씹듯이 잠시 고개를 숙이고 있다가

"그렇다면 사양할 수도 없군요. 약을 보내드릴 테니 써보세요."

5

연산군에게 바친 영약(靈藥)이나 비약(秘藥)이니 하는 것도 알고 보면 별 것이 아니다. 녹용(鹿茸)에다 홍분제와 마약을 가미한 것뿐이다.

전의감 약창(藥倉)에는 국내에서 산출하는 것은 물론 중국에서 온 귀한 약재도 많았다.

물론 사약(賜藥)에 쓰는 독약(毒藥) 같은 것도 있었다.

약재의 관리는 전의감정(典醫監正)의 권한이었으나 전식의 말이라면 무엇이나 들었다.

그는 연산군에게 바친 정력제나 별차이 없는 약방문으로 환약을 빚어 녹수에게 보내줬다. 환약으로 빚어낸 것도 이유가 있다. 되도록 남의 눈에 뜨이지 않고 먹게 하기 위해서다.

그는 호남일뿐 아니라 아직 독신이므로 궁 안에서 매일같이 지내는 궁녀들이 추파를 보내지 않을 리가 없었다. 그도 고자가 아닌 이상 그녀들의 유혹에 동하지 않을 수가 없다. 그러나 그는 여태까지 한번도 남의 혐오를 받을 일을 저질러 본 일이 없었다. 그만큼 그는 자기의 몸을 삼갔다. 침전에서 기거하는 것도 그는 하나의 직무라고만 생각했다.

그것은 무엇보다도 연산의 성급한 성품을 잘 알기 때문이었다. 그의 눈밖에 한번 나는 날이면 지금까지 싸올린 공든 탑이 순식간에 무너지고 만다는 것을 누구보다도 잘 알고 있었다.

연산은 너댓살 나던 어렸을 때부터 땅에 기어다니는 벌레를 보면 모조리 죽이던 포악한 성미였다. 자기 마음에 들지 않으면 들었던 그릇도 깨뜨려 부셔야하는 성미였다. 그런데다가 억제가 없는 왕세자로 길러났으므로 그의 괴벽하고도 성급한 성미는 이루 말할 수가 없었다.

특히 전식이와는 특별한 관계니 조금만 화가 나도 용서도 지체도 없이 전식의 면상을 향해 안석(按席)을 집어던지고 주먹다짐으로 머리를 마구 때려댔다. 마치도 심술궂은 남편이 죄없는 여편네를 공연한 트집으로 욱박아 주는 거나 마찬가지였다.

이런 때면 전식이는 언제나 연산의 성이 풀어질 때까지 공손히 맞고 있었다.

그렇다고 원망스러운 얼굴도 아니었다. 오히려 쾌감을 느끼는 듯한 만족스러운 얼굴이었다.

이러한 부부나 형제 같은 주종(主從) 관계는 전식이 혼자만이 알고 있는 일이었다. 그 대신 전식이의 말이라면 무엇이나 들어줬다.

그러므로 문무백관이 전식이를 무서워하지 않을 수 없었다. 그의 비위를 거슬리게 하는 것은 임금의 비위를 건드리는 것이나 다름이 없었기 때문이다.

전식이가 침전에서 잘 때는 옷을 벗지 않았다. 장삼만 벗고 바지저고리는 입고 잤다. 어명이 있을 때 첫 마디로 달려가기 위해서였다.

밤이 깊어서 전식이는 마루를 걸어오는 발소리를 들은 듯싶어 문득 눈을 떴다. 달빛으로 나무가지 그림자가 그려진 미닫이에 여인의 모습이 덮어졌다.

6

전식이는 미닫이에 비친 그 그림자를 보고서도 어디까지 꿈이고 현실인지를 분간하지 못했다.

그는 이상스러운 꿈을 꾸고 있었다. 그것은 무더운 여름인 모양으로, 강에서 헤엄을 치고 있는데 무엇인지 알 수 없는 것이 자꾸만 발을 잡아당겼다.

"아, 물귀신이구나."

하고 악을 쓰며 발로 찼다. 그러자 이번에는 목덜미와 배밑에 찐득찐득하고도 끈끈한 무엇이 자꾸만 와 닿았다.

"아, 낙지다. 저놈의 발에 감겼다가는 큰일이다."

앞 뒤로 달려드는 낙지떼를 발로 차고 손으로 밀어 버리면서 죽기를 한사코 헤엄을 쳤다.

그렇게 한참동안 헤엄을 치고 나자, 낙지들은 어디로 갔는지 없어지고 아름다운 인어 둘이 커다란 연꽃을 갖고 와서 타라고 했다. 연꽃에 오르자 어느 덧 그의 몸에는 흰 도포가 입혀졌고 머리에는 학의 형태로 된 갓이 씌워졌다. 그리고는 좌우 양쪽에서 인어가 그를 태운 연꽃을 바다 한가운데로 자꾸만 끌고 갔다. 그는 어디로 가느냐고 왼쪽 인어에게 고개를 돌려 물었다. 그러자 그 말이 떨어지기가 무섭게 연꽃이 오른쪽으로 기울어졌다. 그가 당황해서 오른쪽으로 고개를 돌리자 이번에는 왼쪽으로 기울어졌다. 그러면서 연꽃은 좌우 양쪽으로 정신을 차릴 수 없게 흔들렸다. 이래서는 안되겠다고 마음을 진정해야겠다고 생각하고 있는데 연꽃 밑에서 철럭이는 물소리가 들려왔다. 그 물소리가 단순한 물소리라기엔 아무래도 좀 이상했다.

"무슨 소릴까?"

아직 잠이 설깬 몽롱한 머리로는 그 소리가 무슨 소린지를 구별

할 수가 없었다. 구별할 수가 없는 대로 귀를 기울이고 있는 동안에 문득 그것이 발소리라는 것을 알고 눈을 떴다.

들려오는 발소리는 미닫이 앞에서 끊어졌다.

급기야 베개 밑에 감춰둔 칼에 손이 갔다. 그러나 미닫이에 그려진 그림자가 여인이므로 그대로 자는 척했다.

그림자의 여인은 잠시 망설이는 양으로 서 있다가 가만히 미닫이를 열고 들어왔다. 달빛을 등지고 있으므로 얼굴은 보이지가 않았다. 그러나 향긋한 사향(麝香) 냄새가 끼운 듯이 풍겨왔다.

자리 위에 상반신을 일으킨 전식이 등 뒤에 풀썩 주저앉아 기대며

"비약을 보내준 치사를 하러 왔어요."

귀에다 속삭여 주는 것은 틀림없는 녹수였다.

전식이가 별로 놀라는 빛도 없이 뒤로 팔을 돌리자 녹수는 감겨 말려오듯이 부드러운 엉덩이를 전식이의 무릎 위에 올려놨다. 그리고는 오른 팔로 전식이의 목을 쓸어안고 뜨거운 뺨을 그의 옆얼굴에 갔다 대고

"낭관님은 나빠요. 내 몸을 이렇게 달게 하고서, 날 어떻게 할 생각이에요."

"정말 나쁜 건 후궁이오. 절 생각하는 맘이라면 이대로 어서 돌아가시오."

평소엔 목석같던 전식이도 숨결이 뜨거워지지 않을 수가 없는 모양이었다.

7

"상감마마는 중전(中殿)에 드셨어요. 나는 낭관님 생각으로 몸이 활활 달아 잠을 이룰 수가 없어서……."

목을 안은 녹수의 팔에는 더욱 힘이 뻗쳤다.

"내인들은 어떻게 했소."

"모두가 정신 없이 자고 있어요."

"그래도 그것들이 잠을 깨서 후궁이 없어진 것을 알면 야단을 피울 거요."

"그러면 무슨 걱정이오. 낭관님과 녹수가 한 몸이 되어 묶이어 불구덩이에 들어가면 그뿐인 걸, 그것이 내 소원이라면……."

타는 눈에 장난 치는 웃음을 담뿍 머금고 쳐다봤다.

"……"

전식이는 대답없이 빈 침만 삼켰다.

"그러한 내가 무서워요?"

"……"

여전히 대답 없이 겨우 미소를 지었다.

녹수는 전식이의 팔을 꼬집어

"낭관님은 정말 겁쟁이야, 내인들은 모두 내편이라우. 그러구 계집애들은 모두 낭관님 편."

"……"

전식이는 다시금 말이 없이 뜨거운 숨만 몰아쉬고 있다.

"나는 이미 낭관님 편이 되기로 맹세한 몸. 낭관님도 맹세를 해줘요. 나와 한패가 된다는."

전식이의 손을 들어 저고리 속에 넣어줬다. 뜨거운 젖가슴에는 전식이의 심장이 터질 듯이 허덕이며

"상감마마 총애하는 몸 손대는 것이 두렵소."

"호호호……."

녹수는 몸부림으로 흩어질 듯한 엉덩이를 일부러 전식이 무릎에 비비대며

"나를 놀려만 대던 낭관님이 왜 이렇게도 점잖만 피우세요. 지금 와서 그런 말은 우스운 이야기예요. 상감마마도 우리의 사이를 용서해 준 거나 다름이 없지 않아요. 그렇지 않다면 나와 자는 침실에 낭관님을 부를 리가 없어요. 남의 부끄러운 것은 다 보고 나서, 아이 미워."

허벅다리를 또 꼬집었다. 그러나 전식이는 흠칫하는 일도 없이

"그것은 내가 하고 싶은 말이오. 둘이서 언제나 희롱하는 것을 보여주고서 사나이로서 그처럼 괴로운 것은 없소."

"낭관님은 자기 괴로움만 생각하고 남의 괴로움은 생각해 주지 않는군요. 나는 그런 모욕도 낭관님이 있기에 참고 견디는 거예요. 그러나 낭관님은 이 안타까운 마음을 알아 줄 생각은 없이 기어이 나를 울릴 생각이서요?"

"그런 조롱이나 하자고 일부러 온 거요?"

"또 그런 소리, 황(頙, 연산군의 맏이이자 세자)이나 인(仁, 연산군의 차남) 같은 아들이 왜 내게는 생기지 않아요?"

"그런 말은 말고 더 기다려 봐요."

"아니 아니, 생긴다고 해도 그런 허약한 아이는 싫어요. 낭관님 같이 수려하고도 재능이 있는 아이를…… 그러기 위해선 비약도 기도도 필요 없어요. 네 네, 낭관님."

미친 듯이 가슴을 파고 들자

"쉬—."

그녀의 입을 막듯이 끌어안고 자리에 넘어졌다.

8

간밤의 일이야 말로 전식이에겐 무서운 폭풍을 겪은 것이나 다름이 없었다.

그러나 폭풍이 지나간 다음 날은 으레 개는 법, 전식이도 그 때문인지 침전(寢殿)에서 내려오는 그의 얼굴은 평소보다도 더 한층 혈색이 좋았다. 하기는 오랫동안 억제해오던 욕정을 풀었으니 곪은 종기가 터진 거나 무엇이 다르랴.

그렇다고는 해도 어젯밤 정사(情事)를 완전히 잊어버릴 수는 없었다. 역시 그의 가슴에는 희열과 두려움이 서로 얽혀 둘러치고 있는 것만은 어쩔 수 없는 일이었다.

더욱이 녹수가 그의 아들을 갖고 싶다던 그 말은 아직도 그대로 귓전에 남아 있는 것만 같다.

만일 녹수의 뱃속에서 임금의 아인지 알 수 없는 아이를 낳게 되면 어떻게 되는가.

그리고서 그것이 만의 일이라도 어떻게 돼서 임금으로 즉위하게 된다면! 전식이는 돌충계를 내려 짚던 발을 문득 멈췄다.

(그렇게 되면 더욱 재미난 일이 아닌가. 사기(史記)에도 왕후장상(王侯將相)의 씨는 모두 다를 바가 없다고 했겠다. 이조 역대의 왕이 광대인 전식의 피와 바꿔진다면 어쩌랴)

그는 회심의 미소를 지어가며 넓은 궁 안을 둘러봤다.

바로 눈앞의 높다란 잎 떨어진 나무 위에서 까치가 울고 있었다.

까치의 울음은 길한 때도 있고 불길한 때도 있다니 어느 편인가.

그는 천천히 걸음을 옮겨 철문 밖에 있는 사제(私第)로 나갔다.

거기에는 본시 교리(校理) 벼슬을 지내던 이건재가 기다리고 있었다. 그는 무오사화(戊午士禍)로 파직을 당한 이후로는 전식이의 손발과 다름없는 충복이었다. 이번에는 청담스님인 남섭(南燮)이의 동정을 알기 위해서 심원사(深源寺)를 다녀온 길이었다.

"어떻게 되었소?"

"헛길을 걸은 셈이오."

"그를 만나지 못했소?"

"얼마전까지도 그 절에서 원주 노릇을 하고 있은 모양입니다만 절을 찾아온 어느 선비와 같이 길을 떠나면서 절에는 다시 돌아오지 않겠다고 했다는군요."

"가는 곳도 알리지 않고?"

"네."

"그렇다면 무슨 모의(謀議) 같은 것을 꾸미는 것은 아닌가?"

"글쎄 말입니다. 저두 그런 생각이 없지 않아 있습니다. 그렇지 않고는 갑자기 절을 나갈 이유가 있을 것 같지 않으니 말요."

"남효온(南孝溫)의 후손이라면 그럴 수도 있겠지요. 하여튼 금부(禁府)에 연락하여 그의 거처를 알아보도록 하겠소."

"그런데 제가 그 절을 찾아가던 중 뜻하지 않은 사람을 하나 만났습니다."

이건재는 어조를 달리하여 말했다.

9

"뜻하지 않은 사람이라니 어떤 사람을?"

전식이도 호기심에 끌리듯이 입을 열었다.

"김종직의 생질되는 김필갑(金弼甲)이 자기의 아내인 듯한 아가씨와 하인을 데리고 서울에 살러오는 것을 만났소."

"김필갑이면 일오(一吾)라는 호를 가진?"

"잘 아시는군요."

"그 집엔 어렸을 때 가야금을 타주러 여러번 드나들었소. 그래서 가족들도 대개는 알고 있지요."

전식이는 광대로 불려다니던 어린 시절의 일을 굳이 감추려고 하지는 않았다.

"일오는 나보다 확실히 두 살 위일 거요. 그때도 혈기찬 씩씩한 소년이었지요."

"그렇다면 그 사람이 무술이 비범한 것도 아시는지요."

"그건 처음 듣는 말이군요."

"훈육원(訓育院)에도 그를 당할 검술은 없을 것 같소."

"그래요?"

"송도 남문 앞에서 우연히 그의 검술을 봤지요. 검과 철퇴를 든 성문지기 세 놈을 아무것도 들지 않은 맨손으로 해치우는데 그 솜씨야말로 번갯불 같더군요."

"그렇다면 그동안 산속에 들어가서 검술을 배우고 있은 모양인가, 서울을 무엇하러 온답디까."

"자기 말로는 아전들 때문에 살 수가 없어 서울 가서 목로술집이라도 할 생각으로 올라온다고 하지만 어디 그 말을 그대로 믿을 수가 있어요?"

"그도 불평이야 있겠지."

"낭관님에겐 적이 많습니다. 주의하지 않으면 안 됩니다."

전식이는 탄력있는 얼굴에 미소를 띠워

"그러나 그도 서자의 몸으로 태어난 불평은 비천한 광대로 태어난 나와 비슷할 거요. 그의 거처를 알고 있소?"

"구리개에서 약방을 하는 이재봉이를 잘 아는 모양이니 그리로 찾아가면 알 것 같소."

"그곳이라면 이교리의 집과도 그리 멀지가 않구만요. 그의 동정을 잘 살펴요."

"네, 저두 벗으로 사귀갖고 그의 진의를 알아볼 생각입니다."

"기회가 있는 대로 이곳에도 한번 데리고 오시오. 어떻게 변했는지 내 눈으로 한번 보고 싶소."

"네, 그런 기회를 가져 보겠습니다."

이건재가 자리를 뜨려고 하자

"오늘은 묘적산(妙寂山)으로 사냥을 나가는 임금님의 행차가 있소. 이교리도 같이 나가볼 생각이 없소?"

"말씀은 고맙습니다만 그런 어려운 자리엔 사양하고 싶습니다."

전식이는 조롱대는 웃음으로

"그보다도 더 재미나는 곳을 가고 싶다는 거겠지요?"

"무슨 말씀입니까?"

"하하, 숨길 것 없소. 다방골에 예쁜 기녀가 기다리고 있는 것은 나도 아오."

이건재는 그 말을 나쁘게 받지도 않고

"시골을 다녀오니 서울 아가씨들이 갑자기 예뻐진 것 같이 보이는 건 사실이오."

"나도 오늘은 묘적산에서 잘 것 같소. 예쁜 기녀에게 안겨 마음껏 여독을 푸시오."

전식이는 의롱에서 명주 두 필을 꺼내어 그의 앞에 던져 줬다.

10

임금님이 사냥을 가는 행차에는 승지(承旨)를 비롯해 융복(戎服)을 갖춘 시위군관(侍衛軍官) 등 수십 명이 뒤따른다. 그러나 유행소(遊幸所)에서 막상 사냥을 할 때에는 매를 놓는 사람과 궁수(弓手), 종신(從臣) 서너 명이 참가할 뿐이다. 사냥의 방해를 막기 위해서다.

그날은 눈이라도 내릴듯이 찌뿌듯한 구름이 끼고 바람도 약간 불었으나 매 사냥하기엔 아주 알맞은 날씨였다.

연산은 종신들과 다름이 없이 행각을 묶은 간편한 옷차림이었다.

궁수 배익문(裵翊文)이는 화살 수효대로 꿩을 떨어뜨리는 명궁(名

弓)으로 연산이 사냥을 갈 때는 언제나 데리고 나갔다.

응방(鷹坊)지기 김시원(金時元)이도 매를 놓는데는 귀신이었다.

회갑이 지난 나이면서도 산을 타는데는 젊은 사람들이 따르지를 못했다.

연산도 매를 놓는 솜씨는 상당한 것으로 따라서 자신도 갖고 있었다.

그가 사랑하는 매는 '금준(金準)'이라는 이름을 가지고 있었다. 머리에는 흰 점이 매겼고 발에는 금방울이 채워져 있었다.

앞서서 걷는 연산은 매를 손끝에 올려놓고 잡초로 덮인 비탈길을 오르기 시작했다. 사냥터에는 잡인의 출입을 금했으므로 여름의 무성했던 풀들이 그대로 말라 원시림과 다름이 없었다. 매는 먹을 것을 찾아 날카로운 눈을 굴리었다. 저편 숲속에서 꿩이 날았다.

'금준'은 그 검은 점을 보고서 달려갈 기세로 목을 뽑으며 가만히 숨을 쉬었다.

연산은 걸음을 멈춰 미소를 지으며 '금준'의 투지를 묵묵히 보고 나서는 자기도 매와 같은 기분으로 꿩이 날아가는 쪽에 눈을 던졌다. 그 순간에 손을 쳐들자 매는 놓는 것을 알고서 발을 차더니 퍼득 퍼득 날개를 쳤다.

눈앞에서 몇번인가 날개를 친 듯한 '금준'은 어느덧 그림자처럼 사람들의 눈을 스치면서 공중으로 날아갔다.

사람들은 멍청하니 서서 검은 한 점이 검은 또 한 점을 따르고 있는 것을 보고 있었다.

꿩은 매가 따라오는 것을 느끼자 급기야 당황해서 몸을 뒤채며 숨을 곳을 찾았다.

매도 꿩을 따라 몸을 뒤채며 따라가 덮치자, 둘이 한꺼번에 나는 힘을 잃고 땅에 떨어졌다. 승지 하나가 부지런히 그 위쪽으로 따라

갔다.

"위위―."

하고 연산은 매를 부르며 뛰어갔다.

꿩을 물고 떨어지던 매가 다시금 공중을 날아 수평선을 그으며 연산의 손끝에 앉았다.

"이곳에 토끼는 없는가?"

응방지기에게 물었다.

"네, 토끼는 이곳서 오리쯤 들어가야 있은즉 하옵니다."

"그러면 좀더 가보지."

숲속에서 승지가 피 흘리는 꿩을 찾아들고 뛰어왔다.

11

나무가 무성한 비탈 사이사이에는 깊이 팬 도랑이 있었다. 장마비에 팬 도랑들이다. 곳에 따라서는 사람의 두 길이나 팬 곳도 있다. 그곳에는 바람에 몰려든 나무잎들이 수북이 쌓여 있었다.

남루한 옷을 입은 거지같은 젊은이 하나가 그 속에 숨어서 연산의 일행이 올라오는 것을 지켜보고 있었다. 손에 활과 화살 두세 대를 들고 있는 그는 언제든 활을 쏠 수 있는 긴장된 자세를 갖추고 있었다.

꿩을 찾으며 올라오는 연산 일행은 소나무에 가리어 감춰졌다 하면서 점점 가까이 오고 있었다. 그럴수록 그의 눈에서는 더욱 광채가 났다.

전식이의 손에 앉았던 매가 푸득하고 날았다. 그러자 뒤따라 뒤에서 또 한 마리가 날았다.

두 개의 검은 점은 꿩을 따라 공중에 포물선을 그어 추격하다가 어느덧 꿩과 한 덩어리가 되어 저편 구름이 낀 숲속으로 떨어졌다.

젊은이는 그것을 보며 입가에 미소를 짓고 있었지만 눈에는 여전히 광채가 돌았다.

연산의 일행이 오십여간 앞에까지 왔을 때, 젊은이는 활을 쏠 듯이 몸을 일으키다가 문득 고개를 끼웃하고 앞을 다시 응시했다. 어느 것이 연산인지를 알 수가 없는 모양이었다. 연산도 전식이도 승지도 매꾼도 궁수도 모두 같은 차림이니 누가 누군지 구별할 수가 없는 일이었다.

연산은 승지가 집어온 꿩을 받아 쳐들어 봤다. 잠시 당황해 있던 젊은이는 불시에 미소를 지으며 활을 들어 견주었다.

그때 연산의 일행 앞에서 난데없이 토끼 한 마리가 놀라 달아났다. 그들은 "와!" 하고 소리치면서 따라 갔다. 놓아준 매도 따라갔다.

그 바람에 견주었던 겨냥이 비틀어지고 말았다. 젊은이는 화살을 잡았던 오른손의 땀을 씻고 다시 무릎자리를 안정시키고 나서 연산을 견주었다.

토끼를 놓친 그들도 오십간도 되지 않은 가까운 거리로 들어섰다.

그 거리라면 실수할래야 할 수 없는 사정거리다.

그는 희열에 찬 긴장으로 가슴을 두근거리면서 연산의 고정된 자세를 기다렸다.

그들의 거리는 더욱 가까워져 사람들의 얼굴도 분명히 보였다. 그들이 떠들어대는 말소리도 들리었다. 토끼를 놓친 것이 분하다는 소리다.

"조금만 더 가까이 와라."

젊은이는 신주님에게 빌듯이 중얼거렸다.

연산은 그곳까지 곧장 오다가 무슨 생각인지 젊은이가 숨어 있는 도랑을 따라 아래로 내려갔다.

"이것 봐라."

젊은이는 혀를 차고 분주히 그들을 따라갔다. 그러다가 그만 발을 헛딛고 미끄러졌다. 그 바람에 승지 하나가 고개를 돌렸다.

"들켰구나."

그 생각과 함께 활줄을 힘껏 잡아당겼다.

12

찬바람을 찢으며 화살이 날자 참새 떼들이 우르르 날았다.

매들은 그 쪽으로 눈을 돌려 놓아주기를 기다렸다.

그러나 그 때는 임금 옆의 승지 하나가 가슴에 화살을 안고 쓰러졌다.

"저놈 잡아라!"

전식이가 사냥개처럼 달려갔다. 그 뒤로 위장(衛將)과 매꾼이 손잔등의 매를 날리며 뒤따랐다.

궁수(弓手)도 어느덧 활을 메겨 쏘았다.

"저기 뜬다."

언덕 위에서 망을 보던 군관이 소리쳤다.

도랑에 숨었던 젊은이가 범같이 빠른 동작으로 어두운 숲속을 향해 달아나는 것이 보였다. 그 뒤를 화살이 계속해서 몇 대인가 날아갔다. 젊은이는 숲속으로 감춰졌다. 뒤쫓던 세 사람도 감춰졌다. 궁수도 활을 쥐고 뒤따르기 시작했다.

그러자 저편 소나무가 있는 언덕 위에서는 급보를 알리는 횃불이 올랐다. 횃불이 타오른 연기가 북동풍을 따라 길게 그어졌다.

산 밑에 있던 시위 군관들은 파수꾼의 신호로 변사(變事)가 있었다는 것을 벌써 안 모양으로 곧 십여 명의 군졸이 젊은이가 달아난 숲속으로 달려갔다. 그 뒤를 이십여 명쯤 되는 장병은 임금이 있는 곳을 향해 달려오고 있었다.

그 뒤에도 삼십 명쯤 되는 군관들이 논판을 가로질러 뛰어가는 것이 보이었다. 젊은이가 뛰는 앞을 막을 생각인 모양이다.

백여 간 떨어진 망대에서 망을 보던 부장 윤일권이는 임금 있는 곳에 화살이 날아온 것을 보고서는

"죽었구나."

하는 생각이 먼저 앞서며 가슴이 덜컥 내려앉았다.

사나운 연산군의 얼굴이 떠오르며 그 위에 처자 얼굴이 덮어졌다.

"저기 뛴다!"

하고 고함치는 소리에 그는 자기도 모르게 단숨으로 언덕을 뛰어 내려 왔다. 그의 눈에는 젊은이들이 뒤쫓는 세 그림자가 걸핏 보이었다.

그 순간 임금님은 무사하다는 것을 느끼고 약간 마음이 놓이는 것 같기도 했다.

"저놈 잡아라!"

그는 미친 듯이 소리치면서 환도를 뽑아들고 뒤따라갔다.

젊은이가 나무 사이를 피해가며 도망치는 것이 걸핏 걸핏 보이었다.

"죽이지 말구 생포를 해라!"

위장도 악을 쓰며 따라갔다.

"와, 와—."

벌에는 여기 저기서 모리꾼들이 모리를 하듯 병졸들이 모여들었다.

쫓기는 젊은이는 몽둥이를 집어들고 휘둘렀다. 따라가던 병졸 몇 녀석이 비칠거리며 쓰러지자 젊은이는 다시 도망치기 시작했다. 병졸들도 또다시 스윽 따라갔다.

13

논판을 가로질러 달려온 군졸들이 앞을 막아섰다. 뒤에서도 여전히 많은 군졸들이 따라왔다.

젊은이는 뛰던 걸음을 멈추고 숨을 돌리면서 그들을 둘러봤다. 뒤에는 바위로 된 가파로운 산이요, 양쪽에서 군졸들이 달려오므로 완전히 포위된 셈이었다.

(어떻게 한다?)

젊은이는 몽둥이를 내린 채 팔굽으로 이마의 땀을 씻으며 생각했다. 도망치자면 앞을 뚫고 달아나는 길밖에 없었다.

그 동안에도 군교들은 자꾸만 모여들었다. 위장(衛將)이나 군교들은 그가 도망칠 길을 잃었다는 것을 알자, 저마다 잡아서 공을 세울 생각으로 혈안이 되어 있었다. 그러면서도 젊은이에게 막상 대드는 자는 하나도 없었다. 칼과 창을 든 그들이면서도 대들지 못하는 것은 그가 든 몽둥이에 이상스러운 위력이라도 있는 모양인지—.

젊은이는 잠시도 긴장을 거두지 않고 어느 한 모퉁이를 뚫고 나갈 길을 찾고 있었다.

"도망칠 생각 말고 곱게 잡혀!"

검을 내댄 윤일권이가 호령을 쳤다.

"사로잡아, 죽이지 말어!"

위장이 뒤이어 소리쳤다.

그 때에 뒤에서 군교 하나가

"여봐라."

하고 젊은이를 향해 칼을 내려쳤다. 젊은이는 날쌔게 몸을 피하며 몽둥이로 그의 머리를 후려갈겨 엎어 놓고서

"이놈아, 그런 솜씨 갖고서 내 목을 벨 것 같아!"

고함을 치며 땅에 떨어친 칼을 집어들었다.

그 바람에 군교와 군졸들은 기가 눌린 모양이었으나 워낙 수가 많으므로 물러나려고는 하지 않았다.

"네 놈은 독안에 든 쥐야."

"두려움을 모르는 당돌한 놈."

"아직두 맞설 용기가 있어."

하고 저마다 한마디씩 소리쳤다.

전식이는 높은 바위에 올라서서 젊은이의 거동을 살펴보고 있었다.

비록 거지같은 남루한 옷은 입었으나 그의 침착한 태도를 보나 얼굴을 보나 훌륭한 사나이라고 생각했다.

젊은이는 들었던 몽둥이 대신에 검을 들고 한발짝 한발짝 걸어나갔다. 그가 걸어나가는 만큼씩 앞의 자들은 뒷걸음을 쳤고 뒷자들은 따라나왔다.

조금이라도 긴장이 풀리게 되면 앞뒤에서 왁 밀려들 판인 그때 뒤에서 긴 창을 든 군졸 하나가 다시 달려들었다. 젊은이는 몸을 돌리며 검을 들이치는 바람에 창대가 끊어져 나가며 뒤쫓던 자들이 저마다 도망을 쳤다.

"이 스라소니같은 놈들…… 달려들 테면 달려들어!"

불뱉는 듯한 눈을 번쩍 들었다. 그 순간에 그를 지켜보고 있던 전식이의 눈도 둥그레지고 말았다.

(아, 저 사람이구나. 저 사람이 틀림없이 일오 김필갑이야)

높은 나무에서 궁수들이 그를 향하여 활을 쏘아댔다. 그 바람에 군졸들이 동요됐다. 그 틈을 타서 젊은이는 살 틈이 생겼다고 마구 검을 두르며 앞으로 달아나기 시작했다.

목로술집

1

전동(典洞)은 옛날부터 술집이 많은 곳이다. 서울에 온 일오 김필갑(金弼甲)은 서울 오던 도중에서 우연히 만난 일지라는 아가씨와 도붓주인 돌쇠와 셋이서 그곳에다 목로술집을 차렸다.

막상 서울에 올라오고 보니 모두가 갈 곳이 없었으므로

"우리가 송도 앞에서 만난 선비에게 말한 그대루 셋이서 목로술집이나 하나 내 봅시다. 내가 갖고 있는 패물을 팔면 그만한 것은 훌륭히 할 수 있으니."

하는 돌쇠 의견에

"그것도 좋은 의견인데 일지 생각은 어때?"

필갑이가 물었다.

"저두 그랬으면 한숨을 쉬겠어요."

여자의 몸으로 객점을 찾아야 할 판이니 그런 말이 나오지 않을 수가 없었다.

"그렇다면 술청장도 할 자신이 있어?"

"물론 있지요. 남 하는 일을 나라구 못할라구요."

"그렇지만 뭇사나이를 대하는 술청장이 그렇게 쉬운 노릇은 아니야."

"염려 말아요. 술손님이란 사람같이 보지 않으면서두 겉으론 애교를 피워 누구에게나 반한 듯이 반하지 않은 듯이 그래야 한다는 것쯤은 나도 알고 있어요."

하고 웃으면서 말했다.

그리하여 그들은 방이 둘 있는 집을 얻어 같이 살면서 파자교(把子橋) 옆에 있는 지금의 술집을 내었다.

그곳은 포도청이 가까와 포교들의 술손님도 많았고 또한 제용감(濟用監)에 드나드는 장사꾼들도 많아 거의 한종일 손님이 끊어질 때가 없었다. 싼값으로 간단히 술을 먹을 수 있는 그런 목로술집이 장안엔 셀 수 없이 많았다. 그러나 지나치게 결벽하다고 하리만큼 깨끗한 것을 좋아하여 그릇 하나라도 윤이 나게 깨끗한데다 일지의 반한 듯이 반하지 않은 듯이 애교를 부리는 데는 술손님이 들끓지 않을 수가 없었다.

게다가 주방을 맡아보는 돌쇠의 음식 솜씨도 의외로 좋았다. 이렇게도 술집이 날로날로 번창해지자 일지로서는 생각지 못했던 또 한 가지의 귀치않은 일이 생겼다.

반한 듯 반하지 않은 듯한 그러한 애교가 손님들마다 자기에게 반했다고만 생각게 하는 모양이었다. 그 중엔 아침부터 찾아와서 일지의 얼굴만 쳐다보며 미친 사람처럼 싱글싱글 웃는 녀석도 있었고 돈과 권력으로 위협하는 녀석도 있었다.

그럴 때마다 일지는 자기에겐 남편이 있다고 필갑이를 내세우는 것이지만 그는 자기를 별로 생각하는 것 같지도 않았다.

그렇다고 무슨 딴 일이 있어 그런 것 같지도 않았다.

그저 한종일 집구석에 누워서 멀찐멀찐 천장만 바라보기가 일쑤였다.

2

"어쩌면 이렇게도 몸이 달뜰 수 있을까? 어린 계집애도 아닌 내가…….”

일지는 경대 앞에서 머리를 빗다가도 문득 손을 멈추고 자기의 귀여운 얼굴을 들여다보며 중얼거릴 때가 많았다.

지금의 일지는 어떻게 해서든지 일오의 아내가 되지 못한다면 살고 싶은 생각이 없다. 그것은 반했다든지 좋다든지 그런 뜨뜻미지근한 말로는 표현할 수 없는, 전신이 불덩이가 되어 타는 것 같기도 하고 그를 잠시도 보지 않으면 미칠 것만 같은 그런 기분이다.

솔직이 말해서 일지도 서울에 온 것은 목로술집의 술막장이나 하자고 온 것은 아니었다. 그보다는 좀 더 훌륭한 목적이 있었던 것이다. 그러나 지금엔 그런 것은 아무래도 좋았다.

술막장을 할 자신이 생긴 것도, 또한 지금에 술청에 앉아서 뭇사나이의 조롱을 받아가며 술을 붓고 있는 것도, 그의 곁을 떠나고 싶지 않은 오로지 그 마음 때문이다.

그런데도 일오는 한 번도 태도를 분명히 해 준 일이 없었다. 이 편에서 몸이 활활 달아 있다는 것은 너무나 잘 알고 있으면서도 언제나 대답을 얼부려치기만 한다.

일지는 견디다 못해

“우린 언제까지 부부 연습만 하는 거예요?”

샐쭉해서 대들면

“이제야 서울 왔으니 부부 연습은 끝나지 않았소. 뭐 또 새삼스럽게 그런 소리오.”

“그럼 정작 부부가 돼야 할 것 아니예요.”

“난 그런 약속까지 한 일은 없는데. 서울까지 연습으로 부부가 된다는 약속이었지. 언제 우리가 그런 것까지…….”

“제가 싫다는 말이군요?”

“으응, 그건 아니야.”

"그럼 저같은 건 아내가 될 자격이 없다는 건가요?"

"그것두 아니야."

"그럼 왜 아내로 삼아준다고 분명히 대답해 주지 못해요?"

"우린 아직도 애정을 키우고 있는 도중인데 그런 대답은 할 수 없지."

"그럼 언제까지 키우면 된다는 거예요?"

"두 열매가 무르익어 즙이 날 때가 있을 게 아니야."

"그것이 언제냐 말예요. 내 머리가 세지구 이빠진 할머니가 돼야 익는다면 무슨 필요예요."

"그렇지야 않겠지."

하고 싱글싱글 웃는 것을 보면 확실히 싫은 모양은 아니지만 시원한 대답을 해주지 않으니 일지는 마음만 더욱 달뜨지 않을 수가 없었다.

(이 못난 계집애야, 남부끄럽게 그러지 말구 정신을 좀 차려요. 혼자 달떠서 야단이니까 저편에서 더욱 우쭐해지는 법이예요. 제가 뭐이길래 뜨내기 선비밖에 더 되는 것 있어. 내가 모른 척 해봐요. 틀림없이 자기 편에서 몸이 달아 야단칠 걸)

때로는 이런 생각도 해보는 것이지만 이편에서 모른 척하면 저편에서도 모른 척하고 오히려 잘됐다고만 생각할 것 같은 걱정이 앞서니 반한 님 앞에서는 오금을 쓸 수 없다는 그 말이 일지에게도 들어맞는 모양이었다.

3

그래도 일지에게 하나의 즐거움은 점심때에 햇밥을 싸갖고 일오에게 점심과 저녁을 차려주는 일이었다.

아침에 돌쇠와 집을 나오면 술청에서 한종일 볶닦여야 했지만 그

시각만 되면 어떻게든지 틈을 내어 집으로 가서 일오에게 밥상을 차려주곤 했다.

그런 구실로 돌쇠도 없는 둘이서만의 자리에서 이야기할 수가 있었기 때문이다. 그런다고 별 신통한 이야기가 있는 것이 아니라 어느 장사꾼이 어느 정승에게 뇌물로 금을 몇 돈쯤 갖다 주었다느니, 정승 마누라들은 지게에 지워오는 뇌물보다도 빈 손으로 온 것처럼 와서 놓고 가는 뇌물을 더 반긴다는, 대체로 술청에서 주워들은 이야기였다.

사실 일지의 마음 같아서는 선비님과 둘이만의 자리에서는 그보다는 좀더 달콤한 이야기를 나누고 싶었다. 그러나 일오가 정승이며 뇌물 이야기에 더 흥미를 갖는 모양이니 자연 이야기는 그리로 흐르는 수밖에 없었다.

그러나 요즘 며칠은 그런 이야기도 할 수가 없게 되었다.

날씨가 갑자기 추워지면서 술국 손님이 부쩍 는 판에 손을 돕던 복희라는 계집애까지 감기로 눕게 되어 손을 뺄 수가 없었기 때문이다. 일지가 그것을 걱정하자

"그렇다면 오늘부터 점심과 저녁은 내가 술청에 나가 먹기로 하지."

"그럼 불편한 대로 며칠만 그렇게 해요."

일지는 지금까지 남편이 있다고 말만 해온 것을 실제로 증명하기 위해서도 그것은 효과 있는 일이라고 생각했다.

그러나 일오는 점심을 먹으러 와서도 부리나케 한 술 떠먹고는 일어서 버리고 만다. 술청이 워낙 분주하니 자기가 조금이라도 더 앉아 있으면 방해가 된다고 생각해서 그러는 모양이지만 그래 가지고서는 남들이 남편이라고 알아줄 리는 없는 일이었다.

"선비님, 그렇게 덤빌 것이 뭐 있어요. 골방이 따뜻도 한데 한잠 자구 가세요."

일지는 숭늉을 떠주면서 그런 말을 건네 보았다.

"아니 빨리 일어서야지. 그런 짓을 하다가는 이만큼이나마 이름을 낸 주막이 문을 닫게 될지도 몰라."

"그러면 어때요. 나는 하루 속히 선비님의 소문이 나서 문을 닫게 되길 바라고 있는 걸요."

"그런 말을 말어. 누구에게나 반한 듯 반하지 않은 듯한 그 친절이 이 술청을 이렇게도 번창하게 만들었다고 아주 감심하고 있는 판인데."

"조금도 감심할 것이 못돼요."

"손님들이 이렇게두 들끓어대두?"

"이까짓 주막같은 건 아무려문 어때요. 이제는 반한 듯 반하지 않은 듯한 그 비결도 물리고 말았어요."

그것이 사실이므로 얼굴이 붉어지며 화도 나는 일이었지만 그러나 사람이 보는 술청 안에서는 어떻게 할 수도 없는 노릇이었다. 이것이 단 둘이 있는 자리라고만 해도 어떻게 좀더 적극적으로 대들어 무슨 대답을 받았을는지도 모르지만—.

그러나 복희가 앓고 난 그 후에도 일오는 점심을 술청에 나가서 먹는다고 했다.

"그러면 골방에서 상을 받아요. 선비님과 그런 시간도 못가진다면 무슨 재미로 이 놀음 하겠어요."

이리하여 그것만은 겨우 일오의 승낙을 맡게 되었다.

4

오늘도 점심시간이 다가왔다. 일지는 골방에서 선비님과 단 둘의 시간을 가질 생각을 하니 벌써 부터 가슴이 달떠 오른다.

"아가씨."

칼쟁이가 된 돌쇠가 부엌에서 얼굴을 내밀며 불렀다.

"왜?"

"뭐가 좋아서 그렇게 혼자 웃고 있어요. 남이 보면 흉봐요."

희죽희죽 웃으면서 조롱댔다.

"내가 뭘."

그만 얼굴이 빨개진 채 부끄러움을 감추지 못하는 얼굴이면서도 억지로 눈을 흘겨보던 그때

"오늘 뭐 맛있는 거 있어?"

문을 열며 사나이 둘이 불쑥 들어섰다.

의금부도사(義禁府都事) 박정순(朴正淳)의 졸개들이다. 하나는 이마에 혹이 있어 혹뿌리라는 별명을 갖고 있고, 나머지 하나는 코가 붉은데다 말이 많아 홍나발이란 별명을 갖고 있다. 의금부에 붙어서 나쁜 짓은 도맡아 하고 술을 마시기 시작하면 일어설 줄 모르며 손님에게 싸움이나 걸어 공술이나 얻어먹을 생각이나 하는 자들이다. 그러니 아침부터 반가운 손님이라고는 할 수 없다.

"어서 오세요."

일지는 그래도 삽삽한 말씨로 맞이했다.

"찾아온 손님에게 눈은 왜 그렇게 흘겨."

"아니에요. 혼자서 공연히……."

"우린 또 눈을 흘기기에 보기두 싫다는 줄만 알았지."

홍나발이가 희죽 웃으며 일지의 엉덩이를 건디리려고 한다. 그것을 미리 알아차리고 피하면서

"술은 뭘로 하실래요?"

"아니, 오늘은 술이 아니구 일지 아가씨와 의논할 이야기가 있어서 왔어. 그런데 여기서 이야기해두 괜찮을까?"

혹뿌리가 골방으로 안내하라는 듯이 넘겨다봤다.

"여기서 못할 이야기가 뭐 있어요."

골방엔 필갑 선비님 외에는 어떤 손님도 들이지 않으려고 생각했으므로 일지는 빈 술상에 가서 자기가 먼저 앉아버렸다.

"뭐 여기서 이야기해도 안될 거야 없지."

그들도 따라 앉았다.

"무슨 이야기가 있다는 거예요?"

"호박이 넝쿨채 떨어지게 된 이야기야."

"그렇다면 좋은 이야기군요?"

"물론 좋은 이야기지. 그러니 한턱 내란 말이야."

"들어보구 좋은 이야기라면 한턱 아니라 두턱, 세턱이라두 내지요."

"이야기란 별다른 게 아니구, 가끔 우리들과 함께 술을 마시러 오는 금부도사 어른의 동생 박정호(朴正浩) 말야."

"알겠어요. 무당의 남편처럼 얼굴이 번지르한 사람 말이지요?"

"그래, 그 사람이 이번에 평양도에 감사를 따라 판관(判官)으로 가게 됐단 말야."

"판관이 돼서 가면 어떻게 되는지 알어?"

홍나발이가 옆에서 말을 보태 물었다.

"노략질이나 많이 하겠지요."

"그러니 말야, 큰 부자가 되어 가지고 올 건 틀림없는 일 아냐."

"그게 도대체 나와 무슨 관계가 있다는 거예요?"

5

"뭐 어물거릴 것 없이 터놓구 이야기하구 말지. 그 분은 이런 목로 술집이나 다닐 사람이 아니란 말야. 다방골의 기녀들이 목을 길게 뽑고 기다리는 게 열 손으로 꼽아두 모자란단 말야. 그런데두 요즘은 어떻게 된 일인지 그런 곳엔 발길도 하지 않고 이곳에만 오자는 거 아냐. 처음이야 무슨 영문인지 알 턱이 없었지. 그러나 차차 알고 보니 역시 이유가 있었어. 그러니 일지에게 호박이 넝쿨채 떨어진 것 아냐."

혹뿌리가 히죽거리며 말했다.

"무슨 말인지 도대체 알 수가 없어요. 좀더 분명히 이야기해 줄 수 없어요?"

물론 일지가 그 말을 몰라서 하는 것은 아니었다. 너무나도 잘 안다. 너무나도 잘 알기 때문에 일부러 어리벙벙한 얼굴을 했다.

"한마디로 말하면 그분이 일지에게 반했다는 거야. 그렇다고 우리가 그분의 무슨 청을 받고 온 것은 아니라, 이렇게도 좋은 일을 알고서야 가만 있을 수가 없어 왔단 말야."

"그렇다면 내 중신을 서주기 위해서 왔다는 것이군요?"

"그렇지. 사실 지금까지 우린 별로 자랑할만한 일은 못해 봤지만 이 일만은 정말—."

"그러니 말야, 일지는 조금도 싫다고 할 리가 없는 것 아냐. 일지가 좋다고 고개만 끄덕이면 오늘부터라도 우리 같은 것은 고개 하나로 부릴 수가 있단 말야."

옆에서 혹뿌리가 더 생각할 필요도 없다는 듯이 말했다.

"그렇지만 전 사양하겠어요. 첫째로 자격이 없는 걸요."

일지는 따끔히 잡아떼 말했다.

"자격이 없다니? 정실로 들어가라는 것이 아니고 소실로 들어가라는 거야."

"저두 그건 잘 알아요. 이런 술청에 앉아 있는 계집이 그런 분의 정실로 들어갈 마음이나 먹겠어요. 물론 소실이란 건 알고 있어요. 그러나 그 소실도 싫어요. 남의 물건을 생으로 빼앗는 노략질을 할 뱃심이 없는 걸요."

"그런 걱정은 안해도 돼. 그건 다 우리가 해다 바칠 테니."

"그래두 그만두겠어요. 나는 이런 술청에 앉아 있는 것이 어울려요."

새침을 떼고 고개를 돌렸다. 그 싸늘한 얼굴을 보고 일지의 본심을 그제야 겨우 알아차린 모양이다.

"우리가 기분을 거슬리게 한 것이 있다는 거야?"

"그런 것 없어요."

"그러면 우리들의 낯두 좀 나게 해 줄 만한 일 아니야."

"그렇지만 오라반네들은 그분에게 부탁 받은 일도 아니라고 하지 않았어요?"

"그건 그렇지만."

"이왕 좋은 일을 하려고 나선 바에는 목을 길게 뽑고 기다리고 있다는 다방골 기녀들에게나 소개해 줘요. 난 그녀들한테 눈 빨리우는 일도 싫어요."

"일지가 언제부터 이렇게 도도해졌나?"

"제가 도도한 것이 뭐 있어요. 술청에나 앉아 있을 자격밖에 없다는데."

"그게 그런 수작 아니구 뭐야?"

드디어 혹뿌리는 험상궂은 얼굴이 되고 말았다.

6

"혹뿌리, 그렇게 말할 건 아냐. 그것이 아무리 좋은 자리라구 해두 생각해 볼 여유가 필요한 거야. 그 대답은 다시 와서 받기로 하고, 일지 아가씨에게 꼭 한가지 묻고 싶은 것이 있는데⋯⋯."

홍나발이 혹뿌리를 달래며 말꼬리를 돌렸다.

"무슨 말을 또 묻는다는 거예요?"

"그렇다구 화를 낼 건 아냐. 나두 귀에 들리기에 묻는 말인데 이집에 늘 와서 점심 먹는 선비 말야. 그 사람하구 일지가 무슨 별다른 관계가 있는 것은 아니지?"

"어마, 그런 소문이 벌써 퍼졌어요?"

일지는 듣던 중 반가운 이야기니 말소리도 자연 굴러나오지 않을 수가 없었다.

"그것이 사실이란 말인가."

"너무 자꾸 캐어 묻지 말아요. 여자로서 대답하자면 얼굴이 붉어지는 말 아니에요."

"그 녀석이 벌써 일지의 마음을 구슬러 놓은 모양이구만."

"그래요. 난 그 사람 없이는 잠시도 살 것 같지 못한 걸요. 이런 기분이란 처음이에요."

일지는 부러 달뜬 기분을 해 갖고서 그들을 조롱대었다.

"징글맞게 굴지 말어, 철없는 애도 아니면서."

화가 난 혹뿌리가 피가 오른 얼굴로 소리쳤다. 그러자 홍나발이 뒤를 이어

"그러니 일지두 생각을 돌리는 것이 좋다는 거야."

"어떻게요?"

"선비님을 잊으란 말이지. 선비는 대체로 궁한 신세에 입만 살아 갖고서 말은 그럴 듯하게 하지만 그 말을 그대로 믿었단 고생밖에 없다는 거야."

"고생은 타고난 팔잔 걸요. 그건 아무래도 좋아요. 그보다두 날 귀애해 줄 사람이 아니라면 싫다는 거예요!"

"물론이지, 선비들이란 마음이 꽤 먹어서 여잘 귀애할 줄도 모른다는 거야."

홍나발은 어떡해서든 일지의 마음을 돌려볼 생각이다.

"그러나 박판관이야 다르지. 여자를 위해줄 줄 아는 양반이란 말야. 업어 달라면 업어주구 배를 쓸어달라면 쓸어주구."

그 사람이 벌써 판관(判官)이 다 된 것처럼 말했으나 일지로서는 소름이 오싹 돋는 말이었다. 그러면서도 그 말이 귓맛이나 있는 듯이

"그야 내가 좋을 때까진 그럴지도 모르지요. 그러나 딴 여자가 좋아지면 나같은 건 헌신짝처럼 차 버릴 것 아니에요."

"천만에, 절대로 그럴 사람이 아니야."

"뭐가 아니에요. 다방골에 목을 길게 뽑구 있다는 기녀들이 그런 신세 된 것 아니구 뭐예요."

"그야 계집들이 그분에게 반해 갖구서 몸달아 야단이지, 그분은 처음부터 마음에 없는 계집들이야."

홍나발이 말을 둘러대자 혹뿌리도 곁따라 입을 열어

"술잔이나 팔아서 번 여자의 돈을 털어먹는 그런 선비와는 애전에 사람이 다르단 말야."

"일지두 생각해 봐요. 그 선비 녀석하구 좋아했댔자 일생 이런 술장수 노릇을 면하지 못할 것은 뻔한 것 아냐."

"하여튼 일지의 생각 하나로 일생동안 무거운 건 수저밖에 들지 않구두 살 수 있게 되는 거야. 그런 기회를 왜 놓치겠어."

둘이서는 번갈아가며 설득하기에 열을 올렸다.

"정말 그분이 나를 귀애해 줄까?"

"글쎄 그건 염려 말어. 일지의 말이라면 무엇이나 들어준다는데?"

그러자 홍나발이 또 곁따라

"비취 가락지를 해 달라면 비취 가락지, 산호비녀를 해 달라면 산호비녀, 청강석(靑剛石) 나비 밀화(蜜花) 불수(佛手) 산호(珊瑚) 가지,

그리구 또 뭐가 있더라, 하여튼 일지도 그런 것을 갖고 싶은 생각이야 있겠지."

날 어떻게 보고 그런 수작이야, 그런 것이나 탐내는 계집인 줄 안 모양이지, 하고 일지는 속으로 어이가 없으면서도

"그렇지만 나같이 술장수나 하던 계집은 이어 물릴 거예요. 더욱이 그분은 색향으로 이름난 평양으로 부임해 간다는데 좋아질 계집애가 없을라구요."

"평양이 아무리 색향이라두 서울 종로에서 씻기운 일지 아가씨를 따를 계집이 있을 리 없지. 그렇지 않은가, 혹뿌리?"

"그야 말할 필요도 없지."

"그리구 또 선비님이 질투라도 해서 화를 낼 것이 무서워요."

하고 노상 겁이 나듯이 이맛살을 짚었다.

"하하, 그분이 금부도사의 동생이라는 것을 알면서도 그런 걱정이야. 그런 철없는 짓을 하면 첫째로 우리가 내버려 두지 않을 테야."

"곱게 맞기만 할 사람이 아니니 걱정이란 거죠."

"걱정 말어. 우리가 있는 한 일지의 몸엔 손가락 하나 대지 못하게 할 테니."

어이 없는 수작 말어. 그 선비님이 내 몸에 손가락 하나 대주질 않아서 몸이 달아 있는 줄도 모르고. 이제부터는 본색을 드러내 쓴 얼굴을 좀 해볼까 하고 생각하는데 문이 벌떡 열리며 일오가 들어섰다. 여느날보다는 좀 빠른 편이다.

8

"오늘은 일찍 나오셨어요."

일지는 마치도 서방을 대하 듯이 반기며 일오를 골방으로 데리고 가려고 했다.

"선비 양반 잠깐만 봅시다."

멍청하니 보고 있던 혹뿌리가 분주히 불렀다.

"나 말인가요?"

고개를 돌린 일오는 의아스러운 눈으로 그들을 훑어봤다.

"잠깐 여쭐 말이 있으니 이리 좀 와 앉으시오."

"무슨 말이오?"

"아따 그 양반, 이야기가 있다면 이리 와 앉을 게지."

혹뿌리가 눈을 굴리며 언성을 높였다. 그러한 기세에 일오가 눌리
리는 없다는 것을 잘 알면서도 일지는 역시 걱정되는 얼굴로 그들을
보고 있었다.

"처음 보는 사람을 갖고서 오라 가라 대단하신 분들이군요."

"그럴만한 사람이니 그런 거야."

"어떤 양반이신데?"

"선비행세 하구 다니면서 그만한 것도 몰라보우, 우리 얼굴을 잘
보시우."

홍나발이 야유를 하는 어조로 말하며 자기 얼굴을 내댔다.

"그 얼굴이 부등부등 술살이 오른 걸 보니 공술을 얻어먹는 술복
은 타고 났습니다만, 그 대신 매복도 그만큼 타고 났구만요."

"뭐 어째? 그건 네 상판때기를 두구 할 소리다."

"제 얼굴두 그래요? 그렇다면 조심하지요."

"네 녀석은 도대체 이집을 뭣하러 매일 오는 거야?"

"점심을 먹으러 오는 겁니다."

"그렇다면 술청에서나 처먹고 갈 게지 되지못하게 골방엔 왜 들어
가 앉는 거야?"

"당신 같은 손님들과는 격이 좀 다른 때문이겠지요."

"격이 다르다구? 여자의 등이나 쳐먹구 사는 녀석이."

"그건 당신들이 오해를 한 것 같소."

"하여튼 내일부턴 이곳에 와서 귀치않게 굴지 않는 것이 좋아. 훌륭한 분이 일지의 뒤를 봐 주기로 했으니."

혹뿌리가 명령하듯이 말했다.

"일지 아가씨가 그런 약조를 했을 리는 없을 거요. 우린 약속이 있는 사이니만큼……."

"일지, 우리가 있는 이상 조금두 겁날 것 없어. 분명히 말해 봐."

"분명히 말하여, 훌륭한 사람의 소실보다는 가난한 선비의 정실이 되고 싶다는 거예요."

일오에게 눈을 주면서 말했다.

"그 말이 무슨 말인지 알았으면 어서 돌아가시우. 나는 점심을 먹어야겠수."

"그래요. 어서 골방으로 들어가 상이나 받아요."

일오의 소매자락을 끌었다. 그것으로 어떤 사이라는 것은 누구나 알 수 있는 일이다.

"이 녀석아, 하던 말은 끝내고 가."

"난 당신들과 할 말이 더 없다고 생각하는데."

"뭐 없다구?"

둘이서는 살기등등한 얼굴로 일시에 일어섰으나 일오가 침착한 태도니 막상 대들 생각은 못했다.

"이년, 며칠이나 여기서 술장사 해먹나 봐라."

볼상없게도 이런 말을 남겨놓고 돌아가 버렸다.

9

"선비님—."

혹뿌리와 홍나발이 가고 난 후, 둘이서 상을 가운데 놓고 마주앉게 되자 일지는 달뜬 눈을 들어 슬쩍 불렀다.

"왜?"

"아까 말한 것, 그대로 들어두 되는 거죠?"

"무슨 말?"

"우린 약속한 사이라는 것."

얼굴이 빨개지면서도 즐거운 듯한 목소리였다.

"그렇지, 점심은 골방에서 먹기로 약속한 사이지."

"어마, 그런 뜻으로 말한 건가요?"

"그런 약속밖에 생각나는 것이 없는데."

일오는 단정히 앉아 수저를 뜨면서 능청을 부렸다.

"싫어요 선비님. 그렇게 또 엄부리는 건 비겁해요."

"그밖에 또 무슨 약속이 있었나?"

"우리들의 애정이 무르익으면 부부가 된다는 약속."

"참, 그런 약속도 있었지."

"그렇다면 언제 족두리머리 할 수 있냐 말예요."

"그렇게 서둘 건 없어."

"난 조금도 서둘지 않지만 남들이 자꾸만 서둘게 만드니 걱정이에요. 이제두 그 흉한 녀석들 온 것 봤지요?"

"응."

"여자 혼자라구 마구 수모하고 달려드는 걸요. 소실로 들어오란 말두 태연스럽게 하니, 그래 난 그런 자격밖에 없는 여잔가요?"

"그런 미치광이 같은 녀석들의 말을 생각할게 뭐야."

"생각하지 않으려고 해도 그런 녀석들이 매일 술을 처먹으러 오는 건 어떡해요."

"술장사를 하는 이상 오는 손님을 막을 수야 없지."

"그러기 말예요. 그러니까 하루속히 족두리머릴 올리고 싶다는 거예요. 그리고 나면 그들에게 수모 받을 것두 없지 않아요. 그렇지요 선비님?"

"……."

일지가 족두리머리를 올리고 싶다는 말에 대해서만은 대답을 못하는 일오였다.

"선비님은 제가 칠두 족두리한 머릴 보고 싶지 않아요?"

"보고 싶지."

"그럼 왜 대답을 못해요? 전 오늘밤이라도 그럴 용의가 있는데."

"보고 싶지만 아직 그럴 시기가 오지 않은 거야."

"그것이 언제란 말예요?"

하고 일지는 또다시 대들고 싶은 마음이었으나 너무 지질스럽게 구는 것도 불리하다는 생각이 들어

"그러면 분명 내가 싫은 것은 아니지요?"

따집어 물었다.

"일지 같은 예쁜 아가씰 싫어할 리가 있어?"

"그래두 난 그런 말을 입으로만 하는 것 같아 불안스러워요."

"그것이 아직 일지의 애정이 무르익지 못했다는 징조야. 날 아직도 못 믿을 사나이로 생각하니."

태연스럽게 말하는 선비의 얼굴을 보고

"어마, 그런가요."

마음이 섬두룩해지는데

"언니, 금부에서 온 분이 찾아요."

하고 복희가 소리쳤다.

10

금부(禁府)의 어거지 때거지들은 자기 비위에 조금만 틀려도 포교

(捕校)를 보내어 묶어오기가 일쑤였다.

그러므로 금부에서 사람이 왔다면 박정호의 소실이 되라는 것을 일지가 거절했기 때문에 포교를 보낸 것이 틀림 없었다.

"어떻게 하면 좋아요. 그것들이 날 묶으려 온지도 몰라요."

일지는 겁에 질린 얼굴이 되며 급기야 일오의 무릎을 잡고 흔들어 댔다.

이런 일이 있을수록 일오에게 매달려 어리광을 피우고 싶기도 한 모양이다.

"없다고 하지."

일오는 조금도 당황하는 기색이 없이 웃고만 있다.

"없다면 고분고분 돌아가서 다시 안 올 것들이에요?"

"그럼 나가서 만나."

"묶어 가겠다면 어떡해요?"

"이유도 없는데 묶어 간다는 그런 수작이야 못하겠지."

"선비님, 무슨 말씀 하세요? 그것들이 여태까지 무슨 이유가 있어 백성들을 묶어 갔겠어요. 없는 이유도 억지로 만드는 걸 아시면서."

"하긴 그래."

"그러니 둘이 같이 나가서 만나요."

"그건 우습지. 난 이 집에 점심을 먹으러 온 사람으로 돼 있는데."

"그럼 선비님은 내가 묶여가도 좋다는 거예요? 분명히 말해요."

"묶어 가려는지 안 가려는진 하여튼 만나봐야 알 거 아냐."

"남은 이렇게도 가슴이 설레는데 선비님은 어쩜 그렇게도 태평이야. 보기 싫어요."

무릎 위에 올려놨던 하얀 손이 급기야 일오의 허벅다리를 꼬집었다.

"아야 아야, 아파."

"아프라고 꼬집은 거, 아프지 않을까요."

부러 화가 난 얼굴을 했다.

"이렇게 몰인정하게 꼬집어주니 지금까지 키웠던 정도 뚝 떨어질 노릇이지."

"그런 소리하면 또 꼬집을 테야요."

다시 꼬집어 줄 듯이 날려들던 손이 부드럽게 허벅다리를 쓸어 줬다.

"이렇게 해주면 떨어졌던 정도 다시 붙겠지 뭐."

"그 부드러운 손으로 쓸어주는덴 두 조박으로 깨어진 통바리도 붙을게야."

"그런 대답 듣자는 거 아니예요. 내가 묶인다면 선비님이 보고만 있는 박정한 사나이가 아니란 대답을 분명히 듣고 싶은 거예요."

"그야 물론 내가 부처님이 아닌 이상 보고만 있을 수 없지."

다른 말과도 달리 이 말만은 첫마디로 선뜻 대답했다.

"정말, 선비님 정말이지요?"

일지의 기쁜 마음은 일오의 무릎을 흔들며 다짐을 하지 않을 수가 없는 모양이다.

"내가 그렇게 비겁한 사나이가 아니란 걸 알았으면 빨리 나가 봐요."

"어마, 난 여태까지 선비님을 비겁한 사나이라고 생각한 일은 한 번도 없는데."

자기 말이 지나친 것 같아 풀이 죽은 얼굴이 되자

"알았어 알았어, 알았으니 어서 나가 금부에서 온 사나이나 힘껏 꼬집어봐."

그러나 금부에서 온 사나이는 술청에 보이는 것 같지 않았다.

"금부에서 왔다는 이가 어느 분이야."

일지는 술청을 둘러보다 못해 복희에게 물었다.

"저기 앉은 분."

복희는 구석자리에 혼자 앉아서 술을 마시고 있는 선비같은 사람을 가르쳐 주었다.

어디서 본 듯한 사나이다. 그 편에서도 일지를 아는 모양으로 희죽희죽 웃고 있었다.

(어디서 본 사나일까?)

그러나 통 생각나지 않는다. 아래위를 명주로 감은 옷차림을 봐도 이런 목로술집이나 다닐 선비같지도 않았다.

"금부에서 온 손님이라지요?"

일지는 지금까지 골방에서 하고 있던 얼굴과는 달리 새침을 떠어 물었다.

"일지 아가씬 금부에서 온 사람을 가장 무서워하는 모양이군요."

"어마, 제 이름을 어떻게 알아요?"

일지는 자기 이름까지 아는 데는 놀라지 않을 수가 없었다.

"아가씨야 내 얼굴을 잊어도 나야 아가씨 이름을 쉽게 잊을라구요."

선비는 호인같은 능글맞은 웃음을 웃었다. 그 웃음을 봐서 금부에서 온 사람 같지는 않았다.

"그런 조롱마시구 어디서 뵈었어요?"

"아가씬 일편단심으로 생각하는 선비님이 있으니 나같은 것은 어디서 만난 것을 이야기해 줘도 기억에 없을 거요."

그 말에 일지는 문득 그 선비를 생각해 내고

"알겠어요. 송도 앞에서 만났던 이건재 선비님, 그렇지요?"

"지금이라도 알아주니 고맙소."

"정말 어떻게 그렇게두 몰라 봤을까, 그래요. 옷이 너무 훌륭하기 때문이에요. 선비님 좋은 일이 있는 모양이야."

일지는 건재의 옷이 눈이 부시다는 듯이 조롱대며 훑어봤다.

"너무 그러지 마우. 세도 쓰는 부잣집 찾아다니며 글장이나 써주고 얻어 입은 옷 갖고서."

건재는 전식이의 충복 노릇으로 유복하게 지내는 자기를 이렇게 얼부러치우고 나서

"일지 아가씬 그동안에 더 예뻐졌으니 어떻게 된 일이오?"

"예뻐질 리 조금도 없어요. 술청에서 뭇 사나이의 조롱감밖에 되는 노릇 없는 걸요."

건재도 일오와 같은 선비인만큼 그런 하소연도 자연 튀어 나오게 된 모양이었다.

"그 대신 일오 선비님이 무척 사랑해 주겠지."

"그것이 조금도 그래주지 않는 걸요. 내가 그렇게두 매력이 없는 모양이지요."

"글쎄, 그 사람의 눈은 몰라도 내 눈엔 너무 매력이 있어 야단인데."

"정말 그런가 봐요. 그 사람 눈엔 내가 조금도 매력이 없는 모양이에요. 그러기에 여태 아내로 삼는다는 말을 분명히 안해 주겠지요."

"여태 그런 말도 없었어?"

"그럼요."

"그럴 수야 있어. 그렇다면 내가 그 사람을 꼭 만나야겠군."

둘이서 그런 이야기를 하고 있는데 일오가 술청으로 나왔다.

12

"선비님, 이거 얼마만이오."

일오를 보자 건재는 분주히 일어나 십년지기나 되는 것처럼 반겼다.

"서울 오면서 만났던 선비님 아니오?"

일오도 그를 첫눈으로 알아봤다.

"선비님, 일지 아가씨가 왜 이렇게두 사람이 나빠졌소. 두분께선 달콤한 살림을 하고 있으면서두 나한텐 딴소리만 하니."

뒷방에서 나오는 일오를 보고 벌써 그런 사이라고 생각한 모양이었다.

"정말 그렇게 뵈요?"

하루라도 빨리 그리 되기를 바라는 일지라 호호호 즐거운 웃음이 굴러나왔다. 일오도 웃음으로 일지와의 관계를 얼버무리고 나서

"금부의 밥은 언제부터 먹게 됐소?"

하고 망설이는 일 없이 물었다.

"하하하, 그건 일지 아가씨를 불러내기 위한 공연한 말이오. 그보다도 우선 한잔 받으시오."

일오에게 술잔을 내면서 일지에게 얼굴을 돌렸다. 사나이끼리의 이야기가 있다는 얼굴이다. 그런 눈치는 누구보다도 빠른 일지였다. 일오의 잔을 채워주고 나서

"그럼 천천히 이야기하세요. 전 손님들 때문에……."

하고 자리를 떴다.

"참 술청이 아담하게 잘 꾸며졌군요."

건재는 새삼스럽게 술청 안을 둘러보고나서

"이런 곳에 일오 선비님이 있는 줄은 모르고 그 동안 무척 찾지 않았소."

"나를?"

"네, 설마 이런 목로술집을 하리라고는 생각지 않으면서도 이런 곳

도 무던히 찾아다녔지요."

"무슨 일로?"

"선비같은 분을 그대로 썩일 수는 없는 일 아니오. 사실 나는 지금 전식이의 신세를 지고 있소."

"그러시오, 그런 줄은 전혀 모르고 지금까지 무례한 말이 많은 것 같소. 용서하시오."

"무슨 말씀을. 나도 한때는 교리(校理) 벼슬을 하던 놈이오. 그런 놈이 광대 밑에서 밥을 얻는 신세가 됐으니 부끄러울 뿐이오."

건재는 자기의 신분을 조금도 감추려고 하지 않는다. 그렇다고 해도 무서운 상대인 것만은 틀림이 없었다. 전식이의 수족인 밀정으로서 어떠한 사명을 띠고 찾아왔는지는 알 수 없는 일이다. 그러니만큼 일오도 상대를 경계하는 마음을 조금도 늦추지를 않았다.

그러한 일오의 심중을 아는지 모르는지 그는 더욱 친밀하게

"송도 성문 앞에서 본 검술엔 감탄했소. 그 이야기를 전식에게 했더니 선비님을 꼭 한번 만나보고 싶다 하지 않겠소."

"그래서 날 그렇게도 수고스럽게 찾아다녔소?"

웃으면서도 그 웃음 속에 굳어진 표정을 감추지 못하자

"하하하, 선비님 같은 분도 전식일 무서워하시는 모양이군요. 그러나 막상 만나고 나면 그렇지도 않지요. 상감이 총애하는 마음도 알 수 있는 일이오."

"전식이의 수려한 얼굴은 나도 알고 있소."

"참, 두 분은 어렸을 때부터 아는 사이라지요. 그런데 전식이가 이렇게도 급히 선비님을 찾는 것은—."

건재는 갑자기 주위를 둘러보며 목소리를 낮췄다.

기녀(妓女)

1

건재가 일오를 데리고 간 곳은 다방골에 있는 기생집이었다.

그 집에서는 건재를 아주 정중하게 맞아들였다. 뒤뜰의 조용한 방으로 안내하며 이어 술상이 들어왔다.

주안이 모두 산해진미로 되어 있다. 일오는 이런 곳이 처음이므로 약간 긴장한 채

"요란스러운 곳이군요. 존형은 이런 곳을 매일 드나드는 모양이니 하여튼 팔자 늘어졌소."

건재는 웃으며

"나도 이 집엔 늘 드나드는 신분이 못되오. 이 집은 승지(承旨)나 제용감정(濟用監正) 같은 분들이 말하자면 육비전(六比廛) 주인과 같은 큰 장사치들과 만나는 곳이랍니다."

임금의 비서격인 승지는 모두가 신선처럼 여겼으며, 제용감정은 궁중 살림을 맡아보는 사람이라 누구보다도 사치스러운 생활을 했다.

"그렇다면 전식이도 가끔 이런 곳에 오는 일이 있겠구만요?"

"천만에, 그는 임금님의 놀음을 위해서는 금은을 물쓰듯이 하면서도 자기의 생활엔 검박하기가 이를데 없답니다. 자기 주위엔 감시하는 눈이 많다는 걸 너무나 잘 알고 있기 때문이겠지요."

"그렇게 말하니 알만도 한 일이오. 그러나 오늘의 이 술값은 그가 대신 내 주는 것이겠지요."

"하하하, 그런 건 선비님이 염려할 일 아니오. 내가 안내한 이상 폐를 끼치거나 그런 일은 없을 테니."

"그래도 나는 가시방석에 앉은 마음이오. 존형에겐 이런 환대를 받을 아무런 이유가 없는 것 같은데."

건재는 들던 술잔을 놓고 정색하여

"선비님과 친구가 되어 보겠다는 마음뿐이오. 전식이의 신세를 지고 난 후로는 옛친구들도 나를 상대하려 하지 않으오."

"그렇대도 나같이 권력도 돈도 없는 사람과 친구가 되어 무슨 이익이 있겠소?"

"그래서 벗이 되고 싶다는 거지요. 권력 있고 돈 있는 사람은 걸리는 것이 많아 싫소. 나는 무엇이나 꺼리는 일을 터놓고 이야기할 수 있는 친구를 갖고 싶소."

"그 심정은 나도 알 수 있는 일이오. 혼자란 적적한 일이지요."

"그것도 선비님처럼 일지 같은 예쁜 아가씨나 있다면 또 모르지만, 하하하. 계집애들이 오는 모양이오. 선비님 점잖만 빼지 말구 오늘은 호탕하게 놀아 봅시다."

미닫이를 사붓이 열고 들어선 것은 건재와 구면인 춘담(春淡)이와 처음 보는 명옥(明玉)이.

스란치마를 헤치고 각기 손님 옆에 앉아

"어서 드세요."

술을 권한다. 건재는 술을 받으며

"우린 지체도 문벌도 없는 한갓 활랭이, 재상 양반에게 떨던 아양은 제발 그만 둬, 그러면 술맛이 떨어져."

"호호호, 교리님의 그런 말엔 싫어질래야 싫어질 수가 없어요. 그런데다 오늘은 교리님보다도 더 훌륭하신 분을 모시구 왔군요. 어서 좀 소개해 주세요."

"하하하, 역시 춘담이는 사람을 알아볼 줄 아는구나. 이분은 너희들이 훌륭하고 잘났다고 생각하는 벼슬아치들과는 판이한 나의 둘두 없는 친구 일오 선비님."

2

술이 끝나자 일오는 침방으로 안내되었다. 비단 병풍이 둘러친 속에 사방등(四方燈)이 켜 있으며 비단 침구가 보기에도 폭신하게 깔려져 있다.

병풍에 그려진 도화가 만발한 산수화며 진한 초록색에 자주깃을 단 이불이 사방등의 희미한 불빛을 받아 몹시도 마음을 산란케 한다.

일오는 침방에 술과 건포를 가져오래서 자리에 들 생각없이 술을 마시고 있었다. 아직도 여자를 모르는 그는 이렇게도 색정을 돋우는 방속에서도 술로 밤을 지새울 생각인 모양이다.

기녀와 베개를 같이하고 눕는 것이 부끄러운 때문인가, 그렇지도 않으면 무서운 때문인가.

명옥이는 옆에 앉아서 술을 붓다 못해

"선비님, 이제는 술을 그만하시고 자리에 들지요."

"난 이대로 밤을 샐 생각이니 먼저 자."

명옥이는 웃으며

"손님이 앉아 계신데 쉰네가 어떻게 눌 수가 있어요. 창피를 주는 그런 말씀은 마세요."

"손님이 같이 자지 않으면 창피스러운 일인가?"

"그걸 모를 손님도 아니면서 공연히 사람을 놀리시려고."

"흐음……."

일오는 알겠다는 듯이 고개를 끄덕였다.

그때의 풍습으로는 선비가 기생집에 출입하는 일은 별로 자랑할 일이 못되었다. 그러니만큼 일오가 그런 일을 모르는 것도 무리가 아니었다.

"그렇다면 손님이라면 누구하구나 자야 하나?"

"호호호……."

명옥이는 일오의 낯간지러운 질문을 웃음으로 비벼대며

"그야 싫은 손님이야 처음부터 끌 리 없지 않아요. 저두 한잔 주세요."

애틋한 눈을 떠보이며 하얀 손을 내밀었다.

"명옥이도 같이 술을 들어주겠나?"

일오는 그 말이 반가운 대로 그녀에게 술을 부어 주어

"이 집엔 궁 안의 벼슬아치들이 많이 오는가?"

"쇤네는 이 집에 온 지가 얼마 되지 않아 잘 모르지만 그런 어른들이 많이 오는가 봐요."

"혹 전식이에 대한 이야기를 들은 일은 없나?"

"그분은 아직 뵌 일도 없지만 그분과 가까이 지내는 사람들은 많이 오는 모양이에요. 이 교리도 그런 분 아니에요?"

"어떻게 그걸 알아?"

"그거야 알지요. 기생질을 일년만 하면 엔간한 관상쟁이들 보다는 사람을 더 잘 알아본답니다."

"흠, 알 수 있는 말이야."

"그렇지만 선비님은 그런 것 같지도 않은 사람이 어떻게 이런 곳에 왔어요?"

"나도 궁색한 선비노릇을 고쳐 볼 생각인지도 모르지."

"그건 공연한 말이에요."

"어째서?"

"그럴 사람이 따로 있지, 선비님의 지조 같고서는 못하는 일이랍니다."

"나는 지조도 지체도 없는 몸이야."

"공연한 말씀, 나는 아까부터 선비님이 누구라는 걸 알고 있었답니다."

"나를?"

일오는 들던 술잔을 놓고 가만히 명옥이를 쳐다봤다.

3

"쇤네는 선비님의 이름을 듣고나서 가슴이 마구 설레댔답니다."

소곳이 고개를 숙인 명옥이의 얼굴에 긴장을 띤 빛이 어두운 불빛 속에서도 역력히 보이었다.

"나를 어떻게 알어?"

"뵈옵기는 처음이지만 이름은 늘 듣고 있었어요."

"어떻게?"

그러나 명옥이는 그 대답은 않고

"선비님은 신창동에서 사셨지요?"

"그래."

"일오는 아호시구 이름은 김필갑."

"어떻게 그렇게두 잘 알어?"

"그러면 틀림없어요. 제가 찾던 선비님이……."

"나를 왜?"

"선비님이 꼭 구해 줘야할 아씨 때문이지요."

"아씨라니?"

"그런 아씨가 선비님에게 또 있을 리 없지 않아요."

"흐음—."

일오는 가슴에 오는 것이 있는만큼 입을 다물었다.

"선비님이 술로 밤을 새우려는 심정도 그 아씨 때문이 아니세요?"

맑은 눈을 흡떠 조롱대듯이 웃었다.

"그러지 말구 모두 털어놓고 분명히 이야기해봐."

"아씨를 구한다는 약속을 먼저 하신다면."

"누군지도 모르고?"

"모를 리 없지 않아요?"

"그래, 약속하고 이야기를 듣기로 하지."

"쇤네는……."

명옥이는 눈을 감고서 잠시 무엇을 생각하듯이 있다가

"쇤네는 신창동 회나무집에서 살던 계집이랍니다."

하고 가만히 입을 열었다.

"회나무집!"

일오는 그만 놀라지 않을 수가 없었다. 그 집은 바로 지금 자기가 찾고 있는 탄실이네가 옛날 살고 있던 집이었기 때문이었다.

"그런데 탄실이 아가씨가 호현방 박참판의 집에 시집가기로 됐던 것은 선비님도 물론 아시겠지요?"

"알지."

알다 뿐인가. 자기가 집을 나갔던 것도 그 때문이 아닌가. 서자의 몸으로서는 탄실일 사랑할 수도 없는 신세라는 것을 비관하고서.

"그러나 아가씨는 그 집에 죽어도 시집을 가지 않는다고 매일 울어댔답니다. 그런 참에 박참판네 아들이 그해 가을 쥐병을 만나 죽게 되지 않았어요. 그러자 시집을 가지 않는다는 탄실이 아가씨가 무슨 생각인지 이번엔 그 사람의 몽상(蒙喪)을 입는다고 야단이 났지요. 집안 사람들은 모두 이상한 일이라고 생각했지만 그래도 저는 알고 있었답니다. 선비님도 아가씨의 그런 마음은 아시겠지요?"

"글쎄."

"글쎄가 뭐예요. 탄실이 아가씨는 시집을 가지 않을 생각이었어요. 그 말은 저한테도 분명히 이야기했답니다. 나는 어떤 분에게 이미 약속한 몸, 그 마음만은 무슨 일이 있어도 변할 수 없다는 것이었지요."

"으음."

일오는 그런 말을 들을수록 마음이 비통해 견딜 수가 없는 모양이었다.

"그런 참에 부친님이 무오사화를 만나 갑산(甲山)으로 귀양을 가게 되어 구리개에서 약방을 하는 정생원 집에 가족을 맡기고 가게 되었답니다."

4

"그렇다면 탄실인 지금도 구리개 약방집에 있는가?"

일오는 무엇보다도 그 진상을 알고 싶었다.

"선비님 너무 서둘지 마세요, 천천히 이야기해드릴 테니. 그 때문에 선비님을 제 방으로 끈 걸요."

부끄러움을 먹은 눈이면서도 존경과 신뢰하는 빛이 드러나 보인다.

"어서 이야기해."

"네, 그 약방은 지금엔 서울서도 첫 손가락에 꼽히는 큰 약방이지만 그렇게 된 것이 모두 탄실이 아버지 덕인 모양이에요. 그러니만큼 남들이 꺼리는 가족을 맡아가지고 지금까지 숨겨온 것이지요. 물론 가족이라야 탄실이 모친과 탄실이 그리고 저까지 셋이었는데 작년 겨울에 모친님이 돌아갔으니 우리 둘 뿐이었지요."

"작년 겨울엔 탄실이 부친님도 돌아갔다는데."

"네, 그 부음을 듣고 마음이 상해 돌아간 것이나 다름없지요."

"그렇다면 탄실이의 슬픔도 대단했겠구만."

일오는 눈을 감고 그때의 탄실이의 마음을 잠시 생각해 보는 모양이었다.

"정말 옆에서 보기가 딱했어요. 선비님의 이름을 제가 듣기 시작한 것도 실상은 그때부터랍니다. 부모님들이 그렇게 돌아가실 바에는 차라리 미리 돌아가셨더라면 자기는 이렇게까지 불행하진 않았을 거라며―."

"……."

그 말을 듣고 있는 일오는 자기도 모르게 비통한 얼굴이 되었다.

(나는 여태까지 서자로 태어난 자신을 한탄만 했지 나를 사모한 탄실이가 그렇게까지 고난의 길을 밟고 있으리라고는 한 번도 생각해 본 일이 있는가)

그 생각을 하니 일오는 가슴에서 불이 이는 것 같아 명옥이의 말을 잠자코 듣고 있을 수만도 없었다.

"그런 말보다 탄실이가 어떻게 됐다는 이야기부터 빨리 해요."

"그렇게도 마음이 급하신 선비님이 저를 왜 이제야 만났어요."

명옥이로서는 한탄하는 말이 그대로 일오를 원망하는 말이 되었다.

"그렇다면 탄실이에게 무슨 일이라도 있었단 말인가?"

"그러기 처음부터 제가 아가씰 꼭 찾아야 한다고 다짐을 받지 않았어요."

"어떻게 된 일인데?"

"지난 구월 스무 사흘날― 그날을 어떻게 잊을 수 있겠어요. 그날 밤, 우리가 자는 방에 도둑이 들어왔답니다."

"뭐 도둑?"

"도둑이 들어와 아가씨를 자루에 넣어 업어갔어요."

이것은 너무나도 뜻밖인 일이다.

"탄실이만을?"

"네, 산도둑 같은 놈들이 세 놈이나 들어와서 너같은 예쁜 계집을 그대로 수절시킬 순 없다면서 정말…… 무서웠어요."

"명옥이에겐 손을 대지 않고?"

"네, 저도 옆에서 자고 있었는데, 그리고 딴 물건도 가져갈 생각없이."

"그렇다면 탄실이가 그곳에 있다는 것을 알고 들어온 모양인가?"

"제가 보긴 그런 것 같아요. 그러나 약방주인은 우리가 그곳에 있는 걸 절대 비밀로 해온 걸요."

5

탄실이의 부친 남태영(南泰英)이와 일오의 아버지 김종중(金宗仲)이는 모두 경술(經術)에 밝은 학자로서 집도 이웃간이었다. 그런 관계로 탄실이는 어렸을 때부터 일오를 오빠 오빠하고 따랐다.

그 때가 탄실이는 일곱 살, 일오는 열 살이었다. 어렸을 때에는 세 살이면 대단한 차이다. 손아래 동생이 없는 일오는 탄실이를 귀여워해줘 업어도 주고 같이 데리고 그네도 뛰었다. 그럴 때마다 탄실이는

"난 크면 오빠한테 시집갈래."

하여 어른들을 웃기곤 했다.

그 후, 일오는 아버지의 뜻으로 홍덕사에 가서 수업을 하게 되어 좀처럼 탄실이를 만날 수 없게 되었다. 그러면서 탄실이도 어느 덧 열다섯 살이 나던 봄, 일오는 집을 다니러 왔다가 집 뒤 성 밑에서 우연히 탄실이를 만나게 됐다.

"성 위에나 올라가 볼까."

일오는 보랏빛 아지랑이가 끼어 있는 성 위를 쳐다보며 말했다.

"……."

탄실이는 말없이 뒤에서 따라오며 가만히 한숨을 쉬었다.

"이렇게 만나기가 얼마만이야. 작년에도 우리 만나지를 못했지."

"꼭 삼 년만이에요. 집에 오셨다가도 우리 집엔 들려주지 않으니 못만난 거죠."

탄실이는 나무라듯 말했다.

"나도 이전처럼 마음대로 탄실네 집엘 드나들 수 없는 나인 걸."

"그렇다면 왜 나를 아내로 맞아주지 않아요. 어렸을 때 약속하지 않았어요. 나도 이전 열다섯이에요."

어린애 같은 말에 일오는 웃으며

"탄실인 박참판 댁에 시집간다면서?"

"집에서는 그렇게 생각하고 있는지 몰라도 전 도련님한테 아니면 안 갈 생각이에요. 어렸을 때부터 그렇게 생각해 온 걸요."

"그건 탄실이가 몰라서 하는 말야. 나는 서자인 걸. 적자와 서자지 간엔 숙명적으로 부부가 될 수 없게 돼 있어."

"어째서 그래요?"

탄실이는 의외란 듯이 눈을 들었다.

"그야 간혹 적출의 자식과 서출의 자식이 사는 수도 있지만 그것은 지금의 법규에 어긋나는 일이야. 그렇게 살다가는 누구나가 불행하게 되는 수밖에 없는 거야."

"그렇다면 나는 아무도 시집은 가지 않고 혼자 살래요."

"그렇게 되면 나를 더욱 괴롭게 하는 것뿐이지."

"그럼 어떻게 하면 좋아요."

"……."

"불행하면 어때요? 아니, 절대로 우린 불행할 리가 없어요. 도련님만 제 옆에 계시면 아무 바랄 것이 없는 걸요. 어서어서 저를 보고만 있지 말고 아내로 삼아 준다고 약속해 줘요."

빤히 쳐다보며 애걸하듯이 말하던 탄실이—그것은 철없는 처녀의 단순한 감상이 아니라, 때묻지 않은 순정이 그대로 일오의 가슴을 파고드는 진심이 아니었던가.

그 아픈 가슴을 견딜 수 없어 일오는 일생 나그네로 살겠다는 결심으로 집을 나갔던 것도 이미 육년 전—그 동안에 두 집은 완전히 몰락하고 그가 찾던 탄실이는 흉한 녀석들에게 잡혀간 채 찾을 길조차 없게 됐다니 일오의 마음이 답답하지 않을 수가 없었다.

방안의 촛불은 어느덧 진하여 가물거리기 시작했다. 명옥이가 초를 바꾸러 일어서자 그 촛불만 멍하니 보고 있는 일오.

6

일오가 건재를 따라 기생집을 갔던 그날 밤—

혹뿌리와 홍나발을 보냈던 박정호는 느지막해서 어디서 한잔 걸친 얼굴로 술청에 나타났다.

일지는 개기름이 흐르는 그의 얼굴만 봐도 먹은 것이 도로 나올 것만 같았다. 그러면서도 손님을 대할 때엔 반한 듯 반하지 않은 듯한 웃음이 술장수 석달 동안에 몸에 배어 그만 자기도 모르게 반기는 웃음이 나와 버렸다. 그러나 박정호라는 친구는 자기에게만 그런 웃음을 웃어주는 줄만 아는 모양이다.

"하룻밤 사이에 일지 아가씨가 더 예뻐진 것만 같으니 웬일이야."

염치없게도 히죽거리며 일지의 얼굴을 쳐다봤다.

"박판관님 왜 자꾸 저를 쳐다봐요. 제 얼굴에 뭐가 묻기라도 했어요?"

일지는 미운 놈 떡 한개 더 준다는 셈으로 아직 되지는 못한 판관의 벼슬 이름을 불러줬다. 그 말에 그는 만족한 얼굴이었다.

"예뻐진 품이 아무래도 수상해. 사나이 냄새가 나는 것 같은 게."

"그래요? 어쩐 일일까. 아 참, 아까 혹뿌리와 홍나발이 왔길래 한참 동안 마주앉아 있었더니, 냄새가 난다면 그것들의 냄샌가?"

일지는 시침을 뗀 얼굴로 그런 말을 했다.

"음, 지금 내가 온 것도 그 일 때문인데."

박정호는 약간 얼굴을 붉혀

"그것들이 내 일로 여길 찾아와서 일지의 기분을 건드리고 간 모양이지만 그렇게 나쁘게 생각하진 말어. 자기 딴엔 좋은 일 한다고 나선 모양이니."

넌지시 얼굴을 들어 일지를 쳐다봤다. 사람이란 모자라는 자일수록 자존심은 대단한 것으로, 일지한테 싫다는 말을 들을 자기는 아니라는 듯한 얼굴이다.

"조금도 기분나쁜 일은 없었어요. 처음부터 농담으로 생각한 걸요."

일지는 한마디로 퉁겨버렸다. 그러나 그런 정도 가지고는 얼굴을 붉힐 줄 모르는 자다.

"그것들이 뭐라고 말을 했는지는 모르지만 하여튼 내가 일지의 뒤를 봐주고 싶다는 것만은 틀림없는 사실이야. 그걸 그것들이 먼저 눈치를 채 갖고서 서둘러댔기 때문에 일인즉은 그만큼 빨리된 셈이지. 그러니 그것들 한테두 고맙다고 할 수밖에 없게 됐단 말야."

다시금 히들히들 웃어댔다. 양치질은 언제 했는지 술냄새와 함께 구린내를 마구 뿌리는데, 아무리 손님을 삽살하게 대하는 습성이 몸에 밴 일지라고 해도 이맛살을 찌푸리지 않을 수가 없었다. 일지는 그만 싫은 얼굴을 드러내어

"거기 대해선 두 분이 충분히 알고 갔다고 생각하는데."

"알고 갔다니?"

"제겐 약속한 선비님이 있다는 걸."

분명히 말해줬다.

그래도 박정호는 아까보다도 구린내를 좀더 피워 웃으며

"일지 아가씨같이 똑똑한 사람이 그래, 그런 사람의 말을 그대로 믿고 있어? 바로 지금두 다방골의 명옥이란 기생을 끼고 자빠져 있는 것을 내 눈으로 보고 왔는데."

"그게 정말이에요?"

물론 그런 말이 믿어지지는 않으면서도 놀란 눈이 된 일지였다.

"그러니까 그런 선비 생각은 애써 단념하고 생각을 돌리라는 거야."

박정호는 할 말을 다 했다는 듯이 앞에 받아 놨던 술을 죽 들이키고 일어섰다.

7

그날 밤 일오는 탄실이 생각으로 밤을 세웠지만 일지는 집에 들어오지 않는 일오 생각으로 밤을 세웠다.

(정말 어떻게 된 일이야. 선비님이 정을 둔 기생이 있다는 것도 역시 공연한 소리만은 아닌 모양이지)

그런 말은 믿으려고 하지 않던 일지면서도 일오 때문에 기나긴 겨울밤을 뜬 눈으로 밝히고 나니 오만가지 생각이 떠오르지 않을 수가 없었다.

(그렇다면 나는 여태까지 속아온 셈 아닌가. 정말 그런지도 몰라. 그렇지 않고서야 이렇게도 나를 애태울 리가 있어. 더욱이 어젯밤엔 내게 눈독을 들이고 있는 박정호가 으레 나타나리라는 것을 짐작하면서도

들어오지 않는 걸. 어젠 그 녀석이 곱게 돌아갔기 말이지 졸개들을 데리고 와서 날 업어라도 갔다면 어쩔 셈으로— 아니, 그는 처음부터 나 같은 건 아무렇게 돼도 좋다는 생각이야. 귀찮으니 제발 누가 좀 업어 갔으면 하는 생각인지도 모르지. 그래서 부러 들어오지 않는지 몰라. 아이 원통해라)

생각하면 생각할수록 일지는 분해 견딜 수가 없었다.

(어젯밤 일도 뻔한 것)

"선비님이 가시면 난 쓸쓸해서 어떻게 해요."

그런 수작의 달콤한 말로 그 계집년이 옷자락을 잡자 그 사람은 어허라 좋다고 풀석 주저앉으면서

"그러면 명옥이나 얼싸안고 밤새껏 사랑가나 불러 볼까?"

그 계집년의 엉덩이를 끌어안았을 것이 분명하지. 그리고는—.

일지는 가슴이 활랑활랑 뛰어 더 생각할 수도 없는 채 벌떡 일어섰다. 그리고는 얼굴을 씻고나서 경대를 끌어다 놓고 분첩을 부리나케 쳤다. 그들이 어젯밤에는 필경 늦게까지 놀았을 터이니 아직도 이불속에서 쓸어안고 자빠져 있으리라고 생각했다. 그 현장으로 달려가서 이불을 잡아당겨 줄 생각을 한 것이다.

"돌쇠, 난 좀 다녀올 데가 있으니 조반은 복희와 둘이서 먹어요."

뿔이 난 목소리를 감추지 못했다.

"네, 분부대로 하지요."

일지가 왜 그런지를 벌써 다 알고 있는 돌쇠는 히죽히죽 웃기만 했다.

바깥은 오늘도 맑은 날씨였다. 바람은 몹시 차다. 그러나 일지는 그런 것도 느껴지지 않았다. 가슴이 활활 타는 것 같은 판이니 그런 것이 느껴질 리가 없었다.

(그 사람도 지금쯤은 눈을 비비고 일어났는지도 모르지. 그렇다면

어젯밤 술을 퍼 먹었으니 목도 컬컬할 것 아냐. 그러면 자릿물을 찾아 벌컥벌컥 마실 테지. 그 물이 무슨 물인지도 모르고. 기생년들이란 자기가 반한 서방들한텐 정이 붙으라고 자릿물에 오줌을 눠서 주는 법인데, 그 물이 맛있다구 그걸 보구 계집년은 얼마나 좋아서 해해 웃을 거야. 그리고는 완전히 자기 서방이 다 된 걸로 생각하곤 "어젯밤 춥지 않았어요?" 그런 말로 아양을 떨 테지. 그러면 그 사람은 "명옥일 안고 잤는데 추울 리가 없지." 태연히 그런 말도 할지 몰라. 그리고는 둘이서 눈웃음이 부딪친 채!'

그런 생각으로 어느덧 다방골로 들어서던 일지는

"앗!" 하고 분주히 몸을 감추지 않을 수가 없었다. 저 앞에 기생들이 바래주러 나온 대문에서 일오와 건재가 나오는 것이 보였기 때문이다.

8

밤이면 부산스러운 다방골도 아침이면 "새우젓 사려" 소리나 들릴 뿐 조용하기가 그지없다.

건재는 일오와 어깨를 같이하고 걸어나오다 조롱대는 얼굴로

"명옥이란 애도 해롭게 생기진 않았더군요. 그래 품어본 맛이 어떻소?"

그러나 탄실이 걱정이 머리에 가득 차 있는 일오는 그런 농담도 달갑지 않은 얼굴로

"난 한밤을 뜬 눈으로 새웠소."

"그렇게도 선비님이 좋답디까?"

"……."

"하하하, 명옥이가 자지 못하게 하더냐 말요."

"그런 게 아니라 내가 자질 않았소."

"그 애가 마음에 들지 않은 때문이오? 처음 보는 애지만 귀엽게 생긴 얼굴에다 젖살이 불룩한 게 안을 맛이 있으리라고 생각되던데."

"……."

"아, 일지 아가씨가 무서운 때문이군요. 그러나 여편네란 가끔 남편이 나가서 외도도 해야 더 위해 주는 법이랍니다."

둘이서는 그런 이야기로 어느덧 새전 쪽으로 나왔다.

새전 모꽃다리에는 술집도 많았지만 장국밥 집이 유명했다.

장국밥은 지금의 설렁탕이나 곰탕과는 다른 것이다. 살지나 양지머리 같은 것을 삶은 국물을 식혀 기름을 걷어내고 다시 끓인 국에 밥을 조금 말고 혓밑 유통 산적구이 같은 고기를 몇 조박 쳐서 먹는 담박한 국이다. 장안의 한량이나 노름꾼들은 장국밥 먹는 맛에 산다는 말이 있게끔 구미가 당기는 것이 장국밥이다.

"선비님 해장도 할겸 장국밥이나 먹읍시다."

그들이 들어가 앉아 장국밥을 시키기 전에 먼저 술을 한잔씩 들고 있는데 시골 샌님 같은 젊은애가 건재 앞으로 다가와 허리를 굽실 숙이며

"이교리 아니세요? 황주서 올라온 덕일입니다."

건재는 들던 술잔을 놓고 잠시 보고 있다가

"아 ― 누군가 했더니 황주의 이 형방 아들 아닌가. 이런 곳에서 자넬 만났으니 생각날 리가 있나."

"그렇지 않아두 교리님을 찾아뵐 생각이었는데 어딜 그렇게 새벽에 다녀오시는 길입니까. 절에 불공이라도 드리러?"

건재는 쓴웃음이라고 밖에 할 수 없는 웃음으로

"이 사람아, 그런 소린 말게. 서울서는 그런 것을 함부로 하는 것이 아니야. 그런데 자네는 뭣하러 서울에 올라 왔나? 서울 구경하러?"

덕일이는 이야기하는 도중에 몇 번인가 일오 쪽으로 눈길을 두다가

"집사람을 찾으러 왔습니다."

"집사람이라니, 자네 아내?"

"네."

그리고는 급기야 일오에게 얼굴을 돌려

"대단히 무례한 말입니다만 두어 달쯤 전에 황주 객점에서 하룻밤 주무시고 간 일이 없어요?"

"그런 일이 있소."

"아, 틀림없군요. 역시 그 선비님이시군요."

"노형이 나를 알아요?"

일오가 의아한 얼굴이 되자

"네, 선비님은 저를 몰라도 저는 선비님을 잘 압니다. 그러지 마시구 연옥일 제게 돌려줘요."

9

"연옥이라니?"

일오는 알 수 없다는 얼굴로 덕일이를 바라봤다.

"선비님이 모를 리 없지 않습니까. 저는 연옥이가 없으면 살 수가 없어 찾아온 겁니다."

"연옥이란 처녀가 지금 자네가 집을 나갔다는 처녀란 말인가?"

"네, 객점의 딸로 제 아내가 될 사람입니다."

"그런 사람을 내가 알 탓이 없지 않아."

"선비란 사람이 어떻게 그런 거짓말을 해요. 황주 남문 앞에서 연옥이가 선비님을 바라주는 것까지 내 두 눈으로 분명히 봤습니다."

일오는 그제야 생각나는 모양으로 약간 놀라는 얼굴이 되며

"아, 그 예쁜 처녀 말인가?"

"네, 지금이라도 돌려주면 선비님을 나물지 않겠습니다."

"그건 무슨 말인가, 나는 그때 성문에서 헤어지고는 만난 일도 없어."

"그 말이 무슨 말이오? 옥비녀를 사다 준다고 약속한 것이 누군데?"

"옥비녀?"

"네, 선비님이 약속하지 않았어요?"

"난 그런 약속한 일 없어."

"없긴 왜 없다는 거요. 연옥인 그걸 기다리다 못해 중을 따라 서울에 올라 왔는데."

일오는 다시 놀라는 얼굴이 되며

"중이라니?"

"객점에 선비님과 같이 들었던 중 말이지요."

"그 중이 배나무집인가 그 객점에 다시 들었던가?"

"네, 두 분이 묵고 가고 나서 십여일쯤 후에."

그렇다면 남섭이가 평양갔다 오는 길에 그 객점에 다시 들렀던 모양이다.

"그때 자네 약혼자도 없어졌단 말인가?"

"모르는 척하지 말아요. 연옥인 선비님을 찾으러 그 중을 따라 올라왔는데, 선비님이 모를 리 있어요?"

"이 사람아, 그건 자네 오해야. 나두 그 스님은 서울서 만나기로 했지만 여태 안 와 걱정하고 있는 판이라네."

"그럼 그 중녀석이 연옥일 꾀어갖고 달아났단 말요?"

여태까지 그런 생각은 못했던 모양으로 눈이 똥해졌다.

"말을 삼가, 스님이 그런 짓을 하겠나."

꾸짖듯이 말하자

"그러기 말입니다. 그러니 연옥인 선비님한테 와 있을 것이 분명하지 않습니까. 그런데두 모르신다면……."

"난 모르는 일이래두."

"모르긴 왜 모르세요? 그럼 선비님 친구랑 서울 온 연옥이가 어딜 갔겠어요."

"내가 알 리 없잖아?"

"모른다구만 하면 될 줄 아세요. 그 중두 선비님이 연옥이를 데려오기 위해서 보냈던 것 아닌가요?"

일오는 그만 화가 난 채

"매맞을 소린 작작해."

"그런다구 남의 여잘 마음대로 빼앗을 줄 알아요?"

"이 사람이 정말……."

일오가 어이가 없는 눈으로 노려보자 옆에서 지금까지 보고만 있던 건재가

"뭐 어떻게 된 일이야."

하고 말참례를 했다.

10

"이 선비님이 나와 약혼한 여잘 꾀어내 갖고서두 모른다지 않아요. 그것이 선비란 사람이 할 짓이오?"

덕일이는 입에 거품을 물어가며 말했다.

"자네와 약혼한 여잘?"

"네. 여자의 집에서 객점을 하는데 이 선비님이 그 집에 와 하룻밤 묵으면서……."

"그거 참 재미난 이야길세. 자네와 약혼한 여자가 하룻밤 묵고 간 이 선비님을 찾아 집을 나왔단 말이구만."

그리고는 일오를 조롱대어

"어쩌면 그렇게도 훌륭한 재주가 있소?"

"그런 말은 농담이라두 듣기 싫소."

"농담이 아니라 진정 부러워하는 말이오."

하고 히죽 웃고나서

"그것이 사실이 아니라면 이 사람이 알아 듣도록 잘 이야기하구려."

"그날 저녁은 나 혼자두 아니고 어느 친구와 그 집에 들었다가 다음 날 아침에 서울로 떠났소. 그 사이에 아가씨와 무슨 약속을 할 틈이 있었겠나 생각해 보오."

건재는 덕일이에게

"선비님이 이렇게 말하니 이제는 의심을 풀고 내 술이나 한 잔 받게."

그러나 덕일이는 술같은 것은 생각도 없이 새파랗게 질린 얼굴에 눈을 말뚱거리며

"그러면 그 중을 만나게 해줘요. 연옥인 그 중을 따라 갔으니까 그 사람을 만나면 모든 걸 알 수 있어요."

"그 사람은 나두 찾고 있다지 않아."

"선비님의 그 말을 어떻게 믿어요. 틀림없이 그 중이 연옥일 데리구 서울에 왔을 텐데 왜 모르신다는 거요?"

덕일이는 같은 말을 또 반복했다. 일오가 대답하기도 싫어 입을 다물고 있자 건재가 대신하여

"선비님, 그 중이란 사람은 도대체 누구요?"

"심원사에 있는 내 옛날 친구요."

그 말에 건재는 내심으론 몹시 놀라면서도 그런 기색은 없이 덕일이에게

"자네는 그렇게도 남을 의심만 하려고 하나. 선비님은 전동서 목로

술집을 하는 예쁜 아내가 어엿이 있는 분야. 그런 사람이 무슨 일로 남의 약혼자를 꾀어내겠나. 그 여잔 딴 남자를 찾아 서울에 온지도 모르지."

"그렇다면 하필 선비님의 친구되는 그 중을 따라 서울에 왔겠어요."

"그야 여자 혼자서는 서울오기가 힘든 일이니 그 스님을 따라 온지도 모르지."

덕일이는 그만 풀이 죽은 얼굴로 고개를 숙이고 있다가 혼잣말처럼

"난 틀림없이 선비님이라고만 생각하고 있었는데……."

"그건 자네가 잘못 생각한 거야. 아무리 당돌한 여자라두 하룻밤 묵고 간 사람을 찾아 집을 나왔을 린 없어. 필시 무슨 딴 사정이 있을 테니 우선 그 스님을 찾게나."

"어디 있는지 알 수 있어야 말이지요?"

"이 선비님은 어디 있는지 알고 만났나. 그 중이 자네 말대로 서울 왔다면 언제든지 찾게 마련이지."

"교리님은 남의 일이라구 마구 말하지만 내 마음이 좀 돼 봐요."

울먹했던 눈에 눈물방울이 맺혀졌다. 일오는 그러한 덕일이가 몹시 측은해 보이며 탄실이를 찾고 있는 자기도 역시 마찬가지 심정이라고 생각했다.

11

장국집 앞에서 그들과 헤어진 일오는 그 길로 구리개에 있는 전생원네 약국을 찾기로 했다. 그 곳에 가면 탄실이에 대한 것을 좀더 자세히 들을 수 있으리라는 생각에서였다.

구리개 중턱에 있는 전생원네 약국은 백여 간이나 되는 굉장히 큰

집이었다.

아침부터 약을 지으러 오는 손님이 그치지를 않았다.

사동 하나가 숙변(熟卞)을 찌는 모양으로 들에 걸어논 솥 앞에서 뽕나무를 때고 있었다.

"주인장 계시니?"

하고 묻자 손님이 찾아와서 같이 나갔다는 대답이다.

"언제쯤이나 들어오시니?"

"늦는다고 했어요. 어디서 오셨다고 할까요?"

"다시 올 테니 여쭈지 않아도 좋다."

없다는 데는 하는 수 없이 밖으로 나왔지만 어디로 갈 곳이 있는 것도 아니었다. 그렇다고 집으로 가서 못 잔 잠을 자고 싶은 마음도 아니었다.

바람은 좀 잔 듯했으나 날씨는 여전히 차다. 섣달 대목을 앞둔 거리는 몹시 부산스러웠다. 그러나 탄실이를 어디 가서 찾아야 할지 모르는 일오의 마음은 텅 빈 것만 같고 덧없이 쓸쓸하기만 했다.

"선비님!"

일오가 광교다리목을 지나오는데 덕일이가 천변에서 불쑥 튀어나오며 눈이 둥그레진 얼굴이 됐다.

"어떻게 된 일인가, 여기서 또 만나게 되니—."

좀전에 터무니 없는 말만 할 땐 주먹으로 쥐어박고 싶은 놈이면서도 이렇게 만나고 보니 측은한 생각부터 난다.

그도 일오를 만난 것이 몹시 반가운 모양으로 분주히 어깨를 같이 하고 걸으며

"선비님, 아까 일을 용서해 줘요. 지금은 선비님이 그런 분이 아니란 걸 잘 알았어요."

"어떻게 금시 마음이 돌아가게 됐나?"

일오는 이상한대로 물었다.

"지금 거길 가보구 온답니다."

"거기라니?"

"선비님네 목로술집 말이지요."

"거길 뭣하러?"

"아주머니가 계시다는게 사실인지 알아보려고요. 참 좋은 아주머니더군요. 시골서 선비님을 찾아왔다니까 무척 친절히 대해주며 잘 데가 없으면 집에 와서 자란 말까지 하던데요."

"그래?"

일오는 어이가 없는 대로 웃고 나서

"하여튼 내게 대한 오해를 풀었으면 됐네. 그래 지금은 어딜 가던 길인가?"

"이제야 스님을 찾는 길밖에 없지 않아요."

"어디로 스님을 찾아가는 거야?"

"아직 모르지만 찾을 것 같습니다."

"어떻게?"

"지금 술청에서 듣자니 회현방에 점을 굉장히 잘 치는 사람이 있다더군요. 하여튼 며느리가 땅속에 묻은 시어머니의 옥비녀까지 찾아냈다니 놀랍지 않아요."

"그래서, 거길 찾아 가던 길인가?"

"네, 한번 찾아가 볼 일 아니에요. 선비님두 같이 가 봐요?"

"한번 점치는데 얼마씩이나 받는다던가?"

"필목 한 필씩이래요."

"욕심도 대단한 점쟁이구만."

그런 것을 별로 믿지 않는 일오는 그런 험구로 웃으면서

"어서 자네나 가보게."

하고 걷던 길을 걸었다.

12

술청에 늘 오는 단골손님들은 일지와 일오의 사이를 짐작하고 있었다. 그중에서도 농담하기 좋아하는 손님들은

"일지 아가씨가 요즘엔 왜 허리를 바싹 졸라매. 그리구두 숨가쁘지 않아."

이런 말로 켜졌을 리 없는 배를 바라보는 것이었지만 그러면서도 여전히 손님이 그치지 않는 것은 술값이 싸면서도 안주가 괜찮고 또한 누구에게나 꼭 같이 배당하는 일지의 웃음 때문이랴, 아니 그 웃음이 절대적인지도 모른다. 사나이란 대개가 저 잘난 맛에 사는 모양으로 남편이 있다는 것을 뻔히 아는 아낙네라도 어쩌다가 웃음만 한번 웃어줘도 자기에게 반한 때문이라고 생각하니 웃지 못할 일이다.

"아가씨 자꾸만 예뻐지니 아무래도 좋은 일이 있는 모양이야."

"글쎄요. 모르긴해두 보고 싶은 사람이 왔기 때문일 거예요."

"그게 누군데?"

"누구긴요. 그걸 당자가 물으면 어떡해요."

"그런 말 마구 하지 말어. 나같이 미욱한 놈은 정소리로 믿어."

"어마, 그럼 나 혼자 좋아 야단이었군요. 그렇다면야 깨끗이 단념하지요."

잡을 수 없게 자리를 뜨며 그 대신 더 견딜 수 없는 눈웃음을 지어보이는 일지였다.

"거기서만 친절히 굴지말구 우리 한테두 좀 앉아 봐."

"어마, 언제 왔어요?"

"하하…… 우리같은 건 보일 탓이 없지."

"어쩜 그렇게 마음을 몰라주는 소리만 꼭 하세요."

언제나 이 모양의 웃음으로 돌아나가던 일지였지만, 오늘밤은 흥이 나지 않는 얼굴이다. 웃는 말을 해도 뜬 대답으로 문소리에만 정신이 있었다. 오늘 아침에 기생집에서 나오는 일오를 자기 눈으로 분명히 봤으니 그럴 수밖에 없는 일이었다.

(나오는 길로 곧장 집에 돌아왔어도 이다지 가슴 아프진 않을 텐데—)

사실 일지는 기생집에서 나오는 일오를 봤을 그때 마음으로는 달려가서 얼굴이라도 홅켜주고 싶었다. 그러나 한길에서 그런 짓을 하면 아주 갈라지는 판이다. 죽는 한이 있어도 그리고 싶지는 않으므로 억지로 참고 돌아왔던 것이다. 그러나 일오는 문을 닫게 된 시각이 되어도 오지 않았다. 그렇다면 오늘 밤도 그 기생집에 간 것이 분명했다. 그렇지 않고서는 여태까지 오지 않을 리가 없었다.

"선비님 어디 가신다고. 취해서 갈 수가 없어요."

"그보다두 내가 가면 명옥이가 적적하단 말이겠지."

"그걸 아시면서도. 선비님은 아무래두 술청 에미가 나보다 좋으신 모양이야."

"그럴 리 없지."

"그럼 난 어쩌라구 혼자 두고 가신다는 거예요."

"화낼 건 없어. 오늘밤두 명옥일 안아줄 테니."

그런 말로 풀썩 주저 앉았을는지도 모른다. 적적한 것은 나도 마찬가진데 나같은 것은 생각지도 않고.

손님이 끊어진 술청에 앉아서 일지가 이런 생각을 하고 있는데 돌쇠가 부엌에서 얼굴을 내밀며

"선비님 오늘밤도 안들어 오시는 모양인가?"

"글쎄 말야."

일지의 화가 더욱 치밀어르는 판에 문소리가 났다.

13

문에 들어선 것은 반갑지 않은 박정호였다. 그 뒤에는 홍나발과 혹뿌리까지 달려 있었다.

"어제 일을 둘이 사과하겠다기에 데리고 왔어."

박판관은 오동지 섣달에도 개기름이 흐르는 것만 같은 얼굴이다. 그 얼굴에 헤쳐놓는 웃음이 징그러울 뿐이었지만 그렇다고 일지는 싫은 얼굴을 노골스럽게 할 수도 없는 일이었다.

"뭘 잘못했기에 저한테 사과를 하는 거예요."

"좋은 일이라고 빨리 성사만 맺을 생각으로 좀 지나친 짓을 했소. 언짢게 생각지 말아요."

홍나발과 혹뿌리가 머리를 굽실굽실 숙였다.

"쑥스럽게 뭘 그러세요?"

일지는 보기도 싫었다.

"그런데 일지."

자리에 올라와 앉은 그들이 술을 한순배 하고나자 박판관이 먼저 입을 열었다.

"오늘 회현동에 점 잘 친다는 소릴 듣고 가 보지 않았나."

"정말 잘 쳐요?"

일지도 그런 소문은 듣고 자기도 일오의 마음을 점쳐 보고 싶은 생각이 없지 않아 있으므로 그 말에 끌려들지 않을 수가 없었다.

"깜짝 놀랐어. 하여튼 내 얼굴을 보더니 첫 마디로 혼담 때문에 왔군요, 하고 알아맞히지 않아."

"그래요?"

암내 난 암캐만 따라다니는 수캐같은 얼굴이니 누가 그런 것쯤 모를까 하고 웃고 있는 일지였다.

"그래서 그 혼담이 성사가 되겠냐고 물었더니—."

"열 번 찍어 넘어가지 않는 나무가 없다는 말이더군요."

홍나발이 옆에서 유식한 척 하고 한마디 했다.

"응, 그보다도 깊은 우물을 파는 것이나 비슷하다는 거야. 처음엔 물이 나오지 않더라도 낙심하지 않구 한곳로만 그대로 파면 반드시 물이 샘솟듯이 솟는다는 거야, 내가 찾고 있던 물이 말야."

"그러니 한 곳만 판다는 건 박판관님의 일편단심과 같은 것이고, 샘솟아 오르는 물은 일지 아가씨의 정을 말하는 뜻이군요."

홍나발이 슬쩍 일지를 쳐다보며 말했다.

"듣구보니 그런 뜻이구만. 나중엔 정이 샘솟듯이 솟아나온다, 그러면 그걸 안 지금엔 일지 아가씨두 박판관 옆으로 가서 지금부터 정을 애끼지 말구 쏟아봐요."

혹뿌리도 한마디 해야겠다고 말을 보탰다.

"혹뿌린 입을 다물고 잠자코나 있어. 남녀간의 정이란 그렇게 덤빈 다구 터지는 게 아냐. 때가 돼야 터지는 거지."

박판관이 점잖게 타이르자

"암 그렇지 않고요. 종기도 저절로 터져야지, 섣불리 건드리면 공연히 손독만 올라 더 도치지 않아요."

홍나발이 박판관의 비위를 맞춰줬다.

"그렇지만 일지 마음도 이제는 터질 때가 된 것 같으니 하는 소리지. 남 공연히 몸달게……."

하고 말하던 혹뿌리가 입을 딱 벌린 채 놀란 눈이 됐다. 일오가 들어섰기 때문이다.

14

혹뿌리가 눈이 둥그레진 그 순간에

"선비님!"

소리치면서 일어선 것은 물론 일지였다. 일지는 그 한마디로써 지금까지 불안스럽고 걱정스럽던 마음이 대번에 밝아졌다.

(역시 선비님은 기생한테 미칠 사람은 아니야. 그걸 알면서두 울구불구……)

생각할수록 우스운대로 일오에게 달려가서

"얼마나 추웠어요."

남이 보기에 눈이 시도록 애교를 피웠다.

"요즘엔 혹뿌리와 홍나발도 매일 밤이군."

일지에게 눈웃음을 친 일오의 눈이 그들에게 던져졌다. 서늘한 눈길이다.

"마침 잘 왔소. 그렇지 않아도 들려줄 말이 있었는데."

홍나발이 넌지시 입을 열었다.

"무슨 말을?"

"박판관님이 오늘 회현동에 가서 혼담점을 쳤답니다. 그것이 성사할 점괘라지 않소."

"그것 참 잘 된 일이군요. 그렇다면 박판관님은 아직 입장 전이었던가요?"

일오는 박판관을 흘끔 쳐다보며 물었다.

"선비란 분이 왜 그렇게두 눈치가 없소. 혼담이란 바루 일지와의 일을 말하는 게 아니오."

"그래요? 점쟁이는 대체 뭐라고 합디까?"

"우물을 파면 반드시 물이 나온다니 그렇지 않소."

"그렇다면 점괘를 거꾸로 푼 것 아니오? 그 혼담을 단념하시오."

"어째서?"

"물이란 무엇이나 씻어버리는 거요. 씻어버린 혼담에 무슨 성사가 있겠소?"

그러자 지금까지 점잖게 앉아 있던 박판관이 히죽 웃으며

"몰랐더니 여기엔 회현동 관상쟁이보다 더 훌륭한 분이 계셨구만. 선비님은 언제부터 그렇게 관상을 잘 보시우?"

비꼬듯이 말했다.

"칭찬을 해주니 한 가지 더 알려주고 싶지만 그건 그만두는 것이 좋을 것 같소."

"거 편리한 말도 있구만요. 하기는 맞지 않는 말을 하는 것보다는 그 편이 영리한 일이지."

"그렇게 생각한다면 이야기하지요. 세 분은 닷새 안으로 죽을 상이 있는 것같소. 조심해야겠습니다."

"뭐 어째?"

혹뿌리가 불시에 낯색이 달라졌다. 그러나 박판관은 역시 그보다는 수가 위라 히죽 웃고

"선비님두 사람이 그렇게 좋은 편은 못되시는군. 맞을 리도 없는 관상, 여자복이 있다고 선심을 써주면 귓맛이나 좋을 노릇인데."

이죽거려 말했다.

"여자복이 지나쳐 그런 상이 생길 것 같기도 하군요."

일오의 서늘한 눈길은 여전히 그의 얼굴에 멈춰지고 있었다.

"하여튼 내가 그런 염복을 타고 났다니 고맙소만, 선비님 말엔 어폐가 좀 있는 것 같소. 선비님이 그렇게 생각지 않는다면 우리 내길 겁시다."

"내기?"

15

"선비님이 남의 가슴을 서늘케 해 놓고서 닷새가 아니라 열흘이 지나두 우리가 여전히 걸어다닌다면 그땐 어떻게 하겠소. 그 사람 용케두 액을 피했다는 그런 소리로 시침을 뻑 내려쓴다면 공연히 나만 놀란 폭 아니오. 그러니 지금 한 말에 자신이 있다면 내길 걸어 보자는 거지요."

박판관은 히죽거려 웃으면서도 눈을 번쩍이었다.

"난 내기엔 별로 흥미가 없는 사람인데."

"솔직이 자신 없다고 하시우."

"천만에, 내 말엔 틀림이 없습니다."

"그렇다면서 왜 내긴 못할까?"

박판관이 혼잣말처럼 비양치자 홍나발이 그 말을 뒤받아

"일지 아가씨 앞에서 그런 말 한번 해 본건데 그걸 자꾸 캐면 선비님 입장이 곤란하지 않아요."

그런 말까지 들으니 일지는 화가 나서 견딜 수가 없었다. 급한 성미대로

"선비님이 비겁해요. 틀림없는 일이라면 왜 내기를 못하세요."

"일지까지 그런 생각이라면 하는 수 없이 내기를 해야겠구만."

일오는 박판관에게 얼굴을 돌려

"그래, 내기를 한다면 무슨 내기를 한다는 거요?"

"내가 백냥이 든 전대를 풀어 일지 아가씨에게 맡기고 갈 테요. 만일 닷새 후에 내가 그대로 살아 있다면 이걸 찾아가겠소. 그러나 내가 정말 죽을 상이 있어 그 동안 죽게 된다면 전대에 든 돈은 자연 선비님의 것이 되겠지요. 어떻소?"

박판관은 허리에 띠었던 전대를 풀어냈다. 그 순간에 일지는 가슴이 철썩했다. 역시 저 녀석은 나를 탐내는 목적이었구나 하는 생각

이 번개쳤기 때문이다. 그러나 이 내기는 자기가 우겨서 한 일이니 뭐라고 입을 열 수도 없어 일오의 대답만 기다리고 있는데

"그런 내기라면 그만 둡시다."

그런 뜨뜻미지근한 말이다.

(역시 선비님이 자신없는 소릴 한 것인가)

일지가 울상이 되자

"으레 그런 말이 나올 줄 알았소. 그러기에 자신없는 말은 함부로 하는 것이 아니외다."

박판관은 더욱 득세한 얼굴로 히죽거렸다.

"내가 그렇게 말해도 당신은 내 말을 시험해 볼 생각이군요. 그렇다면 그 전대의 돈이 어디서 생긴 돈인지 알아 맞춰볼까요?"

"뭐라구?"

셋이서는 한꺼번에 흠칫 놀라며 살기 띤 얼굴이 되었다.

"내가 알기엔 여자들을 꾀어 판 돈이라고 생각하는데, 어떻소? 내 말이 어지간히 맞았소?"

"아닌 밤중에 홍두깨 내밀 듯 그런 어이없는 소린 말구 내길 한다든지 안한다든지 그거나 분명히 말해요."

박판관은 그런 말로 말을 돌리려고 했다. 그러나 일오는 그의 말을 무시하고

"백냥이 있다면 계집 열은 꾀었을 텐데 그렇게도 힘들게 번 걸, 어이없이 써버리겠다니 당신두 딱하오."

그들을 동정이나 하듯이 바라봤다.

16

"여보게 혹뿌리, 저 선비님이 이제야 죽을 상은 자기가 쓰고 있다는 걸 안 모양이다. 그러기 저런 소리 아닌가?"

박판관은 웃으면서도 미간에 살기를 드러낸 것을 보면 가슴이 짚인 모양이다.

"당신이 그런 버릇을 버리기 전엔 죽을 상이 지워질 리 없소. 목숨이 아깝거든 곱게 돌아가 달리 생각해 봐요."

"홍나발두 들었지. 저런 소릴 하구 있으니 자기 얼굴에 죽을 상이 있다는 걸 분명히 말하는 것 아냐."

"그렇지요."

그러나 홍나발의 대답은 시원치가 않았다. 일오의 광채가 도는 눈길에 기가 질린 모양이다.

"당신들은 아직도 못된 짓을 하기 위해서 두 사람의 목숨을 노리고 있다는 것도 알고 있소."

"어쩌면 그렇게도 용케 알아 맞히우? 그렇다면 이왕 이름까지 맞혀 보지요."

"그 중의 한 사람은 당신들 앞에 서 있는 일오라는 사람."

"과연 훌륭하우. 회현방 점쟁이 못지 않는 솜씨요. 그래 이 싸움엔 누가 이길 것 같소?"

"그건 묻지 않는 것이 좋을 거요. 그 대신 마음을 고쳐보는 것이 어떻겠소?"

비양치는 것이 아니라 상대편을 동정하는 듯한 어조였다.

"그렇다면 묻지 않기로 하지. 그런데 당신 얼굴의 죽을 상은 어떻게 하는 거요. 그 대답도 한마디 듣고 싶소."

"······."

일오는 대답 대신에 벌쭉벌쭉 웃고만 있었다.

"갑자기 벙어리가 됐나?"

그러자 눈치빠른 홍나발이 도망칠 핑계가 생겼다고 생각한 모양으로

"그 대답은 선비님두 생각이 필요한 모양이오. 내일 와서 다시 듣기로 하고 그만 갑시다."

"그럴까?"

박판관도 그 말이 반가운 모양이다. 풀어놨던 전대도 띠지를 못하고 손에 든 채 나갔다.

"선비님, 저 사람들에 죽을 상이 있다는 거 정말이에요?"

그 때문에 선비님이 망신을 할 것만 같아 마음을 죄고 있던 판이다. 일지는 그것부터 묻지 않을 수가 없었다.

"믿지 못하겠으면 나하구 내기할까?"

"싫어요. 난 농으로 말하는 것 아니에요."

"그건 틀림없을 거야."

"그런 사람들이 날 노리고 있다는 걸 알면서도 집을 비고 다니는 건 뭐예요."

일지는 좋은 구실이 생겼다고 갑자기 생기가 도는 얼굴이 되었다.

"오늘밤도 이렇게 손님이 없는 틈을 타서 그것들이 무슨 뜻으로 찾아왔던지를 선비님은 잘 알지요?"

"알지."

"알면서도 남을 눈을 뜨고 밤을 밝히게 하는 건 뭐냐 말이에요. 나같은 건 아무렇게 돼도 좋다는 건가요?"

오늘밤엔 분명한 대답을 받고야 말겠다는 생각인 만큼 일지의 기세는 대단했다.

17

"또 화가 났구만."

부드러운 말로 미소를 짓는 일오의 눈에는 애정이 담뿍 잠겨 있었다. 어젯밤 집을 빈 것이 미안스럽다고 생각한 때문인 모양이다.

일지는 그 부드러운 얼굴을 보니 알 수 없게도 눈물이 핑 돌았다. 그 순간 일지는 더 참을 수 없는 듯이 일오의 품에 안겨 어깨를 들먹이었다. 울음이란 한번 터지면 얼마든지 울 수 있는 것이다. 울면서 명옥이란 그 기생의 냄새가 어디 묻어 있지 않은가, 그런 생각을 하니 나는 어째서 이렇게 생강짜가 심한가 자기로서도 어이 없어지고 만다.

"왜 이러는 거야?"

일지가 이렇게도 응석을 부리긴 처음이니 일오도 약간 당황한 얼굴이 되었다. 그렇게도 당황하는 것이 일지는 기쁘기도 하고 고소하기도 한지

"왜 이러긴요, 이렇게도 서럽게 한 게 누군데요."

"서럽게 했다니?"

"시침을 떼면 또 속을 줄 아세요. 어젯밤 어디 갔었어요?"

"나 말인가?"

"그럼 누구 말이겠어요? 거짓말쟁이 바람쟁이 능글쟁이 김일오란 선비님 말이지요."

"그 사람은 다방골의 기생집을 갔었지."

너무나도 태연스러운 대답이다.

"어마!"

기생과의 관계를 숨길 일도 아니란 듯한 대답에 기가 차서 말문이 딱 막혀 버리고 말았다. 말문이 막힌 채 잠시 멍청하니 보고 있다가

"언제부터예요, 그 계집과 정이 통한지가 언제부터냐 말예요."

"언제부터긴, 난생 처음 가본 곳이야."

"거짓말 말아요. 처음 간 사람을 그렇게 붙잡았을 리 없잖아요."

"그래두 붙잡더군."

"붙잡는다구 좋아서 입이 헤작해 갖구서."

"별로 입이 헤작하지도 않았어."

"하여튼 그 계집을 안고 금침에 들었을 것만은 사실 아니에요."

"그런 일두 없었어."

"뭐가 없었다는 거예요. 그 계집을 밤새껏 안아주고도 부족해서 오늘두 다시 갔던 거지요? 그리구 이곳엔 뭐하러 찾아온 거예요. 나는 죽을래요."

일지의 질투는 극도로 높아져 일오의 목에 매달려 마구 가슴을 쳤다. 아무리 봐도 제정신이 아니었다.

"바보처럼 울긴 왜 울어? 그러지 말구 진정해요."

일오는 일지의 양어깨를 잡아 사뿟이 앉히었다.

"어서 옷고름이나 다시 매, 개차반머리 없게 뭐야."

그 말에 일지는 비어나온 젖가슴을 분주히 감춰 옷고름을 매며,

"네, 저는 바보구 개차반머리 없는 계집이에요. 그래서 선비님은 나 같은 것은 조금도 귀애해 줄 생각 없이 그 기생만 좋다는 것 아니에요."

흘기는 눈에는 여전히 질투의 불길이 타고 있었다.

"그래두 내게 젖가슴을 뵈준 건 일지뿐일 거야."

"또 저런 소리, 어젯밤에두 명옥이란 기생의 치마를 벗기고서."

"절대루 그런 일은 없었어."

"그것이 사실이라면 오늘부터 아내로 삼아 준다고 말해줘요. 그렇지 않으면 믿을 수 없어요."

18

"그 말만은 아직도 대답하기가 곤란한데."

그러나 일오의 눈은 그렇게도 곤란해 하는 것 같지는 않았다. 그

것을 본 순간 일지는 마음이 놓이는 대로 용기를 얻어

"그야 물론 제가 그 기생보다는 살뜰하고 알뜰하지 못할지 몰라요. 그래도 전 저대로 선비님만을 사모하고 있는 것만은 사실이에요. 그걸 모를 리 없으면서 곤란하다느니 어쩌느니 그런 말로 날 따돌리고 그 기생만 가까이 하는 건 뭐냐 말예요."

다시는 이런 강짜를 부리지 않겠다는 생각이었으나 걷잡을 수 없게 또 튀어 나왔으니 자신이 막 싫어지는 대로 눈물을 찔끔찔끔 흘렸다.

"사실을 밝혀 이야기할 때가 있을 거야."

"또 그런 핑계, 이제는 그런 핑계엔 속지 않아요. 분명한 대답을 해 주기 전엔 밤새껏이라도 울겠어요."

"곤란한 일인데."

"곤란할 것 조금도 없어요. 좋다든지 싫다든지 분명히 이야기해 주면 되는데 뭐가 곤란해요."

"그렇다면 이야길 하기로 하지. 일지도 잘 들어."

일오는 급기야 써늘한 눈이 되며 그 눈에는 무엇인가 엄숙한 것이 깃들었다. 그 바람에 일지는 가슴이 섬두룩해졌다.

한마디로 싫다면 어떻게 해야 하는가. 그제는 여자로서 낯작 들고 살 수도 없게 되는 것이 아닌가.

그렇다구 이제 와서 안 듣는다고도 할 수 없는 일이므로

"네, 듣겠어요. 그래두 너무 슬픈 일은 아니에요?"

역시 가슴이 떨리었다.

"그렇다면 이야기하지 않기로 할까?"

"아니에요, 듣겠어요. 저두 그만한 각오는 있으니까요."

한숨을 쉬는 일지는 늦가을에 서리를 맞은 꽃처럼 기운이 없다.

"어디서부터 이야길 해야 하나……."

일오는 이야기의 허두를 꺼내기 위해서 잠시 입술을 깨물고 있다
가

"어느 부자 양반집에 아주 예쁜 외딸이 있었어. 그 딸은 얼굴만이
예쁜 게 아니라 마음씨가 예쁘고 영리하기가 이를데 없었단 말야."

그것이 나와 무슨 관계가 있느냐고 일지는 의아스러운 눈으로 일
오를 쳐다봤다.

"그런데 그 아가씨가 사랑할 수 없는 사나이를 사모하게 됐단 말
야. 왜 그러냐 하면 그 사나이가 서모에서 난 몸이라서……."

"그렇다면 그 사나이가 선비님처럼 잘났던 모양이군요?"

일오가 세상에서 제일 잘났다구 생각하는 일지인만큼 그런 말이
자기도 모르게 나왔다.

"그런 말은 말구 잠자코 듣기나 해요. 그러니 말야, 딸을 가진 그
집에서는 귀한 딸을 그런 서자에게 줄 생각은 없었을 거 아냐."

"그야 물론이겠지요. 선비님 같은 사람두 그런 걸요. 나같은 건 근
본이 없는 집 딸이라구 꺼리잖아요. 그래서 여태까지 아내를 삼아
준다는 분명한 대답도 안했지요. 그렇지요?"

"그 대답을 하기 위해 지금 이 이야길 하고 있는데 자꾸 딴 이야
길 하니 하는 수 있다구."

"참 그렇지요. 그래서요?"

정색하며 다시금 자기의 강짜를 한탄해 보는 일지였다.

19

"이야길 어디까지 했어?"

일오는 자세를 바로잡으며 물었다.

"양반집 딸이 어떤 서자를 사모하고 있었다는 데까지 하지 않았어
요."

일지도 마음을 진정하고 다음 말을 기다리는 얼굴이 되었다.

"그때 아가씨는 아홉 살이었고 사나이는 열두 살이었지. 성인의 가르침에도 남녀 칠세 부동석이란 말이 있는데 그것을 생각지 않고 서로 허물없이 지낸 것이 그들의 불행의 실마리라고도 할 수 있겠지."

"아홉 살에 사나이를 사모하게 됐다니 대단한 아가씨군요."

"그렇게 생각할 건 아니야. 먼 원인을 생각한다면. 그렇다는 거야."

"어떻게 둘이서는 어렸을 때부터 가깝게 지낼 수가 있었어요?"

"두 집이 이웃에서 사는 세교집이라 자연 어렸을 때부터 놀게 됐지."

"무슨 놀음을 하면서 놀았어요?"

"정월엔 널뛰기도 하고 숨바꼭질도 하고."

"각시놀인 하지 않았어요?"

"그것도 했지."

"아가씬 어머니가 되고 사나인 아버지가 됐겠구만요?"

"일지도 그런 일이 있은 모양이구만."

일오는 약간 부끄러운 모양으로 어색하게 웃었다.

"물론 있지요."

"그런데 세월은 흘러 아가씨가 열다섯 살이 나게 되자 여기저기 혼사말이 있었을 거 아냐. 그 중에서도 어느 참판의 맏아들과 이야기가 있게 되자 두 집은 의향이 맞았지만 당자인 아가씨가 말을 들어야 말이지."

"어렸을 때 각시놀이 한 사나이를 사모했기 때문인가요?"

"그렇지."

"그렇다면 사나이도 그걸 알고 있었나요?"

"알았지. 아가씨가 도련님 아니면 시집 갈 생각이 없다고 분명히 말했으니까."

"그래서 어떻게 됐나요?"

일지는 어느덧 이야기에 끌려들어 심각한 얼굴이 되었다.

"그럴 수는 없다고 말했지. 아가씨와 나는 신분이 다른만큼 부부가 될 수 없다고 말야. 그러자 그 아가씬 일생 시집을 안 가겠다는 군. 그러니 자기 때문에 일생 불행하게 될 아가씰 생각하면 마음도 괴로왔을 것 아냐. 결국 난 아가씨가 보이지 않는 먼 곳으로 떠나야 겠다고 마음먹고 방랑의 길을 떠났어."

"그러니 아가씨는 매일 눈물로 날을 보냈겠군요."

"그랬을는지도 모르지."

"사나이의 마음은 어쨌어요?"

"마찬가지였겠지."

"그래서 아가씨는 역시 시집을 가지 않고 도련님이 돌아오기를 기다리고 있었나요?"

"그 후에 아가씨 집에서는 억지로 이야기가 났던 신랑과 혼사를 맺은 모양이야."

"그러면 결국 시집을 갔군요."

"아니지. 그 혼사가 연분이 없었던 때문인지 성사를 못보고 신랑이 쥣병으로 죽었단 말야."

"어마, 그 아가씨의 집은 무오사화로 망하게 된 남태영 영감댁 아니에요?"

일지는 동그래진 눈을 들어 일오를 쳐다봤다.

20

"그 집을 어떻게 알어?"

일오도 놀라지 않을 수가 없었다. 그러나 일지는 그 대답도 할 수가 없는 듯이 일오 무릎에 엎드려 울음을 터져

"선비님, 왜 여태까지 이름을 숨겨 왔어요. 김필갑이란 이름을 왜 알려주지 않았나 말예요. 제가 그 사람을 얼마나 찾았는데."

"탄실이 때문에?"

그렇게 물으면서도 일오는 의아스러운 눈이 되었다. 어제 만났던 기생 명옥이와 일지가 같은 말을 하니 그럴 수밖에 없으리라. 일지는 여전히 일오의 무릎 위에서 흐느껴 울며

"그럼 뉘 때문에 찾았겠어요. 탄실이 아가씨와는 쭉 같이 살아온 걸요. 구리개 약방에 와서 살게 된 이후로 죽기까지 —."

"뭐, 탄실이가 죽었어?"

일오는 새파란 얼굴이 되며 분주히 일지의 어깨를 잡아 일으켰다.

"네."

"어떻게 죽었어? 눈물을 거두고 이야기해요."

그러나 일지는 다시금 북받쳐오르는 눈물을 참지 못하고 어깨를 들먹이다가

"정말 무서운 일이예요. 어쩌면 그렇게 사람들이 악할 수 있을까요."

한숨을 짓듯 길게 숨을 내리쉬고 나서

"임금님이 탄실이를 찾기 시작한 바로 지난 가을이었지요. 약방 주인인 정생원은 그 이야길 우리에게 알려주며 서울은 아무래도 위험하니 평양에 가 있는 것이 어떠냐고 묻겠지요. 평양엔 전부터 탄실이네 집을 잘 다니던 허굉(許宏)이란 의술 영감이 있다면서 그곳에 사람을 보냈더니 탄실이를 맡겠다는 승낙도 왔다는 거예요. 마음씨가 착한 탄실이 아가씨가 그걸 싫다고 할 린 없지 않아요. 그러면서도 평양까지 갈 길을 걱정하자 그런 염려는 말라는 거예요. 뱃길에 가면 쉽게 갈 수 있다며 약재도 한뱃짐 실어줄 테니 그걸 팔아 쓰라는 거죠. 그런데 그날밤 뜻하지 않은 일이 일어난 거예요. 우리

가 자는 야밤중에 누가 가만가만 방문을 두들기면서 문을 열어 달라지 않아요. 그 소리에 깜짝 놀라 일어난 우리들은 얼마나 무서웠겠어요. 그러나 그 사나이는 자긴 김필갑 선비님이 보낸 사람이라며 선비님이 밖에서 기다리고 있으니 빨리 나오라는 것이지요. 그 말에 우리는 전후를 생각할 수도 없이 문을 열어 줬어요. 탄실이 아가씨가 잠시도 잊은 일이 없는 선비님이 보낸 사람이니 그럴 수밖에 없지 않아요. 그 사람은 복면을 했더군요. 그래도 우리는 그 사람을 의심하는 일도 없이 따라 나섰어요. 셋이는 약창(藥倉)이 있는 어두운 뜰을 지나 담에 오기까지 아무한테도 들키지를 않았어요. 그 담장은 두 길이나 되어 혼자서는 도저히 넘을 수가 없었어요. 그 복면 사나이는 자기가 먼저 담에 올라서서 밧줄을 내려 줬지요. 탄실이 아가씨는 그 밧줄을 잡고 위에서 끌어주는 대로 쉽게 담에 올라갔어요. 그리고는 나도 그 밧줄을 잡고 담에 올라갔지요. 그런데 담밑에는 아무도 보이지 않지 않아요. 탄실이 아가씨도 이상해하면서 선비님이 보이지 않는다고 하자 선비님은 발각될 것을 생각해서 담에서 떨어져 있다는 거지요. 우리는 그때까지도 그저 그런가보다고만 생각하고 담밖으로 내려섰어요."

21

"우리는 담에서 내려와 먼저 선비님을 찾느라고 잠시 더듬거리고 있는데 그 속에 숨어 있던 괴한들이 왁하고 달려들지 않아요. 속았구나 하는 생각과 거의 동시에 나는 방망이로 뒷통수를 얻어맞고 고꾸라지고 말았어요. 그리고서 얼마나 지났는지 모르지요. 다시 정신을 들고 보니 손과 발이 묶인 대로 희미한 방 등불 옆에 넘어져 있지 않겠어요. 내 옆에는 탄실이 아가씨도 마찬가지로 묶여 있었어요. 저는 처음에 그곳이 어느 방안인 줄만 알았지요. 그러나 점점 정신이 들고보니 배안에 있는 뚬속이었어요. 아가씨에게 말을 하고 싶었어도 입에 수건이 물려 있으니 말도 할 수가 없구요. 둘이서 그저 불안스러운 대로 눈만 껌벅거리며 배 밑창을 치는 물소리만 듣고 있었어요. 그 소리로 배가 어디로 가고 있다는 것만은 짐작할 수가 있었어요. 그리고서 또 얼마가 지났는지 문득 뚬막 뚜껑이 열리며 사나이 하나가 내려오지 않겠어요. 그러더니 선반에 촛불을 켜놓고서 이 아가씨들 아직도 주무시는가, 그만큼 잤으면 눈을 떠 보지, 그런 말을 하지 않겠어요. 순간 그 목소리에 깜짝 놀라며 눈을 떴어요. 역시 그 곳에는 생각했던대로 정생원 약방에서 서사 노릇하던 권서방이 웃고 있지 않아요. 그 녀석은 전부터 저한테 치분거리던 놈이예요. 왜 아가씨들이 말이 없나. 그리고는 우리 입에 수건이 물리어 있는 것을 보고서는 그렇게 재갈을 물리고서야 말할 수가 없지, 하고 우리들의 입에 물렸던 수건을 풀어 주었어요. 나는 악이 바치는 대로 우릴 왜 잡아왔느냐고 소리쳤지요. 그걸 이야기해 줄 테니 얌전히 있으란 거예요. 그럼 손발 묶은 것을 풀어 달라고 했지요. 그것도 말만 잘 듣는다면 풀어 준다는 거지요. 무슨 말이냐니까 뭐 그렇게 급할 건 없어, 밤이 밝기는 아직도 멀었다는 그런 말을 하면서 정생원이 무슨 생각으로 아가씨들을 평양에 보내려고 했는지 아느냐는 것이지요. 배로 보내면서 바다에 수장할 생각이었다는 거예요. 정생원은 탄실네 그 많은 재산을 통채로 먹은 놈이라 임금님이 찾고 있는 탄실이를 숨겨둔 것이 발각되면 무슨 재난을 당할지 몰라 그런 생각을 했다는 것이예요. 그것을 알고는 차마 내버려 둘 수가 없어 이렇게 묶어 왔다는 거예요. 물론 저는 그 말을 곧이 들을 리 없어 고맙구만요, 하고 비꼬아줬어요. 그러자 그 녀석은 비위좋게 그 은혜를 알았으면 내 아내가 될 생각이 없느냐는둥, 아가씨에게 팔자를 고치게 됐다면서 조금만 있으면 후궁으로 데려갈 사람들이 가마를 갖고 와서 기다리고 있을 거라는둥의 말로써 모든 것을 알 수가 있었어요. 그 녀석은 아가씨를 판 돈으로 나를 데리고 어디 가서 살 생각을 한 거죠. 내가 순순히 자기 말을 들을 줄로 안 모양이었지요. 그러나 그 말에 탄실이 아가씬 별로 놀라는 기색도 없었어요. 그때 모든 것을 단념하고 죽을 것을 생각했던 모양이에요. 아침에 깨어보니 약을 먹고 죽어 있지 않겠어요. 아가씨가 그런 무서운 약을 갖고 있는 줄은 저도 몰랐어요. 일이 이렇게 되고 나니 권서방도 당황하게 됐지요."

22

"권서방이 당황한 것은 무엇보다도 탄실이 아가씰 내어주려던 상대자가 임종재였으니 말예요. 그런 권력 있는 사람을 속이는 노릇이 됐으니 그럴 것 아니에요. 그렇다고 탄실이 아가씨가 죽은 사실을 그대로 이야기할 수도 없었지요. 그들은 탄실이 아가씰 임금에게 바치고서 대단한 세력을 차지할 생각이었는데, 그 사실을 안다면 얼마나 화내겠어요. 권서방을 그대로 둬둘 리가 없는 일이었지요. 그래서 권서방은 자기 몸 하나 피해 달아날 생각으로 뱃사공 보고 배를 언덕에 대달라고 했어요. 그러나 뱃사공은 약속한 오백 냥을 내야 대준다는 거지요. 권서방은 탄실이의 몸값을 받아가지고 배삯을 줄 생각이었는데 그런 돈이 어디 있어 주겠어요. 권서방은 사색이 된 얼굴로 뱃사공 앞에 엎데어 제발 목숨만 살려달라고 비는 것이었지요. 뱃사공은 삼십쯤 난 그리 인상이 좋지 않은 털보였어요. 뱃사공은 껄껄 웃으면서 배삯을 내라는데 왜 그렇게 얼굴이 질렸는가 조롱대는 거죠. 하기는 남의 귀한 딸을 죽였으니 울상도 될 만하다는 그런 말도 하면서요. 마치도 어린애 취급이었어요. 그러다가 정말 살고 싶으면 자기 하라는 대로 하라며 나를 다시 묶으라는 것 아니에요. 그

때 나는 아무런 반항도 안했지요. 탄실이 아가씨가 죽은 생각을 하면 나도 따라 죽고만 싶었던걸요. 이대로 묶은 채 물속에 넣어 줬으면 하는 생각뿐이었어요. 그러면서도 이자들이 나를 다시 묶는다면 필시 장난을 칠 생각이라고만 생각하고 있었는데 그것이 아니라, 날 탄실이로 꾸며 갖고서 탄실이 몸값으로 받으려던 천냥 상자를 빼앗을 계구를 한 것이더군요. 나는 이미 죽은 목숨이나 다름 없었으니 어떻게 되어갈지 보고만 있었지요. 약속한 장소엔 탄실이를 데리고 갈 생각으로 온 대여섯 명의 장정이 천냥 상자를 진 채 기다리고 있었어요. 배가 언덕에 닿자 발판을 내려놓고 탄실일 데리고 왔으니 먼저 천냥 상자를 배에 실으라고 소릴 치더군요. 물론 털보가 권서방 잔등에 칼을 대고 시킨 거죠. 천냥 상자를 진 짐꾼이 배에 올라 속이 틀림없느냐고 털보가 상자를 받아보며 묻더군요. 그것만은―하고 말을 채 맺기도 전에 앗하는 소리와 함께 물 위에 떨어지는 소리가 나자 뒤이어 잔등에 칼이 꽂힌 권서방이 떨어졌지요. 그리고는 배는 아무 일도 없은 듯이 강 한가운데로 저어 나가지 않겠어요. 그곳은 물아래인만큼 강이라고 해도 바다나 다름이 없는 걸요. 강 가운데로 얼마큼 나가다 돛을 올리니 삽시간에 무연한 바다가 되던걸요. 모름지기 그들은 해적인 모양이에요.”

“그래서 일진 어떻게 됐어?”

지금의 일오는 그것이 몹시 궁금한 모양이다.

“물론 나도 그에게 구원 받을 생각은 그때까지도 못하고 있었지요. 그런데 털보가 내가 있는 뚬속으로 와서 천냥 상잘 봤으면 자기 아내가 될 생각이 없느냐고 조롱대는 거죠. 없다고 고개를 내젓자, 자긴 권서방은 사람이 아니라며 자기들이 서울로 돌아갈 때까지 얼마 동안 같이 지내자는 거예요. 그래도 사나이만 있는 그런 뱃속이 무섭지 않을 리가 있겠어요. 이 앞이 어디냐고 물었더니 숙천 앞에 와 있다기에 평양에 들릴 일이 있다고 하고서 내린 것이죠. 서울 올라오다 선비님을 만난 것도 그때예요."

야심(野心)

1

회현방의 관상 보는 집은 날이 갈수록 유명해졌다. 관상 한번 보는 데 모시 한필이라면 대단한 것이었지만 아침부터 사람이 그치지를 않는 모양이었다.

전동 골목의 목로술집은 반한 듯 반하지 않은 듯한 일지의 눈웃음과 숙수 노릇하는 돌쇠의 음식 솜씨로써 손님을 끌고 있다는 것은 이미 알고 있는 일이다. 그렇다면 그 점쟁이도 반드시 무슨 비결이 있을 것만은 사실이다.

그 비결은 도대체 무엇인가. 별다른 것이 아니라, 점괘를 좋게만 이야기해 주는데 비결이 있었다. 모시 한필이라는 적지 않은 복채(卜債)를 내면서 죽을 상이라도 있다는 불길한 이야기를 듣는다면 누가 좋아하랴. 그 반대로 운수대통이라면 모시 한필이 아깝다는 생각도 잊어버리게 마련이다. 점을 치는 것은 누구나가 행운을 바라기 때문이다. 그 행운이 돌아오게 됐다면 으레 기쁠 것이요, 따라서 점이 용하다는 소문도 퍼지게 마련이다.

둘째로는 복채를 많이 받는데도 비결이 없지 않아 있다. 모시 한필씩이나 내고 점을 치는 사람이라면 대체로 부유한 사람이다. 다시 말하면 그 이상의 행운를 바라지 않아도 행운이 트인 사람들이다. 이미 유복한 사람에게 앞으로도 행운이 틔겠다고 말해서 크게 틀릴 일은 없다. 그래서 옛날부터 부잣집 영감의 점은 누워서 떡 먹기처럼 쉽다는 말도 있는 모양이다.

세째는 점을 함부로 쳐주지 않는데도 성과를 올리는 모양이었다. 회현방 점쟁이는 하루에 다섯 사람 이상은 어떤 사람이 와도 점을 쳐주지 않았다. 그것에 위엄이 따르며 위신도 올라가는 모양이다.

하여튼 그도 회현방에 자리를 잡고 점을 치기 시작한지가 불과 두 달이 못되어 장안에서 모르는 사람이 없게 됐다면 점이 용한 것만은 틀림없었다.

무엇보다도 태점(胎占)을 백발백중으로 알아 맞히는 데는 놀라지 않을 수가 없는 일이었다.

태점이란 아들 아니면 딸이라 아주 맞히기가 쉬울 것 같지만 실상은 제일 힘든 점이다. 결과가 뚜렷이 나타나기 때문이다..

더군다나 태점이라 대체로 말 많은 대감 마나님들을 상대로 하는 일이다. 아들을 기다리는 집에서 아들 낳는다는 점괘를 받아갖고 딸을 낳았다면 잠자코 있을 리가 없다. 하인들을 데리고 가서 점쟁이의 집을 부수는 일도 있을 일이다. 회현방의 점쟁이에게는 그런 일이 있었다는 소문도 들리지 않았다.

그렇다면 과연 명인이 되어 태점도 꼭꼭 맞히는 것인가. 그러나 알고 보면 거기에도 비결이 없지 않아 있었다.

회현방 점쟁이는 태점을 보러온 사람에게는 누구에게나 아들이라고 했다. 그리고 장책에는 그 사람의 이름과 날짜를 적은 후 밑에는 딸이라고 적어 두었다.

아들 난 집에서는 불평이 있을 리 없었으므로 찾아오는 일이 없었다. 화가 나서 찾아오는 사람은 딸 난 집에서다. 그런 사람에게는 그 장책을 보여 준다.

"죽을 괘나 딸 날 괘는 말하지 않는거라 이렇게 적어 됐습니다."

이 능글스러운 점쟁이는 도대체 누구인가. 바로 황주에서 연옥이를 꾀어갖고 울라온 청담스님이다.

2

청담스님은 회현방에 남의 사랑채를 하나 얻어갖고서 점쟁이로 나선 후로는 청담이라는 중의 이름을 버리고 월곡(月谷)이라는 새로운 호를 가졌다.

환속한 지금에 중의 이름을 그대로 불리는 것이 쑥스럽다고 생각한 모양인지 뿐만 아니라 연옥이와의 살림집도 그곳에서 그리 멀지 않은 교서동(校書洞)에 따로 두고 독신으로 행세했다.

연옥이는 그것이 불만이 아닐 수가 없었다. 한종일 혼자서 집을 지키고 있으면 갑갑도 했거니와 여자에 대한 손버릇이 그리 좋다고 할 수 없는 청담스님, 아니 월곡복사인만큼 불안스럽기도 했다. 지금엔 월곡복사 없이는 살 수가 없을 것 같은 마음이니 그럴 수밖에 없다.

어느 날 연옥이는 회현방 사랑방에서 돌아온 월곡복사에게 저녁상을 드리고 옆에서 술을 부어 주면서

"오늘도 한종일 골패만 떼고 있은 걸요. 정말 갑갑해 견딜 수 없으니 내일은 저두 좀 사랑방에 나가 볼래요."

조르듯이 말했다. 월곡복사는 그 마음을 잘 안다는 얼굴이면서

"아직도 중머릴 면하지 못한 녀석이 연옥이 같이 예쁜 여편넬 갖고 점쟁이 노릇이나 해 먹는다면 남들이 어떻게 보겠나. 그렇게 되면 지금까지 싸 올린 공도 무너지는 판이야. 그러니 갑갑한 대로 좀 더 참어. 나도 언제까지 이 점쟁이 노릇을 해 먹구 살 생각은 아니야."

"그것이 언제냐 말예요."

"고작 일년이겠지."

"일년이 지나면 틀림 없이—."

"그래, 그때 가선 모르긴 해도—."

"그런 뜨뜻미지근한 대답 싫어요. 일년만 지나면 당신이 내 옆에만 있는다고 약속을 해 줘요."

"어린애같은 말만…… 내가 점쟁이가 된 것도 생각이 있어 시작한 일인데, 그것이 이루어질 때까지는 딴 생각을 해선 안돼."

"그것이 뭔데요?"

"뭐라고 할까, 연옥일 대감마님 부럽지 않게 해주는 일이라고나 할까, 하하……."

하고 호인답게 웃었다.

"싫어요. 딴청 부리는 것."

"하여튼 연옥일 위해서라는 것만 알고 있어."

하고 이번엔 술잔을 연옥에게 주었다. 연옥이도 그 동안 월곡복사의 술 상대를 해 왔으므로 한두 잔의 술은 예사로이 받게 되었지만 그보다도 가슴에 맺혀 있던 일을 더 묻고 싶었다.

"점치러는 귀한 집 따님도 많이 오겠지요?"

"그야 오지. 더욱이 태점은 백발백중이라는 소문이니."

"그렇다면 아가씨들의 손금을 본다면서 손을 마구 만질 것 아니에요?"

"그야 그럴 수밖에 없지."

"그렇다구 젖금도 보는 것 아니에요?"

"무슨 말이야?"

그 뜻을 모를 리가 없으면서도 어리칙칙한 얼굴을 했다.

"태점을 본다면서 저고리를 벗기고 가슴까지 마구 만지지 않나 말예요."

"무슨 소린가 했더니 또 강짜병이 나셨구만. 그 병엔 뽀뽀가 제일

약이더라."

설마 뽀뽀라고 했으련만 하여튼 그 비슷한 것으로 연옥이의 마음을 풀어 준 것만은 사실이다.

3

월곡복사가 연옥이를 감추고 독신으로 행세하는 것도 알고 보면 하나의 상술(商術)이었다.

옛날이나 지금이나 점바치를 잘 찾아다니는 것은 사나이보다도 부녀들이다. 그러한 부녀들의 환심을 사는 데는 아내가 있다는 것과 없다는 것에 대단한 차이가 있었다. 그것은 일지의 목로술집이 흥성하는 것과도 마찬가지 이치다.

더욱이 그때는 귀한 집의 부녀일수록 이성을 대할 기회란 좀처럼 없었다. 사나이란 남편밖에 모르고 사는 부녀들이 태반이었다. 그러한 부녀들이 스물 일곱에 아직도 총각이라는 월곡복사에게 손목을 잡히는 일이 싫을 리가 없었다. 그것이 또한 눈면 소경도 아니다. 얼굴이 환한 사나이로 자기들의 가려운 곳도 몰라주지 않는 능청스러운 점바치다. 그러면서 점도 곧잘 맞혀주니 그의 이름이 유명해질 수밖에 없었다.

그러나 월곡복사는 그의 말대로 점바치로 돈이나 계집이 목적이 아니었다.

"무슨 걱정이 있는 모양이군요."

하고 서늘한 눈을 들어 점치러 온 부녀의 얼굴을 보면서도 실상은 그 집의 세도를 알려는 것이고, 그녀의 입을 통하여 조정의 내막을 알고 출세의 끈을 찾는 것이었다. 그러면서

(결코 서두를 필요 없는 거야, 그러나 기회만은 놓쳐서는 안돼. 아무리 악한 짓이라도 목적만 달성해 놓고 보면 없어지는 것이고, 지울 수

도 있는 거야. 승자에겐 아무리 악한 짓이라도 정당화할 수 있고 악 때문에 고생을 하는 것은 세상에서 패했기 때문이야)

하고 생각했다. 그는 회현방 사랑에서 일을 끝내고 돌아오면서도 막연히 걷는 일이 없었다. 그의 머리에는 언제나 복잡한 생각이 가득 차 있었다.

(나의 출세를 위해선 선이란 한갓 방해물밖에 되는 것이 없어. 그러나 악은 교묘하게 이용할수록 나를 대성케 하는 거야. 도대체 선과 악은 무엇을 말하는 것인가. 내가 사람을 죽이는 것은 악이고 태조(太祖)가 만주산과 보봉산 두문동(杜門洞)에 장작불을 피워 고려 충신들을 죽인 것은 악이 아니란 말인가. 그것도 마찬가지의 악이면서 이조의 임금은 어엿이 대를 잇고 있지 않은가. 결국은 권력을 빼앗은 승자가 모든 것을 지배할 수 있게 되는 거야. 패한 임금을 위해 장작불에 타 죽은 자를 선이라 하는 것도 우스운 일이지. 선이 아니고 미련한 짓이 아닌가. 더욱이 황음무도한 임금 밑에서 사는 지금엔 선이란 아무 가치가 없는 거야. 임금이 악으로 영화를 누리면 나도 악을 이용하여 출세의 길을 찾는 길밖에 없어. 그리하여 임금의 자리도 빼앗을 수 있는 세력을 키우는 것이 승자가 걷는 길이야. 그러기 위해서는 친구도 내 아내도—)

월곡복사는 연옥이가 귀엽지 않은 것은 아니었다. 그러나 이조왕실의 세력을 빼앗을 크나큰 야심을 품고 있는 그로서는 언제 어느 때에 희생을 시켜도 아까울 것 없다고 생각했다. 이러한 생각은 일오가 심원사로 찾아 왔을 그때에 벌써 생긴 결심이었다. 그는 임금이 탄실이를 찾는다는 말을 들은 순간, 일오와는 달리 그녀를 이용하여 출세의 길을 열 생각을 했던 것이다. 그러나 평양으로 찾아갔던 허굉 의술영감에게 탄실이가 죽은 것을 알게 되자 다시금 그의 머리엔 연옥이가 떠올랐다. 누가 보나 탐날 계집이라고 생각했기 때문이다.

4

월곡복사가 삭월세로 든 회현방의 사랑은 일지에게 눈독을 들이고 다니는 박판관의 형 되는 박도사의 첩네 집이다. 그리 크지는 않지만 그래도 솟을대문에 규격을 갖춘 아담한 집이다.

도사(都事)라면 의금부(義禁府) 당하관(堂下官)의 대단치 않은 지위였으나 벼슬아치들의 부정을 규탄하는 권한이 있는만큼 먹을 알은 있었다.

박도사가 첩을 두 셋씩 거느릴 수 있는 것도 그 때문이다.

옥매라는 회현방의 첩은 월곡복사보다 두 살 위인 스물아홉이다. 첩으로선 환갑이 지난 나이지만, 여자로선 단물이 오르기 시작한 나이다.

아직도 주름이 가지 않은 얼굴에 실눈이 되며 웃는 웃음엔 사나이의 마음을 사로잡는 솜씨도 대단하다.

옥매는 그 이름으로 알 수 있는 대로 전신이 기녀였다. 그런 때문인지 주인이 없을 때면 월곡복사가 혼자 있는 사랑에 나오는 것을 조금도 꺼리지 않았다.

박도사는 지난 가을에 열아홉 살 난 기녀를 새로 첩으로 얻은 후로는 이곳엔 한달에 두서너번 들를 뿐이다. 그러니만큼 책임도 가벼워 시루떡이며 약과같은 먹을 것이 생기면 그것을 들고 사랑으로 나왔다.

그날도 옥매는 월곡복사와 과주를 먹으면서

"월곡복사도 몰랐더니 여자에 대해선 대단하다더군요."

"누가 그런 소릴 해요?"

"시침을 떼면 모를 줄 알아요?"

"그건 공연한 소리요. 박도사님과는 다르지요. 나는 유생이었던 엄한 부친 밑에서 자라고, 커서는 부처님에게 불공을 드리며 살았답니다. 그걸 봐도 알 수 있는 일 아닙니까."

"그래두 믿을 수 없는 것이 유생과 중이래요. 더욱이 유생보다도 중이라면 옛날부터 능청스럽기가 말할 수 없지 않아요."

"그래요. 하긴 주자학에 미치고 불경에만 눈을 두면 반대로 여자의 매력이 관음(觀音)의 화신처럼 더욱 간절해지는지도 모르지요. 환상이 떠오르듯이."

"월곡복사님은 어떤가요?"

"나야 여잔 여자대로 볼뿐, 다르게 보는 일이 없지요."

"그러니까 틀림 없는 호색꾼이란 거예요. 여자를 여자대로 차게 보는 사람처럼 무서운 사람은 없답니다."

"그게 무슨 말입니까?"

월곡복사가 그 뜻을 잘 알 수 없다는 얼굴이 되자 옥매는 달뜬 웃음으로 귀밑을 분주히 긁고 나서

"호호호, 저 능청스러운 눈을 봐요. 아무리 감추려고 해도 벌써 다 알고 있어요."

"알고 있다고 해도 안 땐 굴뚝에 연기 날 리도 없지 않습니까?"

"진정으로 그런 말을 할 수 있어요?"

"있지요."

이상스럽게 굳어진 얼굴이 되자

"귀한 집 며느리의 손목을 잡고나서두 저렇게 시침을 떼네."

흘기는 눈으로 웃고 나서

"아무래두 오늘은 술의 힘을 빌어서라두 실토를 하도록 해야겠어요."

옥매는 계집애를 불러 술상을 내오라고 했다.

5

종년이 들고나온 주안상을 보니 대단한 음식이다. 그것을 보면 음식을 미리 준비한 것이 틀림없다. 월곡복사는 음식에 대한 치사로

"무슨 음식이 이렇게도 요란하우. 마님의 생일이라도 되는 모양이군요."

옥매는 여전히 달뜬 웃음으로

"호호호, 마님이라니 술맛 떨어지는 그런 말 싫어요. 기녀를 희롱하는 마음으로 옥매라고 불러요."

"당치않은 소리요, 차라리 아씨라 부릅시다."

"또 저런 소리……."

눈을 흘기는 채

"그런 소리 말구 어서 술이나 들어요."

월곡복사는 옥매가 부어주는 술잔을 받으며

"술도 많인 못합니다."

"못하는 게 아니라 안하시겠지요. 술보다 여자 꼬일 생각이 늘 앞서니."

"얌전한 나 같은 사람을 왜 난봉꾼으로 만들 생각이시우."

"그렇게 능청 부리면 누가 모를 줄 아는가봐. 술을 마시면서야 못할 것도 없을 텐데. 여자 꾀던 이야기나 좀 해주세요."

"아무리 하고 싶어도 없는 이야길 어떻게 할 수 있소?"

"여자 때문에 절에서 쫓겨나 이곳에 온 것두 다 알고 있는 걸요. 어떤 여자예요, 귀한 집 따님?"

그런 말엔 끌려들지 않고

"그런 일 없다지 않습니까. 그보다도 옥매 아씨야말로 사나이의 가슴을 많이 태웠다는 이야기가 있더군요. 그 이야기나 하시우."

"호호호, 나같은 것이 무슨 그런……."

옥매는 부러 풀어진 눈을 하고 웃으며

"기녀의 신세란 언제나 사나이의 희롱감, 그러한 몸으로서 사나이의 애틋한 마음을 알아나 봤을라구요. 더구나 남의 가슴을 태웠다는 말은 당치도 않아요."

"지금두 그 웃음은 항상 내 마음을 사로잡는 것같소."

"호호호, 그러면서두 속으론 늙은 것이 저런다구 비웃기만 하면서."

그때는 남녀간에 내외가 심할 뿐만 아니라 선비는 기녀와 노는 것을 수치로 생각했다. 따라서 기녀를 이상스럽게 대하지 않는 월곡복사와 같은 사나이는 좀처럼 없었다. 여자편에서 달뜨는 것도 무리는 아니었다.

"세상엔 여자가 아니면 모르는 가지각색의 남자가 있는 모양이더군요."

"그야 그럴 것 아니에요. 얼굴이 제각기 다른 것처럼……그건 여자두 마찬가지죠. 그래서 남녀간에 맞구 안 맞는 건 만나 보지 않고선 모른다는 것 아니에요."

옥매가 얼굴을 붉히면서도 의미 있는 말로 노골스러운 웃음을 웃어 보이는 것은 월곡복사를 유혹할 의사가 충분히 있기 때문이다.

월곡복사는 그러한 옥매의 심정을 모를 리 없으면서도 태연히

"나는 그렇게 생각지 않는데요. 여잔 그저 다……."

옥매는 사뭇 놀랍기나 하듯이

"어마, 그렇다면 그렇게도 많은 여잘 건드렸다는 거예요?"

"그런 뜻이 아니라 대궐 안에 있는 시녀나 목로술집 주모나 대갓집 딸이나 옷을 벗겨 놓으면 다를 것이 없다는 거요. 하하……."

옥매는 그만 어이가 없는 채

"저런 사람이 귀한 집 따님의 손금을 본다면서 무슨 짓은 안할 테야."

월곡복사의 허벅다리를 꼬집으려는데 밖에서 발소리가 났다.

6

사랑방을 찾아 들어온 것은 행랑방에서 살고 있는 맷돌이 영감이었다. 본시 포도청에서 군노질을 하다 쫓겨나 지금은 월곡복사 앞에서 일을 하고 있다.

사랑방 앞에서

"관상을 보러온 손님이 있는데 어떻게 할까요?"

월곡복사는 방문을 열고 마루에 나와

"오늘은 끝났으니 내일 다시 오래시오."

실상 손님을 다섯 사람만 받는 것은 말로만 그렇게 돼 있는 것이므로 맷돌이 영감은 이상한 듯이 고개를 기웃거려

"손님이 있는가요?"

하고 방안을 들여다보고 나서는

"누가 오셨는가 했더니 옥매 아씨군요."

"복사님이 사주 봐 준 값으로 술대접하구 있던 참이오. 맷돌이 영감두 들어와 한잔하우."

"고맙습니다."

맷돌이 영감은 마루에 꿇어앉아 옥매가 부어 주는 술을 받아 입맛을 다시고 술잔을 돌려주자 옥매가 다시 술을 받으라며

"한잔 술은 없다는데 석 잔만 받으시우."

"그럴까요."

물 마시 듯하고 나서는

"오래간만에 좋은 술을 입에 대봤습니다. 이 이상 더 마시면 버릇이 되겠기에 그만 하겠습니다."

"좀 들어와 앉았다가라두 가지 뭐 그렇게 바빠서."

"아닙니다. 두분께서 재미를 보시는데 제가 방해를 해서 헤헤헤……."

"맷돌 영감은 남 듣기 거북한 소릴 하시는군요. 월곡복사는 내 집에 와 있는 내 동생과 같은 사람인데."

"누가 아니라고 해요. 저두 옥매 아씨와 월곡복사님 덕으로 살아가는 걸요."

그리고 나서는 월곡복사의 기색을 살펴가며

"용돈이 또 좀 필요하니 얼마만……."

"엊그제두 주었는데 뭘을 또 달래는 거요?"

뒤에서 옥매가 웃으며 말을 맡아

"맷돌이 영감 또 노름에 다 잃은 모양이군요. 얼마가 필요해요?"

"이건 노름에 쓰려는 돈이 아닙니다."

의외에도 정색한 얼굴이 되며 허리를 펴 월곡복사에게 속삭이는 말로

"관상을 보러 왔다는 손님은 황주에서 온 손님입니다."

월곡복사는 낯색이 달라지며

"황주에서 온 사람이라구? 어떤 사람이야, 남잔가 여잔가?"

"여자라면 좋겠지만, 대단한 원한을 품고 찾아온 사람 같습니다."

"나한테 원한! 그렇다면 미치기라두 한 모양이구만."

"그것이 사정을 들어보니 동정두 가기에 돌려보낸다 해두 노자나 해서 보내는 것이 후탈이 없을 것 같더군요. 그래서 복사님에게 말씀드리는 것입니다."

"미친 수작 말아요. 알지도 못하는 그런 녀석들을 적선하자면 끝이 없소."

"그렇지만 그 사람의 말은 자기 여잘 복사님이 빼 갖고 왔다더군요. 그걸 관헌에 알리게 되면 어떻게 돼요. 시끄럽지 않아요."

"영감은 돈이 필요하니 미친 사람의 말도 그대로 듣고 싶은 모양이군요."

월곡복사는 옥매 앞에서 그런 말을 듣는 것이 화가 나는 모양으로 이맛살을 찌푸렸다.

"천만의 말씀입니다. 복사님의 위신을 생각해서 그 사람 대신으로 말해본 것뿐입니다."

월곡복사는 더욱 화가 나서

"도대체 나를 어떻게 안다는 거야?"

"복사님이 전에 중이었단 말을 듣고 틀림없이 자기가 찾는 사람이라며 왔다는군요."

"내가 중이었다구? 하하하, 서울에 중으로 점바치된 사람이 나 하나뿐인가? 그런 미친 사람의 소릴 귀담아 듣구 있소."

"그 사람은 또 복사님의 친구두 만나 봤다면서 자기와 약혼한 여잘 분명히 복사님이 데리고 왔다고 우겨대는 구만요."

"그래, 영감은 내가 혼자 몸이란 걸 몰라서 그 소릴 사실로 듣고 있었단 말요."

"그걸 모르는 건 아니지만 혹시 복사님이 묵고 있는 교서동에 그런 아가씨가 있는가 해서……."

맷돌 영감은 다 알고 있다는 얼굴로 히죽 웃었다. 월곡복사는 맷돌 영감을 상대로 더 이야기해야 자기의 약점밖에 드러날 일이 없으므로 복채로 받아 둔 모시 한필을 꺼내 주며

"이걸로 노름 밑천을 하든지 미친 사람의 노자를 주든지 마음대로 하우."

그리고는 옥매가 듣지 못하게 그가 묵고 있는 객점을 알아두라고 했다.

황주서 찾아온 덕일이를 그대로 두면 맷돌 영감의 말대로 시끄러운 일이 생길지도 모르기 때문이다. 맷돌 영감이 나가자 옥매와 월곡복사는 다시 마주 앉았다.

옥매는 웃음을 먹은 눈으로 술을 부어주며

"이젠 발목이 잡힌 셈이니 시침을 떼진 못하겠지요. 그러나 세상엔 비밀이 없는 거랍니다. 교서동에 아가씰 감춰 둔 건 저두 전부터 알고 있었어요. 아주 귀여운 아가씨더군요. 그 아가씰 어떻게 꾀어냈는지 실상은 그 이야길 듣고 싶어 이렇게 술상도 차려갖고 나온 거랍니다."

월곡복사는 오히려 앉음새를 가다듬어 옥매를 정면으로 쳐다 보며

"별로 감출 일도 아니고 이야기해서 재미난 일도 아닙니다."

그러자 옥매는 수물거리는 가슴을 참을 수가 없는 듯이 그의 옆으로 다가 앉으며

"그러지 말구 실토를 해요. 불공을 드리러 온 걸 꾀어냈어요?"

"그런 것이 아닙니다."

"그러면 아가씨가 복사님에게 반해 갖고서?"

"그런 것도 아닙니다."

"그럼 어떻게 된 거예요. 자루에 넣어 훔쳐왔을 리도 없는 것이고."

알 수 없다는 얼굴로 쳐다보자

"꾀일 사람도 아니고 나한테 반할 사람도 아닌 내 사촌 누이요."

"또 저런 소리."

"혼자 사는 사람이 예쁜 동생과 같이 있으면 별 소문이 다 나는 법이지요. 빨리 혼사나 맺어주어야겠소. 옥매 아씨 좋은 자리 있으면 중매나 하우."

"정말이에요?"

옥매가 믿을 수 없다는 듯이 쳐다보자 월곡복사는 대답 대신 갑자기 옥매의 허리를 끌어안았다.

8

그날 밤.

월곡대사는 맷돌 영감에게 물어 덕일이가 묵고 있는 수표다리 옆 객점을 찾아갔다.

덕일이는 저녁을 먹고나서는 할 일이 없었던 모양으로 자리를 펴고 잘 차비를 하고 있었다. 그런 판에 낮에는 만나주지도 않던 월곡복사가 찾아왔으니 이상하지 않을 수가 없었다. 그렇건만 월곡복사는 덕일이의 그런 기색을 아는지 모르는지 태연스럽게

"아까는 대단히 미안했소. 자리를 뜰 수 없는 귀한 손님이 왔기에 어쩔 수 없이 그만……."

이런 말로 변명했다. 그러고나서도 여전히 태연스러운 얼굴로,

"나를 꼭 만나야겠다구 했다는데 무슨 일로?"

"무슨 일이긴, 연옥일 내놔요."

덕일이는 첫 마디부터 핏대를 세웠다.

"연옥이를 내노라니, 그런 맹랑한 소리를 하려고 찾아온 거요?"

"다 알고 있으니 감추지 말아요."

"무슨 증거로 그런 말을 하는 거요?"

이번에는 어이가 없다는 얼굴이 되었다.

"연옥이 꾀어낸 건 당신과 일오 선비님 두 사람 중에 하나요. 그런데 일오 선비님을 만나 보니 그 사람은 아닙니다."

"그러니 나란 말이군요? 일오는 뭘로써 아니란 걸 알았소?"

"그 분에겐 전동에서 목로주점을 하는 아내가 뚜렷이 있는 걸요."

"허허, 그래서 나를 의심한다는 거군요. 세상 일이란 그렇게 간단

하게 생각해서 안 되지요."

"그러면 누구란 말요?"

"알고 싶으면 옷을 입으세요. 내 연옥이 아가씰 만나게 해 줄 테니."

덕일이는 급기야 별같은 눈이 되며

"연옥이가 어디 있소. 정말 안다는 거요?"

"하여튼 나를 따라 오시오. 그래서 찾아 왔으니."

월곡복사는 덕일이를 영희전(永禧殿) 동쪽 개천으로 데리고 갔다. 그곳은 낮에도 별로 사람이 다니지 않는 곳이다.

앞섰던 월곡복사가 문득 걸음을 돌리며

"연옥이는 일오를 따라온 걸 모를 리가 없지. 그러면서 그 죄를 내한테 씌울 생각을 한 건 무슨 때문이야. 그걸 알구선 널 용서할 수 없지만 잘못했다는 표시를 하면 용서해 줄 테다. 네 몸에 있는 돈을 모두 꺼내."

극도로 놀란 덕일이는 어둠 속에서 벌벌 떨어대며

"연옥이 빼앗구서 돈까지?"

"잔말 말구 어서 돈을 꺼내 놔."

"노자도 없이 떠난 내가 무슨 돈이 있겠어?"

"네가 큰 돈을 가진 건 첫눈으로 알았다. 연옥일 만나 같이 살 생각으로 마련해 온 돈 말야. 그걸 모르고서야 내가 어떻게 서울바닥에서 관상쟁이로 나서겠니."

"세상에 너같이 무서운 녀석은 다시 없을 게다. 연옥이가 너같은 놈한테 속은 것이 억울하다. 내일은 관가에 알려 네 죄상을 드러내고야 말 테다."

"그것이 무근한 일이라면 네 목이 달아나는 줄은 모르고."

"차라리 그렇기라도 하다면 좋겠다. 이 비겁한 놈아, 앗─."

돌아서던 덕일이가 비명과 함께 개천으로 굴러 떨어지는 소리가 나고서는 다시 조용해지고 말았다.

9

다음 날 아침 월곡복사가 회현방 사랑으로 나가자 뜨락을 쓸던 맷돌 영감이 분주히 달려오며

"복사님, 간밤에 무서운 일이 생겼소. 어제 찾아왔던 덕일이가 죽었어요."

월곡복사는 사뭇 놀라운 얼굴로 맷돌 영감을 쳐다보며

"그 사람이 죽다니?"

"좀전에 내 눈으로 보구 온 걸요. 어젯밤 생민동 친구 집에 놀러갔다가 자구 오는데 영희전 동쪽 개천에 사람들이 많이 서 있더군요. 그래서 가봤더니 칼에 찔려 죽은 덕일이가 넘어져 있지 않겠소."

"그렇다면 틀림없는 사실이구만."

월곡복사는 고개를 끄덕거려 보이고 나서

"그러기 천벌은 반드시 있는 법이오."

"뭐라고요?"

"아무 죄도 없는 나같은 사람에게 당치도 않은 누명을 씌우려고 했으니 그런 일을 당한다는 거요."

맷돌 영감은 월곡복사의 얼굴을 힐끔힐끔 쳐다보며

"그래도 천벌이 너무나도 신통히 들어 맞았으니."

"그러기 천벌이라지 않소. 하여튼 나는 그걸로써 누명을 벗어날 수 있으니 됐소."

"말하자면 이제는 마음이 놓인다는 거군요."

이 말에는 가슴이 찔리는 모양으로

"영감 참 이상한 말을 하는군. 듣기에 따라서는 내가 무슨 죄나 있

었던 것처럼 말하니."

"헤헤헤, 혹시 그것이 사실이라고 해도 아는 사람은 복사님과 저둘 뿐입니다. 그러니 누설될 염려는 없어요."

"되지도 않은 소리 말아요. 그런 생각으로 노름 밑천이나 타 볼 생각을 했다면 잘못이오."

"천만에, 제가 그럴 리 있겠어요. 복사님 아니면 거지가 됐을 놈인데……."

그러면서도 여전히 월곡복사의 마음을 살피는 눈치로

"복사님은 그 사람의 죽음을 천벌이라고 하지만 잔등에 칼이 꽂힌 것을 보면 누가 죽인 것만은 사실 아닙니까?"

"그야 그렇겠지."

"그렇다면 그게 누굴까요? 복사님은 점이 용한 분이라 그런 일쯤 모를 리가 없지 않습니까?"

월곡복사는 맷돌 영감이 자꾸만 그런 말을 하는 것이 귀찮은 대로

"그야 점을 쳐서 모를 리야 없겠지만 영감이 그건 알아 무슨 필요가 있소?"

"필요가 있어요. 복사님도 아시다시피 난 포도청에서 도둑 한번 못잡아 쫓겨나온 놈이라 이번 기회에 복사님 덕으로—"

"말하자면 덕일일 죽인 녀석을 잡아 포도대장의 눈을 둥그렇게 해 주고 싶다는 거군요?"

"그렇지요."

"그 소원이야 못 풀어 주겠소. 오늘 일이 끝나는 대로 점괘를 얻어 둘이서 범인을 잡으러 나가 봅시다. 생각하면 덕일이도 가엾은 놈이니."

"덕분에 저도 팔자가 고쳐질 것 같군요."

10

여자란 처음이 힘들지 한번 길을 트고 나면 제편에서 수치도 염치도 모르고 몸이 달아 덤벼대는 모양이다. 더욱이 옥매는 무말랭이처럼 시든 박도사를 한달에 겨우 한두 번 만나 오던 판에 벌걸게 단 쇠뭉치같은 그를 알게 됐으니 그럴 수밖에 없었다. 그러나 사랑에 점치러 온 사람들은 한종일 끊어지지를 않다가 저녁이 돼야 겨우 틈이 난다.

"하루에 다섯 사람만 쳐준다는 점이 왜 그렇게도 길어요?"

옥매는 월곡복사와 마주앉기가 무섭게 한종일 기다린 분풀이라도 하듯이 부은 얼굴을 했다.

"그렇다면 몹시 급히 봐야 할 점이라도 있는 모양이군요. 어디 봅시다."

월곡복사는 선수를 써가며 미우리만큼 서늘한 눈을 쳐들었다.

"그래요, 급해두 이만 저만 급한 일이 아니예요."

옥매도 지지 않고 능청을 부리며 하얀 손을 그의 앞에 쑥 내밀었다.

"급하다니 무슨 일입니까. 혼인 점, 운수 점, 사람 찾는 점, 태점……."

"그런 것쯤 제 얼굴 보고서 모르겠어요?"

"이건 꾸지람을 받는 것 같군요. 물론 모를 리야 없지요. 월곡복사는 명인인만큼."

하고 손을 잡은 채 잠시 옥매의 얼굴을 쳐다보다가

"틀림없는 혼인점이군요."

"맞았어요, 이 혼인이 어떻게 될 것 같아요?"

"안심하시오, 반드시 이루어질 테니."

"정말이예요, 복사님?"

무엇보다 기다리던 말이니 얼굴이 확 달지 않을 수가 없었다.

"얼굴이 붉어진 것을 보니 더욱 좋은 징조가 보이는 것 같군요."

"그렇지만 복사님은 좀전만 해도 나같은 것을 생각지도 않는 냉랭한 태도던 걸요."

"나는 별로 그랬다고는 생각지 않는데."

"그러면서도 여태까지 여자 손님들 손목만 잡고 있었어요?"

"그건 직업이 그러니 하는 수 없지요."

"그래두 내가 기다리고 있다는 걸 알면서야."

"역시 옥매 아씨두 강짜 대단하시군요."

"네, 나는 그런 여자예요. 그렇지만 누가 이렇게 만들었어요?"

"내 책임처럼 말하는군요."

"물론이죠. 난 복사님밖에 생각하는 사람이 없는 걸요."

"그래두 박도사가 엊그제두 다녀가는 걸 내가 본 것 같은데."

"그 사람하군 헤어진 거나 다름없는 사이예요. 의심되는 건 복사님이에요."

"혼자 사는 사람을 의심하면 뭘 의심하는 겁니까?"

"집에 두고 다니는 아가씨가 말루만 사촌누인지 누가 알아요."

"그렇게 못 믿겠으면 중매하라지 않아요. 자기 아내를 중매하란 사람은 세상에 없을 테니."

그런 말을 예사로이 하고 있는데 문득 문 밖에서 맷돌 영감이

"복사님, 오늘 같이 나가는 것입니까, 안나가는 겁니까."

하고 소리쳤다. 아침에 덕일이를 죽인 범인을 찾으러 나가자고 한 약속을 재촉하는 것이었다.

11

회현방 개천을 끼고 태평방으로 나오는 길은 깊은 산골짜기나 다

름이 없었다. 어두운 밤이면 물론 행인도 끊어지고 만다.

그 길을 두 사람이 내려오고 있었다. 앞선 것은 월곡복사, 그리고 대여섯 발짝 뒤에서 촛불을 켜 들고 오는 것은 맷돌 영감이다.

"그래, 덕일이 죽인 녀석은 어떤 놈입니까? 복사님은 점을 쳐 봤으니 아실 것 아닙니까?"

맷돌 영감은 뒤에서 넌지시 입을 열어 물었다.

"그런 점괘가 그렇게도 쉽게 나온다면 서울에 의금부며 포도청이 무슨 필요가 있겠소."

"그러면 복사님두 아직 누군가 모른다는 건가요?"

"점도 무슨 근거가 있어야 치지, 아무것도 모르는 것 가지구야 칠 수 없지 않소."

"그러면 제 소원을 풀어준다는 것 공연한 소리였군요."

"그런 것이 아니라 점을 칠 수 있는 무슨 근거될 것을 찾으려고 지금 가는 길 아니오."

"어디로요?"

"그런 사람들이 잘 갈만한 곳을 지금 찾아가 보는 것이지요."

"목로술집 같은 곳 말인가요?"

"그렇소. 하여튼 그런 곳으로 가봅시다."

그리고는 가던 길을 멈춰 고개를 돌려

"이리로 좀 가까이 와요. 불빛이 발밑까지 오지를 않는구만요."

"걱정마세요. 이쯤이 제일 알맞아요. 발등 밑이 어둡다는 말대로 너무 가까이 가면 어둡답니다."

"그러면 영감이 앞서시오. 그 편이 초롱불을 따라 걷기가 쉽겠소."

"그래두 하인은 뒤에서 따라가는 법인 걸요. 남이 보면 웃을 게 아니오."

"그런 걱정할 필요는 없소. 행인도 없는데."

"그러니까 더욱이나 앞서 갈 수가 없지 않우."

"뭐요?"

"하하하, 그러지 마시구 앞서서 걸어요. 좀더 걸으면 불 밝은 태평방이오."

"그래두 이렇게 어두워서야 걸을 수가 있어야지. 개천에 빠지는 날이면 큰일인데."

"어젯밤에도 개천 길을 잘 걸은 복사님이 오늘밤이라구 개천을 건지 못한다는 것은 우습군요."

월곡복사는 문득 가슴이 찔린 모양으로

"영감, 참 이상한 말을 하는군요. 그건 무슨 소리요?"

"영희전 동쪽 개천 길도 이곳과 마찬가지로 어둡다는 것이지요."

"그래서……."

"덕일은 혼이 되어서도 복사님의 뒤를 따를 테니 이런 어두운 길을 걸을 땐 특히 조심하라는 거요. 덕일이같은 신세가 될지두 모르니."

"버릇없는 두상."

월곡복사가 가던 걸음을 돌이켜 달려든 그 순간 맷돌 영감은 가볍게 몸을 피하고 나서 초롱으로 비수를 든 그를 비치며

"그러기에 복사님하구는 가까이 걸을 수 없다는 겁니다. 그 무서운 흉기를 갖고 사람을 찌르는 버릇이 있으니 말요. 그러나 계집을 꼬여내고 사람을 찌르는 그 버릇을 고치지 않으면 오래 살지를 못할 것을 아시오."

맷돌 영감은 할 말을 마치고는 초롱불을 끄고 온 길을 뒤돌아 어둠 속으로 사라졌다.

12

월곡복사가 회현방 골짜기에서 맷돌 영감에게 진땀을 빼고 있던 바로 그 시각—.

일오는 여느 날과 다름없이 술청으로 저녁을 먹으러 나갔다.

"돌쇠 수고하네."

일오는 식사를 하러 나올 때마다 돌쇠에게 인사로 무슨 말이곤 한마디 했다.

"오늘 좀 늦었군요."

돌쇠도 일오가 나오면 아무리 분주해도 달려와서

"선비님, 오늘은 물 좋은 비웃이 들어왔는데 굴까요 졸일까요?"

하고 그날 찬에 대한 식성을 반드시 물었다. 그러나 오늘은 그런 일을 잊은 듯이

"선비님, 일지 아가씨가 어제 오늘은 좀 이상해요. 실신한 사람처럼 멍하니 앉아서 한숨만 쉬고 있으니. 지금두 골방에 들어가 누워 있는 걸요."

몹시 걱정되는 얼굴이었다.

"글세, 무슨 일일까."

그렇지만 일오는 별로 걱정하는 얼굴이 아니다.

"선비님이 무슨 말한 건 아닙니까?"

"무슨 말을?"

"어젯밤 두 분께서 무슨 긴 말을 하던 것 같던데 혹시 일지 아가씰 울리는 말을……."

"그런 일은 없었어. 어제 이야기로 우린 더욱 가까워진 것뿐야."

"그러면야 왜 저렇게 우울한 얼굴을 하겠어요. 하여튼 일지 아가씨가 기색이 좋지 않은 건 선비님에게 책임이 있는 거예요. 아가씨의 마음을 통 알아주지 않은 것 같으니."

"너무 아는 척 하는 것두 좋지 않는 거야."

"그래두 난 선비님의 마음을 알 수가 없어요. 만지면 터질 듯한 귀여운 아가씰 눈앞에 놓고서두 손목 한번 쥐는 걸 못 봤으니 말요. 그것이 또 아가씨 편에서 싫다는 것도 아니고 어서 좀 건드려 줬으면 하는 판인데두 모른 척하고만 있으니 난 이상하다고 생각다 못해 혹시 선비님이 고재가 아닌가고까지 생각한 걸요."

결코 조롱이 아니라 정색한 진정으로 말하고 있는데

"술청에 선비님 오셨니?"

골방에서 일지의 날카로운 소리가 났다.

"벌써 선비님 오신 걸 알아차렸군. 하여튼 선비님 냄새 맡는데 귀신이에요."

하고 벌쭉 웃고 나서

"네, 오셨어요."

"오셨으면 빨리 상이나 준비하지 뭐 그러구 있어."

"네, 알겠습니다."

돌쇠는 손가락을 머리에 얹어 뿔 모양을 하며 부엌으로 갔다.

일오가 골방으로 들어가자

"어서 오세요."

무릎을 꿇고 단정히 앉아서 맞이하는 품이 평소와는 다르다. 얼굴도 부석부석한 것이 울기라도 한 모양이다. 아무래도 가슴에 무슨 생각을 간직하고 있는 것이 분명하다.

일오는 늘 하던 대로 바로 옆에 앉아서 상이 들어오기를 기다렸다.

화로에는 된장찌개가 보글보글 끓고 있었다. 일오는 그 소리를 들으며 일지의 말을 기다렸다. 그러나 일지는 상이 들어와 일오가 진지를 다 뜨기 까지 아무 말이 없었다.

즐거운 약속

1

"선비님."

일오가 상을 물려 놓자 일지는 숭늉그릇을 들이며 드디어 입을 열었다.

"저는 내일로 이곳을 떠날 생각이에요."

"떠나다니, 그 말은 무슨 뜻이야?"

일오는 일지의 얼굴을 정시했다. 눈부실 정도로 서늘한 눈이다.

"모를 것 없지 않아요. 지금까지의 일이 부끄러워 선비님을 볼 수가 없는걸요."

"난 통 알 수가 없는데 무엇이 그렇게도 갑자기 부끄러워졌는지."

"선비님이 탄실이 아가씨와 그런 사이를 모르고 선비님을 사모했으니 말예요."

고개를 소곳이 숙인 일지는 지금도 부끄러움을 참지 못하는 얼굴이었다. 그러한 일지가 무척 귀여워 견딜 수가 없는 듯이 일오는 물끄러미 보며

"일지와 나는 무슨 약속을 했더라. 우리들의 애정이 무르익을 때까지 기다리기로 하자고 했지?"

"……."

"나는 그 애정이 탄실이가 죽었기 때문에 급기야 무르익어진 것만 같은 감을 느꼈는데, 일진 그 반대로 멀어졌다고 느낀 모양이니 무

슨 일일까?"

일지는 문득 고개를 들며

"네?"

"일지는 자기자신에 좀더 솔직하란 말야. 일지가 어디로 간다면 내가 슬퍼 살 수 없다는 건 자기자신이 더 잘 아는 일 아닌가."

"선비님 그말이 정말이에요?"

헤어져야만 한다고 생각하던 일오의 입에서 그런 말이 나오니 기쁘지 않을 수가 없었다. 기쁜 마음 그대로 일오를 끌어안고 울어대기 시작하자 일오도 그 감정에 끌려든 듯 눈을 지그시 감고 있었다.

감미로운 청춘의 피가 가슴속에서 가슴으로 교류되는 즐거움—.

"자, 이제는 눈물을 걷고 침착해요."

놓고 싶지 않지만 언제까지나 이대로 있어도 끝이 없는 일이므로 그만 일지의 귀에 속삭였다. 그러나 일지는 더욱 가슴을 파고들며

"이대로, 이대로 더 있고 싶어요."

"그러나 우린 이제부터 할 일이 많아. 어서 눈물을 닦고 내 말을 들어."

"이야기도 싫어요. 전 선비님 옆에만 있으면 더 바랄 것 없어요."

"그런 바보같은 소린 말구, 우리가 부부 된다구해도 먼저 해야 할 일이 있지 않아."

"그것이 뭔데요?"

그제야 얼굴을 들었다.

"탄실이가 어떻게 죽은지를 철저히 알아보는 일, 지금에 탄실이를 위한 일이라면 그 원한을 풀어 주는 것밖에 없어. 그래서 난 지금 구리개서 약방하는 정생원 집을 찾아갈 생각이야. 낮에두 갔었는데 저녁이 돼야 들어온다니."

"그렇다면 저도 같이 가요. 혼자 갔다가 무슨 일이라도 생기면 어

떻게 해요."

"그런 걱정은 말어."

"그렇게만 말할 것이 아니에요. 탄실이 아가씨 일로 왔다면 그 집에서 분명히 좋아할 리가 없어요. 더구나 그 집엔 하인으로 쓰는 장정이 대여섯 명이나 있는 걸요."

"그래서 내가 그 장정들에게 뭇매나 맞고 다닐 사람 같은가?"

"그래두 선비님 혼자 가면 무슨 거짓말을 할지 몰라요. 그러나 저와 같이 가면 그럴 수 없지 않아요."

일오는 그 말엔 일리가 있다고 생각되는 모양이었다. 고개를 끄덕이며

"그래, 같이 가는 것도 좋겠어."

2

달이 있을 리 없는 그믐날의 밤은 어두울 수밖에 없었다. 바람도 세차게 불어댔다. 그러나 꿈과 같이 즐겁기만 한 것은 일지의 마음이다. 일오가 손을 잡아줬으니 그럴 수밖에 없다.

(아— 길이 좀더, 좀더 멀다면 얼마나 좋으랴)

이런 생각까지 해가며 가슴을 울렁거리는 일지의 마음.

처음으로 일지의 손을 잡아준 일오의 커다란 손, 그러면서도 따뜻하고 부드러운 손.

그 손에서 옮아지는 체온은 또한 일지의 몸을 둥둥 뜨게만 하는 것 같다.

(이런 모양을 누가 좀 봐 주는 사람이 없나. 보는 사람이 있다면 우린 완전한 부부라고 할 게 아니야. 그러면 나두 다시는 강짜같은 것도 하지 않아도 될 일이고)

그러나 어두운 길에는 사람은커녕 개 한마리도 얼씬하지 않으니

일지의 마음은 못마땅할 수밖에 없다.

　(그렇지만 남들이 이런 모양을 보면 정말 부부로 봐 줄까. 처네를 둘러쓴 계집이 사나이에게 손을 잡혀서 따라간다고 이상스럽게 생각할지도 몰라. 이런 밤중에 부부가 외출할 리도 없으니 말야. 그렇다면 둘이서 눈이 맞아 줄행랑치는 것들이라고 생각하는지도 몰라. 그러면 어때. 선비님하구 둘인데)

　이런 생각을 하며 걷는 동안에 어느덧 그들은 저동으로 들어가는 골목 어귀까지 왔다.

　"뭐 그리 급해서 분주히 걸어요. 좀 천천히 가요."

　길을 조금이라도 더 걷고 싶은대로 일지는 이런 말을 하며 일오의 손을 고쳐 잡았다.

　"춥지 않아?"

　"뭐가 추워요. 밤새도록이라도 걷고 싶은데."

　일지의 가슴은 활활 타는 판인데 추울 리가 없었다.

　그러나 이 즐거운 길은 일지의 마음처럼 그렇게 오래 계속하지를 못했다.

　저동에서 구리개를 넘어가는 길에는 한쪽엔 낭떠러지고 한쪽엔 대갓집의 담장이 잇따라 있어 해만 떨어지면 행인이 끊어지는 곳이다.

　"섰거라!"

　어느 정승의 집 앞에 이르렀을 때 뒤에서 복면한 사나이 너댓명이 따라오며 소리쳤다.

　"어마나."

　달콤한 꿈에 젖어 있던 일지는 깜짝 놀라며 자기도 모르게 일오의 품에 달려들었다.

　"일지, 내 뒤에서 움직이면 안돼."

등으로 밀어 놓구서 그들 앞으로 태연히 걸어갔다. 놈들은 그 기세에 기가 죽은 모양으로 두어 걸음 움쳤다. 일오는 걸음을 멈추며

"사람을 잘못 본 것 같습니다. 나는 당신들과 칼부림을 할 사람이 아니오."

"뭐 어째, 목로술집에서 나오는 걸 뒤따라 왔어."

키가 커다란 사나이가 소리쳤다.

"그러면 내가 누군지 알고 따라왔다는 건가?"

"그래, 일오란 선비 녀석을 따라온 거야."

3

"그러면 내게 무슨 원한이라도 있단 말인가?"

일오는 천천히 입을 열었다.

"그런 수작 말구 이 철퇴(鐵槌)나 받을 생각을 해라."

키다리가 철퇴를 번쩍 들었다.

"알 수가 없는 일이야. 도대체 무슨 원한이 있다구 사람을 잡겠다구 야단이냐 말야."

그 말엔 상대편도 할 말이 없는 모양이었다.

"대답을 못하는 걸 보니 역시 원한이 있어 그런 것이 아니라, 돈을 받고 삯쌈을 하는 모양이구만. 그래 오늘의 고용주는 누군가?"

물론 처음부터 그런 자들이라는 것을 모른 것은 아니면서도 일오는 꼬집어 물었다.

"쓸데없는 수작 말구 살구 싶은 생각이라면 저 아가씰 곱게 내어 놓고 가란 말야."

"아, 그 말을 들으니 다 알겠네. 틀림없이 자네들은 박판관이란 스라소니가 이가 보낸 거지? 그래서 자네들은 목숨을 걸고 하는 이런 일을 얼마씩이나 받구 하나?"

이 말은 무엇보다도 비위에 거슬리는 모양이다.

"알고 싶으면 지부황천에나 가서 알아 봐."

철퇴를 추켜들었던 키다리가 일오에게 달려들며 내리쳤다.

"앗!"

그 순간에 소리친 것은 일지였다.

그러나 다음 순간 어떻게 된 일인지 네 활개를 벌린 채 일오의 발에 짓눌리어 허덕이고 있는 편은 키다리였다.

"이 녀석들아, 몇 푼의 돈으로 남의 귀한 목숨을 노리는 짓을 해서는 못 쓰는 거야. 그것은 학정질을 일삼는 벼슬아치나 남의 것을 공거로 빼앗으려는 강도들이나 하는 짓이야. 생각이 있거든 반성해 봐."

일오는 어디까지나 냉정하다.

"긴 소리할 것 없이 목숨이 아깝다고 솔직히 말해봐."

키다리가 눈을 번쩍이며 소리쳤다. 그 어조에 일오는 문득 생각난 모양으로

"그러고 보니 자네들 초면두 아니구만. 송도 성문 앞에서 만났던 성문지기들이 아닌가. 언제 올라 왔나?"

아주 반갑기나 한 듯이 말했다. 그들도 급기야 놀라는 모양이다.

"자네 이름이 뭣이더라, 두꺼비라고 했지?"

"그렇다면 어쩔 테야."

"그때 그렇게 일러 줬는데도 아직 깨닫지 못한 걸 보니 인간 중에도 가장 못난 것들이라고 그래 하는 소리야."

"아무리 그런 말을 해봐라. 결국 넌 내 철퇴에 죽을 목숨인 줄만 알어."

"그래두 달겨들겠단 말인가. 이 못난 것들."

그만 화가 나서 고함을 친 일오는 넘어진 녀석이 떨어뜨린 철퇴를 집어들고 그들 앞으로 달려들었다.

“앗—.”

녀석들은 그 사나운 서슬에 질겁을 하고 제각기 앞을 다투어 도망쳤다.

물론 일오는 처음부터 그들을 해할 생각은 아니었다. 그러므로 도망치는 그들을 뒤따를 생각도 하지 않았다. 아니 그보다도

“이 녀석아, 너두 빨리 도망이나 쳐.”

넘어진 녀석을 일으켜 줬다.

4

“일지—.”

괴한들을 쫓아버린 일오는 돌아서서 소리쳤다.

“선비님.”

일지가 바르르 달려왔다.

“이제 그것들이 어떤 녀석들인지 알겠어?”

“어떤 놈들이에요?”

“개성서 만났던 성문지기들이야.”

“그래요?”

놀라고 나서

“그럼 그 때의 앙갚음으로 우릴 뒤따른 건가요?”

“그것이 아니라 박판관의 삯쌈군으로 팔려온 모양이야.”

“개성서요?”

“그런지도 모르지. 그걸 보면 박판관이란 잔 어떡해서든지 일질 자기 손에 넣을 생각인 모양이야.”

“그러니 말예요. 날 그대로 술청에 두고서 선비님 혼자 왔다면 지금쯤 난 어떻게 됐겠어요.”

일지는 그 일을 상상해 보지 않을 수가 없는 모양이다.

"어떻게 됐을까, 일진 그 놈들에게 꽁꽁 묶인 채 자루 속에 들어 갔을는지도 모르지."

"그렇게 됐으면 어떻게 될 뻔 했나 말예요."

"어떻게 됐을까, 나같은 가난한 선빈 잊어버린 대신, 자길 무척 귀애해 주는 사람하구 호강하며 살게 됐을지도 모르지."

일오는 히죽거려 웃는 품이 오늘 밤은 일지를 좀 조롱대고 싶은 모양이다.

"뭐 어떻다구요? 농으로도 그런 말 싫어요."

"그럼 역시 가난한 선비가 좋다는 것인가?"

"말해서 무엇해요. 그러니 어둠 속에서 또 그놈들이 달려들어 훔쳐가지 못하게 손이나 꼭 잡고 가요."

일지는 일오에게 바싹 다가서며 손을 찾았다.

"모르긴 해도 그놈들은 다시 나올 리는 없으니 그런 걱정 말어."

"그렇지만 비탈길이 어두워서 잘 걸을 수 없어요. 어서 잡아 줘요."

"나보다도 어린 사람이 그렇게도 밤눈이 어둡다니."

"눈이 어두울 뿐만 아니라 소경이나 다름없이 아무것도 보이지 않게 된걸요. 그것이 왜 그렇게 되지 아세요?"

"그야 내가 알 탓이 있나?"

"선비님 때문에 그렇게 된 걸요. 그런데두 모른달 수 있어요?"

"나 때문이라?"

"그럼요."

"선비님을 그리워하고 그리워한 나머지 이젠 선비님밖엔 아무것도 보이지 않게 된 걸요."

"그래서 눈이 어두워졌다. 그렇다면 분명 내 책임이니 손을 잡아 끌어주는 수밖에 없구만."

일오는 웃으면서 일지의 손을 잡아 주었다.

그들이 찾아가는 정생원의 약방은 구리개에 있으므로 잿등 하나만 넘으면 금시다.

일오에게 손을 잡힌 채 따라가면서 일지는 그 집이 점점 가까이 올수록 불안스러웠다.

"선비님, 정말 이렇게도 늦게 정생원 집을 찾아가도 괜찮을까요?"

"왜?"

"내 생각 같아서는 선비님이 낮에 찾아간 것을 알지 않아요. 그러니만큼 삯쌈군들을 사들여 우리가 오기를 기다리는지도 모르니 말예요."

"하긴 그럴지도 모르지."

일오는 그 말을 수긍하면서 잠시 무엇을 생각해 보는 모양이다.

5

"그러면 범의 소굴을 일부러 찾아 들어가는 거나 마찬가지 아니에요?"

어둠속에서도 불안스러운 일지의 얼굴이 보이는 것 같다.

"그래두 범을 잡자면 범의 소굴을 들어가지 않고서야 잡을 수 없지."

일오는 태연스럽게 말하고 나서

"그러나 그 집엔 삯쌈군도 정생원도 없을지 모르지."

"어째서요?"

"쌈패를 보내고서 그리고도 태연스럽게 앉아서 나를 만나겠다고 기다리고 있다면 악당 치고도 대단한 악당이니 말야. 그래두 혹시 정생원은 내가 죽었으리라고 생각하고 마음놓고 있을지도 모르니 여기까지 왔다가 그대로 갈 건 없어."

"그럼 그 쌈패들도 정생원이 보낸 건가요?"

"지금 다시 생각해 보니 그렇게 생각되는구만. 박판관이라는 자두 정생원 앞에서 일하는 자라고 밖에 생각되지 않으니 말야."

"어째서요?"

"일전에 그 녀석이 술청에 왔을 때 죽을 상이 있다고 말하자 돈 백 냥이 든 전대를 꺼내놓고 내기를 하자던 걸 일지도 생각나겠지?"

"네."

"그 녀석에게 그런 돈이 어디서 생겼겠나. 정생원 같은 돈 많은 놈한테 타내지 않구선."

"그 돈을 정생원은 왜 줬어요? 판관이 얼굴이 곱다고 줬을 리도 없지 않아요."

"일진 그걸 왜 줬는지 모르겠나?"

"……."

"일질 꾀어내서 없이 해 달라고 준 거지."

"네?"

"정생원이 지금 제일 무섭고 싫은 것은 탄실이의 비밀을 알고 있는 일지가 아니겠어."

"그렇다구 정생원이 나를 싫어할 일이 없지 않아요. 탄실이 아가씰 보호해 준 자기로서."

"진실로 보호해 준 사람이라면 왜 일질 무서워하겠나. 내 생각 같아선 정생원이 탄실일 평양에 보낼 생각을 한 것은 자기 집 서사 권서방을 시켜 죽일 생각을 했는지도 모른다는 거야."

"알겠어요. 선비님은 또한 탄실이와의 어렸을 때부터 그런 사이니 이번에두 우리 둘을 한꺼번에 처치할 생각을 했던 모양이군요."

드디어 일지도 그런데까지 생각이 미치게 된 모양이다.

"아니 그놈들은 아직 그것까지 알지는 못할 거야. 일지를 곱게 뽑 아내려는데 나라는 존재가 방해되는 모양이겠지."

"내가 그렇게도 어수룩한 계집년인 줄 알았던 모양이지. 미친 것들."

일지는 화가 나서 배앝듯이 말한다.

고개를 넘어서서 중턱쯤 되는 곳에 정생원의 약방이 있었다.

그 대문 안으로 일오가 들어가려고 하는데 누가 뒤에서

"일오."

하고 불렀다.

일오와 일지는 깜짝 놀라 돌아다봤다. 그러나 어둠에 가리어 잘 보이지가 않았다. 뒤에서는 다시 웃으며

"일오, 자넨 벌써 내 목소리도 잊었나?"

하고 소리쳤다.

6

"선생이 어떻게 된 일이요."

놀란 일오는 어둠 속에서 몽둥이처럼 우뚝섰다.

"오는 길에서 자네가 싸움하는 것도 봤네."

두꺼운 입술에서 울려나오는 듯한 낮은 목소리였다. 일오는 일지를 뒤로 밀고 앞으로 나서며

"무슨 일로 여기까지 따라온 거요?"

"귀치않은가?"

"나는 나대로 할 일이 있으니 내버려 둬요."

"결국 귀치않다는 말 아닌가. 자네가 귀치않게 생각해두 난 서울 와서 무척 찾았다네."

"나두 선생이 서울 와 있는 것은 알고 있었소. 매사냥을 나간 임금을 저격한 것은 틀림없는 선생이라고 생각했소."

"그걸 비웃고 있었단 말이지?"

"비웃지는 않았소."

"그래두 계집의 궁덩이나 뛰들고 있는 것 보다는 어리석은 것이라고 생각했을 테지."

일오는 그 말에야 비위가 거슬린 모양으로

"나대로 내버려 둬요. 난 선생에게 무술은 배웠지만 선생의 하인은 아니요. 내가 사모하던 사람이 어떻게 죽었다는 것쯤은 알고 싶은 거요."

"자네가 찾던 처녀 죽었단 말인가?"

"알고 싶지도 않은 일을 무엇하자고 묻는 거요?"

"그래서 이집엔 그 일로 오던 것인가. 계집 하나 죽은 것이 그렇게도 억울해서?"

"네 그렇소. 죽은 처녀는 스승이 사모하던 처녀가 아니요, 내가 사모하던 처녀요."

"입을 다물어. 천하를 잡아야할 자가 계집 하나 죽은 일이 뭐 그렇게 대단하다구."

"그래두 제가 하는 일을 부끄러운 일이 아니라고 생각하우."

"자네는 내가 배워 준 것을 모두 잊은 모양인가. 검을 쓸 줄 아는 사람이 되자면 흙이나 돌같이 돼야 한다는 말을."

"그 말을 잊을 수야 있겠소."

"그렇다면 자네도 흙이 된 마음으로 살아야할 것 아냐. 흙이 되었다면 죽은 부모에 대한 슬픔도 사랑하는 처녀에 대한 슬픔도 일어날 리 없는 거야."

"그러나 내 몸은 살아 있소. 살아 있는 한 눈물도 나게 마련이요. 살아 있는 인간이 죽은 사람에게 할 수 있는 것은 복수뿐이요. 나는 무엇보다 먼저 그것을 해야겠소."

"복수를 한다면 어떻게?"

"탄실이를 죽이게 한 사람은 한 사람뿐이 아니요. 지금 내가 찾아 들어가는 이 약방 주인도 그런 사람의 하나라고 생각하오. 나는 그들의 죄악을 일일이 들춰 세상에 광포하려는 거요. 그건 나 하나의 복수뿐만 아니라 죄악 속에 묻혀 사는 백성들의 복수도 될 거요. 그러니 선생은 나를 내버려두고 돌아가시오."

"가만."

일지를 데리고 정생원 약방으로 들어서려고 하자 선생의 손이 급기야 일오의 옷자락을 잡아 끌었다.

"난 자네를 만나는 대로 꼭 데리고 갈 생각이었지만 자네가 그런 생각이니 하는 수 없네. 나도 자넬 돕기로 하겠으니 오늘만은 이대로 그냥 돌아갑세."

무슨 생각이 있는 모양으로 이런 말을 했다.

<h1 style="text-align:center">7</h1>

셋이서는 다시 어두운 언덕길을 내려오기 시작했다. 일오와 선생은 어깨를 같이 하고 앞서서 걸었고 일지는 그 뒤로 대여섯 발짝 뒤떨어져 걸었다. 그러나 아무도 말은 없다. 말이 없는 것은 제각기 생각이 다른 때문인지도 모른다.

일오는 평소에 볼 수 없는 무거운 발걸음이었고 일지는 그와 반대로 가벼운 발걸음이었다. 그것을 보면 일오는 오늘밤 정생원을 만나지 못한 것이 몹시 분한 모양이고 일지는 그것으로써 안심이라도 하는 모양이다.

그러면 일오의 선생이란 사람은 무엇을 생각하고 있는가. 그는 얼마전에 연산을 암살하려다 실패했다고 하니 다시 그 일을 하기 위해서 일오의 마음을 어떻게 돌릴 수 있을까를 생각하는지도 모른다.

그들이 그 모양으로 수표교에 이르렀을 때 선생이 먼저 입을 열어

"저 아가씨 누구야?"

비로소 일지에 대한 것을 물었다. 일오는 한마디로 설명할 수 없는 난처한 얼굴로 있다가

"제가 서울 와서 신세를 지고 있는 술막장입니다."

하고 말했다.

"아, 그럼 일지란 여자가 바로 저 아가씨구만."

"어떻게 아십니까?"

"나두 서울에 올라온 지가 달포가 되는 놈인데 서울서 제일간다는 목로술집 술막장 이름쯤 모르겠나. 해사하게 해롭지 않게 생겼네 그려."

하고 조롱대어 껄껄 웃고나서

"저 아가씰 먼저 보내고 우리 둘이서 어디로 가 술 한잔씩 합세."

이 말은 물론 둘이서 조용히 이야기를 하고 싶다는 것이다. 그러나 일오는 오늘 밤 일지를 혼자 돌려보내고 싶지를 않았다. 지금쯤 술청에는 박판관이란 자가 혹뿌리와 홍나발을 데리고 술청에 와서 일지가 돌아오기를 기다리고 있을지도 모르기 때문이다.

"선생하구 술은 저도 같이 하구 싶습니다만 저 아가씬 혼자 보낼 순 없구만요."

"왜 마음이 놓이지 않는가?"

"오늘 밤은 그럴만한 일이 있기 때문에."

"나두 서울에 와서 살아보니 장가두 들구 싶어지더군. 어디 헌 과부 하나 없던가."

"조롱은 그만 둬요. 좀전에두 저보구 흙처럼 돌처럼 살라는 사람이."

일오가 정색한 얼굴이 되자.

"그건 자네 비웃자고 한 말이 아니라 세상이 너무나도 난잡스럽다

는 말일세. 그동안 난 서울 와 있으면서 회현방에 있는 어느 점바치 집의 하인 노릇으로 살았는데 그 점바치가 대단하더란 말야."

"회현방 점바치 이야긴 나두 들었소. 점이 대단하다는 소문이던데."

"글쎄, 나보긴 점보다두 귀부녀 농락하는 일이 더 대단하던 것 같더군."

"어떤 사람인데?"

"황해도 신원사라던가, 하여튼 그런 곳에서 중노릇하던, 자네처럼 젊은 녀석이지."

"네?"

그러나 선생은 일오의 놀라는 기색은 아랑곳없이

"자네도 한번 찾아가 보게나."

한마디 하고서 어둠 속으로 사라졌다.

이 늙수그레한 선생이 묘적산에서는 어떻게 젊은이로 보였을까. 그의 둔갑술 때문일까. 전식이가 일오라고 잘못 봤으니.

골패

1

신혼한 부부들은 밤이 몹시 기다려진다고 한다. 그렇다면 연옥이도 밤이 무척 기다려질 법한 일이다. 더욱이나 월곡복사는 낮에는 점바치를 하러 나가 있으므로 그런 마음이 더 할 수밖에 없다.

그 기다려지는 시간을 연옥이는 골패 떼기와 낮잠으로 보냈다. 그밖에는 할 일이 없었기 때문이다.

그 연옥이가 오늘은 참으로 이상스러운 꿈을 꾸었다. 어느덧 자기가 아이를 밴 꿈을 꾼 것이다.

연옥이는 빨리 그렇게 되기를 바랐던만큼 자기 배를 만지며

(드디어 난 월곡복사님의 아이를 배게 되었구나)

하고 좋아했다.

연옥이는 황주집 뒤뜰에 있는 우물에서 혼자 몸을 씻고 있었다. 그러면서 볼록한 젖가슴을 만지다 그 보다도 더 부푼 배를 보고 그런 생각을 한 것이다.

(이렇게 부른 배를 남이 본다면 어떡해. 빨리 옷을 입어야겠어)

하고 분주히 옷을 입으려는데

"연옥이가 언제 아일 가졌어?"

언제 나타났는지 알 수 없는 선비 같은 사나이가 눈을 부릅뜨고 있었다.

연옥이는 당황해서 분주히 치맛자락으로 몸을 감췄다.

"그런다고 쓸데가 없어. 난 네가 불의의 씨를 밴 걸 다 알구 있어."

"아니에요. 이건 월곡복사님의 아이에요. 그 사람은 내 남편인 걸요. 절대로 그런 아이가 아니에요."

"그래서 부처님의 승낙을 받구서 아이를 뱄단 말인가."

"네?"

연옥이는 대답을 못하고 얼굴이 질린 채 입술을 발발 떨어댔다.

"그것봐. 부처님의 승낙이 없이 아이를 배니까 그런 거야. 그 아이는 빨리 꺼내 없이 하지 않으면 네가 죽고 마는 거야. 그러니 빨리 배를 내대. 내가 배를 갈라서 그 아이를 꺼내 줄 테니."

시퍼렇게 날이 선 부엌칼을 내댔다.

"싫어요. 무서워요. 배를 가르는 건 싫어요."

연옥이 악을 써가며 달아나려고 했다. 그러나 아무리 악을 써도 달아날 수가 없었다.

"네가 달아나려고 해도 별 수가 없어. 그 아이를 꺼내 놓기 전엔."

사나이는 연옥이의 머리채를 잡아당기며 소리쳤다.

"이건 월곡복사님의 아이예요. 난 그 사람의 아이를 낳고 싶어요."

연옥이는 거품을 물어가며 소리쳤다.

"그건 안돼. 이건 부처님의 승낙도 받지 않았거니와 부모의 승낙도 받지 않은 아이야. 빨리 꺼내, 없이 해야 해."

사나이는 배를 가르려고 치맛자락을 잡아당겼다.

"아―사람 살려요."

연옥이는 필사적으로 고함치던 그 순간 자기 소리에 놀라 듯 펀듯 눈을 떴다.

(아 꿈이었구나)

무서운 폭풍이 지나간 듯 한숨이 나갔다. 그러나 아직도 가슴은 떨렸다. 떨리는 채 자기의 배에 손을 얹어 보고서는

(난 아직도 아이를 가지지도 않았는데 어째서 이런 꿈을 꿨을까)

그리고는 월곡복사가 처음 자기 방으로 들어왔던 그날을 손꼽아 봤다. 오늘밤이 그 때의 일과 무슨 관계라도 있는 것 같았기 때문이다.

월곡복사는 별로 늦는 일이 없었다. 그러나 오늘은 어떻게 된 일인지 해가 진지 오랬는데도 좀처럼 돌아오지를 않는다.

(그 사람에게 무슨 일이라도 생긴 것이 아닌가)

연옥이는 오늘 낮잠을 자며 꾼 꿈자리가 사나웠던만큼 그런 생각도 하게 됐다. 그러면서 몹시 초조한 마음으로 그가 돌아오기를 기다리고 있는데 인정(人定)이 거의 돼서야 대문 열라는 소리가 났다. 연옥이는 분주히 뛰쳐나가 대문을 열어주며

"어떻게 이렇게두 늦었어요?"

"응, 오늘은 귀한 손님이 오셔서 좀 늦었어."

갓과 장삼을 벗고나서 연옥이가 차려온 밥상 앞에 앉았다. 밥상 위엔 연옥이의 밥도 놓여 있었다.

"연옥이두 아직 밥을 먹지 않구 있었나?"

"혼자서 먹구 싶지 않은 걸요."

"그래두 이렇게 늦으면 먼저 먹을 거지."

그리고는 문득 연옥이의 얼굴에 눈을 멈추고서

"안색이 좋지 않은 것 같은데 왜 그래?"

하고 물었다.

"이상한 꿈을 꾼 걸요."

"무슨 꿈?"

"당신은 꿈풀이도 잘 하겠지요?"

"물론 월곡복사는 역학(易學)에 대한 건 모르는 것이 없는만큼 꿈풀이도 잘 하지. 그래 무슨 꿈을 꿨어?"

남편이라고 할 수 없는 엄숙한 얼굴이 되었다.

"무서운 꿈."

"그야 그렇겠지. 즐거운 꿈을 꿨다면 그런 좋지 않은 안색을 할 리가 없으니."

"그러나 즐거운 꿈이기도 해요."

"즐거운 꿈이기도 하다……"

"그러면서 부끄럽기도 한─."

"그 이상야릇한 꿈이구만. 무섭구 즐겁구 부끄럽기도 한 꿈을 꿨다니."

"정말 그래요. 꿈 순서대로 말하면 즐겁구 부끄럽구 무서운 꿈이었어요. 그것이 또한 당신하구두 관계되는 꿈이에요. 당신 때문에 그런 꿈을 꾼 걸요."

"그래?"

월곡복사는 고개를 끄덕이면서 연옥의 배를 봤다. 무슨 꿈이라는 것을 안 모양이었다..

"전 하루 빨리 그렇게 되길 바랐던만큼 꿈에 미역을 감으면서도 배가 부른 것을 기뻐했지요. 그러면서도 이렇게 부른 배를 남한테 보이는 것이 부끄러워 분주히 감추려고 하는데 선비 같은 사람이 시퍼런 칼을 들고 불의의 씨를 뱄으니 꺼내 버려야 한다지 않아요."

"선비 같은 사람이라니, 몇 살이나 난 사람인데?"

태연스럽게 물었다.

"당신 나이나 됐을 것 같아요."

"그래서?"

"절대로 그런 아이가 아니라고 했지요. 그러자 부처님의 승낙없이 난 아이는 불의의 씨라며 식도 칼로 내 배를 가르려고 하지 않아요."

"흐음─."

"난 질겁을 한 채 도망치려고 악을 썼지만 그 사나이는 어느덧 내 머리채를 잡고 못달아나게 하는 걸요. 난 당신만 부르며 살려달라고 소리치다 꿈에서 깨어났어요."

연옥이는 그 꿈을 생각하면 아직도 무서운 듯이 몸부림을 쳤다.

3

"그건 틀림없는 좋은 꿈이야."

지금까지 엄숙하게 앉아 있던 월곡복사가 웃음을 띄우며 말했다.

"정말이에요?"

"왜냐면 꿈이란 이제부터 일어날 일을 반대로 보여 주는 거야. 그래서 불붙는 꿈이라든지 홍수가 난 꿈을 꾸면 좋은 일이 생길 징조라고 하잖아."

"그렇지만 꿈엔 당신의 아이를 뱄는데 그 반대가 된다면 어떻게 되는 거예요. 난 일생 아이를 가질 수 없다는 게 아닌가요?"

그렇게라도 된다면 큰일이므로 연옥이는 급기야 불안스러운 얼굴이 되었다.

"내가 좋은 꿈이라고 말하는 것은 연옥이의 잉태와는 관계가 없어."

"그럼 무엇에 관계가 있어요?"

"꿈에 나타났다는 그 선비와 관계가 있어."

월곡복사는 의외에도 이런 말을 했다.

"뭐라고요? 내 배를 가른다고 시퍼런 칼을 내댄 그 선비하고요?"

"쇠붙이가 몸에 들어가는 꿈을 꾸면 돈이 많이 생긴다는 말은 연옥이도 들은 일이 있겠지. 그런데 쇠붙이 중에서도 칼은 권력을 의미하는 거야. 그러니 연옥이 일신에 부귀영화가 굴러 들어오게 됐다는 것이지."

"그러면 아이도 가질 수 있겠구만요."

"물론 아이가 없고서야 무슨 부귀영화가 있달 수 있겠어."

"몇이나요?"

"그건 손금을 봐야 알지."

하고 손을 끌어잡아

"자그마치 열은 나겠구만."

"어마 열이나요? 싫어요, 갠 줄 아는 모양이야."

"그렇지만 내 말을 잘 들으면 두셋은 줄일 수 있지."

히죽 웃고 나서

"그건 농담이구 연옥인 이남 일녀의 자식복도 타고 났어."

"그럼 당신이 일년 후엔 나를 귀한 집 마님 부럽지 않게 만들어 준다더니 그것이 벌써 이루어지게 됐다는 건가요?"

기쁨에 달뜬 눈이 되었다.

"그러기 말야. 꿈이란 참 이상한 거야."

"뭐가요?"

"내가 오늘 밤 늦은 것두 그 선비님 때문이니 말야."

"그럼 그 선비가 실제로 있는 사람인가요?

연옥이는 놀라운 눈을 들었다. 그 선비가 혹시 항주 성문 앞에서 헤어진 그 선비인지도 모른다는 생각이 떠올랐기 때문이다.

"있기에 지금 그 선비를 만나고 온 것 아냐. 물론 연옥이 꿈에 나타난 그 선비와 꼭 같은 사람인지는 알 수 없어. 그러나 내가 그 선비한테 불려간 것과 때를 같이 해서 연옥이가 그런 꿈을 꾼 걸 보면 그 선비라고 볼 수밖에 없잖아."

"하긴 난 집에서 한종일 당신 생각만 하고 있으니 당신 하는 일이 꿈으로 나타난지도 모르죠. 그래서 부부는 일신동체라는 거 아니에요."

연옥이는 두근거리는 마음을 그런 말로 감추고 나서

"그런데 꿈에서 그 선빈 무슨 일로 내 배를 가른다는 거예요. 무서워 견딜 수 없었던 걸요."

"꿈에 불길한 건 생시엔 반대가 되는만큼 그 선빈 우리에게 행운을 준다는 걸 암시한 것이지."

"그 선비가요?"

"그렇지. 그러나 꿈이라는 것은 언제나 하나의 암시에 지나지 않는 거야. 그걸 우리가 잘 알아서 차지해야 하는 거지."

무슨 말을 하려는지 이런 소리를 했다.

4

"그 행운을 어떻게 차지해야 하는 거예요?"

연옥이는 눈을 말똥거리며 물었다.

"우선 그 선비와 가까이 해야지."

"그 선비가 어떤 분인데요?"

"전식이란 사람."

"그 사람이 누군데요?"

"광대의 아들로 벼슬은 한갓 낭관에 지나지 않지만 궁 안에서는 누구보다도 임금의 총애를 받는 사람이야."

"그 사람이 내 꿈에 나타났던 선비란 건가요?"

"그렇지. 그 분이 점을 치겠다며 나한테 사인교를 보낸 사람이니."

"어떻게 생긴 사람이에요? 꿈에는 몹시 험상궂게 생긴 사람이었는데."

"그러기에 꿈은 언제나 반대가 된다는 거지. 전식인 세상에 둘도 없는 미남이니."

"그래요?"

연옥이가 믿어지지 않는다는 얼굴을 하자

"나두 오늘 처음 만났지만 과연 미남이더군."

월곡복사는 그것을 강조하듯이 말했다.

"당신보다도 더?"

조롱대듯이 웃자

"글쎄 말야. 나두 못생긴 사나이라곤 생각지 않았는데 그 사람한테 내가 반할 정도니 할 말이 없지. 게다가 그는 아직 독신이기까지 하니."

"그 사람이 무슨 점을 쳐달라는 거예요?"

"그런 사람의 점은 무슨 점이라는 것쯤 알 수 있잖나."

"역시 남녀간에 관한 점인가요?"

"맞았어. 연옥이두 이젠 정자관(程子冠) 쓰고 점바치로 나앉아두 되겠어."

"그렇게 놀리지만 말구 당신따라 사랑에나 나가게 해줘요. 집에서 골패만 떼고 있자니 클클해 견딜 수가 없어요."

"그렇게 된 때가 온 것 같아."

"정말이에요?"

예쁜 눈이 밝아지며 기뻐하자

"그러면 한 가지만 더 맞혀 봐. 그 남녀간의 문제가 슬픈 일인가 기쁜 일인가."

"그야 물론 자기 집에 점바치를 불러들이는 걸 보면 슬픈 일에 정해 논 것 아니에요."

"맞았어 맞았어. 그만하면 훌륭한 점바치야. 오늘 받아온 복채는 연옥이 주기로 하지."

"난 심심풀이로 점을 치니까 복챈 안받아도 좋아요. 어서 그 이야기나 해요."

연옥이는 전식이가 자기의 꿈과 관계가 있다고 하니 빨리 그 이야기를 듣고 싶었다.

"전식이가 광대로 불려 다니다가 궁 안에 들어가게 된 것은 열다섯 살때란 거야. 그런데 그에게 지금 이야기하려는 슬픈 일이 일어나기 시작한 것은 열여덟 살 나던 봄이라는 거야."

"그러면 궁 안에 있는 어떤 시녀와 사랑이라도 하다 못하게 됐던가요?"

궁 안에서의 슬픈 일이라면 그런 일밖에 없으리라고 생각되는대로 연옥이는 눈살을 약간 찌푸리며 물었다.

"시녀가 아니고 여승이야."

"여승이오?"

놀라는 얼굴이 되자

"그것이 또한 전식이보다는 이십년 위나 되는 여승하구라니 슬픈 일밖에 될 수 없는 일이지."

월곡복사는 서늘한 얼굴에 히죽거리는 웃음을 띠우며 말했다.

5

그 여승은 본시 궁에서 여의(女醫) 노릇을 하던 명심(明心)이라는 여자다.

궁 안에 여의를 두기 시작한 것은 이조 태종(太宗) 때부터라고 한다. 부인들이 병이 났을 때 남자가 진찰하면 부끄러움 때문에 보일 곳을 보이지 못하여 죽는 폐단이 있었다. 그런 일을 피하기 위해서 어린 기녀들을 뽑아 그녀들에게 맥리(脈理)와 침술(鍼術)을 배워줘 내의원(內醫院) 소속으로 있게 했다. 그러나 여의라는 것은 이름뿐으로 주연(酒宴)의 흥을 돋우는 기녀나 다름이 없었다. 그리하여 약방 기녀라는 이상한 이름도 생기게 된 것이다.

명심이는 궁 안의 추잡하고 음란스러운 생활이 싫었던지 서른 네 살 되던 해에 여승이 되어 낙산(駱山) 밑에 조그마한 암자를 짓고 혼자 살았다. 그녀는 매일 앓는 사람을 찾아 병을 고쳐 줬고 굶는 집에는 쌀을 얻어다 줬으며 밤에는 조용히 앉아서 송경(誦經)으로 도를 닦았다.

그녀는 눈이 어글어글하고 허대가 큰 것이 여걸답게 시원스럽게 생긴 미녀인데다 정욕이 흐르는 삼십대 여인이었던만큼 궁에 있을 때부터 침을 흘리는 사내들이 많았다. 그러나 궁안에서는 농락할 기회를 좀처럼 못찾고 있던 판에 그녀가 외딴 곳에 암자를 짓고 살게 되자 밤마다 찾아가는 자들이 많았다. 그 중에는 강제로 누여 볼 생각을 한 자도 없지 않아 있는 모양이었지만 이미 불심(佛心)에 통한 모양인지 누구 하나 그녀를 어떻게 했다는 자는 없었다. 그러면서 부근에서는 그녀를 더욱 존경하게 되고 또한 야심을 먹고 그녀를 찾아가던 자들도 없어지게 되었다.

그렇게도 마음이 굳고 단정하던 명심이가 전식이를 길에서 우연히 만나고 나서는 자기로서도 어쩔 수 없게 마음이 흐트러지고 말았다.

궁 안에서 남달리 고독하게 지내던 전식이는 명심이가 암자를 짓고 혼자 산다는 데 동정이 갔는지도 모른다.

늦은 봄 어느 날 그는 동대문 밖에 있는 자기 집을 다녀오던 길에 그 암자에 들렀다.

"낭관님이 어떻게 이런 곳을 찾아 왔어요."

물론 그때 전식이는 광대에 지나지 않았지만 명심이는 그런 이름으로 불러 암자에 안내한 후 벽장에서 매실주를 꺼냈다.

"이것은 내가 먹기 위해서 둬둔 술이 아니고 환자들의 약으로 쓰기 위해서 둬둔 것이에요. 그러나 낭관님이 제 집에 왔는데 그대로 보낼 수 있어요? 자 드세요."

그 때까지 술을 입에 대보지 못하던 전식이는 향긋하고도 새큼한 그 술에 대번에 취해버리고 말았다.

술에 취한 전식이는 눈시울이 빨개진 것이 더욱 아름답게 보이었다. 그러한 전식이를 물끄러미 보고 있던 명심이는 견딜 수 없는 듯이 목에 걸었던 염주를 양손으로 잡아당겨 끊었다. 염주알이 방바닥에 쫙 흩어졌다.

"낭관님, 이것이 무슨 뜻을 의미하는지 아세요?"

명심이는 어느덧 암자에서 도를 닦는 여승이 아니고 정욕에 달뜬 짐승이나 다름이 없었다. 얌전한 전식이는 그러한 명심이가 무서운 듯이 고개를 소곳이 숙이고 있었다. 그럴수록 명심의 정욕은 더욱 타올랐다.

결국 전식이는 새큼한 술에 취한 채 그것도 처음으로 알게 된 것이다.

6

그 후부터 전식이는 꼭 계속해서 명심이의 암자를 찾았다.

순진한 젊은이일수록 한번 그 맛을 알게 되면 물불을 가릴 수 없게 열중하게 되므로 무서운 것이다. 그것은 명심이도 마찬가지였다. 아니 더했다.

중년 여인에 당긴 불길을 끌 수 없는 것은 옛날이나 지금이나 다름없는 모양이니―.

전식이는 처음엔 대엿새만에 한번씩 찾아가던 것이 점점 발이 잦게 되어 거의 매일 같이 찾게 됐다. 하루라도 명심이를 보지 않고서는 견딜 수가 없었기 때문이다. 영리한 명심이는 앞뒤를 잘 살펴가며 절대로 그런 소문은 나지 않게 했다.

그러나 그런 일은 꼬리가 길면 길수록 잡히기 마련이다. 그와 같이 있는 장악원(掌樂院) 광대들은 전식이의 그런 일을 기수라도 챈 모양으로 이상한 눈으로 보기 시작했다. 그것을 알아차린 전식이는 너무나도 농후한 명심이의 육체가 무서워지며 겁을 먹게 되었다. 그러면서 암자를 찾는 발길도 끊어야겠다고 생각했지만, 그런 일이 그렇게 마음대로 간단히 되는 것은 아니었다. 그것은 한번 파계(破戒)한 중년 여승의 애정이 얼마나 연연하고 애틋하리라는 것을 상상해 보면 알 수 있으리라.

그날도 명심이는 귀여워 견딜 수 없다는 듯이 무릎을 베고 누워 있는 전식이의 얼굴을 물끄러미 들여다 보며

"요즘 얼굴빛이 좋지 못한데 무슨 근심이라도 있어요?"

전식이는 여윈 얼굴에 일그러진 웃음을 띠워

"그것도 명심 여승 때문이오."

"나 때문이라구?"

"여승님을 생각하면 잠을 잘 수가 없어요."

"아이 가엾어라."

명심이는 전식이의 얼굴을 쓸어주며

"눈이 움푹 팬 것이 정말 말이 아니에요."

"그럴 겁니다. 내 마음은 나로서도 어떻게 할 수 없게 됐으니."

"그래도 낭관님 마음이 나같지는 않을 걸요."

"내가 이렇게 여윈 것을 보면서도 그런 말이오. 난 명심이 없으면 살지 못할 것 같소."

"그것이 정말이라면 나를 힘껏 안아 줘요."

전식이가 누운 채 허리를 끌어안고 배 밑으로 머리를 묻자

"언제나 이대로만 있고 싶은 마음, 그런 내 마음을 낭관님은 알아 줄 수 있어요?"

“나두 같은 마음이오.”

“그러나 낭관님.”

“……”

“나는 이미 파계한 몸이지만 낭관님은 출세의 길을 닦아야할 귀한 몸, 나 때문에 처신을 버린다면 그 죄가 두려워요.”

“뭐 죄라고요?”

전식이는 명심이의 가슴에서 문득 얼굴을 들어

“파계승으로 만든 내 죄가 더 커요.”

의외에도 커진 목소리에 명심이는 깜짝 놀란 모양으로

“호호호, 저 무서운 얼굴.”

그에게 술잔을 주며

“낭관님이 내가 무서워진 건 저도 알고 있어요. 무서워진 사람은 찾을 필요 없어요. 어서 일어나 이별주나 받으시구 돌아가세요.”

하고 말했다.

7

“그래서 둘이서는 어떻게 됐나요?”

젊은 여자들이 가장 흥미를 갖는 것은 남의 애정 이야기인 모양이다. 연옥이는 감격한 나머지 숨까지 몰아쉬며 다음 이야기를 재촉했다.

“그걸로써 둘이 헤어질 수 있었다면 무사했을는지도 모르지. 그러나 그들은 숙명적으로 헤어질 수 없었기 때문에 비극이 생긴 것이지.”

월곡복사는 이야기를 해가며 자기 손으로 술을 부어 목을 축이었다.

“숙명적이라면 그 여승이 아이라도 밴 건가요?”

"연옥이는 과연 훌륭한 점바치야. 이번엔 복채를 뭘로 줘야 하나, 산호 관자(貫子)나 뽑아 줄까."

"그런 농담은 그만두고 어서 이야기나 빨리 해요."

"그러니 말야, 여승이 아이를 뱄으니 어떻게 됐겠나?"

"그야 당황하겠지요."

"당황해한다고 밴 아이가 없어질 린 없잖아. 연옥이처럼 꿈에나 아일 밴 일이라면 꿈이 깨면 없어질 일이지만 이건 꿈이 아닌 진짜로 아일 뱄으니."

"그래서 세상 일은 뜻대로 되지 않는다고 하는 모양이에요. 당신의 아이를 배고 싶어하는 나는 꿈에 아이를 배고, 꿈에나 아이를 뱄어야 할 여승은 정작 아이를 배고……."

연옥이는 그 여승의 일이 자기 걱정이나 되듯이 말했다.

"연옥이는 벌써부터 아이를 가질 생각을 하지 않아도 돼. 그 여승은 서른 일곱에 아이를 가졌으니."

"그러면 아직 이십년이나 기다려야 되게요? 그럼 할머니가 다 되지 않아요."

"그렇다구 늙은 할머니가 아이를 낳는 법이 없으니 걱정할 것 없겠지."

"그래두 아이는 일찍 낳구 일찍 단산하는 것이 좋대요."

"그래서 아이를 못 낳은 것이 내 잘못인가?"

"……."

연옥이는 그만 할 말이 없어 얼굴이 빨개지자

"연옥인 이남 일녀의 자식복도 타고 났으니 그런 걱정은 말구 여승이 아이 밴 이야기나 들어요."

하고 적당히 말을 돌렸다.

그 여승은 동생과도 같이 귀여운 전식이의 앞날을 생각해서 사랑을 끊는 수밖에 없다고 생각했고 전식이도 또한 겁이 앞선 채 발걸음이 끊어지게 되었다.

그러나 그 때는 이미 명심이는 아이를 배었을 때였다. 그것이 입덧으로 나타나고 점점 배도 부르게 되어, 이제는 감싸는 정도로는 감출 수도 없고 말았다. 명심이는 생각다 못해 이것도 어린 소년을 유혹한 파계승의 벌이라고 생각하고 먼 곳으로 떠날 결심을 했다. 그런 결심을 하고 나니 무엇보다도 간절하게 생각되는 것은 떠나기 전에 한번 전식이를 만나 보고 싶은 것이었다.

명심이는 남몰래 궁문 앞에 가서 전식이가 나오기를 기다렸다. 그리하여 십여일 만에 전식이를 만나 자기가 떠난다는 것을 이야기하고 암자로 데리고 왔다. 명심이는 미리 준비했던 술을 마셔가며 마지막 애무에 취하는 동안에 이렇게도 귀여운 사나이를 놓고 혼자 떠나고 싶은 마음이 없어지고 말았다. 그리고는 전식이를 죽이고 자기도 죽을 생각을 했다.

8

명심이는 미리 준비했던 독약을 전식이의 술잔과 자기 술잔에 탔다. 그리고는

"자 마셔요. 이 약을 타서 마시면 아주 기분이 좋아져요. 그 기분으로 밤새도록 즐길 수 있어요."

하고 자기가 먼저 죽 들이켰다.

그러나 영리한 전식이는 마시는 척만 하고 쏟아버리고 말았다. 그것이 독약일지도 모른다고 생각했기 때문이다. 명심이가 얼마 있지 않아 몸을 비틀어 괴로워하다 못해 목숨이 끊어지자 전식이는 무서워진 대로 그곳을 도망쳐 버리고 말았다는 것이다.

"그렇게도 자기가 귀여워하는 사나이라면 같이 독약을 마시고 죽

자고 하지, 딴 말로 속이려 했을까요."

이 이야기를 다 듣고 난 연옥이는 여승에게 동정이 가면서도 그 점을 나무랐다.

"그것이 반한 사람과 반하지 않은 사람의 다른 점이라고 하겠지. 같이 죽고 싶은 사람이 같이 죽고 싶지 않다고 하면 그것이 무섭기 때문에."

"죽을 결심을 한 사람이 무서운 것은 뭐예요?"

"하긴 그렇기도 하지만."

"그런 생각이라면 왜 또 독약을 자기가 먼저 먹겠어요. 사나이가 마시는 걸 보고 먹어도 되잖아요."

"자기가 마시면 사나이도 으레 마시리라고 믿었던 모양이야."

"그러니 결국 속은 셈이 되지 않아요."

"그렇지, 결국은 속은 셈이지. 그러니만큼 망령이 된 명심이는 혼자 죽은 것이 몹시 원통한 모양으로 매일밤 전식이가 자는 방에 나타난다는 거야."

"어머나."

연옥이는 아이를 배어 배가 남산만한 망령이 머리를 풀어헤치고 미닫이를 여는 소리도 없이 쑥 들어설 생각을 하니 등골이 오싹했다.

"그 망령이 나타나선 뭐라고 말한대요?"

"너를 보고 싶어 이렇게 매일 찾아오는데 네가 딴 여자에게 손을 대면 무서운 병에 걸리게 해서 죽인대."

"어마, 그런 법이 어디 있어요."

연옥이는 새파랗게 질린 얼굴이 됐다.

"그것이 명심이가 죽은 그 때부터 지금까지 십년 동안이나 하루도 건너는 날이 없이 쭉 계속했대니 말이야."

월곡복사도 무서운 듯이 몸을 떨어댔다.

"하여튼 지독한 여승이군요. 자기가 미련해서 죽은 일을 갖고 산사람을 그렇게 애태울 필요가 어디 있어요."

"그런 말을 하면 오늘밤부터 그 망령은 연옥이한테 붙을지 모르니."

월곡복사는 정색해서 꾸짖듯이 말했다.

"무서워요. 제발 그런 말 그만둬요."

"그러니 말야. 아무리 임금의 총애를 받고 권력있는 전식이라고 해도 그런 망령이 붙어있는 한 무슨 사는 재미가 있겠나. 그 때문에 여태까지 장가도 못드는 판이니."

"정말 가엾구만요. 처음부터 자기가 여승을 유인한 것도 아니고 그 여승에게 유인당한 일이니 그에게 죄가 있는 것도 아닌데."

"그렇지. 생각해 봐. 억울한 건 전식이 그 사람이지."

그를 몹시 동정하는 얼굴이다.

연옥이는 그 얼굴을 바라보다 문득 가슴에 오는 것이 있는 대로

"아, 알겠어요. 오늘 그 집에서 당신을 불러간 것도 그 망령을 쫓아 달래기 위해서였군요."

9

"맞았어, 바로 그 여승의 망령을 쫓아달라는 거지."

월곡복사는 연옥이 말에 감탄이나 하듯이 말했다.

"그래서 어떻게 했어요? 그 망령을 쫓아줬어요?"

연옥이는 눈을 반짝거리며 물었다.

"십년 묵은 망령이 그렇게 간단히 떨어질 수가 있겠어?"

"그럼?"

"그렇다구 월곡복사가 못하겠다구 할 수 없는 노릇이라, 하여튼

망령을 몰아내는 방자를 써보자구 했지."

"방자를 쓰면 되긴 되는 일인가요?"

그러고보니 남의 일이 아니므로 연옥이도 적이 걱정되는 얼굴이 되었다.

"그야 되는 일이지. 방자를 써서 떨어지지 않는 망령은 없으니까. 그래도 이 일은 결코 쉬운 일은 아니야."

"쉬운 일이 아니라면 어떻게 쉬운 일이 아니란 거예요?"

"상대가 저질스러운 망령인 만큼."

"그렇다고 설마 세상에 없는 봉황새를 잡아다 굿을 해야 한다는 건 아니겠지요?"

"그건 아니지만 실상 이건……."

하고 갑자기 심각한 얼굴이 되어

"이건 나 혼자서는 절대로 할 수 없는 일이지만 연옥이가 도와주면 아주 쉽게 될 수가 있어."

"네?"

연옥이는 무슨 말인지 알 수 없는 대로 눈이 똥그래졌다.

"연옥인 물론 나를 위해서 도와주겠지. 내 출세를 위해서 말야."

"그야 당신의 출세를 위한 일이라면 무슨 일이고 돕지 않을 리야 있겠소만 도대체 무슨 일이에요?"

"사실 난 아까 전식이한테 불려가서 그 말을 듣고 속으로 얼마나 기뻐한지 몰라. 옳지 됐다, 출세할 기회가 왔구나 하고."

월곡복사는 여전히 요령부득의 말을 하며 흥분한 얼굴이 되었다.

"어떻게 출세를 할 수 있다는 거예요?"

"모를 것 없잖아. 전식이로부터 망령을 쫓아주면 승정원(承政院) 주서(注書) 벼슬 하나는 문제없을 것 아냐. 그걸로써 나도 궁 안에 들어갈 수 있는 사람이 되는 거야."

"당신은 그렇게도 벼슬 얻는 것이 기뻐요?"

연옥이는 의외라는 듯이 월곡복사를 쳐다봤다.

"기쁘지, 중이 궁안에 발을 들여놓을 수가 있게 됐으니. 그건 지금 같은 세상에 생각할 수도 없던 일이야."

"그렇지만 주서 벼슬이라면 그렇게 대단한 것도 못되지 않아요."

"모르는 소리야. 그 벼슬이면 내겐 영의정이나 다름이 없어."

연옥이는 여전히 이해할 수가 없는 얼굴로

"내가 돕는다면 어떻게 도우면 돼요?"

"그것도 연옥이라면 힘든 노릇이 아냐. 밤 해시(亥時)가 되어 칠보단장으로 곱게 차리고 전식이의 집으르 가서 그가 자는 방의 촛불을 끄고 오면 되는 거야. 그걸 내일밤부터 쭉 계속해서 이렛동안."

"나 혼자 가야 하는가요?"

"혼자가 아니지. 그 집에서 보내는 가마를 타구 갔다가 그 가마를 타고 오는 일이니까."

"그러면 힘든 것도 없구만요."

그러면서도 연옥이는 어쩐지 기분이 좋지가 않았다.

10

연옥이가 월곡복사에게 전식이와 여승에 대한 이야기를 듣고 있던 그 때 원동(苑洞)에 있는 전식이의 사제(私第)에서는 전식이와 이건재가 밀담을 하고 있었다.

이건재는 좀전에 월곡복사를 만나 무슨 약속을 하고 그 길로 이곳을 찾아온 모양이다.

"알고 보니 그 월곡복사란 이름으로 점바치가 된 남섭이는 그 동안 낭관님을 만날 기회를 찾고 있던 모양이오. 그러니 자연 이야기가 쉽게 진전할 수밖에 없었지요."

"그래서?"

"그런데 그의 사촌 동생인 탄실이, 참 그 아가씨의 이름을 지금은 연옥이라고 고쳤다는데. 그 아가씨가 말요, 임금의 후궁이 되란다고 고분고분히 말을 들을 리가 없다는 거죠. 그건 그럴 것이 아닙니까? 그의 부친이 무오사화로 돌아간만큼……"

"양반의 씨란 것인가."

"그렇지요. 양반의 자식들은 얼어죽는 판에도 곁불을 쬐지 않는 곳곳한 데가 있으니까요. 더욱이나 남보다 뛰어나는 인물이니 그만한 자존심이 없을 리가 있겠어요."

"그래서 어떻게 하기로 했소?"

"스스로 후궁이 될 마음이 일어나도록 아가씨의 마음을 돌리기로 했습니다."

"마음을 돌린다니 어떻게?"

여기서 건재는 월곡복사와 둘이서 꾸민 여승 망령에 대한 이야기를 들려줬다. 전식이는 어이가 없는대로 웃으며

"아직 입장도 하지 않은 총각에게 십년 묵은 망령이 붙어 다닌다니, 장난치고는 너무하우."

"그러나 새 색시나 다름없이 곱게 차린 아가씨가 망령을 쫓아주러 낭관님이 자는 침방을 찾을 일을 생각하면 과히 해로운 장난이라고 할 수 없겠지요."

하고 히죽 웃자

"그래 이교리는 그 아가씰 보기나 하고 말하우?"

"아직 상면한 일은 없지만 월곡복사를 대문에서 바래주는 것을 한번 본 일이 있습지요."

"어때요? 소문대로 과연 절색인 것이 틀림없어요?"

전식이는 무엇보다도 그것이 궁금한 모양이다.

"하여튼 그런 인물은 나로선 난생 처음이오."

"이교리는 여자를 보는 눈이 높은 편이니까 안심이 되우."

"그러나 걱정되는 일이 또 있소."

"무슨 걱정?"

"낭관님이 임금님을 저버리고 마음이 변해질 것만 같은 것이!"

"하하하, 그 아가씨 때문에?"

"아닌 밤에 침방을 찾는 선녀 같은 아가씨의 유혹을 견디낼 수가 있을는지. 그것이 하룻밤이 아니라 이렛 동안이나 쭉 계속되는 일인데."

"그렇게도 샘이 나면 아가씨가 떼어주는 망령이 이교리에 가서 붙도록 당부하지."

"망령은 싫소."

"하긴 이 교리에겐 다방골에서 기다리는 기녀들이 많으니."

"사실 요즘은 월곡복사의 뒤를 따라 다니느라고 그곳에도 들를 짬이 없소."

이때 찬모가 주안을 갖춘 저녁상을 들고 들어왔다.

11

전식이는 먼저 건재에게 술을 부어주며

"다방골의 기생아씨들도 찾을 틈이 없었다니 나를 얼마나 원망했겠소. 덕분에 나도 상감 뵙기에 옹색치 않게 된 것 같소."

건재는 그만 굳어진 얼굴이 되며

"그렇게 말하면 송구스러울 뿐이오. 그런데 오늘 거리에서 또 하나 재미난 이야기를 들었소."

"무슨 이야길?"

"임사홍 아들 임숭재도 탄실이를 찾는 모양이니."

전식이는 그런 일은 이미 알고 있었다는 듯이

"그야 그 사람들뿐이겠어. 탄실이를 찾는 것은 금송아지를 얻는 것보다 더 횡재하는 일이니."

"그런데 웃지 못할 일은 일오란 그 선비가 자주 다니는 목로술집의 일지란 술청장을 그들은 탄실이로 생각하는 모양이오."

"그렇게 생각한다면 그래두 무슨 근거가 있기에 그럴 것이 아니오?"

"그럴 만한 일이 없는 것도 아니지요. 사실 나도 처음엔 그렇게 생각하고 일오를 다방골 기생집으로 끌고가 기생을 시켜 내탐을 시킨 일도 있소."

"무슨 일이 있기에?"

"일오와 탄실이는 어렸을 때 이웃에서 살면서 좋아하는 사이였답니다. 그러니만큼 일오가 좋아 다니는 술청 아가씨가 탄실이라고 생각할 만도 한 일이 아닙니까?"

"그러면 탄실이란 아가씬 둘이 있는 셈이구만."

하고 웃자

"그러기에 세상은 재미있고 우습다는 거지요. 어젯밤은 일지란 아가씰 업어갈 생각이라도 했던지 그 목로술집에 쌈패를 보내어 목을 지킨 모양이더군요."

전식이는 쌈패를 보냈다는 말에 흥미를 느낀 모양으로

"그래서 어떻게 됐다는 거요?"

"쌈패 대여섯 명 갖고서야 일오의 검술을 당할 수가 있겠소. 철퇴를 휘두르며 달려들던 놈들이 혼비백산이 되어 달아났다나요."

"임숭재 집에선 개성 쌈패들을 데리고 왔다는 이야긴데 그렇게도 용처를 못 쓰다니."

"개성 쌈패가 아니라, 무교동 망나니들을 불러온대도 일오 그 사람을 당해내지는 못할 것입니다."

그리고는 문득 생각한 듯이

"일전에 임금님을 저격한 것도 그 사람일지도 모릅니다."

"글쎄, 그 사람 같기도 하고 아닌 것 같기도 하오. 이교린 등떠 본 일이 없소?"

"한번 등떠 본 일이 있습니다만 나를 경계하는 모양이니 알 수가 있어야지요. 그래서 기생집으로 데리고가 그의 속을 알아보려고도 했습니다만 기생에게도 별반 끌리지 않는 워낙 굳은 사람이니 어떡해요."

"하하하, 세상 사람들이 누구나 여자라면 사죽을 못펴는 줄 아시우."

"낭관님두 조롱대지만 마시구 조심하시우."

"뭘?"

"없는 망령을 쫓아 주러온 아가씨에게 미쳐버리지나 말라는 거지요."

"미치면 내 목이 달아날 일이오. 이교린 걱정할 것 없소."

전식이는 웃으면서 한번도 본 일이 없는 아가씨를 상상해 보는 모양이었다.

12

옷이 날개란 말이 있다. 그 말대로 칠보단장으로 곱게 차린 연옥이가 한결 더 아름답게 보였을 것은 사실이었다. 그러나 자리에 누워 있던 전식이가 연옥이를 보는 그 순간, "앗" 하고 눈에 불이라도 닿은 듯이 벌떡 일어나 앉은 것은 그녀의 옷 때문만도 아니었다.

깊은 인연이 맺어질 남녀간이라면 만나는 순간부터 무엇이라 말할 수 없는 이상한 운명 비슷한 것이 따르는 모양이다. 전식이는 연옥이를 보고나선 자기가 무의식 속에서 찾고 있던 환상의 여자가 눈앞에 나타났다고 생각했다.

(정말 이것이 내가 찾던 여자야)

그렇게 생각하고 나니 가슴이 마구 뛰어 얼굴이 확 달아오르며 그녀를 정시할 수조차 없었다.

연옥이는 조용히 촛대 옆으로 가서 앉았다. 불빛을 받아 윤이 나는 검은 머리, 그 밑으로 그림자가 쳐 있는 이마, 불안스러운 애수가 잠긴 눈시울, 긴 살눈썹에 싸인 검은 눈은 요염스럽게 사람의 가슴을 파고 드는 것만 같다. 그러면서도 명문집의 피를 받은 딸은 다르다는 것을 말해주듯이 가라앉은 교양에서 풍기는 기품도 엿보이었다.

전식이는 자기의 청렴을 과시하기 위해서 집에서 부리는 하인까지 모두 사나이를 써 왔다. 그러나 지금까지 남몰래 농락한 계집을 세자면 열 손가락으론 도저히 셀 수가 없었다. 그러한 운평(運平)이니 홍청(興淸)이니 하는 기녀와 내실의 시녀같은 것들과는 비교도 되지 않았다. 아니 임금이 천이 넘는 궁녀 중에서 유독 마음에 들어 사랑하고 있는 장녹수도 그녀의 매력은 도저히 따를 수가 없었다.

전식이가 그렇게 생각되는 것은 장녹수는 이미 씹어먹은 열매이기 때문일까. 그렇지도 않으면 녹수와 연옥이와 십년이나 벌어지는 연령의 차이에서 오는 것인가. 녹수는 이미 필대로 핀 꽃이다. 그 꽃엔 음방(淫放)한 매력이 있을는지는 몰라도 이제 겨우 꽃봉오리를 면한 연옥이의 청신한 매력에 비할 바는 못된다.

전식이는 뜨거운 침을 삼켰다. 뒤이어 숨을 몰아 내쉬었다.

(이 여잘 그대로 임금에게 내 줘야 하는가)

전식이는 어제 이건재에게 하던 말이 생각났다.

"내가 미치면 내 목이 달아날 일이니 이교리가 걱정할 일이 아니오."

하고 말한 그 말이. 그러자 그의 눈앞에는 나무칼을 쓰고 있는 자기 모양이 떠올랐다. 아니 벌써 자기 목이 땅 위에 떨어져 구르고 있는 것이 보이었다.

그는 급기야 그 무서운 환각을 지우기나 하듯 머리를 힘껏 흔들었다.

눈앞의 연옥이는 여전히 말없이 고개를 숙이고 있었다. 입술을 잘근잘근 깨물고 있는 것은 무엇인가 불안스러운 마음을 참고 있기 때문인가.

전식이는 잘근잘근 깨무는 그 입술을 자기가 대신 깨물어주고 싶은 욕정을 참으며

"어서 불을 끄시오."

그 말에 연옥이는 깜짝 놀라 토끼 같은 눈이 되었다.

"아가씬 내 침방에 불을 꺼 주러 온 것이 아니오?"

연옥이는 다시 놀란 눈을 굴렸다. 그 순간 두 사람의 눈이 마주치며 불이 칵 꺼졌다.

어둠으로 꽉 차진 방안—.

13

처녀의 몸으로 욕을 당한 그 때의 분하고도 원통하던 마음—더욱이 그것이 누군지도 모르기 때문에 억울하고도 아득하던 마음—그러나 그것은 아닌 밤중에 일어난 뜻하지 않았던 일이니 연옥이 자신의 잘못이라고는 할 수 없었다.

그러면 어젯밤의 일은 어떻게 됐던가. 연옥이를 태운 가마는 그녀의 집을 향해 자꾸만 가고 있었다. 그 속에서 연옥이는 어젯밤의 일을 생각해 봤다. 환상에 묻힌 꿈만 같다.

연옥이는 물론 전식이의 집에서 자고 올 생각은 아니었다. 그의 침방의 불을 꺼 주고는 곧 돌아올 생각이었다. 그러나 일어나 앉은 전식이를 보고는 불 끌 생각은 잊어버리고 몸이 굳어지고 말았다. 그러면서도 속으로는

(빨리 불을 끄고 나가야 할 텐데 내가 왜 이러고 있어)

하고 몇번인지 모르게 중얼거렸다.

그러나 어쩐 일인지 몸을 일으킬 수가 없었다. 그 반대로 숨결이 높아지며 귓전에 여승 망령이 속삭이는 말이 들리는 것만 같았다.

(네가 이런 사나이를 본 일이 있어. 이렇게도 수려한 사나일 말야. 이제는 너도 내가 망령이 돼갖고서 십년 동안이나 붙어다니는 심정을 알 수 있겠지)

그 소리는 다시 계속됐다.

(숨길 것 없이 사실대로 말해 봐요. 너두 이 사나이가 안아줬으면 하는 마음이란 걸. 그건 벌써 네 얼굴에 다 나타나 있는 거야. 빨개진 얼굴과 타는 눈이 그대로 말해 주는 걸)

연옥이는 겁에 질려 몸을 떨어댔다. 전식이가 뭐라고 말을 한 것 같지만 무슨 말인지 알 수가 없었다.

"네?"

연옥이는 고개를 들었다. 전식이는 다시 뭐라고 말했다. 역시 무슨 소린지 알 수 없는 채 타는 듯한 눈길만을 느꼈다. 그 눈길을 피하기나 하듯이 분주히 외면하며 훅 하고 불을 껐다.

어둠이 가득 찼던 일순. 그러나 어둠은 옆방에서 스며드는 불빛으로 점점 지워졌다.

어렴풋이 물건의 윤곽이 드러난 속에서 연옥이의 하얀 얼굴을 지켜보고 있는 전식이의 모습도 드러났다. 연옥이도 마찬가지로 전식이를 보고 있었다. 둘이서는 굳어진 돌 같았다. 그러면서도 두 사람

의 숨소리는 더욱 높아졌다.

전식이는 심장이 터질 듯한 그 숨소리가 견딜 수 없는 듯이

"이리 와요."

목 쉰 소리로 팔을 벌렸다. 연옥이는 자기로서도 어쩔 수 없는 듯이 그 팔속에 끌려들었다.

전식이는 한팔로 이불을 뒤채자 연옥이를 안은 채 자리 위에 넘어졌다.

전식이의 억센 팔에 안긴 연옥이는 자기 몸이 으스러지는 것만 같았다.

그러면서도 더욱 세차게 안아주기를 바라는 마음이면서 전식이의 가슴에 머리를 묻고 파고들었다.

옷을 뚫고 뜨거운 피가 두 사람의 마음을 남김없이 합해주는 것만 같았다.

연옥이는 점점 더욱 높아지는 맥박 소리를 들어가며 이 감동을 억제해야 한다는 생각도 없지 않아 있었다.

(이렇게 안은 채 하룻밤을 무사히 보낼 수가 있다면……)

이성(理性)은 그것을 바라고 있었다. 그러나 욕정은—.

14

좌우 앞뒤에서 짚신을 신은 가마꾼들의 발자국 소리가 사분사분 들려왔다. 그 소리가 들리는 한, 가마는 자꾸만 가고 있는 것이 분명했다.

(지금 어디쯤이나 왔을까)

하고 연옥이는 생각해 봤다. 그러나 그런 생각보다도 먼저 눈 앞에 떠오르는 것은 월곡복사의 얼굴이다. 어젯밤은 자기를 기다리다 못해 분명 뜬 눈으로 새웠으리라고 생각되는 무서운 월곡복사의 얼

굴이.

연옥이는 며칠 전에 죽은 이장곤(李長坤) 교리의 아내의 일이 문득 머리에 떠올랐다.

그녀는 궐내로 끌려들어가 연산에게 능욕을 당하고 분함을 참지 못해 통곡하면서 돌아왔다. 집에서 기다리고 있던 남편은

"이 더러운 년아, 그런 더러운 몸이 되어 갖고서 살아서 돌아오느냐."

하고 은장도로 아내의 옆구리를 찔러 죽였다. 연옥이는 그 정경이 그대로 눈앞에 달려들며 이제 조금 후에는 그와 꼭 같은 일이 자기에게도 벌어질 것만 같았다.

어느덧 집에 이른 모양이다. 걸지 않은 대문을 열고 뜰안으로 들어섰다.

가마에서 내린 연옥이의 얼굴은 그만 새하얗게 질려졌는가 하자 곧 연한 회색빛으로 변했다. 양심의 가책에서 오는 고통의 그림자가 이마에도 입술에도 눈에도 나타났다. 그 얼굴을 그대로 보일 수가 없는 듯이 연옥이는 얼굴을 숙인 채 입술만을 떨고 있었다.

그러나 연옥이를 맞이하는 월곡복사의 태도는 그녀의 생각과는 너무나도 딴판이었다. 첫마디부터가

"자구 온 것을 보니 대단한 환대를 받은 모양이야."

하고 기쁨을 감추지 못하는 얼굴이다.

"네?"

연옥이는 너무나도 뜻밖이므로 놀란 눈으로 남편을 쳐다봤다.

"놀랄 것 조금도 없어. 운이 돌아온 거나 다름이 없는 일야."

연옥이는 월곡복사가 지금보다도 더 무섭게 보였다. 가슴이 더욱 뛰며 울고 싶은 마음이기도 했다. 그러나 월곡복사는 그녀의 마음은 아랑곳없이

"연옥인 무슨 일이라도 나의 출세를 위해서는 몸을 돌보지 않고 하겠다고 했지. 그걸 벌써 잊지는 않았겠지."

"그렇지만……."

"그 마음만으로 충분한 거야. 딴 말을 들을 필요는 없어."

하고 연옥이의 입을 막고 나서

"예를 들면 내 목숨이 위험하게 됐을 경우 연옥이는 정조를 버려서 나를 구할 수만 있다면 버려도 좋다고 생각할 것 아냐."

"그야 그럴는지도 모르지만."

"그렇다면 더러운 화적패거리한테 몸을 맡길 경우가 있을지도 모르는데 전식이 같이 훌륭한 사나이 하구라면 무엇이……."

"그걸 진정으로 말하는 거요?"

연옥이는 입술을 바르르 떨어대며 말했다.

"출세에 빠른 길은 그밖에 없어. 남편을 위해서 정조를 버리는 일은 셀 수 없이 많은 일이야. 그것이 남편의 눈을 속이고 하는 짓이라면 세상 사람들도 좋게 이야길 하지 않겠지만 그걸로써 남편이 출세한 것을 알게 된다면 사나인 여편넬 팔았다고 욕을 먹을지 몰라도 연옥인 정숙한 여자라고 칭찬을 받는 일이야."

15

월곡복사는 지댓돌 밑에 무릎을 꿇고 있다가 미닫이가 열리는 소리와 동시에 머리를 숙였다.

"월곡복사라지요."

하고 전식이는 문턱에 팔굽을 괴며 물었다.

"네, 항간에서 점이나 처먹는 보잘 것 없는 놈이옵니다."

"역학(易學)에 고명하시다는 이야긴 나도 이건재 교리에게 들어 알고 있소. 그렇게 송구스럽게 굴 필요없이 이리로 올라 오시오."

월곡복사는 머리를 숙인 채

"저같이 비천한 녀석이 어찌 감히……."

"그건 나를 조롱대는 말이오. 그런 말은 마시고 어서 올라 오우."

"그러면 처분에 못이겨."

월곡복사는 허리를 굽힌 황송한 자세로 방에 들어와 앉았다.

"그래서 내게 하고 싶은 말이 뭐가 있어 찾아온 거요?"

"지극히 말씀 드리기 황송하오나 그렇다고 잠자코 있을 수도 없는 일이옵기에 낭관님의 처분을 듣고자 찾아 왔소이다."

월곡복사는 여까지 말하고 다시 머리를 숙이고

"오늘 아침 집에 돌아온 제 여동생이 가마를 내리며 우는 것이 아니옵니까. 저는 그것을 보고 어찌된 일인가고 깜짝 놀랐습니다. 차차 듣고 보니 낭관님의 사랑을 받고 왔다는 것이 아니옵니까. 그 말에 저는 또 다시 놀랐습니다. 세상엔 비천이 있는 대로 그런 일에도 신분이 따르는 것이 아닙니까. 제 여동생은 아직 철부지라 그러한 분별도 못 차리고 낭관님의 사랑을 받았으니 그 죄를 용서해 줍시사고—."

전식이는 약간 붉어진 얼굴로

"그 때문에 온 거요?"

"네, 이 일이 세상에 알려지면 큰일이라고 낭관님이 걱정하실 것 같기에 저희들은 절대로 입밖에 내지 않겠으니 용서해 줍시사고……."

전식이는 월곡복사 즉 남섭이라는 이 사나이도 알고 보니 한갓 점바치에 지나지 않는다고 경멸하는 마음으로

"용서라니, 실상 용서받을 사람은 내가 아니오?"

"천만의 말씀."

월곡복사는 머리를 저어

"처녀가 침방에 불을 끄러 들어갔다면 누구나가 잘못을 저지르게 마련이오. 결코 낭관님의 잘못이 아닙니다. 그러나 세상에서 그렇게 말하지 않기 때문에 처세에 방해가 되는 것이 아닙니까. 결코 저는 낭관님을 나무라거나 화를 내서 이런 말을 하는 것이 아닙니다. 여동생 하나 사람답지 못하게 기른 것이 부끄러울 뿐으로 그 애를 죽이고 나도 죽을 생각까지 한 것입니다."

"무슨 말을 그렇게 하우."

"네, 그저 제 부족한 것을 참회하고 있는 것뿐입니다."

"남녀가 같이 저지른 일을 왜 연옥에게만 죄가 있다는 거요?"

"……."

월곡복사는 전식이의 날카로운 말에 말문이 막힌 듯이 쳐다만 보고 있었다.

"하여튼 월곡복사 덕분에 내게 붙었던 십년 묵은 망령은 떨어졌으니 복채는 후히 드리지요. 그리고 소원이 무엇인지도 속시원히 이야기하시오."

"네, 헤헤."

월곡복사는 자기로서도 비굴스럽다고 생각되는 웃음을 헤쳐 놓았다.

16

전식이의 집에서 돌아온 월곡복사는 대청마루로 올라서기가 바쁘게

"연옥이 기뻐해요. 모두가 내 생각대로 되었어."

하고 소리쳤다. 그러나 연옥이는 미친 사람처럼 멍청하니 앉아 있을 뿐으로 아무 대답이 없었다.

"왜 그런 얼굴을 하고 있어. 이렇게도 기쁜 소식을 갖고 왔는데."

"……."

대답 대신 연옥이 눈에서는 눈물방울이 떨어졌다.

"뭐가 슬프다구?"

"……."

"임사홍 어른이 자기의 출세를 위해서 셋째 아들 임희재를 죽인 일을 알면서도 그런 얼굴인가. 어째서 남편에 대한 지조만이 중요하고 남편의 출세엔 비열한 일이라고 생각하나 말야. 세상 사는 데는 출세밖에 더 없는 거야. 모든 죄악도 출세한 사람에겐 지워지고 어떠한 욕도 통하지 않는 거야. 우리가 황주에서 손을 잡고 서울로 온 것도, 여태까지 내가 점바치 노릇을 한 것도 모두가 출세를 위한 일이었는데, 그것이 이루어지게 된 지금에 연옥이가 눈물을 흘리다니……."

그리고는 옆차개에서 조그마한 꽃주머니를 꺼내 연옥이 앞에 놓아 주며

"전식이는 호남으로 생겼을 뿐만 아니라 마음도 후하더라. 복채라면서 주는데 그 속에 든 것이 모두 패물인 모양이야."

"……."

"어서 눈물을 닦고 주머니를 끌러 봐요. 연옥이가 기뻐할 산호 호박 비취같은 것이 막 쏟아질 테니. 그런 패물과 함께 남편이 출세를 하게 됐는데 뭐가 슬프다는 거야. 전식이 그 사람이 소원이 있으면 들어줄 테니 뭐냐고 묻지 않아. 무슨 일도 좋으니 궁 안에서 일하고 싶다고 했지. 이 말에 전식이는 욕심도 없는 사람이라고 웃으며 내일부터 장악원에 나가서 일을 해 보라는 거야. 나는 이러한 발받이를 만들기 위해서 얼마나 애를 썼는지 몰라. 네가 정조를 버린 덕으로 그것을 얻게 된 거야. 이제부터는 청담이란 법명(法名)도 월곡이란 점바치의 이름도 필요 없고 남섭이란 옛날 이름을 그대로 떳떳이 부

를 수가 있게 됐어. 그래도 너는 기쁘지 않단 말인가."

"……."

"왜 대답이 없어. 내가 이렇게도 기뻐하는데."

"……."

"그렇게 마음이 약해 가지곤 이런 난세에선 아무것도 할 수 없어. 남을 속이지 못하면 자기가 속는 것뿐이고, 남을 죽이지 못하면 자기가 죽게 되는 것뿐이고, 아무리 악한 짓을 한대도 그것으로 이겨 나간다면 결국에 가선 거기에 모두 감격해 버리고 마는 거야. 자기의 몸을 더럽힌 것쯤 뭐가 어쨌다구."

"그럼 당신은 내가 창녀가 돼도 좋다는 건가요?"

싸늘한 눈으로 쳐다봤다.

"왜 연옥이가 창녀가 돼. 그런 약한 생각은 말어. 이제부터 남섭이의 기량을 보일 때가 온 거야. 전식인 이번 내 술책에 완전히 넘어간 거지. 그는 이미 나한테 코를 끼운거나 다름이 없게 됐으니 말야. 다음엔 연산…… 혹시 전식이는 연옥일 임금의 후궁으로 삼게 할는지도 모르지. 하여튼 연옥이도 할 일은 많게 됐어."

그러나 연옥이는 그런 말을 들을수록 남편이 더욱 무서워지는 모양이었다.

제물

1

장악원(掌樂院)은 주로 궁 안에서 열리는 연회에서 춤과 노래를 맡아보는 관청이다. 이 관청에는 광희(廣熙)라고 부르는 광대와 흥청(興淸) 또는 운평(運平)이라고 부르는 기녀들이 천여 명이나 속해 있었다.

그러니만큼 어느 관청보다도 크기도 했거니와 또한 임금은 매일 술과 계집을 즐기는 잔치를 베풀었으므로 어느 관청보다도 활기가 있었다.

남섭이는 이곳의 직장(直長) 벼슬을 얻은 것을 무엇보다도 만족했다. 직장이라면 당하관(堂下官) 벼슬로 장악원정(掌樂院正)의 심부름 꾼이나 다름없는 보잘 것 없는 벼슬이었다.

그 벼슬을 얻기 위해서 그는 천하일색의 아내인 연옥이를 판 것이다.

물론 궁 안에서는 이런 일을 아는 사람이 없었다. 그것이 알려지는 날이면 전식이의 모가지가 떨어지게 될 터이니 좀처럼 알려질 리는 없었다. 그러나 그가 중 노릇을 하다 점바치 노릇을 했다는 것은 며칠 새로 퍼졌다. 그것은 그가 점바치로 그만큼 유명했던 때문이라고도 할 수 있었다. 그러나 같은 장악원의 벼슬아치들은 그를 가까이 하려고 하지 않았다. 그럴 뿐만 아니라 멸시했다. 그때의 풍습으로서도 중이나 점바치는 존대 받는 지위가 못 되었기 때문이다.

그의 상전들은 그를 붙잡고서

"이 사람, 자넨 관상을 잘 본다지. 어디 내 얼굴을 보고 앞으로 첩을 몇이나 더 보게 될는지 맞혀 보게."

하고 조롱댔다.

그러나 그는 그런 일을 아랑곳하지 않았다. 아니 오히려 그의 결심을 더욱 굳게 했을 뿐이었다.

(두고 봐라. 너희놈들의 입에서 내가 그런 인물이 될 줄은 꿈에도 생각지 못했다구 할 때가 있을 테니. 석가두 공자두 날 땐 반드시 진통이 있다는 말을 너희놈들두 깨닫구 내 앞에서 머릴 숙일 때가 있을 거다. 그래서 지금의 고생은 고생이 클수록 후에 가선 그만큼 즐거움도 더 커지는 거야)

어느 날, 남섭이는 장악원에서 돌아오던 길에 이건재를 만났다.

"그래, 궁 안의 재미가 어떻소?"

하고 물었다.

"모두가 이교리 덕분이오."

남섭이는 공치사만도 아니었다.

"그런데 어째서 장악원에서 일할 생각을 했소. 역학이 능한 존형은 관상감(觀象監)에서 일하는 것이 출세가 빨랐을 텐데."

남섭이가 장악원에서 일한다는 것을 전식이에게서 들은 모양이다.

"궁안의 일이라면 뜨락도 쓸 생각이었던 놈이 좋고 나쁜 곳을 가리겠소. 낭관님이 장악원은 어떠냐고 묻기에 좋다고 했지요."

건재는 남섭이가 춤과 노래와는 인연이 먼 중이었던 만큼 일을 보기가 힘들리라 생각하고

"그래서 못할 일은 없습디까?"

"내가 나가서 춤추고 노래 부르는 일이 아니고 보니 못할 일이야 있겠소만 한 가지 견딜 수 없는 것은 상전이라는 사람들이 나랏돈

을 물쓰듯 낭비하는 일이오."

"무능하고 바보같은 자들도 끈이 달린 양반이라면 아무도 말하지 못하니."

"낭관님은 그런 자들을 왜 누르지 못합니까?"

"그것도 잘못 손질하다가는 자기 손이 상하지요. 그보다도 요즘 연옥이 생각은 나지 않습니까?"

화제를 딴 곳으로 돌리며 히죽 웃었다.

2

(여자란 닦으면 닦을수록 이렇게도 아름다와지는가?)

전식이는 연옥이를 만날 때마다 혼자서 감탄하곤 했다.

그는 늙은 나인네 집에 연옥이를 맡기고 춤과 노래를 비롯하여 작법 자수 서예 같은 것을 배우게 했다. 그가 무슨 생각으로 그녀에게 그러한 교양을 갖게 하는지는 알 수 없었지만 옥은 무엇에 쓰건 갈아둬야 한다는 생각인 것만은 틀림이 없었다.

그의 청을 받은 늙은 나인의 정성으로 연옥이는 나날이 달라졌다.

천성으로 타고난 자태는 말할 것도 없고 춤과 노래도 기녀들이 따를 수 없게 되었으며 기품있는 몸가짐도 갖게 되었다.

누가 봐도 이것이 황주 객점의 과부 딸이라고는 생각지 못하게 달라진 것이다.

환경이 달라지고 교양이 높아지게 되면 생각이 달라지는 것도 어쩔 수 없는 일이다.

연옥이는 지금도 가끔 남섭이의 생각을 하지 않는 것은 아니었다. 그렇다고 보고 싶거나 그리운 때문은 아니었다. 그 반대로 그를 생각하면 등골이 오싹해질 뿐이었다. 더군다나 남편의 출세를 위해서 정조를 파는 것이 뭐 그렇게 대단한 일이냐고 하던 그의 말을 생각하면—.

연옥이의 이러한 마음이 그 반대로 전식이를 사모하는 마음으로 자꾸만 변해가는 것도 어쩔 수 없는 일이었다.

전식이는 연옥이를 사 오일에 한번씩 찾았다. 물론 뭇사람들의 눈을 꺼려서다. 이런 일이 임금 귀에 들어가면 목이 달아날 판이니 조심하지 않을 수가 없었다.

연옥이는 열여덟으로 이미 사나이도 알대로 알고 난 몸이지만 아직 아이를 낳기 전이니 처녀의 몸이나 다름이 없었다.

진주색에 연분홍 빛을 띤 부드러운 살결은 보기에도 탄력이 있어 보이었다. 유방은 보름달처럼 균형이 잡혀 부푼 것이 소담스럽기가 그지없다. 그러나 옷을 입은 자태로서는 이러한 알몸의 아름다움은 알 수가 없다.

전식이는 전부터 연옥이의 나체를 보고 싶었으나 연옥이는 그런 틈을 한번도 주지를 않았다. 한 이불에 들면서도 반드시 불을 끄고 나서 옷을 벗었기 때문이다.

연옥이는 그걸로써 자기가 귀한 집의 처녀였다는 것을 강조하기 위해서인지도 몰랐다. 전식이도 그 때문인 모양이라고 생각했는지 억지로 몸을 벗기려고는 하지 않았다.

그러나 그러한 욕망은 날이 가면 갈수록 더 커지는 법이다.

연옥이가 걷는 것을 뒤에서 보면 사슴이 걷는 것처럼 경쾌하기가 짝이 없다.

그녀는 키가 날씬한 만큼 다리가 상반신보다 더 길 것이라는 것은 짐작이 가는 일이다. 그 길고 하얀 양 다리가 움직일 때, 가는 허리 밑으로 흐르는 아름답고 어지러운 곡선미 그것이 치마에 가리어 보이지 않는 것을 생각하면 누구나가 치마를 잡아 쫙 찢고 싶은 충동이 없으랴.

그 때문에 전식이도 위험을 무릅쓰고 연옥이를 찾는다고 할 수 있는 일이 아닌가.

3

"연옥이! 오늘은 무엇을 하면서 놀아 볼까?"

연옥이는 전식이의 술을 부어주며

"남처럼 춤이라도 뛰어난다면 낭관님을 즐겁게 해 드릴 수 있으련만, 그러기엔 아직도 춤을 자랑할 것이 못 되오니."

하고 겸손을 피우자

"나한테까지 자기 재주를 감출 거 없어."

"감추는 것이 아니라, 저는 정말 그런 재간이 없는 모양이에요."

"그래도 춤이나 노래는 재간이 없다는 사람일수록에 나중에 가선 잘하게 되니 더욱 열심히 계속해요."

이 방면에 대해서 전식이는 역시 대가풍이었다.

"저도 춤을 배우는 일은 즐거워요. 즐겁지만 되지를 않는 것 같으니."

"춤은 기회 있는 대로 한번 보기로 하고, 오늘 밤은 우리 둘이서 같이 즐길 수 있는 포승놀이나 해 보지."

"포승놀이는 어떻게 하는 건데요?"

"별 것이 아니지. 연옥이와 나와 둘 중에 하나는 죄인이 되고 하나는 그 죄인을 잡아묶는 포도(捕盜)가 되어 서로 잡히고 잡고 하는 놀음이야."

연옥이는 이맛살을 지어 당황한 얼굴이 되어

"그런 놀음은 저 같은 계집애가 할 일이 아닌 것 같아요. 궁 안에는 어린 광희들도 많지 않아요. 그런 어린 아이들이나 데리고 놀 놀음이지요."

"그놈들도 포승놀이를 싫다니 말야."

연옥이는 웃으며

"낭관님 명령인데 그들이 어떻게 거역할 수 있어요?"

"그 놈들도 임금 앞에서 제금친다고 포도같은 천한 사람은 되기 싫다니 억지로 하잘 수도 없어."

연옥이는 여전히 웃는 얼굴로 자기도 광희들과 같은 의견이라며

"그러면서 절 보고 포도가 되라는 거예요?"

"포도가 싫다면 죄인이 되면 되잖아."

"죄인도 싫어요."

전식이는 그제야 이상스러운 미소를 지으며

"이 포승놀이는 결코 천한 사람이 하는 놀음이 아니라 임금도 하는 놀음이야."

"그럼 임금도 포도가 되고 죄인이 되는가요?"

"물론이지. 옛날부터 왕실에 전해 내려오는 놀음이니만큼 연옥이도 알아두는 것이 좋겠기에……."

이 말에 연옥이도 단순한 장난이라고 생각하지 않은 모양으로

"그럼 그 놀음에도 무슨 견식이 있는가요?"

"있지. 죄인의 경중에 따라 묶는 법이 각기 다르니까. 팔자매듭, 나비매듭, 코매듭같은 것이 있어서 죄인을 잘 가려 묶어야 하는 거야."

연옥이는 전식이의 설명을 듣자 약간 불안해진 얼굴로

"저도 배우면 쉽게 배울 수 있는 일인가요?"

"그야 알 수 없는 일이지. 바늘을 갖고 실을 꿰는 일도 힘든 사람에겐 힘든 일이니까."

"어떻게 하는 건데요?"

"그럼 내가 먼저 연옥이를 묶기로 하지. 그러나 이건 비밀이니만큼 남이 알면 안되니 덧문을 닫아야지."

전식이는 그럴 듯이 말하면서 덧문을 닫았지만 실상은 무슨 짓을 하려는지 알 수가 없었다.

4

바깥은 아직도 어둡지 않은 저녁이었으나 덧문을 닫으니 밤과 다름이 없었다.

촛대에 불을 켜자 방안은 갑자기 밝아지며 아랫목에 깔아놓은 금침이 긴 베개와 함께 유난스럽게도 눈에 뜨인다. 방 한가운데는 벌건 화로가 담아져 따뜻하기가 이를 데 없다.

전식이는 도포를 벗고 가벼운 몸이 되자 다시 술잔을 들어 연옥이에게 술을 부으라고 하고서

"연옥이도 옷을 벗고 편히 앉아."

그가 말한 뜻은 거치장스러운 옷을 벗고 잠자리에 드는 엷은 옷으로 갈아 입으라는 것이다. 그러나 연옥이는 옷을 벗으라는 뜻으로 안 모양으로

"포승놀이를 하자면 그래야 하는가요?"

얼굴을 붉히며 불안스러운 얼굴이 되었다. 전식이는 그러한 연옥이가 우스운 모양으로

"하하하, 포승놀이엔 반드시 옷을 벗어야 하는 건 아냐. 잡는 사람이나 잡히는 사람이나 홀가분한 옷이 편하니 거치장스러운 치마를 벗으라는 것이지."

"그래요."

연옥이가 하는 수 없이 속치마 바람이 되자 전식이는 그녀에게 술잔을 주며

"연옥이도 한잔 하는 것이 흥이 날 거야."

"그럼 마시지요."

연옥이도 지금은 한두 잔의 술로 얼굴이 발개지지는 않았다. 그러나 오늘 술은 특별한 술인 모양으로 너댓 잔 받아 마시는 동안에 얼굴이 홧홧 달아 올라왔다. 눈도 핑 도는 것 같았다. 전식이의 술잔에 술을 부어 주려고 해도 손이 떨리어 제대로 부어지지를 않았다.

전식이는 그러한 연옥이를 옆으로 바싹 끌어 앉히고 자기의 주머니 끈을 풀어

"이걸로 내 양손을 꼭 묶어 보게나."

그녀 앞에 양손을 모으고 내 놓았다.

"그럼 낭관님이 먼저 죄인이 되는 건가요?"

"그렇지, 내가 먼저 죄인이 되면 다음엔 연옥이가 죄인이 되는 거야."

연옥이는 묶으라는 대로 전식이의 양손을 묶었지만 취했기 때문에 생각대로 묶어지지를 않았다.

전식이는 연옥이가 묶은 것을 늦추어 손을 뽑아냈다.

"이렇게 사정을 보고 묶으면 죄인이 손을 뽑고 달아날 일이 아냐. 내가 포승하는 법을 대주지."

전식이는 자기 앞에 내댄 연옥이의 가는 팔목을 양손으로 잡아 뒤로 돌리고서 좌우 엄지손가락을 끈으로 묶었다.

"어때, 아프지 않아."

"아프진 않아요."

"그럼 손을 풀어 봐."

연옥이는 몸을 흔들면서 묶은 손가락을 뽑으려고 했으나 뽑아지지를 않았다. 전식이는 그러한 연옥이가 재미난 듯이

"하하하, 손을 풀 수가 없는 모양이구만."

"네."

"포승놀이를 아는 사람은 엄지 손가락만 묶어 놔도 손을 꼼짝할

수 없는 거야. 그러나 이것은 포승법의 초보고 더 재미난 것을 배워주지."

전식이는 또 무슨 짓을 하려는지 연옥이를 돌아앉게 했다.

5

전식이는 연옥이의 얼굴을 들어서 머리 얹은 것을 풀어내고서 그곳에다 뒷짐을 지워 매고 남은 끈을 연결해서 매 놓았다.

그 때문에 얼굴을 하늘로 쳐든 채 젖가슴을 내밀고, 뒤로 제쳐진 자세가 되어 앉은 다리를 벌리고 있지 않으면 쓰러지려고만 했다.

"이걸 독수리 머리같다고 해서 취두(鷲頭) 포승법이라고 하지. 포승법으로서는 이것이 제일 간단한 것인데 사나이 경우라면 상투 끝에 매는 법이야."

전식이는 태연스럽게 이런 말만 하고 있었다. 그러나 연옥이는 뒷짐을 진 양손을 머리에다 바싹 매 놓았으므로 고통이 이만저만이 아니다. 게다가 술까지 취했으니 눈앞이 핑핑 돌아 견뎌낼 도리가 없었다. 연옥이는 목소리를 간신히 내어

"낭관님 어서 풀어줘요. 전 이런 놀인 싫어요."

그러나 전식이는 그런 말을 들은 척도 하지 않고

"이번엔 달팽이 포승을 배워 주지. 그러자면 양발 목까지 묶어야지."

하고 남은 끈으로 발목을 묶으려고 했다. 연옥이는 급기야 질겁을 하여 어린애처럼 발버둥을 치며

"싫어요. 달팽이 포승법은 안 배워도 좋으니 제발 발은 묶지 말아요."

"곤전 마마나 후궁들도 하는 놀음인데 싫달 것 없지 않아."

"전 그런 놀음 안하구 그런 귀한 사람도 되지 않을래요."

"처음이 돼서 그렇지 해 버릇하면 이렇게 재미난 놀음이란 없어. 이제 두고 보지. 연옥이두 포승놀이만 자꾸 하자지 않나."

"낭관님은 재미날지 모르나 울고 싶어져요."

"무엇이 울고 싶다는 거야. 우리 둘인 이런 놀이도 못할 사인가?"

"그런 건 아니지만."

"그런데 뭐."

전식이가 달래는 바람에 연옥이는 풀이 죽은 얼굴로 발목도 순순히 묶이었다.

이제는 정말 달팽이 만큼도 몸을 움직일 수 없게 되었다. 조금이라도 움직이면 머리칼이 잡아 뜯었기 때문이다. 연옥이는 울상이 되어

"달팽이 포승도 이제는 알았으니 풀어 줘요. 괴로와 견딜 수가 없어요."

하고 애원하듯이 말했다.

전식이는 그러한 연옥이가 애처롭기나 한 듯이 부러 동정하는 얼굴을 지어

"내가 사랑하는 연옥이가 그렇게도 아프다니 내 마음인들 아프지 않을 수가 있어. 아픔을 잊기 위해서 술을 한 잔 마셔요. 남는 건 내가 마실테니."

술을 부어 주자

"손이 없으니 술잔도 받을 수 없잖아요."

"아 그렇구만, 그럼 내가 먹여 주지."

술잔을 입에 대 줬다. 연옥이는 싫다고 머리를 쩔레쩔레 흔들고 나서

"낭관님 정말 나빠요. 저를 꼭 울리고야 말 생각이니."

"연옥이가 울면 나도 운다지 않아."

"정말 그렇게 성화를 시키지 말아요. 아파 견딜 수 없어요."

"아프면 어디가 아파. 여긴가, 그렇지 않으면 여긴가?"

전식이는 엷은 속옷으로 가린 연옥이의 젖가슴과 배꼽을 꼭꼭 찔러 보기만 하고 묶은 것은 좀처럼 풀어주려고 하지 않는다.

6

열여덟인 연옥이는 이미 숙성할대로 숙성한 여자의 몸이었지만 마음은 아직도 익지 않은 실과처럼 풋내기였다. 웃기려면 웃길 수도 있고 울리려면 울릴 수도 있게 마음대로 움직였다.

그러한 계집일수록 사나이에겐 더욱 매력을 느끼게 하는지도 모른다. 전식이는 여전히 조롱대는 웃음으로

"어디가 아픈지 말해야 쐬액 해 줄 수 있잖아."

"제발 그런 조롱은 그만 하시고 어서 풀어 줘요. 이제는 아파서 더 견딜 수가 없어요."

사실로 고통을 참을 수 없는 얼굴이 되었다. 그러나 전식이는 포승놀음은 이제부터라는 듯

"포승놀이는 묶었던 죄인을 그대로 풀어주는 법은 없지. 그렇다면 정말 싱거운 놀음 아닌가."

"그래두 아파서 견딜 수 없는데 놀음이 무슨 놀음이에요."

"아파두 하는 수가 없지. 놀음에두 죄인은 죄인이니까."

연옥이는 아픔을 빨리 면하기 위해서 그가 하자는 대로 하는 수밖에 없다고 생각하고

"그럼 어떻게 하면 풀어줄 수가 있어요?"

전식이는 의외에도 날카로운 눈이 되며

"연옥이가 나한테 지은 죄를 자백하면 풀어 줄 수 있지."

"죄를 자백하라니, 낭관님한테 지은 죄가 있어야 자백하지요?"

"그래두 생각해 보면 죄가 있을 거야."

"죄라면 낭관님을 기다린 죄밖에 없어요. 낭관님이 오시지 않는 날은 외롭고 쓸쓸한 걸요."

이것은 연옥이의 진정이었다. 그러나 전식이에게는 이 말이 몹시도 비위에 거슬린 모양으로 노기를 띠어

"입에 발린 소리 말어. 네가 아무리 아양을 떨고 나를 속이려고 해도 속일 수는 없어."

"네?"

연옥이가 말똥말똥 놀란 눈을 굴리고 있자 전식이는 그 얼굴에 배앝듯이

"네가 처녀의 몸이었다는 것이 사실이냐 말야."

연옥이는 감췄던 것이 집힌 대로 새하얗게 질린 얼굴이 되었다. 전식이는 그런 연옥이를 보고는 더욱 자신을 얻어

"넌 아이까지 배고 있는 몸이지?"

연옥이는 극도로 겁에 질려 얼굴이 막 거매지며

"어째서 저를 이렇게도 괴롭혀요. 저는 낭관님밖에 의지할 사람이 없다고 생각했는데."

"그래서 아이는 뱄다는 것인가?"

"……."

"안뱄다는 것인가?"

"……."

"말이 없으면 내가 내 눈으로 보지."

전식이는 연옥이의 속적삼 끈을 풀려고 했다.

연옥이는 그만 몸을 비꼬아

"낭관님 제발 그것만은, 정말 제 몸에 손만은 대지 말아 주세요."

그러나 묶인 몸으로서는 아무리 요동을 치고 발악을 쳐 봤댔자 소용이 없었다. 전식이는 튀어 나온 젖을 가리키며

"젖꼭지가 이렇게 시커머니 이젠 속일 수도 없겠지. 누구 아이를
밴 거야?"

"……."

"말해봐."

7

"왜 말이 없어?"

노기를 띤 전식이의 눈에서는 화광이 번쩍이었다.

"아이를 밴 년이 처녀라구 속이고서도 내게 지은 죄가 없다구?"

연옥이는 공포에 바들바들 몸을 떨며

"저는 결코 낭관님을 속이려 속인 것이 아니오니 용서해 주세요."

"그러면 사실을 말하겠다는 것인가?"

"네."

연옥이는 그만 흐느껴 울었다.

"울 건 없어."

전식이는 그녀의 눈물을 보자 애처로운 생각이 난 모양으로 묶었
던 것을 풀어주며 부드러운 말로

"하긴 나도 네가 속이고 싶어서 속인 것이 아니란 건 알구 있다.
뒤에는 그럴 수밖에 없는 어떤 사람이 있었기 때문이겠으니 눈물을
닦고 어서 이야기해 봐."

연옥이는 울음을 멈추려고 하면서도 좀처럼 멈추지 못하며

"부끄러워 말씀드릴 수 없어요."

"부끄러운 일이라고 해도 이미 된 일은 된 일이야. 주저할 것 없이
이야기하는 것이 네게도 좋을 게다."

연옥이는 이러한 괴로움을 당하게 된 것이 모두가 남섭이 때문이
라고 생각하니 그에 대한 증오심이 폭발되는 대로 모든 것을 전식이

에게 고할 생각을 하고

"제가 아이를 밴 것은 전혀 생각지 못했던 봉변을 당했기 때문이옵니다."

"그건 또 무슨 소린가?"

"제가 자는 방에 어둠을 타고 들어와 제 입을 틀어막는 사나이가 있었습니다."

"연옥이에게 그런 난폭한 짓을 한 녀석이 누군데?"

"……."

어쩐 일인지 남섭이란 말이 선뜻 나오지 않아 더듬거리고 있자

"어째서 아직도 나를 속이려는 거야. 나는 그 사나이가 일오라는 선비인 것도 알고 있어."

"네?"

연옥이는 눈물이 번진 눈을 번쩍 들었다.

"놀랄 것은 없어. 연옥이가 그 선비를 찾아 서울에 온 것까지 알고 있지."

"누가 그런 말을 해요?"

"누가 그런 말을 했겠나. 네 오빠되는 사람이지."

"네?"

연옥이는 더욱 놀란 눈이 되어

(그건 아니에요. 그 사람은 제 오빠가 아니에요. 출세를 하기 위해서 나를 속여 서울로 데리고 온 무서운 사람이에요)

하고 소리를 치고 싶었다. 그러나 그 말은 입밖에 나오지 않은 채 새로운 희열이 가슴 속에서 용솟음침을 느꼈다.

남섭이의 아이를 날 바에는 차라리 죽은 아이나 났으면 하는 그녀로서는 혹시 그것이 일오란 그 선비의 아일는지도 모른다는 생각이 번개쳤기 때문이다.

(남섭이는 나를 꾀어내기 위해서 그날 밤에 들어왔던 것이 자기라고 했는지도 모르는 일 아닌가? 그렇다면 뱃속에서 움틀거리는 이 아이는 그 선비의 아이가 되는 셈이다. 날짜를 꼽아보면 그 때 된 것이 틀림없으니 말야)

연옥이가 두근거리는 가슴으로 고개를 숙이고 있자 전식이는 그녀의 손을 잡아 한숨을 쉬고

"내가 이렇게 샘을 내보는 것도 너를 잊지 못하는 마음, 그러나 너는 얼마 후에 후궁이 될 몸인 줄이나 알고 있어."

"배가 부른 저 같은 것이 어떻게?"

그러나 전식이는 말없이 웃으며 연옥이의 배를 훑어봤다.

8

연옥이가 아이를 뱄다고 해도 아직 삼, 사개월밖에 되지 않았다. 그것으로서는 남의 눈에 드러나게끔 표날 리는 없었다. 그것을 재빨리 전식이가 안 것은 연옥이를 맡은 나인이 귀띔을 해준 때문인지 그렇지도 않으면 몇 번인가 한 이불 속에서 안은 촉감에서 알게 된 것인지 알 수 없는 일이지만 전식이가 그 일을 알고 나서는 연옥이를 빨리 임금의 제물로 바쳐야겠다고 생각한 것만은 틀림이 없었다.

임금이 기녀를 데리고 밀실(密室)에 드는 밤이면 전식이가 침전(寢殿)을 지켰다. 이것은 임금의 명령이니 싫다고 할 수가 없었다.

또한 임금의 대리로서 후궁 장녹수의 이야기 상대도 해 주지 않으면 안 되었다.

임금이 밀실에 드는 것을 녹수가 몹시 질투를 하므로 전식이가 그녀의 강짜를 누그려주는 직분을 하는 셈이었다.

실상은 녹수가 부러 강짜를 피워 전식이와 재미를 볼 수 있는 기회를 만드는지도 몰랐지만.

전식이가 침전에 숙직하는 밤이면 녹수는 평소와도 달리 진한 화장을 하고 유난스러운 옷을 질질 끌며 침전에 나타났다.

침전에 시중드는 시녀들은 임금보다도 전식이나 녹수에게 환심을 사려고 했다. 그 편이 자기들에게 더 유리했기 때문이다. 그러니 만큼 그들 둘의 관계를 모를 리 없으면서도 아는 척 하지를 않았다.

녹수와 전식이가 임금의 눈을 속여가며 희롱하는 것도 어느 덧 삼, 사개월이 됐으므로 지금엔 주종(主從) 관계 같은 쑥스러운 감정은 아주 없어지고 말았다.

어느 날 밤 둘이서는 마른 안주로 술을 마시다 녹수는 어지러운 눈으로

"난 낭관님 앞에 있으면 마치도 나뭇잎이 마르듯 내 몸의 힘이 빠지니 무슨 일일까요?"

"그렇다면 술은 그만 하시고 돌아가 누우시지요."

"그, 그러면 더욱 가슴이 타 견딜 수 없는 일이니."

녹수는 가운데 술상이 없다면 전식이를 끌어 안았을 듯이 근질근질한 몸을 비꼬아

"아 낭관님은 정말 미워. 난 나는—."

녹수는 술도 꽤 취한 모양으로 가쁜 숨소리를 내며

"언젠가는 낭관님 때문에 내 몸이 망하게 될지도 몰라요."

전식이는 겉으로 침착한 태도로 조용히 술잔을 들면서

"하하하, 참 재미난 말을 하는군요. 임금의 얼을 뺀 재주를 가진 장녹수가 어째서 나같은 보잘 것 없는 광대 때문에, 후궁도 너무 사람을 놀리지 말아요."

녹수는 시름없이 전식이를 쳐다보다 하얀 손을 내밀어

"그 잔을 나한테 줘요. 난 좀더 마시고 싶어요."

그녀는 입에 들이킨 술을 마실 생각도 없이 한참이나 물고 있는

동안에 그녀의 긴 살눈썹에는 방울방울 눈물이 맺혀져 떨어졌다.

전식이는 문득 그 눈물을 보고

"무슨 기분 나쁜 일이라도 있었던가요?"

녹수는 머리를 흔들어 웃으면서

"낭관님은 이 눈물이 뉘 때문인지나 생각해 봐요."

9

"뉘 때문의 눈물일까. 물론 나 때문의 눈물일 리는 없는 것이고."

전식이가 딴청을 부리자 녹수는 눈을 흘겨

"저런 사나이 때문에 눈물까지 흘리게 됐으니 나도 이젠 볼장도 다 보게 된가 보우."

전식이는 여전히 이죽거렸다.

"그럼 정녕 그것이 나 때문의 눈물이었던가요. 소신의 기억으론 후궁을 그다지도 가슴 아프게 한 일은 없다고 생각되옵는데."

녹수는 자못 괴로운 한숨을 지어

"나는 상감의 놀음감, 낭관님은 상감의 심부름꾼, 서로 사랑한다고 해도 사랑해서는 안 되는 것이 세상의 법리가 아니오. 그래도 이렇게 되고 보니 내 마음을 내 마음대로 할 수가 없구만요. 낭관님, 상감을 섬기는 처지로 우리의 뜻을 이룰 수가 없다고 해도 나를 버리지는 말아요. 여자란 나이가 들면 들수록 으레 상감의 총애도 멀어지는 것. 내가 의지되는 것은 오직 낭관님뿐이오니."

전식이는 비로소 정색한 얼굴이 되며 낮은 목소리면서 힘받친 소리로

"후궁마마, 전식이는 비록 광대로 태어나 천한 몸이오나 얼빠진 허수아비 고관들과는 다르오. 후궁마마를 도울 뿐이지 저버리는 일은 없을 거요."

녹수는 옆에 있는 안석에 몸을 기대며

"그 말을 들으니 나도 안심이 되지만, 그러나 낭관님은 밤마다 찾는 예쁜 아가씨가 있다는 소문, 그것도 귀한 집 따님이라니."

녹수가 쏘아보는 눈에 전식이는 가슴이 뜨끔했으나 얼굴엔 오히려 웃음을 띠워

"세상엔 비밀이 없어. 그 말이 벌써 후궁마마의 귀에까지 들어갔으니."

"그러면서도 자기 마음을 믿으라는 것이오? 저렇게도 속이려 드는 낭관님의 검은 마음을."

"검은 마음이라고 해도 그 속엔 언제나 후궁마마의 생각으로 가득 차 있을 뿐이요."

"저것 봐."

녹수는 눈을 크게 치떠

"낭관님은 정말 사람이 나빠졌어요. 이제는 나한테까지 입에 발린 말을 하니."

"하하하, 후궁은 내 말이 믿어지지 않는 모양이군요. 그 아가씬 지금까지 임금이 찾고 있던 남씨집의 딸이랍니다. 내가 감히 손가락 하나 다칠 수 있겠어요."

녹수는 남씨의 딸이라는 데는 적이 놀라는 한편 불안스러운 얼굴로

"그 일을 상감도 아시나요?"

전식이는 머리를 흔들어

"춤과 노래를 배워주기 위해서 아직 감추고 있소."

"어떤 아가씨에요? 눈이 부시게 예쁘다던데."

"몸맵신 후궁마마와 비슷하다 하겠으나 시골에 묻혀 있던만큼 때를 덜 벗었더군요."

"그러나 한창 핀 열여덟이라지요. 나보다는 십 년이나 젊어요."

전식이는 한숨을 짓는 그녀를 위로하듯

"어리다고 해도 꼭두각시처럼 예쁘기만 해서야 무엇에 써요."

"그래두 상감은 임숭재가 쓸어 모아오는 계집들에게 현혹되어 나 같은 것은 생각지도 않는 모양이 아니오. 임숭재는 그걸로써 자기 세력을 자꾸만 키우는 모양이니 낭관님도 보고만 있을 일이 아니에요."

"그래서 나도 꼭두각시를 찾아 키우는 것이 아니오. 후궁마마도 샘은 그만하고 나를 도우시오."

10

장녹수와 전식이가 연산의 침실에서 이런 이야기를 주고받고 있을 때 밀실에 든 임금은 무슨 일을 하고 있는가?

임금은 밀실에서 계집을 희롱할 때도 녹수와 전식이를 대동하는 것이 관례였다. 그러나 임숭재가 항간의 계집들을 모아 바치기 시작한 후로는 그들을 밀실에 한번도 데리고 나간 일이 없었다. 임숭재가 꾸민 일이니 전식이를 가까이 할 필요가 없는 때문인가? 그렇지도 않으면 강짜가 심한 녹수의 눈을 꺼리게끔 지독한 희롱을 하기 때문인가.

연산이 계집을 희롱하는 놀음도 전식이가 연옥이를 울린 놀음과 다름없는 포승놀이였다. 그러나 임금의 포승놀이는 전식이가 하던 것처럼 인정사정 보아가며 얌전히 하는 것이 아니었다. 그보다는 더 포악스럽고 잔악한 것이다.

아무리 현숙한 여자라고 해도 끝내 폭력에 못이겨 유린을 당하게 되면 실신한 사람처럼 되게 마련이다. 사지의 힘을 잃고 침구에 넘어져 울고 있는 여자를 볼수록 연산은 애처로운 생각보다도 말할 수 없는 욕정이 솟구쳐 오르는 모양이었다.

"그만 울었으면 일어나 앉아."

여인은 무거운 몸을 천천히 일으켰다.

"옷을 훌랑 벗어."

"……?"

주저하는 마음이면서도 이미 잃은 것을 되찾을 수 없는 노릇이니 하라는 대로 치마끈을 풀었다.

돌아서서 마지막 속옷을 벗기를 망설이고 있자, 연산은 여인이 떨어뜨린 각띠를 집어들며 양손을 움켜 잡았다.

"아앗!"

"조금도 놀랄 일이 아냐. 이제부터 재미난 놀이를 하자는 것이니……."

급기야 팔을 비꼬어 뒷짐을 지워 묶었다.

"제발 이러지 마옵소서."

다시 요동을 치며 공포에 떨어대자

"상감의 명령을 거역하는 요망한 년, 거기 누구 없느냐? 이년을 묶어 곤장 삼십대만 쳐야겠다."

임금의 말이 떨어지기가 무섭게 젊은 사나이 둘이 와서 방 네모퉁이에 있는 밧줄로 여인의 사지를 묶어 놓고 나갔다. 여인은 큰 댓자로 된 채 발끝 하나 요동칠 수가 없게 되었다.

"이젠 울겠으면 울고 요동을 치겠으면 치고 마음대로 해라."

연산은 욕정에 찬 눈을 번득이며 채찍으로 여인의 엉덩이를 내려쳤다.

"제발 살려 주시어요. 말을 들을 테니 살려 주시어요."

힘을 주어 채찍을 내려칠 때마다 흐늘거리는 살덩이가 통곡을 하는 것만 같다. 그러나 임금을 악귀와 같은 미소를 지으며

"이거야 아직 약과지. 더 재미난 일은 이제부터."

하고 촛대를 끌어다 여인의 얼굴을 비쳤다.

"자세히 보니 역시 귀엽게 생긴 계집이구만."

뺨을 쓸어 주고 나서는

"젖두 토실토실한 것이 예쁘구만."

젖가슴을 만지던 손이 그 밑으로 미끄러졌다.

"어디가 좋을까? 꼭 한 곳에만 지져 주려는데."

배꼽 밑의 밴밴한 곳을 쓸어 주면서

"여기가 좋겠구만. 여길 지지기로 하지."

그리고는 천천히 촛대를 들어 녹은 촛물을 떨구었다.

"앗!"

그 순간에 여인은 미친 사람처럼 소리쳤다.

길흉(吉凶)

1

연옥이가 아이를 밴 것을 알게 된 전식이는 무슨 생각인지 그녀를 다시 교서동 집으로 보냈다.

연옥이의 마음은 밤낮을 가리지 않고, 아니 잠을 자고 있을 때까지도 괴로웠다. 그 괴로움은 태아의 성장과 함께 점점 커져갔다.

일오의 아인가, 그렇지도 않으면 지금엔 남편이라고도 하고 싶지 않은 남섭이의 아인가.

여자만은 그 비밀을 알고 있다고 하지만 연옥이는 어느 쪽이라고 분명한 판단을 내릴 수가 없었다.

(이것이 일오의 아이라면 나는 벌써 세 사나이에게 몸을 허락한 셈이 아닌가. 그렇다면 창부와 무엇이 다른가)

연옥이가 전식이의 조롱감 노릇을 하다 돌아왔어도 남섭이는 조금도 불쾌한 얼굴이 아니었다. 오히려 그 반대로 전보다 더 맹렬히 애무해 주었다. 연옥이는 그것을 어떻게 생각해야 할지 알 수가 없었다. 남섭이는 정열에 타는 눈으로 전식이를 비웃어

"그 친구가 아이를 밴 것을 알구서는 어떤 얼굴을 해?"

하고 물었다. 그리고는 연옥이의 대답을 기다리는 일도 없이

"그편이 오히려 잘된 셈이야. 그 때문에 전식인 연옥이에 대한 야심을 버렸다고 할 수 있으니 말야. 연옥이가 전식이의 첩 노릇이나 하게 되면 난 일생 장악원의 직장노릇밖에 더 해먹지 못하는 거야."

이런 말을 태연히 했다.

연옥이는 등골이 오싹해짐을 느끼며

(차라리 뱃속에 있는 애나 죽어 버렸으면)

하고도 생각했지만 그것도 마음뿐으로 자기 뱃속에서 자라고 있는 아이는 자기만의 아이라는 마음이 더 강렬하게 느껴졌다.

(남섭이 아이가 아니야. 내 아이, 일오라는 그 선비의 아이, 그것도 아니고 내 아이야)

그것은 누구의 힘도 빌지 않은 자기 혼자서 갖게 된 아이라고만 생각하고 싶었다. 그러면서도 문득

(만일 남섭이를 닮은 아이를 낳게 된다면?)

그 땐 자기는 아이와 같이 죽을 수밖에 없다고 생각했다.

그러나 남섭이는 아이에 대해선 별로 관심이 없는 것 같았다. 아니 되도록 관심을 갖지 않으려고 애쓰는 것 같았다. 그것을 보면 자기 아이가 아니라는 것을 알고 있기 때문인지도 모른다는 생각도 들었다.

(그렇지, 그 사람만은 누구의 아이라는 것을 분명히 알 테니까, 그래서 아무것도 묻지 않는지 몰라, 그러면 그 선비와 같이 눈이 어글어글한 아이를 낳게 되는가)

연옥이는 뱃속에서 움직이는 생명에 증오를 느끼기도 하고 희열도 느끼면서 시시각각으로 무서운 운명이 자기한테 다가오고 있는 것만은 틀림없다고 생각했다.

그러한 어느 날

"연옥이!"

하고 정악원에서 돌아온 남섭이가 집에 들어서기가 무섭게 소리쳤다.

그러자 연옥이는 문득

(저 사람은 아이를 낳게 되면 죽이랄지도 몰라. 그런 것쯤 예사롭게 생각할 테니)

그런 생각으로 치를 떨고 있는데

"낭관님이 약을 보냈더군. 연옥이 신상이 좋지 않다니까."

하고 약을 꺼내 놓았다.

2

연옥이가 먹은 약은 콩알같은 알약이었다. 무거운 것을 보면 생금이나 수은 같은 것으로 만든 약이었던지 그렇지도 않으면 또 다른 약이었던지.

연옥이는 물론 그 약이 이렇게도 무서운 약인 줄은 모르고 먹었다. 그 약을 먹고 나서 얼마 후에 고통이 시작되자 그 순간

(내가 독약을 먹었구나)

하는 생각이 머리에 번개쳤다. 그러자 뱃속에 있는 아이가 그 독약에 태치기나 하듯이 날뛰는 것 같으며 뻘까지 끊어내는 것 같았다. 그 아픔은 점점 더해 갔다.

연옥이는 배를 쓸어안고 몸을 비비 꼬았다. 그러나 연옥이의 아픔은— 남편을 남편대로 믿을 수 없는 마음에서 오는 고통이 더 큰지도 몰랐다.

(내게 간음을 시키고도 태연한 사람, 자기의 출세를 위해서 무슨 짓을 못하랴. 나 하나 죽이는 것쯤 벌레를 밟아 죽이는 것처럼 생각할지도 모르니)

그러한 남편의 아이가 자기 뱃속에 있다고 생각하면 세상의 죄악이란 죄악이 그 아이로 변하여 자기를 괴롭히는 것만 같았다.

연옥이는 견딜 수 없는 육체적인 고통과 어지러운 마음의 혼란으로 미친 사람처럼 되고 말았다.

"사람 살려요!"

연옥이는 자기 옷깃을 뜯다 못해 소리쳤다.

옆에서 요동치는 연옥이의 팔을 누르고 있는 남섭이도 땀을 흘리며

"조금만 더 참아요."

연옥이는 거기에 반항을 하듯이 악을 써

"죽이려면 곱게 죽여요."

연옥은 남편이 지은 죄를 자기가 지금까지 감추고 있은 것은 자기도 그와 꼭같은 죄를 지었기 때문이라고 생각했다.

그러나 지금은 그 죄를 누구에게든지 알려야 한다고 생각했다. 남편은 어째서 그렇게도 출세를 하고 싶은 것인가. 자기의 아내를 죽이면서까지도 출세를 하고 싶은 것인가. 자기가 죽더라도 그것을 누가 추궁해야 한다고 생각했다.

그러나 방안에는 남편과 단 둘이밖에 없었다. 아무리 고함쳐도 자기의 이 억울한 심정을 들어줄 사람은 없었다.

"그만한 것두 참지 못하면 어떡해."

남섭이는 연옥이의 팔을 잡고 있던 손에 더욱 힘을 주며 소리쳤다.

그 소리와 함께 칼로 아랫배를 찢어내는 것 같은 아픔을 다시금 느꼈다.

"죽여줘요, 어서 빨리 죽여줘요."

이제는 그 길밖에 없는 듯이 연옥이는 남편의 옷깃을 움켜잡고 소리쳤다.

자기 몸에서 무엇이 자기 몸을 찢어내며 나가는 것 같으며 그러한 아픔이 가슴에도 머리에도 꽉 차서 괴롭히는 것 같았다.

(아 무슨 죄를 지은 때문인가……)

하고 생각할 때 무엇이 배 밑으로 쓱 나오는 것이 느껴졌다. 그리

고는 몸이 부르르 떨리었다.

그러자 남섭이가 환성을 치듯이

"안심해, 나왔어!"

소리치고는

"개는 토방 아래서 혼자 잘만 낳는데 핏덩어리 하나 꺼내면서 뭐 야단이야."

하고 웃으며 준비했던 피륙으르 아래를 틀어막았다.

3

전식이가 원동(苑洞) 사제로 돌아와 얼굴을 씻고 저녁상을 기다리고 있는데 하인이 남섭이가 찾아온 것을 알려줬다.

"이리로 어서 들어오라게나."

전식이는 방으로 들어서는 남섭이를 맞으면서

"어떻게 되었소?"

"다행히 별일없이 태는 떨어졌습니다."

"그러면 매씨(妹氏)도 무사하단 말요?"

"본시 약한 몸인만큼 아직 기동을 못하고 누워 있습니다만 그렇다고 크게 걱정할 것은 없습니다."

전식이는 긴장을 풀어 한숨을 쉬면서

"하여튼 욕봤소. 나도 어젯밤은 불안스러워 잠을 못 잘 지경이었으니."

"고맙습니다. 모두가 낭관님이 염려해 주신 덕분에 그 애도 이제는 제 구실할 것 같습니다."

"그래두 마음을 놓치 말구 몸조심을 잘하게 하우. 그것도 산후나 다름이 없을 테니 뒤탈이 무서운 거요."

"염려마시오. 시중 들어주는 여인도 있어 이제는 보약이나 몇 제

지어먹이면 회복되겠지요."

전식이는 다시금 불안스러운 얼굴로

"여인이라니 어떤 여인인데?"

"네, 시골서 데리고 온 벙어리입니다. 절대로 그런 일을 알 탓도 없고 누설될 리도 없습니다."

"그렇지, 벙어리라면야 안심할 수 있지."

전식이는 웃고 나서

"하여튼 수시로 환자의 상태를 알려 주시우."

"네."

이때 찬모가 저녁상을 들고 들어왔다.

"마침 상이 들어오는군. 직장도 아직 저녁 전이겠지요?"

"그렇지만……"

남섭이는 사양했다.

"그러지 말구 이리로 가까이 나와 한잔 받으우. 그림자처럼 움직여주는 존형을 만난 것이 난 얼마나 마음 든든한지 모르겠소."

"그러면 제가 먼저 술을 한 잔 올리지요."

전식이는 남섭이가 부어준 술을 받아 마시고서 잔을 돌려주며

"그래 장악원의 재미는 어떻소?"

"뭐라고 해야 좋을지요. 세상에 이렇게도 즐거운 곳이 있었다는 것을 처음으로 느꼈다고나 할까요. 사방을 둘러봐야 모두 꽃같은 아가씨들이니."

남섭이가 헤헤 웃음을 헤쳐놓자 전식이도 따라 웃으며

"그렇다고 손금을 봐준다는 핑계로 너무 손목은 잡진 마시오. 그곳은 눈이 많은 곳이라 그만큼 시기도 많은 곳이라오."

"네, 그것은 저도 알고 있습니다. 그런데……"

하고 남섭이는 갑자기 목소리를 죽여

"요즘 장악원은 임사홍의 아들 임광재와 임숭재를 위해서 있는 것처럼 되었으니 어떻게 된 일입니까? 지방에서 반반한 계집을 뽑아 올리면 마치 도 자기들이 찾아낸 계집처럼 임금의 조롱감으로 바치니."

"내버려 두시오. 그걸로써 임금의 환심을 살 순 없다오."

전식이는 무슨 딴 생각이 있는 듯 별로 걱정하는 얼굴이 아니었다.

4

"그렇지만 낭관님이 만든 장악원이 임씨네 권력을 키우는 마을이 되서야 되겠소?"

남섭이가 적이 걱정되는 얼굴을 하자 전식이는 한 술 더 떠서

"뿐만 아니라 그들은 항간에서 밴밴한 계집까지 훔쳐다 임금에게 바치고 있는 것도 알고 있소."

"그러니 말입니다. 낭관님도 그들이 하는 짓을 보고만 있을 수 없는 일이 아닌가요?"

전식이는 웃으며

"그래서 직장님은 무슨 좋은 생각이라도 있다는 거요?"

"좋은 생각이 있는 것은 아니지만 하여튼 무슨 대책은 있어야 할 것이 아니겠습니까?"

전식이는 다시 웃으며

"서투른 대책보다는 내버려 두는 것이 오히려 상책일 거요. 지금 조정에는 세력 다툼으로 어지럽기가 끝이 없소. 임사홍과 임금의 처남되는 신수근의 궁중파(宮中派)와 윤필상 이극균 성준 등이 한패 거리가 된 훈구파(勳舊派)가 서로 세력을 차지하려고 물어뜯고 있는 판에 나까지 그곳에 끌려 들어갈 필요는 없는 거요. 더군다나 나같

이 문벌이 없는 놈은 조심해야지요. 당하관은 몰라도 당상관은 모두 내 적이라고 생각하는 것이 옳은 거요."

남섭이는 전식의 말에 아주 감심한 얼굴로

"말하자면 낭관님은 그들 싸움에 어부지리나 취하면 된다는 생각이구만요."

"하하하, 정말 내 마음을 잘 알아 주는군요. 내가 믿고 일할 사람은 직장님 한 분일지도 모르겠소."

"그러나 그 어부지리도 가만히 보고만 있으면 돌아올 일이 아니지요. 그래서 지금도 임숭재가 계집을 바치는 일을 걱정하는 거랍니다."

"그건 아직 직장님이 상감의 마음을 모르기 때문이오. 날이 갈수록 상감이 무엇 때문에 황음이 더욱 심해가는지 아시오?"

"……."

남섭이가 눈을 섬벅거려 다음 말을 기다리자

"상감도 고독하기 때문이지요. 어머니의 사랑을 모르고 자란 사람이란 언제나 마음 한 구석이 빈 것처럼 고독한 것이오. 그 심정은 나도 어렸을 때 어머니를 잃은만큼 잘 알고 있소."

"……."

"상감은 여태까지 진정한 사랑을 받아본 일도 없고 해본 일도 없는 불쌍한 사람이오. 말하자면 사랑에 굶주린 사람이오."

"……."

"남들은 상감이 장녹수를 사랑한다고 해도 그것은 참 사랑이 아니오. 녹수의 교태를 사랑한 것뿐이오. 그러한 사랑은 반드시 식기 마련이오. 아니 오히려 그 반발로 광태는 더 심해지게 마련이오. 요즘 매일 밤 밀실로 끌어들인 여인을 울리는 것도 그 때문이오."

"……."

"그러나 연옥이라면 상감의 그런 마음도 돌릴 수 있을 거요. 그러면서도 한편 걱정되는 것은 일오라는 그 사나이가 살아 있는 한 연옥이의 마음을 돌릴 수 없는 일이오."

"그러면?"

남섭이가 놀란 얼굴을 들자

"죽여야 하지."

가슴 속에서 밀려나오는 무거운 소리를 내뱉었다.

5

어느덧 춘삼월이 되었다. 춥지도 덥지도 않고 옷이 가벼운 계절이자 술 마시기도 제일 좋은 계절이다.

일지네 목로술집은 봄철에 들어서며 더욱 번창했다. 뿐만 아니라, 일지도 요즘에 와서는 한결 안색이 좋아진 것 같았다. 자나깨나 사모하고 있던 일오 선비가 아내로 삼아 준다는 확답을 했으니 그 기쁨이 자연 얼굴에 나타나지 않을 수가 없는 일이었다. 그러나 매일 술청에 나오는 단골손님들이라고 해도 일지의 기쁨을 알 리 없다.

"일지 아가씨가 오늘은 또 좋은 일이 있는 모양이지, 저렇게두 혼자서 웃는 걸 보니."

손님이 조롱대자, 일지는 그런 조롱을 기다리기나 한 듯이

"글쎄요, 무슨 일일까요. 모르긴 해도 손님이 와주신 때문일 거예요. 보고 싶었던 걸요."

"이러지 말어. 나같이 미욱하고 못난 것은 정소리로 들어."

"어마, 칠덕이 아저씬 자기가 그런 사람이란 것두 아시네요. 그래서 아저씬 훌륭하다는 거예요. 못난 것두 잘났다는 세상인데 자기가 못난 걸 안다는 것이 얼마나 훌륭한 일이예요."

칭찬인지 욕인지 알 수 없는 말로 웃어 넘기는 일지였다. 그러자

옆에서 보고 있던 젊은 사나이가

"일지 아가씨가 칠덕이에게 웃고 까부는 것이 좀 이상한데."

"왜 좀만 이상해요. 대단히 이상하지."

"그거 정말인가?"

"눈이 둥그레서 놀랄 건 없잖아요. 난 아직 시집가지 않은 처녀인걸요. 임자 생기기 전에 좋다는 사람 좋다는 말도 못해요."

일지의 들뜬 마음은 이런 농담도 즐거운 모양이었다.

"그렇지만 요즘은 자기가 예쁜 처녀란 걸 너무 자랑할 세상은 못되는 거야."

젊은 사나이는 의외에로 정색한 얼굴로 말했다.

"그럼 과부된 걸 자랑해야 하나요?"

일지는 자기도 모르게 눈살을 집었다. 그러자 칠덕이란 사나이가 말을 가로채어

"정말 모르는 모양이구만. 요즘 서울 장안에서는 밴밴하구 재간이 있는 계집애가 하나씩 차례차례로 없어지는 걸."

"어머나!"

"며칠 전엔 생민동에서 둘, 그제는 신전골에서도 둘, 그리고 또 어디서라고 하더라니."

이번엔 젊은이가 또 말을 받아

"오늘 새벽엔 새다리 엿장수집 딸이 없어졌다더군."

"과부도 아닌 처녀를요?"

"그런 모양이야. 그것도 열일곱에서 스물한두 살까지의 처녀들만 훔쳐 간다니 어디 먼 곳에 데리구 가서 파는 것만은 틀림없어. 지금 좌우 포청에서는 범인을 못찾아 들끓어대는 판이야."

"그러니 일지두 조심해야지. 일지같이 예쁜 얼굴이라면 반드시 그 놈들이 김을 들이고 있을 노릇이니."

"나같은 호박같은 걸 무엇에 쓰자고요. 데리고 갈 필요도 없겠지만 도대체 그건 어떤 녀석이에요?"

일지는 이런 말을 예사롭게 할 수 있는 것도 자기에겐 일오가 있기 때문이라고 생각하다 문득 불안스러운 생각이 들었다. 아침에 자기 선생님을 만나러 간다고 나간 일오가 여태 돌아오지 않기 때문이었다.

6

정말 왜 이렇게 늦을까. 처녀도 아닌 선비님이 덮쳐 갔을 리도 없는 일인데.

일오가 검술엔 능하다는 것을 잘 아는만큼 일지도 그런 점엔 안심되었으나 역시 문소리에만 정신이 팔렸다.

오늘밤은 일지가 유달리 선비님을 기다리게 되는 이유도 있기 때문이다.

일오는 오늘 아침 산에서 자기에게 병술을 배워준 선생을 만나러 간다며 도포를 껴입고 있었다. 일지는 그것을 도와주며

"점심 땐 돌아오게 되나요?"

하고 물었다.

"글세, 만나봐야 알겠지만 왜?"

"오늘은 선비님하구 어디 좀 같이 가려고요."

"어딜?"

"날 받으러요."

"무슨 날?"

"무슨 날이긴요. 우리 혼삿날 말이지요."

일지는 그것을 몰라주는 일오를 나무라는 듯이 눈을 흘겼다. 그러나 일오는 눈총을 맞으면서도 그런 말이 즐거운 모양으로 히죽히

죽 웃으며

"우린 날을 받지 않아도 틀림없이 잘 살아."

"그렇지만 혼삿날을 받지 않는 사람이 어디 있어요. 불길한 일이라도 생기면 날을 받지 않고 혼사를 한 때문이라고 후회하게 될지도 모르게 돼요."

"그럴지도 모르지만 날을 받으러 갔다 만일 우리가 일 년이나 이년 후에 혼사를 해야 한다면 그 땐 어떻게 해야 하나. 일지는 그때까지 참을 수가 있어?"

"네?"

일지는 오도갑스러운 눈이 되지 않을 수가 없었다. 여태까지 참은 것도 속이 타서 죽을 지경이었는데 이제 다시 일년이나 이년, 아니 경우에 따라서는 십년을 기다려야 하는 일도 없지 않을 노릇이니―.

"그러니 내 생각 같아서는 되도록 빠른 날자로 정하는 것이 좋을 것 같구만."

"그건 저도 마찬가지 생각이예요."

"그렇다면 오늘은 어때?"

"네?"

물론 불만이 있을 리 없는 일이지만서도 너무나도 뜻하지 않았던 말이므로 그만 입이 뻥해지고 말았다. 일지의 그런 얼굴을 보고서 일오는 자기가 너무나 서둘렀다고 생각한 모양인지

"하긴 오늘로는 안되겠구만."

"왜요? 안될 것 조금도 없어요."

"아무리 격식을 갖추지 않은 결혼이라 해도 새 부부가 헌 이불에야 들 수 없지. 그러니 새 이부자리라도 꾸며갖고서 해야겠으니."

일지는 부끄러움도 잊어버린 확확 단 얼굴로

"그건 벌써 다 준비돼 있어요. 긴 베개까지."

"그럼 다 됐구만. 술과 안주는 술청에 가득 찼겠다……."

하고 일오는 싱글싱글 웃으면서 나갔다. 그 일오가 여태까지 들어 오지 않으니 일지의 마음이 초조하지 않을 수가 없었다.

(정말 어떻게 된 일이야. 오래간만에 만난 선생이라 둘이서 술이라도 지나치게 마시고 정신을 잃은 것은 아닌가. 산골사람은 술도 무지스럽게 마신다는데)

그러나 지금까지 그런 술버릇이 한번도 없던 사람이 그런 일이 있을 것 같지가 않았다.

(그러면?)

일지가 이런 생각 저런 생각 하고 있는데 문이 열리는 소리가 났다.

7

술청에 들어선 사나이는 일오가 아니고 낯선 손님이었다. 사십 오 륙 세쯤 나보이는 옷차림이 단정한 장사꾼 같은 사나이었다.

어서 오세요……일지는 실망하는 마음이면서도 손님이니 반기는 수밖에 없었다.

"아가씨가 바로 일지란 아가씨요?"

손님은 앉기가 무섭게 일지를 쳐다보며 물었다.

"저를 어떻게 아세요?"

"아가씨를 아는 것이 아니라 이집과는 깊은 인연이 있는 모양인 일오 선비를 알기 때문에……."

"네, 선비님을 아세요?"

일지의 눈은 반짝 불이 켜지듯이 밝아졌다. 마음은 감출 수가 없는 모양이다.

"선비님은 참 훌륭한 사람이오. 난 여태까지 그런 사람을 보지 못했소."

무슨 말을 하려는지는 알 수 없지만 지금엔 남편이나 다름없는 일오를 칭찬해 주니 역시 기뻤다.

"나두 그 선비가 검술에 능하며 빠르다는 소문은 듣고 있었지만 그렇게도 빠른 사람인 줄은 몰랐소. 오늘 나는 회현방으로 누굴 만나러 가던 길인데 내가 바로 큰 다리에 이르렀을 때 난데없이 망난이 세 녀석이 달려들며 남의 집 처녀를 왜 빼돌렸냐구 행학이 아니오. 난 너무나도 어이가 없어 한참은 말도 못하고 있다가 모르긴 해도 당신네들이 사람을 잘못 본 모양이라고 온순이 말하고 그냥 가려니까 그중의 키다리 녀석이 대뜸 내 멱살을 그러잡는 것이 아니겠오."

그 생각을 하면 지금도 화가 나는 모양으로 손님은 받아놨던 술을 단숨에 쭉 들이켰다.

"세상 살아 나가려면 별일이 다 있더군요. 그러니 내 나이로서 한참 힘쓰는 젊은 세놈을 당해낼 재간은 없는 일이구. 참 난처하던 걸요. 나는 서울 한복판에서 창피를 당하는 줄만 알았지요. 그런데 선비님이 지나가다가 뭘 그러시우, 하고 내 대신으로 나서 주더란 말요. 그러자 망나니 놈들은 약속이나 한 것처럼 눈을 부릅뜨고 넌 어떤 녀석이냐고 선비님에게 대들지 않겠어요. 선비님이 공손히 난 일오란 사람이오, 머리를 숙이자 이 녀석아 누가 네 이름을 알겠다는 거냐, 콧등이 터지기 전에 어서 없어지라고 고함을 치겠지요. 그 말에 선비님은 웃으며 공연한 사람을 붙잡고 트집을 잡아 돈을 뺏는 것이 당신네들의 직업이냐고 묻지 않아요. 그 녀석들도 그 말엔 약이 오른 모양으로 세 녀석이 착 달려들더란 말요. 그 순간 나는 선비님이 깔리어 큰 결단이 나는 줄만 알았는데 선비님은 그 세 녀석을 모두 누여놓고 손을 털고 있지 않아요. 그리고 나를 향해 공연한 욕을 볼뻔 하셨군요. 저런 녀석들은 저렇게 본때를 뵈줘야 합니다, 하고 가던 길을 가려고 하더군요. 그래서 분주히 붙잡고 선비님같은 분과 그대로 헤어질 수 없으니 술이나 한잔 하자고 했지요. 그래도 선비님은 가던 곳이 있다면서 전동에 있는 일지 아가씨네 목로술집을 찾아가서 한잔 팔아주라는 거예요. 그러면 자기에게 술을 산거나 마찬가지라며."

"그래서 선비님은 어딜 간다는 거예요?"

일지는 그것이 더 걱정이 되었다.

"다방골로 가는 모양이더군요."

"다방골로요?"

8

일지는 자기 눈으로 다방골 기생집에서 나오는 일오를 언젠가 본 일이 있는만큼 가슴이 철썩했다. 그러나 다시 생각해보면 그것은 경솔한 일이라고 생각했다.

(나는 어째서 이렇게도 경솔한지 몰라. 오늘부터 한 이불을 덮고 잘 선비님을 믿지 못한다면 어떡하는 거야. 선비님은 떨어져 있을 때도 나를 잊지 않고 이렇게 손님까지 보내지 않아. 다방골에야 누굴 만나러 간 거겠지. 그걸 갖고서……)

손님은 술을 한 사발 들이켜고서는 이것으로 자기가 갚을 신세는 갚았다는 듯이 총총히 가버렸다. 목로술집의 손님이란 으레 입이 험하다.

"그래도 의관을 갖춘 녀석이 어쩌면 그 모양이야. 큰 봉변을 모면하게 되어 고마워서 찾아왔다는 녀석이 기껏 술 한사발 마시구 일어서는 거야. 일오 선비님은 사람이 좋아 탈이군. 저런 녀석은 이마에 혹이 좀 돋으라고 내버려둘 일이지 그렇지 않아, 일지?"

"그래두 술 많이 먹는 사람보다 저런 사람이 난 좋은 걸 어떻게 해요."

일지는 손님을 위해서 변명을 한마디 했다.

"그런 구두쇠가 좋다는 거야?"

라고 말하자 옆의 젊은이가 웃으며 말을 받아

"이 사람아, 그건 일오 선비가 술을 많이 마시지 않는 사람이라, 그래서 일지 아가씨두 그런 사람이 좋다는 뜻이야. 자네두 말을 좀 새겨 들을 줄 알게나."

"그런 뜻이라면야 나두 알 수 있지."

"그런데 알고도 모를 일이 한가지 있어."

"뭐가?"

"일지 아가씨가 선비님하구 그런 사이라는 소문이 벌써 언제부터야. 이 목로술집이 생기던 그때부터가 아닌가."

"그렇지. 나두 그때부터 내게도 국수가 한그릇 돌아올까 하고 목을 길게 뽑구 기다리고 있었는데."

"글쎄 말야. 언제나 먹는지 알 수가 없으니."

그리고는 일지에게 술 한잔 부어달라고 사발을 내밀면서

"혹 선비님 마음이 변한 것 아닌가."

"마음이 변했다면 어떡해요?"

일지는 술을 부어주면서 태연스럽게 생글생글 웃었다. 아무리 그런 말을 해도 너희들의 안줏감이나 되는 그런 말엔 끌려들지 않는다는 얼굴이다.

"별로 술도 좋아하지 않는 사람이 자주 다방골을 찾는 모양이니."

그러자 옆의 친구가 무릎을 치며

"아, 알겠네. 이제 그 구두쇠도 다방골을 찾아가던 선비님이 봉변을 면하게 해 줬다지 않았어. 그렇다면 거기에 좋은 아가씨가 생겼는지도 모르겠네."

새로운 발견이나 한 듯이 심각한 얼굴을 하고서

"일지, 우리가 지금 무슨 말하는지 들었나?"

"선비님이 바람난 모양이라구 하는 것 같군요."

"그래두 그렇게 태연할 수 있어?"

"내가 어떻게 해요. 그 사람 바람난 걸."

여전히 생글생글 웃기만 했다.

그러나 조금 후에 선비같은 사람이 와서 또 이상한 말을 꺼냈다.

9

인정시각도 거의 되어 이제는 손님도 뜸했을 때였다. 말없이 들어선 중년 선비가

"아까, 일오 선비님 돌아오셨지?"

하고 복희에게 물었다.

"아직 돌아오지 않아 우리두 기다리고 있어요."

복희는 처음 보는 손님인 만큼 이상스러운 눈으로 대하면서도 사실대로 말했다.

"그렇다면 바로 찾아오긴 찾아 온 모양이군."

중년 선비는 혼잣말처럼 하고 나서

"이집 술청장이 일오의 안사람이라지?"

"그렇지 않아요."

"그럼 첩인가?"

"첩이라니 우리 아씬 그런 사람이 아니예요."

첩이란 말에 복희는 화가 나서 뾰로통한 얼굴이 됐다. 일지가 부엌에서 나오다 그것을 보고

"어서 오세요."

웃음을 지어 손님을 맞았다.

"이집 술청장이 바로 아씨요?"

"네, 그렇습니다."

"역시 소문대로 예쁜 사람이군."

"저같이 못난 걸 예쁘다니 고맙습니다."

"지금 그 계집애에게 물었더니 아가씬 일오란 사람의 안사람은 아닌 모양이군요?"

이상한 말을 묻는 사나이다.

"그건 왜 물으세요?"

일지는 웃음을 지으면서 되물었다.

"일오라는 사람을 꼭 만날 일이 있기에 어느 친구한테 그의 집을 알아봤지요. 그랬더니 그의 아내가 전동서 목로술집을 한다며 이곳을 알려 주더군요. 그래서 난 이집이 일오네 집인 줄 알고 찾아 왔지요."

"그렇다면 무슨 일인가요? 선비님을 만나겠다는 것이."

대단한 이야기나 되는 것처럼 말하므로 일지도 정색한 얼굴이 되었다.

"그 사람의 아내도 아닌 사람한테야 이야기할 수가 없소. 그러니 술이나 한잔 주, 그거나 마시구 갈 테니."

"그렇지만 실상은 아내나 다름이 없는 사람이에요. 그분에게 할 이야기라면 제게 해도 괜찮아요."

중년 선비는 히죽 웃으며

"흠, 아낸 아니지만 아내나 다름이 없다. 그러면 어떤 사이라는 것인가?"

"글쎄요, 그건 좋도록 생각해 보세요."

"일오 선비는 여자들이 좋아할 얼굴이니 아가씨두 반한 것 아니야?"

"그런지도 모르지요."

그것이 사실이므로 일지는 얼굴을 붉히는 수밖에 없었다.

"그렇다면 이 아가씨두 속은 모양인데."

"속다니 누구한테요?"

"그건 내가 말하지 않아도 자연 알게 될 테고……. 그보다 술이나 한잔 부어줘."

"그런 말 말구 분명히 말해요. 제가 누구한테 속았다는 건가요. 그 말을 듣기 전에 술을 부어 드릴 수 없어요."

일지는 뱃이 꾸불거리지 않을 수가 없었다.

"아가씨가 화가 난 모양이구만."

"별로 좋은 기분은 아니예요."

"그렇지만 아가씨는 화가 났어두 예쁘니 이상하지 않아."

"그런 농담 듣자는 것이 아니예요."

"그럼 이야기하지. 일오는 보기엔 선비같지만 알고 보면 양피가죽 쓴 늑대란 말야."

10

"일오 선비님과는 눈엣가시같은 원한이라도 있는 모양이군요."

일오가 양의 가죽을 쓴 늑대라는 말을 듣고서야 일지의 말이 곱게 나올 리가 없었다.

"허, 이 아가씬 내 말이 곧이 들리지가 않는 모양이군. 하기는 반한 사람의 얼굴은 얽은 것두 보이지 않는다니 하는 수 없지."

일지가 화를 낼수록 중년 선비는 약을 더욱 올리자는 심보인 모양이다.

일지는 그것을 모르는 것도 아니면서 그 사나이에게 말로도 지고 싶지는 않았다.

"그래 내 얼굴은 제대로 보이는가요?"

"너무나두 잘 뵈서 야단이지."

"어떻게 뵈요?"

"얼굴이 둥글하고 매끈하게……."

그의 말이 떨어지기도 전에 일지는 대들기나 할 듯이

"내 얼굴이 어디가 매끈하다는 거예요. 눈이 패우구 코가 나오구 구멍이 일곱이나 되는 얼굴에."

"아가씨두 보기보다 입심은 대단한데."

"그래서 손님은 눈이 멀었다는 거예요. 내가 양의 가죽을 쓴 늑대란 걸 이제야 안 것을 보니."

"그래두 내 눈으른 아무리 봐도 아가씨가 양의 가죽을 쓴 늑대같지는 않으니 무슨 일일까?"

중년 선비는 혼잣말처럼 중얼거리며 여전히 능글스러운 웃음만 웃고 있었다.

그러자 옆에서 듣고 있던 칠덕이가 시침을 떼고

"손님도 벌써 일지 아가씨에게 반한 모양이군요. 반한 사람의 얼굴은 눈이 오매서 얽은 것두 안보인다니."

좀전에 말한 그의 말을 그대로 핀잔을 줬다. 그러나 중년 선비는 그런 말쯤으로 얼굴이 붉어지는 사나이가 아니었다.

"그 손님 참 말 잘했소. 내가 벌써 반한 모양이죠. 그러니 나도 이 술청에 술값이나 좋이 갖다 받히게 됐어."

하고 일지를 의미있게 힐끔 쳐다본다. 그러자 옆에서 듣고 있던 칠덕이가

"그런 것쯤으로 일지 아가씨의 마음을 돌려볼 생각이라면 아예

단념하우. 여기 앉아 있는 우리도 이 집에 첫날부터 단골로 다니는 사람들이지만 여태까지 일지 아가씨의 손가락 하나를 다쳐본 일이 없소. 그러니 늑댄 늑대끼리 살라고 내버려 두우."

역성을 들어준다는 것이 늑대란 말 때문에 도리어 험담이 된 셈이다. 그러나 일지는 그 말이 결코 불쾌하지는 않은 모양으로 흘긴다는 눈이 그만 웃고 말았다.

"그렇지만 난 좀 다를 거요."

그래두 중년 선비는 자신이 있다는 얼굴을 하자

"다르다니 어떻게 다르단 말요."

칠덕이는 일지가 웃어주는 바람에 더욱 기세가 올랐다.

"내 말 한마디면 이 아가씨 마음이 달라진다는 거요."

"아가씨 마음이 달라진다구?"

칠덕이는 어이가 없는 듯이 웃고 나서

"여보게, 이 양반의 말 한마디면 아가씨 마음이 변한다니 대단한 일 아닌가. 우리 한번 들어 봄세."

"그것 참 들을만한 말이구만."

모두가 일제히 그 사나이에게 시선을 돌렸다.

그러나 그 사나이는 태연한 얼굴로 일지를 쳐다보며

"내가 이렇게까지 말하는데두 일오란 사나일 믿는다는 거야."

눈을 부릅뜨며 말하는 품이 세도 있는 사람의 앞잡이 노릇이라도 하는 모양이다.

                              11

"손님이 할 이야긴 나한테 있는 것 같군요. 무슨 이야기인지 속 시원히 말씀하세요."

중년 선비가 세도집의 앞잡이라고 생각될수록 일지는 무슨 수작을 하는지 들어보고 싶었다.

"그렇게도 듣고 싶으면 이야기하지. 그렇다구 내 이야기에 너무 놀래어 쓰러지진 말어."

"쓰러져두 손님보구 일으켜 달라지는 않을 테니 어서 마음놓고 이야기하세요."

"역시 아가씨 입심만은 당해낼 수가 없어."

할 말은 하지 않고 또 딴말을 꺼내자

"그 양반 허두가 꽤 길다."

칠덕이가 옆에서 듣다 못해 다시금 비양쳤다.

"당신들 말 아니니 잠자코 술이나 드시우."

아주 깔보는 어투였다.

칠덕이도 그말을 듣고서는 잠자코 있을 수가 없었다. 직업은 비록 천대받는 대장장이라고 해도 그것으로 단련된 팔뚝을 갖고 있었기 때문이다.

"일지 아가씬 내 동생이나 다름없소. 그러니만큼 남의 일이 아니오."

눈을 부릅떴다.

"그렇다면 일오에 대한 내 이야길 들어두 크게 놀랄 것은 없구만."

하고 일지에게 눈을 들어

"일오가 요즘 무슨 일을 하고 있는지 아나?"

"글쎄요."

"처녀 훔쳐다 파는 짓을 하는 모양이더군."

"네?"

일지는 이 사나이가 험구하러 온 것을 짐작하고 있었으나 설마 이런 말을 꺼내리라고는 생각지 못했다. 그러나 이 말에 먼저 분개한 것은 칠덕이와 그의 친구들이었다.

"말을 그렇게 함부로 하는 것이 아니오. 일오 선비님은 절대로 그런 사람이 아니니 말을 가려서 하우."

"그러기에 아까부터 내가 뭐라고 했소. 사람이란 겉보기와 속보기가 다르지 않소."

"그래 당신은 무얼 보고 그런 말을 하는 거요?"

"증거를 대란 말이군. 그런 거야 얼마든지 있지. 첫째로 그 사람이 요즘에 남 못가는 다방골에서 묻혀 사는 걸 봐두 알 수가 있는 일이지. 그 사람이 어디서 돈이 나서 물쓰듯 쓰겠나 말유."

중년 선비는 싱글싱글 웃어댔다.

"……."

칠덕이와 젊은 축들은 말을 못하고 서로 얼굴만 쳐다봤다. 좀전에도 술을 한사발 마시고 간 손님한테서 일오 선비가 다방골로 찾아가더란 말을 들었기 때문이다. 그러나 칠덕이는 그 말이 쉽게 믿어지지는 않았다.

"그러면 일오 선비님이 계집 판 돈으로 기생집을 다니고 있단 말인가?"

"한마디로 말하면 그런 거지."

"그렇다면 당신은 선비님이 기생하구 노는 것을 보기라도 했소?"

"봤기에 일지 아가씨한테 알려주러 온 거 아니오. 이렇게도 귀엽고 예쁜 아가씨가 늑대밥이 돼서야 되겠느냐구……그런데두 나를 푸대접만 하니."

"그런 줄은 전혀 몰랐는 걸요."

일지는 무슨 생각인지, 진정 미안스럽기나 한 듯한 얼굴이 되었다.

12

"그러면 아가씨두 마음을 돌리겠다는 것이지?"

중년 선비는 일지를 쳐다보며 물었다.

"그런 사나이라는 걸 알고서야 누가 좋다고 하겠어요."

그러자 옆에서 듣고 있던 칠덕이가 어리벙벙한 얼굴로

"일지, 그거 정말로 말하는 거야?"

"정말이구 말구가 없어요. 생각해 보면 그 사람이 선비란 것두 사실같지가 않은걸요."

"선비가 아니라구?"

"사실로 선비라면야 으레 벼슬할 생각도 하고 가끔 책을 펼치는 일도 있을 게 아니에요. 그런 일이란 여태까지 통 없는 걸요. 그걸 봐두."

"글쎄, 그건 그럴는지도 모르지만 그 사람이 그래, 계집 훔치는 짓을 하는 사람같아 뵌다는 거야?"

"신분을 속이는 사람이라면야 무슨 짓인들 않겠어요."

"……."

칠덕이는 입맛이 써서 그만 말문이 막혀버리고 말았다. 그러자 중년 선비가 재빨리 일지의 말을 받아

"그런 자일수록 생각하는 건 노름판이 아니면 계집 훔치는 것밖에 없는 거야."

"그러니 말예요. 난 이제 어떻게 해야 해요?"

일지는 맞장구를 쳐가며 수심이 찬 얼굴이 되었다.

"어떻게 하긴?"

"여태까지 그 사람만 믿구 살아온 걸요. 그런 사람이 그 모양이라니."

"일지만큼 밴밴히 생긴 아가씨가 사나이가 없을까봐 걱정인가?"

"그런 무서운 사람하구 눈이 맞았던 계집이라고 하면 누가 데려다 살 사람이 있겠어요."

"그런 걱정은 말어. 아가씨가 그럴 생각이라면 내가 맡아도 좋아."

얼굴 하나 붉히는 일 없이 선심이나 쓰듯이 말하는 것을 보면 이 사나이도 속이 얼마나 검다는 것은 알 수가 있었다.

"정말이예요?"

"선비가 거짓말을 하지 않는다는 건 아가씨두 알 것 아냐."

"일오란 그 선비두 자긴 절대로 거짓말을 안하는 사람이라고 한걸요. 그러나 알고 보니⋯⋯."

"그러기에 진짜 선비 있고 가짜 선비가 있는 거야."

"그럼 선비님은 진짜 선비라는 건가요?"

"말할 것 없지."

"그걸 어떻게 알아요?"

"사람을 보면 알 것 아냐."

"신수는 일오 선비가 손님보다도 시원스럽고 사나이답게 생긴 걸요."

"사람이란 겉만 봐서는 안돼, 속을 봐야지."

"그렇지만 속이야 들여다 볼 수가 있어야 말이지요."

"하여튼 나하구 살게 되면 손 끝에 물 하나 묻히지 않구 호강하구 살 수 있는 거야."

"귀여워도 해 주고요?"

"말해서 무엇해? 업어달라면 업어주고 안아달라면 안아 주지."

"딴 여자에게 곁눈질 치지도 않고요?"

"절대로."

"빈대한테 물리면 잔등도 긁어 주고요?"

13

중년 선비가 일지의 조롱감에 든 것을 알고 젊은이들이 웃고 있는데 갑자기 밖에서 소란스러운 소리가 났다.

"일오 선비님이 이제야 오시는구만."

밖에서 들려오던 소란스럽던 소리가 드디어 분명한 목소리로 바뀌었다.

"누구야?"

이번에는 일오의 목소리였다.

그 소리에 누구보다도 먼저 밖으로 뛰어나간 것은 일지였다. 뒤따라 술청에 있던 사람들도 모두 뛰어 나갔다.

술청 맞은편은 긴 돌각담이었다. 그 담 밑으로 흰 옷을 입은 일오를 둘러싸고 서 있는 십여 명의 검은 그림자가 보이었다. 그들은 모두가 칼과 방망이 같은 것을 들고 있었고 일오만 맨손이었다.

"너희놈들은 무엇하러 여기 서 있어?"

일오가 다시 소리쳤다. 앞에서 환도를 든 키다리가

"자네 오는 걸 기다리고 있었네."

"나를?"

"일오라는 선비 행세하는 자 말야."

"그렇다면 왜 밖에서 서성거리고 있나. 술청으로 들어가 기다릴 게지."

"아가씨의 눈총이 무서워 들어갈 수 없더라구."

"하긴 자네들처럼 무서운 행장을 하고 십여 명이나 밀려 왔으니 눈총은 맞게 마련이지. 손님이 무서워 달아나겠으니 영업방해가 아니겠나."

"그런 걱정까지 하는 걸 보니 이집 아가씨를 생각하는 모양이구만."

키다리가 비양쳤다. 일오는 그런 말엔 개의치 않고

"그래 무슨 일로 나를 기다렸나?"

"그건 자네도 모를 리가 없잖아."

"글세, 알 수가 없는데. 설마 내 목을 달라고 왔을 리도 없는 것이고……"

"바로 그 목을 가지러 왔다!"

키다리 뒤에서 또 한 녀석이 소리쳤다.

"내 목을?"

일오는 웃으면서 자기 목을 슬슬 쓸어본다.

"오늘밤 바로 네 목이 떨어지는 줄이나 알어."

뒤에서 또 소리쳤다. 일오는 소리가 나는 그쪽에 눈을 던지며

"누군가 했더니 자넨 혹뿌리 아닌가. 목을 줄순 없지만 하여튼 오래간만에 만났으니 반갑네."

그러자 혹뿌리가 앞으로 나서며

"네 놈이 날 알아봤으면 목이 떨어질 것도 알아야 할 노릇이 아니야."

"그건 또 무슨 소리인가?"

"박판관의 목이 닷새 안에 떨어진다고 지껄인 게 누구야. 그런데 그분은 아직도 목이 댕댕 붙어 있으니 말이다."

"아, 그것이 원통해서 왔다는 것인가?"

"그 대신에 네 목을 가지러 온 것이다."

그 소리와 함께 뒤에서 쇠도리깨가 휙 날아왔다. 일오는 별로 덤비는 일도 없이 그것을 피하고 나서

"그런 것으로써는 내 목은 못 가져가는 거야. 어영대장(御營大將)에게 부탁해서 군사를 풀어오게나. 그러면 혹시 내 목이 달아날지도 모르지."

"건방진 소리 마라."

이번엔 마름쇠가 날아오며 일오가 등지고 서 있는 담 위의 기왓장

을 때렸다. 그럴수록 일오는 더욱 침착한 자세로

"내 보기엔 자네들도 이 짓은 먹지 못해서 하는 것 같은데 그렇지 않은가?"

"아가리 닥쳐!"

이 말엔 그들도 비위가 거슬린 모양으로 와악 달려들며 일오를 둘러쌌다.

14

"이놈 칼 받아라!"

앞에서 소리치며 달려들던 키다리가 퍽 쓰러지고 어느덧 일오가 칼을 빼앗아 들었다. 그것을 본 놈들은 기가 질린 모양으로 모두가 장대처럼 우뚝 섰다.

일오는 그들을 둘러보며

"아무리 내 목이 탐나더라도 내 말 한 마디만 듣고 달려들게나."

"죽을 녀석이 무슨 말이야?"

혹뿌리가 이 패거리의 두목 구실을 하는 모양인지 언성을 높였다.

"하여튼 들어봐. 자네들이 목숨까지 내걸고 이 지랄을 하지 않으면 먹지 못하는 건 뉘 때문인지 아나?"

"……"

"왜 말이 없어? 하기야 알아도 말을 못하겠지. 임금 때문이라면 모가지가 날아갈 판이니."

"무슨 수작을 하겠다는 거야!"

혹뿌리가 또 소리쳤다.

"임금이 밤낮 술과 계집으로 사니 백성이 어떻게 살 수가 있나 말일세."

"그래서 어쨌단 말인가?"

"그런 임금을 위해서 애매한 처녀를 훔쳐다 바치는 네놈은 더 나쁘다고 하는 거야."

이말엔 혹뿌리도 양심에 걸리는 모양인지 더욱 핏대를 세워

"이놈아, 말은 바른대로 해라. 네 놈이 황주객점의 딸을 꾀어다가 전식이에게 팔아먹은 것을 내가 모를 줄 알구?"

"뭐라구?"

일오는 놀라며 반문하지 않을 수가 없었다.

"네가 한 짓을 네가 모른다면 누가 안다는 거야."

"누구에게 들은 소린가?"

"아무한테서 들었건 네가 판 것만은 사실이 아닌가. 그래서 얼마나 받았어? 네 뒤에는 그 돈으로 호강할 아가씨도 서 있지 않아."

일오는 흐린 얼굴이 되며

(그것이 사실이라면 남섭이의 짓인가?)

하고 잠시 생각하고 있는데 혹뿌리가

"철퇴 받아라!"

소리치며 달려들었다. 일오는 기다리기나 했던 듯이 가볍게 몸을 피하며 한손으로 들었던 환도로 내리쳤다.

"으아—."

쓰러지는 혹뿌리의 목 밑에서 피가 뿜어졌다. 일오는 들었던 단도를 시체에 던지고 나서 그들을 향하여

"나는 싸움을 싫어하면서도 오늘은 세 녀석이나 죽였다. 백성들을 못살게 하는 놈들이라 하는 수가 없었어. 그러니 자네들은 제발 이런 짓을 그만 두게. 자네들을 못살게 만든 것이 임금인데 그 녀석들을 위해서 계집 훔치는 짓을 해서야 되겠나. 오늘 밤도 자네들이 나를 죽이고 일지 아가씨 훔치러 왔단 건 나도 잘 알고 있으니 말야."

"그러면 우린 어떻게 살라는 거요. 이 지랄이라도 하지 않으면 당

장에 굶는 판이야."

뒤에 섰던 자가 소리쳤다.

"내일이라도 황해도 재령 땅을 찾아가 보게. 그곳엔 좋은 금판이 있다니 그곳으로 가서 벌흙을 지면 굶진 않을 걸세. 노자가 없다면 노자는 내가 주지."

일오는 허리에 찼던 전대를 그들에게 휙 던져 주었다. 그리고는 돌아서서 일지에게

"우리두 이곳에선 살 수 없게 됐으니 이밤으로 떠나야 해. 돌쇠는 어떻게 하겠나?"

"무슨 말을 해요. 같이 가야지요."

15

일지의 조롱감이 되었던 중년 선비는 키다리와 혹뿌리가 쓰러지는 것을 보고서는 혼비백산이 되어 박판관한테로 달려갔다.

"어떻게 됐나?"

일지를 끌고 오라라고 눈을 밝히고 있던 박판관이 분주히 물었다. 중년 선비는 아직도 숨을 거두지 못한 채

"처음엔 일이 제대로 잘 됐습니다. 우리 패거리들은 술청 밖에서 기다리고 있고 내가 들어가 일지의 마음을 구슬러서 일지 아가씰 끌고 나오려든 참인데 밖에서 갑자기 소란스러운 소리가 나지 않아요. 그래서 분주히 뛰쳐 나가봤더니 일오 선비가 돌아 왔어요."

"그래서 일오의 목을 베었다는 것이지?"

박판관은 앞말이 급한 모양이다.

"그랬으면 오죽 좋겠어요. 반대로 키다리와 혹뿌리가 쓰러졌답니다."

"뭐 두 녀석이나?"

"그걸 보고 난 사람을 더 데리고 갈 생각으로 이리로 달려온 것입니다."

"이서방은 고작 그런 생각이나 했단 말야, 이 밤중에 어데서 사람을 구하겠다구."

"그렇긴 하지만."

"그런 머리 가지구 계집은 뭘 훔쳐온다고 앞장을 선 거야."

박판관은 그의 말을 듣자 더욱 울화증이 터지는 모양이다. 며칠이나 일오의 뒤를 따라다니며 겨우 얻은 기회를 놓쳐 버렸으니 손아귀에 들었던 진주를 잃은 것이나 다름없는 기분일 것도 사실이다.

"그건 그렇다 하고 늦기는 왜 이렇게도 늦었어?"

"그 계집년이 순순히 말을 들어야 말이지요. 그걸 구슬러 넘기자니 자연……."

"구슬러 넘기기는커녕 이서방이 그년의 계구에 든 것 아냐."

"네?"

이서방이 무슨 말인지 몰라 어리벙벙한 얼굴이 되자

"그년이 일오 녀석이 올 때까지 이서방을 잡아두려고 부러 아양을 떤지도 모른단 말야."

"그렇지는 않아요. 그년두 종래는 내 말에 넘어가 갖고서……."

"그년이 어떤 년이라구 이서방 말에 넘어갔겠나?"

"아닙니다. 그것만은 사실입니다."

"그렇다면 계집은 왜 끌고오지 못했어. 싸움판이 벌어지면서 그만한 틈은 있었을 게 아닌가?"

"그년 옆에 키가 구척 같은 대장장이가 붙어 있는 걸요."

"그것두 해치우지 못하는 주제에 앞장을 선다구 장담은 무슨 장담인가?"

"예 그저……."

이서방이라는 자는 머리가 푹 수그러졌다.

"그렇다고 쌈군들을 버려두고 혼자만 도망쳐 오면 어쩌느냐 말야. 일오 녀석이 칼바람이 난 김에 불쑥 예까지 달려오기라도 하면 어쩌자구!"

핏대를 세워 고래고래 소리를 치고 있을 때

"박판관 말씀대로 제가 나타났습니다."

뒤에서 젊은이의 소리가 났다.

"으앗!"

얼굴을 돌린 박판관과 이서방은 다리를 공중에 들며 질겁을 하여 나자빠졌다. 그곳에는 나그네 행장을 차린 일오와 일지 그리고 돌쇠가 나란히 서 있었다.

16

"귀신이 아니냐?"

박판관은 겁결에 소리쳤으나 몸은 꼼짝하질 못했다. 이서방도 역시 새하얗게 질린 얼굴로 벌벌 떨기만 했다.

"나는 자네가 죽었을 줄만 알았는데 여태 살아 있구만. 하여튼 자넨 목숨이 질긴 것만은 틀림없네."

일오는 점잖을 피우며 능청댔다.

"그래서 나를 어쩔 셈이야."

박판관은 그래도 기를 써서 한마디 했다.

"어쩌기야 하겠나. 우린 술청에서도 가끔 만나던 다정한 사이 아닌가. 뭣 좀 물어볼 것이 있어 들른 것뿐이네."

"그런 사람이 이 밤중에 찾지도 않고 불쑥 나타나는 일은 뭐야?"

집이 떠나갈 듯이 고함쳐야 할 박판관의 목소리가 모기소리처럼 힘이 없다.

"자네가 술청엔 늘 늦은 밤에만 들리더구만. 그래서 우리도 사람을 찾는 건 으레 늦은 밤에만 찾을 줄 알았지. 그것이 잘못이라면 과히 나물지는 말게."

"무, 무슨 말이야. 물을 것이 있으면 어서 물어."

박판관은 제발 곱게 돌아가기만 바라는 얼굴이다.

"그러면 얌전히 앉아서 내가 묻는 걸 하나하나 대답하게나."

"……"

박판관과 이서방은 약속이나 한 것처럼 새파랗게 질린 얼굴로 서로 쳐다 봤지만 무어라고 입을 열지는 못했다

"오늘 있은 일부터 묻기로 하지. 술청엔 무엇하러 십여 명이나 되는 장정을 보냈나?"

"묻지 않아도 알 수 있는 일 아냐. 자네가 일지 아가씰 탐낸다면 나도 마찬가지야."

"그건 성질이 좀 다르겠지. 자넨 아가씰 훔쳐다 임숭재에게 팔 생각이었으니 말야."

박판관은 심중이 지핀 대로 얼굴이 붉어지며

"이서방이 그런 말을 불었군."

"난 절대로 그런 일 없소."

"그럼 누가 불었어?"

일오는 둘의 싸움을 판가름이나 해 주듯이 웃으며

"이서방을 나무랄 것도 없어. 자네가 훔친 처녀는 임숭재가 임금에게 바치는 것도 알고 있다네."

"네?"

흠칫 놀라는 박판관의 말이 공대가 되었다.

"그래, 자네 그 동안에 몇이나 훔쳐다 팔았나?"

"……"

"왜 말이 없어. 그럼 진짜 선비란 이서방이 말해 보지?"

이서방은 급기야 방바닥에 머리를 대며

"죽을 죄로 잘못했으니 그저 목숨만 살려 주시요."

"그런 말은 말구 어서 훔친 대로 말해."

"네네……."

옆의 박판관을 꺼리는 모양으로 입을 못 떼고 있자 일오가 다시

"박판관의 앞장 노릇을 한 모양이니 모를 리야 없겠지. 몇 명이란 걸 시원히 이야기 하게나."

"……."

"말을 못하는 건수가 너무 많아서 알 수가 없다는 것인가?"

"그……그런 건 아닙니다. 전 그저 박판관님이 그저 시키는 대로……."

이서방은 어떡해서든지 발뺌만 할 생각인 모양이었다.

17

"쳐녀를 몇 명이나 훔쳤냐구 묻는데 왜 딴 소리만 하나."

일오의 목소리에도 독기가 풍겼다.

"네네……."

이서방이 여전히 대답을 못하고 있자 일오는 박판관에게 눈을 돌려

"자네가 한 일이니 분명히 기억하고 있겠지. 몇 명이나 돼?"

아무리 파렴치인 박판관이라고 해도 이 말만은 자기 입으로 외어 바칠 수가 없는 모양이다.

"갑자기 벙어리가 됐나, 왜 입을 못 떼?"

"……."

"그렇다면 하는 수 없군. 내가 입을 떼게 하는 수밖에……."

일오는 가슴에 품었던 비수를 뽑아들고 그들 앞으로 성큼성큼 걸어나갔다. 둘이서는 급기야 질겁을 한 채

"제발 제발 그 칼만은……."

앉은걸음으로 움치면서 싹싹 손을 비벼댔다.

"그러면 어서 말해."

"네, 생민동에 있는 방앗간의 딸을 훔쳐온 일이 있사옵고……."

박판관이 입을 열자 이서방은 기다리기나 했던 듯이

"새다리 엿장수 딸도 저희들이 훔쳐 왔습니다."

그러자 이번에 박판관이 뒤를 이어

"너른 마당의 미장이 막내딸도……."

"교서동의 윤생원 딸도……."

"수표교 옆에서 술장수 하는 배나무집 딸도……."

둘이서는 경쟁이나 하듯 앞을 다투어 불어댔다. 일오는 듣고 있다가

"그렇다면 장안에서 처녀가 없어진 건 모두가 너희들이 한 짓이구나."

"그렇게 됩지요."

이서방이 자랑이나 하듯이 말했다. 일오 뒤에 섰던 일지가 그 말에 웃으며

"그렇다면 아까 말과는 아주 딴판이군요. 처녀가 없어진 건 모두가 일오 선비님이 훔친 것이라 하시고서."

"네네, 저 박판관님이 그렇게 말하라고 해서 한 것 뿐입니다."

그러자 박판관이 볼멘 소리로

"언제 내가 그런 말을 하라고 했나. 자네가 요령껏 한다기에 그러라고 한 것 뿐이지."

"박판관님 왜 이러시우. 저같이 둔한 놈이 그런 말을 생각인들 할

수 있어요. 모두가 하라는 대로 한 것 뿐이지."

"이 사람이 생사람을 잡을 셈인가?"

둘이서는 또 싸움이 붙었다. 일오는 보기가 민망한 듯이 웃으며

"하여튼 자네들의 짓인 것만은 틀림 없지?"

"네."

"그러면 사과문을 쓰게나."

"사과문이라니, 무슨 사과문을요?"

"장안을 그만큼이나 소란스럽게 했으며 자네가 처녀를 훔쳐다가 임금에게 바친 일까지 밝혀 쓰게나."

"그러면 제 목이 떨어지는 것이 아닙니까?"

박판관은 울상이 됐다.

"목이 떨어지는 한이 있어두 자기 잘못은 사과해야할 일이지."

일오는 박판관에게 같은 사과문을 넉 장 씌워 갖고서

"두 장은 우리가 숭례문과 소의문에 붙일 테니 흥인문과 창의문 엔 자네들이 붙이게."

그리고는 천천히 문을 열고 나가 버렸다.

18

구리개에 있는 정생원 약국에는 언제나 손님들이 끊어질 때가 없었다. 시골에서 약재를 사러온 사람들과 팔러온 사람들이다.

요즘 정생원은 어두워만지면 바깥은 통 나갈 생각을 하지 않고 사랑에서 그들을 상대로 장기를 두었다. 시골사람의 장기는 대체로 풋장기였다. 그런 사람들을 상대로 두는 장기가 재미날 리는 없었다. 그러나 그는 그런 짓이라도 하지 않으면 불안해 견딜 수가 없었다. 그가 전에 없이 불안을 느끼게 된 것은 전동 골목에서 일지가 목로 술집을 하고 있다는 것을 알았기 때문이다.

(일지는 모든 것을 알고 있지 않은가—내가 탄실이를 바다에 버린 것까지도. 만일 그것이 세상에 밝혀진다면 어떻게 되는 것인가?)

그는 그 동안에도 일지를 없이하려고 몇 번인가 쌈꾼을 보내봤다. 그러나 일오라는 선비 때문에 번번이 실패로 돌아가고 말았다. 그럴수록 그의 불안한 마음은 더욱 높아갈 수밖에 없었다. 그 날도 정생원은 사랑에서 놀다가 자정이 넘어서야 자기 방으로 돌아왔다. 방에는 촛불이 밝게 켜져 있었다. 그는 옷을 벗고 자리에 누우려다 문득 맞은 편 벽을 보고 놀랐다. 그곳에는 탄실이의 부친인 남태영(南泰英)의 이름이 커다란 먹글씨로 써져 있었다. 아직도 먹이 마르지 않은 글씨였다. 그는 얼핏 문갑 위를 보았다. 그 곳에 있던 벼룻장의 뚜껑이 열린 채 붓이 아무렇게나 던져 있었다. 그것을 보면 누가 그 붓으로 쓴 것이 분명하다.

(누구의 장난인가. 설마 죽은 남태영의 망령이 한 짓은 아니겠지. 그렇다면 집의 사환놈들의 장난인가?)

그러나 집의 사환으로서는 남태영이의 이름을 알만한 아이가 없다고 생각하니 갑자기 몸이 떨리어 꼼짝할 수가 없었다. 자기를 해치려는 어떤 자가 이 방에 들어왔던 것이, 아니 지금도 이 방에 숨어 있을지도 모른다는 생각이 번개쳤기 때문이다. 그 순간 웃방에서 버석 하고 인기척이 났다.

"누구야?"

정생원은 언제나 자리 밑에 준비해 두는 비수를 찾아 들려고 했다.

그러나 보다도 먼저 장짓문이 열리며 커다란 발이 그의 손을 밟았다. 일오였다. 그러나 일오를 본 일이 없는 정생원은 얼굴이 검어진 채 벌벌 떨기만 했다.

"칼은 아예 잡을 생각마우. 칼이란 위태로운 것이니 버립시다."

일오는 점잖게 말하며 자리 밑에서 칼을 집어들어 미닫이를 열고 뜰에 던졌다.

그것이 피차 마음놓고 이야기할 수 있는 일이고 정생원도 일오가 쟁기를 들지 않은 것을 알자 얼마큼 마음이 놓이는 모양으로

"무슨 이야기가 있다는 거요?"

꽤 큰소리로 소리쳤다.

"큰소리는 치지 마시요. 당신의 하인들이 오게 되면 모처럼 조용한 틈을 타서 이야기할 생각으로 찾아온 것도 허사로, 싸움만 하고 가게 될 테니."

일오는 여유 있게 싱글싱글 웃으며 말했다.

19

"누구란 말요?"

정생원은 너무나도 여유 있는 일오의 웃음에 기가 질린 모양으로 처음처럼 소리치지는 못했다.

"내가 누구냐 말이지요?"

일오는 여전히 웃으며

"내가 누구라는 건 벽에 쓴 이름을 보면 아실 텐데 새삼스럽게 물을 필요도 없겠지요."

"그렇다면 남태영의 친척이라도 된다는 거요?"

"친척이 되는 것도 아닙니다. 그러나 그 어른과는 친척 이상으로 잘 아는 사람이오."

"그래서 무엇하러 왔다는 거요?"

"그것도 벽에 쓴 이름 석 자로써 잘 알리라고 생각하는데."

하고 일오는 비양치는 눈으로 지긋이 정생원을 넘겨다 봤다.

"······"

정생원은 말은 없으면서도 불길한 예감에 사로잡힌 모양으로 이맛살을 찌푸렸다.

　"당신의 얼굴을 보니 내가 왜 왔는지도 잘 아는 모양이군요. 하기는 그렇겠지요. 무오사화가 있은 것이 삼사 년밖에 되지 않은 일인데 아직 환갑도 되기 전인 당신이 그 때 일을 벌써 잊을 리야 없겠지요."

　"……."

　"그래도 역시 기억에 남지 않는다면 제가 그때 일을 이야기해 드리도록 하지요. 수년 전 유생 한 분이 무오사화에 희생이 되어 변방으로 귀향을 가게 되었답니다. 그래서 그분은 평소에 그가 신임하던 어느 의술에게 자기 마누라와 딸, 이렇게 둘 뿐인 가족을 맡기면서 그의 많은 재산도 맡기고 갔지요. 그러고 나서 얼마 후에 남태영이의 부부는 죽고 의술은 그에게서 맡은 재산으로 약재상을 하여 큰 부자가 되었는데 남씨의 딸이 몹시 귀치않게 되었지요. 왜냐하면 남씨의 딸이 유달리 아름다와 임금님이 후궁을 삼겠다고 찾은 때문이지요. 만일 자기가 남씨 집의 가족을 맡은 것이 발각되는 날이면 그의 재산도 역적의 재산으로 몰려 일조일석에 잃게 될 판이니까요. 그래서 의술은 탄실이라는 남씨의 딸을 죽일 생각으로 자기 집에 있는 권서방이라는 서사를 시켜 바다에 넣으려고……."

　정생원은 일오의 말이 끝나기도 전에

　"무슨 말을, 내가 탄실일 죽였단 말야!"

　입에 거품을 물어가며 소리쳤다.

　"그러면 내가 이야기한 것은 전혀 근거가 없다는 말입니까?"

　"……."

　"말이 없는 걸 보면 근거가 없는 것도 아닌 모양이군요. 정생원이 탄실이를 바다에 넣어 죽인 것두……."

"어디서 그런 말을 듣고 왔어. 남태영은 내 은인이요. 그 은인의 딸을 내가 죽이다니……."

"재물 앞에는 은인의 딸도 귀치않은 것뿐이오."

"아무것도 알지 못하면 지껄이지 마우."

"그러면 당신은 탄실이를 바다에 넣지 않았다는 거요?"

"나는 탄실에게 살길을 마련해준 것뿐이오. 권서방이라는 집에 있던 사람과 짝까지 지어 평양 가서 살라고 약재 한 뱃짐 실어서 길을 떠나 보냈오."

"그렇다면 그 배가 도중에 풍랑이라도 만나 바닷속에 가라앉았다는 말인가요."

일오는 다시금 비양대는 웃음을 웃었다.

20

"그것이 무슨 말이오?"

정생원은 아무것도 모르는 듯이 놀란 얼굴이 되었다.

일오는 어이가 없는 대로 웃으면서

"정생원은 탄실이가 죽은 것을 모른다는 말이오?"

"알 리가 없지요. 나는 그들을 배에 태워 보냈을 뿐이니."

"그러면 탄실과 같이 죽었어야 할 일지가 목로술집을 하고 있다는 것도 모르고 있었단 말이군요?"

"……."

"그 말도 믿을 수가 없다면 일지 아가씰 만나게 해 드리지."

그리고는 웃방을 향해

"정생원이 일지를 보고 싶다니 좀 내려오라구."

그말이 떨어지기 전에 장지문이 열리며 일지가 나타났다. 평소에 볼 수 없던 독기가 서린 얼굴이다.

"으악!"

정생원은 일지를 본 순간, 귀신이라도 본 듯이 질겁을 하며 뒤로 나자빠졌다.

"일지를 보고 그렇게 놀랄 것은 없지 않소. 일지가 목로술집을 하는 것도 알고서 죽이려고 사람을 몇 번이나 보냈던 사람이…… : "

비양쳐 웃자

"당신이 바로 일오구먼요?"

"내 이름도 아시는구려. 그러나 내 이름을 아는 것뿐으로써는 나를 잘 모를 거요. 나는 남태영 어른의 옆집에서 살던 김대감의 생질이오."

"아, 그러면 행방을 감췄던……."

"역시 기억이 되시는 모양이군요. 그러면 내가 정생원에 대한 원한이 얼마나 크리라는 것을 아시겠지요?"

"그래서 나를 어떻게 하겠다는 것인가?"

정생원은 겁에 질린 눈을 추잡스럽게 섬벅거렸다.

"사실 생각 같아서는 정생원을 찢어 죽이고 싶은 생각도 없지 않아 있소. 그러나 죽이려고 온 것은 아니오. 그걸로써 내 마음이 풀어질 리는 없으니."

"그러면?"

"개심할 기회를 주러 온 거요."

"개심?"

"정생원도 이제는 육십이 아니오. 그런 나이라면 불의의 영화를 누릴 생각은 버리고 성불할 생각을 하라는 거요."

"어떻게?"

정생원은 힘 없는 눈으로 일오를 쳐다보며 물었다.

"정생원의 재물을 모두 내노시오. 그걸로써 불쌍한 사람들을 도웁시다."

"모두?"

"싫다는 말이오?"

"하여튼 생각해 봅시다."

"그러나 오래 생각할 여유는 줄 수가 없소. 내일 밤 술시까지 확답을 하시오."

"내일이라니……그렇게도 급히?"

"급하오."

"그렇다면 하는 수 없구만요."

정생원은 어떡해서든지 이 자리를 피하고 볼 일이라고 생각한 모양이다. 그는 어느 정도로 마음도 가라앉은 어조로

"그러면 어디서 만나기로 하나, 일지네 술청에서 만나기로 할까?"

"일지도 술장수는 오늘 밤으로 그만두기로 했소."

"그러면?"

"소정동 홍안사 앞에서 만나기로 합시다."

밖에서 휘파람소리가 휙 났다.

망을 보고 있던 돌쇠의 휘파람소리다.

일오는 급기야 촛불을 끄고 미닫이를 열며

"내일 밤 술시, 잊지를 마시오."

그말을 한번 더 다짐했다.

풍진(風塵)

1

그날 밤 일오와 일지가 찾아간 곳은 모시전골에서 객주를 하는 이종일네 집이었다.

본시 평안도 한천에서 배를 타던 사공이었던 모양이지만 객주업으로 큰 부자가 된 사람이다.

몸이 장대하여 힘도 셌지만 천성으로 의협심이 강하여 남의 재난을 보면 자기 일처럼 걱정하며 도와줬다.

또한 앓거나 쌀이 떨어진 사람이 있으면 자기 재물을 아끼지 않고 나눠 줬으며 돈을 꿔주고도 한번도 재촉하는 일이 없었다.

그 때문에 자기가 패가할 형편에 이른다고 해도 별로 마음쓰는 일도 없어 누가 돈을 청하면 서슴치 않고 내줬다.

"그래서야 아무리 재물이 많다고 해도 견뎌날 도리가 있겠소. 꿔준 돈은 반드시 받도록 하시오."

친구가 이렇게 충고를 하면

"그것은 모르는 소리요. 누구나가 돈을 꾼다는 것은 좋아서 하는 일이 아니지요. 쫄리고 쫄리다 못해 꾸는 것이요. 그런 사람이 꾼 돈을 물지 못하는 것은 물고 싶은 마음이면서도 물 수가 없기 때문이겠지요. 그런 사람에게 재촉해 본들 무슨 소용이 있겠소. 피차 마음만 괴로운 노릇이지. 하기는 그 중엔 처음부터 물 생각을 않고 떼어먹을 생각으로 돈을 꾸는 사람도 없지 않아 있겠지요. 그런 사람이야 사람의 가죽을 썼을 뿐이지 어떻게 사람이라고 할 수 있소. 그런 사람을 상대로 꿔준 돈을 받자고 하면 사람만 밑질뿐 받을 리는 없는 일이 아니요."

한 때는 거친 바다의 물결도 헤치고 다닌 사공이었던만큼 인정도 헤펐거니와 서울의 장사치처럼 고리타분한 데가 없었다. 물건을 흥정하는 것을 봐도 시원하기 이를 데가 없었다.

그런 사람이 또한 자기집에 물건을 갖고 온 손님을 나쁘게 해줄 리도 없었다. 물건을 갖다 맡기기만 하면 돈은 그 자리에서 융통해주고 물건은 남보다 한 닢이라도 더 얹어줬다. 또한 물건을 사는 사람도 그 집에 가면 언제나 사고 싶은 물건을 구할 수 있었으며 믿을 수 있는 물건을 싼 값으로 살 수가 있었다. 그러니 자연 장사도 잘되게 마련이요, 거기 따라서 그의 인망도 높아질 수밖에 없는 일이었다. 더욱이 도부꾼들의 인망은 대단했다.

그도 본시는 자기들과 마찬가지인 빈천한 사람으로 거상이 되었다는데 호감이 간 것도 있겠지만 물건값이 떨어졌다고 해도 재촉하는 일없이 오히려 저 편에서 따끈한 장국밥 한 그릇이라도 사먹여 보낼 생각을 하니 누가 싫다고 하랴.

사실 그 집에 드나드는 젊은 도부꾼들은 잇속없는 일일지라도 그의 일이라면 골통이 터져도 좋다는 자가 한둘이 아니었다.

일오는 집을 나와 나그네 생활을 하던 그때에 그를 알게 된 것이다.

이종일이는 십 년이나 위인 사십 전후의 호남으로 첩도 두셋을 거느리고 있어 남보기에는 호색가로 보였으나 마음은 일오와 통하는 데가 있었다.

2

그날 밤 남섭이는 달빛을 받으면서 천천히 구리개 고개를 넘어 집으로 돌아가고 있었다. 다옥동에서 이 교리와 한잔하고 헤어져 돌아오던 길이었다. 그 부근은 어둡기만 하면 인적이 끊어져 산골짜기처럼 조용했다. 그러나 오늘 같은 달밤, 술을 한잔 마시고서 걷기엔 아주 좋은 길이다. 남섭이는 고개 위로 올라서다 문득 걸음을 멈추고 길 옆의 커다란 느티나무에 몸을 감췄다.

저편 돌각담 밑에 수상한 사나이가 서 있는 것을 보았기 때문이다.

눈을 두룩거리며 서 있는 것을 보니 누가 오는가 망을 보고 있는 것이 틀림없다.

(저 약국에 도둑들이 들어간 모양인가)

남섭이는 호기심이 부쩍 생기는 대로 잠시 그곳을 지켜보고 있었다.

이윽고 망을 보던 사나이가 휘파람을 획 불었다.

안에 들어간 자들에게 무슨 암호를 보내는 모양이다.

(내가 여기서 보고 있는 것을 안 때문인가)

남섭이는 다시 슬슬 걸어 그 앞을 지나치려다 문득 생각난 듯이 걸음을 멈추면서

"밤도 늦었는데 무슨 일로 혼자서 서 있는 거요?"

하고 점잖게 물었다.

그 사나이는 남섭이가 그대로 지나치기를 바라고 있다가

"네."

하고 흠칫 놀라며 당황한 얼굴을 그대로 드러냈다.

"무슨 걱정이 있는 것 같기에 묻는 거요."

"네, 실상은 제 주인마님이 갑자기 가슴앓이를 해서 모시고 왔다

가 전 여기서 기다리고 있습니다."

(이 녀석아, 거짓말을 하려면 그럴 듯하게 해)

남섭이는 그런 생각이면서도 모른 척하니 그 앞을 지나 걸어가다가 담 뒤에 숨어 그들의 동정을 살폈다.

얼마 있자 그의 생각대로 먼저 젊은 여자가 담을 넘어왔고 뒤이어 사나이가 또 담을 넘어왔다.

(저것 봐라. 저놈들은 부부가 함께 다니는 도둑놈들인가?)

남섭이는 이런 말을 혼자 중얼거리다 급기야 눈이 둥그레졌다. 그것이 뜻밖에도 일오였기 때문이다.

(저 친구가 도둑질은 할 것 같지 않은데, 도대체 무슨 일로 저 집엔 들어간 것인가?)

남섭이는 알 수 없으면서도 전신이 긴장됐다.

그들은 언덕을 내려오다 바로 남섭이가 숨어 있는 앞에 와서 망을 보며 서 있는 사나이에게 일오가 글을 쓴 종이를 꺼내주며 뭐라고 말했다. 거리가 멀어서 무슨 말인지는 잘 알 수가 없었지만 그것을 어디 갖고 가서 붙이라는 것 같았다.

(이 밤중에 무엇을 붙이라는 것인가?)

그러나 남섭이는 그것이 무엇이라는 것도 쉽게 짐작할 수가 있었다.

(일오가 쓴 것이라면 틀림없이 조정을 비난하는 격문일 거야. 그것이 내 손에 들어온다면 일오를 없이하는 일은 문제가 없지 않은가?)

그들은 큰길로 나와 일오와 아가씨는 모시전골 쪽으로 내려가고 남섭이는 망을 보던 사나이의 뒤를 따르며

(아, 오늘은 어쩌면 이렇게도 운이 좋은가)

하고 생각했다.

3

"왜 이렇게 늦었어요?"

혼자서 쓸쓸히 집을 지키고 있던 연옥이는 남편의 발소리를 듣자 역시 반가운 대로 뛰어나갔다.

남섭이의 손에는 보자기에 무엇을 싼 것이 들려 있었다.

그것을 받으려고 하자 남섭이는 머리를 흔들며

"피가 묻어."

"피!"

"연옥인 봐서 안될 거야."

"네?"

연옥이는 깜짝 놀라면서 그 보자기를 한번 더 봤다.

"보지 말래두."

"뭐예요?"

"알아서 필요없는 거야. 그보다두 대야에 물이나 좀 떠다 줘, 손을 씻게."

하고 남섭이는 들었던 보자기를 마루 밑에 놨다.

"……"

연옥이는 움직일 생각 없이 남섭이의 얼굴만 가만히 보고 있었다.

"손을 씻게 물을 좀 떠 달라는데 왜 그러구 서 있어?"

"……"

남섭이는 말없이 눈만 말뚱거리는 연옥이의 시선과 부딪치고 나서

"아, 이것이 뭔지 안 모양이구만."

"네."

"하하하, 그걸로써 연옥이도 이제는 훌륭한 내 아내가 된 거야. 좀 전에 집에 오는데 처녀를 훔쳐갖고 가는 놈들을 만나지 않았어. 그래서 그중의 한 놈을 잡아 목을 베었지. 이런 놈들 때문에 서울이

얼마나 불안한지 몰라."

연옥이는 그 말도 반신반의로 들으며

"그건 어쩌려고 갖고 왔어요?"

"묻어 주려고. 그래야 후탈이 없는 거야."

"……."

"저 녀석도 죽을 바에야 나한테 죽기를 잘했지. 그렇지 않고야 염불해 주고 묻어줄 녀석이 어디 있어?"

"그리고 당신은 그걸로써 출세를 한다는 거지요?"

비양치듯이 말했다.

"하하하, 이런 도둑이나 밤낮 잡고 있다면 무슨 출세야. 상을 받는대야 기껏 백목 한 필이지. 그러나 저 녀석이 저런 걸 갖고 있었기 때문에 출세 도 할 수 있는 거야."

남섭이는 글 쓴 장지를 꺼내 마루 위에 서 있는 연옥이 발 밑에 던져주고 우물가로 가서 손을 씻었다.

연옥이는 그것이 무엇인지 보고 싶은 마음이면서도 줍지를 않았다.

그대신 마루밑에 있는 보자기를 다시 보고 치를 떨었다. 보자기에는 피가 벌겋게 배 있는 것이 어두운 불빛 속에서도 보이는 것 같았다.

남섭이는 손을 씻고 들어오면서

"그것에 무엇이 써 있는지 알아?"

"……."

"임숭재가 처녀들을 훔쳐다 임금에게 바친다는 사실이 밝혀져 있어."

"그러면 그걸 전식에게 알려주려는 것인가요?"

"글쎄, 나도 지금 그걸 어떻게 했으면 좋을까고 생각하는 거야. 그걸로써 임숭재의 신임도 얻을 수 있는 일이니."

"전식이를 배반하구요?"

"배반이면 어때. 이런 난세에 그런 생각을 않고 출세를 할 수 있는 줄 알아? 자기를 크게 하기 위해서는 단 한가지 힘을 키우는 것밖에 없는 거야. 그런 쓸데없는 생각은 말고 내가 하는 것만 보고 있어."

연옥이는 그런 말을 하는 남편을 어떻게 믿어야 할지 알 수가 없었다.

4

눈을 잠시 붙였던 남섭이는 얼굴도 씻는둥 마는둥 하고 임숭재의 집을 찾았다.

밤새껏 생각한 끝에 역시 임숭재를 찾는 것이 유리하다고 생각한 모양이다.

임숭재의 집은 가회동 골짜기에 있었다. 살구꽃이 피기 시작한 넓은 뜰안으로 들어서자 장작을 패던 하인이 그를 알아보고

"낭관님, 어떻게 된 일이오. 바람이 잘못 분 것은 아니오?"

하고 조롱댔다.

신분은 비록 하인이라 해도 세도집 하인은 장악원 직장같은 것은 대수롭게 여기지를 않았다.

"계신가?"

"임 어른요?"

"그래."

하인은 여전히 조롱대는 투로

"임 어른 찾는 걸 보니 관상을 봐달라고 부른 모양이군요."

남섭이는 한술 더 떠서

"내가 관상을 봐 드리려고 찾아온 거네."

"그러면 내 관상부터 먼저 봐 줘요. 난 아직 장가를 못들어 그게 걱정인데 언제쯤이나 들 수 있나."

그래도 남섭이는 화를 내는 일없이

"밑천 들지 않는 일인데 그야 못하겠나."

"그래두 장가들 걸 알려면 손금을 봐야지."

"손을 내밀게."

하인은 분주히 도끼를 놓고 커다란 손을 내밀었다.

남섭이는 그의 손을 잡고서 전날의 심각한 점쟁이의 얼굴로 돌아가며 손금을 뜯어보고 나서

"자네 손금은 안 본 것으로 함세."

"안 본 것으로 한다니요?"

"그것이 좋아."

남섭이가 그의 손을 놓고서 그대로 들어가려고 하자

"남의 손금을 보고서 안 본 것으로 한다는 건 무슨 말이오?"

하고 화를 냈다.

"아침부터 싫은 소리 하고 싶지 않아서 그런 거야."

"손금이 나쁘단 말요?"

"말하자면 그런 거지."

"그래두 어째서 나쁘단 건 말해 줘야 할 것 아니오?"

"그렇게 알고 싶다면 말해 주지. 자넨 장가들 금이 없어."

스물이 넘은 더벅머리라 일생 장가를 들 수 없다면 누구나가 화가 날 노릇이다. 하인은 남섭이에게

"당신이 그걸 어떻게 안다는 거요?"

생각할수록 분한 모양으로 눈을 부릅뜨고 대들었다.

"어떻게 알긴, 손금에 있으니 아는 것이지."

"만일 내가 내일이라도 장가를 들면 어떻게 하겠어요?"

"내 자지나 떼 줄까. 그보다 버릇을 고쳐. 장가 보내 줄 테니."

남섭이가 웃으면서 안으로 들어가려고 하는데 마침 그 집 겸인이 중문으로 나오다 보고

"낭관님이 어떻게 이런 새벽에 오시우?"

하고 반겼다.

그 집 겸인은 남섭이가 있는 장악원에 자주 드나들었으므로 전부터 아는 사이였다.

"급한 일로 임 어른을 좀 뵈려고 하는데."

"지금 뒷산에 활을 쏘러 나가시구 안 계신데요?"

"뒷산에요?"

남섭이는 속으로 그러면 더욱 잘됐어, 하고 생각했다.

5

(정말 운이 트이려는 모양이야. 하나하나가 모두 들어가 맞는 걸 보니)

남섭이는 뒷산으로 뛰어 올라가면서 중얼거렸다. 산을 얼마 올라가지 않아 송림 속에 가리어 있는 사정(射亭)이 보였다.

"따악— 따악—."

과녁(貫革)에 활이 꽂히는 소리가 아침의 밝은 공기를 타고 울렸다. 언제 들어도 힘이 뻗친 통쾌한 소리다.

"따악 따악."

다시금 과녁이 울었다.

사정에 이르자 임숭재는 대여섯 명의 친구들과 활을 쏘며 웃고 있었다.

임숭재는 남섭이의 인사를 받고나서

"급한 일이라니, 무슨 일이오?"

"이상한 글을 얻었기에."

"이상한 글이라니, 뭐 방문(榜文) 같은 것인가?"

"네."

남섭이는 염낭에서 갖고온 문서를 꺼내주었다. 임숭재는 활을 놓고 그것을 펼쳐보고서는 급기야 낯색이 달라져

"이걸 어디서 얻었소?"

"어젯밤 다방골에서 어느 친구와 술을 한잔 하고 돌아가던 길에 수상한 녀석이 있기에 뒤를 밟았더니 숭례문으로 가서 무엇을 붙이고 있는 것이 아닙니까. 그것을 보고 난 틀림없이 그 녀석이 조정을 비난하는 방서를 붙이는구나 생각하고, 달아나는 그놈의 목을 베고 가보니 뜻밖에도 이런 것이 붙어 있지 않겠어요."

남섭이는 여기서 말을 끊고 얼굴을 들어 임숭재의 기색을 살폈다.

"방문이라니, 무슨 방문이야?"

하고 옆의 자가 집어다 보고나서

"이 사람, 이걸 보니 자네 목이 아직 붙어 있는 것이 이상하네그려."

하고 농담 절반 진담 절반의 말을 했다. 그러나 임숭재는 그런 농담을 듣고 있을 형편이 못되는 모양으로

"이것이 숭례문에 붙어 있다고 하면 딴 성문에도 붙어 있는지 어쨌든 큰일이야."

남섭이는 그 말을 기다리기나 했던 듯이

"네, 그래서 제가 딴 성문도 알아봤습니다만 그런 일은 없더군요."

임숭재는 약간 안심되는 모양으로

"그놈이 도대체 어떤 놈입디까?"

"네, 나그네 차림인데 그놈의 시체가 없어질 염려가 있어 목을 베

다 두었으니 언제구 알아 볼 수가 있지요."

"그렇다면 대단한 수고를 했군요."

"네, 이런 일이 세상에 알려지면 대감께서 공연한 누명을 쓸 것 같기에."

임숭재는 이 말에 더욱 감격하여

"같이 내려가서 어떻게 된 일인지 알아봅시다."

하고 글쓴 것을 접어 넣으려고 하자

"그걸 한 번 더 자세히 보세요. 아주 무식한 녀석의 장난 같지는 않습니다."

임숭재는 다시 그것을 펼쳐보고

"그러고 보니 어디서 본 글씨 같기도 한데 자네, 이 글씨가 생각나지 않나?"

옆의 자가 넘겨보고 나서

"그건 박판관의 글씨 아닌가. 어떻게 된 일이야. 그 사람이 미치지 않구야 이런 글을 써 붙일 리가 없는데……."

6

일오에게 사과문을 써 준 박판관은 뜬 눈으로 밤을 새웠다.

처녀를 훔쳐다가 임금에게 바쳤다는 그 글이 숭례문과 홍인문에 나붙는 날이면 자기 목이 날아가는 판이니 잠이 올 리가 없었다. 그렇다고 이런 일을 포청이나 금부에 알릴 수도 없었다. 아무리 세도를 쓰는 임숭재가 시킨 일이라고 해도 계집 훔치는 그런 일을 떳떳이 드러내 놓고 이야기할 수는 없었기 때문이다. 뿐만 아니라 임숭재에게 가서도 이야기할 수가 없었다. 일지를 훔쳐온다고 장담하고 나섰던 일이 이 꼴이 됐으니 뭐라고 할 말이 없었기 때문이다. 하는 수 없이 박판관은 통행할 수 있는 파루(罷漏)시각을 기다려 급히 성문으로 이서방을 보냈다. 그 글이 성문에 붙은지를 알아보기 위해서 였다. 이것이 성문에 붙는 날이면 이서방도 목이 달아나는 판이라, 그는 부랴부랴 단숨에 뛰어갔다 온 모양으로 땀을 뻘뻘 흘리면서 들어왔다.

"어떻게 됐어?"

박판관은 성급히 물었다.

"네 안심하세요. 성문엔 검부락지 하나 붙은 것이 없어요."

그러나 어젯밤에 쌈꾼들 믿고서 일을 시켰다가 큰 낭패를 한 생각을 하니 박판관은 이 말을 그대로 믿을 수가 없었다.

"성문을 가보면 된다면서 흥인문을 가보지도 않고 온 것 아닌가?"

"무슨 말을 그렇게 하시오. 그 녀석들이 흥인문과 숭례문에 붙인다는 말을 저두 분명히 들었는데 왜 거길 안 가 봤겠어요."

"그래서 성문지기를 보구선 아무것도 묻지 않고 그대로 왔나?"

"왜 안 물어 봤겠어요. 무슨 글 같은 것이 붙으면 곧 박판관 댁에 알리라고 해장값도 후히 주고 왔습니다."

자기가 한 일을 자랑이나 하듯이 말했다. 박판관도 그 말까지 듣고 나서는 당장에 급한 위기는 면했다고 생각하면서도 가슴에 뭉쳐 있는 불안은 덜 수가 없는 얼굴이다.

"그놈들이 그걸 붙이지 않았다면 무슨 생각으로 그랬을 것 같은가?"

지금엔 의논할 상대가 이서방밖에 없으니 그에게 묻는 수밖에 없었다.

"글쎄요, 성문을 지키는 군졸들이 무서워 못 붙인 것 아닐까요."

박판관은 그 말에 화를 내어

"이 사람아, 어젯밤에도 일오라는 그 녀석이 혼자서 십여 명이나 해치우는 걸 보고서도 그런 소린가?"

"하기는 그렇지요. 그 녀석이 수문지기가 무서워서 그걸 못 붙일 녀석은 아니지요."

이서방은 고개를 끄덕여 수긍하면서 다시 생각하고 있다가

"참 언젠 판관님은 일오란 녀석이 전식이 앞에서 일하는 이교리라는 자와 기생집을 간 걸 봤다지요? 그러면 혹시 그걸 이 교리를 통해 전식이에게 팔 생각을 한 건 아닐까요?"

"그걸 전식이한테?"

박판관은 갑자기 눈이 뚱해졌다.

그럴 수도 있는 일이라고 생각되니 놀라움도 클 수밖에 없었다.

바로 그때 임숭재의 집에 있는 사환애가 들어서며

"주인님이 곧 좀 올라오시래요."

하고 알려줬다.

7

(도대체 무슨 일로 새벽에 오라는 것인가?)

박판관은 사환애를 따라 분주히 걸으면서도 무슨 일인지 알 수가 없었다.

물론 어젯밤에 저지른 일이 가슴에 걸리기는 했지만 그 글이 성문에 나붙지 않은 이상 임숭재가 알 리는 없었다.

그러나 다시 생각해 보면 그들이 숭례문이나 흥인문에 붙인다고 해서 반드시 그들 말대로 그 곳에만 갖다 붙일 리도 없는 일이었다. 사람들이 많이 다니는 종각 네거리나 광교다리쯤에 붙여놨을지도 모르는 일이었다.

(그렇지, 그건 나부터 그럴 일이 아닌가. 성문지기들이 지키고 있는 위험한 성문을 찾아가서 붙일 리가 없는 일이지. 그러니 나는 어떻게 되는 것인가?)

박판관은 앞이 캄캄했다.

전신에 맥이 풀려 제대로 걸을 수조차 없었다. 임숭재가 자기를 부른 것은 오랏줄을 받으라고 부른 것만 같았기 때문이다.

그러나 또다시 생각해 보면 그런 일에 임숭재가 사환애를 보냈을 것 같지는 않다. 그보다는 금부나 포청의 포교들이 자기를 묶으러 왔으리라고 생각되었기 때문이다.

(그렇다면 역시 어젯밤의 일지를 훔쳐내는 그 일이 어떻게 된지를 알자는 것인가?)

그런 일이라면 몇 마디 꾸중이나 받고 말 일이지만 그렇다고 해도 박판관은 불안스러운 마음이 털어지지는 않았다.

일오에게 써 준 그 사과문이 언제 어느 때에 넓은 서울 어느 곳에 나붙을지는 도시 짐작할 수가 없었기 때문이다.

생각하면 생각할수록 모든 것이 일오란 그 녀석 때문이다.

그 녀석만 없었다면 벌써 일지를 훔쳐다 자기도 하루 이틀쯤은 안아 봤을지도 모르는 일이고, 임숭재에게 용돈도 두툼히 탔을 노릇이다. 물론 임숭재도 일지를 곱게 그대로 임금에게 바칠 리는 없겠지만 그것은 하여간에 일오 때문에 모든 것이 틀리는 것이 사실이다.

그러니 그 녀석을 없이하는 것이 제일 상책이지만 그것이 뜻대로 되지 않으니 골칫덩이다.

(하여튼 그 녀석을 없이하기 전에는 내 목이 날아갈 판이니 나도 정신을 바짝 차려야 할 일이야)

이런 생각을 하며 걷는 동안에 어느덧 임숭재의 솟을대문 앞에 이르렀다.

겸인이 달려 나오며

"기다리고 계십니다. 어서 안사랑으로 들어가 보시오."

하고 알려줬다.

사랑 안은 이상스럽게 조용한 것이 필시 무슨 일이 생긴 듯이 무거운 공기가 흐르고 있는 것이 분명했다.

(정말 무슨 일이 생겼어?)

박판관은 가슴을 두근거리며 미닫이를 열었다.

사랑방에는 뜻밖에도 오륙 명이나 되는 임숭재의 친구들이 둘러앉아서 자기를 기다린 듯이 일시에 시선을 던졌다.

그중엔 얼마전까지 점바치를 하던 남섭이도 끼어 있는 것이 눈에 띄었다.

(저 녀석은 어떻게 왔어. 혹시 저 녀석이 나를 험구한 건 아닌가?)

<h1 style="text-align:center">8</h1>

"무슨…… 무슨 일이옵니까?"

평소엔 임숭재와 박판관은 서로 농담도 하는 허물없는 사이였다. 그러나 서슬이 시퍼런 임숭재의 안색을 보니 박판관은 말도 제대로 나오지를 않았다.

"박판관의 잘난 얼굴 보고파서 불렀소."

임숭재의 첫마디가 밸이 뒤틀어진 말이다.

"네?"

"박판관이 나한테 타간 돈이 얼마나 되는지 아우?"

"네?"

"일지란 술청 아가씰 데려온다고 한 지가 언제부터인지 아냐 말요?"

"네, 어젯밤두 쌈꾼을 십여 명이나 보냈습니다만 일이 거의 다 됐을 때 일오란 그 녀석이 나타났기 때문에……."

"그래서 또 놓쳤단 말이군요."

"네, 그 녀석이 어찌나 검술에 능한지 제가 데리고 있던 혹뿌리는 그 녀석의 철퇴에 맞아 인사불성이 되고……."

말을 끝맺기도 전에 임숭재는 고함을 쳐

"박판관은 그걸 무슨 자랑으루 이야기하는 거요?"

"그런 건 아니지만……."

"그렇지 않구선 왜 같은 돈을 쓰면서 쌈꾼은 스라소니 같은 것만 사우?"

"그건 아닙니다. 쌈꾼들이 스라소니가 아니라, 그 녀석이 너무나 검술에 능하기 때문에……."

"아무리 검술에 능하다고 해도 그렇지, 스라소니가 아니구서야 그 놈두 사람일 텐데 열 명이 달라붙어 그놈 하나를 해치우지 못한대서야 이야기가 되우?"

"글쎄 그건 당해 보지 않고서는 모르는 일입니다."

박판관이 자기 잘못이 아니라는 것을 변명대듯이 우기려고 하자 임숭재는 꽥 소리를 질러

"박판관은 어느 녀석과 손을 잡아 나를 망칠 생각을 한 거요?"

"네? 그건 무슨 말씀입니까? 제가 임대감을 망치다니, 천부당만부당한 일이지."

어리둥절한 얼굴이 되자

"시침을 떼지 말고 바른대로 말하우, 이미 우린 다 알고 있는 일이니."

협박이나 다름없는 싸늘한 말이었다.

"글쎄요. 저는 그런 일이란 전혀 없다고 생각하는데."

박판관은 무슨 일인지 몰라 불안스러우면서도 우선 이렇게 말할 수밖에 없었다.

"그러면 이건 어떻게 된 거요?"

그제야 요 밑에서 방문을 꺼내 그의 앞에 던져줬다.

그것은 펴보지 않아도 자기가 일오에게 써 준 사과문이라는 것을 첫눈에 알 수가 있었다. 박판관은 깜짝 놀랐다. 놀랄 뿐 아니라 전신이 떨렸다.

"이것이 도대체 어떻게 돼서 여기에 와 있습니까?"

"정말 이것이 어떻게 돼서 여기에 오게 된지 알아보우. 그걸 자기 손으로 썼으니 짐작이 가겠지요?"

임숭재는 박판관의 말을 되받아 비양쳤다.

"저는 절대로 대감님을 망치자고 쓴 것이 아닙니다. 그것이 아니라……."

그러나 말을 맺기 전에

"그러면 임금을 망치자고 쓴 모양이군요. 몰랐더니 박판관두 나랏일을 무척 근심하는 분이었구만요."

9

"그것이 아니오라, 실상 이 글은 일오 녀석이 제 목에 칼을 대고 강제로 씌운 것입니다."

박판관도 이제는 숨길 필요가 없게 됐으므로 사실대로 말할 생각을 했다.

"그러니 계집을 데리러 술청에 갔다가 이런 것만 써주고 왔단 말이군요."

임숭재는 여전히 이맛살을 접은 얼굴로 비양쳤다.

"그것이 아니라 어젯밤엔 전 술청엔 가지 않고 싸움꾼만 보냈습니다."

"박판관은 언제부터 그런 사람이 되었소. 앉아서 고갯짓으로만 사람을 부리는……."

"그것이 아닙니다. 그 술청은 제가 잘 알기 때문에 제 대신 이서방이란 사람을 보냈던 것이지요. 그런데 그 사람이 혼비백산이 되어가지고 사람을 데리러 달려오지 않았어요. 그러니 화가 나서 그 사람을 꾸짖고 있는 판에 일오란 그놈이 일지와 술청의 숙수쟁이까지 데리고 와서 생각지도 못했던 그런 글을—그것도 한 장두 아니고 넉장씩이나 쓰라는 것이 아닙니까."

"뭐 넉 장씩이나? 그래서 고분고분 써 줬단 말인가?"

임숭재는 눈을 굴리며 소리쳤다.

"어떻게 합니까? 그걸 안 쓰면 당장에 칼이 목에 들어가는 판인데."

"이 민한 놈아, 목에 칼이 들어가도 할 일이 따로 있지, 그걸 넉 장씩이나 써놨으니 어떻게 한단 말이야."

화가 굴뚝같이 난 임숭재는 집에서 부리는 종이나 하인을 꾸짖듯이 소리쳤다.

"그러나 그 놈들이 그걸 다 가져간 것은 아닙니다. 숭례문과 홍인문에 붙인다고 갔고 두 장은 우리 보고 붙이라고 두고 갔으니까요."

"그래두 아직 한 장은 그놈들이 갖고 있지 않은가?"

"그렇습지요."

"그렇습지요가 뭐야. 박판관은 그것이 성문에 나붙는 날이면 모가지가 달아날 생각두 없었던 말인가?"

"네, 그런 생각이 없기야 했겠소만 그런 일을 막상 당하고 보니 저도 모르게 그만……."

"그랬으면 왜 또 그걸 나한테 급히 알려줄 생각은 않고 여태까지 잠자코 있은 거야?"

"……."

"왜 말이 없어, 말이 없는 걸 보니 정말 어느 녀석 모함에 넘어간게

군. 평양감사라도 시켜준다는 소리에 귀가 나발만 해서."

박판관은 기겁을 하여

"무슨 말씀을…… 제가 환장을 했다고 해도 그런 일을 할 수가 있 겠습니까?"

"그러면 왜 잠자코 있었어? 그런 짓을 했으면 빨리 금부나 포청에 알려 일을 무사하게 해야 할 생각도 없었냐 말야."

박판관은 자기의 잘못을 아는 만큼 변명할 말도 없는 모양이다.

이때 박판관이 땀을 빼고 있는 것을 보고 있던 남섭이가 옆에서 입을 열어

"그것이 언제쯤 일입니까? 일오라는 자가 댁에 들어왔던 것이?"

"인경이 바로 치고 났을 때니까 해시초쯤 되었을 겁니다."

박판관은 남섭이가 아니꼽다고 생각하면서도 대답하지 않을 수가 없었다.

10

"자네는 벌써 오랏줄에 묶였을 몸이야. 다행히도 낭관이 그걸 붙 이던 놈을 잡았기 말이지, 그러니 낭관에게 고맙다는 인사나 드려."

임숭재는 이런 말로 박판관을 남섭이에게 인사를 시켰다.

박판관은 남섭이를 아니꼽게 생각하던 마음도 쑥 들어가고

"고마운 마음 뭐라 말씀 드려야할지 모르겠습니다."

하고 방바닥에 이마를 대어 절을 했다.

"쑥스럽게 절은 무슨 절이오. 제발 이러지 마시고……."

그러면서도 남섭이는 절은 절대로 받고 나서

"지금까지 두 분께서 말씀하시는 것을 듣자니 대감댁에서는 일지 란 그 술청 아가씨가 대단히 필요한 모양인데 그것은 도대체 무슨 이유입니까?"

하고 물었다.

술청 아가씨가 아무리 인물이 잘났다고 해도 무슨 이유가 없고서는 그렇게도 눈이 벌게가지고 끌어올 생각을 할 리가 없다고 생각했기 때문이다.

"낭관도 이제부터 우리와 손을 잡고서 일을 할 생각이라면 말해 드리지요. 그럴 마음이 있소?"

임숭재가 정색해서 물었다.

"그런 생각이 없구서야 이 방문을 대감한테 갖고 왔을 리가 있겠습니까. 저도 이걸 누구한테 갖고 가면 돈이 된다는 것은 알고 있습니다."

"반드시 내 힘이 돼 준다는 것이지?"

임숭재가 다시 다짐을 하는 것은 옳고 그른 것을 가려선 안 된다는 뜻도 있는 모양이다.

"틀림없습니다."

"그 일지란 아가씨는 본시 술청장이나 할 아가씨가 아니지요. 어느 귀한 집의 따님인데……."

임숭재는 말을 하다 중도에서 끊고 박판관에게

"일지에 대해선 나보다도 박판관이 더 잘 알고 있으니 이야기해 드리우."

그런 말을 낭관에게 하는 것은 체면이 깎인다고 생각한 모양이다.

풀이 죽어 있던 박판관은 그것으로 자기에 대한 꾸중은 끝난 모양이라고 한숨을 내쉬고는 얼굴을 들어

"그럼 제가 이야기해 드리지요. 저희들이 일지를 탐내는 것은 다름이 아니라 임금께서 일지를 찾기 때문입니다. 임금께서 유자광 대감댁에 걸려 있는 일지의 그림을 보고서 그때부터 일지를 찾게 된 것이지요. 그러니 우리야 필사적으로 찾을 수밖에 없지 않았겠어요.

사실 우리는 몇 달을 두고 밤도 제대로 못자고 찾았습니다."

박판관은 무슨 자랑이나 하듯이 말했다.

"그러다가 결국 그런 술청에서 그 일지란 아가씨를 찾게 됐단 말이군요?"

남섭이는 아무것도 모르는 듯한 태연한 얼굴로 물었다.

"그렇지요. 그런데 그 일지란 아가씨에겐 일오란 녀석이 붙어 있어서 어떻게 손을 댈 수가 있어야 말이지요. 어른들 앞에서 이런 말이 뭐 자랑할 말은 못 됩니다만 계집 구슬리는 일만은 그래도 자신을 가졌던 놈인데……."

"일편단심으로 일오란 그놈을 사모하기 때문인가요?"

"그렇지요. 둘이서는 배꼽 떨어지면서부터 죽자사자 하는 사이였다니까요."

"그렇다면 대단하군요. 그런데 그 말은 어디서 들었어요?"

남섭이는 여전히 태연스러운 얼굴로 이런 말을 물었다.

11

"구리개의 정생원네 약국이라면 낭관님도 모르지야 않겠지요. 바로 그 약국에 서사로 있던 권서방에게 들었지요."

박판관은 일지에 대해선 모르는 것이 없다는 얼굴이다.

"권서방이라는 사람은 어떻게 그렇게도 일지를 잘 아는가요?"

남섭이는 다시 물었다. 그러자 박판관은 갑자기 말문이 막힌 사람처럼 임숭재를 쳐다봤다. 이런 말을 해도 괜찮은가를 묻는 얼굴이다.

임숭재는 방석에 기댄 채

"어서 계속하게나."

남섭이를 별로 의심하는 일도 없이 그대로 이야기를 시켰다.

"잘 알 수밖에 없지요. 그들은 정생원네 집에서 같이 살았으니까요."

"정생원네 집에서요?"

남섭이는 알겠다고 고개를 끄덕이면서 속으론 그렇다면 어젯밤에 일오와 일지가 그 집 담을 넘어오던 것도 무슨 이유가 있는 모양이라고 생각했다.

그것을 좀 더 분명히 알기 위해서 다시 입을 열어

"일지란 그 아가씨가 그 집엔 어떻게 돼서 같이 살게 됐나요?"

"그것도 그럴만한 이유가 있지요. 그 아가씬 본시 이름 있는 유생의 딸로서 이름도 일지가 본 이름이 아니고 탄실이지요. 그런데 그의 아버지가 무오사화로 귀양을 가면서 자기의 재산과 가족을 정생원에게 맡겼다는군요."

"그래서요?"

남섭이는 여전히 아무것도 모르는 얼굴로 이야기를 재촉했다.

"그 후 정생원은 일지 부친의 돈으로 약국을 해서 지금의 큰 부자가 된 것이지요. 그런데 임금이 일지를 찾는 것을 알게 되자 겁이 났단 말요. 조정에서 자기 집에 일지가 있다는 것을 알게 되면 재산은 모두 몰수될 판이니 말야요. 그래서 자기 집에 있던 권서방에게 약재 뱃짐을 주고 일지를 바다에 넣어 죽일 생각을 한 거지요. 그러나 권서방은 약재 한 뱃짐은 갖고 싶으면서도 차마 일지를 죽일 수는 없다고 생각했는지 나를 찾아와서 그런 말을 하더군요. 그렇지 않아도 그 아가씨를 못 찾아 등이 달았던 판인데 얼마나 좋았겠어요. 우린 한강 하류 어느 포구에서 일지를 맡기로 약속하고 그날 아가씨를 태울 가마까지 가지고 나갔지요. 그런데 그 일이 뜻대로 되지가 않았어요."

"권서방의 마음이라도 변했던가요?"

"그것이 아니라 일지를 태운 배는 잔등에 칼이 꽂힌 권서방만 내려놓고 달아났으니 말요."

"그건 또 무슨 일입니까?"

"모르긴 해도 그 배의 뱃놈들이 일오의 패거리였던 모양이지요. 그 후 그들 둘이서 원동에 목로술집을 차린 것을 봐도 알 수 있는 일 아닙니까?"

"그럴는지도 모르겠군요."

그러나 남섭이는 일오가 그 배에 탔을 리는 없다고 생각했다. 그때는 일오가 탄실이를 찾기 위해서 자기가 있던 심원사를 찾아왔을 때였기 때문이다.

(그러면 어떻게 된 일인가?)

남섭이는 잠시 눈을 감고서 생각해 봤다. 권서방이 누구의 칼을 맞고 죽었는지는 알 수 없어도 일지가 평양에서 의술을 하는 허광 영감을 찾아와서 탄실이가 죽은 것을 알려준 탄실이의 몸종이었던 것만은 틀림없다고 생각했다.

12

"그렇지만 박판관의 지금까지 이야기만으론 목로술집 일지가 바로 탄실이라는 것은 딱히 알 수가 없는 일 아닙니까. 어떻게 그렇게도 단정지을 수가 있습니까."

남섭이는 그들이 어떻게 일지를 탄실이라고 생각하게 된 것도 알아둘 필요가 있다고 생각했다.

"어떻게 단정 짓긴요. 일지가 얼굴이 예쁜 걸 봐도 틀림없는 탄실입니다."

남섭이는 웃으며

"그야 이야기가 됩니까. 지나가는 곱단이도 예쁘기만 하면 탄실이란 말과 같으니 말요. 제가 묻는 것은 무슨 근거로 일지를 탄실이라고 생각하나 말요."

"그러면 일지가 임금이 찾는 탄실이가 아닌 것을 우리가 따라다닌단 말인가요?"

"그것이 아니라 혹시 그런 일도 있을지 모르니 틀림없나, 저도 좀 알고 싶어 하는 말입니다."

"그야 일오와 일지가 죽자 사랑하는 사이라는 걸 봐도 알 수 있는 일이지요. 사실 나도 그년의 마음을 사보려고 별 짓을 다 해 봤습니다만 넘어가야지요. 그년의 눈에는 일오 녀석밖에 사람으로 보이지 않는 모양이니."

그동안에 가슴을 태운 생각을 하니 분하기도 한 모양이다.

"그러나 그것도 확실한 대답이야 되지 않겠지요. 그 일오란 사람이 어떤 사나인지는 모르지만 그 사람하고 좋아하는 여자라고 어떻게 탄실이라고만 생각할 수 있나 말이오. 그 사람이 고자가 아닌 이상 딴 여자하고도 좋아할 수 있는 일이오."

듣고 보니 그렇기도 했다. 박판관은 얼굴이 벌게지며 대꾸를 못하고 더듬거리다가

"일지가 탄실이라는 것은 틀림없는 일이오. 그렇지 않구선 정생원이 일지를 죽이려고 술청에 쌈꾼을 사서 보낼 필요도 없는 일 아니오?"

"그렇다면 그렇기두 하군요."

그 말엔 남섭이도 일단 수긍하고 나서

"그렇지만 술청에 쌈꾼을 보낸 것은 반드시 일지를 죽일 생각으로 보냈다고 할 수도 없는 일 아니오.. 탄실이와 일오가 소꿉동무라면 정생원으로서는 일오가 싫을 것은 사실이니 그자를 죽일 생각을 했을지도 모를 일이고 또한 일지가 반드시 탄실이가 아니라도 죽일 생

각을 할 수 있는 일이 아니오. 이를테면 일지가 그들의 비밀을 모두 알고 있는 탄실이의 몸종이었다고 해도 으레 죽일 생각을 할 것 아니오?"

"그렇지."

누구보다도 먼저 고개를 끄덕인 것은 임숭재였다.

끄덕이던 얼굴을 박판관에게 돌려

"만일 그렇다면 박판관은 여태까지 칼로 물만 베고 있지 않았소. 아니, 그보다도 일오에게 사과문을 써줬으니 우환을 사서 만들어놓은 일이지."

박판관은 얼굴이 더욱 벌게져서

"그래도 전 일지가 틀림없는 탄실이라고 생각하는데."

말이 떨어지기도 전에 임숭재는 벼락같이 소리쳐

"콩을 팥으로만 알고 있었으면 어떻게 하냐 말야!"

그리고는 남섭이에게 얼굴을 돌려

"낭관님은 어떻게 하면 좋을 것 같소?"

"네, 정생원을 불러다 실토를 시키는 것이 제일 좋을 것 같습니다."

듣고 보니 너무나 지당한 말이다.

대면(對面)

1

숭례문에 방문을 부치러 간 돌쇠가 돌아오지 않으므로 뜬 눈으로 밤을 밝힌 일오와 일지는 다음 날도 온종일 기다렸으나 그는 나타나지를 않았다.

"아무래도 돌쇠가 어떻게 된 모양이에요. 그렇지 않고서 여태 오지 않을 리가 없지 않아요?"

점심을 먹고 나자 일지가 또다시 눈을 말뚱거리며 걱정했다.

"그런 일쯤은 하리라고 믿고서 보냈는데 정말 이상해."

일오도 그만 이맛살을 집는 걸 보니 자기도 돌쇠를 너무 지나치게 믿었다고 생각하는 모양이다.

"돌쇠가 그놈들에게 잡혔다면 어떻게 돼요. 죽일 것 아니에요?"

"설마 죽이지야 않겠지. 그보다도 돌쇠를 이용해서 우릴 잡아볼 생각을 하겠지."

"정말 그럴지도 모르겠군요. 그러면 우리가 이곳에 숨어 있는 것도 위험하지 않아요?"

"그래도 돌쇠가 그런 말을 불 사람은 아니니 이제는 그만 걱정하고 잠이나 좀 자요. 그 놈들이 죽이지만 않는다면 찾는 법이 있겠지."

그런 말로 일지에게 잠을 권해 보았지만

"난 괜찮으니 당신이나 자요. 오늘밤 정생원을 만나려면 눈을 좀 붙여야지 않아요?"

하고 일지는 그것이 또 걱정이 되는 모양으로 잘 생각을 하지 않았다.

"그러면 좀 눠 볼까?"

일오는 정생원을 만날 일보다도 자기가 먼저 잠이 들면 일지도 따라 잘지도 모른다는 생각으로 옷을 입은 채 자리에 누웠다. 그러고서 얼마를 잤던지 눈을 떠보니 방에 불이 켜져 있고 일지는 여전히 자리 옆에 앉아 있었다.

"여태 앉아 있었나?"

일지는 웃으며

"당신 코고는 소리에 잘 수가 있어야지요."

"내가 그렇게도 코를 골았나?"

"집이 떠나가도록, 그래도 심심치 않아서 좋았어요."

일오는 열쩍은 얼굴을 하품으로 얼버무렸다.

"어두웠으면 그 곳에 가 보아야지."

하고 천천히 몸을 일으켰다.

"그 곳이라니, 정생원을 만나러 덕안사로 간다는 건가요?"

일지도 따라 일어나 도포를 입는 일오를 도우며 물었다. 이 방은 북향으로 돌아앉은 구석진 곳이라 어두워지면 더욱 조용해졌다.

"약속이니 하여튼 가 보아야지."

"그렇지만 정생원이 곱게 당신을 만날 리는 없지 않아요?"

"그럴수록 더욱 가야할 일이야. 내가 그 놈들을 조금도 무서워하지 않는다는 걸 보여주기 위해서도……."

"혼자 가도 돼요?"

"그런 걱정은 안 해도 좋아."

하고 일오는 웃고서

"그보다도 내가 좀 늦는다고 혼자서 나를 찾으러 나오면 안 돼. 또한 누가 찾는다구 절대로 얼굴을 내밀어도 안 되구."

하고 주의를 시켰다.

"그래도 혼자 있으면 무서운 걸요. 저도 따라가고 싶어요."

"그런 억지 같은 말을 지금 할 때가 아니야. 얌전히 집에서 기다리고 있어."

"그럼 그 곳의 일이 끝나면 곧 돌아와야 해요."

"염려 말어."

일오는 미닫이를 열었다.

2

일오는 대문을 나서기 전에 먼저 어두운 한길을 살폈다.

하늘에는 늦은 봄의 별들이 총총했지만 달이 뜨기에는 아직도 멀었다.

일오는 송기교를 지나 소공동으로 넘어가는 언덕길로 들어섰다.

바로 그때, 덕안사에서 술시정(저녁 8시)을 알리는 종소리가 났다.

언덕으로 넘어서며 절로 들어가는 길에는 큰 소나무들이 줄을 지어 서 있었다. 그 곳에서는 어둠 속에 묻혀 있는 절도 보였다.

불교가 흥하던 옛날에는 밤낮으로 사람들이 그치지 않던 이곳이 사찰을 철폐한 지금에는 절의 불빛조차 꺼진 듯이 쓸쓸하기가 그지없다.

(와 있을까?)

절 안으로 들어서며 일오는 혼자서 중얼거렸다.

십중팔구는 와 있으리라는 생각이 앞섰다. 그러나 정생원 자신이 왔으리라고는 생각되지 않았다.

이곳에서 자기를 기다리고 있을 것은 정생원이 사보낸 쌈꾼들이라고 생각했다. 그럴수록 마음을 놓을 수가 없다.

그는 걸음을 멈추고 사방을 둘러봤다. 어두운 숲속에서는 여기서도 저기서도 검은 그림자가 움직이는 것 같기도 하다. 그러나 다시 보면 사람이 아니고 나무 그림자다.

일오는 웃고서 다시 걸었다. 법당 앞으로 가서 돌층계에 걸터앉았다.

소나무 사이를 스쳐 지나가는 바람소리만 들릴 뿐 아무 소리도 없다.

별이 흘러갔다. 하늘을 찢듯이 불빛을 그으며 먼 북쪽 산으로 없어졌다. 그 불빛 뒤를 따라서 별이 또 하나 떨어졌다.

일오는 지금 자기를 죽이려는 자들이 어둠 속에 숨어 있을지도 모른다는 생각을 잊고 별이 떨어지는 것을 멍청하니 보고 있었다.

별이 떨어져 없어지는 것 같은 덧없는 공허가 가슴을 파고든다.

(내가 여기서 기다리고 있는 것은 필경 싸움꾼들이야. 정생원에게 몇 되의 쌀로 목숨을 내걸고 싸우는 쌈꾼들)

일오가 그만 돌아갈 생각으로 일어서려고 하는데

"일오 선비님이시지요?"

아까부터 지켜보고 있은 모양으로 나무 뒤에서 천으로 얼굴을 가린 젊은 여인이 나타났다.

"누군가요?"

일오는 조용히 물었다.

그러나 그 대답은 하지 않고

"전 선비님이 오는 것을 기다리고 있었어요."

"그러면 정생원이 보낸 사람인가요?"

여인은 대답 대신 고개를 흔들었다.

"그러면 어떻게 내가 이런 외딴 곳엘 올 줄 알고 찾아 왔소?"

"그런 말은 묻지 말고 빨리 이곳을 피해요. 선비님을 잡으러 많은 포교들이 와요."

그러나 일오는 조금도 당황하는 일 없이

"그 포교 중엔 아가씨의 부친도 있는 모양이군요."

"그것도 아니지만 하여튼 이곳을 빨리 달아나세요."

젊은 아가씨는 몹시도 당황한 소리로 말했다.

3

"피하라는 말을 하러 이런 위험한 곳을 와준 건 고맙지만, 그러나 나는 아가씨가 어떻게 이곳을 알고 온지를 알고 싶소. 누구에게 들은 거요?"

일오는 조용히 물었다.

"그런 말은 묻지 말고 빨리 피해요. 많은 포교들이 오면 큰일이에요."

그러나 일오는 조금도 당황하는 일이 없이

"누구에게 들었다는 걸 이야기할 수 없다는 것이군요?"

"……."

"그러면 아가씨는 누구요? 그것도 말할 수 없다는 건가요?"

"네."

아가씨는 고개를 숙인 채 겨우 입을 열었다.

"그렇다면 나를 도울 생각은 왜 하게 된 거요?"

아가씨는 그 대답도 하지 않고

"정생원은 무슨 나쁜 일을 했나요?"

"나쁜 일도 말할 수 없는 나쁜 일을 했지요."

"무슨 일인데요?"

"그건 나한테 묻지 말고 정생원에게 물어요. 나는 그런 말은 입에 담기도 싫소."

배앝듯이 말하자

"난 정생원을 모르는 걸요. 어떻게 물어요."

"정생원을 모르다니, 그럼 이 곳은 어떻게 알고 왔소? 이곳서 나와 정생원 만나는 일은 아무에게도 말하지 않기로 약속된 거요. 그런데 아가씨가 알고 왔으면서 정생원을 모른다니?"

그러자 아가씨는 무슨 결심을 한 모양으로 지금까지 숙이고 있던 얼굴을 번쩍 쳐들어

"제 남편한테 들었어요."

"남편?"

"선비님도 잘 아는 사람인 걸요."

"나도 잘 안다?"

"아니, 선비님과는 아주 친한 친구지요."

"내 친구라니 누구야?"

일오는 급한 어조로 물었다.

"남섭이 말이예요."

"남섭이?"

남섭이란 말엔 일오도 놀라지 않을 수가 없었다.

"그 사람은 변했어요. 자기 출세를 위해서는 아내와 친구도 모르니, 아니 뱃속의 자식까지도 끄집어 버리는 무서운 사람이 된 걸요."

그리고는 머리에 썼던 천의를 벗으면서

"선비님은 제 얼굴을 벌써 잊지야 않았겠지요?"

"나를 안다는 거요?"

일오가 어둠에 가린 그녀의 얼굴을 더듬거리자

"황주 객점의 딸이랍니다."

"네?"

하마터면 소리를 칠 뻔한 것을 겨우 억제하고

"정말 어떻게 된 일이오. 아가씨를 이런 곳에서 다시 만나리라고는 생각지 못한 일이오."

"그래두 제가 서울에 온 건 알고 있었겠지요?"

"네. 아가씨를 찾아 서울에 온 덕일에게 들어 알았소."

"덕일이가요?"

연옥이의 놀라는 눈이 어둠 속에서 반짝였다.

4

"내가 덕일이를 만난 것은 지난 겨울이었지요. 새다리 장국집에서 우연히 만났는데 날 보구 아가씨를 내노라고 야단이 아니오, 도대체 어떻게 된 일이오?"

일오는 그때 어이없던 일을 생각하며 물었다.

"저는 남섭이를 따라 서울에 올라왔던 걸요."

일오는 연옥이가 자기를 사모하고 있었다는 것은 알 리가 없는 대로

"시집갈 아가씨가 서울은 뭣하러 온 거요?"

"모두가 그날 하룻밤의 기구한 운명 때문이에요."

연옥이는 눈을 반짝이며 일오의 기색을 살폈다.

"그날 밤의 기구한 운명이라니, 무슨 말인가요?"

일오가 무슨 말인지 몰라 반문하자

"선비님은 아무것도 모르는가요?"

"뭘 말인가요?"

일오는 여전히 어리둥절한 얼굴로 물었다.

"선비님과 남섭이가 저희 집에서 자고 간 날 밤, 저는 몸을 더럽혔어요. 그것이 여태까지 선비님인 줄로만 알고 있는데……."

연옥이는 그만 울음 섞인 목소리가 되었다.

"……."

일오는 그날 아침 자기를 바래다주러 남문까지 나와 무엇을 망설이던 아가씨의 얼굴이 기억에 떠올랐다. 그러나 아무 말도 없었다. 그를 위로해 줄 아무 말도 없었기 때문이다.

"그 후로 저는 선비님을 생각다 못해 남섭이를 따라 서울에 올라온 거예요. 그러나 그 사람은 처음부터 나를 자기의 출세에 이용하자고 데리고 온 거예요. 그는 장악원의 직장 벼슬을 하기 위해서 내 몸까지 팔게 했으니까요."

"남섭이가?"

"정말 무서운 사람으로 변했어요."

"약혼한 덕일이는 연옥이의 잘못을 모두 용서해 준다고 하던데."

"덕일이를 만났다면 같이 따라 갔을지도 모르지요. 그러나 만나지를 못한 걸요."

"만나지를 못하다니, 언젠가 광교다리에서 만났을 때 남섭이가 회현방에서 점바치를 하는 걸 알았다면서 찾아가던데."

"그래요?"

연옥이는 갑자기 풀이 죽은 얼굴이 되며

"그러면 덕일이는 남섭이에게 죽었을지도 몰라요. 자기 출세에 방해되는 사람을 그대로 둘 리 있어요."

"염불하던 사람이 그렇게도 무서운 사람이 되었는가?"

"어젯밤에두 사람의 목을 하나 잘라 갖고 들어와서 출세의 길이 열리게 됐다면서 새벽같이 임승재의 집에 갔다 오더니 정생원의 재물이 모두 자기 것이 되게 됐다면서 좋아하지 않아요. 그러면서 오늘밤은 선비님의 목을 베야한다는 것이지요."

"내 목을……."

일오가 웃자

"웃지 말고 빨리 달아나요. 선비님을 그 사람의 손에 죽이고 싶지 않아요."

"그러나 나는 그들에게 얼굴을 보이지 않고는 돌아갈 수 없소. 아가씨가 있는 곳이나 알려주고 돌아가요."

"서교동 회나무 있는 집이에요."

연옥이는 그 한 마디를 하고 그만 걸음을 돌렸다.

5

이윽고 달이 떠올랐다. 절 뜰안은 갑자기 대낮처럼 밝아졌다. 일오는 다시 돌계단에 앉아서 연옥이가 사라진 쪽을 보고 있었다. 하룻밤의 뜻하지 않은 봉변으로 일생을 망치게 된 가련한 여인—그것이 또한 자기를 사모한 때문이라고 생각되니 일오로서도 마음이 평온할 수가 없다.

(남섭이는 그 때문에 나를 피해 왔던가. 그렇다고 해도 한낱 낭관의 벼슬이나 얻자고 아내를 팔고 친구를 파는 그런 졸장부로 변할 수가 있나?)

일오는 알 수 없는 마음으로 한탄을 하듯 한숨을 내쉬고 있는데 갑자기 뒤에서 웃는 소리가 났다. 그 순간, 일오는 몸을 휙 돌리며

"누구야?"

하고 소리쳤다.

남섭이었다. 남섭이가 댓돌 위에 앉아서 한껏 달빛을 받은 얼굴로 웃고 있었다.

그러나 일오는 모르는 척하고

"거기서 웃는 사나이가 누구야?"

"자네는 내 얼굴까지 잊었나?"

일오는 그제야 남섭이를 알아보듯이 따라 웃으며

"중녀석이 갓을 올려놨으니 알아볼 수가 있냐구."

"광대가 승지도 되는 세상, 중이 갓쯤 쓴 것이 뭐 우스운가?"

"참 자네는 장가두 들었다지?"

"그건 어디서 들었나?"

"황주 형리의 아들 덕일이한테서 들었네."

남섭이는 웃던 얼굴이 걷어지며

"그 녀석이 내 일을 어떻게 안다던가?"

"자기 약혼한 계집을 잃었으니 모르겠나."

"그 녀석 미치지 않았던가?"

"아니란 말인가?"

"그래두 세상에선 내 동생으로 알고 있지."

"그편이 더 진진한 맛이 있나?"

"자네의 일지 아가씨두 해롭지 않게 생긴 모양이더군."

"그건 누가 말하던가?"

"아무래도 좋지 않아?"

"그 말한 사람이 이곳에루 자넬 보냈을 테니 말야."

"이런 땐 뭐라고 대답해야 하나. 자네 보고 싶어서 왔다면 안 되나."

"그런 말이 나오는가?"

"그래두 우린 배꼽동무인 걸."

"그러니 숨길 것도 없지 않은가. 누구한테서 듣고 왔나?"

"묻지 않아도 알 수 있지 않어?"

"역시 정생원인가?"

"……."

"자넨 여편네까지 팔아 출세한다는 소문인데 어떻게 오늘은 정생원의 삯쌈꾼으로 떨어졌나?"

"경우에 따라서는 거지도 될 수가 있겠지."

"경우에 따라서는 친구도 팔 수 있고?"

"파는 것뿐이겠나, 목도 벨 수가 있지."

일오는 잠시 남섭이를 주시하고 있다가

"자넨 정말 많이 변했네그려."

"놀라운가?"

"아니, 흥미 있는 일이야."

씽긋이 웃었다.

별이 불줄을 그으며 어두운 숲속으로 떨어졌다.

"떨어지네."

"별이?"

"남섭이 목이 말이야."

6

"하하하, 목이 그렇게도 부난없이 떨어질 수야 있나."

남섭이는 찔린 얼굴이면서도 웃었다.

"아깝지. 자네 무슨 생각으로 그렇게도 마음이 변했나?"

"나도 용상에 앉고 싶은 마음이라면 웃겠나?"

"웃을 일이 아니라 오히려 가련하다구 생각하지."

"가련하다구?"

"연산처럼 허수아비 같은 인간이 되겠다니 가련하달 수밖에 없지 않은가?"

"연산이 허수아비니 그런 생각도 할 수 있는 일이지."

"하기는 황주 객점 아가씨를 빼내는 재간도 있는 자네로서 못할 일이 없겠지."

“그 때는 자네를 위해서도 한 자리를 내어 놓지. 어영대장은 어떤가?”

“고맙지만 굳이 사양하기로 하지.”

“그러면 영의정은?”

“그것도 사양하지.”

“그러면 일지 아가씨의 엉덩이나 두들기며 뜰의 나무나 쳐다보고 살고 싶다는 것인가?”

“그보다도 자네가 지금의 장악원의 직장 벼슬로서 용상에 앉으면 너무나 요원한 일이니.”

“세상엔 지름길도 있지 않은가?”

“그래서 오늘밤도 여기 나타났다는 것인가?”

“말하자면……”

“쌈값은 얼마인가?”

“자네가 받기로 한 정생원의 재산을 내가 받기로 했네.”

일오는 부러 놀랍다는 얼굴을 지어

“그러면 대단한 벌이가 아닌가?”

“이걸로써 나도 용상에 절반은 오른 셈일세.”

“그렇지, 지금 조정의 재정은 극도로 곤궁하여 공신의 사전(賜田)까지 빼앗는 형편이니 권력도 돈 앞에는 머리를 숙이게 됐지.”

“역시 자네는 재상감이야.”

“그러나 그런 재상감도 자네에게 목을 베우게 됐으니 무슨 소용인가?”

일오는 능청을 부려 말하면서 하늘을 한량없이 쳐다봤다.

“그건 무슨 소린가?”

남섭이가 물었다.

“글쎄.”

"내 목이 먼저 떨어진다는 소린가?"

"글쎄."

"그러나 우리 둘이서야 설마 칼싸움을 할 수야 있나?"

"그러기 말야. 나도 그런 마음이지만……."

"그렇지만 정생원의 재물은 기필코 필요하다는 것인가?"

"필요하지."

"그것이 이미 내 재물이 됐다고 해도?"

"그건 또 무슨 소린가?"

일오는 분주히 얼굴을 돌려 물었다.

"정생원을 죽였네."

"정생원을?"

"놀랄 것 없는 거야. 그 녀석의 재물은 내 백부의 것이라는 것은 자네도 알고 있는 일 아닌가. 그것을 빼앗기 위한 것뿐이야."

"흐음……."

"바로 지금 막, 절문 앞에서. 같이 데리고 온 쌈꾼들의 입을 막았네."

"그걸 내가 죽인 것으로 해달라는 말인가?"

"그거야 자연 그렇게 될 일 아닌가?"

"그래서 내게 말하려는 건 뭐야?"

일오는 날카로운 눈으로 남섭이를 쳐다봤다.

7

"자네와 내가 구태여 원수될 필요는 없다는 것일세."

"원수라니, 배꼽동무가 어떻게 원수가 될 수 있겠나?"

"그런 빈정대는 소린 말고 우리가 절에서 살던 옛 이야기나 해 보세. 자네 부처님 얼굴에 수염 그리고 혼난 생각나나?"

남섭이는 그 때의 일이 자못 그립기나 한 듯이 달빛을 받은 흰 얼굴에 웃음을 띠웠다.

"그 생각뿐이겠나. 자네가 개구리 뒷다리 찢어먹던 생각도 나지."

"하하하, 정말 그땐 개구리 고기도 무척 먹었지. 고기는 먹고 싶고, 그럴 수밖에 없지 않았나?"

"그래두 지금 생각해 보면 자넨 그때부터 살생은 타고난 천성인 모양이야."

그 말에 남섭이는 낯색이 달라지며

"무슨 말을 또 하려는 것인가?"

"어젯밤에는 목로술집 숙수쟁이를 죽이고 오늘밤은 정생원을 죽이고……."

"그 숙수쟁인 자네가 데리고 있던 사람이라는 말이지?"

"잘 아는구만."

"그래서 내 목을 베야겠다는 것인가?"

"그것이 사실이라면 베는 수밖에 없지 않은가?"

"그래두 생각처럼 쉽게 벨 수야 없겠지."

남섭이는 눈시울을 실룩거리며 웃었다.

"그렇지. 길구 짧은 건 대 봐야 알 노릇이니."

그렇게 말하고 나서 일오는 문득 어조를 달리하여 부드럽게

"그건 그렇다 하구, 남섭이 자넨 그래두 부처님 앞에서 목탁을 치던 스님이 아니었던가. 그런 사람이 어떻게 그렇게도 살생을 좋아하는 사람이 됐나?"

"부처님 옆에서 굶어죽는 것보다는 역시 천하를 차지하는 것이 현명한 일이라고 생각한 것뿐이지."

"그것이 천하를 얻는 것과 무슨 관련이 있다는 것인가?"

"열 가지의 선보다도 한 가지의 악한 일로써 출세가 빠르다는 것

일세."

"그래서?"

"임금의 자리를 빼앗는 길은 그 길밖에 없는 거야. 돈 있는 녀석을 죽이고 그 대신 부자가 되고, 권세 있는 자를 죽이고 그 대신에 권세를 차지하는 것처럼 빠르고 속한 길이 어디 있겠나. 내가 사람을 죽이는 것은 그 때문이야. 사람을 하나 죽이면 그만큼 임금의 자리로 가까이 간 거나 다름이 없다는 거지. 이쯤 말하면 자네도 이해할 수 있겠지, 그래두 역시 모르겠나?"

"모르겠네."

일오는 따끔히 떼어 말하고 나서

"자네가 임금이 되어 천하를 차지하겠다는 것을 나쁘다는 건 아냐. 그러나 그런 사람이 왜 아내를 팔고 친구를 파는 비굴한 앞잡이가 됐나 말일세."

"나로서는 발판을 만들 밑천이 그것밖에 없는 걸. 그걸로써 나는 남이 오 년이나 공을 들여 얻은 직장 벼슬을 하루 저녁에 얻을 수 있었던 거야."

"연옥이가 가엾다는 생각이 들지 않던가?"

"가엾지. 가엾지만 하는 수 없는 거야. 내가 생각하고 있는 일은 아내의 정조보다도 더 중한 일이니."

8

"그런 마음이라면 돌쇠쯤 죽이는 것은 예사로운 일이라는 것은 알겠네. 그 대가로 무엇을 차지했나?"

"박판관이 임숭재에게 십 년 공들여 얻은 신입을 차지한 셈이지."

"오늘 정생원을 죽이고 큰 부자가 되고 마치 콩나물 자라듯 존재가 쑥쑥 커지지 않는가?"

"말하자면—."

"이제는 임사홍네 패거리와 전식이가 남은 것뿐이지. 어느 쪽부터 손을 댈 생각인가?"

일오는 흥밋거리라는 듯이 물었다.

"글쎄, 어느 쪽부터 손을 댈까?"

남섭이는 히죽 웃고서는 문득 목소리를 낮추어

"내가 여때까지 자네를 찾지 않은 것은 지금의 이 지반을 만들기 위해서야. 이제는 일하기도 쉽게 됐지. 정생원이 갖고 있던 돈이라면 대궐 안의 세력 사긴 누워서 떡먹기고, 남은 일이라면 웃는 말이 아니라 우리 일을 방해할 임사홍이나 전식이를 없이 하는 것뿐이야. 일오, 나와 같이 손을 잡고 일해 보세."

"하하하, 사람을 꼬이는 법도 전보다 늘었네그려. 그러나 콩나물은 아무리 빨리 자라도 기껏 한뼘밖에 자라지 못한다는 것도 알아야지. 자네가 나를 팔아 임숭재의 신임을 얻는다고 해도 광대노릇으로 십여 년이나 공을 들인 전식이의 세력은 당할 수 없는 거야. 그러니 자네도 덧없는 야심은 버리고 단 하루라도 바르게 살아보려고 하게나."

"싫다는 소린가?"

"그런 뜻이겠지."

그러고 나서는 다시

"그보다도 내가 여기는 무엇하러 온 것은 알고 있겠지?"

"알고 있지. 정생원의 재물을 물려받기로 한 것이라지?"

"그것으로 내가 무엇을 할 생각이었다는 것도 알고 있나?"

"알고 있지. 굶는 백성들을 위하여 쌀을 사서 나눠 줄 생각이었다지."

"생각해 보면 이런 일은 실상 스님인 자네가 해야 할 일이 아닌가.

마음을 달리 먹고 옛날의 스님으로 돌아갈 생각은 없는가. 그렇지 않으면 역시 권력에 아첨하는 졸장부가 되겠다는 것인가?"

"졸장부도 언제까지 졸장부로 있지야 않겠지. 웃던 사람이 눈을 동그랗게 뜨고 놀랄 때도 있는 것처럼."

"그러면 정생원의 재물 문제구만. 그건 나도 필요하니 어떻게 할까?"

"아까도 말하지 않았나. 내 재물이 된 거나 다름이 없는 거야."

"자네도 굶어 죽은 송장이 매일 줄지어 밀려나가는 것은 알고 있겠지?"

"자네도 내게는 그 재물이 무엇보다도 필요하다는 것은 알고 있지 않나."

"그렇다면 자네 출세에 필요한 방문을 주기로 하지. 박판관한테서 받아 둔 것 말야. 그것으로라도 임숭재 신임은 더욱 두터워질 것 아닌가?"

"자네의 목까지 같이 준다면."

"내 목까지?"

일오는 웃고서

"너무 욕심이 많지 않은가?"

"그렇지 않고서야 임숭재가 나를 믿는 것보다도 의심하는 편이 더 클 것 아닌가. 차라리 나를 위한다면 그것을 종각쯤에 붙여 주게나. 당황할 것은 내가 아니니."

"그러면 역시 재물은 못 주겠다는 것인가?"

"생각해 보게."

일오는 그만 흥이 꺼진 듯이 일어나

"그러면 하는 수 없지. 옛정을 생각해서 오늘은 이대로 가지만 목의 때나 씻어 두게. 언제구 받으러 갈 테니."

뒤에서 남섭이도 지지 않고

"자네도 조심하게."

9

절 앞에서는 까마귀들이 까옥까옥 울어댔다. 칼에 맞고 쓰러진 정생원의 피비린내를 맡고 까마귀들이 모여든 모양이다.

달빛을 받으며 걸어나오던 일오는 잠깐 서서 그쪽을 보았다. 소나무 밑에 쓰러진 시체는 틀림없는 정생원이었다. 까마귀들은 벌써 대여섯 마리 모여들어 이 소나무 저 소나무로 검은 날개를 치며 소란스럽게 울어대고 있다.

일오는 개천을 따라 광교로 가는 길과 숭례문으로 가는 갈림길에 와서 잠시 망설이다가 숭례문 길로 들어섰다. 집에서 일지가 기다리고 있을 생각을 하면 한시라도 빨리 돌아가고 싶었으나 혹시 뒤에서 누가 따라 오는지도 모른다는 생각이 앞섰기 때문에 지름길로 들어섰다.

그것도 해만 지면 사람 하나 볼 수 없는 조용한 길이다.

일오는 걸으면서 가끔 뒤를 돌아다보았으나 뒤따르는 자는 있는 것 같지가 않았다.

그는 수교(水橋) 다리목까지 와서 다시 구리개로 빠지는 좁은 길로 들어섰다. 그 길은 나무들이 많은 언덕이었다. 그 언덕을 올라섰을 때 맞은편 구리개에서 불길이 피어오르는 것이 뵈었다.

(저기가 어디야?)

일오는 놀란 눈으로 다시 보니 구리개 중턱에 있는 정생원네 약국이 타고 있었다.

(남섭이 녀석이 벌써 와서 불을 놓는 것이 아닌가?)

일오는 분주히 그곳으로 달려갔다. 봄철에 들어서며 모든 것이 힘껏 마른 때라 집은 장작더미가 타듯이 활활 타올랐다.

그 앞에는 그 집 하인들과 동네사람들이 짐을 내는 한편 불을 끄느라고 야단법석이었다.

그 때의 소방제도는 비교적 발달했던 편으로 민가에서 불이 나면 통(統)마다 금화판(禁火板)을 받은 방화책임자가 있어 그들이 통민을 지휘하여 불을 껐다.

불길은 고개를 숙일 줄 모르고 점점 더욱 피어올랐다.

일오는 그 불길을 쳐다보면서 남섭이는 도대체 무슨 생각으로 불을 놨을까 생각해 봤다.

(내가 돌아가던 길에 혹시 그 집에 들러서 정생원이 어떻게 죽었다는 사실을 말할는지도 모른다는 생각에서인가)

그러나 그런 일로 자기 신변이 걱정되어 불을 놨을 것 같지는 않았다. 그보다는 불도 일오가 논 것으로 해 갖고서 일오의 존재를 더욱 크게 하여 상관들에게 무서운 인상을 준 후에 그의 손으로 자기를 잡아보겠다는 계산인 모양이다.

(같은 덫으로 짐승을 잡아도 범을 잡은 것과 토끼를 잡는 대가는 같을 리가 없는 것이지. 하여튼 그 녀석도 출세를 하기 위하여는 무던히 애를 쓰는 놈이야)

일오가 이런 생각을 하고 있는데 저편 어두운 약창(藥倉) 앞에서 잔등에 무엇을 짊어진 복면한 사나이가 장검을 휘두르고 있었다. 키를 보나 몸짓을 보나 남섭이가 틀림없었다. 그 바람에 짐을 옮기기에 여념이 없던 하인들이 소리도 못치고 푹푹 쓰러졌다.

(저것도 모두 내가 죽이는 것이 되는가)

일오는 격분이 끓어오르는 대로 급기야 그쪽으로 달려갔으나 어느덧 남섭이는 없어지고 말았다.

일오가 정생원을 만나러 나가고서 얼마 후에 그 집 주인이 계집종을 시켜 약과와 화청(和淸)을 내보냈다.

화청을 두 그릇 내보낸 것을 보니 주인은 일오가 집에 있는 것으로 아는 모양이었다.

일지는 그것을 받아놓은 채 맛볼 생각도 않고 일오가 빨리 돌아오기만 기다렸다.

그러나 일오는 초 한 자루가 다 타도 돌아오지를 않았다. 일지는 벽장에서 새 초를 꺼냈다.

(이 초가 다 탈 때까지는 틀림없이 돌아오겠지)

그러나 그 초가 다 타도 돌아오지를 않았다. 그럴수록 일지의 가슴에는 불안스러운 마음이 높아갈 수밖에 없었다.

(어떻게 된 일이야. 그렇다고 설마 돌쇠처럼 영 안 돌아오는 것은 아니겠지?)

일오의 검술 솜씨가 어떻다는 것을 잘 아는 만큼 아무리 흉악한 놈들이 기를 쓰고 달려든다고 해도 꺼떡하지 않으리라고는 믿어지나 잘못되자면 토방에서도 넘어져 다치는 일이 있으며 소한테 물리는 일도 있다. 더욱이 돈 있는 정생원과의 상대라 돈 가지고 못하는 일이 없는 지금 돈으로 수십 명의 포교를 샀을지도 모르는 일이다. 만일 그렇게 되면 어떻게 되는가. 그 사람은 피투성이가 되어 돌아오게 될지도 모르는 일이 아닌가.

"일지, 일지, 빨리 문을 열어 줘. 그놈들이 따라 와."

"어떻게 됐어요. 정신 차리고 이야기 좀 해요."

"정생원 그 놈이 나를 속였어. 절 뒤에 포교를 수십 명 숨겨 놓고 나를 만난 거야. 그놈이 자기 재물을 다 내놓는다기에 나는 얼마나 기뻐했는지 모르지. 굶는 사람들에게 쌀을 나눠줄 생각을 하니 말야. 나는 아무것도 모르고 정생원과 어깨를 같이하고 절문 앞까지 나오지 않았어. 바로 그때야. 포교들이 왁 달려든 것이. 그 순간 속았구나 하는 생각과 함께 화가 머리끝까지 오르는 대로 놈들을 닥치는 대로 쳤어. 내가 그렇게도 화가 난 건 생전 처음이야. 그러나 나도 그놈들의 칼에 맞았지. 피를 이렇게도 많이 흘리고서야 살 수가 있겠어?"

"제발 죽는다는 말은 말아요. 기운을 내서 정신을 차려요."

"나도 죽고 싶지는 않아. 부부가 되기로 굳은 약속을 한 너를 혼자두고 죽고 싶을 리가 있나. 그러나 이미 그렇게 됐으니 어쩔 수 없지. 내가 없더라도 일지는 바르게 살아."

"그런 말 말구 제발 죽는다는 말 말구 정신을 차려요. 당신 없이 나 혼자서 어떻게 살아요."

일지는 새파랗게 질린 얼굴로 자기도 모르게 혼자서 소리쳤다. 문득 촛불에 머리카락이 타는 것을 느끼고 정신이 확 들었다.

(어쩌면 그 사람이 죽는다는 그런 생각을 하고 있는 거야. 방정맞게도. 정말 그 사람에게 무슨 불길한 일이 생긴 때문이 아닌가)

일지는 다시금 정신이 오싹함을 느끼며 가슴을 두근거리고 있는데 밖에서

"불이야, 불이야."

하고 소리치며 저마다 뛰어가는 소란스러운 소리가 났다.

"어디야, 어디?"

"구리개 정생원네 약국이야."

그런 소리도 어지러운 발자국 소리와 함께 들려왔다.

"정생원네 약국?"

일지의 가슴은 더욱 활랑활랑 뛰지 않을 수가 없었다.

11

일지는 분주히 미닫이를 열었다. 서쪽 하늘에 벌건 불길이 타오르고 있는 것이 보이었다.

(저건 분명히 정생원네 약국이야. 그렇다면 혹시 일오 선비님이 논 것은 아닌가. 약속한 장소에 정생원이 나타나지 않고 포교라도 보냈다면 화가 나서 불을 질러놨는지도 모르지)

일지가 불길을 쳐다보며 이런 생각을 하고 있는데 쪽문을 두드리는 소리가 났다. 그리고는 그 소리가 잠시 끊어졌다가 다시 누굴 찾는 소리가 났다.

"누굴까?"

일지는 놀란 눈을 반짝이며 몸을 도사렸다.

누가 와도 문을 열어주지 말라던 일오의 말대로 좀처럼 일어설 생각은 하지 않고 귀를 기울였다.

문을 열어 달라는 여자의 목소리다.

(누가 이곳을 알고 찾아 왔을까?)

여자의 목소리이므로 어느 정도 안심하고 쪽문으로 갔다. 그리고는 마음이 놓이지 않아

"누구예요?"

문을 열어주기 전에 먼저 물었다.

"복희예요."

"아, 복희구나. 이 밤중에 이곳은 어떻게 알구 왔니?"

목로술집을 하며 데리고 있던 복희의 목소리가 틀림없으므로 일지는 쪽문을 열어 주었다.

"저…… 저……."

복희는 말을 더듬거리며 뒤를 돌아다봤다.

"누구와 같이 왔니?"

"네, 혼자 오기가 무서워서 칠덕이와 같이 왔어요."

"저 칠덕이입니다."

키가 커다란 사나이가 복희 뒤에서 머리를 겁신 숙여 절을 했다.

"정말 무슨 일이예요. 어떻게 왔어요?"

"큰일 났습니다. 일오 선비님이 칼에 맞아서 죽게 됐어요."

"뭐? 일오 선비님이?"

일지는 금시에 백짓장 같은 얼굴이 되지 않을 수가 없었다.

"지금 선비님은 아가씨만 찾고 있대요. 정생원네 집에 불을 놓고 나오다 포교들이 달려드는 바람에 칼을 맞고 간신히 피해온 모양입니다. 복희야, 복희야 하고 대문을 두드리는 소리에 뛰쳐나가 보니 선비님이 피투성이가 되어갖고 왔다는 것이 아닙니까. 그리고는 이곳을 알려주며 빨리 아가씨를 데려다 달라는 것이지요. 그래서 복희가 나를 찾아 왔더군요. 혼자서 오기가 무섭다면서. 우린 바로 이웃에 사니까요."

"그래서 이 집엔 어떻게 들어왔어요?"

"담을 넘어서 들어올 생각을 하고 왔는데 막상 와보니 뒷문이 열려 있더군요. 이집 하인들이 불구경을 가느라고 열어놓은 모양이지요."

"뒷대문이 열려 있었구만요."

일지는 그들을 조금도 의심하지 않고 따라나섰다. 자기가 데리고 있던 복희는 말할 것도 없고 칠덕이도 술청에 오던 사나이치고는 자기가 가장 믿었던 사나이였기 때문이다. 그러나 일지가 뒷대문으로 나섰을 때 전혀 생각지 못했던 일이 일어났다.

칠덕이가 일지의 목을 끌어안으며 입을 틀어막았던 것이다.

12

(아 속았구나. 이놈두 계집 훔치는 놈이었던가)

입을 막았으므로 소리는 칠 수가 없었으나 일지는 필사적으로 몸을 빼쳐내려고 발버둥을 쳤다. 그러나 그 발마저 또한 녀석이 잡아 쥐고 쳐드는 바람에 일지의 몸은 간단히 공중에 뜨고 말았다. 그러자 또 한 녀석이 준비해 갖고 있던 수건으로 입을 못 열게 재갈을 물리고 띠로 손과 발을 묶었다. 그것이 모두가 눈 깜짝하는 사이에 된 일로 익숙하기가 그지없다.

(칠덕이는 순진한 대장장이인줄만 알았는데, 아니 그보다도 복희까지 나를 속이다니. 그래서 이놈들이 날 어떻게 할 생각일까?)

일지는 분한 생각이 앞서는 대로 이가 부득부득 갈렸다. 그러나 전신이 묶인 몸이라 마음대로 요동 한번 칠 수 없이 잡혀 가는 수밖에 없었다.

골목 어귀까지 나오자 거기에는 보교(步轎) 한 채가 놓여 있었다.

그들은 일지를 내려놓는 일도 없이 가마에 쓸어 넣었다. 마치도 소달구지에 볏섬을 실듯했다.

"빨리 갑시다."

"네."

말이 떨어지기 전에 가마가 쳐들어지며 움직이기 시작했다. 가마 뒤에는 칠덕이와 복희가 따르는 모양이다.

(나도 결국 이 모양으로 잡혀가고 마는 것인가)

일지는 절망을 느끼면서도 또 한편 꼭 소한테 물린 것 같은 어이없는 생각도 들었다. 자기가 귀애하고 믿고 있던 복희까지도 자기를 속였으니 그런 생각도 할 만한 일이다.

(그러니 세상에서 믿을 사람이 누군가. 내가 믿을 수 있는 사람은 일오 선비님밖에 없었던가)

그러나 그 일오 선비님도 이제는 다시 만날 수 없을 것만 같은 덧없는 마음이 앞서는 대로 눈물을 흘리었다.

가마는 어디라고 알 수 없는 밤길을 자꾸만 가고 있었다.

그 가마가 필동 피천을 지나 생민동으로 들어서려고 할 때 순찰 돌던 포교들이 그곳을 지나다가

"밤중에 무슨 가마야?"

하고 소리쳐 가마를 세웠다.

"네."

포교들의 명령이니 그들도 하는 수가 없는 모양이다. 가마꾼들이 주춤하여 서자 칠덕이가 앞으로 나서며

"포교님들 수고하십니다."

하고 머리를 숙였다.

"그 속에 누가 있어?"

"앓는 사람입니다."

"앓는 사람이 밤중에 어딜 가는 거야?"

"전 지금 막 불이 난 정생원 댁의 하인인데 앓는 사람을 저의 집으로 데리고 가는 길입니다."

"앓는 사람이 누구기에 자네 집으로 데리고 가는 거야?"

"네, 저와 같이 있던 여종입니다. 불이 나고 보니 어떻게 합니까, 저의 집에라두 데리고 갈까 해서……."

칠덕이는 거짓말도 능청스럽게 잘 주워댔다.

13

"종년을 보교에 태우다니 무슨 소리야?"

종은 사람처럼 여기지 않던 때라 포교가 이런 말을 하는 것도 무리는 아니었다. 그러나 칠덕이는 이런 말에도 태연스럽게

"그러니 어떻게 합니까? 앓는 사람을 걸릴 수도 없는 것이고."

"업구 가지. 자넨 힘깨나 쓸 것 같구만."

"그랬다가는 순교님들이 보시고 어떻게 생각하겠어요. 계집 훔치는 도둑이 틀림없다고 달려와서 나부터 묶을 것이 아닙니까."

그 말에는 포교들도 할 말이 없는 모양인지 이번엔 복희를 가리켜

"저 계집앤 누구야?"

"앓는 사람의 동생입니다. 언니의 병간호를 해주기 위해서 같이 가는 거지요."

(저 녀석이 어쩌면 저렇게도 거짓말을 떡먹듯이 잘해. 그걸 보면 이런 것이 한두 번이 아닌 모양이야)

입을 열 수 없고 몸을 움직일 수 없는 일지는 가마 속에서 이런 생각이나 하고 있을 수밖에 없었다.

가마 속의 앓는 사람이 복희 언니라는 말에 포교 하나가 딴생각을 한 모양이다. 조롱대는 어조로

"앓는 사람이 여종이라면서 가마에 태워 자네 집으로 데리고 가는 걸 보니 심상치 않은 사인 모양이구만."

"네?"

칠덕이는 부러 어리벙벙한 얼굴을 했다.

"여편네 삼을 생각이냐 말야."

"네, 그건 좋도록 생각하세요."

"예쁜가?"

그러자 옆에 섰던 포교가

"이 사람아, 예쁜지 미운진 보면 알 것 아닌가. 자네 가마 포장을 좀 들치게."

하고 칠덕이에게 말했다.

"앓는 사람을 봐서 무얼 합니까?"

당황하지 않을 수 없는 칠덕이면서도 태연하게 말했다.

"들어 보라면 보일 것이지 무슨 말이 많어."

"그렇게 보고 싶다면 보여 드리지요."

칠덕이는 서슴치 않고 포장을 들었다.

"저것이 앓는 사람이야?"

입에 재갈을 물리고 손발이 묶인 일지를 보고 포교들은 대번에 낯색이 달라졌다.

"그러게 보지 않는 것이 좋다고 하지 않았어요."

"아직두 저 여자가 앓는 사람이란 것인가?"

"앓는 사람을 묶었다고 이상스럽게 생각하는 모양이군요. 앓는 사람도 병에 따라서 저렇게 묶지 않을 수가 없지요."

"앓는 사람을 묶다니 이 녀석아 바른대로 말해."

"바른대로가 그렇지요. 갑자기 머리가 돌아서 사람을 문다고 하니 저렇게 묶는 수밖에 없지 않아요?"

"돌았다구?"

"네, 불에 놀라서."

포교들은 믿어지지 않는 모양으로 서로 얼굴을 마주 보다가

"아무래도 자넨 수상하니 포청에까지 같이 가."

"하는 수 없군요. 같이 가지요."

따라 가는 체하던 칠덕이는 어느덧 포교의 방망이를 빼앗아 골사발을 쳤다. 한 놈이 푹 쓰러지자 딴 놈들은 달아나기가 바쁘다.

꽃바람

1

다음 날 밤.

일오는 술시(저녁 8시)를 앞두고 훈도동에 있는 영희전(永禧殿)을 향해 걸어갔다.

어젯밤 집에 돌아와 보니 촛불이 켜 있는 그대로 일지는 보이지 않고 방바닥에 이상스러운 글발이 하나 떨어져 있었다.

펼쳐보니 '일지를 찾고 싶으면 내일 밤 술시에 영희전 뒷담으로 오라'는 사연이었다.

그 글을 읽고 난 일오는 이것은 필시 남섭이의 장난이라고 생각했다.

(그놈이 한 짓이야. 내가 덕안사에 간다는 것을 알고 있었으니까 그 틈을 타서 일지를 빼낸 것이 틀림없어. 그런데 우리가 이곳에 있다는 것은 어떻게 알았을까…… 어젯밤 그에게 잡힌 돌쇠한테서 알았는지도 모르지. 목에 칼을 대고 말하라면 어쩔 수 없는 일이니)

여까지 생각한 일오는 그길로 좀전에 연옥이에게서 들은 교서동의 남섭이의 집으로 달려갔다. 써놓고 간 글발대로 내일 밤까지 한가스럽게 기다릴 수가 없었기 때문이다.

그러나 그 집은 어떻게 된 일인지 텅 비어 있었다.

(내가 오리라는 것을 미리 짐작하고 피한 것인가. 그렇지. 그 녀석도 그만한 것쯤은 생각할 녀석이지. 그리고서 내일 밤 일지를 미끼로써 날

잡아볼 생각으로……)

일오는 그런 일도 모르는 것은 아니었으나 다음 날 밤 영희전으로 가지 않을 수가 없었다.

일지를 찾는 길이 지금은 그 길밖에 없었기 때문이다.

그 곳은 덕안사가 있는 소공동보다도 더욱 으슥한 곳이다. 더욱이 골목 양쪽은 긴 돌각담으로 되어 있어 많은 사람을 상대로 싸우기에는 아주 불리한 곳이다.

(그 놈들은 나를 그 골목에 몰아놓고 모말 속에 든 쥐를 잡듯이 앞뒤서 몰아 잡아보겠다는 것이지. 그래도 자기네들 생각처럼 마음대로 되지야 않겠지, 그보다도 일지는 지금 어떻게나 하고 있나)

영희전 뒷길로 올라가는 일오는 실상 일지의 일이 더 걱정이었다.

(만일 일지가 그놈들에게 몸이라도 더럽혔다면……)

그럴수록 일오는 어젯밤 그렇게도 어이없게 잃어버린 일지의 얼굴이 눈앞에 떠오르며 이렇게 일지를 찾으러 가는 것이 말할 수 없이 괴로웠다.

술청장으로 뭇놈에게 조롱을 받으면서도 자기 몸엔 손가락 하나 대지 못하게 깨끗한 몸을 지켜온 일지—.

탄실이가 생각하던 선비님이 바로 자기라는 것을 알았을 때 실망의 눈물을 반짝이던 일지—.

부부가 되자는 자기 말에 기뻐서 어쩔 줄 모르며 결혼날을 받자는 일지—.

그런 것이 자꾸만 머릿속에 둘러찰수록 그의 가슴에는 일지를 사모하는 애정이 견딜 수 없게 끓어 올라왔다.

2

어두운 밤길은 드디어 언덕이 되며 영희전 뒤로 올라가는 골목길이 나섰다. 영희전 담 위에는 복사꽃이 가지마다 엉겨 피어 달빛에 드러난 풍경은 누구나가 끌리지 않을 수가 없었다. 그러나 그 복사 꽃보다도 일오의 눈이 먼저 간 곳은 저쪽 언덕 밑에서 오고 있는 검은 그림자였다.

일오는 불시에 담 밑으로 피하여 앞을 살폈다.

그러나 가까이 온 것을 보니 그것은 지게꾼이었다. 지게 꼭대기에 비웃을 몇 마리 사매고 술에 취하여 비틀거리면서 오는 품이 오늘은 벌이가 꽤 좋았던 모양이다.

일오는 그만 긴장을 풀고 옆에 있는 바윗돌에 가서 앉았다. 그러나 아무리 기다려도 그 후로는 사람은커녕 개 한 마리도 얼씬하지 않았다.

일지를 찾고 싶으면 이곳으로 오라고 써놓고 간 글발은 역시 공연한 거짓말이었던가 하고 실망하고 있을 때 필동 쪽에서 막일꾼 차림인 젊은 사나이가 오다가 문득 일오 앞에서 걸음을 멈추며

"누굴 찾기 위해서 온 분이 아닌가요?"

하고 물었다.

"그렇소."

"찾는 사람이 여잔가요 남잔가요?"

하고 다시 물었다. 조롱대는 듯한 그 물음에 일오는 화가 나서

"당신이 나를 만나러 온 사람이면 내가 누굴 찾기 위해서 여길 왔다는 일은 잘 알 일 아니오?"

곱지 못한 어조로 말했다. 그러나 그 사나이는 오히려 그 말이 반갑기나 한듯이 히죽 웃으며

"틀림없지만 그래도 혹시 잘못이 있을까 해서 물었어요. 어떤 여잘 찾고 있는지 이야기해 줄 수 없을까요?"

"일지란 여자요."

"아, 그러면 틀림없는 일오 선비님이시군요. 선비님의 이름을 전부터 많이 듣고 있었습니다."

뜻밖에도 허리를 굽혀 굽신 절을 했다. 그럴수록 일오는 이 사나이가 수상하게만 생각되며

"당신은 누가 보낸 사람이오?"

"그건 저를 따라오면 자연 알게 될 겁니다. 선비님을 모시고 그곳으로 가겠으니."

"임숭재나 남섭이가 보낸 사람이 아니냐 말이요?"

일오는 그것이 마음에 걸리고 있던 만큼 따지어 물었다.

"아, 선비님은 일지를 그 녀석들이 훔쳐간 것으로 아시는 모양이군요. 그건 절대로 아닙니다."

"그러면 당신들이?"

"네, 그렇지만 저희들이 결코 나쁜 생각으로 일지 아가씨를 훔쳐간 건 아닙니다. 안심하고 따라오세요. 아가씨도 잘 있으니."

젊은 사나이는 알 수 없는 이런 말을 했다. 그러나 그의 어투로 봐서 일지가 임숭재의 손에 들어가지 않은 것만은 사실인 모양이다. 일오는 약간 밝아지는 마음이면서도 그를 경계하는 마음은 늦추지 않고

"공연히 나를 홈통에 넣을 생각을 했다가는 당신 목이 없어지는 줄 알아요."

하고 위협도 해봤다.

"네, 저도 선비님의 칼 쓰는 솜씨는 알고 있습니다. 그러니만큼 전 선비님을 만난 것이 정말 기뻐요."

여전히 알 수 없는 말을 하며 앞서서 거분거분 걸었다.

3

앞선 사나이는 골목을 몇 번이나 돌아 쌍묵동으로 빠지는 길로 나섰다.

"아직도 더 가야 하우?"

일오가 뒤에서 물었다.

"다 왔습니다."

그 사나이는 거기서 좀더 가다가 쓰러져가는 초가집 앞에서 걸음을 멈추고 길가로 난 창문을 두어 번 두드렸다. 안에서 헛기침 소리가 나자 이 사나이도 헛기침을 두어 번 하고 나서는 대문으로 갔다. 그것으로 안에 있는 사람과 암호가 통해진 모양이다.

잠시 후에 안에서 대문을 열어주러 나오는 소리가 났다.

"누구야?"

뜻밖에도 맑은 여자의 목소리다.

"희섭입니다."

"손님은?"

"같이 왔습니다."

"수고했다."

문이 열리며 젊은 여인이

"오시기에 수고했어요."

하고 공손히 머리를 숙여 인사를 했다.

무슨 영문인지 몰라 어리벙벙한 채 대문 안으로 들어선 일오는

"아니."

하고 놀란 눈을 번쩍 떴다.

달빛에 드러난 여인의 얼굴을 본 순간 그것이 일지라고 생각했기 때문이다. 일오는 격한 감정 그대로 그녀의 손을 잡으며

"일지 어떻게 된 일이야?"

"처음 보는 사람의 손을 잡으면 어떻게 해요."

여인은 손을 잡힌 채 눈웃음을 쳤다.

"처음 보는 사람이라니?"

일오는 그만 잡았던 손을 놓고 그녀의 얼굴을 뜯어 봤다. 그리구 보니 역시 일지와는 다른 데가 있다. 일지보다는 차가운 얼굴이면서도 좀 더 나이를 먹은 것 같았다. 아니, 이마에 칼자국이 있는 것을 봐도 분명히 일지는 아니었다.

"저를 일지로 본 모양이지요?"

여인은 조롱대듯이 생글생글 웃었다. 그 웃음까지도 일지와 비슷하다고 할 수가 있다.

"난 일지라고만 생각했소. 어쩌면 그렇게도 비슷하우."

"제가 그렇게도 일지와 비슷해요?"

"비슷하다 뿐만 아니라 이마의 칼자국만 없다면……."

"호호…… 그건 선비님이 너무 일지만을 생각하기 때문에 오매서 그럴 거예요."

"그래요."

"선비님은 그렇게도 일지가 좋아요?"

"좋아하기에 이렇게 찾고 있지 않습니까. 일진 어디 있소?"

"무엇보다도 그것이 급한 모양이시군요. 하기는 일지도 마찬가지로 선비님을 찾고 있는 걸요."

"일지가 이 집에 있다는 거요?"

"선비님의 아내가 될 귀한 사람을 이런 누추한 곳에 데리고 있을 수야 있어요. 이보다는 안전하고 좋은 집에 있으니 안심해요."

"그곳이 어디란 말이요."

"하여튼 들어가서 이야기 합시다."

여인은 여전히 웃으면서 마루 위로 올라섰다.

4

"일지와는 어떻게 되기에 얼굴이 그렇게도 같소?"

방으로 들어가 밝은 불에 보니 그것이 더욱 느껴지므로 일오는 이런 말부터 물었다.

"왜요? 얼굴이 비슷하다구요?"

"쌍둥이가 아니면 그렇게 같을 수가 없으니 말요."

"그래도 일지보다는 내가 나이 들어 뵈지 않아요?"

"그러구 보니 그런 것 같기도 하군요. 그러면 형인가요?"

"좋도록 생각하세요."

생글생글 웃는 것을 보니 그것이 사실인 모양이다.

"그러나 난 일지에게 형이 있다는 말은 들은 일이 없는데."

"그럴 거예요. 일지는 자기 형이 있다는 것도 모를 겁니다. 그 애가 네 살 나고 내가 일곱 살 날 때 우린 헤어졌으니까요."

"그렇다면 무슨 곡절이 있는 모양이군요."

"대단한 곡절이 있지요. 그러나 그건 한가한 틈을 타서 언제구 이야기해 드리기로 하고 하여튼 임숭재의 아버지 임사홍이는 우리 집의 재물을 빼앗기 위해서 역적이라는 누명을 씌워 제 부친을 죽이고 저는 바다에 던져 죽일 생각을 한 거죠. 그러나 다행히도 어떤 사공에게 구원을 받아 저는 이렇게도 살 수가 있었던 거예요. 그러니 임가 집에 대한 원한이 얼마나 크다는 것은 알 수가 있겠지요?"

독기가 퍼진 얼굴을 보니 지금도 그때의 일을 생각하면 이가 부드득 갈리는 모양이다.

"임사홍이가 젊어서도 그렇게 무서운 일을 했소?"

일오도 뜻하지 않은 그런 말을 듣고서는 그녀의 얼굴을 쳐다보지 않을 수가 없었다.

"사나이란 권력이나 물욕에 미치게 되면 악이 악으로 보이지 않는 모양인 걸요. 선비님도 그럴는지 모르지요."

"아니, 난 그럴 염려는 없소. 권세와 물욕은 언제나 멀리하고 살려고 애쓰는 사람이니까."

"하긴 선비님은 그런 사람이 될 리는 없겠지요. 재물과 권력의 욕심뿐만 아니라 여자에 대한 욕심도 그리 크지는 않은 모양이니."

여자로서는 좀 지나쳤다고 생각한 모양인지 눈시울이 붉어졌다.

"내가 그렇게도 여자에 대한 욕심까지 없는 사나이로 보입니까?"

사나이가 여자에 대한 욕심이 없다는 것은 일종의 모욕 같은 말이니 일오도 반문하지 않을 수가 없었다.

"일지가 몹시 선비님에게 들뜬 모양인데도 여태 손을 대지 않은 것 같으니."

"그러니 그만큼 못난 사나이라는 거요?"

"존경하는 의미에서 말하는 거예요."

"그렇다면 고맙다고 할 수밖에 없군요."

"그런데 자기가 그렇게도 귀애하는 일지는 왜 잃어가지고 이런 곳까지 찾아오게 된 거예요?"

생글생글 눈웃음을 쳐가며 조롱댔다.

"그건 나보다도 훔쳐간 사람이 나쁘기 때문이겠지요."

"문간수 못한 자기 잘못은 없구요?"

"그렇게 말하면 내 불찰도 있지요."

일오는 자기 잘못을 솔직히 수긍하고 나서

"나를 그만큼 애태웠으면 이제는 일지를 돌려 주시오."

무엇보다도 하고 싶던 그 말을 꺼냈다.

5

"일지는 그렇게 간단히 돌려줄 수 없어요."

일지 언니는 한마디로 잡아떼듯이 말했다.

"어째서?"

"일지를 맡을 자격이 없어요."

"자격이 없다구?"

"선비님이 일지를 귀애하는 걸 모르는 것은 아니에요. 그러나 언제나 일지를 지키고 있을 수가 없는 것 아녜요?"

"그렇다구 두 번 다시 일지를 잃어버리는 일은 없을 거요."

"그건 생각뿐이에요. 임숭재가 부하를 내세워 얼마나 일지를 찾고 있는지는 선비님도 잘 아는 일 아니에요. 만일에 일지가 그 놈들 손에라도 들어가면 어떻게 되는 일이지요?"

"그렇게 말하면 나도 같은 말을 하고 싶소. 일지가 지금 어디 있는지는 모르지만 그곳도 안전하리라고 나로선 믿을 수가 없으니 말요. 그놈들은 권력이 있으므로 포청과 금부까지도 움직일 수 있는 놈이라, 어디라고 안전한 데가 없지 않소?"

일오는 일지를 찾기 위해서 이런 말이라도 해보지 않을 수가 없었다.

그러자 그녀는 웃으며

"선비님은 포청이니 금부에 있는 놈들이 그렇게도 무서워요?"

"무섭지 않으니 일지를 내가 맡겠다는 겁니다."

"선비님이 포청 놈들을 무서워하지 않는 만큼 나도 그놈들을 무서워하지 않는답니다. 그러니 안심하고 맡겨 둬요. 일지는 잘 데리고 있을 테니."

자신 있게 말했다. 이렇게 말하면서 정 일지를 내줄 것 같지 않으면 일오는 자기의 힘으로 일지가 숨어 있는 곳을 찾아내는 수밖에 없다고 생각했다. 그러자면 우선 이 패거리와 가까이 해야 할 것 같았다. 그런 생각을 하고 있는데 일지 언니가 문득

"선비님 뭘 그렇게 열심히 생각해요?"

"일지는 꼭 찾아야 하겠는데 언니란 사람이 말을 들어주지 않으니."

"그래서 일지가 숨어 있는 곳이라도 알아내야겠다고 생각하는 거죠?"

"어떻게 내가 생각하는 속까지 잘 알아맞히우."

"호호, 지금 선비님이 생각할 건 그것밖에 더 있겠어요. 그래서 한 번 들떠 본 거지요."

하고 조롱대는 웃음을 웃고 나서

"그래 좋은 방법을 생각해 냈어요?"

"별로 좋은 생각이 떠오르지 않는구만요."

"그래도 일지는 기어이 찾아내고야 만다는 거지요?"

어림없다고 빈정대는 듯한 그 눈초리에 일오는 왈칵 화가 나는 대로

"언니면 언니지 일지를 감춰야 할 권리는 없지 않아요. 일지를 무슨 권리로 훔쳐갔나 말요."

"권리야 없겠지요. 그러나 일지는 너무나두 고생을 많이 한 걸요. 언니로선 이 이상 더 고생을 시키고 싶지 않아요."

"그래서 나는 자기 계집 하나두 건사하지 못할 위인이란 거요?"

"그것이 아니라 선비님은 선비님대로 너무나 할 일이 많은 사람이 그 애 때문에 아무것도 못하고 있다는 거예요."

이런 말을 하는 그녀의 눈에서는 이상스러운 광채가 번득였다.

6

"그러면 일지를 데리고 간 것도 결국 나를 위한 일이군요?"

자기의 약점을 찔러주는 일지 언니의 말에 일오는 몹시 감격한 얼

굴이다.

"그렇다고도 할 수 있지요. 우리 패거리엔 선비님을 존경하는 사람이 많답니다."

"어떤 패거리인데?"

"모두가 부모형제를 억울하게 잃은 원한이 골수에 맺힌 사람들이지요."

"그건 나두 마찬가지요."

"그러면서 왜 아무것도 하지를 않아요. 할 일이 너무나도 많은 사람이."

이때에 밖에서 방문을 똑똑 뚜드리는 소리가 났다. 뒤이어 사나이의 굵은 목소리로

"초롱 아가씨."

"누군가?"

"성칠입니다."

일지 언니는 분주히 방문을 열어주며

"마침 잘 왔어요. 그렇지 않아도 기다리고 있던 참인데."

"손님이 계시는군요."

키가 커다란 삼십 미만의 사나이가 방으로 들어오려다가 일오가 있는 것을 보고 주저하자

"어서 들어와요. 성칠이 아제가 늘 만나고 싶다던 일오 선비님이예요."

하고 일오를 소개했다. 성칠이는 반색하며

"선비님의 이름은 전부터 듣고 있어요. 아무것도 모르는 김성칠이라는 놈입니다."

하고 큰절을 했다.

"지금 가회동 임숭재의 집에서 하인 노릇을 하며 우리에게 그곳

일을 알려주고 있어요. 언제고 선비님을 만나 검술 배우는 것이 소원이랍니다."

일지 언니가 그에 대한 것을 이렇게 이야기해주고 나서

"그리고 보니 저도 선비님에게 인사를 못 드렸군요. 어렸을 땐 집에서 옥희라고 불렸지만 나를 길러준 뱃사공은 초롱이라고 불렀답니다. 내 눈이 초롱불 같다면서요. 그래서 지금두 모두들 저를 초롱이라고 부른답니다."

하고 초롱불같이 광채가 있는 눈에 웃음을 담았다. 그리고는 다시 성칠에게 눈을 돌려

"가회동 집에서 이번엔 무슨 이야기를 하고 있어요?"

"정말 굉장한 일을 꾸미고 있더군요."

"무슨 일을?"

"하여튼 남섭이 놈은 대단한 놈이에요. 그 녀석이 이번에는 임숭재와 손을 잡고서 자기 여편네를 이용하여 전식이를 잡아먹을 흉계를 꾸미고 있더군요."

"그런 일이라면 우리 일을 덜어주는 셈 아니에요. 그런 싸움이라면 실컷 하라지요."

초롱 아가씨는 그저 잘됐다는 얼굴로 그런 일엔 크게 관심이 없다.

그러나 일오는 남섭이의 아내라면 자기 때문에 황주에서 올라온 연옥이가 틀림없다고 생각되니 그 말을 듣고만 있을 수가 없었다.

"그자들이 무슨 흉계를 꾸미더란 말요?"

7

"임숭재가 무슨 일 때문에 일지를 훔쳐가려고 애를 썼다는 건 선비님두 잘 아시겠지요?"

성칠이는 그들의 흉계에 대한 것을 말하기 전에 이런 말로 일오에게 물었다.

　"임금이 찾고 있는 탄실이가 일지인 줄 알고 찾는 것이 아니요?"

　"그렇지요, 그런데 임숭재와 마찬가지로 전식이는 전식이대로 남섭이 여편네인 연옥이란 계집을 탄실이라고 알고 있단 말요."

　"그건 남섭이가 꾸민 일인가요?"

　"그렇지요. 자기 여편네를 자기 누이동생으로 전식이에게 팔았으니까요. 그런데 이번엔 임숭재한테 가서 일지는 가짜 탄실이구 진짜 탄실인 전식이가 찾아가지고 있다는 말을 한 모양이에요. 오늘 그 연옥이를 빼낼 생각들을 하는 걸 보니."

　"그건 무슨 생각으로?"

　"전식이에게 붙는 것보다는 임숭재에게 붙는 편이 유리하다고 생각한 모양이지요."

　"그래서 무슨 이야기들을 합디까?"

　"오늘 아침 사랑방에 불을 때면서 들었는데 남섭이가 와서 하는 말이 내일 전식이가 대궐 뜰에서 꽃놀이를 열어 임금에게 연옥이를 뵈어줄 생각을 하고 있다는 것이지요. 그러면서 연옥일 임금이 보기 전에 훔쳐내야 한다는 거예요."

　"임숭재는 그 말을 듣고 어떤 얼굴을 합디까?"

　"대단히 당황한 얼굴이지요. 무슨 일이 있어도 임금님한테 연옥이를 보여서는 안 된다면서."

　그러자 옆에서 듣고만 있던 초롱 아가씨가 조롱대는 웃음으로

　"연옥이란 여자가 아는 사람이라도 되는가요. 왜 그렇게도 심각한 얼굴을 하세요?"

　그 말에 일오는 숨길 필요도 없다고 생각하고

　"역시 아가씬 남의 속을 꿰뚫어 보는 데가 있구만요."

"그럼 정말 안다는 것인가요?"

"알다 뿐만 아니라 그의 남편인 남섭이도 실상은 둘도 없는 나의 친구였소."

하고 일오는 그만 비장한 얼굴이 되었다.

"그런 사람들이 어떻게 그렇게도 길이 갈라지게 됐어요?"

"초롱 아가씨의 말대로 그 사람이 권력과 재물에 오맨 때문이겠지요. 거기에 눈이 오매면 악도 악으로 보이지 않는다고 하지 않았소."

그리고는 연옥이를 알게 된 전말을 간단히 이야기하고 나서

"여기 더 앉아 있어야 일지를 만날 것 같지도 않으니 나는 그만 일어나겠소."

하고 몸을 일으켰다.

"가면 어디로 가는 거예요?"

초롱 아가씨는 일오를 그대로 보낼 수는 없는 모양이다.

"이 길로 전식이를 찾아가 볼 생각입니다."

"선비님 혼자서요?"

"자기 때문에 몸을 망친 여인이 이제 다시 벗어날 수 없는 함정에 빠지게 된 것을 알고서야 잠자코 있을 수 없는 일이 아닙니까?"

"혼자서는 위험해요."

"그렇다구 전식이란 사람 하나를 만나러 가면서 쌈꾼을 몰구갈 수도 없는 노릇이 아닙니까?"

"정말 일지를 울릴 생각이세요?"

"설마 그런 일이야 없겠지요."

8

"선비님이 연옥이란 그 여잘 구하겠다는 것은 말릴 수 없는 일이에요. 그러나 이 밤중으로 전식이의 집을 찾아가야 할 것까지는 없지

않을까요?”

초롱 아가씨는 섬벅거리는 눈을 들어 일오를 쳐다봤다.

“왜 그렇게 무모한 짓을 하겠다는 건지 알 수 없다는 말이지요?”

“네, 쳐놓은 그물에 일부러 뛰어드는 일 아니에요?”

“그물에 뛰어든 고기라고 다 잡히지야 않겠지요.”

일오가 자신 있는 웃음으로 방문을 열려고 하자

“왜 자꾸 가신다구만 해요. 전식이를 찾아가도 밤이 늦는 게 좋지 않아요. 앉아서 술이나 한잔 드시고 가요. 저희 집에 왔던 손님을 그대로 보낼 수도 없으니.”

초롱 아가씨는 성칠에게 술상을 들여오라고 했다. 어떡해서든지 일오를 잡아둘 생각인 모양이다.

“그래도 전식이라면 문무백관을 고갯짓으로 부리는 어른인데 취해서 갈 수야 있습니까?”

그러자 초롱 아가씨는 갑자기 정색한 얼굴이 되며

“선비님이 자꾸만 가신다는 건 우리들과 일하고 싶지 않다는 것이지요?”

“나를 믿어주질 않는 걸 어떻게 같이 일할 수가 있겠소.”

“제가 언제 선비님을 믿지 않는다고 했어요?”

“그렇다면 일지를 내게 맡기지 못할 리도 없지 않아요?”

일오는 이런 말로 말꼬리를 돌려봤다.

“일지, 일지 너무 그러지 말아요. 나두 아직 남자들의 눈독에서 벗어난 나이는 아니에요. 샘낼 줄도 안답니다.”

밉지 않게 눈을 흘기고 나서

“연옥이란 사람두 예쁘겠지요?”

“전식이 같은 호남이 마음에 든 여자라면 가히 짐작할 수 있지 않소?”

"일지보다도?"

"그런 말은 왜 자꾸 묻소?"

일오가 쑥스러운 대로 되묻자

"선비님이 그 여자에게 더 마음이 쏠린 건 아니냐 말이지요."

그것이 걱정스러운 듯이 물었다. 그걸 보면 역시 뱃사공에게 길러난 소박한 데가 있다.

"연옥이에 대해서는 구원해 줄 의리가 있는 것뿐입니다."

일오도 솔직히 자기 마음을 들어내 보였다.

"그러면 연옥이를 임금의 제물이 되기 전에 곱게 뽑아낼 수만 있다면 선비님이 오늘밤 전식이를 찾아갈 필요는 없지 않아요?"

"그야 그렇지요."

"그렇다면 아무 걱정 말고 술이나 마시고 계셔요!"

무슨 좋은 계교라도 있는 듯이 말했다.

"그러나 연옥인 오늘밤밖에 뽑아낼 기회가 없답니다. 초롱 아가씨도 이제 금방 듣지 않았소. 연옥이를 임금 앞에서 춤을 추인다는 말을. 그렇게 되면 어떻게 되겠소. 임금의 침방에 끌려가는 수밖에 없지 않소."

"그렇다고 임숭재가 그 일을 아는 이상 전식이가 임금에게 곱게 뵈라고 연옥이를 그대로 둘 리가 없지 않아요?"

"그렇기도 하군요."

"그러니 너무 서둘 것이 없다는 거예요. 임숭재와 전식이를 임금 앞에서 싸움을 붙여 놓고서도 연옥이를 빼낼 수 있는 기회는 있다는 거예요."

9

다음 날—.

대궐 뒷뜰 복사꽃이 만발한 나무 밑에 돗자리를 내다 깔고 차일을 쳐 꽃놀이터를 만들었다.

주안상에 오른 음식은 가지각색의 새와 짐승의 모양으로 된 밀과(密菓)를 비롯해 전복과 여지(荔枝) 등 산해진미로서 없는 것이 없다.

꽃놀이는 해가 기울기 시작한 유시(酉時)경에 시작됐다. 하루 중에서도 술맛이 제일 당기는 시각이다.

임금님을 모시는 승지들을 위한다는 명목으로 전식이가 베푼 주연(酒宴)이라 아늑한 맛이 있어 임금도 술맛이 나는 모양이다.

"오늘은 임금을 모신 자리라는 것을 잊어버리고 마음껏 마시게."

이런 말로 연방 신하들에게 술을 권했다. 술이 어지간히 돌아 모두가 눈이 풀어지게 되자 임금이 앉은 앞의 풀밭에서 기녀들의 춤이 벌어졌다.

그 중에서도 이채로운 것은 승무였다. 연산은 불교가 싫어 원각사에 있던 중을 몰아내고 장악원을 두었지만 이것은 같은 중의 차림이라고 해도 부드럽기가 끝이 없다.

"저것은 여자인가?"

임금은 전식이에게 물었다.

"그렇습니다."

하고 대답하고 나서

"어떠하온지요. 꽤 눈요기가 되옵는지요?"

"무던하군."

임금은 술잔을 든 채 승무를 보기에 정신이 없다.

고깔 속에 담아진 고운 얼굴, 한삼(汗衫)에 가리운 손이 하늘로 버쩍 쳐들릴 때마다 불꽃이 튀는 것 같은 눈매, 허공에 뛰오를 때마다 장삼 속에서 걸핏 드러나는 허벅다리, 그러다가 지금 안타까움을 참지 못하여 몸을 비비꼬며 어지러운 얼굴이 되는 그 승무를 보는 동안에 임금은 자기도 모르게 미소가 흐르며 욕정이 느껴졌다.

"……."

임금은 춤이 끝나서도 황홀경에 빠진 채 아무 말이 없었다. 다른 기녀들의 춤이 시작되자 그제야 비로소 빙긋이 웃어

"절에 있는 비구니인가?"

"아니올시다. 소신이 맡아 갖고 있는 사람이옵니다."

"맡았다니, 누구한테서 맡았다는 거냐?"

임금이 기를 쓰고 묻는 품이 대단히 마음에 든 모양이다. 전식이도 임금에게 못지않은 만족한 미소를 지으며

"상감마마한테서……."

"내가 맡겼어?"

임금은 알 수 없다는 얼굴로

"전식이, 농담은 그만하게, 나는 전식이에게 그런 기녀를 맡긴 일은 없어. 아니 생각해 보게나, 그런 기녀를 전식이에게 맡길 리도 없지 않은가?"

"하하하. 그렇게도 생각이 나지 않사옵니까."

전식이는 소리를 내어 크게 웃고 나서

"맡긴 일이 없으시다니 그러면 소신에게 주신 줄로 알고 제 아내를 삼아도 무방하오리까?"

"그런 말은 말구 어서 말해, 내가 맡겼다면 언제 맡겼나?"

"그렇게도 잊으신 걸 보면 소신을 줘도 무방할 것 같사옵니다."

이러는 동안에 어느덧 대궐 뜰 안에는 땅거미가 찾아들기 시작했다.

10

꽃놀이는 낮보다는 달 떠오르는 밤이 더 한층 흥취가 있다. 해가

지면 바람이 차가운 듯하나 오히려 그것이 술맛을 더욱 돋우어주기도 한다.

뜰 곳곳에는 횃불을 켜놓고 좌석에는 촛불을 켜 밝은 것도 낮과 다름이 없었다. 그 너불거리는 불빛 그림자를 받으며 활개를 펴고 돌아가는 기녀들의 아름다움—.

그러나 임금은 그런 것엔 눈을 둘 생각 없이 고개를 숙이고 무엇을 열심히 생각하고 있다. 지나치게 심각한 얼굴이 깊은 번민이라도 있는 것 같다.

그러한 임금을 전식이는 자못 만족한 얼굴로 지켜보다가

"눈앞에도 예쁜 기녀는 많사옵니다. 문자 그대로 백화난만이옵니다."

임금은 그만 얼굴을 들어

"전식이, 나를 그만 괴롭히고 어서 이야기를 하게. 승무를 춘 기녀가 누군가?"

"그렇게도 생각이 나지 않사옵니까?"

"응, 생각이 나지 않는구만."

"그렇다면 굳이 생각할 필요는 없사옵니다. 상감마마께옵서 버린 계집을 전식이가 주워 아내로 삼았다고 벌만 주지 마시고."

하고 여전히 조롱대자

"어떻게 된 계집이라고 솔직히 말해."

임금은 그 말과 함께 급기야 전식이의 귓바위를 잡아쥐고 비틀었다.

전식이에게는 이런 일도 예사로운 일이다.

"아야, 아픕니다."

전식이는 지나친 비명으로 귓바위를 쥔 임금의 손을 잡고

"아뢰옵겠습니다, 아뢰옵겠으니 귀를 놓아 주십시오."

"어서 이야기를 해, 놓아 줄 테니."

"벌써 잊으셨습니까. 지난해 가을 소신 보고 찾아내라던 처녀가 있지 않았습니까?"

"전식이 보구? 아직두 딴소리를 하구 있구만."

임금이 다시 귓바위를 잡아당기자 전식이는 아파서 견딜 수가 없는 듯이 끌려가며

"전식이의 이야기엔 틀림이 없사옵니다. 주엽산에 사냥을 가셨다가 돌아오는 길에 유자광 대감 댁에 들렀다가 사랑방에 걸린 그림을 본 일이 있지 않사옵니까. 상감마마가 그 처녀를 찾아내라는 대로 소신은 찾아낸 것뿐이옵니다."

임금은 비로소 그때 일이 머리에 떠오르는 모양으로 갑자기 감격한 얼굴이 되며

"그래서 어디선가 본 듯한 처녀였구만. 그 처녀야 정말 내가 찾는 여자였지."

"그러나 막상 찾고 보니 한갓 시골처녀와 다름이 없는 것을 닦고 보니 과시 상감마마의 눈이 높으심을 알았사옵니다."

"하하하…… 그래서 전식이 없이는 살 수가 없다는 것 아닌가."

전식이는 지금과는 달리 정색한 얼굴로

"그 말을 듣기 위해서 소신은 오늘을 기다리고 있었사옵니다. 소신의 애쓴 보람이 헛되지 않고 상감마마께서 알아주신다니 기쁘기 한량이 없사옵니다."

"이름은 뭐라고 부르나?"

"아명은 탄실이라고 하오나 지금은 연옥이라고 부르옵니다."

그 으스름히 뜬 임금의 눈앞에는 연옥이의 아리따운 자태가 어른거리는 모양이다.

사람의 운이란 예측할 수 없는 것이다. 더욱이 아리따운 처녀들에게 그 변화란 참으로 놀라운 것이다.

열일곱 살 나는 봄까지 연옥이는 아직 피지 않은 꽃봉오리로 어머니 손에 곱게 자랐다. 그러나 하룻밤의 거센 바람에 자기로서도 뜻하지 못했던 이상한 길을 걷게 되었다.

연옥이의 몸은 이미 두 사나이에게 짓밟혔다. 하나는 남섭이, 또 하나는 전식이. 그들은 모두 연옥이를 사랑했다고는 할 수가 없었다.

남섭이는 연옥이를 자기 출세의 도구로 쓰기 위해서 그녀의 육체를 애무한 것뿐이다. 그것으로써 궐안을 드나들 수가 있었다. 그는 아리따운 연옥이를 데리고 단란한 가정을 갖는 것보다도 더 큰 야망이 있었다.

전식이도 자기의 세력을 잡기 위해서 연옥이를 이용할 생각을 한 것은 남섭이나 역시 마찬가지다.

남자의 장난감으로 그녀에게 예의범절과 노래, 춤을 가르쳐 줬으며 밤에는 사람의 눈을 피해가며 침실에서 즐기는 일을 가르쳐 줬다.

이런 일은 비단 궁안에서만 있는 일이 아니다.

각 도(道) 고을마다 기녀들을 두고 자색이 있는 계집을 골라 아전들은 원님을 위하여 전식이와 같은 일을 했다. 고을에는 어디나 놀기 좋은 누각(樓閣)이 있었다.

놀기 좋은 누각을 지을 수 없는 곳이라면 고을로도 잡지 않았으므로 그럴 수밖에 없었다. 안주의 제일루(第一樓), 평양의 연광정(練光亭), 황주의 월파루(月波樓), 진주의 촉석루(矗石樓) 모두가 경치 좋은 곳이다.

그들은 기녀들을 데리고 놀기 위해서 노래와 춤을 가르쳐 주고 취

담의 흥취를 도울 수 있는 교양을 몸에 지니게 했다. 그리하여 그들도 임금에 못지않은 호화로운 놀이로 매일 날을 보냈다. 그래서 봉건이 좋았던지도 모른다.

현숙한 아내일수록 유녀(遊女)가 갖고 있는 즐거움이 없는 것도 사실이다.

여종이었던 장녹수가 수천의 기녀를 물리치고 유독 임금의 총애를 받은 것은 누구보다도 남자의 마음을 사로잡는 술법을 알고 있었기 때문이다. 그녀는 왕족의 여종이었던 만큼 어렸을 때부터 그 비법을 체득했는지도 모른다. 전식이의 생각으로는 연옥이를 제 이의 장녹수로 만들 생각인 모양이었다. 장녹수는 아무리 요염한 꽃이었다고 해도 이미 지기 시작한 꽃이다. 연옥이는 아직도 피기 시작한 꽃봉오리, 임금의 목에 매달려 갖은 아양을 떨기에도 충분하다.

임금은 그 꽃봉오리를 생각하니 전신이 뜨거워지며 목이 타오는 모양이다.

(이런 일은 참으로 오래간만이 아닌가)

그러한 임금을 아까부터 지켜보고 있던 전식이는

"연옥이를 이 자리에 다시 부르오리까?"

"지금 어디 있는데?"

"소신의 방에서 상감마마의 분부를 기다리고 있소이다."

"그렇다면 내 침실로 들라 하게."

물론 전식이는 침실에 사향을 뿌려 여느 날과 달리 향기롭게 하는 일도 잊지를 않았다.

그 방에 연옥이가 들게 되면 무사할 리는 없다.

12

달이 구름 속에 숨어버리자 대궐 안의 집들도 뜰도 못도 모두가 어둠에 묻혀버리고 말았다. 불빛이 흐르는 곳은 다만 임금이 든 침전(寢殿)뿐. 그 침전을 향하여 일오는 숨을 죽여가며 한 발짝 한 발짝 걸어갔다.

숲속에 싸여 있는 침전은 마치도 깊은 산골짜기에 있는 산당(山堂) 같기도 하다. 어둠에 묻힌 정적이 그런 기분을 느끼게 하는지도 모른다.

좀전만 해도 나뭇가지를 스쳐가는 바람소리가 들렸건만 그 바람소리도 지금은 죽은 듯이 들리지 않고 어디까지나 캄캄한 어둠뿐이 떠돌고 있다.

그러나 그 어둠 속에서도 침전을 지키고 있는 시위군관(侍衛軍官)들의 검은 그림자는 가릴 수가 없었다.

침전 주위로 여기저기 서 있는 그 검은 그림자는 몇이나 되는지 알 수 없었으나 그들도 호흡마저 잊은 듯이 움직이지를 않았다. 모두가 어깨에 환도(環刀)를 차고 손에 등채(등편(藤鞭))를 든 융복(戎服)을 갖춘 군관들이다. 그 울긋불긋한 차림도 어둠 속에서는 검은 그림자 하나로 보일 뿐이다.

그 군관들을 피하여 불빛이 흐르는 침전까지 가는 일은 이만저만 힘든 일이 아니다. 발을 한 발짝 옮겨 놓는 데도 땀이 나는 일이다.

앉아서 기듯이 발을 옮겨 놓곤 하는 일오는 진중하기가 짝이 없다.

우리나라에는 귀신을 부려 몸을 숨기고 감추는 둔갑장신술(遁甲藏身術)이 있다. 이 비술(秘術)을 처음 쓴 사람은 이조 초기(李朝初期) 판수였던 진(眞)이란 사람이다.

그는 자기의 둔갑술을 임금에게 자랑하기 위해서였던지 군사들의 눈을 피하여 궁에 들어갔다가 결국 임금을 놀라게 한 죄로 사형을 당했다.

그 후로도 둔갑술을 한다는 사람은 한둘이 아니었다.

일오도 단신으로 대궐 안에 들어간 것을 보면 둔갑술을 체득하고 있기 때문이리라.

둔갑술을 한마디로 이야기한다면 인내력으로써 기회를 얻는 것이라고도 할 수 있다. 실제로 넓은 도랑을 건너뛰거나 높은 담을 넘는 것은 둔갑술의 아주 초보의 기술에 지나지 않는다. 어떠한 악조건에서도 참고 견디어 이기는 마음을 키우는 것이 보다 중요한 것이다.

일오는 산에 들어가 병술을 배우면서 절식(絕食) 악식(惡食)은 보통이었다. 천을 셀 때까지 숨을 쉬지 않을 수도 있었고 한나절을 바윗돌을 들고 한자리에 서 있을 수도 있었으며 칠흑같이 어두운 밤에도 남달리 사물을 볼 수가 있었다.

이리하여 그는 무아무심(無我無心)의 경지에 이르러 색채에도 눈이 어지럽지 않고 어둠 속에서도 당황하지 않고 냄새에도 태연하고 물욕에도 현혹하지 않는 인간 이상의 기능을 가질 수가 있게 되었다.

침전 주위에 망부석처럼 서 있는 검은 그림자는 여전히 움직이지 않았지만 그러는 동안에 쩍쩍하고 새소리 같은 소리가 났다.

그 대답인 모양으로 군관들 중의 누가 신호를 냈다.

일오는 숲속에 몸을 감춘 채 그 쪽을 살폈다. 저편 커다란 느티나무 밑에 그림자들이 오고 있었다.

13

침실에는 금침이 깔려 있었다. 파란 바탕에 붉은 구름을 수놓은 금침이다. 머리맡에는 베개가 길게 놓여 있다. 수박등의 부드러운 불빛이 벽에 둘러친 산수화를 드러내고 또한 연옥이의 하얀 옆얼굴을 비치었다.

임금은 풀어진 눈으로 연옥이를 보고 있었다. 입가에는 미소가 흘렀다. 그것은 만족에서 오는 단순한 미소가 아니다. 그보다는 좀 더 복잡하고 미묘한 미소다. 고양이가 쥐를 앞에 놓고 물끄러미 보고 있는 미소라고나 할까. 어쨌든 잔악에서 오는 쾌감에 도취된 미소인 것만은 틀림없다.

그러나 그는 이러한 미소를 지어보는 것도 실로 오래간만이었다.

임금은 주야를 가리지 않은 무서운 방탕으로 심한 불면증에 걸려 머리는 언제나 납덩어리처럼 무거웠다. 대낮에 세찬 햇빛을 보면 쓰러질 것 같은 현기증이 나고 대수롭지 않은 일에도 공연히 격분하게 되고 무엇을 생각한다는 것이 귀치않은 채 자기를 둘러싸고 있는 신하들이 자꾸만 무서웠다. 그는 정사를 근신에게 맡긴 채 낮에는 호화로운 놀이를 일삼았고 밤에는 정해둔 것처럼 계집과의 난잡한 짓거리를 되풀이했다. 그러나 그 난잡한 짓거리도 좀처럼 광적(狂的)이 아니고서는 자극을 받을 수가 없었다.

그것은 이미 생리적인 요구에서가 아니고 그저 습관화된 것으로 욕정을 만족스럽게 채우지 못한 데서 비롯된 안타까움을 참지 못해 몸부림을 치는 거나 마찬가지였다. 임금은 달떠오르는 정욕을 잠시 참기 위해서인지 머리맡에 있는 꿀물을 한 모금 마시고 나서 다시 연옥이에게 눈을 두며

"몇 살이라구?"

"열일곱이옵니다."

연옥이는 모기소리처럼 힘이 없다. 임금은 손가락을 꼽아 육갑을 쳐보고서는

"무술생이 아닌가, 개띠라면 아이를 많이 낳는다는데, 보매 그렇지도 못한 것 같구만."

웃으면서 머리를 숙이고 있는 연옥이의 몸매를 훑어봤다.

연옥이의 예의범절을 가르쳐 준 노녀(老女)가 잔인성을 띤 웃음으로

"아니옵니다. 이렇게 몸이 호리호리한 애기일수록 애기는 많이 낳는 것입니다."

"그렇다면 그대도 별로 부한 것 같지 않은데 어째 아이를 가져보지 못했는가?"

"⋯⋯⋯."

노녀가 그만 얼굴이 빨개지자 임금은 다시 연옥이에게

"연옥인 내 아이를 낳아주고 싶은가. 연옥이처럼 귀여운 내 아이를⋯⋯."

"⋯⋯."

연옥이는 여전히 고개를 숙인 채 말이 없다.

"대답이 없는 걸 보니 마음이 없는 모양이구만."

"상감마마 무슨 말씀을⋯⋯."

노녀가 당황해서 연옥이의 대답을 대신하자

"너에게 묻는 것 아냐."

하고 소리쳤다.

"연옥이 네가 어떠냐 말야?"

임금은 자기에게 귀여움을 받는 것을 무한의 영광으로 생각하고 갖은 아양을 떠는 기녀들에겐 이미 물린지가 오랬다.

"그렇게 부끄러워할 것이 아니라 얼굴을 들고 나를 좀 봐."

임금은 손끝으로 연옥이의 고개를 쳐들고 잠시 보고 있다가

"옷을 벗겨."

하고 노녀에게 말했다.

14

"아가야! 옷을 벗자."

노녀는 부드러운 말로 연옥이의 옷고름을 풀려고 했다. 그러나 연옥이는 옷고름을 쥔 채 찌푸린 얼굴을 했다. 그것이 그녀로서는 최대의 저항이었다.

그때 방문이 열렸다.

전혀 뜻하지 않았던 신수영(愼守英)이가 나타났다. 그는 연산군의 처남이다.

안석에 기대서 연옥이의 가벼운 반항을 보며 미소를 짓고 있던 연산은 문소리에 눈길을 돌리며

"무슨 일인가?"

몸을 일으키며 소리쳤다.

"누구의 허락으로 이곳에 들어왔어. 썩 나가!"

손을 내밀어 문갑 위에 있는 채찍을 집었다.

신수영은 임금의 노한 얼굴에 조금도 기색이 달라지는 일없이 조용히 임금 앞에 꿇어앉으며

"밤중에 배알하옵기 황감무비하오나 급히 아뢰올 말이 있사옵기에……"

"아무 말도 듣고 싶지 않다. 썩 없어지지 못해."

손에 잡았던 채찍으로 신수영의 목덜미를 내려쳤다. 임금의 눈은 먹이를 놓친 맹수처럼 불빛이 번쩍였다. 그러나 신수영이는 여전히 몸을 움직이지 않고

"상감마마께서 주시는 채찍은 받겠사오나 소신의 말은 꺾을 수가 없사옵니다."

"듣기 싫다!"

"상감마마의 채찍에 소신이 죽는 한이 있더라도……"

연산은 다시 채찍으로 공중에 원을 그으며 신수영의 어깨를 내려쳤다. 그것이 한번이 아니고 연달아 계속됐다. 드디어 신수영의 목덜미가 터지며 피가 주르륵 흘러내렸다. 물불을 못가리게시리 격분했던 연산도 그의 피를 보고서는 내심으로 놀란 모양으로 채찍질하던 손을 멈추고 숨만 헐떡이고 있었다.

신수영은 그 기회를 놓치지 않고 분주히 무릎걸음으로 걸어나가 임금의 손을 잡았다.

"소신은 마마의 채찍에 만신창이 돼서 죽어도 한이 없사옵니다. 그러나 소신의 이 한마디만은 귀담아 들어 주소서."

하고 말하는 그의 입술과 임금의 손을 잡은 그의 손은 흥분으로 와들와들 떨렸다.

임금의 입술도 마찬가지로 불안스러운 자책과 흥분으로 경련을 일으키고 있었다. 그러면서도 싸늘한 어조로

"무슨 간언이냐?"

"간언을 들으실만한 소행이 있사옴을 마마께서도 아시면서……."

하고 말하면서 신수영은 구석에 앉아 있는 노녀에게 시선을 던졌다.

"지금 조정이 얼마나 어지러운지를 아시면서 매일 연락(宴樂)에만 마음을 돌리시니…… 그러나 그것을 간하는 신하란 하나도 없사옵니다. 뿐만 아니라 오히려 그것을 이용해서 마마의 환심을 사려는 자들뿐이오니―."

"그 말을 하자고 일부러 이 밤중에 들어왔나?"

임금은 어이가 없다는 듯 웃고 나서

"그 말이라면 알았으니 빨리 물러가라!"

"아니옵니다. 그 말뿐이 아니옵니다."

신수영은 엄숙하게 고개를 들며 다시 입을 열었다.

15

연산 때도 신하들은 많았다. 그러나 연산의 황음무도(荒淫無道)하고 난잡한 짓거리에 관해서 간언(諫言)한 사람은 오직 김처선(金處善) 한 사람 뿐이었다.

그는 세종 때부터 사대(四代)의 임금을 섬겨온 정이품(正二品)의 칠십이나 난 늙은 내시(內侍)였다.

그는 임금의 귀에 거슬리는 말을 상주(上奏)하면 목숨이 달아난다는 것을 잘 알면서도 임금의 옷깃을 잡아 쥐었다.

임금이 바로 계집들을 거느리고 사냥을 떠나려고 할 때의 일이었다.

"상감마마께서는 매일 연락이 아니오면 사냥이오니 이 나라가 장차 어찌되겠사옵니까?"

이 말에 연산은 극도로 노하여

"무엇이 어떻다고 방자스럽게……."

"소신은 마마께서 어지러운 꿈을 깨시겠다는 말을 듣기 전엔 물러날 수가 없사옵니다."

"이 고약한 놈, 임금의 명령을 거역하다니……."

임금은 소리치면서 발로 그의 면상을 찼다. 늙은 김처선이는 픽 소리를 치며 뒤로 나자빠졌다.

그러나 그는 곧 다시 일어나

"상감마마, 소신의 청을 들어줄 수 없다면 차라리 이 목숨을 거두어 주시옵소서. 그것이 오히려 소신에겐 마음 편한 일이옵니다."

그 말이 떨어지기도 전에 연산은 분노가 폭발된 그대로 허리에 찼던 검을 뽑아 그의 어깨를 내려쳤다. 왼팔이 떨어지며 임금 얼굴에 피가 쭉 끼얹어졌다. 거기에 더욱 화가 난 임금은 다시금 오른쪽 어깨를 내리쳤다. 역시 마찬가지로 피가 뿜으며 김처선은 졸지간에 팔

없는 사람이 되었다.

임금은 자기 검에 팔이 떨어져나간 사나이를 보기가 무서웠던지 뒷걸음을 쳐 두어 발짝 움치며

"이래도 네 잘못을 모르겠느냐?"

늙은 김처선이는 팔을 잃은 아픔도 모르는 듯이

"애매한 소신의 팔을 잃게 하고서도 마마의 잘못을 뉘우칠 줄 모르는 것이 안타까울 뿐입니다."

임금은 그 소리에 화가 더욱 나

"저 늙은이의 다리마저 꺾어라."

그 말이 떨어지기 무섭게 시위군관들이 양쪽에서 검을 뽑아 내려쳤다.

피가 세간이나 되는 앞으로 쭉 뻗으며 서 있던 몸이 덜렁 땅바닥에 떨어졌다. 그러나 눈만은 여전히 임금을 칩떠보고 있었다. 임금은 그 눈길에 치를 떨며

"이 방자한 놈, 그래도 자기 잘못을 모르고 물러가지 못하느냐?"

"소신은 이미 팔다리가 없는 몸이옵니다. 어찌 물러갈 수가 있사오리까?"

"아직도 말대답이냐, 말을 못하게 혀를 잘라라!"

임금은 악을 치듯이 소리쳤다.

군관들은 다시금 달려들어 혀를 잘랐다. 입에서 쏟아진 피로 그는 얼굴 전체에 피칠을 했다.

그러나 피투성이가 된 얼굴이면서도 그의 눈은 임금을 노려봤다. 임금은 그 눈길에 질겁을 하며

"저놈은 아직도 살았다고 나를 노려보는구나, 목을 잘라라!"

김처선의 목은 땅에 떨어졌다. 그래도 그의 눈은 더욱 부릅뜬 채 임금을 노려봤다.

"아직도 나를 노려본다. 눈을 뽑아라!"

그래도 그의 무서운 눈은 임금의 꿈에 나타나 괴롭혔기 때문에 그의 본관(本貫)까지 폐하게 했다.

그러면 신수영의 간언은 김처선이와 마찬가지로 과연 진언이었던가?

16

신수영이는 형조판서요, 그의 형은 좌의정, 그의 동생은 개성 유수로 삼형제 모두가 요직에 있었다. 이것은 말할 것도 없이 임금의 처남된 덕이었다. 그러니만큼 연산의 흥폐(興廢)는 바로 그들의 흥폐나 다름이 없으므로 조정에 대하여 누구보다도 예민하지 않을 수가 없었다.

그때 조정의 세력을 크게 나누면 세 파로 나눌 수가 있었다.

연산의 방종한 생활로 재정이 곤란하여 공신(功臣)들의 사전(賜田)을 몰수하겠다는 데 불평을 갖게 된 일파, 장악원을 중심으로 한 전식이의 일파, 그리고 궁중과 본시 깊은 인연을 갖고 있는 임사홍을 중심으로 한 일파가 바로 그것이다.

그렇다면 형조판서로 있는 신수영이는 이 어지러운 틈바구니에서 어떻게 움직여야 했던가.

그는 무엇보다도 연산의 난잡한 짓거리를 비호해야 할 처지에 있는 만큼 물론 임금에게 불평을 가진 조신들과는 손을 잡을 수가 없었다. 그렇다고 훌륭한 가문 출신인 그로서는 한갓 광대였던 전식이를 좋아할 리가 없었다. 그 반대로 그에 대한 멸시와 적개심이 앞설 뿐이었다. 그것은 장녹수가 왕비 이상으로 행세를 부리는 데서 오는 반감도 없지 않아 있었다. 장녹수의 뒤에서 그녀를 조종하는 것이 전식이라는 것을 그는 잘 알고 있기 때문이다. 그러므로 그가 행세

할 수 있는 곳은 역시 임사홍네 일파밖에 없었다.

그런 판에 그 편에서도 그와 가까이 하려고 애쓰는 눈치였다. 임사홍의 맏아들 광재(光載)는 예종(睿宗)의 사위요, 막내 아들 숭재는 성종(成宗)의 사위이며, 신수영이는 연산의 처남인 만큼 인연이 없는 사이라고는 할 수 없었으나 그렇다고 개인적으로 친해야 할 아무 이유가 없었다.

그것을 숭재로부터 번번이 술자리를 베풀어 엄친이 보낸다는 핑계로써 분에 넘치는 선물까지 받았다.

"엄친께선 대감님의 칭찬이 대단합니다. 이 어지러운 세상에 형판의 자리를 잡고 있는 대감님 덕으로 모두가 태평할 수 있다는 것이지요."

이런 꿀 발린 말도 잊지 않는 그의 속셈은 요컨대 전식이를 몰아낼 과오를 찾아내 달라는 뜻이었다.

말하자면 임숭재에게는 장악원에서 전식이의 세력을 몰아내고 자기가 들어앉고 싶은 야심이 있기 때문이다. 그러나 장악원은 전식이의 손으로 키워졌을 뿐만 아니라 그것으로써 임금의 절대적인 총애를 받고 있는 만큼 섣불리 손을 댔다가는 오히려 반대로 자기가 몰려날 염려도 없지 않아 있었다. 그러므로 비교적 지반이 튼튼한 신수영이를 움직일 생각을 한 것이다.

(그런 일이라면 자청해서도 할 판에 남에게 덕을 입히면서 하게 됐으니 꿩 먹고 알 먹기 아닌가)

전식이를 누구보다도 미워하던 신수영이는 혼자서 잘됐다고 생각했다. 더욱이 그의 부친인 임사홍이는 성종 때부터 자주 대간(臺諫)들의 탄핵을 받아 귀양도 몇 번이나 간 일이 있으면서도 지금엔 누구보다도 임금의 신임을 받고 있는 모사(謀士)다. 이런 어지러운 세상에는 그런 모사와 손을 잡는 것도 유리할 거라고 생각했다.

그러던 참에 또다시 임숭재가 자하문 밖으로 꽃놀이를 가자고 가마를 보내온 것이다.

그것이 바로 오늘 아침이었다.

17

신수영이는 임숭재가 보내준 가마를 타고 자하문으로 가면서도 이것은 단순한 꽃놀이라고는 생각지 않았다.

그는 형조(刑曹)를 맡아 갖고 있는 만큼 직업적으로 머리가 움직여 무슨 일이 일어난 것이 틀림없다고 생각했다.

"도대체 무슨 일인가."

신수영이는 가마 속에서 흔들리며 생각해 봤으나 좀처럼 알 수가 없었다.

그도 전식이의 동정을 살피기 위해서 전식이 주변에 부하들을 배치하여 감시하고 있었으나 이렇다고 할 만한 보고를 받지 못했기 때문이다.

(혹시 일지란 계집을 찾아갖고서 꽃놀이를 할 마음이 내킨 것은 아닌가?)

신수영이는 임숭재가 일지를 찾고 있는 일은 알고 있던 만큼 이런 생각도 해봤다. 그러나 그녀 뒤에는 일오가 있는 이상 자하문 밖에서 꽃놀이 하는 그런 위험한 짓을 할 생각도 못 내려니와 또한 순순히 말을 들을 리 없는 일지년을 데리고 그럴 기분도 났을 것 같지가 않았다.

(아무리 생각해도 알 수 없는 일이야……)

이런 생각 저런 생각 해 보는 사이에 가마는 어느덧 자하문을 지나 꽃놀이터에 이르렀다.

"신대감, 잘 왔소. 오늘 궁 안에서는 전식이가 상감을 모시고 꽃놀이가 있다더군요. 그러니 상감의 눈밖에 든 우리도 술이나 한잔해야 할 것이 아니요?"

뛰어나와 신수영이를 맞이한 임숭재는 의미심장한 웃음을 웃었다.

"그렇다고 해도 아침부터 꽃놀이라니 도대체 무슨 바람이 분 거요?"

자기가 생각한 대로 무슨 일이 있는 것이 틀림없다고 생각하며 신수영이도 따라 웃었다.

"하여튼 앉으시우. 오늘 꽃놀이는 임숭재가 신대감을 위해서 베푼 자리입니다."

"그렇다면 더욱 송구스러워 앉을 수 있소?"

둘이서는 자리에 앉았다. 꽃이 핀 밑에 둘러친 붉은 빛의 명주로 만든 장막(帳幕) 그 속에서 예쁜 기녀를 끼고 풍악(風樂) 소리를 들어가며 술 마시는 일이 어찌 아침부터라고 싫을 수 있으랴. 실상 술은 해장술이 길어져서 취하는 것이 제일 맛나는 술이라고 하기도 한다.

둘이서는 술을 주거니 받거니 어지간히 취했을 때 임숭재가

"대감께 이야기가 있으니 너희들 갯가에 가서 발이나 씻고 오너라."

하고 기녀들을 내보내었다. 그리고는 지금과는 달리 심각한 얼굴이 되어

"대감, 우리가 기다리던 기회가 온 것 같소."

신수영이도 그 말이 나오기를 기다리고 있던 대로

"기회가 오다니?"

하고 물었다.

임숭재는 자기가 지금까지 처녀를 훔지는 일을 한 것은 임금이 찾고 있는 탄실이라는 처녀를 찾기 위한 일이라는 변명을 먼저 하고

나서, 그 처녀를 찾은 것이 전식인데 그는 그 처녀를 찾아갖고서 몇 달 동안 데리고 살며 아기까지 배게 하여 낙태를 시킨 후, 자기의 세력을 유지하기 위하여 임금에 바칠 생각으로 오늘 꽃놀이를 베푼 자리에서 춤을 추도록 한다는 이야기를 했다.

이 말을 묵묵히 듣고 있던 신수영이는 천천히 고개를 들며

"과시 전식이를 잡을 기회가 왔구만요."

하고 말했다.

18

"전식이가 제아무리 재주가 있다고 해도 이번만은 빠져 날 수가 없을 거요."

임숭재는 자못 만족한 듯이 낄낄 웃어댔다.

"그런데 그 이야기는 도대체 어디서 나왔소?"

허술히 대하다가는 자기 일신에 큰 봉변을 당할 일이니만큼 신수영이는 어디까지나 신중한 태도로 나왔다.

"그 처녀의 입에서 나온 말이니 믿고 못 믿을 일이 없는 거지요."

"그 처녀가 그런 말을?"

신수영이는 고개를 비틀며 알 수 없다는 얼굴이 되었다. 젊은 처녀가 그런 말을 지껄이고 다닐 리는 없다고 생각됐기 때문이다. 임숭재는 여전히 웃으며

"그 말이 믿어지지 않는 모양이시군요. 그러면 좀 더 상세히 말씀드리지요. 실은 그녀의 사촌 오빠가 되는 남섭이에게서 들었습니다. 그러니 그 처녀의 입에서 나온 것이나 다름이 없지 않습니까?"

"그렇다면 알 수 있군요."

신수영이는 고개를 두어 번 끄덕이고 나서

"그것이 틀림없는 사실이라고 해도 요컨대 그것을 밝힐 만한 증거

는 없지 않소. 그것이 사실이라는 걸 임금이 아는 날이면 전식이도 자기 목이 달아나리라는 것을 모를 리 없는 노릇이니 그런 일이 있었다고 말할 리도 없는 것이고 그 처녀도 사실을 그대로 말할 리가 없는 일이 아니오.”

“염려 마시우. 확실한 증거가 있기에 전식이도 이번엔 빠져 나갈 수가 없다는 거지요.”

“증거라면?”

“그 처녀가 전식이의 아이를 밴 것을 낙태시켰다고 하지 않았소. 다섯 달이나 되는 아이를 떨궜다니 배에 금은 났을 거요.”

임숭재는 그만한 생각은 다 하고 있었다는 듯 의미심장한 미소까지 짓고 있었다.

“이젠 신대감 앞에서 숨길 필요도 없으니 말합니다만 그동안 전식이가 세도를 쓴 것은 장녹수와 내통이 있은 때문이 아니었소. 그러나 장녹수도 이제는 서른 넷, 아무리 아양을 잘 떨던 그녀라고 해도 징그러운 애교가 튀어나올 나이도 되지 않았소.”

“그래서 전식이가 이번엔 장녹수 대신 그 처녀를 앉혀 놓고 세도를 부려보자는 심사란 거지요?”

“그러니 말요. 이 기회를 놓칠 수 있소?”

임숭재는 얼굴에 미소를 지으며 신수영이를 쳐다봤다.

“날 보고 상감을 배알하라는 말이군요.”

“대감님밖에 그럴 사람이 없습니다.”

임숭재는 여전히 눈을 떼지 않았다.

“그렇다면 오늘 중으로 입시(入侍)해야겠구만요.”

신수영이의 입에서는 너무나도 쉽게 승낙의 대답이 나왔다.

“그렇다면 더욱 좋겠지요.”

“침전에 들기 전에 뵈야 할 거요.”

"아니 침전에 든 직후가 좋을지 모르겠어……."

"하여튼 내게 맡기시오."

"오늘로 입시하겠습니까?"

"존형의 일이 내일이 아니오?"

이렇게 되어 신수영이는 그날 밤 임금의 침소를 찾게 됐던 것이다.

19

"무슨 말이 또 있소?"

임금은 귀찮은 얼굴로 소리쳤다.

"다름이 아니오라 궁중의 간신을 처분해 줍시사고 아뢰옵니다."

"간신이라니?"

"아뢰옵기 황공하오나 전식이……."

신수영이의 말이 끝나기도 전에 임금의 눈에는 화광이 돌며

"전식이가 간신이라구?"

"네. 전식이는 귀하신 지존을 마치도 자기 집 종처럼 생각하는 녀석이오니……."

"말을 삼가오. 전식이는 내게 둘도 없는 충신이요. 조신들은 모두가 그를 헐지 못해 애를 쓰며 그가 망하는 것을 바라고 있지만 그처럼 나를 생각하는 사람이 누가 있소. 대감까지 그의 진정을 몰라주고 그를 허는 말을 하다니 한심하우."

"옛날부터 간언은 귀에 거슬린다는 것은 소신도 알고 있사옵니다. 그러면서도 이 밤중에 상감마마를 배알한 것은 목이 달아나는 한이 있다고 해도 이 일을 알고서는 잠자코 있을 수가 없어 입시하였사오니 부디 귀를 기울여 주시옵소서."

"듣고 싶지 않소. 전식이 같은 충신을 헐 겨를이 있으면 대감도 나에 대한 충성이나 보일 생각을 하우."

"충성을 다할 생각이옵기에 이렇게도 오지 않았사옵니까, 상감마마."

신수영이는 반항하는 듯 애원하는 듯한 높은 소리로 임금을 잡은 손에 더욱 힘을 주었다.

"물러나! 내 손을 놓고 빨리 물러나지 못하겠어!"

임금은 미친 듯이 소리치며 잡힌 손을 뽑으려고 뿌리쳤다.

"주제넘은 생각이오나 대감마님, 이 자리를 우선 물러나시는 것이 좋을 것 같사옵니다."

연옥이와 함께 구석에 앉아 있던 노녀가 입을 열자 신수영이는 불시에 그곳으로 눈을 돌리며

"할미는 모를 리가 없겠지. 전식이가 저 처녀를 간음하여 아이까지 배갖고서 떨군 걸……."

"그런 일은 처음 듣기도 하려니와 알 리도 없사옵니다. 그저 저로서는 이 애기에게 예의범절을 가르쳐 줬을 뿐으로……."

"그래서 모른다는 소린가. 그러면 전식이를 불러라!"

말이 떨어지기도 전에 문이 열리며 전식이가 들어섰다. 그 순간 방안의 시선은 일제히 전식이에게 모여졌다. 전식이는 그 시선에 당황하는 일도 없이 조용히 입을 열어

"옆방에서 듣건대 소신 때문에 언성이 높아진 것 같사와 들어왔사옵니다. 신대감은 제 잘못을 이야기하는 것 같으신데 무슨 일이옵니까. 말씀하시는 대로 귀담아 듣겠습니다."

"이 뻔뻔한 녀석. 너 같은 쥐새끼가 어전에 있기 때문에 조정이 날로 날로 어지러워 가는 거야. 네가 한 일을 생각하면 마땅히 상감께 사약을 청하여 죽어야 할 것 아닌가?"

"이건 참으로 뜻밖의 말을 듣게 되었습니다. 무슨 뜻으로 그런 말씀을 하시는지 모르겠사오나 생각지도 못할 일로써 귀한 목숨을 끊

을 수는 없는 일이 아니겠습니까?"

전식이는 여유 있게 빙그레 웃었다.

20

"이 고약한 놈, 네가 지은 죄를 모르다니."

극도로 흥분한 신수영이는 형조에서 소리치던 그 어성이 그대로 나왔다.

"글쎄, 제가 지은 죄라니…… 하기는 형조에선 애매한 백성들을 잡아다 없는 죄를 테씌운다는 말은 이 보잘 것 없는 낭관도 들었소이다만……."

이 말에 더욱 화가 난 신수영이는 불이 튀어나오는 듯한 눈을 부릅떠

"네 놈이 희롱한 계집을 상감에게 후궁으로 삼으시라고 하고서도……."

전식이도 지지 않고 그를 노려보며

"말을 삼가시오. 상감 앞에서 무슨 해괴망측한 말이오?"

"그렇지 않단 말인가?"

"아가씬 이미 후궁마마나 다름없는 귀하신 몸, 한갓 나 같은 낭관 하나를 잡겠다고 후궁마마에게 없는 죄를 씌우려고 하는 것이오? 그 죄가 무서울 줄 모르시오?"

"이젠 네 죄를 내게 씌울 셈인가? 그러나 그런 죄엔 내가 넘어갈 리가 없다."

"허, 그러면 대감의 직분으로 후궁을 모욕할 수도 있단 말이군요."

"저 계집이 무슨 후궁이야. 전식이 놈이 희롱한 창부야."

그때까지 찌푸린 얼굴로 그들의 싸움을 보고만 있던 임금이 비로소 입을 열어

"신대감, 말이 너무 지나치우."

신수영이는 급기야 임금 앞에 엎드리며

"어전에서 소신이 버릇없게도 어성을 높여 황송하옵니다. 그러나 마마를 모욕하는 무리를 그대로 둘 수야 없지 않겠사옵니까……."

"무슨 증거가 있기에……."

"증거, 증거 말이옵니까?"

"증거가 없이 그런 경솔한 말을 했다면 경이 받아야할 죄가 크다는 걸 알겠지?"

"법을 다스리는 놈이 어찌 근거 없는 말을 하겠사옵니까? 저 아가씨에게 물으시면 아실 것이옵니다."

그리고는 연옥이에게 눈을 돌려

"어명으로 묻노니 대답해라. 너는 얼마전에 아이를 배었다가 떨궜지. 그건 누구의 아이야?"

연옥이는 얼굴을 숙인 채 잠자코 있었다.

(어떻게 그 일을 남이 알게 됐을까. 이것을 아는 사람은 나와 남섭이와 내 옆에 도사리고 앉아 있는 노녀와 전식이 뿐이 아닌가)

연옥이는 남섭이라는 생각에 치를 떨며 이미 알려진 사실이니 죽기는 매일반, 절대로 말하지 않을 생각으로 입을 악물었다.

"말하지 않으면 내가 말하지. 여기 앉아 있는 전식이겠지."

"………."

"왜 답이 없는가? 그러면 증거를 찾기로 할까?"

그리고는 임금에게

"아뢰옵기 황송하오나 저 계집의 옷을 벗기도록 해주시옵소서. 아이를 가졌던 계집이라 흔적이 나타날 것이옵니다."

"경이 그렇게도 장담한다면 옷을 벗기도록 하시오."

임금은 궁 안에서 계집들의 옷을 벗기는 일이 예사로웠으므로 이런 말도 예사로웠다. 아니, 거기에 어떤 쾌감을 느낀지도 모른다. 신수영이는 연옥이에게 달려들어 옷고름을 다그쳤다.

"싫어요, 안 돼요."

연옥이는 양팔로 앞가슴을 쥔 채 악을 썼다.

그것을 묵묵히 보고 있는 전식이의 눈길—.

21

일오가 숨어 있는 소나무에서 침전까지는 불과 오십 발짝밖에 되지 않았다. 침전에서 무슨 일이 있으면 단숨에 뛰어갈 수 있는 거리다. 그 곳에서 언제 나올지 모르는 쥐를 기다리고 있는 고양이처럼 참을성 있게 침전을 지켜보고 있었다. 잠시라도 눈을 팔지 않고 언제까지나 긴장을 계속한다는 것은 굉장한 정력과 육체를 갖지 않고서는 할 수 없는 일이다.

일오는 남이 못하는 그것을 해낼 수가 있었다.

구름 속에 숨어버린 달은 좀처럼 나올 줄 모르고 별마저 하나하나씩 숨어버리고 말았다. 그럴수록 침전에서 흘러나오는 불빛이 더욱 영롱하게 보인다. 좀전에 둘이 왔다가 혼자서 침전에 들어간 사나이도 좀처럼 나올 줄을 모른다.

(침전에 들어간 사나이는 누굴까. 전식인가, 그렇지 않으면 임숭재가 남섭이를 데리고 와서 혼자 들어간 것은 아닌가)

생각만으로써는 알 수가 없다.

일오는 임금이 자리에 드는 것을 기다려 찌르고 연옥이를 데리고 나올 생각이었다. 그때를 초롱 아가씨의 일파인 어떤 시녀가 알려주기로 약속되어 있었다.

(하여튼 그 사나이가 가야만 임금도 불을 끄고 자리에 들겠지. 아니, 임금은 변태적이니까 불을 끄지 않고 잘는지도 모르지. 그러나 안에서

암호를 해주기로 되어 있으니 걱정할 것은 없어. 암호가 있을 때까지 꾹 참고 기다려)

바로 그때 사나이의 고함소리가 났다. 뒤에 이어 여자가 발악치는 소리—일오는 그 소리를 듣고서는 가만히 기다리고 있을 수가 없었다. 안에서 무슨 일이 일어나는 것만 같은 불안이 앞섰기 때문이다.

일오는 다시 기기 시작했다. 그리하여 어둠 속에 흐르는 연기처럼 소리도 없이 불빛이 새어나오는 침전 밑에까지 이르렀다.

일오는 침전에서 들려나오는 소리에 귀를 기울였다. 처음엔 알 수 없던 말이 차차 귀에 익어졌다.

"그건 못하옵니다. 이미 후궁으로 정하신 몸을 어찌 옷을 벗기는 그런 모욕을 줄 수가 있겠사옵니까? 마음을 돌려주시옵소서."

연옥이를 보호하는 남자의 목소리다. 그렇다면 전식이의 말소린가?

"순결한 자기의 몸을 보이는 것이 무슨 욕되는 일이냐. 나는 그것으로써 너희들의 진심을 알고 싶다. 어서 옷을 벗겨라!"

이것은 틀림없는 임금의 소리.

"전식이도 이제는 흑백을 가리는 수밖에 없겠지."

비웃는 남자의 소리. 이것은 또한 좀전에 들어간 사나이의 목소린가.

일오는 가슴에 품은 비수를 잡은 채 창문을 차고 들어가서 세 녀석을 한꺼번에 해치울 생각을 해 봤다. 그러면서도 꾹 참고 있는데 악을 쓰는 여자의 목소리.

"안 돼요, 안 돼요. 옷을 못 벗어요."

분명 연옥이의 목소리다. 일오는 벌떡 몸을 일으켰다.

"아야, 아야, 이년 봐라. 나를 무는구나!"

그 말이 떨어지기가 무섭게 침전의 불이 꺼지며 뛰어나오는 여자의 그림자가 일오의 눈에 걸핏 띄워졌다. 그 순간 일오는 난간을 잡고 뛰어올라 대청마루로 올라섰다.

"누구야?"

연옥이를 잡으러 나오던 사나이가 소리쳤다.

"너희 놈들을 죽이러 온 사나이다."

뜰에서 시위군관들이 달려오는 발소리를 들으면서도 일오는 태연스럽게 소리쳤다.

그림자

1

다음 날 아침.

일오는 눈을 뜨면서 자기 옆에 연옥이가 단정히 앉아 있는 것을 보고 당황하지 않을 수가 없었다.

어젯밤 일오는 연옥이를 데리고 궁궐을 빠져나와 갈 곳이 없는 대로 자기가 숨어 있던 이종일네 집으로 왔던 것이다. 그러나 막상 와보니 딴채로 되어 있는 이 집은 여자를 데리고 올 곳이 못되었다.

좁은 단칸방에 자리를 펴고 보니 일오는 자기 자신을 믿을 만한 자신이 없어졌기 때문이다. 연옥이는 사나이라면 누구나가 혹해버릴 예쁜 얼굴이니 그럴 만도 한 노릇이다.

"급한 대로 와보니 이 모양이군요. 그러니 어쩌겠소. 연옥인 피곤할 텐데 먼저 자리에 누우시오. 난 이대로 앉아서 벽에 기대고 눈을 붙이겠으니."

이런 말로 일오는 몇 번이고 권해 봤으나

"전 아무렇지도 않아요. 피곤하신 건 선비님이에요. 제 걱정은 말구 어서 자리에 누우세요."

연옥이는 단정히 앉아서 누울 생각을 하지 않았다. 일오는 연옥이를 혼자 자게 하고서 자긴 이 집의 사랑방으로 가서 잘 생각도 했으나 바로 그 사랑방에서 일지를 잃어버린 생각을 하면 그럴 수가 없었다. 뿐만 아니라 연옥이를 데리고 들어온 것을 이집 사람에게 알리고 싶지도 않았다.

그제는 아내로 삼는다는 여잘 잃고서 오늘밤은 또 딴 여잘 끌고 들어왔다면 무엇보다도 남들이 어떻게 생각할지 모르기 때문이다.

또한 옆방은 물건이 가득 들어 있는 광으로 쓰고 있으므로 그곳에 들어가 잘 수도 없는 노릇이다.

일오는 생각다 못해 자기가 먼저 잠이 들어 코를 골면 연옥이도 안심하고 잘는지 모른다는 생각으로

"그러면 하는 수 없고, 내가 먼저 눕기로 하지."

하고 옷을 입은 채 자리에 누웠다. 그러나 잠은 좀체로 오지를 않고 그와 반대로 머리가 더욱 맑아지며 사나이에게 옷고름을 뜯기며 악을 쓰던 연옥이의 얼굴이 떠올랐다.

증오에 찬 무서운 얼굴이면서도 말할 수 없이 예쁜 얼굴—실상 일오는 연옥이의 그런 얼굴을 본 일이 없으면서도 이상스럽게도 눈을 감은 망막 위에 분명히 떠올랐다. 그러자 뒤이어 연옥이를 안고 높은 대궐 담장을 뛰어넘던 포근한 촉감과 함께 젖 냄새와 같은 달콤한 여자의 체취가 되살아 오르며 지금 팔만 벌리면 그것을 안을 수 있다는 유혹이 앞섰다.

(일지와 굳은 약속을 한 녀석이 무슨 딴 생각이냐. 더욱이 둔갑술로 인내력을 키웠다는 녀석이)

순간 일오는 문득 눈을 떴다. 무엇에 놀란 사람처럼 가쁜 숨을 내쉬었다.

바람벽에 몸을 대고 물끄러미 일오의 자는 모양을 보고 있던 연옥은 깜짝 놀라며

"왜 그러세요. 꿈을 꾸었어요?"

"아니."

어두운 방 등불에 드러난 연옥이의 얼굴을 쳐다보며 일오는 뜨거

운 목소리로 고개를 흔들었다. 그리고는 다시 눈을 감고 나서

"연옥이, 지금 내가 무슨 생각을 하고 있는지 아나?"

2

"글쎄요. 무슨 생각을 했을까요. 참 선비님은 일지라는 예쁜 아가씨가 있다지요. 그분을 생각하고 있지 않았어요?"

연옥이의 얼굴은 그림처럼 조용했다.

"그런 말은 누구에게 들었어?"

"남섭이가 그런 말을 하더군요. 선비님을 생각지도 말라는 뜻에서 한 말이겠지요."

"내가 일지를 생각하고 있다면 이렇게 놀랄 것은 없지 않아?"

일오는 자기에게 사랑하는 일지가 있다는 것을 결코 자랑하는 것은 아니었으나 그렇다고 부러 숨기려고도 하지 않았다. 그것으로써 어느 정도 연옥이에 대한 욕정을 억누를 수도 있었다.

연옥이는 약간 미소를 머금고

"하긴 그렇기도 하구만요. 좋아하는 사람을 생각하면서 놀랄 리야 없지요. 그럼 무슨 일일까, 혹시 선비님이 그 아가씨와 헤어져 저와 이렇게 있는 틈에 누가 그녀를 해치려고 한 것은 아니에요?"

일오는 아니라고 머리를 흔들고 나서

"그와 반대로 내가 연옥이에게 딴 생각을 하고 있었어. 연옥이와 이렇게 한 밤을 무사히 지낼 수 있을까 하고……."

"농담도 그런 농담은 싫어요. 저는 우는 수밖에 없지 않아요?"

어지러운 미소 속에 눈물이 흐를 듯한 얼굴이 되었다.

"연옥이는 나를 믿고 그런 말을 하는지 모르지만 나도 역시 남섭이나 임숭재나 다를 것이 없는 사나인 걸, 말하자면 사나이란 자기도 모르게 짐승이 되기 쉽다는 거야. 그러니 나도 그 욕심을 막아낼

지가 의심스럽다는 거지."

하고 다시 연옥이를 쳐다봤다. 연옥이는 그 눈길을 피하듯이 고개를 숙이며

"그런 말은 말아요, 그 아가씨가 불쌍하지 않아요? 그보다도 선비님은 무슨 생각으로 위험을 무릅쓰고 궁 안에 들어와 저를 구해 줬어요?"

하고 말을 돌렸다. 아까부터 묻고 싶던 말인 모양이다.

"그걸 뭐라고 말해야 하나, 나도 연옥이에 대해선 그만한 의무는 있다고 생각한 때문이겠지."

그러자 연옥이는 갑자기 화를 내듯이

"그런 애매한 말은 싫어요. 분명히 말해 봐요."

"하여튼 나는 연옥이가 임금의 장난감이 된다는 것을 알고서는 참을 수가 없었어."

"그것을 어떻게 알았어요?"

"어떤 여자한테 알았어."

"어떤 여자라니, 누구예요?"

"일지가 갑자기 행방불명이 되어 찾던 김에 우연히도 초롱 아가씨라는 여도둑을 만나게 되어……."

그 말이 끝나기도 전에 연옥이는 깜짝 놀라며

"초롱 아가씨라구요?"

"왜 그렇게도 놀래, 초롱 아가씨를 아는가?"

"아는 건 아니지만 그런 사람의 이야길 들은 일이 있어요."

"어디서?"

"지난 여름 황주 집에서 묵고 간 손님들이 저를 보고 초롱 아가씨와 꼭 같다지 않아요."

연옥이는 알 수 없는 이런 말을 했다.

3

"초롱 아가씨가 연옥이와 닮았다는 사람이 어떤 사람들인가?"

일오는 연옥이가 초롱 아가씨의 이름을 아는 것이 이상한 대로 물었다.

"황주에 소금을 팔러 온 배꾼들이라고 해요."

"배꾼들?"

일오는 그 배꾼들이 초롱 아가씨와 아는 사람들이 아니었던가고 생각했다. 그러나 다시 생각해보니 어젯밤에 만났던 초롱 아가씨는 일지와 얼굴이 비슷할 뿐만 아니라 자기 입으로 일지의 언니라는 말을 분명히 들은만큼 배꾼들이 이야기하는 초롱 아가씨와 같은 사람일 리는 없었다. 그러므로

"내가 말하는 초롱 아가씨는 그 배꾼들이 이야기한 사람과는 같은 것 같지가 않소."

연옥이는 알 수 없게도 실망하는 얼굴이 되며

"어째서요?"

"내가 아는 초롱 아가씨의 동생은 나도 잘 알고 있는 사람이니."

"그게 누군데요?"

"지금 막 이야기한 일지."

"그래요? 그러면 분명 다른 사람이군요."

연옥이는 더욱 실망하는 얼굴이 되어 고개를 떨구었다.

일오는 그것이 이상한 대로

"왜 그런 얼굴이오? 그럴 이유라도 있소?"

"네."

"무슨 일이오?"

"그 초롱 아가씨가 혹시 제 언니가 아닌가 했어요."

생각지 못한 이런 말에 일오는 불시에 일어나 앉으며

"연옥이에게 언니가 있었어?"

"네, 있었어요. 그러나 전 기억도 없고 죽었는지 살아 있는지도 몰라요. 아니, 살아 있을 리가 없어요."

그것을 강조하듯이 머리를 절레절레 흔들며 서글픈 얼굴이 되었다.

"모르긴 해도 복잡한 이야기가 있는 것 같구만. 그걸 나한테 이야기해 줄 수 없을까?"

일오는 동정엔 헤픈 만큼 이런 말이 자연 나왔다.

"선비님, 전 정말 가엾은 여자예요. 저를 도와주시겠어요?"

연옥이는 눈물어린 얼굴을 들었다.

"난 이래 뵈도 입은 무거운 녀석이니 남보구 이야기하지 말라면 이야기도 않을 테니 안심하고 이야기해요."

일오는 어디까지나 친절했다.

"전 실상 어머니도 아버지도 모르는 고아랍니다. 황주에 계신 어머닌 저를 낳은 어머니가 아니랍니다. 그 어머니의 말에 의하면 저희는 아주 큰 부자였대요. 그 때문에 온 집안이 몰살을 당하게 됐다지요. 어떤 세력 있는 놈이 저희 집 재물을 빼앗기 위해서 부모를 죽이고 저희 어린 것까지 죽이려고 했다는 것이지요. 그런데 그 집 하인들은 죽이라고 주인이 내준 저희 어린 것들이 애처로웠던지 저를 황주 어머니에게 주어버리고 저보다 세살 위였던 언니는 바다에 집어넣으라고 배꾼들에게 주었다는 거예요. 그 말을 듣고서는 살아 있을리가 없다고 생각되는 언니면서도 혹시 저처럼 살아 있을지도 모른다는 생각을 하게 된 거예요."

"그래서 연옥일 닮은 사람이 있다는 말에 혹시 언니가 아닌가 생각했단 말이구만. 더욱이 배꾼들의 말이니."

"그렇지요."

4

세상에는 같은 이름도 많고 비슷한 일도 많았다. 일오는 그것을 모르는 것은 아니다. 그러면서도 초롱 아가씨에게 들은 이야기와 연옥이의 이야기가 너무나도 비슷하니 초롱 아가씨가 연옥이의 언니가 아닌가 다시 생각해 보지 않을 수가 없었다. 일오는 그런 생각이 부쩍 나는 대로

"초롱 아가씨가 연옥이와 비슷하다는 말을 들었다면 그때 왜 배꾼들을 붙잡고 좀 상세히 캐어묻지 않았소?"

"왜 안 물었겠어요, 물었지요. 그러나 그 배꾼들도 지금은 초롱 아가씨의 소식을 모른다는 걸요."

"모르다니?"

"그녀를 키워준 사공을 따라 그들이 살던 곳에서 떠났대요. 그것이 벌써 사오년이나 된다나 봐요."

이 말까지 들으니 초롱 아가씨는 틀림없는 연옥이의 언니 같다는 생각이 들었다. 그러나 어젯밤 자기 눈으로 연옥이보다는 일지의 얼굴과 비슷한 초롱 아가씨를 본 이상 연옥이의 언니라고는 생각할 수가 없었다.

"참 이상한 일이야. 연옥이의 이야길 들으면 초롱 아가씨가 연옥이의 언니 같기도 한데 내가 본 초롱 아가씨의 얼굴은 연옥이의 언니라고는 할 수 없으니."

"그러면 저희들과 같은 경우를 당한 사람이 또 있는 모양이지요. 그놈들이 백성들의 재물을 빼앗는 법이 모두 비슷하니 우리와 같은 경우가 된 사람도 많겠지요."

"하기는 그렇기도 하구만."

일오는 그 말로써 이상한 점이 풀린 것은 아니지만 지금엔 더 생각해 봐야 알 수 없는 대로 수긍해버리고 나서

"그런데 연옥이가 오늘 궁에 들어가 임금 앞에서 춤을 춘 건 무슨 생각이었어? 임금의 제물이 되기 좋은 것은 미처 생각지 못했던 것인가?"

"아니에요. 모를 리 있어요. 잘 알면서도……."

목덜미가 빨개지면서도 대답은 분명했다.

"알면서도?"

"네, 알면서도…… 전 임금의 노리갯감이 될 결심을 했던 거예요."

"무슨 생각으로?"

"실상 저는 선비님을 덕안사에서 만나기 전까지는 가슴 속에 순정이 간직되어 있었어요. 그 순정만 간직하고 있으면 선비님이 그 동안의 잘못을 용서해 주리라는 나 혼자의 생각도 하고 있었지요. 그러나 선비님을 만나고 나서는 그런 생각은 없어지고 말았어요. 그 대신 나를 망친 놈들에게 복수할 생각을 했지요. 그래서 임금의 노리갯감도 될 생각을 한 것이에요. 그들에게 복수하자면 그 길밖에 없다고 생각되던 걸요."

"그러면 왜 자청해서 들어갔던 침전을 뛰어나온 거요?"

"선비님두 제가 낙태했다는 말은 덕안사에서 들어 알고 있지 않아요. 그 일을 신수영이가 알아갖고 와서 옷을 벗긴다지 않아요. 아이를 배었던 흔적을 임금님에게 보인다면서요. 그러니 어떻게 해요. 그대로 앉아 있다가는 죽게 마련이니 최후로 악을 써 본 것이지요. 그런데 마침 선비님이……."

"아, 그 때문에 연옥이가 악을 썼군."

일오는 알겠다는 듯이 고개를 끄덕이고 나서

"하여튼 그곳에서 벗어나온 것은 잘 했소. 그런 비열한 방법이 아니라도 연옥이의 원수는 갚을 수 있으니 안심하고 자요."

하고 다시 눈을 감았던 것이다.

5

일오가 아침에 깨어 보니 연옥이는 단정히 앉아서 눈을 말뚱거리고 앉아 있었다. 뜬눈으로 앉아서 밤을 밝힌 모양이다.

"조금도 눕지를 않은 모양이구만."

"괜찮아요, 제 걱정은 말아요."

"걱정을 안 할 수가 있어? 오늘도 여기서 묵는다면 연옥인 또 뜬눈으로 밝히겠으니."

"그래도 심심친 않았어요. 선비님이 코를 골기 때문에……."

피곤이 서린 눈에 웃음이 퍼졌다.

"내가 코를 골았어?"

"골아도 굉장히."

"나두 여자 앞에선 코를 골고 싶은 생각이 아니지만 하는 수 없지, 생각대로 되는 일이 아니니."

일오도 싱긋 웃고 나서

"그런데 연옥인 정말 어디 가 있을 데가 없어?"

하고 그것을 다시 물었다.

"있을 데가 없지요."

연옥이의 웃던 얼굴이 그만 풀이 죽어버리고 만다.

"안색이 아주 나빠졌어. 어젯밤 자지 않은 때문이야."

"그렇지도 않아요."

"하여튼 오늘 밤은 연옥이가 마음놓고 잘 수 있는 곳을 찾아야겠어. 며칠 숨어 있을 수 있는 집이 없는 것은 아니지만, 그렇다고 연옥이가 언제까지 숨어서 살 수는 없지 않아. 그러니 황주 집으로 내려가는 것이 어때?"

"거긴 가고 싶지가 않아요. 아니, 갈 수도 없어요."

"왜?"

"양어머니를 볼 낯도 없거니와 나를 찾아 서울에 왔다가 죽은 덕일이를 생각하면……."

"하긴 그렇기두 하구만. 그렇지만 앞으로 어떻게 산다는 방침은 세워야 할 것 아니야. 무슨 좋은 생각이 있어?"

"막연할 뿐이지요. 정말 저는 어떻게 살아야 해요?"

길을 잃은 어린애처럼 당황한 빛을 그대로 드러냈다.

"말하자면 임금의 후궁으로 들어앉아 세력을 얻어갖고서 미운 놈들에게 복수할 생각이었는데 그것이 글러진 지금엔 어떻게 살아야 할지 막연해졌다는 거구만?"

"그렇지요."

"그렇다면 복수할 수 있는 방법을 달리 생각해야 할 일이지."

"다른 방법이 있을 것 같지 않아요."

"그렇지도 않겠지. 나도 어젯밤 연옥이의 복수는 책임을 진다고 약속했으니까 좋은 방법을 생각해 보기로 하지."

"고마워요, 힘이 되어 주겠다니."

"고맙다고 할 것도 없는 거야. 그놈들은 연옥이의 원수뿐만 아니라 내 원수도 되는 것이고 이 나라 모든 백성들의 원수도 되는 것이니까. 이를테면 연옥이를 위하는 것이 나를 위하는 일이요, 나라를 위하는 일, 백성들을 위하는 일이 되는 거야."

"그렇지만 선비님은 저희 집을 망친 놈이 누군지도 모르지 않아요."

"모를 것도 없지, 백성들을 괴롭히는 녀석은 실상 수로 따지면 그리 많은 것이 아냐. 또 파보면 자연 알게 마련이지."

그리고는

"그 대신 내 말을 꼭 들어야 해."

무슨 생각이 있는 모양으로 이런 말을 했다.

6

"연옥이는 나를 믿는다고 했지?"

"네."

"그러면 여길 나가자구."

"나가서 어디로 가요?"

눈을 말뚱거리는 품이 역시 불안스러운 모양이다.

"나도 지금 그걸 생각하고 있는데 하여튼 나가. 연옥인 예뻐서 인상이 남는 얼굴이기 때문에 이 집 종이 봐도 재미가 없어."

"어머, 선비님두."

연옥이는 일오의 말에 얼굴이 빨개진 채

"그래두 무턱대고 나가서 길가에서 서성거리면 더욱 위험하지 않아요?"

"그러면 그곳으로 가기로 아주 정하고 나가지."

"그곳이 어딘데요?"

"초롱 아가씨의 집."

"네? 초롱 아가씬 일지 아가씰 훔쳐간 여도둑이라면서요?"

"그렇다고 연옥이의 옷을 벗기는 임금이나 형조판서 같은 무모한 짓은 하지 않겠지."

일오는 초롱 아가씨를 꼭 믿는 것은 아니면서도 지금엔 그길밖에 없다고 생각했다. 연옥이도 자기와 같은 사정인 초롱 아가씨를 만나보고 싶은 모양인지

"그렇다면 그곳으로 데려다 줘요. 그런 사람이라면 나를 도와줄지도 몰라요."

갑자기 밝은 얼굴이 되었다.

"그렇지만 연옥이가 걸어가는 건 좀 힘들겠는데."

"그렇게도 먼 곳인가요?"

"아니, 연옥이가 너무 예뻐서 눈에 띄기 때문에."

연옥이를 맡길 곳을 정하고 나니 일오도 마음이 가벼워진 모양이다.

둘이서는 큰길로 나섰다. 그 집 바로 앞은 술집 골목이라 해장꾼들로 분주했다.

그런 사람들의 눈을 피하기 위하여 일오는 자연 사람이 없는 골목길로 들어섰다.

얼마 안가서 영희전 돌담이 나서며 그 언덕을 넘어서면 붓골로 들어서는 개천이 나서고 개천을 건너 큰집들이 연달아 있는 골목이 나섰다. 그곳은 별로 사람의 내왕이 없는 한적한 곳이다.

"연옥이, 뒤에 어떤 녀석이 우릴 따라오는 모양이야."

개천다리를 건너서 곁눈질을 치며 일오가 말했다.

"네?"

연옥이는 흠칫 놀라면서 뒤를 돌아다봤다.

"그렇다고 돌아다볼 건 없어."

"무서워요."

연옥이는 질린 얼굴로 일오 옆으로 바싹 붙었다.

"무섭긴 뭐가."

일오는 씽긋 웃으며 다시 한 번 뒤를 살폈다.

"자꾸만 따라오지 않아요."

"그래서 귀치 않다는 거야. 저 녀석을 달구선 초롱 아가씨의 집을 갈 수가 없으니."

일오는 그것이 무엇보다도 화가 나는 모양이다.

"그러니 어떻게 해요?"

"이런 땐 해치우는 것이 제일 간단한 방법인데……."

이런 말을 하는 것을 보니 뒤의 사나이에게 손을 대지 않고 떨어뜨릴 계교를 생각하는 모양이다.

7

"어떻게 우릴 알고 따라올까요?"

연옥이는 뒤따라오는 것을 알고서는 불안해 제대로 걸을 수도 없는 모양이다.

"그런 생각은 말구 생일 집에 조반이라도 먹으러 가는 것처럼 걸어요. 당황할수록 남들이 수상하게 보니."

이런 말을 하는 일오는 내심으론 역시 연옥이나 마찬가지로 뒤에서 따라오는 사나이가 어떻게 알고 따라오는지 알 수가 없다는 얼굴이다. 어젯밤에 대궐에서 따라온 사나이라면 야밤 사이에 무사했을 리가 없었기 때문이다.

"해장하러 왔던 포청이나 금부에 있는 녀석인지 모르지."

한산한 길로 들어서자 뒤에서 따라오던 녀석은 따라가기가 겁이 나는지 먼발치에서 그들이 가는 방향을 살피고 있었다.

그 골목을 빠져나가 오른편으로 가면 생민골로 올라가는 길이요, 왼편으로 가면 붓골 장마당으로 가는 길이다. 그곳은 장이 서지 않은 날도 나무바리들이 모여들어 언제나 아침에는 부산했다.

일오는 그 혼잡을 이용해서 뒤의 사나이를 떨궈 버릴 생각을 하고 장마당으로 들어섰다.

그곳 사람들은 나무 흥정에 정신이 팔려 예쁜 연옥이를 별로 거들떠보지도 않았다.

"이거 웬일일까, 박생원 아닌가?"

그들이 어느 술집 앞으로 지나가는데 그 집에서 술에 취한 사나이가 둘이서 나오며 소리쳤다.

"어떻게 된 일이야?"

그러자 뒤에서 또 한 사나이가 나오다가

"이 사람 정말 오래간만일세. 어딜 가 있었기에 통 볼 수가 없었나."

하고 히죽 웃었다. 몹시도 반가운 듯한 얼굴이다.

일오는 한걸음 움치면서 그들을 쳐다봤다. 모두가 처음 보는 자들이다.

"이 사람, 왜 그런 얼굴인가. 예쁜 아가씨가 있는 데서 우리 같은 술주정꾼 친구를 만난 것이 싫은 모양이구만."

"싫어두 친구야, 친구를 어쩔 수 있어?"

"예쁜 아가씰 찬 걸 보니 재수가 무던한 모양이구만."

"그러면 술을 한 잔 사게나."

길을 막고서 야단을 쳤다. 모두가 이 시장에서 벌어먹는 막벌이꾼 차림이다.

"아침부터 무슨 주정이야, 술을 처먹었으면 곱게 가 잘 것이지."

일오는 어이가 없다는 듯 웃으며 앞에서 길을 막고 서 있는 녀석을 제쳐버렸다.

"이 사람이 언제부터 친구도 몰라보는 도도한 사람이 됐나?"

밀치는 바람에 솔간다리에 부딪치고 난 사나이가 목에 핏대를 세우며 소리쳤다. 그러자 다른 사나이가 그를 말리듯이

"이 사람, 그렇게 화낼 건 아냐. 예쁜 아가씰 찼다구 한잔 산다는데 그렇게 화낼 것 없잖아?"

확실히 싸움을 거는 어투다.

이렇게 되고 보니 일오는 길을 잘못 들었다는 것을 느끼지 않을 수가 없었다.

8

"연옥이 내 옆에 꼭 붙어 있어."

“네.”

연옥이는 사태가 험악한 것을 모를 리가 없으므로 일오 뒤에 바싹 달라붙었다.

“술을 사는 거냐, 안 사는 거냐?”

그 중에서 어깨가 바그라진 사나이가 잔뜩 앞을 막고 나섰다.

“자네들 지금 먹은 술도 좀 지나친 것 같은데 술을 먹겠다는 거야?”

일오는 쓴웃음을 지으면서 점잖게 타일렀다.

“그런 걱정은 말게. 난 공짜술이라면 독으로라도 먹네.”

“하긴 공짜술이 세상에 제일 맛난 술이야 하지.”

일오는 한 마디 응수해 주고 나서

“그러나 난 그 공짜술을 사 준대도 먹지 못하고 급히 가야겠네. 제발 길을 좀 비켜주게.”

그러자 옆에 섰던 키다리가 덥석 나서며

“이 사람, 자네가 아무리 바쁘다 해도 계집을 데리고 이 장마당을 지나는 사람은 누구나 술을 사게 마련이야.”

그때 이런 일은 곳곳에 있은 일이었으므로 일오는 이런 축들과 싸우고 싶지 않은 대로

“그렇다면 진작 이야기할 것이지, 몇 잎이나 술을 먹나?”

돈을 꺼내주려고 했다.

“이 사람이 우리가 술이나 얻어먹는 거진 줄 아는 모양이지. 실상은 저 아가씨가 부어주는 술을 먹고 싶다는 거야.”

“그건 못하겠네.”

“친구 사이에 그것쯤 못할 것이 뭔가?”

“친구, 친구라니 자네들이 날 언제 봤다구 친구라는 거야. 그런 실없는 소리 집어치구 어서 길이나 비켜.”

일오는 비로소 언성이 거칠어졌다.

"이 사람 왜 이래, 예쁜 계집이 옆에 달렸다구 너무 그렇게 허세를 부릴 건 아냐. 콧등이 터져 얼굴에 피칠을 하게 되면 더욱 창피한 노릇이야."

"그걸 아는 사람들이 왜 얼굴에 피칠하겠다구 성가시게 구냐 말야. 제발 그러지 말구 길을 비켜 주게나."

일오는 다시 빌붙어 봤다.

"자네 급한 마음도 우리가 모르는 건 아닐세. 남의 계집 훔쳐 갖구서 줄행랑치는 판이니 급하지 않겠나. 그러나 이곳을 지나자면 값을 치러야 가기로 돼 있으니 어떻게 하겠나."

키다리가 여전히 능청대자 옆에 비켜섰던 어깨가 벌어진 땅딸보가 말을 이어

"자네가 정말 급하다면 이렇게야 할 수 있지. 이 아가씨를 우리에게 맡기구 혼자 가게나. 그러면 길을 비켜줄 수 있지."

하고 연옥이의 손을 잡아끌려고 했다. 일오는 그 손을 날쌔게 잡고서 뒤로 비튼 채 꽁무니를 탁 차버리고 나서

"이놈들, 누구든지 이 아가씨의 옷깃에 손가락 하나 대 봐라. 너의 놈들의 목이 성하지 않을 것이니!"

눈을 부릅뜨며 소리쳤다.

                                    9

"난 이 아씨가 어느 정승집 종년인 줄만 알았는데 알고 보니 대단한 아가씬 모양이구만. 옷자락에 손 하나 댈 수 없다니."

땅딸보가 비양쳤다.

"그런 아가씨의 손을 내가 한번 잡아볼까?"

키다리가 연옥의 손을 잡으려는 듯이 성큼성큼 걸어 나오다가 앞

발을 버쩍 들어

"이 스라소니 같은 놈아, 장마당 맛 좀 봐라!"

하고 소리치며 일오의 면상을 찼다.

그러나 일오는 그 발길에 차일 사람이 아니었다. 날쌔게 몸을 피하면서 그 발을 받아 쥐고 버쩍 드는 통에 키다리는 땅에 머리를 구겨박고 거꾸러졌다.

"이놈들, 나를 어떻게 보고 발질이냐?"

옆에 섰던 땅딸보가 어느 틈에 집어 들었던지 장작개비를 휘두르며 달려들었다. 일오는 그것도 가볍게 피하면서 그의 상투를 잡아당겨 무릎쒜기를 먹였다. 또 한 녀석이 주먹을 들고 달려들었다. 그것을 비틀어잡고 나서

"이놈들, 어느 놈에게 팔려 쌈을 거는 거냐?"

"아닙니다, 아니에요. 죽을죄로 잘못했으니 용서해 줘요."

울상이 돼서 비는 것을 보니 꼬인 팔이 무던히 아픈 모양이다.

"어느 놈한테 팔린 것을 분명히 말 못해!"

"네네, 말하지요."

그러면서도 입을 떼지 않자 일오는 더욱 비틀어 꼬며

"어서 말을 해."

"네, 네, 임숭재가."

"역시 그 놈이."

팔을 놓아주며 꽁무니를 차는 바람에 상판을 밀며 나자빠졌다.

그 동안에 모여든 구경꾼들은 세 녀석이 얼굴에 피칠을 하고 넘어진 것을 보고 눈이 동그래지는 판에

"도둑이다, 저놈을 달아나지 못하게 잡아라!"

그들과 한 패거린 모양인 젊은 녀석 십여 명이 우르르 몰려나오며 소리쳤다.

(이 놈들이 나를 도둑으로 몰아 잡을 생각이구나)

일오도 눈이 벌개지지 않을 수 없는 대로 한 손에 연옥이를 잡고 또 한 손엔 그놈들한테서 뺏어든 장작개비를 휘둘러 앞을 헤치며 걸어 나갔다.

"도둑이다, 저놈 잡아라!"

뒤에서는 여전히 그놈들이 제각기 소리를 치며 따라왔다. 어느덧 그들의 손에는 모두 장작개비가 들렸다.

일오는 대여섯 발짝을 걷다가는 돌아서서 두서너 명씩 때려 엎어 놓곤 했다. 그때마다 그들은 물이 갈라지듯 두 갈래 세 갈래로 흩어졌다. 수가 많은 그들이면서도 겁을 먹은 때문인지 달려들 생각은 못하고 뒷걸음을 쳤다가는 다시금 뒤쫓곤 했다. 그러는 동안에 어디에 숨어 있던 놈들인지 십여 명이 또 나타나 앞을 막았다.

일오는 그 놈들을 물리치기에 여념이 없는데

"아, 위험해요!"

연옥이가 소리쳤다. 그 순간에 일오는 머리를 들었다. 그러나 그때는 이미 하늘 높이 가렸던 장작더미가 그의 머리 위에서 무너져 내리고 있었다.

10

장작더미가 무너지는 그 순간 일오는 재빨리 연옥이를 밀어버릴 수가 있었으나 자기는 그 속에 묻혀버리고 말았다. 그 틈을 타서 장마당 패거리들은 연옥이를 둘러메고 달아났다.

"아, 연옥이!"

일오는 눈앞에서 연옥이가 발버둥을 치는 것을 보면서도 어찌할 수가 없었기 때문이다.

"연옥이, 연옥이!"

일오는 장작단을 헤치고 나오면서 연방 소리를 쳤다.

"선비님, 선비님!"

연옥이도 업혀가는 잔등에서 악을 썼다. 그러나 그들은 볏섬도 훌훌 짊어지고 달아나는 장정들이라, 연옥이 하나쯤 잔등에 올려놓은 것은 이마에 파리 앉은 것이나 다름없는 모양으로 어느덧 솔강단 뒤로 없어지고 말았다.

그것을 보면 그놈들이 자기보다도 연옥이를 노린 것이 분명했다.

(그렇다면 이것두 역시 임숭재의 장난인가)

장작더미 속에서 벗어나온 일오는 눈에 횃불이 서는 대로 그들의 뒤를 따랐다. 그러나 앞뒤로 빼꼭 찬 사람들 때문에 마음대로 뒤따라 갈 수도 없었다. 일오가 사람들을 헤치며 그들이 달아난 골목까지 겨우 이르자 저 앞에서 그놈들에게 업혀가는 연옥이가 문득 눈에 띄었다.

"연옥이!"

"선비님!"

울부짖는 그 소리를 듣는 순간에 일오는 어깨에 몽둥이가 와 닿는 것을 느꼈다.

"이놈들 봐라."

부리나케 몸을 돌렸다.

그곳 솔강단 뒤에 숨어 있던 장마당 패거리들이 장작개비를 휘두르며 일오를 둘러쌌다.

(나를 이곳에 몰아 넣고 쥐잡듯 잡아 보겠다는 것이지. 너희들 생각처럼 되나 봐라)

면상에 달려드는 몽둥이를 빼앗아 들어 닥치는 대로 후려갈겼다. 그러나 워낙 수가 많으므로 아무리 후려갈겨도 끝이 없었다. 그럴수록 연옥이의 비명이 자꾸만 멀어져가는 것이 안타까웠다.

"이놈들, 혀를 뽑고 쓰러지는 놈을 봐야 물러서겠니."

살기에 찬 일오는 더욱 힘차게 몽둥이를 휘두르며 앞으로 걸어 나갔다.

"그래두 죽일 생각은 말아요."

문득 등 뒤에서 소리가 났다. 휙 돌아다보니 자기의 뒤를 밟던 사나이다.

"이놈들은 내가 맡을 테니 선비님은 빨리 뒤를 따라가 아가씨를 뺏어요."

일오는 무슨 영문인지 알 수가 없었다. 그러나 그것을 생각하고 있을 틈이 없었다. 그의 말대로 연옥이가 간 쪽으로 달려갔다.

돌담을 돌자 목멱산으로 올라가는 길이 나섰다.

거기까지 단숨으로 뛰어가 봐도 연옥이는 보이지가 않았다.

"선비님!"

하고 찾던 그 애절한 목소리도 들리지 않았다.

(연옥이는 다시금 그놈들의 손에 들어가고 말았단 말인가. 그렇게도 나만 믿고 있던 연옥이가)

일오는 분통이 터져 견딜 수가 없었다.

11

연옥이를 잃어버린 일오는 다시 걸음을 돌려 분주히 장마당으로 내려왔다. 장마당 패거리 중 한 놈을 잡아서 연옥이의 행방을 알아볼 생각이었다. 그러나 그동안에 놈들은 모두 달아나고 한 놈도 보이지 않았다. 그 대신 지게꾼들이 둘러서서

"난 그렇게 날쌘 사나이는 처음 봤네. 혼자서 십여 명이나 되는 포졸들을 해치우니."

"그 사나이가 도둑이라지?"

"그런 사나이가 도둑일 리 있어?"

"그래두 포졸들이 도둑 잡으라고 하지 않던가?"

"실상은 도둑 잡으라고 소리치던 그놈들이 도둑 같던데. 여자를 훔쳐 가는 걸 보니."

바로 옆에 당사자가 지나가는 것도 모르고 그런 말을 주고받고 있었다.

그 말을 듣고 보면 연옥이를 훔쳐간 놈들이 장마당 패거리가 아닌 모양이다. 장마당 패거리라면 이곳에서 벌어먹고 사는 지게꾼들이 모를 리가 없었기 때문이다.

(그러면 도대체 어떤 놈들인가. 하여튼 임숭재가 보낸 것만은 틀림없겠지)

이런 생각을 하며 장마당을 나오고 있는데 뒤에서 누가

"선비님."

하고 부르는 소리가 났다.

일오가 고개를 돌려보니 키가 커다란 사나이가 싱글싱글 웃고 있었다.

"자네가 웬일인가?"

일오는 놀란 얼굴이 되었다. 웃고 서 있는 사나이는 개성 성문에서 만난 후로 몇 번인가 칼을 들고 대들던 두꺼비였기 때문이다.

"역시 선비님이군요. 난 방금 이 앞에서 이야기를 듣고 틀림없는 선비님이라고 생각했는데 역시 내 생각이 맞았어요."

십년지기가 만난 것처럼 반가워하는 얼굴이다. 그러나 무슨 일인지 이마에 커다란 혹이 달려 있다.

"어떻게 된 일인가? 오늘은 갓까지 잡수시고, 양반 차림을 했으니."

"그럴만한 일이 좀 있었어요."

두꺼비는 알 수 없게 얼굴을 약간 붉히며 이마의 혹을 분주히 가렸다.

"그럴만한 일이라니 이마의 혹은 왜 생겼나?"

"그런 말은 말고 술이나 한잔 합시다. 오늘은 운이 좋아 벌이가 좋았으니 제가 한잔 사지요."

두꺼비가 앞서서 술집 장폭을 들쳤다. 술잔이 몇 번 돌고 나서

"자네 이마에 혹이 생긴 걸 보니 샀쌈은 여전히 못 논는구만."

하고 일오가 물었다.

"남이 들어 창피한 말을 그렇게 크게 하지 말아요."

히죽 웃는 눈시울이 의외에도 애교 있는 얼굴이다. 일오도 웃으며

"창피한 줄 아는 것이 그래도 기특하네."

"그러나 어떻게 해요. 먹구 살자면 그 짓밖에 할 것이 없으니. 사실이지 이따금씩 선비님 같은 분을 만나니 말이지 쌈삯도 괜찮은 벌이지요. 술은 술대로 얻어먹고 쌈삯대로 받……."

이런 말도 태연스럽게 하며 웃었다.

일오는 어이가 없는 대로

"이마에 혹이 생긴 걸 보니 오늘은 나 같은 사나이를 만난 모양이군."

"그것이 아니구 이 혹은 두꺼비를 한 달 동안 살게 해준 혹이랍니다."

이마의 혹을 가리키며 알 수 없는 이런 말을 했다.

12

"어떻게 생긴 혹인데?"

"일부러 얻어맞은 것이지요. 그 대신 이렇게 선비님에게 술도 살 수 있게 됐어요."

"그러자니 오죽 아팠겠나. 그렇게 번 술이라면 난 사양하겠네."

일오는 이맛살을 찝었다.

"보기가 좀 숭할 뿐이지, 그렇게까지 아플 건 없어요. 그런 걱정은 마시구 많이 마셔요."

두꺼비는 일오의 잔에 술을 채워 줬다.

"하긴 쌈꾼은 코피 마를 때가 없다고 하니 그런 일쯤 보통 일인지 모르지만 그러나 밤낮 콧등이나 터지구 살아서야 꼴이 뭔가, 자네 두 마음 돌리고 싶은 생각 없나?"

"마음을 돌리라니?"

"목숨을 걸고 칼부림하는 그런 위험한 짓을 그만두란 말이지."

"그렇지만 배운 것이 싸움뿐인 걸요. 그걸 그만두면 지금같이 살기 힘든 세상에서 목구멍에 풀칠을 할 수 있어야 말이지요."

"그렇다고 삯쌈하지 않는 사람들은 모두 굶어 죽던가?"

"……."

두꺼비는 대답할 말이 없는 모양으로 고개가 숙여졌다.

"자네는 남들에게 존경을 받으면서 사는 것과 미움을 받으면서 사는 것과 어느 편이 좋다고 생각하는가?"

"그야 말할 것도 없이 존경을 받고 사는 것이 좋다고 생각할 것이 아닙니까."

"그렇다면 남들에게 존경을 받으며 사는 방법을 가르쳐 줄까?"

"그렇게 살 수가 있어요?"

두꺼비는 귀가 솔깃해서 얼굴을 들었다.

"알고 보면 힘든 일도 아니야. 자네가 지금까지 돈 있고 세도 있는 녀석들을 위해서 싸운 그 반대로 이제부턴 돈 없고 권력 없는 백성들을 위해서 싸워 보게. 반드시 존경을 받을 걸세."

"그렇지만 세상은 어디 그렇게 돼 있어야 말이지요. 나쁜 짓을 하는 돈 있고 권력 있는 놈이 아니구선 삯쌈꾼을 사는 놈이 없으니 말이지요."

두꺼비는 아주 심각한 얼굴이다.

"그래서 존경은 받기가 쉽구두 힘들다는 거야. 그렇지만 두꺼빈 그렇지 못할 사람도 아닌데."

일오는 이런 말로 두꺼비를 추켜줬다.

"저두 그런 생각이 없는 것은 아니랍니다. 이 이마의 혹도 실상은 옳은 싸움을 해서 얻은 혹이랍니다."

"그렇다면 들을 만한 이야기구만. 어떻게 된 일인데?"

"내가 가끔 신세지는 객줏집이 있는데요. 그 집 도련님이 이웃 사는 아가씨에게 반했단 말요. 그런데 남자 집에서 아무리 사람을 보내 청혼을 해도 색시 집에서 듣지를 않거든요. 색시는 무섭게 예쁜데 총각 녀석은 사팔뜨기니 들을 리가 있어요. 그래서 내가 계교를 펴 줬지요. 오늘 색시 집에서 꽃놀이를 간다기에 그 틈을 타서 내가 아가씨에게 따리를 붙일 때 그 도련님이 나타나서 내 멱살을 쥐고 집어던지고 아가씨와 같이 꽃놀이를 가기로."

"그래서 그걸 정말 했나?"

"네. 그래서 내가 양반차림으로 갓을 쓰고 술을 사게 된 거랍니다."

두꺼비는 이미 기분좋게 취한 얼굴이다.

"그것 참 좋은 싸움을 했구만. 그렇다면 이번엔 자네가 장가 들구 좋은 싸움 해 보지 않겠나?"

일오는 무슨 생각인지 문득 이런 말을 했다.

13

"선비님이 날 장갈 가게 해 주겠어요?"

삼십이 거의 다 된 녀석이 아직 더벅머리로 있어야 하는 처지니 장가 보내준다는 말이 구미가 당기지 않을 수가 없었다.

"그것도 엔간이 예쁜 여자가 아니고 지독히 예쁜 여잘세."

일오는 히죽 웃으면서 구미를 더욱 돋우었다.

"그러면 글렀어요."

두꺼비는 의외에도 실망한 얼굴이 되었다.

"왜 이야기두 채 듣기 전에 그런 얼굴인가?"

"여태까지 못생긴 계집 하나도 태우지 않은 녀석에게 예쁜 계집이 태울 리 있나요?"

듣고 보니 그럴 듯도 한 이야기다. 그러나 일오는 오히려 이상하다는 듯이

"자네처럼 허우대가 좋고 팔뚝이 세다면 술청 아가씨 두셋은 귀찮게 따라다닐 것 같은데, 어쩐 일이야."

"글쎄 말이지요. 나로서도 내 얼굴이 그렇게 못생겼다고는 생각지 않는데, 두셋은 커녕 계집이라고 탈을 쓴 건 반쪽두 붙질 않으니……."

"그렇다면 자네가 여잘 구슬리는 법이 아주 틀렸거나 전혀 모르는 모양일세."

"계집 구슬리는 법이 따로 있어요?"

"있지, 있어두 대단히 복잡하구, 그 가짓수두 한두 가지가 아니지."

일오는 웃는 일도 없이 시치미를 떼고 말했다.

"그래요?"

두꺼비는 고개를 끄덕이며

"그걸 좀 가르쳐 줄 수 없어요?"

급기야 호기심을 얼굴에 드러냈다.

"계집을 구슬리는 이야기야 이런 술 가지고 나올 수 있어?"

이야기의 흥미를 더욱 돋우기 위하여 한번 꾀어 보자

"그러면 다옥동으로 자릴 옮길까?"

이런 솔직한 이야기를 하는 걸 보니 두꺼비는 별명 그대로 속절없는 선량한 사나이라는 것은 틀림이 없다. 일오는 두꺼비 말에 도리어 자기가 난처해진 채

"그럴 것까진 없구. 오늘부터 내 친구가 됐으니 그 법을 알려주기로 하지. 그런데 자네두 여태까지 술청 아가씨건 어느 집 종년이건 눈이 맞은 일이 전혀 없지야 않겠지?"

"선비님, 사람을 어떻게 보고 하는 말이요. 말이 총각이지 할 거야 다 했지요."

"그래서 어떻게 누이곤 했나?"

"선비님두."

역시 부끄러운 모양으로 두꺼비는 얼굴을 붉힌 채 입을 떼지 못한다.

"그걸 이야기하지 못하겠다면 하는 수 없지. 구슬리는 법을 가르쳐 주려고 해도 가르쳐 줄 수가 없는 노릇이지."

일오는 그만 단념하는 수밖에 없다는 듯이 말했다.

"선비님, 지금까지 알려 준다구서 그렇게까지 이야기하는 건 뭐예요. 모두 이야기하지요. 이야기할 테니 가르쳐 줘요."

"그래야지. 지금까지 어떤 방법을 써 왔다는 걸 모르구서야 나로서도 알려 줄 수 없는 노릇이니."

"선비님 미안합니다."

"미안할 것까진 없어. 그런데 그런 경험은 무던히 되는 것 같은데 몇 번이나 되는가?"

"선비님은 왜 대답하기 거북한 말만 물어요."

두꺼비는 다시 얼굴을 붉혔다.

14

"삼십이 다 된 사람이 그런 이야기쯤 뭐가 부끄럽다구 얼굴을 붉혀?"

일오는 두꺼비 잔에 술을 부어주며 대답을 재촉했다.

"없으니 생각해 보면 화가 난다는 거지요."

"없다니?"

"그것이 사실입니다."

"그래도 좀전엔 누인 여자가 몇 되는 것같이 말하던데."

"그건 공연한 소리였지요. 그러지 않으면 선비님이 날 고자로 알고서 장가 보낼 생각을 안 할지도 모르니."

"그것이 아니구 장가 보내 준다는 말에 공연히 한술 더 떠서 총각 행세하고 싶어서 그런 것 아닌가?"

"아닙니다, 그건 절대로 아닙니다."

눈을 꺼벅이며 정색한 얼굴이 되는 걸 보니 역시 두꺼비의 말이 거짓말은 아닌 모양이다.

"자네 같은 사나이에게 어째서 계집들이 눈을 돌릴 줄 모를까?"

일오는 자못 이상하다는 얼굴을 했다.

"역시 선비님은 내 마음을 알아주는군요. 제가 생각하는 것도 바로 그것입니다."

"말하자면 요즘 계집들은 훌륭한 사나이를 보는 눈이 없기 때문이 아닐까?"

"맞았어요. 그것도 제가 생각하는 것과 꼭 같습니다."

"그러니 자네 마음에 꼭 드는 여잘 중신해야할 텐데 쉬울 것 같질 않구만."

"아까 말한 그 색시라면 꼭 제 마음에 들 겁니다."

"그 색씬 틀렸어. 자네와는 배필이 될 수 없어."

"왜요?"

두꺼비는 급기야 뚱한 눈이 되었다.

"그 여잔 서방이 있었던 여자니 말야. 자네가 계집을 몇 번 누인 일이 있다면 피장파장이니 무방하겠지만 그렇지도 않은 숫총각이라면 그럴 수 없지 않은가?"

일오는 시치미를 떼고 두꺼비의 내심을 짚어봤다.

"그러면 어때요, 저보다 경험두 있을 테니 좋지요."

그런 말이라면 안심할 수 있다는 얼굴이다.

"정말 자네가 그런 생각이라면 둘이서 그 여잘 찾기로 하세."

"찾는다니, 어디 있는 여자인지도 모르는 건가요?"

"좀전에 같이 있었는데 그만 잃어버렸네."

"잃어버리다니?"

"모르긴 해도 임숭재가 보낸 놈들인 모양이야. 우리가 장마당으로 들어서는데 술에 취한 녀석이 생트집을 잡아 싸움을 걸지 않겠나. 그래서 몇 녀석에게 혼을 내주고 있는데 그놈이 장작더미를 무너뜨리고 그 아가씰 훔쳐 갔단 말야."

"그러면 선비님이 좀전에 싸웠다는 그놈들이군요."

"맞았어, 바로 그 놈들이야."

"그건 임숭재가 보낸 것들이 아닙니다."

"어째서?"

"얼마 전부터 그 패거리들은 이 장마당엔 발을 들여놓지 못하게 됐으니."

"어째서?"

"이곳엘 초롱 아가씨 패거리가 판을 치게 됐기 때문이지요. 나도 초롱 아가씨를 본 일이 있어요."

"초롱 아가씨가……."

일오는 정신이 번쩍 드는 모양으로 소리쳤다.

15

"초롱 아가씰 아십니까?"

두꺼비가 일오에게 물었다.

"아니, 그보다도 자네 아내 될 사람을 쉽게 찾을 것 같으니 내가 시키는 대로만 하게나."

일오는 이런 말로 대답을 흐리고 나서

"자네 아직도 임숭재네 패거리와는 통하는 데가 있겠지?"

하고 물었다.

"그곳은 내가 싫어서 나온 만큼 지금 가도 푸대접이야 하지 않겠지요."

"그러면 잘 됐네. 그 집 하인에 김성칠이란 사람이 있는데 그 사람이 어떤 사람인지 알아다 주게."

"김성칠이란 사람이요?"

"응, 자네 나이나 된 사람일세."

"그것이 잃어버린 아가씨를 찾는 일과 무슨 관계가 있는가요?"

"관계가 되는 일이니까 자네를 시키는 것이 아닌가?"

"어떻게요."

"그건 차차 알게 될 터이니까. 지금은 시키는 대로만 하게나."

"그러면 지금 곧 가서 알아보기로 하지요."

"내가 자넬 보낸 것을 알게 되면 일이 모두 도루묵이 되는 판이니까, 그건 각별히 조심해야 하네."

하고 주의를 시켰다.

"알겠습니다."

"그런데 연락은 어디가 좋을까. 아까 자네가 이야기한 객줏집은 어던가?"

"바로 수표교 옆입니다. 그 부근에 가서 홍씨네 객줏집을 찾으면 누구나가 알아요."

"자네와 성이 같구만."

"그렇다구 친척되는 건 아니지만 그런 일을 잘 전해 줄 겁니다."

"그럼 여기서 헤어지기로 하지."

일오는 초롱 아가씨 패거리들이 연옥이를 훔쳐간 것이 틀림없다는 것은 알았지만 무슨 일 때문에 그런 일을 한 지는 아무리 생각해도 알 수가 없었다.

그러니만큼 초롱 아가씨의 부하로서 임숭재네 하인 노릇을 하는 성칠이의 행동을 살피면 그 이유를 혹시 알는지 모른다는 생각으로 두꺼비를 그 집으로 보내고 자기는 직접 초롱 아가씨를 만날 생각을 했다.

일오는 전날 밤 젊은 사나이를 따라갔던 길을 더듬어 그곳서 그리 멀지 않은 초롱 아가씨 집을 찾아갔다.

초롱 아가씨 집에 이른 일오는 전날 따라갔던 사나이가 하던 대로 길가에 난 들창문을 두 번 똑똑 두들겼다. 그러자 역시 전날과 마찬가지로 안에서 헛기침 소리가 두 번 났다. 일오는 그 헛기침 소리를 따라 자기도 두 번 헛기침을 하고 대문으로 갔다.

조금 후에 대문이 삐꺽하니 열리며 젊은 사나이의 얼굴이 나타났다.

"아니?"

일오는 이 사나이가 확실히 좀전에 장마당에서 싸우고 있을 때 자기를 도운 사나이란 것을 알아차렸다.

"어서 오시우. 그렇지 않아도 오실 것 같아서 기다리고 있었습니다."

"어떻게 된 일이오?"

일오는 놀라지 않을 수가 없었다.

"하여튼 그런 말은 차차 하기로 하고 방으로 들어갑시다."

아직 삼십 미만의 사나이였지만, 일오를 가볍게 안내하는 품이 책사(策士)다운 데가 있었다.

16

"초롱 아가씨, 선비님이 오셨습니다."

초롱 아가씨 방으로 일오를 안내한 젊은이는 방문 앞에서 공손히 입을 열었다.

"들어오시라고 해라."

방안에서 초롱 아가씨의 소리가 났다.

"들어오시랍니다, 어서 들어가 보시오."

젊은이는 방문을 열어주고 자리를 피했다.

"고맙소."

인사를 하고 방안으로 들어가던 일오는

"아니?"

하고 눈을 번쩍 떴다.

아랫목에 단정히 앉아 있는 여인은 좀전에 잃어버린 연옥이었기 때문이다.

"어떻게 된 일이오?"

일오는 놀란 소리로 말하면서 뒤로 손을 내밀어 문을 닫았다.

"어떻게 되긴요?"

"연옥이가 아니오?"

"선비님은 어쩌면 나를 잘못 보기만 하는 거예요."

여인은 밉지 않은 눈으로 일오를 흘겼다.

"연옥이가 아니란 말요?"

일오는 무엇에 홀린 사람처럼 눈을 껌뻑였다.

"제 얼굴을 꼼꼼히 봐요, 연옥이처럼 그렇게 예쁜가."

그리고 보니 연옥이와 어딘가 다른 데가 있는 것 같기도 했다. 얼굴의 윤곽보다도 눈의 광채가 다르며 얼굴 전체가 차가워 보였다.

"그러면 누구란 말요?"

일지와 너무나도 닮은 초롱 아가씨의 얼굴을 벌써 잊었을 리가 없는 일이니 일오는 이렇게 묻는 수밖에 없었다.

"호호, 사흘 전에 본 제 얼굴을 벌써 잊었다면 너무 매정하지 않아요."

조롱대는 눈웃음으로 쳐다봤다. 그 웃음은 틀림없는 초롱 아가씨였으나 그래도 믿어지지가 않는다.

"무슨 조화를 꾸민 거요?"

"오늘은 얼굴에 분칠 하나 하지 않았어요."

"분칠을 했건 안했건 간에 전날엔 일지와 꼭 닮았던 얼굴이 오늘은 연옥이와 꼭 닮은 얼굴이 되었으니 어떻게 된 일이오. 난 꼭 도깨비에 홀린 것만 같으니."

"도깨비보다도 여자란 요물에 홀린 것이겠지요. 그날은 일지에게 눈이 오맸으니 내가 일지로 보인 모양이구, 오늘은 연옥이를 찾느라고 눈이 오맸으니 내가 연옥이로 보인 모양이지요."

여전히 조롱대는 웃음만 웃었다.

"글쎄, 그런지도 모르겠군요."

일오는 이런 말로 받아 넘기면서도 초롱 아가씨를 보는 눈만은 떼지 않았다.

"선비님이 저를 그렇게 들여다봤으면 이제는 누군지 분명히 알 수 있지 않아요? 연옥이에게 우리 집에 대한 이야기도 들었다니 말예

요."

초롱 아가씨는 비로소 조롱대는 웃음을 거뒀다.

"그 말까지 들으니 연옥이 언니라는 것은 알겠소, 그러면서도……."

"전날엔 어쩌면 그렇게도 일지 아가씨와 같았나 말이지요?"

"같은 것뿐만 아니라 무슨 일로 일지 언니의 행세를 했는지 알 수가 없다는 거요."

일오는 놀림감이 된 것 같은 생각에 약간 화가 난 얼굴이었다.

17

"호호…… 그래서 몹시 노하신 모양이군요."

초롱 아가씨는 생글생글 웃어댔다.

"웃지만 말구 어서 이야기를 해 봐요."

"선비님처럼 영리한 사람이 그것쯤 모를 것 없잖아요."

"난 그렇게 영리한 편도 못됩니다."

"겸손할 건 없어요. 연옥이를 구해내기 위해서예요."

"연옥이를 구해내기 위해서라니?"

"일지를 언니가 맡고 있다면 선비님이 안심하고 연옥일 구해낼 생각을 하리라고 믿은 거지요."

"어떻게 그렇게 남의 마음을 잘 아오?"

"남자란 그런 거랍니다. 자기가 사랑하는 여자가 옆에 있을 땐 딴 여자에 대한 일엔 용기를 낼 생각을 못한답니다."

일오로서는 잘 수긍되지 않는 말이었으나 결과적으로 그렇게 되었으니 할 말이 없다.

"그건 그렇다 해도 일지 언니도 될 수 있고 연옥이 언니도 될 수 있는 요술은 어떻게 부리는 거요?"

"화장술로 그만한 것쯤은 할 수 있답니다. 더욱이 어두운 촛불 밑에서는 그건 힘든 일이 아니에요."

"그러나 오늘은 햇빛 밑에서도 연옥이 언니같이 보이니 무슨 조화를 피운 거요."

일오는 초롱 아가씨가 연옥이의 언니라는 것을 모르는 것은 아니면서도 비꼬아주고 싶은 대로 이런 말을 물었다.

"호호, 오늘은 아무 조화도 부리지 않은 내 얼굴, 그러니 연옥이 언니로 보일 수밖에 없지 않아요."

"그러면 묻는 김에 또 한 가지, 대궐까지 들어가서 뺏어 내온 연옥이를 사람들을 시켜 다시 뺏어온 것은 무슨 이유요. 그렇지 않아도 제 발로 이곳을 찾아오던 길인데."

"그건 정말 제가 사과해야 할 일이지요. 그러나 제가 시킨 일은 아니랍니다."

"그러면?"

"자기네들끼리 내길 한 모양이에요. 선비님의 솜씨를 아는 패와 모르는 패가 말이에요. 선비님을 아는 패는 절대로 선비님과 함께 있는 연옥일 뺏어올 수 없다고 하고 모르는 패는 뺏어올 수 있다고 한 모양이지요."

일오는 어이가 없는 대로

"결국 나는 연옥일 구해낸 덕으로 그들의 조롱감이 된 셈이군요."

다시 화를 내서 말했다.

"그렇다고 화낼 것은 없어요. 우리 패거리도 이젠 모두가 선비님이 어떤 분인지 알게 됐으니."

"난 쌈 잘한다는 소문은 별로 내고 싶어하는 사람이 아니오. 그보다도 이제는 연옥이를 찾았으니 맡아둔 일지나 내 주오."

말꼬리를 돌렸다.

"안돼요, 그건 아직 돌려줄 수 없어요."

"그런 일을 혼자 마음대로 정하면 어떻게 하는 거요. 일지는 내 아내나 다름없는 사람이오."

일오는 더 참을 수가 없다는 얼굴이다.

18

"선비님—."

초롱 아가씨는 아주 침착한 어조로 입을 열었다.

"그렇게 화를 내지 말고 내 청을 들어준다는 약속을 해요. 그러면 일지를 돌려주지요."

"일지를 그런데 이용하자고 훔쳤던 것이군요."

"그런 건 아니에요. 그러나 결국 그렇게 된 셈이지요."

"무슨 청인지 들어나 봅시다. 내가 들을 수 있는 일인지 없는 일인지."

"임씨네 집 원수를 갚으려는데 선비님이 저를 좀 도와달라는 거예요."

"그런 일은 내가 돕지 않아도 될 일이 아니오. 아가씨네 패거리도 대단히 많은 모양인데."

"그야 그렇지만 시끄럽게 복수를 하고 싶지 않기 때문이에요. 그렇게 하면 뒤탈이 있을지도 모르고, 따라서 복수한 셈도 못되니……."

"쥐도 새도 모르게 해치우구 싶다는 말이군요."

"그래서 사람에게 지혜라는 것이 있는 것 아니겠어요."

"그러니 날보구 어젯밤에 대궐 담을 넘듯이 이번엔 임숭재네 집 담을 넘으라는 말이군요."

별로 달갑지 않은 청이라는 얼굴이다.

"그것이 아니에요. 저를 임숭재네 집까지만 좀 데려다 달라는 거예요."

초롱 아가씨는 이상스러운 말을 했다.

"그 집까지 데려다 주면 어떻게 하겠다는 거요?"

"지금 연옥이를 미칠 듯이 찾고 있는 자가 누군가 아시겠어요? 보통 사람도 입에 물었던 고기를 놓치게 되면 더욱 먹고 싶은 법인데 억제를 모르는 임금이 당한 일이고 보면 어떠리라는 건 짐작할 수 있는 일 아니에요."

"그래서."

일오도 그 말은 알 수 있는 모양으로 말을 재촉했다.

"이런 판에 일오란 선비님이 임숭재의 집을 찾아가서 연옥이를 데리고 왔다면 어떻게 될 것 같아요. 임숭재가 뛰어나와 맞아들일 것도 알 수 있는 일 아니에요."

"그렇겠지."

"제가 선비님에게 간청하는 것은 그것 뿐이에요. 그런 일쯤 못해 주겠다고 하지 않겠지요?"

"그렇지만 그런 대담한 짓을 하고서도 연옥이 언니라는 사람은 괜찮다는 거요?"

"선비님은 그런 걱정까지 할 필요는 없어요. 저까지 선비님에게 정이 들게 되면 어떡해요. 우리 형제가 모두 실연하게 되니 말예요."

하고 빈정대듯이 웃었다.

"그래두 이번엔 연옥이가 빠져나오듯 그렇게 쉽게 나올 수는 없을 거요."

일오가 역시 걱정을 하자

"뭐가 걱정이에요. 임숭재가 자기 이불 속에 나를 끌어넣을 것밖에 더 있어요. 그건 내가 바라는 일인 걸요. 그 녀석을 내 손으로 죽일 기회를 얻는 일이니 말이에요. 그리고 최악의 경우로 임금의 침전에 든다고 해도 겁날 것은 없어요. 이 연옥인 아이를 가진 흔적이 없으니 죽일 리가 없고 그 대신 연옥이를 희롱한 전식이와 남섭이를 죽일 수 있는 일이니 말이에요."

들고 보니 그럴 듯도 한 이야기다.

19

"그러나 내가 연옥이 언니를 데리고 가는 것은 그리 좋은 방법 같지는 않군요."

일오는 고개를 끄덕이면서도 초롱 아가씨의 말을 그대로 들을 수는 없다고 생각한 모양이다.

"왜요?"

"그자들이 나를 그렇게 좋아하지 않으니 말요. 그러니만큼 우리말을 믿기 전에 먼저 경계부터 할 거요. 무슨 꿍꿍이 수냐고."

"그야 그럴지도 몰라요. 그러나 임숭재 대신에 딴 녀석이 나올지 모르지만 우리를 그대로 돌려보낼 리는 없지 않아요?"

"우릴 맞으러 나온 사람이 남섭일 경우에는 어떻게 되우. 임숭재나 신수영이라면 연옥이의 얼굴을 분간 못할지도 모르지만 연옥이와 같이 산 그 놈의 눈은 그럴 것 같지도 않으니."

"말하자면 연옥이 언닌 동생보다 못생겼다는 말이지요?"

눈시울에 부끄러움을 띄워 이런 말로 받으며 웃었다.

그 웃음까지도 연옥이와 꼭 같으니 실상 달리 볼래야 달리 볼 수도 없는 노릇이다.

일오는 너무나도 같은 얼굴에 내심으로 놀라며

"그런 것이 아니라 만일을 생각해서 그런 경우도 한번 생각해 볼 필요가 있다고 말한 겁니다."

"하긴 저도 그걸 생각하지 못한 건 아니에요."

"그럼 빨리 가기로 차비를 하오."

일오가 드디어 초롱 아가씨의 청을 들어주겠다는 의사를 표시하자

"어마 지금 가려구요?"

"쇠뿔은 단김에 뽑으라지 않소."

"그래도 위험해요. 가짜 연옥이 노릇을 하자면 밤이 좋아요."

하고 연옥이가 웃으면서 이런 말을 하고 있는데 문밖에서

"초롱 아가씨."

하고 사나이의 목소리가 났다.

"어떻게 됐어요?"

초롱 아가씨가 분주히 문을 열자 성칠이가 땀을 씻으며 서 있었다.

"임숭재네 집에 모두 모였습니다. 신수영이네 형제와 숭재 형제, 남섭이와 박판관, 그리고 좀전엔 임사홍이까지 다녀갔습니다."

"경계가 대단하겠구만."

"금부의 포졸을 삼십 명이나 풀어 집 주위를 지키고 있습니다."

"그건 선비님 때문이에요. 그놈들이 귀신의 그림자처럼 무서워하는 것이 선비님이니까요."

하고 초롱 아가씨가 조롱대듯 웃고 나서

"다른 일은 또 없지요?"

"없는 것이 아니라 야단난 일이 있습니다."

"무슨 일이?"

"그 놈들이 복희 아가씰 잡으러 갔으니 말요."

복희란 말에 일오는 눈이 동그래지며

"일지 아가씨와 같이 있던 계집애?"

"네, 복희 아가씨를 잡아오면 선비님의 거처를 알 수 있고 따라서 연옥이의 거처도 알 수 있으리라고 생각한 모양이지요."

"음—."
일오는 태연스럽게 앉아 있을 수 없는 얼굴이었다.

불꽃

1

연옥이가 대궐에서 도망친 다음 날 아침—.

임금은 임사홍이를 불러

"내가 전식일 신임하고 있는 것은 임대감도 잘 알고 있겠지?"

하고 물었다.

"알다 뿐이옵니까. 그 사람은 대궐 안에 둘도 없는 충신이라고 아옵니다."

임사홍이는 무슨 영문인지도 모르면서 땅에 머리를 대고 아뢰었다.

"그런 어진 사람을 없는 일로 헐 생각을 한 자들이 있다면 어떻게 해야 옳은가?"

"마땅히 목을 베야 하리라고 아옵니다."

"임대감도 분명히 그렇게 생각하는가?"

"네."

"그것이 내 처남이라구 해도?"

"네?"

임사홍이는 급기야 눈이 뚱해졌다.

임금의 처남이라면 형조판서 신수영이요, 그와 자기 아들인 숭재는 가장 친한 사이니만큼 그것은 결코 남의 이야기가 아니었다.

"소신은 처음 듣는 일이오나 필시 거기엔 무슨 곡절이 있으리라고 생각되오니 필히 알아보겠사옵니다."

겨우 이 한 마디를 하고 물러나온 임사홍이는 그 길로 아들 임숭재 집을 찾아갔다.

바로 그때 그곳에서는 신수영, 임숭재, 남섭, 박판관 넷이서 어제 실패한 일에 대한 선후책을 의논하던 중이었다.

그런 판에 임금을 배알하고 나온 임사홍이 들렀으니 그들은 모두가 질린 얼굴이 되지 않을 수가 없었다.

"그러니 이 일을 어떻게 해야 하우. 나는 아주 상감의 눈밖에 들게 됐으니."

누구보다도 먼저 불이 당긴 사람은 신수영이라, 그는 꺼매진 얼굴로 펄펄 뛰며 말했다.

"그렇게 걱정은 마시오. 샘솟을 틈은 있다는 말대로 어떻게 되겠지요."

임숭재는 그를 위로하는 말이었으나 오히려 그의 비위를 거스른 모양으로

"되다니 어떻게 된단 말요?"

"하여튼 연옥이란 그 계집만 찾으면 우리가 거짓이 아니란 건 밝혀질 게 아니요."

"그야 그렇지만 그 계집을 어디서 찾는단 말요?"

"성문을 지키기로 합시다. 일오 그 녀석이 제 아무리 날랜 녀석이라고 해도 서울을 빠져 나가자면 성문을 통해야 할 것이니."

"그런 어리석은 수작은 말두 마우. 일오란 그놈은 계집을 옆에 끼구 대궐 담도 훌쩍 넘은 녀석이오. 뭐 성문이 걱정돼서 못 달아날 것 같소?"

이런 쓸데없는 말을 둘이서 주고받고 있을 때

"그럼 제가 한번 이야기해 보기로 할까요."

하고 지금까지 잠자코 있던 남섭이가 입을 열었다.

"무슨 생각이 있소?"

임숭재가 분주히 입을 열었다.

"복희란 계집을 찾으면 일지의 거처를 알 것 같고 따라서 일오와 연옥이의 거처도 알 것 같소."

"복희가 누군데?"

"일지가 술청을 하면서 데리고 있던 계집입니다."

"아, 그렇구만요. 그 계집애의 집은 제가 아우."

무릎을 치며 남섭이의 말을 가로맡은 것은 그때까지 눈만 껌뻑거리고 있던 박판관이었다.

2

"신대감 생각엔 어떻소. 복희를 잡아오는 것이?"

이번 일의 피해자는 역시 신수영인만큼 임숭재는 그의 의견을 물어볼 의무가 있다고 생각하는 모양이다.

"일지가 데리고 있든 계집이라면 잡아올 만도 하군요. 밑져야 본전이니."

신수영이도 이 안에는 반대하지를 않았다.

박판관은 그것이 자기 생각이나 되는 것처럼 웃음을 헤쳐 놓으며

"밑지다니요, 그 계집애도 웃을 땐 보조개가 패는 것이 절대 해롭게 생긴 계집애는 아닙니다."

"이 사람아, 지금 그런 소리 하구 있을 땐가, 목이 왔다 갔다 하는 판이야."

박판관의 목이 수그러졌다.

"그러면 자네가 또 수고 좀 하겠나."

물론 복희를 잡아오는 일을 해달라는 말이다.

"그야 제가 할 일이지 누가 하겠어요."

"그렇다고 언제처럼 사과문이나 쓰는 짓을 하지 않겠지?"

"염려 말아요. 풋병아리 같은 계집 하나를 못 꾀어 오겠어요."

"꾀어갖고 올 생각만으론 안 돼. 듣지 않으면 재갈을 물려올 생각도 하고 애전에 가마꾼들을 데리고 가게나."

"네, 저두 그 생각입니다."

박판관은 남섭이에게 만만치 않은 눈길을 던지며 일어섰다. 그에게 내어준 자리를 이번 기회에 빼앗는 것을 보라는 듯한 시선이다.

그렇게도 자신만만하게 나간 박판관이 아무리 기다려도 돌아오질 않았다.

"그 사람이 왜 이렇게도 늦는가?"

누구보다도 초조한 것은 역시 신수영인 모양으로 먼저 입을 열었다.

"이제 오겠지요."

때 없이 기다리는 마음은 임숭재도 매일반이다. 자기가 시킨 부하의 일이니 이런 말을 하는 수밖에 없었다.

"그래도 너무 늦는 것 같지 않소. 아무래도 무슨 일이 생긴 것 같으오."

"무슨 일이 생겼다기 보다도 계집이 순순히 따라오질 않는 모양이지요?"

"그러기 재갈을 물려갖고 오라는 말도 하지 않았소."

"그런 말은 나두 했지만 남 보기에두 얼러갖고 오는 일보다야 못하지 않소. 그 사람두 이번 기회에 자기 수완을 한번 보이고 싶은 생각인지도 모르지요."

"그 계집애가 정말 전동 술청에 있다면 벌써 열 번은 오고가고 할 수 있는 시간이 아니오. 아무래도 무슨 일이 있기에 말이지……."

"일이 있었다면 가마꾼이라도 달려왔을 겁니다. 그러니 안심하십시오. 술이나 한잔 합시다. 계집 끌고 와도 맨송맨송한 눈으로 희롱할 수야 있소?"

술상이 들어왔다. 그러나 초조한 마음으로 술도 당기지 않는 모양이다. 두서너 잔씩 들고 나서

"이럴 줄 알았더라면 차라리 포졸들을 보냈던 것이 좋을 뻔 했소."

신수영이가 다시 그 말을 꺼내자

"그것이 좋을 뻔한지도 모르겠소."

임숭재도 그만 풀이 죽은 얼굴이 되는 순간에

"대감님."

밖에서 임숭재를 부르는 소리가 났다.

3

"박판관인가, 왜 이렇게 늦었나?"

임숭재는 분주히 문을 열며 물었다.

"그 년이 어디 나가고서 들어와야 말이지요. 그걸 기다리느라고 이렇게 늦었지요."

"그래서 어떻게 구슬러 끌구 왔나?"

"일이 제대로 되려니까 별 일이 다 생기더군요. 밖에 나갔든 복희 년이 들어오다가 나를 보더니 아주 반색하는 얼굴이 아닙니까."

"그건 또 무슨 일인가?"

"글쎄 제 이야기를 좀 들어봐요. 전 같으면 나를 보기가 무섭게 눈부터 흘기던 년이 반색을 하니 나로서도 좀 이상할 것 아닙니까. 이상한 대로 시침을 때고 내 콧잔등에 뭐가 묻기라도 했는가, 왜 해산스럽게 웃으면서 야단이냐구 면구를 쳤지요. 그러자 그년은 내 옆으로 더욱 바싹 달려 붙으면서 날 여태까지 찾아다녔다는 뜻밖의 말

을 하더군요. 그래서 무슨 일이냐고 물었지요. 듣고 보니 자기 오빠가 어제 포교들과 싸움을 하고 잡혀갔다는군요. 그러면서 그걸 좀 어떻게 해달라는 거지요. 전 속으로 됐다고 생각하면서 난 힘이 없으니 임대감한테 가서 간청해 보라고 데리고 온 겁니다."

박판관은 자기가 한 일에 자못 만족해서 이야기를 늘어놨다.

"그래서 계집앤 어디 있나?"

"바깥사랑에서 기다리고 있습니다. 이리로 데리고 올까요?"

임숭재는 대답 대신 뒤로 얼굴을 돌려 신수영이에게

"이리로 오래는 것이 어떨까요?"

하고 물었다.

"그보다두 딴 방을 하나 내주오. 그 계집애는 내가 혼자서 만날 테니."

이런 일에는 역시 자기가 한등 위라는 듯이 신수영이가 말했다.

"그럼 신대감께서 잘 얼러 보시우."

그리고 나서는 박판관에게

"서재로 데리고 오게나."

"네."

"참, 박판관 자네가 온 뒤로 누가 따라왔을지 모르니 바깥을 지키는 사람들에게 정신을 바짝 차리라구 하게."

"알겠습니다."

그가 중문으로 사라지고 나서 얼마 후에 다시 복희를 데리고 들어와 서재 앞에서

"대감님 이곳에 계신가요?"

하고 소리쳤다.

"그래, 미닫이를 열게."

"네."

박판관은 조심성 있게 미닫이를 열었다. 신대감 위신을 세워주기 위해서인 모양이다.

그 뒤에서 복희는 별로 황송해 하는 기색도 없이 잠자코 보고 있다.

얼굴이 토실토실한 것이 일지가 데리고 있을 때와는 아주 딴판인 성숙한 계집애다.

"네가 복희란 처녀냐?"

신수영의 목소리는 부드럽기가 그지없다.

"네."

"그래서 무슨 일로 나를 만나고 싶다는 거냐?"

4

"복희 오빠가 술을 처먹은 포졸들에게 억울하게 잡혀간 모양입니다. 그걸 좀 봐달라는 거지요."

박판관이 복희 대신으로 입을 열었다.

"내가 자네에게 묻던가?"

신수영이는 이맛살을 접었다. 옆에 박판관이 서 있는 것이 귀찮은 얼굴이다.

"자네는 어서 사랑에 나가 보게."

"네."

대답은 하고서도 자리를 뜨려고는 하지 않았다.

"왜 그러구 서 있어?"

"대감님이 두려워 복희가 말을 제대로 못할 것 같으니……."

복희에 대한 딴 마음이 있다는 말은 할 수가 없는 노릇이라 이런 말로 돌려댔다.

"자네 참 이상한 말을 하네그려. 내가 무슨 호랑이 탈이라도 썼단

460 난세비화

말인가?"

"그런 건 아니지만……."

"이 처녀도 입이 붙진 않았으니 그런 걱정은 말구 어서 물러가게나."

"네, 그러면 복희의 청을 꼭 좀 들어 줘요."

박판관은 물러가면서도 복희에게 눈을 찡긋해 보였다. 자기 마음을 알아달라는 눈치이다.

신수영이는 부릅떴던 눈이 풀리며

"오빠가 잡혀갔다구?"

"네."

"이름이 뭔데?"

"오칠덕입니다."

"오칠덕이라구?"

신수영이는 듣던 이름인 모양으로 혼자 끄덕이고 나서

"어디로 잡혀갔는가?"

하고 다시 물었다.

"사람 잡아가는 곳이 한 두 곳이 아니니 어떻게 알 수 있어요?"

온순한 말이면서도 당돌한 말이었다. 그러나 신수영이도 그 말엔 할 말이 없었다. 그때 사람 잡아가는 곳은 금부와 포도청을 비롯해 열 곳도 넘었기 때문이다.

"그 청은 들어 주기로 하지. 복희 같은 예쁜 처녀의 부탁인데 못 들어 주겠다고는 할 수 없으니 말야."

하고 히죽 웃고 나서

"오칠덕이라는 사람이 정말 복희의 오빠가?"

하고 복희를 쳐다보며 물었다. 그 순간 복희는 가슴이 뜽했다. 칠덕이는 실상 자기의 오빠가 아니라 자기가 좋아하는 사람이었기 때문이다.

그렇다고 지금 와서 실토할 수도 없는 노릇이다.

"네, 제 오빠예요."

"그렇다면 어째서 복희와 성이 다른가?"

"네?"

"내가 들은 복희의 성은 김가로 아는데 어찌 성이 다르냐 말야."

"성이 다른 오빠는 없는가요?"

"하기는 좋아하는 사나이도 오빠라고 하기야 하지."

다시 히죽 웃자

"그런 오빠 아니에요. 사촌 오빠예요."

생각지 못했던 말이 툭 쏟아져 나왔다.

"사촌 오빠……. 사촌 오빠라면 안 들어 줄 수 있나, 그 대신 나두 복희에게 청이 하나 있어."

신수영이의 웃음은 아무래도 예사 웃음이 아니다.

5

(네 속셈을 모를 줄 알고, 어림도 없다. 내 몸에 손끝 하나라도 대 봐라, 물어뜯어 줄 테니)

그 능글스러운 눈길이 무엇을 탐내고 있다는 것을 복희는 처녀의 민첩한 감각으로 너무나도 잘 알고 있었다. 그러면서도 그런 기색은 없이 얌전히 머리를 숙인 채

"저 같은 계집에게 무슨 청이 있겠어요."

하고 알 수 없다는 듯이 말했다.

"그 말을 묻기 전에 먼저 이리로 올라오지. 내 청을 들어달라는 사람을 그렇게 서 있으랄 수 없는 일이니……."

신수영이의 어조는 점잖기가 이를 데 없다. 그러나 정욕에 타는

눈길도 감출 수가 없다.

"미련한 계집을 너무 조롱대지 마세요. 제가 어찌 감히 대감님의 자리를 더럽히겠습니까."

복희는 소곳이 머리를 숙인 채 움직이려고 하지 않았다. 그 얼굴이 더욱 아름답기도 하다.

신수영이는 목이 타오는 모양으로 숨을 두어 번 몰아쉬고 나서

"어른이 말하면 들어야지, 어서 사양 말구 올라 와."

"그래두 저는 여기가 좋아요."

"허, 그 처녀 고집도. 내가 정말 호랑이의 탈을 쓴 줄 아는 모양이지. 그렇지만 알고 보면 그렇지도 않아. 더욱이 여자에겐, 허허."

신수영이는 호탕스럽게 억지웃음을 웃어 보였다.

(능글스러운 자식)

그 능글스러운 눈길이 자기 몸을 지키고 있다는 것을 느끼고 복희는 자기도 모르게 치를 떨었다.

"그래서 정말 못 올라오겠다는 거냐?"

"그보다도 제게 할 이야기나 어서 말씀하세요."

복희는 새침한 얼굴을 들어 말을 돌렸다.

신수영이도 여자를 낚는 데는 단번에 해치울 생각을 하면 안 된다는 것을 아는 모양인지 순순히 복희가 묻는 말을 따라

"별 이야기가 아니라 일지가 어디 있는지 좀 알고 싶어서……. 복희는 알고 있겠지?"

대단한 일도 아닌 듯이 물었다.

복희는 그 순간 가슴이 철석했다. 실상 복희는 일지를 꾀어낸 후로 매일 만났으니 가슴이 두근거릴 수밖에 없는 일이었다. 그러면서도 시치미를 떼고

"제가 어떻게 알아요. 술집을 그만둔 후엔 한 번도 만난 일이 없었

는 걸요. 모르긴 해도 일오 선비와 시골 간 것 아니에요?"

이런 말까지 보태었다. 그러나 신수영이는 그런 말에 쉽게 넘어갈 리 없었다. 아니 한술 더 떠서

"예쁜 처녀가 그런 거짓말을 해서야 쓰나."

마치도 복희의 속을 꿰뚫어보는 듯이 웃고 있다.

"제가 무슨 거짓말을 해요?"

"아무리 나를 속이려고 해도 얼굴에 씌어 있으니 하는 수 없는 일이지."

"제 얼굴이 어떻다구요?"

악을 써서 태연하려고 했으나 이미 붉어진 얼굴을 자기로서도 느끼지 않을 수 없었다.

6

"내 앞에서는 아무리 거짓말을 해도 소용이 없어. 복희가 매일 일지를 만나는 것도 다 알고 있어."

신수영이는 복희의 태도를 보아 이런 것쯤은 넘겨짚을 수가 있다고 생각한 모양이다.

"네?"

그것이 사실이니 복희는 그만 말문이 막힌 채 당황한 얼굴이 되고 말았다."

"그건 이미 칠덕이가 다 이야기했어."

"칠덕이가요?"

칠덕이가 그런 이야기를 했을 리는 없다고 생각하면서도 신수영이의 입에서 그런 말이 나오니 복희는 역시 마음에 걸리지 않을 수가 없었다.

"복희가 순순히 말을 들어준다면 칠덕이의 죄도 용서해 줄 생각이

있는데 그렇게 거짓말만 한다면 하는 수 없지."

"오빠가 무슨 죄를 지었기에요?"

"계집 훔치는 도둑 패거리의 앞잡이 노릇을 한 거야."

"오빤 그런 짓 할 사람이 아니에요. 여자 훔치는 도둑은 바로 이집 주인이라더군요."

너무나도 화가 난 끝에 복희는 자기로서도 생각지 않은 이런 말이 불쑥 나왔다.

"뭐, 이집 주인이라면 임대감 보고 하는 말인가?"

신수영이의 눈은 급기야 사나워졌다.

"그럼 누구에요."

이미 튀어나온 말이니 이제는 독기를 부리는 수밖에 없었다.

"그건 누구한테서 들었어?"

"몰라요."

"그런 말로 될 줄 알어."

신수영이는 자기들의 약점을 찌른 말인 만큼 그대로 귀에 흘려버릴 수가 없었다.

"복희 이리로 좀 들어와."

신수영이는 벌떡 일어나 문턱을 넘어서며 복희의 머리채를 그러잡았다.

"놔요, 놓으세요. 남의 머리칼은 왜 잡아요."

머리채를 잡힌 복희는 질질 끌리면서 신수영이의 손을 뽑아내려고 악을 썼다.

"그 말을 누구한테 들었어?"

"모른다지 않아요. 손을 놓으세요."

"네 입으로 한 말을 모른다니, 일오란 그 녀석에게 들었지?"

"선비님은 만난 일도 없어요."

"일지와는 매일 만난다는 년이 일오를 만나지 않았을 리가 있어? 그 놈이 어디 있어?"

신수영이는 머리채를 더욱 세차게 다그채며 복희의 목까지 쓸어안았다.

"놔요, 놓고 말해요. 놓지 않으면 소릴 칠 테예요."

"아무리 소리쳐도 별 수 없어. 일오가 어디 있다는 것을 말하기 전에는 여길 벗어 날 수도 없어."

신수영이는 그런 말로 뜨거운 입김을 뿌리며 복희의 입술을 찾고 있었다.

"싫어요, 싫어요."

순간—.

"악" 하고 소리치며 뒤로 나자빠진 것은 복희가 아니고 신수영이었다. 입술에서 피가 나오는 것을 보니 복희에게 물린 모양이다.

바로 이때 임숭재와 남섭이가 중문으로 들어섰다.

7

"그 계집애 참 고약하군. 입을 막 물어뜯지 않겠나."

댓돌 위에 넘어졌던 신수영이는 임숭재 보기가 열적은 대로 이런 말로 변명했다. 임숭재는 지금까지 어떤 일이 있었다는 것을 모를 리가 없었다. 그러면서도 모른 체하고

"너 어쩌자고 대감의 입술을 물어뜯었나?"

하고 꾸짖었다.

"대감님이 갑자기 환장을 한 걸요. 그래서 정신 들라고 물어뜯었어요."

"이 몹쓸 년, 잠자코 있어."

임숭재는 복희를 다시 꾸짖고 나서 신수영이에게 말했다.

"연옥이가 있는 곳을 알게 되었습니다."

"연옥이가 있는 곳을?"

신수영이는 무슨 말인지 알 수 없다는 얼굴로 눈을 껌벅였다.

"정말 생각지 못한 일입니다. 하여튼 방으로 들어갑시다."

임숭재는 하인을 불러 남섭이와 복희를 지키게 하고서 신수영이와 방으로 들어갔다.

"그 계집이 있는 곳을 알게 됐다니 도대체 어떻게 된 일이요?"

신수영이는 앉기가 무섭게 임숭재에게 물었다.

"사실은 내 앞에서 삯쌈꾼 노릇하던 두꺼비라는 놈이 연옥일 데리고 왔습니다."

"그러면 그 자가 연옥이 있던 곳을 안 모양인가."

"그런 것이 아니라 좀전에 새다리 술청에서 두꺼비가 술을 한잔 먹고 나서는데 원수 외나무다리에서 만난 격으로 연옥이와 어깨를 같이 하고 가는 일오와 딱 부딪쳤다는 것이 아닙니까."

"그래서 두꺼비가 일오 녀석을 해치우고 연옥이를 데리고 왔단 말이요?"

"그런 것이 아닙니다. 두꺼비 녀석두 소문난 쌈꾼이지만 일오를 당할 재준 없지요."

"그렇다면 어떻게 연옥이를 데리고 왔단 말야?"

"제가 말하려는 것이 바로 그것입니다. 두꺼비는 자기가 한 일이 있는 만큼 일오를 보자 혼비백산이 되어 달아나려고 했다는 것이 아닙니까. 그러나 일오는 어느덧 그의 등덜미를 잡아쥐고 오래간만에 만난 사람이 왜 달아나려느냐고 하며 자기가 방금 나온 술청으로 끌고 들어가 술을 청하더란 겁니다."

"그래서?"

"두꺼비는 그런 일이 모두 자기를 조롱대기 위한 짓인 줄만 알고 술잔을 앞에 놓고서도 술을 들 생각은 없이 눈만 꺼벅하고 앉아 있었다는 거지요. 그런데 뜻밖에도 자네에게 부탁이 한 가지 있는데 수고 좀 해 주게나 하고, 이런 말을 하더란 것이 아닙니까."

"무슨 부탁을 하더라던가."

신수영이도 다음 말이 궁금한 모양으로 물었다.

"다른 말이 아니라 어젯밤 대궐 안에서 뺏어내온 연옥일 임대감 집으로 데려다 달라는 말을 하더란 것입니다."

"일오가?"

"그러기 말입니다. 두꺼비는 그때까지도 자기를 놀리는 줄만 알았다는 것이지요. 그러나 듣고 보니 그것이 사실이더란 겁니다."

8

"일오는 사람이 돌지 않구서야 연옥일 우리에게 돌려보내 줄 리가 없지 않소."

신수영이는 여전히 알 수 없다는 얼굴을 했다.

"그렇지만 두꺼비가 바깥사랑에 연옥이를 데리고 온 것이 사실인 이상 못 받을 것도 없지 않습니까?"

임숭재는 더 생각할 필요가 없다는 듯이 가볍게 대답하고 나서

"실상 그날 밤 일오가 대궐에 들어갔던 것은 연옥이 때문이라기보다 전식이를 죽이려 들어갔던 모양입니다. 연옥이의 몸을 더럽힌 것이 전식이니까 그럴만한 원한이 있었을 것 아닙니까. 그런데 도망쳐 나오는 여인을 구하고 보니 그것이 바로 연옥이었던 모양입니다. 그러나 전식이에게 이미 더럽힌 연옥이를 아내로 삼을 생각은 없었을 것이 뻔한 일이 아닙니까. 그러니만큼 연옥이가 다시 후궁이 될 길을 찾아 일생 영화를 누리고 살 생각을 하라고 연옥이의 마음을 돌려갖고 오던 길에 두꺼비를 만난 모양입니다. 그러니 일오도 잘 됐다

고 생각했을 것이 아닙니까. 사실로도 두꺼비 보고 내가 연옥일 데리고 그 집을 가면 이상스럽게 생각할 것 같아 걱정하던 참인데 잘 만났다며 연옥이가 다시 후궁이 되도록 나한테 이야기를 잘 하라는 것이지요. 그리고 자기는 대문 밖에서 기다리고 있을 터이니 일지가 데리고 있던 복희와 칠덕이를 내놔 달라는 겁니다."

"말하자면 그것들과 바꾸자는 말이구만."

"그렇지요. 일오로서는 연옥인 지금에 귀찮은 존재니 자기 하인으로 부릴 수 있는 그것들과 바꾸자는 것이지요. 그러나 우리로선 이런 교환조건이라면 백번이라도 할 일이지."

"그러면 칠덕이 놈이 어느 포청에 있는지도 알아야지요."

신수영이도 결코 밑지는 일이라고는 생각지 않는 모양이다.

"그래서 지금 막 포청에 알아보라고 박판관을 보냈습니다. 그런데 대감께선 복희 계집에게 너무 지나친 장난은 하지 않았지요?"

어색한 웃음으로 물었다.

"난 임대감 같지는 않소."

복희에게 입술을 물렸을망정 큰소리를 쳤다.

"그렇다면 다행이오. 그 일에 일오의 화나 사게 되면 무슨 일이 또 생길지 모르니까요. 사나운 개는 그저 건드리지 않는 것이 제일입니다."

"그런데 바꾸는 일이 제대로 되더라도 한 가지 걱정이 있소."

신수영이는 갑자기 생각나는 것이 있는 모양이다.

"무엇이?"

"만일에 연옥이가 아이를 밴 흔적이 없을 경우엔 어떻게 하면 좋소?"

"그때는 신대감이 맡구려."

너무나 쉽게 대답했다. 신수영이는 질겁을 하며

"정말 내 목이 떨어지는 것을 보고 싶은 모양이군요."

"싫으면 내가 맡읍시다."

임숭재는 싱긋 웃고 나서

"그건 그때 가서 걱정할 노릇 아니오?"

하고 말하는데 밖에서 발소리가 났다. 박판관이 칠덕이를 데리고 온 모양이다.

9

"어떻게 됐나?"

임숭재가 분주히 미닫이를 열고 박판관에게 물었다.

"포청으로 찾아가니 마침 칠덕이가 곤장을 맞고 있더군요."

박판관이 자기가 한 일을 자랑이나 하려는 듯이 장황하게 떠벌이려고 하자

"그런 소리 듣겠다는 것 아냐, 칠덕일 데리고 왔냐 말야."

임숭재가 구박을 주듯이 소리쳤다.

"네, 데리고 왔습니다."

임숭재는 신수영이에게 고개를 돌려

"그러면 복희와 칠덕일 그 사람에게 내주기로 할까요?"

하고 의논조로 물었다.

"그렇지만 일오란 그놈이 그것들을 찾은 후에 다시 마음이 달라지면 그땐 또 어떻게 한다?"

신수영이는 복희에게 한 짓이 있는 만큼 역시 불안스러운 모양이다.

"마음이 달라진다면?"

"그것들을 찾기 위한 미끼로 연옥일 썼는지 모르니 말요. 그렇다면 미끼를 곱게 떼우고 그냥 갈린 만무한 노릇이오."

"그런 걱정 마시우. 그만한 생각은 나도 하고 있으니."

"무슨 대책이 서 있소?"

"그 녀석두 오늘밤엔 자리에서 발 펴고 자진 못하게 될 겁니다."

"도대체 무슨 대책이 있다는 거요?"

그것부터 빨리 알고 싶다는 얼굴이다.

"맹현(孟峴) 고개에 포졸을 이십 명이나 배치해 놨오. 그것들은 검술이 일오에게 못지 않는 남섭이가 지휘하기로 됐으니 오늘 밤은 결코 실패할 리가 없소."

임숭재는 자신만만한 얼굴로 말했다.

"그렇다면 무슨 걱정이오. 하여튼 임대감에게 모든 일을 맡길 터이니 잘 되게만 하우."

복희를 그대로 봐 주는 것은 아까운 생각도 있지만 그것은 단념하는 수밖에 없다고 생각한 모양이다.

복희와 칠덕이는 안사랑 댓돌 위에 무릎을 꿇고 앉아 있었다. 그들을 지키는 포졸들이 그렇게 앉아 있으라고 시킨 모양이다.

"얼굴을 들고 일어서!"

임숭재가 그들 앞으로 가서 소리쳤다.

"너희들이 한 짓을 생각하면 절대로 봐 줄 수가 없지. 그렇지만 너희들의 두목인 일오가 다시는 계집을 훔치는 짓을 하지 않겠다며 어제 훔쳐갔던 궁녀를 돌려왔기에 너희들두 봐주는 거야. 그러니만큼 다시는 못된 짓 할 생각을 말고 얌전히 살아."

"일오 선비님이 훔치다니, 그건 무슨 말입니까?"

일오 선비를 누구보다도 존경하는 칠덕이는 그 말이 믿어지지가 않는 모양이다.

"그럼 여태 그것도 모르고 그 사람을 따라 다녔나?"

"난 그것이 어떤 대감의 짓인 줄만 알고 있었는데요."

칠덕이는 미욱한 체하고 말했다.

"내 말이 믿어지지 않으면 일오에게 물어라. 너희를 찾으려고 대문 밖에서 기다리고 있으니."

"그래요?"

칠덕이는 어떻게 된 영문인지 알 수가 없었다. 복희도 마찬가지다.

10

대문을 지키고 있던 십여 명이나 되는 하인들이 임숭재를 보자 일제히 머리를 숙였다.

"수고들 하네. 밖에 일오란 사람이 와 있느냐?"

"네, 아까부터 와 있습니다."

오십쯤 난 사람이 이 집의 문지기인 모양으로 두어 발짝 나서며 말했다.

"대문을 열고 이 두 사람을 그에게 내 주게나."

"네."

문지기는 자물쇠를 열고 대문을 열었다.

이곳에서 좀 떨어진 담밑에서 달빛을 밟고 서 있는 것은 틀림없는 일오였다.

"당신이 일오란 사람이오?"

임숭재는 일오가 있는 대문 밖을 나설 생각은 털끝만큼도 없는 모양으로 안에서 크게 소리쳐 물었다.

"그렇습니다. 제가 바로 일오란 사람이오."

"나는 이 집의 주인이오. 두꺼비가 데리고 온 연옥인 분명히 받았으니 당신이 청하는 복희와 칠덕일 돌려 보내겠오."

"약속을 지켜주니 고맙소."

일오는 공손히 말했다.

"그런데 한 가지 묻고 싶은 말이 있소. 지금 내가 받은 연옥이는 선비님이 옛날에 사랑한 탄실인 것만은 틀림 없겠지요?"

비위 좋게도 그런 말을 일오에게 물었다.

"그것은 나보다도 당신의 하인으로 있는 남섭이가 잘 알테니 그에게 묻도록 하시우."

하고 일오는 한마디로 대답했다.

"당신 입으로 말할 순 없소?"

"나도 당신에게 묻고 싶은 말은 많소. 그러나 묻지 않기로 했소. 오늘밤은 저 사람들과 연옥일 바꾸기로 한 것뿐이니 다른 말은 말도록 합시다."

잘라서 말했다. 임숭재는 일오가 그렇게 나오는 데는 하는 수 없다고 생각한 모양으로

"알겠소, 그런 생각이라면 묻지 않겠소. 이 사람들이나 받아 가우."

하고 문지기에게 복희와 칠덕이를 데려다 주라고 고갯짓을 했다.

"자 갑시다."

문지기가 칠덕이의 손을 잡으려 하자 칠덕이는 손을 뿌리쳐

"놔 둬요, 내 발로 걸어갈 테니. 그보다도 우리 뒤나 밟을 생각 말우."

하고 한마디 했다.

셋이서는 어깨를 나란히 하고 한길로 나섰다. 이미 달은 머리 위로 올라와 달빛에 잠긴 거리는 깊은 잠에 든 것만 같이 고요하다.

"선비님!"

문득 칠덕이가 입을 열있다.

"지금 이야기하던 걸 보니 어떤 여자와 우릴 바꾼 모양인데 그렇게 해도 괜찮은가요?"

"그렇게도 하지 않으면 자네들은 구할 길이 없는 걸 어떻게 하겠

나."

"……"

일오는 시치미를 떼고 말했다.

"그렇다면 그 여잔 어떻게 되구요?"

"그건 자네들이 생각할 필요없어."

"그렇지만 우리 둘 때문에 몸을 망칠 신세가 된다면 생각지 않을 수가 있겠어요? 그 여자는 어떤 여잔데요?"

"초롱 아가씨란 사람이야."

"……"

칠덕이와 복희는 급기야 놀란 눈이 되었다.

11

"초롱 아가씨라는데 왜 그렇게들 놀라는가?"

일오는 알 수 없다는 얼굴로 물었다.

"……"

칠덕이와 복희는 서로 얼굴만 쳐다 볼 뿐으로 대답이 없다.

"왜 대답이 없어. 놀라는 걸 보니 초롱 아가씰 잘 아는 것 같구만."

"네, 잘 압니다."

칠덕이는 솔직히 대답했다.

"어떻게 잘 아는가?"

"실상은 복희나 저는 초롱 아가씨의 한 패거리입니다."

"한 패거리라구?"

일오가 그것을 모른 것은 아니면서도 놀란 체 하자

"복희와 전 초롱 아가씨와 마찬가지로 억울스럽게 부모를 잃어버린 불행한 놈들입니다."

"그렇다면 일지를 훔쳐간 것도 자네들인가?"

묻고 싶던 말을 드디어 물었다.

"네, 그것도 저희들입니다."

그 말을 하고 나서 칠덕이는 풀이 죽은 얼굴이 되었다.

"일지는 무엇 때문에 훔쳐 갔나. 자네들에게 원심이 있을 사람도 아닐 텐데."

"원심이라니요, 우리와 다름없는 불행한 사람이지요."

"그런데 왜 훔쳐 갔어?"

"선비님을 훔쳐갈 수 없으니 일지 아가씰 훔쳐간 것이어요."

뒤에서 잠자코 따라오던 복희가 말했다.

"나를?"

"네, 우린 선비님을 두목으로 삼고 싶었기 때문에⋯⋯."

복희가 눈을 반짝이며 말하자 칠덕이가 말을 보태며

"지금까지 우리 패거리의 두목은 초롱 아가씨가 해온 셈이지만 역시 여자란 두목으로 부족한 데가 많은 걸요. 그래서 선비님을 두목으로 모실 생각으로⋯⋯."

하고 실토를 했다.

"그것이 사실이라면 고맙달 수밖에 없지만 그러나 너무나도 일방적인 생각이 아닌가?"

일오는 어이가 없는 모양으로 쓴웃음을 웃었다. 그리고는 다시 입을 열어

"그렇지만 내가 보기엔 초롱 아가씨도 결코 두목감이 못 되는 사람같지는 않던데. 자기 부하들을 생각하는 것을 보더라도⋯⋯."

이 말에 칠덕이는 문득 가슴에 짚이는 것이 있는 모양으로 걸음을 멈추며

"그건 무슨 말입니까?"

하고 물었다.

"초롱 아가씨가 무엇 때문에 단신으로 임숭재의 집을 들어갔겠
나?"

"그러면 우릴 구하기 위해서였던가요?"

"그건 나보구 물어볼 필요도 없지 않은가?"

"선비님은 그것을 알면서도 왜 그대로 가요? 초롱 아가씨가 불쌍
하지 않아요?"

하고 멍청하니 서서 말했다. 그러나 일오는 뒤를 돌아다 보는 일
도 없이

"난 나대로 할 일이 있으니 자네나 초롱 아가씨한테 빨리 가 보
게."

하고 그대로 걸었다.

12

일오와 칠덕이가 헤어지던 바로 그 시각에 신수영이는 초롱 아가
씨, 아니 지금엔 초롱 아가씨가 아닌 연옥이를 서재로 맞아들여 단
둘이서 앉아 있었다.

그녀를 이곳으로 데리고 들어온 것은 물론 임숭재다.

"신대감, 연옥이가 사과할 말이 있다고 하오니 무슨 말인지 들어
보우."

하고 연옥이를 서재에 들여 보내고서는 안사랑으로 가버렸다. 임
금이 눈독을 들인 계집은 되도록 멀리하는 것이 유리하다고 생각한
모양이다.

그러나 신수영이는 이 계집이 도망쳤기 때문에 어젯밤부터 걱정
한 생각을 해서라도 아이를 뱄던 흔적을 자기 눈으로 분명히 보고
싶었다.

연옥이는 어젯밤과는 달리 풀이 죽은 얼굴로 미닫이 옆에 앉아서

머리를 소곳이 숙이고 있었다.

등불에 반사되어 윤이 반짝이는 칠흑같은 머리—안개속에 싸인 치자꽃처럼 맑고도 부드러운 살결.

(연옥이란 계집이 이렇게도 예쁜 계집이었던가)

어젯밤 대궐에서 보던 것과는 딴판으로 얌전히 앉아 있는 그 자세에 남자의 마음이 끌리지 않을 수가 없었다.

(이미 전식이에게 더럽혔을 뿐만 아니라 어젯밤은 일오란 그 사나이와 도망쳤으니 곱게 잤을 리도 없는 것이 아닌가. 그런 계집 하룻밤쯤 희롱하는 거야 어떨라구. 이 방으로 계집을 들여보내는 걸 보면 임숭재도 그런 뜻으로 들여보낸 것이 틀림없어)

신수영이는 정욕에 타는 눈을 그대로 드러내어 연옥이 몸을 더듬었다. 눈을 내려뜨고 있으면서도 그것을 알고 있는 모양인지 연옥이는 몸을 도사리고 있을 뿐이다.

"연옥이, 내게 사과할 말이 있다지. 뭐를 사과하겠다는 거야?"

신수영이는 견딜 수 없어 마른 입술을 축여가며 입을 열었다.

연옥이는 깜짝 놀란 것처럼 얼굴을 들었다. 뜻밖에도 부드러운 웃음을 담은 귀여운 눈이었다. 그러나 신수영이의 달뜬 눈이 무섭기나 한 듯이 다시 고개를 숙였다.

눈을 내려뜨고도 무엇을 생각하는지 또록거리는 눈알, 단물이 쏼쏼 흐를 것 같은 입술, 손만 갖다 대도 터질 것 같은 유방, 그것을 보고 있는 신수영이의 숨결은 더욱 높아질 뿐이다. 그래서 그는

"왜 말이 없어. 내게 말이 있으면 어서 이야기해."

하고 배앝듯이 말했다.

"네."

연옥이는 태연스럽게 대답하고서는 신수영이를 쳐다봤다. 조금도 겁에 질린 눈이 아닌 맑은 눈이다.

그 눈길에 신수영이는 자기도 모르게 몸을 떨고 나서

(나를 홀리자고 온지도 몰라. 결코 속아서는 안돼)

이런 생각도 해 봤으나 역시 아름다운 얼굴은 그대로였다.

13

"내게 무슨 청이 있다는 거야?"

신수영이는 가쁜 숨소리로 다시 말을 재촉했다.

"저를 구원해 달라는 겁니다."

그것이 진정인 듯이 연옥이는 신수영이를 말끔이 쳐다봤다.

"구원해 달라구?"

"저는 이래도 저래도 죽을 수밖에 없게 된 불쌍한 계집인 걸요. 저를 구해줄 수 있는 분은 대감밖에 없어요."

괴로운 심정을 그대로 드러내듯이 한숨을 내쉬었다.

"전식이의 아이를 뱄던 것이 사실이니 이제는 임금의 용서를 받을 수도 없다는 것이지?"

신수영이는 드디어 알 것을 알았다는 득세한 어조로 물었다. 그러나 연옥이는 고개를 절레절레 흔들며

"저는 아이를 뱄던 일도 없거니와 전식이에게 몸을 허한 일도 없는 여태까지 처녀를 지켜온 계집이랍니다."

"그런 말에 내가 속을 철부지인 줄 아는가?"

지금까지의 흥이 죽어 버린다는 듯이 신수영이는 쓴웃음을 웃었다.

"제 말이 못 미더우면 이 자리에 임숭재를 불러 줘요."

"무슨 말을 하고 싶다는 거야?"

"대감님도 임숭재의 계교에 속고 있다는 걸 알려 주고 싶다는 거예요. 그 사람은 나를 하나 희생시켜서 대감님과 전식이를 잡자는

거랍니다."

"어떻게 그런 말을 할 수 있는가?"

믿어지지 않는 말이라고 해도 자기 일신에 관한 일이니 묻지 않을 수가 없는 모양이다.

"처녀에게 어떻게 아이를 뱄던 흔적이 있겠어요. 임대감이 그런 거 짓말을 한 걸 보면 알 수 있지 않아요."

"……."

신수영이는 말이 없으면서 얼굴빛이 확 변했다. 그러한 얼굴을 연옥이는 슬쩍 쳐다 보고 나서

"내가 아이를 밴 일이 사실이라면 왜 신대감 보고 임금에게 간하라고 했겠어요. 임숭재 그 사람은 입이 붙어서 말을 못했겠어요?"

듣고 보니 그것이 사실인 것 같기도 하다. 그럴수록 신수영이는 누구에게라고 알 수 없게 화가 난 얼굴이 되어

"분명히 말해. 네 몸에 그런 흔적이 없단 말인가?"

하고 볼을 뱉듯이 소리쳤다.

"대감님이 믿지 못하겠다면 옷을 벗고 맨몸이 돼도 좋아요."

연옥이는 부끄러운 듯이 얼굴을 붉히면서도 분명히 말했다.

"그러면 어젯밤에 대궐에서 도망은 왜 쳤어."

"그 때문에 대감께선 저를 원망한 모양이지만 실상은 대감님을 생각한 때문이에요."

"뭐 나를?"

"그렇지 않아요? 어젯밤 제가 임금 앞에서 옷을 벗었다면 어떻게 됐겠어요. 신대감은 이미 죽은 목숨이에요."

입술에 약간 미소를 지은 품이 분명 상대편을 비웃는 얼굴이다.

"나를 생각해서 도망쳤다니, 그런 입에 발린 소리 말어!"

신수영이는 연옥이의 놀림감이라도 된 것 같은 기분인 모양으로 화를 내서 소리쳤다.

"대감님이 제 말을 믿고 안 믿는 것은 마음대로예요. 전 사실대로 이야기한 것뿐이니까요."

연옥이는 고개를 숙이고 조용히 말했다.

"그렇다면 어젯밤에 일오란 녀석이 무엇하러 대궐에 들어온 거야. 그 녀석두 나를 돕기 위해서 들어 왔단 말인가?"

"그런 것은 아니지요. 선비님은 저를 구하러 들어 왔던 것입니다. 그러나 저는 밖에 선비님이 와 있는 건 전혀 모르고 도망쳤던 거예요."

"그렇다면 도망친 연옥이가 무슨 생각으로 다시 후궁이 될 생각으로 이 집을 찾아온 거야?"

연옥이는 갑자기 서글퍼진 얼굴이 되며 대답을 못했다.

"왜 말이 없어?"

"선비님까지도 저를 믿지 못했기 때문이예요."

연옥이의 말소리는 힘이 없다.

"일오두 역시 처녀로 보지를 않더란 말이지?"

"저한테 그런 말을 맞대놓고 한 것은 아니지만 역시 전식이의 아이를 뱄던 계집이라고 생각하는 모양이었어요. 어젯밤 대감이 소리친 그 말을 듣고 그걸 사실인 줄 안 모양이지요. 그러기에 저보고서 다시 후궁이 될 생각을 하라며 두꺼비란 사람을 시켜 이 집으로 데려다 준 것이지요. 저는 혼자서 얼마나 선비님을 원망했는지 몰라요. 그러나 제 운명이 그런 오해를 사게 만들어진 걸 어떻게 해요. 단념하는 수밖에 없었지요."

여전히 힘없는 얼굴이다.

"연옥이가 그런 말을 하면서도 왜 어젯밤에 일오에게 몸을 허락했다는 말은 하지 않나?"

신수영의 눈은 다시 불붙기 시작했다.

"그건 아니에요, 선비님은 그런 사람이 아니랍니다."

"아니라. 둘이서 야밤중에 도망쳐 갖고서 어디 가서 잔 거야. 그건 묻지 않아도 일오가 숨어 있는 곳에서 잤을 것 아냐. 그렇다면 한 이불 속에서 잤을 것도 뻔한 일이지. 그러구두 내 앞에서 처녀라구."

눈을 흘겨 노려봤다.

"전 어젯밤에 자지 않았어요."

"뭐?"

"꼬박 앉아서 밤을 밝힌 걸요."

"그런 말을 나보고 믿으라고 하는 소린가?"

"조금도 보탬없이 말한 것뿐이에요."

"그럼 연옥인 일오란 자가 싫었단 말인가?"

"아니에요. 저는 그 사람을 얼마나 만나고 싶어했는지 말할 수 없어요."

"그런 사람을 만나갖고서 손 하나 잡지 않고 잤다면 누가 믿겠어."

"저야 안아줬으면 하는 마음이었지요. 그러나 아무리 기다려도 선비님은 안아줄 생각은 않고 누운 채 코를 골고 마는 걸요. 그것이 내 몸이 더럽혔다고 오해하는 증거가 아니고 뭐겠어요."

"그보다도 오래간만에 만난 둘이 서로 얼싸안고서 쓴물 단물 다 빨아먹다 결국 연옥이가 아이를 뱄던 흔적이 나타났겠지. 그렇지 않어?"

신수영의 눈길은 급기야 사나와졌다.

15

"제 말이 그렇게도 못 미더운가요. 대감님을 위해서 죽기로 한사코 도망친 이 계집의 말을……."

연옥이는 드디어 어깨를 들먹여 흐느꼈다.

"울긴 갑자기 왜 울어?"

신수영이는 그녀의 눈물을 보자 역시 애처롭다는 생각이 드는 모양으로 말이 부드러워졌다.

"제 마음을 전혀 아랑곳해 주려고 하지 않는 대감님이 원망스러워요."

눈물이 번진 눈으로 신수영이를 빤히 쳐다봤다.

이 또한 말할 수 없게 아름답다.

"역시 처녀란 말인가?"

"그렇지 않고서야 아무리 지각이 없고 몰염치한 계집인들 대감님 앞에 이런 말을 하소연할 수 있어요? 당장에 드러날 거짓말을."

"정말 일오의 손때도 묻지 않은 순진한 처녀란 말야?"

신수영이는 역시 믿을 수가 없다는 얼굴이었다.

"사나이들이란 어쩌면 그렇게도 의심이 많아요?"

"그건 또 무슨 말이야?"

"일오 선비님두 저를 그 때문에 버렸으니."

어느덧 연옥이의 눈에는 눈물 자국도 없다. 지나가는 비같은 눈물이었던가.

"그래서 그 녀석과 나, 누가 더 좋다는 거야?"

"그야 말할 것도 없지 않아요?"

"말할 것도 없다니, 내가 더 좋다는 것이지?"

신수영이는 비위좋게도 물었다. 그러나 연옥이는 눈 하나 까딱하지 않고 태연스럽게

"그야 대감님두 못 생긴 얼굴은 아니지만 그 사람에 비할 바는 못 되지요."

"뭐 어째."

신수영이는 비로소 자기가 조롱감에 들었다는 걸 안 모양으로 화를 냈다. 연옥이는 여전히 새침한 얼굴로

"그렇다고 화낼 건 없어요. 그 사람이 얼굴두 잘 생겼고 인품두 월등한 것이 사실인 걸요."

"그래서 어쨌단 말야?"

"어쩌긴요. 나는 그 사람이 좋기는 하지만 그 사람은 나를 싫어하는 모양이니 하는 수 없다는 거지요."

"그래서 나를 좋아할 생각을 했다는 것인가?"

"안 되는가요?"

하고 일부러 이맛살을 짚어 봤다.

"안 될 거야 없지. 없지만 먼저 연옥이가 내 의심을 풀어 주어야 해."

연옥이의 옷고름을 풀어 저고리를 벗기려고 했다.

"점잖지 못하게 왜 이러세요."

연옥이는 양손으로 자기의 옷고름을 움켜잡으면서도 당황한 빛은 조금도 없다. 그렇다고 신수영이의 흥분은 사라질 리가 없는 대로 눈이 벌개서

"어서 옷을 벗어. 내 눈으로 보지 않고서는 믿을 수가 없어. 네 몸엔 전식이의 아이를 가졌던 흔적뿐만 아니라 어젯밤에 일오에게 맞은 손자국도 있을 게다. 그 녀석두 더럽힌 네 몸을 보고서는 가만 있었을 리가 없어. 네 몸은 그 놈의 손자리로 온통 피투성일 거야."

한사코 옷을 벗기려고 했다. 그럴수록 연옥이는 더욱 침착한 태도로

"정말 이러진 마세요. 이제는 대감님밖에 좋아할 사람이 없다지
않아요."

사정하듯이 말했다.

16

"믿을 사람이 나뿐이라면서 왜 내 말을 듣지 않아?"

신수영이는 여전히 연옥이의 옷고름을 잡은 채 놓으려고 하지 않
았다.

"들어요, 들을 테니 제발 옷고름만은 놔줘요."

연옥이는 사정하듯이 말했다.

"또 달아날려구?"

"믿을 사람이 대감님밖에 없는 제가 왜 달아나겠어요?"

"그럼 혼자서 옷도 벗겠단 말인가?"

"벗으라면 벗지요."

"정말?"

"그래야 저를 믿는다니 어떡해요."

연옥이의 입에서 이렇게도 수그러지는 말이 나오니 신수영이는 그
만 입이 헤작해지고 말았다. 손을 놔주며

"그럼 어서 옷을 벗어."

"그렇게도 급할 것 있어요? 밤은 아직도 길어요."

"그렇지만 난 급해."

탐욕에 타는 눈으로 연옥이를 바라봤다. 옷 속에 감춰진 연옥이
의 몸을 상상해 보는 모양이다.

"그렇다고 옷만 먼저 벗으면 어떻게 해요? 이부자리나 펴놓고 벗어
야 할 것 아니에요."

연옥이는 자기의 마음을 보여주듯이 생긋 웃었다.

"그렇지, 그건 내가 펴지."

신수영이는 분주히 일어나 장지문을 열었다. 그 곳에 있는 반닫이 위에는 침구가 한 자리 개켜 있었다. 그것을 내려 펴려고 하자 연옥이가 말리며

"그건 대감님이 하는 일 아니에요. 제가 펴겠어요."

하고 자리를 내려 아랫목에다 깔아 놓았다. 솜을 두툼히 넣은 비단 이불이다. 연옥이가 침구를 까는 동안에 신수영이는 그 동안도 급한 모양으로 자기도 옷을 벗기 시작했다. 어느덧 저고리까지 벗고 나자

"연옥이도 어서 벗어."

하고 재촉했다. 연옥이는 돌아다보고 우스워 견딜 수 없다는 듯이 간지러운 웃음을 웃어

"난 오늘이 대감께 처녀를 바치는 첫날밤인 걸요. 대감님은 신랑이면서 신부의 옷을 벗겨줄 줄도 모르시는가봐."

노상 원망스러운 듯이 눈을 흘겼다.

"그것 참, 내가 깜빡 잊었구만."

옷고름도 잡지 못하게 하던 연옥이가 제 말로 옷을 벗겨 달라는 청이니 싫을 리가 없었다. 그는 연옥이 앞으로 가서 앉으며 옷을 벗기려고 했다. 그러자 연옥이는 또 깔깔 웃어대며

"신랑이 옷을 벗고서 신부의 옷을 벗기는 일이 어디 있어요?"

"그럼 난 다시 옷을 주워 입어야 하는가?"

"으레 그럴 것 아니에요."

"옷을 입으라니, 도포 입고 갓까지 써야 하는가?"

"첫날밤이 무슨 젯날인 줄 아세요?"

일부러 뽀로통한 얼굴로 구박을 주자

"정말 몰라서 묻는 거야."

"도포는 그만 두고 옷만 입어요."

"그것 참 장가 들기두 힘들구만."

신수영이는 옷을 도로 입기가 어색한 모양이면서도 그런 일이 결코 싫지는 않아 보였다.

17

"이제는 연옥이의 옷을 벗길 자격이 있지."

옷을 주워입고 난 신수영이는 다시 연옥이의 저고리를 벗기려고 했다.

"대감님은 정말 모르시네. 신부의 옷을 벗기는 데도 순서가 있는 거예요."

연옥이는 신수영의 팔을 막으면서 또 딴청을 부렸다.

"순서가 있다니, 치마부터 벗겨야 하는 법인가?"

치마 끈을 잡으려고 하자 연옥이는 여전히 그의 손을 막으며

"왜 옷만 자꾸 벗긴다는 거예요. 앉아서 이야기두 하다가 옷을 벗기는 법이에요."

"이야긴 지금껏 하지 않았어. 무슨 이야기가 또 있다는 거야?"

"지금까지의 이야기라면 저를 못미더워한 이야기밖에 더 있었어요. 이제부터는 좀 다정한 이야기를 하고 싶다는 거예요."

해사하게 웃었다. 신수영이는 그 웃음에 더욱 만족한 모양으로

"그런 이야긴 이불 속에서 하는 것이 더 즐거운 노릇이지."

"그래두 이불 속에서 하는 이야기와 앉아서 하는 이야기가 따로 있는 거예요."

"뭐가 따로 있어?"

"대감님은 저와 이렇게 마주 앉아서 이야기하는 것이 그렇게도 싫은가요?"

"그럴 리 있어?"

"그러시다면……."

연옥이는 맑은 눈에 더욱 요염스러운 웃음을 피워

"전 이불 속에 들기 전에 꼭 한마디 묻고 싶은 말이 있어요."

"무슨 말?"

"저를 언제까지나 버리지 않고 사랑해 주시겠냐 하는—."

"내가 어떻게 연옥일 버릴 수가 있어?"

지금의 달뜬 몸으로서 이런 말이 나올 수밖에 없다.

"그렇지만 틀림없는 처녀의 몸이라는 걸 알게 되면 저를 죽일지도 모르는 걸요."

"내가 연옥이를 죽이다니?"

"제가 처녀라는 것이 임금의 귀에 들어가게 되면 대감님의 목숨이 위태로우니만큼 그런 생각이 날 것 아니에요."

"그런 말이 임금의 귀에 들어갈 리가 없어."

신수영이는 연옥이에게 와락 달려들고 싶은 마음을 억지로 참는 얼굴이다.

"그렇지만 제가 처녀라는 건 이집 주인인 임숭재도, 그리고 전식이도 알고 있는 일인 걸요. 제가 살아 있는 한 이 말이 언제구 임금 귀에 들어가게 마련이지요."

"그런 걱정은 말어. 연옥이를 남모르게 감쪽같이 숨겨둘 집도 있으니."

"대감님이 그렇게 말해 주니 기뻐요. 그렇지만 저를 그런 곳에 처박아두고 한번도 찾아봐 주지도 않으면 전 어떻게 해요."

"내가 그렇게 연옥일 내버려 둘 것 같은가. 매일 밤 찾을 테니 그것도 염려말아."

하고 히죽히죽 웃는 얼굴에 연옥이는 소름이 끼치면서

(오늘 하룻밤도 학질을 뗀 판인데 매일 밤 찾겠다구. 이만 조롱했으면 이제 쓴 얼굴을 드러내 보일까)

하고 생각하고 있는데 문이 찰칵 열렸다.

18

문에는 키가 구척같은 사나이가 비수를 들고 서 있었다. 수건으로 얼굴을 가린 사나이다.

"싫다는 여자의 옷은 왜 벗기겠다고 부득부득 달려들어."

가린 얼굴엔 눈만 번쩍였으나 그 눈은 확실히 웃고 있었다.

"누, 누구야!"

겁에 질린 신수영이는 뒤로 엉덩이를 끌면서 소리쳤다.

"꼼짝말고 잠자코 있어. 그것이 네게도 이로울 게다."

"누구냐 말야?"

신수영이는 와들와들 떨리는 입으로 다시 물었다.

"나 말인가?"

복면한 사나이는 여전히 웃는 눈으로 신수영이를 잠시 지켜보고 서 있다가

"내가 누구라는 건 말하지 않아도 네가 한 짓을 생각하면 모를 리가 없을 게다."

"……?"

"그래도 내가 누군지 알 수 없다는 것인가?"

역시 대답이 없자

"그러면 내가 누구라는 걸 이야기하기로 하지. 나는 자네가 예쁜 계집을 훔쳐다 임금에게 바치는 놈이라는 걸 누구보다도 잘 알고 있는 사람이야."

하고 빈정대듯이 웃었다.

"그, 그건 내가 아니오. 난 이 집의 주인이 아니고 손님으로 온 사람이오."

하고 손을 내 흔들었다.

"그러면 넌 누구란 말야?"

이 물음에도 신수영이는 자기가 아무라는 것을 떳떳이 이야기할 수가 없으니 벌벌 떨고만 있을 수밖에 없었다.

그러자 복면한 사나이는 연옥이에게 돌려

"벌벌 떨고 있는 저 사나이가 어떤 사나이요?"

하고 물었다.

연옥이는 외양이나 말소리로써 복면한 사나이가 자기를 이곳에 데리고 온 두꺼비라는 것을 알고 있었다.

그러니만큼 주저할 것도 없이

"형조판서 신수영 어른이랍니다."

지나친 경어를 써서 말했다.

"그렇다면 이집 주인인 임숭재보다 별로 나은 녀석두 못되는구만."

"뭐 어쨌다구, 버릇없게도."

자기의 신분이 드러난 만큼 신수영이는 이런 허세라도 부리지 않을 수가 없는 모양이었다.

"기다리고 있으란 거야. 너도 임숭재도, 아니 너의 일당들은 모두 목을 비틀어 죽일 날이 있을 테니."

지부황천에서 울부짖는 것 같은 무서운 소리로 말하고 나서는 다시

"이 미련한 놈들아. 연옥이 아씨같이 때묻지 않은 처녀를 너희들 같은 악당들에게 내맡길 리가 없지 않나. 그러니 아씨 생각은 애써 단념하고 지부황천에 갈 날이나 목을 뽑고 기다려 보게. 그 소원은 반드시 풀어줄테니."

천천히 말하고서는 손에 들었던 비수를 다시 가슴에 품었다. 그리고는 연옥이에게

"저런 것 하구 마주 앉아 있어야 임숭재에 대한 원수 갚긴 글렀으니 갑시다. 일오 선비님두 기다리고 있으니."

하고 천연스럽게 말했다. 연옥이는 두꺼비의 그 말이 정말인 줄만 알고 따라나섰다.

19

복면한 사나이가 연옥이를 데리고 나간 후에도 신수영이는 새파랗게 질린 얼굴로 벌벌 떨고만 앉아 있었다. 소리를 치면 다시 들어올 것만 같았기 때문이다.

그 때에 밖에서 누가

"도둑이야!"

하고 소리쳤다.

그 소리에 앞 대문을 지키고 있던 하인과 포졸들이 우르르 밀려 들어오는 소리가 났다.

"어디야 어디!"

"도둑이 어디 있어!"

그 소동에 한숨을 돌린 신수영이는 갑자기 화가 치밀어 오르는대로 미닫이를 열어젖히고서

"이 스라소니같은 것들, 집을 지킨다는 것이 뭐를 지키고 있는 거야!"

하고 소리쳤다.

달빛이 가득찬 뜰에는 포졸들이 웅성거릴 뿐 복면한 사나이는 그림자도 보이지 않았다.

"대감님 어떻게 된 일이오?"

누구보다도 먼저 임숭재가 달려와서 물었다.

"복면한 도둑이 들어 왔소."

"도둑이?"

"도둑도 단순한 도둑이 아니오. 연옥일 훔쳐갔소."

"연옥일?"

"그렇다면 누가 들어왔다는 것도 알 수가 있지 않소?"

울분과 핀잔이 뒤섞인 말씨였다.

"일오가 들어왔단 말이오?"

"그렇지 않구서야 연옥이만 훔쳐갈 리가 없지 않소?"

"그게 정말이오? 정말 그 놈이 연옥일 훔쳐갈 리가 없지 않소?"

임숭재는 갑자기 얼굴빛이 달라지며 물었다.

"내 말이 믿어지지 않소?"

"……."

"실상은 그놈이 직접 들어왔던 것은 아니구 키가 구척같은 부할 들여보냈단 말요. 그놈이 저 문에 불쑥 나타난 걸 보고 어찌나 혼이 났는지 십년은 감수되었소."

신수영이는 그 생각을 하면 지금도 오싹해지는 모양으로 이마의 식은 땀을 씻었다.

"그래서 뭐라고 해요?"

"임대감네 집과 우리집 가족을 모두 죽여 지부황천에 보낸다구 호통을 치구 갔소."

"그래두 연옥이의 옷은 벗겨 봤겠지요?"

임숭재는 무엇보다도 그 일을 알고 싶은 모양이다.

"글쎄, 그년이 순순히 말을 들어 줘야 말이지. 겨우 얼려서 옷을 벗길 참이었는데 그놈이 나타났으니 말야. 도대체 집은 어떻게 지켰기에 그 놈을 들여보낸단 말요."

그 생각을 하면 화가 나 견딜 수가 없다는 얼굴이다.

"글쎄 말이지요. 오늘밤은 이런 일이 있을 것 같아 앞 뒷 대문을 엄중히 지키라고 했는데 그 놈이 들어왔으니."

변명대듯 말하자

"그 놈들이 언제 대문으로 출입한다고 문만 지키고 있소."

하고 빈정대고 나서

"맹현 고개에서 해치웠다는 일오가 또 나타났으니 어떻게 된 일이오. 그 놈이 벌써 죽어 혼이 나타난 거요?"

편잔이 시퍼렇다 못해 푸르락거렸다.

20

"빨리 갑시다. 선비님이 저기서 기다리고 있으니."

임숭재네 집 담을 넘어 나오자 두꺼비는 연옥이의 손을 잡고 삼청동(三淸洞) 쪽으로 분주히 걷기 시작했다.

"선비님이 어디서 기다리고 있어요?"

딜빛에 드러난 언덕길을 한참이나 올라가도 일오가 보이지 않으므로 초롱 아가씨도 수상한 생각이 들지 않을 수가 없었다.

"저 위에서 기다린다구 했소."

그러나 언덕 위에도 일오는 보이지가 않았다.

"분명 여기서 기다린다구 했는데 어떻게 된 일이야. 기다리다 못해 먼저 간 모양이군요."

두꺼비는 천연스럽게 말했다.

"가다니 어딜?"

"바로 이 앞에 있는 어느 마부의 집입니다. 이곳에 없을 땐 그리로 오라고 했으니까."

초롱 아가씨는 그런 말이 더욱 수상했으나 일오가 신용하는 두꺼비라고 생각한 만큼 잠자코 따라갔다.

골목을 돌자 빈터가 나서며 두꺼비 말대로 외양간이 있는 집이 나섰다.

"바로 저 집이오."

두꺼비는 그 집 대문으로 가서 가만히 대문을 두들겨

"떡편 영감!"

하고 불렀다.

안에서는 일어나 있는 모양으로 불이 켜 있었다.

"떡편 영감, 나 두꺼비입니다. 문 좀 열어 줘요."

두서너 번 찾는 소리에 안에서 사람이 나오는 인기척이 났다.

대문이 열리자 두꺼비는 안으로 들어서서 영감과 무슨 이야기인지 한두 마디 하고 나서

"아가씨 어서 들어와요. 일오 선비님이 안방에서 기다리고 있답니다."

그 말에 초롱 아가씨는 아무런 의심도 없이 대문 안으로 들어섰다.

"어서 방으로 들어가요."

두꺼비는 댓돌 위에 올라서서 미닫이를 열었다.

"앗!"

그 순간 소리 친 것은 초롱 아가씨였다. 방안엔 촛불이 켜 있을 뿐 일오는 보이지가 않았기 때문이다.

"아가씨 왜 그렇게도 놀라시우, 일오 선비님이 보이지 않소?"

두꺼비가 키득키득 비굴스러운 웃음을 웃어댔다.

"나를 속였군요?"

초롱 아가씨는 질린 얼굴로 입술을 떨어대며 소리쳤다.

"지금 와서 그걸 알았댔자 소용이 없어. 잠자코 내가 하라는 대로

만 해."

두꺼비는 초롱 아가씨의 양팔을 꼬아 뒷짐을 지우고서 방으로 떠밀었다.

"나와 무슨 원심이 있기에 이렇게 하는 거야?

초롱 아가씨는 팔을 뽑으려고 악을 쓰며 소리쳤다.

"그렇게 알고 싶다면 이야기해 주지."

하고 억지로 무릎을 꿇게 하고 나서

"그대신 먼저 치마를 벗어."

"치마를?"

초롱 아가씨는 급기야 흘기는 눈으로 두꺼비를 쳐다봤다.

"왜 쳐다보고만 있어. 내 말이 들리지 않는가?"

두꺼비는 손을 내밀어 귀여운 초롱 아가씨의 턱을 받들었다.

21

"손을 치워, 버릇없이!"

초롱 아가씨는 얼굴 앞에 내민 두꺼비의 손을 세차게 쳐버렸다.

"버릇이야 없는 놈이지. 그래두 순순히 내 말을 듣는 것이 좋을 거야. 아씨의 목숨은 내 손탁에 달렸으니."

두꺼비는 흘기고 나서 히죽 웃었다.

"그렇다구 치마를 벗으라는 건 신수영이처럼 딴 생각이 있기 때문은 아니야. 아씨가 사나이 한 둘쯤은 친다는 소문은 듣고 있으니 그걸로 묶어 놓지 않으면 마음이 놓이지 않기 때문이지."

"그런 소문 들었으면 애써 내 몸에 손댈 생각은 말아."

초롱 아가씨는 여자답지 않게 을러댔다.

"그렇지만 잡은 범을 놔 줄 수야 없지."

"너는 도대체 어떤 놈이냐?"

초롱 아가씨는 두꺼비를 믿었던 것이 허무한 대로 물었다.

"샅쌈군으로 날리는 두꺼비를 몰라서 묻는가?"

"일오 선비님의 부하라는 건 공연한 거짓말이었어?"

"거짓말이야 아니지. 좀전까지두 그런 생각이었지만 일오 선비님이 죽은 지금에 임숭재 어른이 어영대장을 시켜준다는 말을 듣고선 이렇게 되는 것이 당연한 일 아닌가."

"일오가 죽다니?"

"지금쯤은 그 사람두 지부황천에 가 있겠지."

"그건 무슨 소리야?"

"일오를 해치우기 위해서 임숭재가 맹현 고개에 이십 명이나 되는 포졸을 잠복시켜 놓은 거야."

"그래서 선비님이 지부황천으로 갔다는 거야?"

"그뿐만 아니라 이번엔 일오와 검술이 대적되는 남섭이가 지휘하고 있어."

"그렇다면 정말 두꺼비라는 사람은 미련하기가 짝이 없구만."

"뭐 어째?"

두꺼비는 눈을 부릅떴다. 그러나 초롱 아가씨는 비양치는 웃음으로

"틀림없이 남섭이란 자가 지부황천에 갔으리라고 생각되니 말야. 그렇게 되면 어떻게 된다? 다음엔 두꺼비란 사람이 지부황천에 가는 판이 되겠지."

이 말엔 두꺼비도 약간 걸리는 모양으로 말을 못 하고 있다가

"하여튼 너를 묶어 임숭재에게 주면 난 어영대장이 되는 거야."

"두꺼빈 아까부터 왜 그렇게 어리석은 소리만 해?"

"네년이 아무리 날 어리석다고 해도 쓸데가 없어. 나는 내 생각대로 하면 그 뿐이야."

"그래서 알짜 무식쟁이 두꺼비를 정말 어영대장을 시켜줄 줄 알고서 그런 소린가?"

"그야 말할 것도 없지."

"뭘 갖고?"

"날 그렇게 해 주지 않고선 견딜 수 없는 약점을 잡히고 있으니 별수 없어"

"무슨 약점?"

"그건 네가 알 필요도 없는 일, 그보다도 어서 치마나 벗어."

두꺼비가 달려들어 치마를 벗기려고 하자 초롱 아가씨는 손을 뿌리치며 일어섰다. 하나 두꺼비는 싱긋 웃고 나서 초롱 아가씨의 발을 공중으로 들었다.

"앗!"

소리친 초롱 아가씨는 방바닥에 나자빠지는 수밖에 없었다.

22

두꺼비는 재빨리 초롱 아가씨의 치마를 벗겨 양팔을 움직일 수 없게 묶어 놓았다. 이것은 시골처녀들을 겁탈하면서 쓰던 버릇인 모양이다.

"나를 묶어서 어떻게 하겠다는 거냐?"

초롱 아가씨는 묶이긴 했지만 증오에 타는 불같은 눈으로 노려봤다.

"그야 나두 알 수 없는 일이지. 그건 임숭재가 할 일이니."

두꺼비는 이렇게 말하면서도 초롱 아가씨를 그대로 임숭재에게 내어 주긴 아까운 모양이었다. 눈앞에 묶여 있는 초롱 아가씨가 너무나도 예뻤기 때문이다.

(이 여자가 임숭재 손에 넘어가게 되면 어차피 죽을 건 뻔한 일이 아

닌가. 내 손에 있는 동안에 장난 좀 쳤다고 누가 알 리는 없는 거야)

이런 생각이 불현듯 떠오른 두꺼비는 이 집을 지키는 떡쪄 영감을 불러

"지금 빨리 임대감한테 가서 모두 잘 됐다구 알려 주고 와요."

영감을 보내놓고 나서 다시 초롱 아가씨 앞으로 가 앉았다. 그리고는 아까와는 달리 부드러운 어조로

"너도 불쌍하니 사실을 알려 주기로 하지. 임숭재는 네가 가짜 연옥이란 걸 알았단 말야. 그런 만큼 신수영이가 네 몸을 벗겨 보면 큰일이니까 날 그 방으로 들여보내서 빼 나오게 한 거야."

"내가 연옥이가 아니란 걸 어떻게 알았어?"

초롱 아가씨는 매서운 눈으로 쏘아봤다.

"그야 말할 것도 없이 남섭이가 알려줬지. 자기 여편네였던 연옥이와 너를 몰라볼 리는 없지 않은가?"

"거짓말 말아. 내가 그 집에 갔을 땐 남섭인 벌써 맹현 고개로 갔다고 네 입으로 말하지 않았어. 그것을 알려 준 것도 네놈이겠지?"

그것이 사실이니 두꺼비는 변명할 바가 없는 대로 히죽 웃어

"하여튼 너는 임숭재 손에 넘어가게 되면 죽는 몸이야. 그건 너도 알고 있겠지?"

하고 협박을 하고 나서

"그렇지만 살고 싶다면 내가 도와주기로 하지, 그리고 오늘 밤으로 임대감에 대한 복수도 할 수 있는 거야. 밤에 임대감이 혼자 오기로 돼 있으니 그런 것 하나 해치우긴 문제 없는 일 아닌가?"

비위좋게도 이런 말을 했다.

(속아서 이곳에 끌려 온 것만도 분해 죽겠는데 나를 묶어 놓고 손까지 대겠다고, 이 더러운 녀석)

이를 악물고 노려보는 눈에 두꺼비는 그만 흥이 꺼지는 모양으로

"싫다고? 그러면 이대로 임대감에게 넘겨줘도 좋다는 것이지."

하고 다시 한 번 협박을 했다. 초롱 아가씨는 그런 말은 들리지도 않는 듯이 여전히 매서운 눈을 하고 있었다. 말을 듣는 체하고 묶은 것을 푼 후에 무릎세기라도 먹이고 도망치는 그 방법을 모르는 건 아니지만 두꺼비 같은 것한테 그런 미태도 부리고 싶지가 않았다.

"그렇다면 하는 수 없지. 묶인 몸을 잠깐만 주물러 줄테니."

젖가슴을 잡으려고 할 때 뒤에서 그의 손을 잡는 사람이 있었다.

23

두꺼비의 팔을 꼬아잡은 사나이는 칠덕이였다. 그는 두꺼비가 초롱 아가씨를 데리고 임숭재네 집에서 나오는 것을 보고 뒤를 밟았던 것이다.

"누, 누구야!"

공중걸이라도 당한 듯이 놀란 두꺼비는 자기도 모르게 소리쳤다.

"누군지 알고 싶으면 내 얼굴을 보게나. 눈 있고 코 있고 입이 있는 것이 자네나 조금도 다를 바 없는 사람이지. 그러나 너처럼 패거리를 파는 놈은 아니야."

칠덕이는 더욱 세차게 팔을 꼬아댔다.

"으아!"

두꺼비는 당장에 숨이 넘어가는 듯한 비명을 쳤다. 풀뭇간에서 단련된 칠덕이의 억센 팔뚝은 도저히 당해낼 도리가 없는 모양이다.

"네 녀석이 염치없는 놈이란 소문은 나도 듣고 있었지만 이렇게도 뻔뻔스러운 놈인 줄은 몰랐다. 임숭재에게 아가씨를 잡아다 갖다 바친 것에 대한 보수를 받고 게다가 아가씨에게 장난까지 하겠다는 것은 너무나도 욕심이 지나치지 않느냐 말야."

"아니야, 그 아가씰 구해 줄 생각을 하고……."

"뭐 어째? 구해줄 생각한 녀석이 아가씰 묶어 놓고 그 더러운 손으로 젖가슴을 주물려고 한 것인가. 그런 말은 말고 임숭재한테 얼마 받기로 한 거나 말해 봐."

"천냥. 그걸 네게 절반은 줄 테니 나와 손을 잡고 일해."

두꺼비는 급한 모양으로 이런 말을 꺼냈다.

"이놈아, 그 말을 다시 한번 해 봐. 나더러 너같은 도둑이 되라는 수작이냐."

화가 난 김에 더욱 힘을 주어 두꺼비의 팔을 꼬아대자 갑자기 우두둑 하는 소리가 났다. 그 바람에 팔이 떨어져 나가는 것만 같아 약간 늦춰줬다. 그 틈을 타서 두꺼비가 손을 뽑으려고 악을 쓰리라고는 생각하지 못한 것이 아니었지만……

"뭐 어째?"

두꺼비의 그 소리와 함께 옆에 있던 촛대가 날아 올 줄은 미처 생각지 못했다.

"앗!"

칠덕이가 소리쳤을 때는 이미 방안은 어두워지고 두꺼비는 문을 차고 도망쳐 버렸다. 두꺼비의 그 날쌘 동작에는 칠덕이도 그만 혀를 차며 초롱 아가씨 옆으로 갔다.

"얼마나 놀랐어요. 도망친 녀석은 내버려 두고 어서 갑시다."

하고 분주히 묶은 것을 풀어줬다.

"그 놈을 놓치다니, 어쩌자구 그 놈을 놓치냐 말야."

초롱 아가씨는 칠덕이에게 부축을 받아 일어서면서도 두꺼비를 놓친 것이 분해 견딜 수가 없는 모양이었다.

"그래두 이렇게 무사했으니 되지 않았어요. 옳은 것은 결코 나쁜 흉계에 넘어가지 않는다는 걸 보여 준 셈이니까요."

칠덕이는 오늘따라 자기답지도 않은 말을 했다.

"그래두 난 나쁜 놈들은 내 손으로 해치우지 않으면 마음이 풀리지 않어."

"초롱 아가씬 여전하군요."

칠덕이는 쓴웃음을 웃으며 앞서서 그 집을 나섰다.

메아리

1

그날 밤. 일오가 복희를 데리고 맹현 고개를 넘어오는데

"섰거라!"

하고 소리치면서 길 양쪽에서 쇠도리깨를 든 포졸 칠팔 명이 길을 막으며 나섰다.

(역시 곱게 보낼 리야 없겠지)

일오는 그런 예감이 있던 만큼 별로 당황하는 일도 없이 겁에 질린 복희를 자기 옆으로 끌었다.

"사람을 잘못 본 것 같군요. 우린 조금도 수상한 사람이 아닙니다."

"수상하지 않다고 떠벌이는 일오란 녀석을 우린 기다리고 있었어."

일오는 자못 알 수 없다는 얼굴을 했다.

"모르겠으면 잠자코 쇠도리깨나 받을 생각을 하구 있어."

"그렇지만 이유 없이 쇠도리깨를 받을 수야 없지 않소. 실상 이 아가씬 당신들의 상전인 신수영에게 겁탈을 당할 뻔한 것을 내가 구해 갖고 오는 길이오. 그 때문에 쇠도리깨를 받으라는 건가요?"

일오는 비양쳐 물었다.

"억울해도 별 수 없는 거야. 네 놈은 우리 일에 방해가 되니까 없이하겠다는 것뿐야."

앞선 자가 쇠도리깨를 번쩍 들며 소리쳤다.

"그러고 보니 자네들은 임숭재가 보낸 녀석들인 모양이구만."

일오는 그걸 처음부터 모른 건 아니면서도 다짐했다.

"그런 수작말고 도리깨 맛이나 보아라!"

앞섰던 녀석이 도리깨를 든 채 일오의 면상을 향해 달려들며 내리쳤다. 그러나 일오는 그런 도리깨에 맞을 사람이 아니었다. 도리깨로 땅을 치고 꼬꾸라진 사나이를 돌아다 보고서

"지랄은 왜 부려. 포졸이란 백성들을 보호하기 위해서 있는 것이지 학정질하는 놈들을 돕기 위해서 있는 건 아니야."

일오는 타이르듯이 침착하게 말했다.

"아가릴 닥쳐. 골사발이 터져야 찍소릴 못 칠 모양이구나!"

또 한 녀석이 소리쳤다. 그 소리엔 일오도 어지간히 화가 난 모양으로

"정말 골사발이 나와야 시원하겠니."

재빨리 넘어진 놈이 들었던 쇠도리깨를 집어들고 윙 윙 돌리면서 그들 앞으로 달려들었다.

"으아!"

어르기만 하고 섰던 놈들은 모두 기겁을 하고 서로 도망치기가 바빴다.

"선비님."

복희는 너무나도 시원스럽게 해치우는 눈부신 싸움에 새파랗게 질린 얼굴 그대로 일오에게 달려들었다.

"다치지 않았어요?"

"복희가 편들어 주는데 다칠 리가 있어."

싱긋 웃는 일오이면서도 역시 숨은 찬 모양으로 가쁜 숨을 내 쉬었다.

"난 혹시 선비님이 어떻게 되지 않았나 하구— 빨리 가요."

"어디로?"

"묻지 않아도 알 수 있지 않아요. 일지 아가씨한테지요."

복희는 재빨리 걷기 시작했다.

2

그날은 금부도사(禁府都事) 벼슬을 지내는 박판관 형의 생일이었다.

도사는 당하관(堂下官)의 대단치 않은 지위였지만 벼슬아치들의 부정을 감찰하는 권한이 있는 만큼 들어오는 뇌물은 대단했다.

이번 생일잔치도 어느 대감에 부럽지 않게 할 수 있은 것이 그 때문이다.

그날 밤 삼청동에 있는 형의 생일집에 갔던 박판관은 보교에 흔들리며 돌아오고 있었다.

통금 시각인 인경이 거의 임박했을 때였다. 생일 집에서 마신 술에 얼근해진 그는 갑자기 계집 생각이 나서 다방골을 찾던 길인지도 모른다.

바로 경복궁의 긴 담을 끼고 내려오던 참에 갑자기 앞에 선 가마꾼이

"아이구."

하고 머리를 싸맸다.

"왜 그래?"

뒤의 가마꾼이 놀라면서 물었다.

"누가 돌을 던지지 않아."

"이 밤중에 누가 돌질을 해, 도깨비에 홀린 것 아냐."

"홀리다니 분명 내 머리를 쳤는데, 아 저 녀석이야."

길 옆에 있는 커다란 느티나무 뒤에서 불쑥 나타난 검은 그림자를 보고

"아, 칼도둑이다!"

그 한마디로 가마꾼들은 가마를 내던지고 달아났다. 그 바람에 가마에 탔던 박판관도 놀라 분주히 기어나오려고 가마에서 머리를 내민 그 순간 휙 하고 바람을 젖는 소리와 함께 모가지가 땅에 굴러 떨어졌다.

검은 사나이는 길 한 옆에 서서 피가 콸콸 뿜는 것을 보고 섰다가 자취를 감춰 버리고 말았다.

다음 날엔 또한 두꺼비가 그 비슷하니 칼에 맞아 죽었다. 그날은 두꺼비가 전날 한 일로 임숭재에게 술값이나 좋이 탔던 모양인지 초저녁부터 복희가 나가는 술청을 찾아가 앉아서 술을 퍼먹었다. 그러나 아무리 기다려도 복희가 나타나지 않으므로 화만 나서 나오던 참에 난데없이 날아드는 칼에 찍 소리도 못치고 쓰러지고 말았다.

이런 일이 연달아 이틀이나 있었어도 포청에서나 금부에서는 별로 야단치지는 않았다. 그것은 전에도 가끔 있었던, 그저 전대를 풀기 위한 칼도둑의 소행이라고만 생각했기 때문이다.

그러나 그 다음 날 밤, 그 검은 사나이의 칼에 신수영이의 마누라가 쓰러지게 되자 그것이 단순한 칼도둑의 짓이 아니란 것을 알게 됐고 또한 잠자코 있을 수도 없게 됐다.

포도청에서는 성문을 지켜 드나드는 사람의 몸을 뒤지고 거리의 불량배들을 모두 잡아들였다. 그러나 그런 일로는 검은 사나이는 좀처럼 잡히지를 않았다.

어느 날, 아니 어느 날이라니보다도 신수영이의 마누라 장례식에 갔다가 늦어서 돌아온 임숭재는 얼굴을 씻고 서재로 들어가다가 깜짝 놀랐다. 벽에 걸린 화폭에 난데없는 커다란 글씨가 씌어 있었기 때문이다. 그렇다고 그가 놀란 건, 아끼던 그 송화(宋畵)를 버린 때문은 아니었다. '一品'라는 두 글자가 씌어 있었기 때문이었다.

3

누구나가 위험이 시시각각으로 닥쳐오고 있다는 것을 안다면 기분이 좋을 리가 없다.

사람이란 뜻하지 않은 일로 죽는 일이 많다. 벼락을 맞아 죽는 일도 있고 덥다고 미역을 감다가 죽는 일도 많다. 요즘처럼 의학이 발달하지 못한 옛날엔 뇌출혈에 쓰러져도 천벌 때문이라고 했을는지도 모른다.

그러나 다음 순간에 죽는 한이 있어도 그것을 모를 땐 아무 근심 걱정이 없던 일이 알게 되면 초조해지게 마련이다.

그것은 난치병에 걸린 환자의 심정과도 다른 것이다. 아무리 중환자라고 해도 훌륭한 명의를 만나 약을 잘 쓰면 살 수 있다는 희망을 가질 수 있기 때문이다.

그러나 화폭에 '일오'라는 두 글자를 써놓고 간 것은 그것과는 달리 일종의 사형선고와도 비슷한 것이었다. 그 형벌이 또한 지금까지 지내온 일로 미루어 보면 지체없이 정확하게 내려진 셈이다. 비록 예고는 없었다고 해도 박판관의 죽음도 그것이었고 두꺼비와 신수영의 마누라 죽음도 그것을 말해주는 것이었다.

그 순서로 형벌이 온다면 신수영 다음이 자기 차례라는 것이 분명했다. 아니 신수영이는 그의 아내를 죽인 것으로써 용서를 받았고 이번엔 정작 자기를 죽일 차례인지도 모른다고 생각했다.

왕실의 권력 밑에서 자라난 그는 무서운 것을 모르고 지냈다. 자기에게 불리한 일이라면 인정사정없이 해치워 버리는 잔악한 성격이기도 했다. 그러나 자기의 목숨을 노리는 일오만은 무서웠다. 그것이 귀신처럼, 아니 바람처럼 어느 사이에 어디서 나타날지 모르니 무섭지 않을 수가 없었다.

임숭재는 그런 생각을 잊어보려고 애도 써봤으나 역시 잊을 수가

없었다. 문 간수에 지나친 신경을 쓰는 버릇도 생겼고 자다가 벌떡 일어나

"저놈 잡아라!"

하고 고함치는 일도, 길을 걸을 때 누가 꼭 따라오는 것만 같아 갑자기 눈을 뒤집곤 하는 것도 전에 없던 버릇이었다. 확실히 그는 지금에 말하는 공포증에 걸린 셈이었다.

"하여튼 몸을 주의하게. 대담하다는 게 무슨 자랑이 되는 줄 아는가."

친구가 걱정해 주는 이런 말도 그의 귀에는

"너두 일오 칼에 죽을 날이 멀지 않았어. 남을 못 살게 했으면 제 명이 날아가는 일이 있는 줄도 알어."

하고 비꼬는 것만 같이 들릴 뿐이었다.

물론 그도 방심하고 있는 것은 아니었다. 장안의 쌈군을 모두 불러들여 대문을 굳게 지키게 하고 바깥 사랑에는 십여 명이나 되는 포졸들을 치고 있었다.

그러나 이상스럽게도 화폭에 일오라고 쓰고 간 사나이는 며칠이 지나도 다시 나타나지 않았다. 그럴수록 긴장해 있는 이편은 더욱 초조해지는 법이다.

제아무리 태연하려는 임숭재도 요즘은 술상을 마주하지 않고서는 잠시나마 앉아 있지 못하는 것은 역시 불안에 싸여 있다는 걸 그대로 말해 주는 것이다.

4

임숭재가 일오에 대한 공포증에 걸려 있는 그동안, 그의 부친 임사홍이는 임금의 환심을 사기 위해서 부지런히 대궐을 드나들었다. 연옥이가 침전을 도망친 그 후에도 임금은 전과 다름없이 전식이를

비호했다. 어떤 신하가 전식에 대한 비난이라도 하면 임금은 대번에 낯빛을 달리하여

"내 앞에서 그런 말은 내지도 말라. 눈을 밝혀 남이 망하는 것만 보고 기뻐하는 너희놈들과 달리 전식이는 진정으로 나를 생각해 주는 사람이다."

하고 소리쳤다. 그러나 전처럼 전식이를 가까이 불러들이는 일은 없었다. 역시 그에 대한 질투심이 가슴속에서 끓고 있기 때문이다.

임사홍이는 누구보다도 그 심정을 알고 있었다. 뿐만 아니라 전식이의 지위를 빼앗을 수 있는 기회라고도 생각했다.

임금은 노골스러운 육담보다도 오히려 재치 있는 재담을 더 좋아하는 편이었다. 황음 속에서 사는 그로서는 응당 그럴 법도 한 일이다.

임사홍이도 이야기에는 능숙했다. 고담으로부터 꾀담에 이르기까지 못하는 이야기가 없었다. 그러나 전식이의 이야기처럼 깨가 쏟아지는 것 같지는 못했다. 그것은 정든 사람의 이야기와 그렇지 않은 사람의 이야기의 차이였으리라.

임금은 전식이에 대한 질투가 아무 근거도 없는 자기의 심술이라고 자책도 했고 또한 그런 일이 사실이라고 해도 독신인 그로서는 당연한 일이라고도 생각했다.

그러면서도 전식이의 얼굴을 보고 그의 이야기를 들으면 자기의 뜻이라고는 할 수 없는 질투가 급기야 끓어오르며 동시에 그것이 무서운 분노로 변했다.

그런가 하면 무엇을 잃어버린 것 같은 허전한 공허감을 느끼기도 했다.

말하자면 자기 밸대로 심술로만 살아온 그가 의지하던 전식이를 잃고나서는 그의 나약한 본성을 드러내기 시작한 것이다.

이러한 초조한 분노와 고독, 마음을 종잡을 수 없는 신하들에 대한 반감, 그리고 여전히 계속되는 황음으로 눈이 패고 얼굴이 창백해지다 못해 임금은 드디어 열병으로 눕게 되었다.

가벼운 병이라고 알렸으나 며칠이나 계속되는 열 때문에 정신을 잃고 헛소리를 했다.

임금의 병을 누구보다도 기뻐한 것은 임사홍이었다. 이런 때일수록 임금의 신임을 얻을 수 있는 좋은 기회라고 생각했을 뿐만 아니라 심신이 허약했을 때에는 감정에 치우치기 쉬운만큼 임금을 설득하기도 쉽다는 것을 알고 있었기 때문이다.

(바로 이때다. 임금의 생모 윤비의 사사에 대한 것을 알릴 때가—그러나 일은 신중히 해야 해. 잘못하다간 전식이가 궁 안에 있는 한 그런 말을 꺼낸 내가 오히려 재앙과 후환을 뒤집어쓰게 될지도 모르니)

임사홍이는 임금의 간호를 성심성의껏 했다. 나인들도 싫어하는 임금의 똥 오줌을 손수 받아냈다. 그러면서도 그는 전식이를 몰아낼 생각을 잠시도 잊지 않았다.

5

임사홍이가 장녹수를 움직여 전식이를 몰아낼 생각을 한 것은 그녀와 전식이가 내통하고 있은 사실을 알고 있었기 때문이다.

(그녀도 영리한 계집이라 임금의 눈밖에 든 전식이를 전처럼 생각할 리가 없는 것이고, 그런 허물을 지워볼 생각도 하고 있을 게 아닌가)

임사홍이의 생각으론 이편에서 추파만 던지면 으레 따라오리라고 생각했다. 그러나 막상 대하고 보니 생각과는 딴판으로

"전식이가 무슨 잘못이 있어요."

대들 듯이 말했다.

임사홍이는 당황했다. 그러나 그런 일은 순간적이고 얄궂은 웃음

으로

"잘못이 한두 가지 뿐이겠소."

"한두 가지 아니라면 분명히 이야기를 해보시오."

얼굴까지 빨개지며 어성을 돋우었다.

(계집이란 정말 솔직한 거야. 화를 내면 화를 낼수록 전식이와의 관계가 사실이라는 걸 밝히는 줄도 모르고)

임사홍이는 이런 생각을 하며 여전히 알궂은 웃음으로

"후궁마마에게 들려 줄 말이 못됩니다."

장녹수는 빨간 얼굴이 새하얗게 질리며 입술을 떨어대고

"그 분이 여태 독신으로 지낸 것이 죄가 된단 말이요, 지체가 없는 광대의 자식이라는 것이 죄가 된단 말이요? 그분이 표리 없는 진심으로 상감을 모셔왔다는 것은 여기 있는 시녀들이 누구보다도 잘 알거요. 내 말이 조금이라도 의심되면 주저말고 물어봐요."

임사홍이는 아무 말도 없었다.

"왜 묻지 못하오. 묻고 싶지 않다면 내가 묻지요. 금녀, 전식이 낭관님에게 무슨 잘못이 있니?"

"죄가 있을 리 있어요. 상감의 시중을 들기 위해서 눈을 뜨고 밤을 밝히는 분이온데."

"개금이, 너는 어떻게 생각하니."

"독신이신 그분이 어떻게 그렇게도 청렴하실 수 있는지 감탄한 것 뿐입니다."

"설주, 너는?"

"궁 안에서는 누구보다도 우리들의 살림을 생각해 주는 분이라고 생각합니다."

"임대감, 저 애들의 말을 들었지요?"

"그렇지만 내가 들은 이야기와는 아주 딴판이군요."

"그러니 내 말도 믿을 수 없다는 것이군요?"

"하여튼 내당엔 오래 앉아 있는 법이 아니라더군요. 화근이 되기 쉽다니."

임사홍이는 그런 말로써 일어섰다.

"임대감은 자기 나이를 생각해서도 체신없는 그런 말은 삼가오."

후궁의 위엄으로 신하를 꾸짖듯이 말했다.

그러나 임사홍이는 그런 말도 조롱으로 대할 뿐으로

"명심하지요. 그러나 후궁께서도 되도록 처신을 조심하는 것이 좋을 듯 싶습니다."

"뭐 어째?"

"아니 아니, 그렇게 화를 내실 것이 아니라 후궁을 생각한 나머지……."

임사홍이는 이런 말로 어물거리며 황급히 자리를 피했다.

6

다음날 전식이는 대궐에서 자취를 감췄다. 그것은 장녹수가 내통해 준 때문만도 아니었다. 그는 이미 자기 주변에 위험이 닥쳐온 것을 느끼고 있었기 때문이었다.

(내가 파벌에 관심을 갖고 거기에만 치중했다면 이런 일은 당하지 않았을는지도 몰라. 임사홍이도 신수영이도 유자광이도 가까이 하자면 얼마든지 할 수 있었던 것이 아닌가. 그러나 그것이 싫었다. 선친의 공으로 벼슬자리에 앉아 꺼덕대는 그런 못난 것들과 어찌 손을 잡을 수가 있었던가. 그야말로 사나이의 수치가 아닌가)

그는 지금까지 자기의 손발처럼 움직여 준 이건재와 함께 도부꾼으로 서울을 빠져나왔다. 전라도 담양(潭陽)으로 가서 피신할 생각을 한 것이다.

그 곳에는 대궐에서 가마꾼 노릇하던 홍석주라는 사람이 살고 있었다.

어떤 잘못으로 참(斬)을 받게 된 것을 전식이가 구해주어 먹고 살 수 있는 농토까지 마련해 준 사람이다. 전식이는 그때 이미 이런 일이 있을 것을 예측하고 했던 일인지도 모른다.

수원(水原)을 지나 안전권 내에 들어서면서 말 한 필을 구하여 전식이는 타고 건재는 마부가 되었다. 도부꾼이 이번엔 과거(科擧)를 보러 서울 갔던 선비로 변한 것이다.

신록이 물들기 시작한 사월은 길 걷기도 좋았다.

전식으로서는 오래간만에 대하는 산천이었으니 아름답기도 했으리라.

"경치가 좋구만."

"산자수명 우리나라야 그것밖에 자랑할 것이 있어요."

"오늘 안으로 예산까지야 가겠지."

"글쎄요, 길을 잘 가고 못 가는 건 마부에게 사주는 술에 달렸다는 걸요. 여기서 점심을 먹고 떠난다고 해도 해 있어 들어 가겠지요."

"이 푼수로 간다면 닷새 안으로 담양 땅에 들어설 것 같구만."

전식이는 대궐에서 십여 년 동안이나 지나온 가지가지의 추억이 망막에 떠올랐다.

그리 높지 않은 고개를 넘자 그 밑에 조그마한 주막이 있었다. 서울 내왕하는 나그네들이 쉬어가는 집이었다.

"말에 물도 줄겸 우리도 좀 쉬어갑시다."

"그럴까?"

둘이서는 걸상에 앉아 탁배기를 마시고 있었다. 목이 말랐던 때라 탁배기도 별맛이었다.

두 번째 잔을 들려고 하는데 뒤에서

"낭관님."

하고 부른 자가 있었다. 돌아다보니 때묻은 장삼에 삿갓을 쓴 사나이가 옆으로 다가오며

"어떻게 된 일이오? 이런 곳에서 만날 줄이야."

삿갓을 벗는 것을 보니 남섭이가 웃고 있었다. 순간 전식이는 얼굴이 굳어졌다.

"놀랄 것은 없습니다. 누구의 탐정꾼으로 뒤따른 것도 아니니."

"……?"

"그렇지만 낭관님에 대한 원한이야 있지요. 연옥이를 잃어버린……."

"그, 그건……."

전식이가 입을 열려고 했으나 그때는 이미 남섭이의 비수에 꽂혀 쓰러졌을 때였다. 남섭이는 그 비수로 다시 겁을 먹고 달아나려는 건재의 어깨를 찔렀다.

7

천안 삼거리는 옛날부터 주막이 많기로 이름 있는 거리다. 서울 가는 길이 모인 곳이기 때문이리라. 천안에 들어선 일오가 하잘것없어 거리를 거닐고 있는데

"저기 가는 선비님!"

하고 불렀다. 기녀의 목소리였다.

일오는 못들은 체 그대로 걸었다.

"저, 선비님 부르는데 왜 자꾸만 가세요."

돌아다보니 귀여운 기녀가 청루 난간 위에서 손짓을 하고 있었다.

"나를 찾는가?"

"그럼 누구겠어요."

"무슨 일로?"

"제가 부르는 것 아니에요. 이곳 손님이……"

"그러면 이리로 나오래."

그러자 방문이 열린 뒤에서 뜻하지 않았던 남섭이가 불쑥 나타났다.

"술이 있고 예쁜 계집이 있네. 어서 올라오게."

"그래?"

일오는 불시에 긴장되는 눈으로 쳐다봤다. 그리고는 잠시 생각하고 있다가 그의 방으로 들어갔다.

"이 집엔 예쁜 애가 많다네. 더 부를까?"

"그만 두게."

"그러면 너두 잠깐 나가 있어. 둘이 이야기가 있으니."

기녀는 모욕이나 당한 듯 눈쌀을 찌푸리며 나갔다. 그 발소리가 멀어지는 것을 기다려

"우선 마십세."

"혼자 마시게나."

"술에 독이라도 탄 줄 아는가?"

일오는 픽 웃어

"그렇지 않다는 건 아네."

"황주에서 헤어진 후로 처음 술이 아닌가."

"그것이 어쨌단 말인가."

"내가 어리석었단 걸 알았단 거야."

"그래서 무슨 말을 하고 싶다는 것인가?"

"자네가 이곳엔 무엇하러 온 것도 알고 있지. 내일 서울로 올라가는 봉물짐을 털기 위해서가 아닌가."

"그래서?"

일오는 경계하듯이 남섭이를 바라본다. 그러나 남섭이는 그런 것에는 신경을 쓰는 일도 없이

"역시 내 생각이 맞았다는 것이지. 이곳을 찾아오면 자네들을 반드시 만나리라고 생각했지!"

"나를 만나 무엇하려고?"

"나도 봉물짐을 터는 일에 끼고 싶어서. 자네와 나는 언제고 한 패거리가 될 사람이 아니던가?"

"고마운 말일세. 그러나 자네도 명심해서 들어두게. 그런 말로써야 연옥이나 넘길 수 있지, 지각이 좀 있는 사람이야 넘길 수 있겠나?"

남섭이는 급기야 낯빛이 달라지며

"나를 믿을 수 없다는 것인가?"

"마지막 술이나 듭세."

"나를 믿을 수 없다면 이야기하지. 박판관을 비롯해 전식이를 죽인 건 나야, 틀림없는 나야. 그래도 나를 믿을 수 없다는 것인가, 응!"

남섭이 면상에 술잔이 날아들었다.

"미안허네, 그만 술잔을 놓쳐버렸네."

천천히 일어서서 나가는 일오의 등을 본 남섭이는 자기도 모르게 가슴에 품은 비수를 뽑으려고 했다. 그러나 다음 순간 그것을 억제하듯이 긴 한숨을 내리쉬고 말았다.

자기를 믿지 못하는 것이 당연하다고 생각한 자책 때문인가, 그렇지도 않으면 그의 검술을 당할 수 없다는 역부족을 생각한 때문인가.

김이석 연보

1914년 평안남도 평양 출생
1933년 평양 광성중학교 졸업
1936년 서울 연희전문학교 문과 입학
1937년 〈환등(幻燈)〉 발표
1938년 연희전문학교 중퇴. 〈부어(腐魚)〉 동아일보 입선
1939년 문학동인지 《단층(斷層)》 발간
1940년 〈공간(空間)〉〈장어(章語)〉 발표
1951년 1·4후퇴 때 월남
1952년 문학예술에 〈실비명(失碑銘)〉 발표. 문학예술 편집위원. 〈악수〉〈분별〉 등 발표
1954년 〈외뿔소〉(신태양)〈달과 더불어〉〈소녀태숙의 이야기〉(문학예술 3)
1955년 〈춘한(春恨)〉(문학예술 7)
1956년 〈추운(秋雲)〉(문학예술 1)〈학춤〉(신태양 9)〈파경(破鏡)〉. 단편집 《실비명》 출판. 제4회 아시아자유문학상 수상
1957년 〈광풍속에서〉(자유문학 창간호)〈뻐꾸기〉(문학예술 5)〈발정(發程)〉(문학예술 11)〈비풍(悲風)〉(신청년 2)〈아름다운 행렬〉을 조선일보에 연재
1958년 〈한일(閑日)〉(신태양 1)〈풍속〉(자유문학 1)〈화병〉(희망 1)〈한풍(寒風)〉(신청년 2)〈어떤 여인〉(자유세계 2)〈청포도〉(신

태양 7) 〈동면(冬眠)〉(사상계 7, 8) 〈종착역 부근〉 〈잊어버리는 이야기〉(사조 9) 〈이러한 사랑〉(소설공원 10)

1959년 〈적중(的中)〉(자유문학 3) 〈세상(世相)〉 〈기억〉 〈해와 달은 누구를 위해〉(새벗에 연재)

1960년 〈지게부대〉(현대문학 8) 〈흐름속에서〉(사상계 8) 〈흑하(黑河)〉를 10월부터 민국일보에 연재

1961년 〈밀주〉(자유문학 10) 〈허민선생〉(사상계 12) 〈창부와 나〉(자유문학) 발표.《문장작법》출판

1962년 〈관앞골 기억〉(자유문학) 〈난세비화(亂世飛花)〉를 한국일보에 11월부터 연재

1963년 〈장대현 시절〉(사상계) 〈편심(偏心)〉 〈사랑은 밝은 곳에〉(사랑사, 사랑에 연재)

1964년 〈교련과 나〉(신세계 3) 〈탈피〉(사상계 5) 〈금붕어〉(여상 8) 〈리리 양장점〉(여원 8) 〈교환조건〉(문학춘추 10) 〈재회〉(현대문학 10) 〈신홍길동전〉을 대한일보에 5월부터 연재. 단편집 《동면》《홍길동전》《해와 달은 누구를 위해》출판. 9월 18일 급서(急逝). 제14회 서울시문화상 수상

1970년 《난세비화》출판

1973년 《아름다운 행렬》출판

1974년 《김이석 단편집》출판

2011년 《한국문학의 재발견 김이석 소설선》출판

2018년 《김이석문학전집》(총8권) 출판

김이석(金利錫)

평양에서 태어나 평양 광성중학교 졸업 연희전문학교 문과 수학. 1938년《부어(腐魚)》가 〈동아일보〉에 당선. 전위적인 성격 순문예동인지 〈단층〉 창간 멤버. 1·4 후퇴 때 월남해 1953년 〈문학예술〉 창간 편집위원, 1956년《실비명》으로 아세아 자유문학상. 1958년 박순녀와 결혼. 〈한국일보〉에 역사소설《난세비화》〈민국일보〉《흑하(黑河)》를 연재 사회적 인기를 얻었다. 문학적 업적으로 서울시문화상에 추서되었다.

김이석문학전집 3

난세비화(亂世飛花)

김이석 지음

1판 1쇄 발행/2019. 3. 1
발행인 고정일
발행처 동서문화사
창업 1956. 12. 12. 등록 16-3799
서울 중구 다산로 12길 6(신당동 4층)
☎ 546-0331~6 Fax. 545-0331
www.dongsuhbook.com

*

이 책의 출판권은 동서문화사가 소유합니다.
의장권 제호권 편집권은 저작권 법에 의해 보호를 받는 출판물이므로
무단전재와 무단복제를 금합니다.
사업자등록번호 211-87-75330

ISBN 978-89-497-1701-2 04810
ISBN 978-89-497-1687-9 (세트)